Locos, ricos y asiáticos

Kevin Kwan

Locos, ricos y asiáticos

Traducción de
Jesús de la Torre

Título original: *Crazy Rich Asians*

Primera edición: septiembre de 2018

Diseño de cubierta e ilustración: Joan Wong

Agradecemos a Kurt Kaiser el permiso para incluir un extracto de la canción «Pass it on» de *Tell it like it is*. Recogida con autorización del artista.

www.megustaleerenespanol.com

ISBN: 978-1-949061-30-7

Impreso en Estados Unidos – *Printed in USA*

Penguin
Random House
Grupo Editorial

Para mi madre y mi padre

Shang Loong Ma—*amasó la fortuna* + Wang Lan Yin—*fumaba opio a todas horas*
China y Singapur

FAMILIA YOUNG

Sir James Young + Shang Su Yi—*heredó la fortuna*

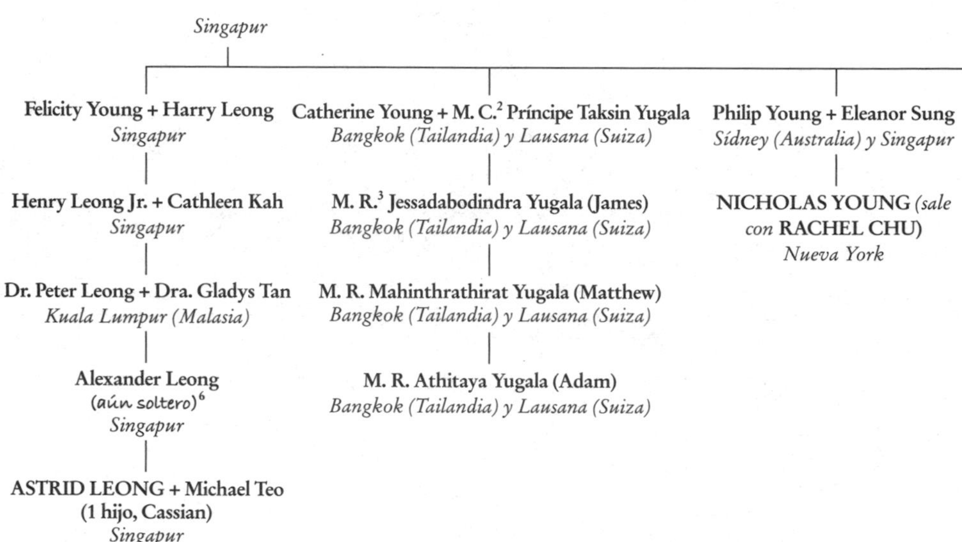

[1] Es lo que pasa cuando te haces un estiramiento facial en Argentina.

[2] M. C. es la abreviatura de Mom Chao, el título reservado a los nietos del rey Rama V de Tailandia (1853-1910) y es el nivel más bajo que aún se considera parte de la realeza. Este rango se traduce como «su alteza serenísima». Como muchos miembros de la amplia familia real tailandesa, pasan parte del año en Suiza. Mejor golf y mejor tráfico.

[3] M. R. es la abreviatura de Mom Rajawongse, título que ostentan los hijos de un Mom Chao varón. Este rango se traduce como «Honorable». Los tres hijos de Catherine Young y el príncipe Taksin se casaron con mujeres de la nobleza tailandesa. Como los nombres de estas esposas son increíblemente largos e impronunciables para los no hablantes del tailandés y tienen poca relevancia en esta historia, no han sido incluidos.

[4] Que trama huir a Manila con su querida niñera para poder competir en el Campeonato Mundial de Karaoke.

[5] Sus célebres chismorreos se difunden más rápido que la BBC.

[6] Pero es padre de, al menos, un hijo natural con una mujer malaya (que ahora vive en un lujoso apartamento de Beverly Hills).

[7] Actriz de telenovelas de Hong Kong de la que se dice que es la chica con la peluca roja de *Se agazapa mi tigre, se esconde tu dragón II*.

[8] Pero, por desgracia, ha salido a la parte materna de la familia, los Chow.

[9] Vendió sus propiedades de Singapur en los años ochenta por muchos millones y se mudó a Hawái, pero se queja constantemente de que en la actualidad sería milmillonario «si hubiese aguantado unos años más».

EL CLAN DE LOS YOUNG, T'SIEN Y SHANG

(Árbol genealógico simplificado)

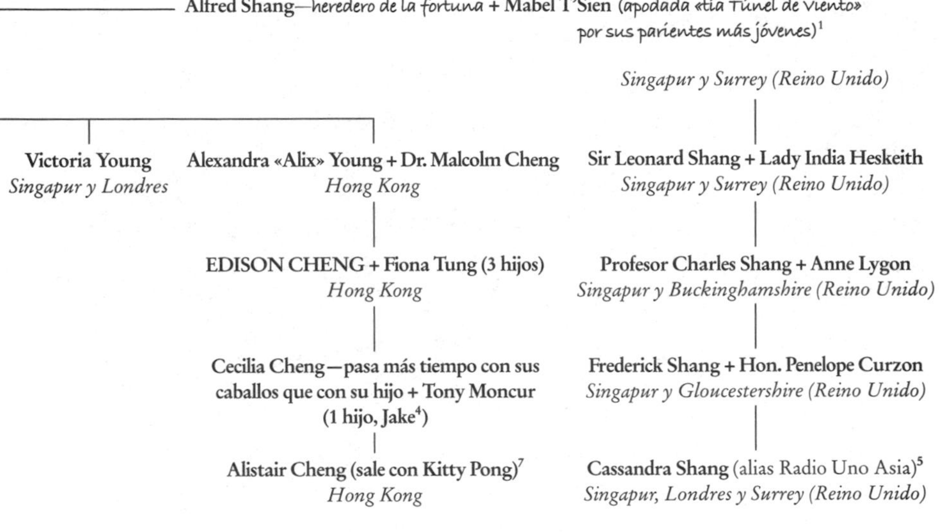

FAMILIA T'SIEN

T'sien Tsai Tay + Rosemary Young (hermana de SIR JAMES YOUNG)
Singapur

Mabel T'sien + Alfred Shang (hermano de SHANG SU YI)
Singapur y Reino Unido

Richard «Dickie» T'sien + Nancy Tan—tiene la mayor colección del mundo de bolsos de Judith Leiber
Singapur, Hong Kong y Marbella (España)

Mark T'sien + Bernadette Ling—prima de la famosa belleza de la alta sociedad Jacqueline Ling[8]
(1 hijo, Oliver T'sien de Londres)
Singapur y Pekín (China)

Anna May T'sien + George Yeoh
Vancouver (Columbia Británica)

Clarence T'sien (alias Pobre tío Clarence)[9] + Bettina Kah
Honolulú (Hawái)

Prólogo:

Los primos

Londres, 1986

Nicholas Young se dejó caer en el asiento más cercano del vestíbulo del hotel, agotado tras el vuelo de dieciséis horas desde Singapur, el trayecto en tren desde el aeropuerto de Heathrow y la caminata por las calles empapadas de lluvia. Su prima Astrid Leong tiritaba estoica a su lado, y todo porque su madre, Felicity, *dai gu cheh* de él —o «tía» en cantonés— había dicho que era un pecado tomar un taxi para nueve manzanas y les había obligado a recorrer todo el camino a pie desde la estación de metro de Piccadilly.

Cualquier otro que por casualidad hubiese presenciado la escena habría podido ver a un niño de ocho años sorprendentemente tranquilo y a un etéreo suspiro de niña sentados en silencio en un rincón, pero lo único que veía Reginald Ormsby desde su mesa, que dominaba el vestíbulo, era a dos niños chinos que estaban manchando el sofá de tejido adamascado con sus abrigos empapados. Y, a partir de ahí, todo fue a peor. Cerca de ellos había tres mujeres chinas que se secaban frenéticamente con pañuelos mientras un adolescente se deslizaba rápidamente por el vestíbulo, dejando con sus zapatillas huellas de barro sobre el suelo de mármol de cuadros blancos y negros.

Ormsby bajó corriendo desde la entreplanta consciente de que podría encargarse con más eficacia que sus recepcionistas de esos extranjeros.

—Buenas tardes, soy el director. ¿Les puedo ayudar en algo? —preguntó despacio, exagerando la pronunciación de cada palabra.

—Sí, buenas tardes. Tenemos una reserva —contestó la mujer en perfecto inglés.

Ormsby la miró sorprendido.

—¿A qué nombre está?

—Eleanor Young y familia.

Ormsby se quedó helado. Reconocía ese nombre, sobre todo porque el grupo de los Young había reservado la suite Lancaster. Pero ¿quién iba a imaginar que «Eleanor Young» resultaría ser una china? ¿Y bajo qué inaudita circunstancia había terminado aquí? Puede que el Dorchester o el Ritz permitieran la entrada a personas así, pero esto era el Calthorpe, propiedad de los Calthorpe-Cavendish-Gore desde el reinado de Jorge IV y dirigido a todos los efectos como un club privado para el tipo de familias que aparecían en publicaciones como el *Debrett's* o el *Almanaque de Gotha.* Ormsby miró a aquellas mujeres desaliñadas y a los niños empapados. La marquesa viuda de Uckfield se estaba alojando allí el fin de semana y él apenas podía imaginarse qué pensaría de que «gente así» apareciera al día siguiente en el desayuno. Tomó una rápida decisión.

—Lo siento muchísimo, pero parece que no encuentro ninguna reserva a su nombre.

—¿Está seguro? —preguntó Eleanor sorprendida.

—Muy seguro. —Ormsby la miró con una sonrisa tensa.

Felicity Leong se unió a su cuñada en el mostrador de recepción.

—¿Hay algún problema? —preguntó impaciente, ansiosa por llegar a la habitación para secarse el pelo.

—*Alamak*[*], no encuentran nuestra reserva —respondió Eleanor con un suspiro.

—¿Cómo es posible? ¿Puede que hicieras la reserva con otro nombre? —preguntó Felicity.

—No, *lah*. ¿Por qué iba a hacerlo? Siempre reservo a mi nombre —respondió Eleanor molesta. ¿Por qué Felicity daba invariablemente por hecho que era una incompetente? Volvió a dirigirse al director—: ¿Puede volver a comprobarlo, señor? Yo confirmé nuestra reserva hace tan solo dos días. Se suponía que iban a darnos su suite más grande.

—Sí, sé que reservaron la suite Lancaster, pero no encuentro su nombre por ningún sitio —insistió Ormsby.

—Perdone, pero, si sabe que hemos reservado la suite Lancaster, ¿por qué no nos da la habitación? —preguntó Felicity, confundida.

«Demonios». Ormsby se maldijo por su propio desliz.

—No, no. Me ha interpretado mal. Lo que quería decir es que puede que ustedes creyeran que habían reservado la suite Lancaster, pero lo cierto es que no encuentro ningún registro al respecto. —Se giró un momento fingiendo que rebuscaba en otros papeles.

Felicity se inclinó por encima del mostrador de roble pulido, tiró hacia ella del libro de reservas de cubierta de piel y pasó las páginas.

—¡Mire! Lo dice aquí mismo. «Señora Eleanor Young. Suite Lancaster para cuatro noches». ¿No lo ve?

---

* Jerga malaya para expresar sorpresa o exasperación como «Cielo santo» o «Dios mío». *Alamak* y *lah* son las palabras argóticas más usadas normalmente en Singapur. (*Lah* es un sufijo que puede utilizarse al final de cualquier expresión para darle énfasis, pero no existe ninguna explicación válida del motivo por el que lo usa la gente, *lah*).

—¡Señora! ¡Eso es PRIVADO! —gritó Ormsby enfurecido y sobresaltando a sus dos recepcionistas subalternos, que miraron incómodos a su director.

Felicity se quedó contemplando al casi calvo y ruborizado hombre y, de repente, la situación pareció bastante clara. No había visto ese tipo de desdén y superioridad desde su niñez, en los últimos tiempos del Singapur colonial, y pensaba que esa clase de racismo manifiesto ya no existía.

—Señor, este hotel nos lo ha recomendado encarecidamente la señora Mince, la esposa del obispo anglicano de Singapur, y he visto claramente nuestro nombre en su libro de reservas —dijo con tono educado pero firme—. No sé qué está pasando aquí, pero hemos recorrido un trayecto muy largo y nuestros hijos están cansados y tienen frío. Insisto en que respete nuestra reserva.

Ormsby estaba indignado. ¿Cómo se atrevía esa china con una permanente a lo Thatcher y un absurdo acento inglés a hablarle de ese modo?

—Sencillamente, me temo que no tenemos nada disponible —declaró.

—¿Me está diciendo que no quedan habitaciones en todo el hotel? —preguntó Eleanor con incredulidad.

—Sí —contestó él bruscamente.

—¿Adónde se supone que vamos a ir a estas alturas? —preguntó Eleanor.

—¿Quizá a algún sitio del barrio chino? —respondió Ormsby resoplando por la nariz. Esas extranjeras ya le habían hecho perder bastante tiempo.

Felicity volvió al lugar donde su hermana menor, Alexandra Cheng, vigilaba el equipaje.

—¡Por fin! Estoy deseando darme un baño caliente —dijo Alexandra con impaciencia.

—En realidad, ese odioso hombre se niega a darnos nuestra habitación —protestó Felicity sin intentar ocultar su enfado.

—¿Qué? ¿Por qué? —preguntó Alexandra, completamente confundida.

—Creo que tiene algo que ver con el hecho de que seamos chinas —contestó Felicity, como si apenas pudiera creer sus propias palabras.

—*Gum suey ah!** —exclamó Alexandra—. Deja que hable con él. Como vivo en Hong Kong, tengo más experiencia a la hora de tratar con estos tipos.

—Alix, no te molestes. ¡Es el típico *ang mor gau sai*!** —exclamó Eleanor.

—Aun así, ¿no se supone que este es uno de los mejores hoteles de Londres? ¿Cómo pueden salir con ese tipo de comportamiento? —preguntó Alexandra.

—¡Exacto! —contestó Felicity llena de furia—. Normalmente, los ingleses son muy simpáticos. Nunca me han tratado así en todos los años que llevo viniendo aquí.

Eleanor se mostró de acuerdo, aunque en privado pensaba que Felicity era, en parte, culpable de ese desastre. Si Felicity no fuera tan *giam siap**** y les hubiese dejado tomar un taxi desde Heathrow, habrían llegado con un aspecto mucho menos desaliñado. (Por supuesto, tampoco ayudaba que sus cuñadas fueran siempre tan mal vestidas; tenía que rebajar su elegancia cada vez que viajaba con ellas desde aquel viaje a Tailandia en el que todos las habían tomado por sus criadas).

---

* En cantonés, «¡Qué despreciable!».

** Una encantadora expresión coloquial del dialecto hokkien que se traduce como «mierda de perro *(gau sai)* pelirroja» *(ang mor).* Se utiliza para referirse a todos los occidentales y normalmente se abrevia con un simple «*ang mor*».

*** En hokkien, «tacaña», «mezquina». (La gran mayoría de los habitantes de Singapur hablan inglés, pero es normal mezclar palabras en malayo, indio y distintos dialectos chinos para formar un dialecto local conocido como «singlish»).

Edison Cheng, el hijo de doce años de Alexandra, se acercó a las señoras con despreocupación mientras daba sorbos a un refresco en un vaso alto.

—¡Anda, Eddie! ¿De dónde has sacado eso? —exclamó Alexandra.

—Del camarero, claro.

—¿Cómo lo has pagado?

—No lo he pagado. Le he dicho que lo cargue a nuestra suite —contestó Eddie alegremente—. ¿Podemos subir ya? Me muero de hambre y quiero pedir algo al servicio de habitaciones.

Felicity negó con la cabeza con gesto de desaprobación. Los chicos de Hong Kong estaban de lo más consentidos, pero este sobrino suyo era incorregible. Por suerte, ahora estaban allí para dejarlo en un internado, donde le inculcarían algo de sensatez. Duchas frías matutinas y tostadas rancias con extracto de carne Bovril, eso era lo que necesitaba.

—No, no, ya no nos vamos a quedar aquí. Ve a cuidar de Nicky y Astrid mientras decidimos qué hacer —le ordenó Felicity.

Eddie se acercó a sus primos menores y retomó el juego que habían empezado en el avión.

—¡Levantaos del sofá! Recordad que yo soy el presidente, así que soy yo el que se sienta —les ordenó—. Toma, Nicky, sujeta mi vaso mientras yo chupo de la pajita. Astrid, tú eres mi secretaria ejecutiva, así que tendrás que masajearme los hombros.

—No sé por qué eres tú el presidente y Nicky el vicepresidente y yo tengo que ser la secretaria —protestó Astrid.

—¿No te lo he explicado ya? Yo soy el presidente porque soy cuatro años mayor que vosotros dos. Tú eres la secretaria ejecutiva porque eres la chica. Necesito que una chica me dé un masaje en los hombros y me ayude a elegir joyas para todas mis amantes. El padre de Leo, mi mejor amigo, Ming Kah-Ching, es el tercer hombre más rico de Hong Kong y eso es lo que hace su secretaria.

—Eddie, si quieres que sea tu vicepresidente, debería hacer algo más importante que sujetarte el vaso —protestó Nick—. Todavía no hemos decidido a qué se dedica nuestra empresa.

—Yo sí lo he decidido. Fabricamos limusinas personalizadas, como Rolls-Royce y Jaguar —aclaró Eddie.

—¿No podemos hacer algo más guay, como una máquina del tiempo? —preguntó Nick.

—Bueno, tenemos limusinas ultraespeciales con prestaciones como jacuzzis, compartimentos secretos y asientos eyectables como los de James Bond —explicó Eddie dando un bote desde el sofá tan repentinamente que tiró el vaso de la mano de Nick. La Coca-Cola se derramó por todas partes y el sonido del cristal al romperse sonó en todo el vestíbulo. El jefe de botones, el conserje y los recepcionistas lanzaron una mirada fulminante hacia los niños. Alexandra se acercó rápidamente a la vez que agitaba un dedo consternada.

—¡Eddie! ¡Mira lo que has hecho!

—No ha sido culpa mía. Ha sido Nicky el que lo ha tirado —se apresuró a decir Eddie.

—¡Pero es tu vaso y has sido tú el que me ha dado un golpe en la mano y ha hecho que se caiga! —se defendió Nick.

Ormsby se acercó a Felicity y Eleanor.

—Me temo que voy a tener que pedirles que salgan de aquí.

—¿Podemos hacer antes una llamada? —suplicó Eleanor.

—Creo que los niños ya han causado bastantes daños por una noche, ¿no le parece? —bufó él.

Aún seguía lloviznando y el grupo se apretujó bajo un toldo de rayas verdes y blancas de Brook Street mientras Felicity estaba en el interior de una cabina de teléfonos llamando frenéticamente a otros hoteles.

—*Dai gu cheh* parece un soldado en una garita dentro de esa cabina roja —observó Nick bastante entusiasmado con el extraño giro de los acontecimientos—. Mamá, ¿qué vamos a hacer si no encontramos un sitio donde quedarnos esta noche? Quizá podemos dormir en Hyde Park. Hay una increíble haya llorona en Hyde Park que se llama el árbol al revés, con las ramas colgándole tan bajas que casi forma una cueva. Podemos dormir todos debajo y estaremos protegidos...

—¡No digas tonterías! Nadie va a dormir en el parque. *Dai gu cheh* está llamando ahora a otros hoteles —dijo Eleanor, pensando que su hijo se estaba pasando de precoz.

—¡Sííí, yo quiero dormir en el parque! —chilló Astrid encantada—. Nicky, ¿te acuerdas de cuando una noche llevamos aquella cama grande de hierro de la casa de Ah Ma al jardín y dormimos bajo las estrellas?

—Bueno, por lo que a mí respecta, vosotros dos podéis dormir en una *loong kau**, pero yo prefiero la gran suite real, donde podré pedir un sándwich vegetal con champán y caviar —dijo Eddie.

—No seas ridículo, Eddie. ¿Cuándo has comido tú caviar? —preguntó su madre.

—En casa de Leo. Su mayordomo siempre nos sirve caviar con pequeños triángulos de pan tostado. Y siempre es de beluga iraní, porque la madre de Leo dice que el caviar iraní es el mejor —contestó Eddie.

—Muy propio de Connie Ming decir cosas así —murmuró Alexandra, contenta de que su hijo hubiese escapado por fin de la influencia de esa familia.

Dentro de la cabina, Felicity intentaba explicar el apuro a su marido en medio de una comunicación chirriante con Singapur.

---

* En cantonés, «alcantarilla».

—¡Qué sinsentido, *lah*! ¡Deberías haber exigido que os dieran la habitación! —protestó Harry Leong enojado—. Siempre eres demasiado educada. A estas personas del servicio hay que ponerlas en su sitio. ¿Les has dicho quiénes somos? ¡Voy a llamar al ministro de Comercio e Inversión ahora mismo!

—Vamos, Harry, no me estás ayudando. Ya he llamado a más de diez hoteles. ¿Quién iba a saber que hoy era el Día de la Commonwealth? La ciudad está llena de personalidades y todos los hoteles están llenos. La pobre Astrid está empapada. Necesitamos encontrar algún sitio para esta noche antes de que tu hija se muera de frío.

—¿Has probado a llamar a tu primo Leonard? Quizá podáis tomar un tren directo a Surrey —sugirió Harry.

—Le he llamado. No está en su casa. Va a estar cazando urogallos en Escocia todo el fin de semana.

—¡Menudo lío! —exclamó Harry con un suspiro—. Deja que llame a Tommy Toh, de la embajada de Singapur. Seguro que él puede solucionarlo. ¿Cómo se llama ese maldito hotel racista?

—El Calthorpe —respondió Felicity.

—*Alamak*, ¿es el que es propiedad de Rupert Calthorpe no sé qué no sé cuántos? —preguntó Harry, repentinamente animado.

—No tengo ni idea.

—¿Dónde está?

—En Mayfair, cerca de Bond Street. Lo cierto es que es un hotel bastante bonito, si no fuera por ese horrible director.

—¡Sí, creo que es ese! Yo estuve jugando al golf con ese Rupert como se llame y otros ingleses más el mes pasado en California y recuerdo que me lo contó todo de ese sitio. Felicity, tengo una idea. Voy a hablar con ese tal Rupert. Quédate donde estás y te llamo ahora.

Ormsby se quedó mirando incrédulo cuando, de pronto, los tres niños chinos entraron de nuevo por la puerta, apenas una hora después de haber desalojado a todo el grupo.

—Eddie, voy a por algo de beber. Si quieres algo, ve a pedírtelo tú —dijo Nick con firmeza a su primo mientras se dirigía hacia el salón.

—Recuerda lo que ha dicho tu madre. Ya es muy tarde para que bebamos Coca-Cola —le advirtió Astrid corriendo por el vestíbulo para tratar de alcanzarlos.

—Entonces, me pediré un ron con Coca-Cola —replicó Eddie con descaro.

—¿Qué demonios...? —bramó Ormsby mientras atravesaba el vestíbulo para interceptar a los niños. Antes de que pudiera alcanzarlos, vio de repente a lord Rupert Calthorpe-Cavendish-Gore acompañando a las chinas al interior del vestíbulo, aparentemente en medio de un recorrido turístico.

—Y mi abuelo trajo a René Lalique en 1918 para que hiciera las vidrieras que pueden ver aquí, en el gran vestíbulo. Sobra decir que Lutyens, que supervisaba las obras, no aprobó estas florituras *art nouveau.* —Las mujeres rieron cortésmente.

El personal se puso enseguida en alerta, sorprendido al ver al anciano lord, que no había puesto un pie en el hotel desde hacía años. Lord Rupert se giró hacia el director.

—Ah, Wormsby, ¿no es así?

—Sí, milord —respondió él demasiado aturdido como para corregir a su jefe.

—¿Haría el favor de preparar unas habitaciones para las encantadoras señora Young, señora Leong y señora Cheng?

—Pero, señor, yo solo... —trató de protestar Ormsby.

—Y, Wormsby —continuó lord Rupert con tono desdeñoso—, le encomiendo que haga al personal un anuncio muy importante: a partir de esta tarde, el largo historial de mi familia como conservadores del Calthorpe ha terminado.

Ormsby se quedó mirándolo con absoluto asombro.

—Milord, seguro que hay algún tipo de error...

—No, ningún error en absoluto. He vendido el Calthorpe hace muy poco, con todo incluido. Permítame que le presente a la nueva dueña, la señora Felicity Leong.

—¿QUÉ?

—Sí, el esposo de la señora Leong, Harry Leong, un tipo estupendo con un *swing* derecho mortal, al que conocí en el campo de golf de Pebble Beach, me ha llamado para hacerme una oferta maravillosa. Ahora podré dedicar todo mi tiempo a pescar macabíes en Eleuthera sin tener que preocuparme de esta mole gótica.

Ormsby se quedó mirando a las mujeres con la boca abierta.

—Señoras, ¿por qué no vamos con sus adorables hijos al bar para hacer un brindis? —sugirió alegre lord Rupert.

—Eso sería maravilloso —contestó Eleanor—. Pero primero, Felicity, ¿no querías decirle algo a este hombre?

Felicity miró a Ormsby, que ahora parecía estar a punto de desmayarse.

—Ah, sí. Casi me olvido —empezó a decir con una sonrisa—. Me temo que voy a tener que pedirle que salga del hotel.

Primera parte

En ningún lugar del mundo se encontrará
a gente más rica que la de China.

Ibn Batuta (siglo xiv)

1

Nicholas Young y Rachel Chu

Nueva York, 2010

Estás seguro de esto? —volvió a preguntar Rachel soplando suavemente sobre la superficie humeante de su taza de té. Estaban sentados en su mesa habitual, junto a la ventana del Tea & Sympathy, y Nick acababa de invitarla a pasar el verano con él en Asia.

—Rachel, me encantaría que vinieras —la tranquilizó Nick—. No tenías planeado dar clases este verano, así que ¿qué es lo que te preocupa? ¿Crees que no vas a ser capaz de soportar el calor y la humedad?

—No, no es eso. Sé que vas a estar muy ocupado con todas tus obligaciones como padrino y no quiero ser una distracción —contestó Rachel.

—¿Qué distracción? La boda de Colin solo va a ocuparme la primera semana en Singapur y, después, podemos pasar el resto del verano moviéndonos por Asia. Vamos, deja que te enseñe el lugar donde me crie. Quiero llevarte a todos mis sitios preferidos.

—¿Me vas a enseñar la cueva sagrada en la que perdiste la virginidad? —se burló Rachel a la vez que arqueaba una ceja con expresión juguetona.

—¡Por supuesto! ¡Incluso podemos hacer una reconstrucción de los hechos! —se rio Nick mientras untaba mermelada y nata cuajada sobre un *scone* aún caliente del horno—. ¿Y no vive en Singapur una buena amiga tuya?

—Sí, Peik Lin, mi mejor amiga de la facultad —contestó Rachel—. Lleva años intentando convencerme de que vaya a visitarla.

—Razón de más. Rachel, te va a encantar. ¡Y sé que vas a alucinar con la comida! ¿Sabes que Singapur es el país más obsesionado con la comida de todo el planeta?

—Bueno, solo con ver la expresión que pones con todo lo que comes, me imaginaba que debe de ser algo parecido al deporte nacional.

—¿Te acuerdas del artículo de Calvin Trillin en el *New Yorker* sobre los puestos de comida callejeros de Singapur? Te llevaré a todos los garitos de la ciudad de los que ni siquiera él ha oído hablar. —Nick dio otro bocado a su esponjoso *scone* y continuó hablando con la boca llena—: Sé cuánto te gustan estos *scones.* Espera a saborear los de mi Ah Ma...

—¿Tu Ah Ma hace *scones?* —Rachel trataba de imaginarse a una abuela china tradicional preparando aquel dulce tan típicamente inglés.

—Bueno, no es que los haga ella exactamente, pero tiene los mejores *scones* del mundo, ya lo verás —respondió Nick dándose la vuelta instintivamente para asegurarse de que nadie de aquel pequeño y acogedor lugar le había oído. No quería convertirse en persona *non grata* en su cafetería favorita por demostrar su lealtad a otros *scones,* aunque fuesen los de su abuela.

En una de las mesas de al lado, la chica acurrucada tras la bandeja de tres pisos atiborrada de pequeños sándwiches se iba emocionando cada vez más con la conversación que estaba escuchando. Había sospechado que podría ser él, pero ahora tenía la confirmación absoluta. Sí que era Nicholas Young. Aunque en aquella época ella solo tenía quince años, Celine Lim nunca había olvidado el día en que Nicholas pasó junto a su mesa del Pulau Club* y miró con aquella irresistible sonrisa a su hermana Charlotte.

«¿Es ese uno de los hermanos Leong?», había preguntado su madre.

«No, es Nicholas Young, primo de los Leong», había contestado Charlotte.

«¿El hijo de Philip Young? Anda, ¿cuándo ha dado ese estirón? ¡Está muy guapo ahora!», había exclamado la señora Lim.

«Acaba de regresar de Oxford. Doble licenciatura en Historia y Derecho», había añadido Charlotte, adelantándose a la siguiente pregunta de su madre.

«¿Por qué no te has levantado para hablar con él?», había preguntado la señora Lim con excitación.

«¿Para qué iba a molestarme, si espantas a todos los chicos que se atreven a acercarse?», había respondido con brusquedad Charlotte.

«*Alamak*, ¡qué niña tan estúpida! Yo solo trato de protegerte de los cazadores de fortunas. Tendrías suerte de conseguir a este. ¡A este le puedes *cheong*!».

Celine no había podido creer que su madre estuviese animando de verdad a su hermana a cazar a ese chico. Había mirado con curiosidad a Nicholas, que en ese momento se reía alegremente con sus amigos en una mesa bajo una sombrilla azul y blanca junto a la piscina. Incluso desde lejos llamaba la atención. Al contrario que los demás chicos con sus reglamentarios cortes de pelo de barbería india, Nicholas tenía un pelo negro perfectamente desaliñado, esculpidos rasgos de estrella pop can-

* El club de campo más prestigioso de Singapur (donde prácticamente resulta más difícil que te admitan como socio que ser nombrado sir).

tonesa y unas pestañas increíblemente densas. Era el chico más guapo y encantador que había visto nunca.

«Charlotte, ¿por qué no te acercas y le invitas a tu fiesta benéfica del sábado?», había insistido su madre.

«Déjalo ya, mamá. —Charlotte había sonreído con los dientes apretados—. Sé lo que hago».

Pero resultó que Charlotte no sabía lo que hacía, pues Nicholas no llegó a aparecer en su gala benéfica, para eterno disgusto de su madre. Aquella tarde en el Pulau Club había dejado, sin embargo, una marca tan indeleble en la memoria adolescente de Celine que, seis años después, en el otro extremo del planeta, ella aún lo reconocía.

—Hannah, deja que te haga una fotografía con ese delicioso y pringoso pastel de tofe —dijo Celine a la vez que sacaba su teléfono con cámara. Lo apuntó hacia su amiga, pero dirigió la cámara disimuladamente hacia Nicholas. Hizo la fotografía y la envió de inmediato a su hermana, que ahora vivía en Atherton, California. Su móvil sonó momentos después.

Hermana: ¡DIOS MÍO! ¡ES NICK YOUNG! ¿DÓNDE ESTÁS?
Celine Lim: En T&S.
Hermana: ¿Quién es la chica con la que está?
Celine Lim: Su novia, creo. Parece americana de procedencia china.
Hermana: Mmm..., ¿ves algún anillo?
Celine Lim: Ninguno.
Hermana: ¡¡¡Porfa, espíalos y me dices!!!
Celine Lim: ¡¡¡Me debes una!!!

Nick miraba por la ventana de la cafetería, asombrado de ver a la gente con perros diminutos que paseaba por aquel tramo de Greenwich Avenue como si fuese una pasarela de las razas más de moda de la ciudad. Un año atrás, los bulldogs franceses eran lo más, pero ahora parecía que los galgos italianos les ganaban la partida. Volvió a mirar a Rachel y retomó su campaña.

—Lo mejor de empezar en Singapur es que es el campamento base perfecto. Malasia está solo al otro lado de un puente y Hong Kong, Camboya y Tailandia están a tiro de piedra. Incluso podemos dar el salto a Indonesia...

—Suena de lo más increíble, pero diez semanas... No sé si quiero estar fuera tanto tiempo —cavilaba Rachel. Podía ver el entusiasmo de Nick y la idea de visitar Asia de nuevo le encantaba. Rachel había pasado un año dando clases en Chengdu entre la universidad y los estudios de posgrado, pero en aquel entonces no podía permitirse viajar a ningún sitio más allá de las fronteras de China. Como economista, sí que tenía suficientes conocimientos sobre Singapur: una diminuta e intrigante isla en el extremo de la península malaya que en pocas décadas había pasado de ser un páramo colonial británico a convertirse en el país con la mayor concentración de millonarios del mundo. Sería fascinante ver ese lugar de cerca, sobre todo teniendo a Nick de guía.

Pero había algo en ese viaje que hacía que Rachel mostrara cierto recelo y no podía evitar pensar en sus posteriores implicaciones. Nick hacía que pareciera algo espontáneo, pero, conociéndole, estaba segura de que lo tenía mucho más pensado de lo que decía. Llevaban juntos casi dos años y ahora la invitaba a un largo viaje para visitar la ciudad donde se crio y asistir a la boda de su mejor amigo, nada menos. ¿Significaba eso lo que ella pensaba que significaba?

Rachel miró su taza de té y deseó poder adivinar algo al mirar las hojas posadas en el fondo del dorado té de Assam. Nunca había sido el tipo de chica que buscara cuentos de hadas con finales felices. Con veintinueve años, según los estándares chinos se había adentrado ya bastante en el territorio de las solteronas, y, aunque sus entrometidos parientes trataban continuamente de hacer que sentara cabeza, ella había pasado la mayor parte de su veintena concentrada en sus estudios de posgrado, terminando su tesis y comenzando su carrera profesional en la enseñanza. Sin embargo, esta invitación sorpresa había encendido algún arcaico instinto dentro de ella. «Quiere llevarme a su casa. Quiere que conozca a su familia». El tanto tiempo dormido romanticismo que había en ella se estaba despertando y sabía que solo cabía dar una respuesta.

—Tendré que consultar con mi decano para que me diga cuándo debo estar de vuelta, pero ¿sabes qué? ¡Vamos a hacerlo! —dijo Rachel. Nick se inclinó desde el otro lado de la mesa y la besó, exultante.

Minutos después, antes de que la misma Rachel conociera con certeza sus planes de verano, el contenido de su conversación ya había empezado a difundirse a lo largo y ancho del planeta como un virus que se hubiese liberado. Después de que Celine Lim (graduada en Moda en la Escuela de Diseño Parsons) enviara un correo electrónico a su hermana Charlotte Lim (recientemente prometida con el emprendedor Henry Chiu) en California, Charlotte llamó a su mejor amiga, Daphne Ma (la hija menor de sir Benedict Ma), en Singapur, y la informó de todo sin respiro. Daphne envió un mensaje a ocho amigas, incluida Carmen Kwek (nieta de Robert Kwek, alias el Rey del Azúcar) en Shanghái, cuya prima Amelia Kwek había ido a Oxford con Nicholas Young. Amelia simplemente tuvo que enviar un mensaje a su amiga Justina Wei (la heredera de Instant Noodle) en Hong Kong, y Justina, cuyo despacho en Hutchison Whampoa estaba justo enfrente del de Roderick Liang (de los Liang del Grupo Financiero Liang), simplemente tuvo que interrumpir su llamada a larga distancia para compartir ese jugoso chisme. A su vez, Roderick habló por Skype con su novia, Lauren Lee, que estaba de vacaciones en el Royal Mansour de Marrakech con su abuela, la señora Lee Yong Chien (no necesita de más presentaciones), y su tía Patsy Teoh (Miss Taiwán 1979 y ahora exesposa del magnate de las telecomunicaciones Dickson Teoh). Patsy llamó desde la piscina a Jacqueline Ling (nieta del filántropo Ling Yin Chao) de Londres, muy consciente de que Jacqueline tendría línea directa con Cassandra Shang (prima segunda de Nicholas Young), que pasaba todas las primaveras en la gran finca de su familia en Surrey. Y así, esta exótica cadena de chismorreos se extendió rápidamente a través de las redes orientales de la *jet set* asiática, y, en pocas horas, casi todos los miembros de este exclusivo círculo sabían que Nicholas Young iba a llevar a una chica a Singapur.

¡Y *alamak*! Esa era una gran noticia.

2

Eleanor Young

Singapur

Todos sabían que el *Dato'** Tai Toh Lui había hecho su primera fortuna de forma sucia, hundiendo el Banco Loong Ha a principios de los ochenta, pero, en las dos décadas posteriores, los esfuerzos de su esposa, la *Datin* Carol Tai, por medio de las adecuadas organizaciones benéficas, habían dado al apellido Tai un lustre de respetabilidad. Todos los jueves, por ejemplo, la *datin* celebraba en su dormitorio una merienda para sus amigas más íntimas para estudiar la Biblia, y Eleanor Young se aseguraba de asistir.

El dormitorio palaciego de Carol no se encontraba, en realidad, en la amplísima estructura de cristal y acero en la que vivían todos en Kheam Hock Road y a la que apodaban «la casa de Star Trek». Por consejo del equipo de seguridad de su marido,

---

* Un título honorífico muy reputado en Malasia (similar al de sir británico) que confiere un gobernante real heredero de uno de los nueve estados malayos. A menudo, este título lo utilizan los miembros de la realeza malaya para premiar a poderosos empresarios, políticos y filántropos de Malasia, Singapur e Indonesia, y hay personas que pasan décadas lamiendo culos solo por hacerse con el título. A la esposa del *dato'* se la llama *datin*.

el dormitorio estaba oculto en el pabellón de la piscina, una fortaleza de travertino blanco que abarcaba el largo de la piscina como un Taj Mahal posmoderno. Para llegar hasta él, o bien había que seguir el camino que serpenteaba por los jardines de roca de coral, o bien había que tomar el atajo a través del ala de servicio. Eleanor siempre prefería el camino más rápido, pues solía evitar el sol para mantener su cutis de porcelana blanca. Además, como la más antigua amiga de Carol, se consideraba exenta de las formalidades de tener que esperar en la puerta hasta que el mayordomo la anunciara y todas esas tonterías.

Por otra parte, a Eleanor le encantaba pasar por las cocinas. Las viejas *amahs* que se agachaban sobre las cacerolas de esmalte siempre abrían las tapaderas para que Eleanor oliera las humeantes hierbas medicinales que hervían para el marido de Carol («un Viagra natural», como decía él) y las sirvientas de la cocina que destripaban el pescado en el patio adulaban a la señora Young alabando lo joven que parecía a sus sesenta años, con su moderna melena a la altura del mentón y su rostro sin arrugas (antes de ponerse a debatir frenéticamente, una vez que ella ya no las oía, qué nuevo y caro tratamiento estético se habría hecho la señora Young).

Cuando Eleanor llegó al dormitorio de Carol, las habituales asistentes al estudio de la Biblia —Daisy Foo, Lorena Lim y Nadine Shaw— ya estaban esperando. Allí, protegidas del fuerte calor ecuatorial, aquellas viejas amigas se despatarraban lánguidamente por la habitación y analizaban los versos de la Biblia que se les había asignado en sus guías de estudio. El lugar de honor sobre la cama *huanghuali*[*] de Carol de la dinastía Qing

---

[*] *Huanghuali* significa literalmente «pera amarilla en flor», un tipo de palisandro de lo más raro que ahora está prácticamente extinguido. En las últimas décadas, los muebles de *huanghuali* se han convertido en una presa muy codiciada por los coleccionistas exigentes. Al fin y al cabo, van muy bien con los muebles modernos de mediados de siglo.

siempre se reservaba para Eleanor, pues, aunque aquella era la casa de Carol y era ella la que estaba casada con el multimillonario financiero, Carol aún dejaba que fuera Eleanor quien dirigiera la reunión. Así habían sido las cosas desde que eran vecinas en la infancia en Serangoon Road, principalmente porque, al ser de una familia de habla china, Carol siempre se había sentido inferior a Eleanor, que se había criado con el inglés como primera lengua. (Las demás también se postraban ante ella, porque, incluso entre unas señoras de matrimonios tan provechosos, Eleanor las había superado a todas al convertirse en la señora de Philip Young).

El almuerzo de ese día empezaba con codorniz estofada y oreja de mar sobre fideos caseros, y Daisy (casada con el magnate del caucho Q. T. Foo pero nacida con el apellido Wong de los Ipoh Wong) se esforzaba por separar los fideos con almidón mientras trataba de encontrar el capítulo 1 de Timoteo en su Biblia del rey Jacobo. Con su pelo corto y con permanente y sus gafas de lectura sin montura colocadas en la punta de la nariz, parecía la directora de un colegio femenino. Con sesenta y cuatro años, era la mayor de las señoras, y, aunque todas las demás tenían su Nueva Biblia Estándar Americana, Daisy siempre insistía en leer su versión diciendo: «Yo fui a un colegio de monjas y ellas fueron las que me enseñaron, así que para mí la mejor siempre será la del rey Jacobo». Unas diminutas gotas de caldo con ajo salpicaron la finísima página, pero ella se las arregló para mantener el libro abierto con una mano mientras con la otra manejaba con habilidad los palillos de marfil.

Nadine, mientras tanto, se ocupaba de pasar las hojas de su Biblia particular: el último número de la revista *Singapore Tattle.* Ansiaba ver cada mes cuántas fotografías de su hija Francesca —la famosa «heredera de Comidas Shaw»— aparecían en la sección «Soirées» de la revista. La misma Nadine era una habitual de las páginas de sociedad, con su maquillaje al estilo kabuki, sus joyas del tamaño de frutas tropicales y su pelo demasiado cardado.

—¡Mira, Carol, el *Tattle* ha dedicado dos páginas completas a tu desfile benéfico para Asistentes Cristianos! —exclamó Nadine.

—¿Ya? No sabía que iban a sacarlo tan rápidamente —respondió Carol. Al contrario que Nadine, ella siempre sentía cierto bochorno al verse en las revistas, aunque los editores no dejaban de alabar constantemente su «estilo de cantante clásica de Shanghái». Carol se veía obligada a asistir a unas cuantas galas benéficas cada semana, como todas las cristianas evangélicas, y también porque su marido no dejaba de recordarle que «ser una Madre Teresa era bueno para los negocios».

Nadine examinaba de arriba abajo las satinadas páginas.

—Esa Lena Teck ha aumentado bastante de peso desde su crucero por el Mediterráneo, ¿verdad? Debía de ser uno de esos de bufé libre. Uno tiende a pensar que hay que comer más para compensar lo que has pagado. Más le vale tener cuidado, que todas las Teck terminan teniendo los tobillos gordos.

—No creo que a ella le importe que se le pongan gordos los tobillos. ¿Sabes cuánto heredó cuando murió su padre? Me han dicho que ella y sus cinco hermanos recibieron setecientos millones cada uno —dijo Lorena desde su *chaise longue.*

—¿Solo eso? Yo creía que Lena tendría al menos mil millones —replicó Nadine resoplando—. Oye, Elle, qué raro que no haya ninguna foto de tu preciosa sobrina Astrid. Recuerdo que todos los fotógrafos estuvieron arremolinándose alrededor de ella ese día.

—Esos fotógrafos estaban desperdiciando su tiempo. Las fotos de Astrid no se publican nunca en ningún sitio. Su madre firmó un acuerdo con todos los editores de revistas cuando era una adolescente —explicó Eleanor.

—¿Y por qué demonios iba a hacer algo así?

—¿Es que no conoces todavía a la familia de mi marido? Prefieren morirse antes que aparecer en las revistas —respondió Eleanor.

—¿Qué pasa, que son demasiado importantes como para que se les vea mezclándose con otra gente de Singapur? —preguntó Nadine indignada.

—Oye, Nadine, existe una diferencia entre ser importante y ser discreto —observó Daisy, muy consciente de que familias como los Leong y los Young cuidaban su intimidad hasta el punto de la obsesión.

—Importante o no, creo que Astrid es maravillosa —intervino Carol—. ¿Sabéis? Se supone que no debo decirlo, pero Astrid dio el cheque más suculento de la fiesta benéfica. Y me insistió en que la mantuviera en el anonimato. Pero fue su donativo el que hizo que la gala de este año fuera un éxito sin precedentes.

Eleanor vio a la nueva y guapa sirvienta de la China continental entrar en la habitación y se preguntó si no sería una de esas chicas que el *dato*' había escogido de aquella «agencia de empleo» que solía frecuentar en Suzhou, ciudad famosa por tener las mujeres más hermosas de China.

—¿Qué tenemos hoy? —preguntó a Carol mientras la sirvienta dejaba un voluminoso cofre de madreperla junto a la cama.

—Quería enseñaros lo que he comprado en mi viaje a Birmania.

Eleanor abrió la tapa del cofre rápidamente y empezó a sacar con cuidado las bandejas apiladas de terciopelo negro. Una de las cosas que más le gustaban del estudio de la Biblia de los jueves era ver las últimas adquisiciones de Carol. Enseguida estuvieron dispuestas sobre la cama las bandejas que contenían una deslumbrante colección de joyas.

—¡Qué cruces tan elaboradas! ¡No sabía que en Birmania hicieran unos engastes tan buenos!

—No, no, esas cruces son de Harry Winston —la corrigió Carol—. De Birmania son los rubíes.

Lorena se levantó dejando a un lado su almuerzo y fue directa hacia la cama para poner hacia la luz uno de los rubíes del tamaño de un lichi.

—Pues hay que tener cuidado en Birmania, porque muchos de sus rubíes son tratados artificialmente para aumentar su color rojizo. —Como esposa de Lawrence Lim (de los Lim de Joyas L'Orient), Lorena podía hablar de ese tema con autoridad.

—Yo creía que los rubíes de Birmania tenían fama de ser los mejores —comentó Eleanor.

—Señoras, tenéis que dejar de llamarlo Birmania. Ya hace veinte años que se llama Myanmar —las corrigió Daisy.

—*Alamak!* ¡Te pareces a Nicky, siempre corrigiéndome! —protestó Eleanor.

—Oye, a propósito de Nick, ¿cuándo vuelve de Nueva York? ¿No es el padrino de la boda de Colin Khoo? —preguntó Daisy.

—Sí, sí. Pero ya conoces a mi hijo. ¡Siempre soy la última en enterarme de todo! —se quejó Eleanor.

—¿No se queda en tu casa?

—Por supuesto. Siempre se queda con nosotros al principio, antes de ir a casa de la Anciana Señora —dijo Eleanor usando su apodo para su suegra.

—Bueno —continuó Daisy, bajando un poco la voz—, ¿y qué crees que dirá la Anciana Señora sobre su invitada?

—¿A qué te refieres? ¿Qué invitada? —preguntó Eleanor.

—La que... viene con él... a la boda —contestó Daisy despacio, clavando su mirada en las demás señoras con expresión traviesa, consciente de que todas sabían a quién se estaba refiriendo.

—¿Qué estás diciendo? ¿A quién trae? —preguntó Eleanor algo confusa.

—¡Su última novia, *lah*! —reveló Lorena.

—¡No puede ser! Nicky no tiene ninguna novia —insistió Eleanor.

—¿Por qué te cuesta tanto creer que tu hijo tiene una novia? —preguntó Lorena. A ella siempre le había parecido que Nick era el joven más apuesto de su generación. Y con todo ese dinero de los Young, era una lástima que la inútil de su hija Tiffany nunca hubiera conseguido atraerlo.

—Pero seguramente habrás oído hablar de esa chica. La de Nueva York —dijo Daisy entre susurros, disfrutando de ser ella la que estuviera dando la primicia a Eleanor.

—¿Una americana? Nicky no se atrevería a hacer algo así. Daisy, ¡tus informaciones son siempre *ta pah kay*[*]!

—¿Qué dices? Mi información no es *ta pah kay.* ¡Procede de la fuente más fiable! En cualquier caso, tengo entendido que es china —aclaró Daisy.

—¿De verdad? ¿Cómo se llama? ¿Y de dónde es? Daisy, si me dices que es de la China continental, creo que voy a sufrir un derrame cerebral —la advirtió Eleanor.

—Me han dicho que es de Taiwán —dijo Daisy con cautela.

—Dios mío, espero que no sea uno de esos tornados taiwaneses —comentó Nadine riendo a carcajadas.

—¿Qué quieres decir? —preguntó Eleanor.

—Ya sabes la reputación que tienen a veces esas taiwanesas. Aparecen de forma inesperada, los hombres se enamoran locamente y, antes de que te des cuenta, se han ido, pero no sin haberles sacado hasta el último dólar, igual que un tornado —le explicó Nadine—. Yo conozco a muchos hombres que han caído presas de ellas. Acuérdate de Gerald, el hijo de la señora K. C. Tang, cuya esposa le dejó sin blanca y salió huyendo con todas las reliquias familiares de los Tang. O la pobre Annie Sim,

* En malayo, «inexactas».

que perdió a su marido por culpa de aquella cantante de salón de Taipéi.

En ese momento entró en la habitación el marido de Carol.

—Hola, señoras. ¿Qué tal está hoy Jesucristo? —preguntó echando bocanadas de humo de su puro y removiendo su copa de coñac Hennessy, el vivo retrato de la caricatura de un magnate asiático.

—¡Hola, *Dato'*! —saludaron las señoras al unísono, adoptando rápidamente unas posturas más decorosas.

—¡*Dato'*, Daisy está intentando que me dé un derrame cerebral! ¡Les está diciendo a todas que Nicky tiene una novia nueva taiwanesa! —gritó Eleanor.

—Tranquila, Lealea. Las chicas taiwanesas son encantadoras. Saben muy bien cómo cuidar a un hombre y puede que sea más guapa que todas esas chicas mimadas fruto de la endogamia con las que intentas emparejarlo —dijo el *dato'* sonriendo—. En cualquier caso —continuó, bajando repentinamente la voz—, yo que tú me preocuparía menos por el joven Nicholas y más por Sina Land ahora mismo.

—¿Por qué? ¿Qué pasa con Sina Land? —preguntó Eleanor.

—Sina Land *toh tuew.* Va a caer —respondió el *dato'* con una sonrisa de satisfacción.

—Pero Sina Land es un valor seguro. ¿Cómo puede ser eso? Mi hermano incluso me ha dicho que tienen un montón de proyectos nuevos en el oeste de China —argumentó Lorena.

—El Gobierno chino, según me han dicho mis fuentes, se ha salido de ese enorme proyecto de Sinkiang. Yo acabo de liberar mis acciones y voy a vender cien mil por hora hasta que el mercado cierre. —Dicho lo cual, el *dato'* expulsó una gran nube de humo de su Cohiba y pulsó un botón que había junto a la cama. La gran pared de cristal que daba a la centelleante piscina empezó a inclinarse cuarenta y cinco grados como una enorme puerta de garaje voladiza y el *dato'* salió al jardín en dirección a la casa principal.

Durante unos segundos la habitación quedó en completo silencio. Casi podían oírse los engranajes de las cabezas de cada una de las mujeres rodando a toda marcha. De repente, Daisy se levantó de la silla de un salto, tirando la bandeja de fideos al suelo.

—¡Rápido, rápido! ¿Dónde está mi bolso? ¡Tengo que llamar a mi agente de bolsa!

Eleanor y Lorena corrieron en desbandada, también en busca de sus teléfonos móviles. Nadine tenía a su corredor en el marcado rápido y ya le estaba gritando por el teléfono.

—¡Deshazte de todo! SINA LAND. Sí. ¡Deshazte de todo! ¡Acabo de enterarme de buena tinta que es un caso perdido!

Lorena estaba en el otro extremo de la cama, cubriendo con la mano el teléfono junto a la boca.

—Desmond, no me importa, por favor, empieza a venderlo ya.

Daisy empezó a hiperventilar.

—*Sum toong, ah!*[*]. ¡Voy a perder millones por segundo! ¿Dónde está mi maldito agente? ¡No me digas que ese estúpido sigue almorzando!

Carol se acercó tranquilamente al panel de pantalla digital que había junto a su mesita de noche.

—Mei Mei, ¿me haces el favor de venir a limpiar una cosa que se ha derramado? —A continuación, cerró los ojos, levantó los brazos en el aire y empezó a rezar en voz alta—: Oh, Jesucristo, nuestro señor y salvador, bendito sea tu nombre. Acudimos hoy a ti para pedirte humildemente tu perdón, pues

* En cantonés, «Me va a dar un infarto».

hemos pecado contra ti. Gracias por repartir tus bendiciones sobre nosotras. Gracias, Señor Jesús, por la hermandad que hoy hemos compartido, por darnos la comida de la que hemos disfrutado, por el poder de tu santa palabra. Por favor, cuida de la querida hermana Eleanor, la hermana Lorena, la hermana Daisy y la hermana Nadine, pues están tratando de vender sus acciones de Sina Land...

Carol abrió los ojos un momento y vio con satisfacción que al menos Eleanor estaba rezando con ella. Pero, por supuesto, no podía saber que, tras esos serenos párpados, Eleanor rezaba por otra cosa completamente distinta. «¡Una chica taiwanesa! Por favor, Dios mío, que no sea verdad».

3

Rachel Chu

Nueva York

Era justo después de cenar en Cupertino, las noches que no estaba en casa de Nick, cuando Rachel llamaba a su madre antes de meterse en la cama.

—Adivina quién acaba de cerrar el contrato de la casa grande de Laurel Glen Drive —se vanaglorió emocionada Kerry Chu en mandarín nada más coger el teléfono.

—¡Vaya, mamá, enhorabuena! ¿No es tu tercera venta este mes? —preguntó Rachel.

—¡Sí! ¡He superado el récord de la oficina del año pasado! ¿Ves? Sabía que había tomado la decisión correcta al entrar con Mimi Shen en la oficina de Los Altos —dijo Kerry con satisfacción.

—Vas a ser la agente inmobiliaria del año otra vez. Lo sé —contestó Rachel a la vez que ahuecaba la almohada bajo su cabeza—. Pues yo también tengo una noticia emocionante... Nicky me ha invitado a ir con él a Asia este verano.

—Ah, ¿sí? —respondió Kerry bajando una octava el tono de su voz.

—Mamá, no empieces a hacerte ilusiones —le advirtió Rachel, que tan bien conocía ese tono de su madre.

—¿Yo? ¿Qué ilusiones? Cuando trajiste a Nick a casa en el pasado día de Acción de Gracias, todos los que os vieron a los dos tortolitos dijeron que erais perfectos el uno para el otro. Ahora le toca a él presentarte a su familia. ¿Crees que te va a pedir matrimonio? —preguntó efusivamente Kerry, incapaz de contenerse.

—Mamá, no hemos hablado ni una sola vez de matrimonio —respondió Rachel tratando de quitarle importancia. Por muy emocionada que estuviera por todas las posibilidades que ese viaje planteaba, no iba a animar a su madre, por el momento. Ella ya estaba siempre demasiado preocupada por su felicidad y no quería que sus esperanzas se dispararan... demasiado.

Aun así, Kerry derrochaba expectación.

—Hija, conozco a los hombres como Nick. Puede interpretar todo lo que quiera al erudito bohemio, pero sé que en el fondo es de los que se casan. Quiere sentar la cabeza y tener muchos hijos, así que no hay más tiempo que perder.

—¡Mamá, para ya!

—Además, ¿cuántas noches pasas ya cada semana en su casa? Me sorprende que todavía no os hayáis ido a vivir juntos.

—Eres la única madre china que conozco que anima de verdad a su hija a vivir con un hombre —replicó Rachel riendo.

—¡Soy la única madre china con una hija soltera de casi treinta años! ¿Sabes la cantidad de preguntas que recibo casi a diario? Me estoy empezando a cansar de defenderte. Ayer, sin ir más lejos, me encontré con Min Chung en Peet's Coffee. «Sé que querías que tu hija tuviera antes una carrera profesional, pero ¿no va siendo hora de que esa chica se case?», me preguntó. Sabes que su hija Jessica se ha prometido con el número siete de Facebook, ¿verdad?

—Sí, sí, sí. Me sé toda la historia. En lugar de un anillo de compromiso, él ha creado una beca con su nombre en Stanford —dijo Rachel con tono de aburrimiento.

—Y para nada es tan guapa como tú —añadió Kerry indignada—. Todos tus tíos y tías tiraron la toalla contigo hace tiempo, pero yo siempre he sabido que estabas esperando al hombre adecuado. Por supuesto, tenías que elegir un profesor de universidad, como tú. Al menos vuestros hijos tendrán un descuento en los estudios. Esa va a ser la única forma de que los dos os podáis permitir enviarlos a la universidad.

—Hablando de tíos y tías, prométeme que no vas a contárselo a todos rápidamente. Por favor —le suplicó Rachel.

—¡Uy! Vale, vale. Sé que siempre eres muy cautelosa y no quieres llevarte una decepción, pero en el fondo de mi corazón sé lo que va a pasar —dijo su madre con tono alegre.

—Bueno, pues hasta que pase algo, no tiene sentido darle mucha importancia —insistió Rachel.

—¿Y dónde os vais a alojar en Singapur?

—Supongo que en casa de sus padres.

—¿Viven en una casa o en un piso? —preguntó Kerry.

—No tengo ni idea.

—¡Tienes que averiguar esas cosas!

—¿Qué importancia tiene? ¿Vas a intentar venderles una casa en Singapur?

—Te voy a decir qué importancia tiene. ¿Sabes cómo vais a dormir?

—¿Que cómo vamos a dormir? ¿De qué estás hablando?

—Pues que si sabes si vas a estar en un dormitorio de invitados o si vas a compartir cama con él.

—No se me había ocurrido...

—Hija, eso es lo más importante. No debes suponer que en casa de los padres de Nick vayan a ser de mente tan liberal como la mía. Vas a ir a Singapur y esos chinos de Singapur son los más estirados de todos los chinos. ¡Ya lo sabes! No quiero que sus padres piensen que no te he dado una buena educación.

Rachel soltó un suspiro. Sabía que las intenciones de su madre eran buenas, pero, como era habitual, había conseguido estresarla con detalles que Rachel ni se había planteado.

—Ahora tenemos que pensar qué regalo vas a llevar a los padres de Nick —continuó Kerry con entusiasmo—. Averigua qué le gusta beber a su padre. ¿Whisky? ¿Vodka? Me quedaron muchas botellas de Johnny Walker etiqueta roja de la última fiesta de Navidad de la oficina, puedo enviarte una.

—Mamá, no voy a llevar una botella de alcohol que puedan comprar allí. Deja que piense en el regalo perfecto para llevarles desde América.

—¡Ah, pues ya sé qué le vas a llevar a la madre de Nick! Deberías ir a Macy's para comprarle una de esas preciosas polveras de Estée Lauder. Tienen ahora una oferta y traen un regalo gratis, un neceser de piel de aspecto caro con muestras de barra de labios, perfume y crema de ojos. Créeme, a todas las asiáticas les encantan esos regalos gratis...

—No te preocupes, mamá. Yo me encargo.

4

Nicholas Young

Nueva York

Nick estaba repantingado sobre su maltrecho sofá de piel corrigiendo trabajos de clase cuando Rachel lo mencionó como si tal cosa.

—Y... ¿cómo va a ser cuando estemos en casa de tus padres? ¿Vamos a compartir dormitorio o se escandalizarían?

Nick inclinó la cabeza.

—Eh... Supongo que estaremos en la misma habitación.

—¿Lo supones o lo sabes?

—No te preocupes, una vez allí lo resolveremos todo.

«Lo resolveremos». Normalmente, a Rachel le parecía encantadora esa actitud tan británica de Nick, pero en este caso resultaba un poco frustrante. Al notar su incomodidad, Nick se puso de pie, se acercó adonde ella estaba y la besó en la cabeza con ternura.

—Tranquila. Mis padres son de los que no prestan atención a dónde duerme cada uno.

Rachel se preguntó si eso sería verdad. Trató de volver a su lectura de la página web del Departamento de Estado con consejos para los que viajan al Sudeste Asiático. Mientras estaba allí sentada, iluminada por la pantalla de su ordenador portátil, Nick no pudo evitar maravillarse por la belleza de su novia incluso al final de un largo día. ¿Cómo había sido tan afortunado? Todo lo que veía en ella —desde el cutis húmedo como si volviese de su carrera matutina por la playa hasta su pelo negro obsidiana que le llegaba justo por encima de la clavícula— transmitía una belleza natural y sencilla muy distinta a la de las chicas listas para la alfombra roja que desde siempre le habían rodeado.

En ese momento, Rachel se pasaba distraída el dedo índice a un lado y otro por su labio superior con el entrecejo ligeramente fruncido. Nick conocía muy bien ese gesto. ¿Qué le preocupaba? Desde que la había invitado a que fuera a Asia unos días atrás, las preguntas debían de haberse ido amontonando sin parar en la cabeza de Rachel. ¿Dónde se iban a alojar? ¿Qué regalo debía llevar a sus padres? ¿Qué les había contado Nick de ella? Nick deseaba poder poner freno a aquella brillante mente analítica para que dejara de pensar demasiado en cada aspecto del viaje. Empezaba a ver que Astrid tenía razón. Astrid no era solo su prima, sino su mayor confidente femenina, y había sido la primera con la que había compartido su idea de invitar a Rachel a Singapur en una conversación telefónica una semana antes.

«En primer lugar, sabes que, al instante, la relación va a pasar al siguiente nivel, ¿no? ¿Es lo que de verdad quieres?», había preguntado Astrid sin más rodeos.

«No. Bueno..., puede que sí. No son más que unas vacaciones de verano».

«Vamos, Nicky, esto no son "más que unas vacaciones de verano". No es así como pensamos las mujeres, y lo sabes. Lleváis saliendo en serio casi dos años. Tú tienes treinta y dos y, hasta ahora, nunca has llevado a nadie a casa. Esto es importante. Todos van a suponer que vais a...».

«Por favor, no pronuncies esa palabra», la había interrumpido Nick.

«¿Ves? Sabes que es precisamente eso lo que van a pensar todos. Sobre todo, te aseguro que es lo que va a pensar Rachel».

Nick había soltado un suspiro. ¿Por qué tenía que estar todo tan cargado de significado? Siempre pasaba esto cuando preguntaba la opinión de las mujeres. Puede que llamar a Astrid hubiese sido una mala idea. Era solo seis meses mayor que él, pero, a veces, adoptaba demasiado el papel de hermana mayor. La prefería en su vertiente caprichosa y despreocupada.

«Solo quiero enseñarle a Rachel mi parte del mundo, eso es todo, sin más compromiso —había tratado de explicarse—. Y supongo que una parte de mí quiere ver cuál va a ser su reacción ante eso».

«Con lo de "eso" te refieres a nuestra familia», había dicho Astrid.

«No, no solo a nuestra familia. A mis amigos, a la isla, a todo. ¿Es que no puedo ir de vacaciones con mi novia sin que eso se convierta en un conflicto diplomático?».

Astrid se había quedado callada un momento mientras trataba de evaluar la situación. Esto era lo más serio que su primo había tenido nunca con nadie. Aunque no estuviese dispuesto a admitirlo, ella sabía que, en su subconsciente, él estaba dando el siguiente y crucial paso en el camino hacia el altar. Pero ese paso había que darlo con un cuidado extremo. ¿De verdad estaba Nicky preparado para todas las minas terrestres que iba a hacer estallar? Podía ser bastante inconsciente con respecto a las complejidades del mundo en el que había nacido. Puede que siempre hubiese estado protegido por su abuela, pues era su ojito derecho. O puede que Nick llevase demasiados años viviendo fuera de Asia. En ese mundo no se llevaba a casa a cualquier desconocida sin previo aviso.

«Sabes que Rachel me parece encantadora. De verdad. Pero, si la invitas a ir a casa contigo, eso va a cambiarlo todo entre vosotros dos, te guste o no. No me preocupa si vuestra relación va a poder soportarlo. Sé que sí. Lo que me preocupa es cómo van a reaccionar todos los demás. Ya sabes lo pequeña que es esa isla. Sabes cómo pueden ser las cosas con...».

De repente, la voz de Astrid había quedado ahogada por el agudo sonido entrecortado de una sirena de policía.

«Qué ruido tan extraño. ¿Dónde estás?», había preguntado Nick.

«Estoy en la calle», había respondido Astrid.

«¿En Singapur?».

«No, en París».

«¿Qué? ¿En París?». Nick se había sentido confuso.

«Sí, estoy en la rue de Berri y dos coches de policía acaban de pasar con la sirena».

«Creía que estabas en Singapur. Perdona por llamarte tan tarde... Creía que para ti era por la mañana».

«No, no pasa nada. Solo es la una y media. Estoy volviendo al hotel».

«¿Está Michael contigo?».

«No, está en China por trabajo».

«¿Y qué haces en París?».

«No es más que mi habitual viaje de primavera, ya sabes».

«Ah, sí. —Nick había recordado que Astrid pasaba cada mes de abril en París para sus compras de alta costura. La había visto en París en una ocasión anterior y aún recordaba la fascinación y el tedio que había sentido sentado en el atelier de Yves Saint Laurent de la avenida Marceau, viendo cómo tres costureras revoloteaban alrededor de Astrid mientras ella mantenía una actitud zen envuelta en una creación etérea durante lo que a él le habían parecido diez horas, bebiendo una Coca-Cola Light tras otra para combatir el *jet lag*. Le había parecido un personaje de un cuadro barroco, una infanta española sometida a un arcaico ritual de vestuario recién salida del siglo XVII. (Era una "temporada especialmente poco inspirada", según le había dicho Astrid, y "solo" iba a comprar doce prendas esa primavera, con un gasto bastante superior al millón de euros). Nick ni siquiera había querido imaginar cuánto dinero debía de estar gastando en ese viaje sin nadie allí que la controlara—. Echo de menos París. Hace siglos que no voy. ¿Recuerdas nuestro loco viaje con Eddie?», había preguntado él.

«¡Ay, por favor, no me lo recuerdes! ¡Esa fue la última vez que compartí una suite con ese granuja!».

Astrid se estremeció al pensar que nunca sería capaz de borrar de su mente la imagen de su primo de Hong Kong con aquella *stripper* amputada y aquellos profiteroles.

«¿Te estás alojando en el ático del George V?».

«Como siempre».

«Eres un animal de costumbres. Sería supersencillo asesinarte».

«¿Por qué no lo intentas?».

«Pues, la próxima vez que vayas a París, avísame. Podría darte una sorpresa y cruzar el charco con mi equipo especial de asesino».

«¿Vas a dejarme inconsciente, meterme en la bañera y echarme ácido por encima?».

«No, para ti habrá una solución mucho más elegante».

«Vale, pues ven a por mí. Estaré aquí hasta primeros de mayo. ¿No tienes pronto unas vacaciones de primavera? ¿Por qué no traes a Rachel a pasar un fin de semana largo en París?».

«Ojalá pudiera. Las vacaciones de primavera fueron el mes pasado y a los profesores asociados interinos subadjuntos no nos dan más días. Pero Rachel y yo tenemos todo el verano libre y por eso es por lo que quiero llevarla a casa conmigo».

Astrid había suspirado.

«Sabes lo que va a pasar en el momento en que aterrices en el aeropuerto de Changi con esa chica del brazo, ¿verdad? Ya sabes lo fuerte que fue para Michael cuando empezamos a salir en público. Eso fue hace cinco años y todavía no se ha acostumbrado del todo. ¿De verdad crees que Rachel está preparada para todo eso? ¿Estás preparado tú?».

Nick había guardado silencio. Estaba escuchando todo lo que Astrid le decía, pero su mente ya había tomado una decisión. Estaba preparado. Estaba completamente enamorado de Rachel y había llegado el momento de presumir de ella ante todo el mundo.

«Nicky, ¿cuánto sabe ella?», había preguntado Astrid.

«¿De qué?».

«De nuestra familia».

«No mucho. Tú eres la única a la que conoce. Cree que tienes un gusto estupendo con los zapatos y que tu marido te mima demasiado. Eso es todo».

«Te conviene prepararla un poco», había comentado Astrid con una carcajada.

«¿Para qué la tengo que preparar?», había preguntado Nick con despreocupación.

«Escúchame, Nicky —había dicho Astrid poniendo un tono serio—. No puedes lanzar a Rachel a la piscina sin más. Tienes que prepararla, ¿me estás escuchando?».

5

Astrid Leong

París

Cada 1 de mayo, los L'Herme-Pierre —una de las familias de banqueros más importantes de Francia— celebraban Le Bal du Muguet, una suntuosa fiesta que era el punto culminante de la temporada primaveral para la alta sociedad. Ese año, cuando Astrid entró en el corredor abovedado que llevaba al interior del majestuoso *hôtel particulier* de los L'Herme-Pierre en la Isla de San Luis, un criado vestido con una elegante librea negra y dorada le entregó un delicado ramito de flores.

—Es por Carlos IX, ya sabe. Regalaba lirios a todas las damas de Fontainebleau cada primero de mayo —le explicó una mujer que llevaba una tiara mientras salían al patio donde cientos de globos aerostáticos en miniatura del siglo XVIII flotaban entre los arbustos ornamentales.

Astrid apenas había tenido tiempo de asimilar la placentera visión cuando la vizcondesa Nathalie de L'Herme-Pierre se abalanzó sobre ella.

—Cómo me alegra que hayas venido —dijo con efusividad Nathalie a la vez que saludaba a Astrid con cuatro besos en las mejillas—. Dios mío, ¿eso es lino? ¡Solo tú podrías decantarte por un sencillo vestido de lino para un baile, Astrid! —La anfitriona se reía mientras admiraba los delicados pliegues griegos del vestido amarillo de Astrid—. Un momento..., ¿es un Madame Grès original? —preguntó Nathalie al darse cuenta de que había visto un vestido parecido en el Musée Galliera.

—De su primera época —contestó Astrid, casi abochornada por haber sido descubierta.

—Claro que sí. Dios mío, Astrid, te has vuelto a superar. ¿Cómo demonios has conseguido un Grès de la primera época? —preguntó sorprendida Nathalie. Tras recuperarse, susurró—: Espero que no te importe, pero te he puesto junto a Grégoire. Esta noche está hecho una furia porque cree que sigo follando con el croata. Tú eres la única persona de la que me fío para ponerla a su lado en la cena. Pero, al menos, vas a tener a Louis a tu izquierda.

—No te preocupes por mí. Siempre me gusta ponerme al día con tu marido y será un placer sentarme al lado de Louis. Justo el otro día vi su nueva película.

—¿No te pareció aburrida y pretenciosa? No me gustó que fuera en blanco y negro, pero, al menos, Louis estaba para comérselo sin ropa. En fin, gracias por ser mi salvadora. ¿Estás segura de que tienes que irte mañana? —preguntó la anfitriona con un mohín.

—¡Llevo fuera casi un mes! Me da miedo que mi hijo se vaya a olvidar de mí si me quedo un día más —respondió Astrid mientras se dejaba llevar al interior del imponente vestíbulo, donde la suegra de Nathalie, la condesa Isabelle de L'Herme-Pierre, presidía la fila de recepción de los invitados.

Isabelle soltó un pequeño grito ahogado cuando vio a Astrid.

—¡Astrid, *quelle surprise*!

—Bueno, no he estado segura de poder asistir hasta el último minuto —se disculpó Astrid sonriendo a la *grande dame* de aspecto estirado que se encontraba junto a la *comtesse* Isabelle. La mujer no le devolvió la sonrisa. En lugar de ello, inclinó la cabeza muy ligeramente, como si examinara cada centímetro de Astrid, con los gigantes pendientes de esmeralda sujetos a sus largos lóbulos balanceándose con inestabilidad.

—Astrid Leong, permíteme que te presente a mi querida amiga la *baronne* Marie-Hélène de la Durée.

La baronesa hizo un cortés saludo con la cabeza antes de girarse de nuevo hacia la condesa para retomar su conversación. En cuanto Astrid siguió adelante, Marie-Hélène le dijo a Isabelle, *sotto voce:*

—¿Has visto el collar que llevaba? Lo vi la semana pasada en JAR. Es increíble lo que estas chicas pueden conseguir hoy en día. Dime, Isabelle, ¿a quién pertenece?

—Marie-Hélène, Astrid no es una mujer mantenida. Conocemos a su familia desde hace años.

—¿Sí? ¿Qué familia es? —preguntó Marie-Hélène sorprendida.

—Los Leong son una familia china de Singapur.

—Ah, sí. Tengo entendido que los chinos se están enriqueciendo bastante últimamente. De hecho, he leído que hay ahora más millonarios en Asia que en toda Europa. ¿Quién se lo iba a imaginar?

—No, no. Me temo que no me has entendido. La familia de Astrid es rica desde hace varias generaciones. Su padre es uno de los clientes más importantes de Laurent —susurró Isabelle.

—Querida, ¿otra vez estás contando mis secretos? —dijo el *comte* Laurent de L'Herme-Pierre cuando se unió a su esposa en la fila de recepción.

—En absoluto. Simplemente informo a Marie-Hélène sobre los Leong —respondió Isabelle dando un pequeño capirotazo a una pelusa de la solapa de grogrén de su esposo.

—Ah, los Leong. ¿Por qué? ¿Es que ha venido esta noche la deslumbrante Astrid?

—Te la has perdido. Pero no te preocupes, vas a tener toda la noche para comértela con los ojos en la mesa —se burló Isabelle para, después, explicarle a Marie-Hélène—: Tanto mi marido como mi hijo llevan años obsesionados con Astrid.

—¿Y por qué no? Las chicas como Astrid solo existen para alimentar las obsesiones —comentó Laurent. Isabelle dio una manotada en el brazo de su esposo con fingida rabia.

—Dime, Laurent, ¿cómo es posible que estos chinos lleven varias generaciones siendo ricos? —preguntó Marie-Hélène—. Yo creía que no hace mucho eran todos comunistas sin blanca vestidos con anodinos y pequeños uniformes de Mao.

—Bueno, en primer lugar, debes saber que hay dos tipos de chinos. Están los chinos de la China continental, que hicieron su fortuna en la pasada década, como todos los rusos, y luego están los chinos de ultramar. Esos son lo que se fueron de China mucho antes de que llegaran los comunistas, en muchos casos hace cientos de años, y se extendieron por el resto de Asia, amasando en silencio grandes fortunas a lo largo del tiempo. Si echas un vistazo a todos los países del Sudeste Asiático, sobre todo Tailandia, Indonesia y Malasia, verás que prácticamente todo el comercio lo controlan los chinos de ultramar. Como los Liem en Indonesia, los Tan en Filipinas y los Leong en...

—Deja solo que te diga una cosa —le interrumpió su mujer—. Hace unos años visitamos a la familia de Astrid. No te puedes imaginar lo increíblemente rica que es esa gente, Marie-Hélène. Las casas, los criados, su estilo de vida... Hacen que los Arnault parezcan unos campesinos. Es más, me han dicho que Astrid es doble heredera. Tienen una fortuna aún mayor por parte de su madre.

—¿En serio? —preguntó Marie-Hélène atónita mientras miraba al otro lado de la sala hacia la chica con un interés renovado—. Bueno, es bastante *soignée* —admitió.

—Es increíblemente chic, una de las pocas de su generación que sabe acertar —sentenció la condesa—. François-Marie me ha dicho que Astrid tiene una colección de alta costura que puede competir con la de la jequesa de Qatar. Nunca asiste a los desfiles porque detesta que le hagan fotografías, pero va directa a los atelieres y se hace con docenas de vestidos cada temporada como si fuesen *macarons.*

Astrid estaba en el salón admirando el retrato de Balthus expuesto sobre la chimenea cuando alguien detrás de ella comentó:

—Es la madre de Laurent, ¿sabes? —Era la *baronne* Marie-Hélène de la Durée, esta vez tratando de poner una sonrisa en su rostro estirado.

—Me pareció que podía tratarse de ella —respondió Astrid.

—*Chérie,* debo decirte que adoro tu collar. De hecho, lo estuve admirando en la tienda de *monsieur* Rosenthal hace unas semanas, pero, por desgracia, me informó de que ya estaba reservado —dijo con entusiasmo la baronesa—. Ahora me doy cuenta de que claramente estaba hecho para ti.

—Gracias, pero usted tiene unos pendientes magníficos —contestó Astrid con dulzura, bastante divertida ante el repentino cambio de actitud de aquella mujer.

—Isabelle me ha contado que eres de Singapur. He oído muchas cosas de tu país, de cómo se ha convertido en la Suiza de Asia. Mi nieta va a ir allí este verano. Quizá podrías tener la amabilidad de darle algún consejo.

—Por supuesto —respondió cortésmente Astrid mientas pensaba: «Vaya, solo han hecho falta cinco minutos para que esta señora pase de estirada a lameculos». Lo cierto era que resultaba bastante decepcionante: París era su escapada y allí se esforzaba por pasar desapercibida, ser una más de los incontables turistas asiáticos que entraban impacientes en las boutiques del Faubourg-Saint-Honoré. Era ese lujo del anonimato lo que hacía que le encantara la Ciudad de la Luz. Pero el haber vivido allí varios años atrás lo había cambiado todo. Sus padres, preocupados por que estuviese viviendo sola en una ciudad extranjera sin ninguna buena carabina, habían cometido el error de alertar a algunos amigos de París, como los L'Herme-Pierre. Se extendió la noticia y, de repente, ya no era simplemente la *jeune fille* que había alquilado un loft en el Marais. Ahora era la hija de Harry Leong o la nieta de Shang Su Yi. Resultaba de lo más frustrante. Por supuesto, ya debía de estar acostumbrada a aquello, a que la gente hablara de ella en cuanto salía de la habitación. Le había pasado prácticamente desde el día que nació.

Para entender el motivo, primero había que tener en cuenta lo obvio: su increíble belleza. El atractivo de Astrid no era como el de la típica aspirante a actriz con ojos almendrados de Hong Kong, ni tampoco tenía un estilo de belleza perfecta y celestial. Podría decirse que los ojos de Astrid estaban demasiado separados y que su mandíbula —tan similar a la de los hombres de su familia materna— era demasiado prominente para tratarse de una chica. Pero, en cierto modo, con su delicada nariz, sus labios carnosos y un cabello largo con ondas naturales, todo se juntaba para convertirse en una visión inexplicablemente atractiva. Era siempre «esa chica» a la que en la calle paraban los descubridores de nuevos talentos de las agencias de modelos, aunque su madre los repelía con brusquedad. Astrid no iba a ser modelo de nadie y mucho menos por dinero. Esas cosas quedaban muy por debajo de ella.

Y ese era el otro detalle, el más esencial, de Astrid: había nacido en el nivel más alto de la riqueza asiática, un círculo de familias hermético y exclusivo, prácticamente desconocido para los que no pertenecían a él, y que poseía fortunas inmensamente grandes. Para empezar, su padre procedía de los Leong de

Penang, una respetada familia de la China de los estrechos* dueña de un monopolio de la industria del aceite de palma. Pero es que, además, su madre era la hija mayor de sir James Young y la aún más imperial Shang Su Yi. Catherine, una tía de Astrid, se había casado con un príncipe menor tailandés. Otra se había casado con el célebre cardiólogo de Hong Kong Malcolm Cheng.

Llevaría horas dibujar el esquema de todos los vínculos dinásticos del árbol genealógico de Astrid, pero, fuera cual fuera el ángulo desde el que se mirara, su linaje era poco menos que extraordinario. Y cuando Astrid ocupó su lugar en la mesa del banquete iluminada con velas en la larga galería de los L'Herme-Pierre, rodeada por las relucientes porcelanas de Sèvres de Luis XV y los Picassos del periodo rosa, no podía imaginarse lo extraordinaria que iba a ser su vida desde ese momento.

---

* Los chinos de los estrechos, también conocidos como los peranakan, son los descendientes de los chinos que a finales del siglo XV y en el siglo XVI emigraron al archipiélago malayo durante la época colonial. Eran la élite de Singapur, con educación inglesa y más leales a los británicos que a China. Casados a menudo con nativos malayos, los chinos de los estrechos crearon una cultura única que es un híbrido de influencias chinas, malayas, inglesas, holandesas e indias. La cocina de los peranakan, piedra angular durante mucho tiempo de la cocina de Singapur y Malasia, se ha convertido en lo último entre los amantes occidentales de la gastronomía, aunque los asiáticos que vienen de visita se quedan boquiabiertos al ver los abusivos precios que les cobran en los restaurantes de moda.

6

Los Cheng

Hong Kong

La mayoría de la gente que pasaba con sus coches por el edificio achaparrado marrón grisáceo de una concurrida intersección de Causeway Bay probablemente supondrían que se trataba de alguna especie de ministerio de sanidad del Gobierno, pero la Asociación Atlética China era, en realidad, uno de los clubes privados más exclusivos de Hong Kong. A pesar de su nombre tan poco llamativo, se trataba de las primeras instalaciones deportivas fundadas por chinos en la antigua colonia de la Corona británica. Presumía de tener como presidente honorífico al legendario magnate de las apuestas Stanley Lo y su restringida membresía tenía una lista de espera de ocho años que se abría solamente a las familias más establecidas.

Las salas públicas de la AAC seguían profundamente arraigadas a la decoración en cromo y cuero de finales de los setenta, pues su miembros votaron por gastar todo el dinero en modernizar las instalaciones deportivas. Solo el aplaudido restaurante había sido reformado en los últimos años para convertirlo en un lujoso comedor con paredes de brocados rosa pálido y ventanas que daban a las principales pistas de tenis. Las mesas redondas estaban dispuestas estratégicamente para que todos pudieran sentarse con vistas a la puerta principal del restaurante, permitiendo que sus estimados miembros tuvieran una entrada espléndida con sus atuendos *après-sport* y haciendo que la hora del almuerzo se convirtiera en un excelente deporte con espectadores.

Cada domingo por la tarde, la familia Cheng acudía junta y sin falta a comer al AAC. Por muy ajetreada o frenética que hubiese sido la semana, todos sabían que el *dim sum* del domingo en la sede del club, que era como lo llamaban, era de obligada asistencia para todos los miembros de la familia que se encontraran en la ciudad. El doctor Malcolm Cheng era el cardiocirujano más reputado de Asia. Sus diestras manos eran tan preciadas que era famoso por llevar siempre guantes de piel de cordero, fabricados especialmente para él por Dunhill, para protegerlas cuando estaba en público, y tomaba medidas adicionales para salvaguardarlas del desgaste de la conducción, por lo que optaba por ser llevado por un chófer en su Rolls-Royce Silver Spirit.

Eso era algo que su educada esposa, Alix, anteriormente Alexandra Young de Singapur, consideraba excesivamente ostentoso, por lo que prefería llamar a un taxi cuando le era posible y dejaba a su esposo el uso exclusivo de su coche y su conductor. «Al fin y al cabo, él salva vidas de personas todos los días y yo no soy más que un ama de casa», solía decir. Aquel desprecio por su propia persona era un comportamiento habitual en Alexandra, aunque era ella la verdadera artífice de la fortuna de los dos.

Como aburrida esposa de médico, Alexandra empezó a destinar cada céntimo de las considerables ganancias de su esposo a propiedades justo cuando despegaba el auge inmobiliario de Hong Kong. Descubrió que tenía un talento innato para vislumbrar los momentos oportunos del mercado, así que, empezando en la época de la recesión petrolera de los setenta, pasando por las ventas por el pánico comunista de mediados de los ochenta y la crisis económica asiática de 1997, Alexandra siempre se hacía con propiedades cuando alcanzaban su precio más bajo y vendía en el más alto. A mediados de la primera década del nuevo siglo, cuando las propiedades inmobiliarias de Hong Kong se elevaban a más dinero por metro cuadrado que en ninguna otra parte del mundo, los Cheng se vieron asentados sobre una de las carteras inmobiliarias en manos privadas más importantes de la isla.

El almuerzo de los domingos proporcionaba a Malcolm y a su mujer la oportunidad de inspeccionar a sus hijos y nietos cada semana, tarea que realizaban con absoluta seriedad. Pues, a pesar de todas las ventajas que los hijos de los Cheng habían tenido en su vida, Malcolm y Alexandra estaban constantemente preocupados por ellos. (En realidad, Alexandra era la que más se preocupaba).

Su hijo menor, Alistair, «el incorregible», era el consentido y vago que apenas había aprobado por los pelos en la Universidad de Sídney y que ahora estaba haciendo algo en la industria cinematográfica de Hong Kong. Recientemente, había estado saliendo con Kitty Pong, una estrella de telenovelas que aseguraba ser de «una buena familia taiwanesa», aunque el resto de la familia Cheng lo dudaba, pues su mandarín hablado tenía más un claro acento del norte de China que las más almibaradas entonaciones del mandarín de Taiwán.

Su hija, Cecilia, «la aficionada a los caballos», había desarrollado una pasión por la doma de exhibición a una edad temprana y estaba constantemente lidiando con su temperamental caballo o con su temperamental marido, Tony, un comerciante de mercancías australiano al que Malcolm y Alexandra apodaban en secreto el Convicto. Como «madre a jornada completa», Cecilia pasaba en realidad más tiempo en el circuito ecuestre internacional que cuidando de su hijo, Jake. (Debido a todas las horas que pasaba con sus sirvientas filipinas, Jake estaba adquiriendo fluidez en el idioma tagalo; también sabía hacer una impresionante imitación del *My Way* de Sinatra).

Y luego estaba Eddie, el primogénito. En apariencia, Edison Cheng era «el perfecto». Había pasado por la Escuela de Negocios de la Universidad de Cambridge con honores, había vivido una temporada en Cazenove, en Londres, y ahora era una estrella en alza en el mundo de la banca privada de Hong Kong. Se había casado con Fiona Tung, que procedía de una familia relacionada con la política, y tenían tres hijos muy estudiosos y educados. Pero, en privado, a Alexandra quien más le preocupaba era Eddie. En los últimos años, pasaba demasiado tiempo saliendo con sospechosos multimillonarios de la China continental, volando por toda Asia cada semana para asistir a fiestas, y a ella le preocupaba que eso pudiese estar afectando a su salud y a su vida familiar.

La comida de ese día era especialmente importante, pues Alexandra quería planificar la logística del viaje familiar del siguiente mes a Singapur para la boda de los Khoo. Era la primera vez que iba a viajar junta toda la familia —padres, hijos, nietos, criados y niñeras incluidos— y Alexandra quería asegurarse de que todo iría a la perfección. A la una, la familia empezó a aparecer desde todos los rincones: Malcolm venía de un partido de tenis de dobles mixtos; Alexandra, de la iglesia con Cecilia, Tony y Jake; Fiona y sus hijos, de sus clases particulares de fin de semana; y Alistair, de haberse levantado de la cama quince minutos antes.

Eddie fue el último en llegar y, como era habitual, estaba al teléfono mientras se acercaba a la mesa sin hacer caso a nadie, parloteando en voz alta en cantonés por su auricular de Bluetooth. Cuando por fin terminó con la llamada, miró a su familia con una sonrisa de autocomplacencia.

—¡Ya está todo organizado! Acabo de hablar con Leo y quiere que usemos el avión de su familia —dijo Eddie refiriéndose a su mejor amigo, Leo Ming.

—¿Para que viajemos todos a Singapur? —preguntó Alexandra un poco confundida.

—¡Sí, claro!

Fiona planteó de inmediato una objeción:

—No estoy segura de que sea muy buena idea. En primer lugar, la verdad es que no creo que toda la familia deba viajar junta en el mismo avión. ¿Qué pasaría si hubiera un accidente? Y, en segundo lugar, no deberíamos pedir un favor así a Leo.

—Sabía que ibas a decir eso, Fi —empezó a contestar Eddie—. Por eso se me ha ocurrido este plan: papá y mamá deberían ir un día antes con Alistair; Cecilia, Tony y Jake pueden volar con nosotros al día siguiente; y, después, el mismo día, las niñeras pueden traer a nuestros hijos.

—¡Eso es abusivo! ¿Cómo se te ocurre siquiera aprovecharte así del avión de Leo? —exclamó Fiona.

—Fi, es mi mejor amigo y no puede importarle menos cuánto uso hagamos del avión —replicó Eddie.

—¿Qué tipo de avión es? ¿Un Gulfstream? ¿Un Falcon? —preguntó Tony.

Cecilia clavó las uñas en el brazo de su marido, molesta por su entusiasmo.

—¿Por qué tus hijos vuelan por separado mientras mi hijo tiene que viajar conmigo?

—¿Y Kitty? Ella también viene —preguntó Alistair en voz baja.

Todos los de la mesa miraron a Alistair horrorizados.

—*Nay chee seen, ah!*[*] —contestó Eddie con furia.

Alistair estaba indignado.

---

* En cantonés, «¡Te has vuelto loco!».

—Ya he confirmado su asistencia. Y Colin me dijo que estaba deseando conocerla. Es una gran estrella y yo...

—Puede que en la región de los Nuevos Territorios un par de idiotas que vean telenovelas basura sepan quién es, pero, créeme, en Singapur nadie ha oído hablar de ella nunca —le interrumpió Eddie.

—Eso no es verdad. Es una de las estrellas jóvenes que más rápido está subiendo en Asia. Y no viene al caso. Quiero que todos nuestros parientes de Singapur la conozcan —dijo Alistair.

Alexandra pensó en silencio en las implicaciones de lo que él había dicho, pero decidió librar sus batallas de una en una.

—Fiona tiene razón. ¡No podemos pedirle a la familia Ming su avión dos días seguidos! De hecho, creo que sería muy poco apropiado que voláramos en un avión privado. Es decir, ¿quiénes nos creemos que somos?

—¡Papá es uno de los cardiocirujanos más famosos del mundo! ¡Tú perteneces a la nobleza de Singapur! ¿Qué tiene de malo viajar en un avión privado? —gritó Eddie con frustración, gesticulando tanto con las manos que casi golpeó al camarero que tenía detrás y que estaba a punto de colocar unas vaporeras de bambú en la mesa.

—¡Cuidado, tío Eddie! ¡Hay comida justo detrás de ti! —gritó su sobrino Jake.

Eddie miró a su alrededor un segundo y continuó con su alegato.

—¿Por qué haces siempre lo mismo, mamá? ¿Por qué siempre tienes que ser tan provinciana? ¡Eres asquerosamente rica! ¿Por qué no puedes dejar de ser un poco menos cutre por una vez y ser más consciente de lo que vales? —Sus tres hijos levantaron un momento la vista de sus libros de prácticas de matemáticas. Estaban acostumbrados a sus rabietas en casa, pero rara vez le habían visto tan enfadado delante de *Gong Gong* y Ah Ma. Fiona le tiró de la manga.

—¡Baja la voz! —susurró—. Por favor, no hables de dinero delante de los niños.

Su madre negó con la cabeza despacio.

—Eddie, esto no tiene nada que ver con la valía de nadie. Solo pienso que este tipo de derroche es del todo innecesario. Y no pertenezco a la nobleza de Singapur. Singapur no tiene nobles. Decir eso es una ridiculez.

—Es muy típico de ti, Eddie. Solo quieres que todo Singapur sepa que has llegado en un avión de Ming Kah-Ching —intervino Cecilia a la vez que cogía uno de los esponjosos panecillos de cerdo asado—. Si fuese tu avión, sería otra cosa, pero tener la osadía de pedir prestado un avión para hacer tres viajes en dos días es impensable. Personalmente, prefiero pagar mis propios billetes.

—Kitty vuela siempre en aviones privados —comentó Alistair, aunque ninguno de la mesa le prestó atención.

—Pues deberíamos tener nuestro propio avión. Llevo años diciéndolo. Papá, tú pasas prácticamente la mitad del mes en la clínica de Pekín y ya que estoy planeando expandir mi presencia en China a lo grande el próximo año...

—Eddie, estoy de acuerdo con tu madre y tu hermana en esta ocasión. No me gustaría estar en deuda con la familia Ming por esto —dijo por fin Malcolm. Por mucho que le gustara viajar en aviones privados, no soportaba la idea de pedir prestado el avión de los Ming.

—¿Por qué siempre intento hacer favores a una familia tan desagradecida? —exclamó Eddie con un resoplido de desdén—. Vale, vosotros haced lo que queráis. Por mí os podéis apretujar en la clase turista de China Airlines. Mi familia y yo vamos en el avión de Leo. Y es un Bombardier Global Express. Es enorme, de tecnología punta. Incluso tienen un Matisse en la cabina. Va a ser increíble.

Fiona lo miró con desaprobación, pero él la fulminó con una mirada tan intensa que ella se abstuvo de hacer más objeciones. Eddie engulló unos cuantos rollos de *cheong fun* de gambas y se levantó.

—Me voy —anunció imperioso—. ¡Tengo que atender a unos clientes importantes! —dicho lo cual, se fue hecho una furia dejando atrás a una familia bastante aliviada.

—A ver si toda su familia se cae en el mar del Sur de China en el elegante avión de Leo Ming —susurró Tony a Cecilia con la boca llena de comida.

Por mucho que lo intentó, Cecilia no pudo controlar una carcajada.

7

Eleanor

Singapur

Tras unos días de estratégicas llamadas telefónicas, Eleanor llegó por fin a la fuente del molesto rumor referente a su hijo. Daisy confesó que se lo había oído a la mejor amiga de su nuera, Rebecca Tang, que a su vez reveló que se lo había dicho su hermano, Moses Tang, que había estado en Cambridge con Leonard Shang. Y Moses le contó lo siguiente a Eleanor:

—Fui a Londres a una conferencia. En el último momento, Leonard me invitó a cenar en su finca de Surrey. ¿Ha estado allí alguna vez, señora Young? ¡Madre mía, qué palacio! No sabía que lo había diseñado Gabriel-Hippolyte Destailleur, el arquitecto que construyó la mansión Waddesdon para los Rothschild ingleses. En fin, que estábamos cenando con todas estas personalidades *ang mor*[*] y miembros del Parlamento[**] que habían venido de visita desde Singapur y, como siempre,

---

[*] En este caso, *ang mor* se utiliza para referirse a políticos británicos, probablemente conservadores.

[**] En este caso, con miembros del Parlamento se refiere a parlamentarios de Singapur, claramente del Partido de Acción Popular.

Cassandra Shang era el centro de atención. Y, entonces, Cassandra le dice de repente y en voz alta desde el otro lado de la mesa a su cuñada Victoria Young: «No vas a creer lo que me han dicho... ¡Nicky está saliendo con una chica taiwanesa en Nueva York y ahora la va a traer a Singapur para la boda de los Khoo!». Y Victoria contesta: «¿Estás segura? ¿Taiwanesa? ¡Santo cielo! ¿Se ha enamorado de una cazafortunas?». Y, entonces, Cassandra dice algo así como: «Bueno, quizá no sea tan malo como crees. Sé de buena tinta que es una de las chicas Chu. Ya sabes, de los Plásticos Chu de Taipéi. No es que tengan una fortuna que se remonte a varias generaciones precisamente, pero, por lo menos, son una de las familias más sólidas de Taiwán».

De haberse tratado de otra persona, Eleanor habría considerado que todo eso no eran más que habladurías de los parientes de su aburrido esposo. Pero esto procedía de Cassandra, que normalmente era de lo más acertada. No se había ganado el apodo de Radio Uno Asia por nada. Eleanor se preguntó cómo había conseguido Cassandra esa exclusiva. La bocazas de la prima segunda de Nicky sería la última persona en la que él confiaría nunca. Cassandra debía de haber recibido esa información de una de sus espías en Nueva York. Tenía espías por todas partes, todas esperando poder hacerle un *sah kah*[*] pasándole algún buen cotilleo.

A Eleanor no le sorprendía que su hijo pudiera tener una novia nueva. Lo que le extrañaba (o, para ser más precisos, lo que le molestaba) era el hecho de que hasta ahora no lo hubiese sabido. Cualquiera podía ver que él era un objetivo número uno y, a lo largo de los años, había habido muchas chicas que Nicky creía haber ocultado a su madre. Todas ellas habían carecido de

* Término del hokkien que significa literalmente «tres patas» y procede de un grosero gesto de la mano que se hace levantando tres dedos, como si se estuviese sosteniendo unos genitales. Esta es la versión china de una práctica más conocida entre los occidentales como «chuparla».

importancia ante los ojos de Eleanor, pues sabía que su hijo no estaba todavía preparado para el matrimonio. Pero esta vez era diferente.

Eleanor tenía desde hacía tiempo una teoría sobre los hombres. Creía de verdad que, para la mayoría de los hombres, todo eso de «estar enamorado» o «encontrar a la mujer adecuada» era una absoluta tontería. El matrimonio era puramente una cuestión de encontrar el momento oportuno y, cuando por fin un hombre se hartaba de echar canitas al aire y estaba preparado para sentar la cabeza, cualquiera que fuese la chica que estuviese con él en ese momento sería la adecuada. Había visto cómo esa teoría se demostraba una y otra vez. De hecho, ella había cazado a Philip Young en el momento preciso. Todos los hombres de ese clan tendían a casarse a principios de la treintena y Nicky estaba ya listo para el amarre. Si había alguien en Nueva York que ya tuviera tanta información sobre la relación de Nicky, y si de verdad iba a llevar a esa chica a casa para asistir a la boda de su mejor amigo, es que la cosa debía de ir en serio. Lo suficiente como para no haber mencionado a propósito su existencia. Lo suficiente como para estropear los planes de Eleanor tan meticulosamente confeccionados.

El atardecer reflejaba sus rayos a través de los ventanales del ático recientemente terminado en Cairnhill Road, bañando la sala de estar con aspecto de patio interior de un resplandor naranja oscuro. Eleanor miró hacia el cielo del anochecer, apreciando la columnata de edificios que se apiñaban alrededor de Scotts Road y las amplias vistas más allá del río Singapur hacia el astillero de Keppel, el puerto comercial más concurrido del mundo. Incluso después de treinta y cuatro años de matrimonio, no daba por sentado todo lo que para ella significaba estar sentada ahí con una de las vistas más preciadas de la isla.

Para Eleanor, cada persona ocupaba un espacio específico en el universo social tan elaboradamente formado en su mente.

Como la mayoría de las mujeres de su esfera, Eleanor podría conocer a otros asiáticos en cualquier lugar del mundo, como, por ejemplo, comiendo un *dim sum* en el Royal China de Londres o comprando en el departamento de lencería del David Jones de Sídney, y a los treinta segundos de decirse los nombres y dónde vivían ella pondría en marcha su algoritmo social y calcularía con precisión el lugar en el que se encontraban en su constelación basándose en quién era su familia, con qué otras personas tenían relación, cuál podría ser su valor neto aproximado, cómo habían conseguido su fortuna y qué escándalos familiares podrían haber tenido en los últimos cincuenta años.

Los Plásticos Chu de Taipéi eran de dinero muy reciente, con una fortuna amasada durante los años setenta y ochenta, probablemente. El no saber casi nada sobre esa familia hacía que Eleanor se sintiese especialmente inquieta. ¿Estaban bien consolidados en la sociedad de Taipéi? ¿Quiénes eran exactamente los padres de esa chica y cuánto podía heredar? Necesitaba saber a qué se enfrentaba. Eran las 6:45 en Nueva York. «Va siendo hora de despertar a Nicky». Cogió el teléfono con una mano y, con la otra, mantuvo a la distancia que le daba el brazo la tarjeta de descuento para llamadas* que siempre usaba a la vez que entrecerraba los ojos para ver la fila de diminutos números. Marcó una complicada serie de códigos y esperó varios pitidos antes de por fin poder marcar el número de teléfono. Sonó cuatro veces antes de que saltara el buzón de voz de Nick: «Hola, no puedo contestar al teléfono ahora mismo, así que deja un mensaje y te devolveré la llamada en cuanto pueda».

A Eleanor le pillaba siempre por sorpresa cuando oía el acento americano de su hijo. Prefería más el inglés británico

* Las antiguas fortunas chinas detestan gastar dinero en llamadas a larga distancia, casi tanto como odian gastar dinero en toallas suaves, agua embotellada, habitaciones de hotel, comida occidental cara, taxis, propinas para camareros y billetes de avión que no sean en clase turista.

estándar al que cambiaba cuando volvía a Singapur. Habló titubeante al teléfono:

—Nicky, ¿dónde estás? Llámame esta noche para darme la información de tu vuelo, *lah*. Todo el mundo menos yo sabe cuándo vienes a casa. Además, ¿te vas a quedar primero con nosotros o con Ah Ma? Por favor, llámame. Pero no llames esta noche si es después de la medianoche. Voy a tomarme ahora un Ambien, así que no se me puede molestar durante ocho horas, por lo menos.

Dejó el teléfono y, a continuación, volvió a cogerlo casi de inmediato, esta vez para llamar a un número de móvil.

—¿Astrid? ¿Eres tú?

—Ah, hola, tía Elle —contestó Astrid.

—¿Estás bien? Suenas un poco rara.

—No, estoy bien. Solo estaba dormida —respondió Astrid tras aclararse la garganta.

—Ah. ¿Y por qué estás en la cama tan temprano? ¿Estás enferma?

—No, estoy en París, tía Elle.

—¡*Alamak*, me había olvidado de que te habías ido! Perdona por haberte despertado, *lah*. ¿Qué tal está París?

—Preciosa.

—¿Estás haciendo muchas compras?

—No demasiadas —contestó Astrid con la mayor paciencia posible. ¿De verdad llamaba su tía para hablar simplemente de compras?

—¿Todavía tienen esas colas en Louis Vuitton en las que hacen esperar a los clientes asiáticos?

—No estoy segura. Llevo siglos sin entrar en Louis Vuitton, tía Elle.

—Haces bien. Esas colas son terribles y luego solo permiten a los asiáticos comprar un artículo. Me recuerda a la ocupación japonesa, cuando obligaban a todos los chinos a hacer cola para coger los restos de la comida podrida.

—Sí, pero, en cierto sentido, entiendo el motivo por el que necesitan esas normas, tía Elle. Deberías ver a los turistas asiáticos comprando todos los artículos de lujo, no solo en Louis Vuitton. Están por todas partes, comprando todo lo que ven. Si lleva una etiqueta de un diseñador, lo quieren. Es una verdadera locura. Y que sepas que algunos de ellos solo se lo llevan a casa para revenderlo.

—Sí, *lah*, son esos turistas maleducados los que nos dan mala fama. Pero yo llevo haciendo compras en París desde los años setenta. ¡Jamás esperaría en una cola a que me dijeran qué puedo comprar! En cualquier caso, Astrid, quería preguntarte..., ¿has hablado recientemente con Nicky?

Astrid hizo una pequeña pausa.

—Pues me llamó hace un par de semanas.

—¿Te dijo cuándo venía a Singapur?

—No, no mencionó la fecha exacta. Pero estoy segura de que estará ahí unos días antes de la boda de Colin, ¿no crees?

—¡Ya sabes, *lah*, que Nicky nunca me cuenta nada! —Eleanor hizo una pausa y, a continuación, siguió con cautela—: Oye, estoy pensando hacerles una fiesta sorpresa a él y a su novia. Solo una pequeña fiesta en el piso nuevo, para darle a ella la bienvenida a Singapur. ¿Crees que es una buena idea?

—Claro, tía Elle. Creo que les va a encantar. —A Astrid le sorprendía que su tía fuese tan cordial con Rachel. «Nicky ha debido de desplegar realmente todo su encanto».

—Pero la verdad es que no sé qué le puede gustar a ella, así que no sé cómo preparar bien la fiesta. ¿Puedes darme alguna idea? ¿La conociste cuando fuiste la última vez a Nueva York?

—Sí.

Eleanor empezó a echar humo en silencio. «Astrid estuvo en Nueva York el pasado marzo, lo que significa que esta chica lleva ya en escena por lo menos un año».

—¿Cómo es? ¿Es muy taiwanesa? —preguntó.

—¿Taiwanesa? Para nada. A mí me parece completamente americanizada —respondió Astrid antes de arrepentirse de lo que había dicho.

«Qué horror», pensó Eleanor. Las chicas asiáticas con acento americano le habían parecido siempre bastante ridículas. «Todas hablan como si lo estuviesen fingiendo, como si trataran de parecer muy *ang mor*».

—Entonces, aunque la familia es de Taiwán, ¿ella se ha criado en Estados Unidos?

—Si te digo la verdad, ni siquiera sé si es de Taiwán.

—¿En serio? ¿No te habló de su familia de Taipéi?

—En absoluto. —¿Adónde pretendía llegar tía Elle? Astrid sabía que su tía estaba husmeando, así que pensó que tenía que presentar a Rachel bajo la mejor luz posible—. Es muy lista y brillante, tía Elle. Creo que te va a gustar.

—Ah, así que es de las inteligentes, como Nicky.

—Sí, sin duda. Me han dicho que es una de las profesoras universitarias más prometedoras de su campo.

Eleanor estaba desconcertada. «¡Una profesora universitaria! ¡Nicky estaba saliendo con una profesora universitaria! Dios mío, ¿era esa mujer mayor que él?».

—Nicky no me ha contado cuál es su especialidad.

—Ah, desarrollo económico.

«Una mujer mayor astuta y calculadora. *Alamak.* Eso sonaba cada vez peor».

—¿Fue a la universidad en Nueva York? —siguió indagando Eleanor.

—No, fue a Stanford, en California.

—Sí, sí. Conozco Stanford —dijo Eleanor con tono poco impresionado. «Es esa universidad de California para la gente que no puede entrar en Harvard».

—Es una universidad importante, tía Elle —añadió Astrid, consciente de qué estaba pensando su tía exactamente.

—Bueno, supongo que si te ves obligada a ir a una universidad americana...

—Vamos, tía Elle. Stanford es una universidad estupenda comparada con cualquier otra. Creo que también fue a la Northwest para sus estudios de posgrado. Rachel es muy inteligente y capaz y absolutamente natural. Creo que te va a gustar mucho.

—Estoy segura de que será así —contestó Eleanor. «Así que se llama Rachel». Eleanor hizo una pausa. Solo necesitaba un dato más. Cómo se escribía el apellido de esa chica. Pero ¿cómo iba a conseguirlo sin levantar las sospechas de Astrid? De repente, se le ocurrió una idea—. Creo que voy a comprar una de esas bonitas tartas de Awfully Chocolate y poner en ella su nombre. ¿Sabes cómo se escribe su apellido? ¿Es C-H-U, C-H-O-O o C-H-I-U?

—Creo que es solo C-H-U.

—Gracias. Has sido de gran ayuda —dijo Eleanor. «Más de lo que te puedas imaginar».

—Claro, tía Elle. Avísame si hay algo que pueda hacer para ayudarte con la fiesta. Estoy deseando ver ese piso nuevo tan espectacular.

—¿Es que no lo has visto todavía? Creía que tu madre había comprado uno aquí también.

—Puede que sí, pero no lo he visto. Es imposible ponerse al día con todos los malabares inmobiliarios de mis padres.

—Claro, claro. Tus padres tienen muchas propiedades en todo el mundo, al contrario que tu pobre tío Philip y yo. Solo tenemos la casa de Sídney y este pequeño palomar.

—Estoy segura de que será de todo menos pequeño, tía Elle. ¿No se supone que es el edificio de viviendas más lujoso que se ha construido nunca en Singapur? —Astrid se preguntó por millonésima vez por qué todos sus parientes trataban constantemente de superarse unos a otros en la proclamación de su pobreza.

—No, *lah.* No es más que un piso sencillo. No se parece en nada a la casa de tu padre. En fin, siento haberte despertado. ¿Necesitas algo para dormirte otra vez? Yo tomo cincuenta miligramos de Amitriptilina cada noche y, luego, diez miligramos más de Ambien si de verdad quiero dormir toda la noche. A veces, añado una Lunesta, y, si no funciona, saco el Valium...

—No te preocupes por mí, tía Elle.

—Muy bien. Entonces, adiós. —Y así, Eleanor colgó el teléfono. Su apuesta había dado resultado. Esos dos primos eran uña y carne. ¿Por qué no se le había ocurrido llamar antes a Astrid?

8

Rachel

Nueva York

Nick lo sacó a colación como si tal cosa, mientras ordenaba la colada la tarde del domingo anterior al gran viaje. Al parecer, a los padres de Nick les acababan de informar de que Rachel iba a ir con él a Singapur. Ah, y, por cierto, acababan de enterarse también de que ella existía.

—No lo entiendo bien..., ¿me estás diciendo que tus padres no han sabido nada de mí en todo este tiempo? —preguntó Rachel sorprendida.

—Sí. Es decir, no. No sabían nada. Pero esto no tiene absolutamente nada que ver contigo... —empezó a excusarse Nick.

—Bueno, cuesta un poco no tomárselo como algo personal.

—No, por favor. Siento que te parezca así. Es solo que... —Nick tragó saliva, nervioso—. Es solo que siempre he tratado de mantener unos límites claros entre mi vida personal y mi vida familiar, eso es todo.

—¿Pero no debería ser tu vida personal la misma que tu vida familiar?

—No en mi caso. Rachel, ya sabes lo agobiantes que pueden llegar a ser unos padres chinos.

—Bueno, sí, pero, aun así, eso no me impediría hablarle a mi madre de algo tan importante como es mi novio. Es decir, mi madre supo de ti cinco minutos después de nuestra primera cita y tú estabas sentándote para cenar con ella y disfrutar de su sopa de melón de invierno unos dos meses después.

—Es que tú tienes una relación muy especial con tu madre, lo sabes. No es tan fácil para la mayoría de la gente. Y con mis padres es solo que... —Nick se detuvo mientras trataba de buscar las palabras correctas—. Simplemente somos diferentes. Somos mucho más formales entre nosotros y lo cierto es que no hablamos nunca de nuestra vida afectiva.

—¿Qué pasa? ¿Es que son fríos, cerrados a nivel emocional o algo así? ¿Sufrieron la Gran Depresión?

Nick se rio y negó con la cabeza.

—No, no es nada de eso. Pero creo que lo entenderás cuando los conozcas.

Rachel no sabía qué pensar. A veces, Nick podía ser muy críptico y sus explicaciones no tenían sentido para ella. Aun así, no quería reaccionar de forma exagerada.

—¿Hay algo más que me quieras contar de tu familia antes de subirme a un avión para pasar todo el verano con vosotros?

—No. La verdad es que no. Bueno... —Nick hizo una pequeña pausa tratando de decidir si debía mencionar cómo estaba la situación respecto al alojamiento. Sabía que la había cagado por completo con su madre. Había esperado demasiado tiempo y, cuando llamó para dar de forma oficial la noticia de su relación con Rachel, su madre había guardado silencio. Un silencio inquietante. Lo único que preguntó fue: «¿Dónde te vas a quedar? ¿Y dónde se va a alojar ella?». De repente, Nick se dio cuenta de que no sería una buena idea que se alojaran con sus padres. Al menos, no al principio. Y que tampoco sería adecuado que Rachel se alojara en casa de su abuela sin una invitación explícita por parte de ella. Podían quedarse con sus tíos, pero eso provocaría la ira de su madre y una guerra aún mayor en el seno de su familia.

Sin saber bien cómo salir de aquel atolladero, Nick buscó el consejo de su tía abuela, a la que siempre se le daba muy bien solucionar ese tipo de asuntos. La tía abuela Rosemary le aconsejó que reservara primero un hotel, pero hizo hincapié en que debía organizar la presentación de Rachel a sus padres el día de su llegada. «El primer día sin falta. No esperes al siguiente», le advirtió. Quizá debería invitar a sus padres a salir a comer con Rachel para que pudieran conocerse en terreno neutral. Algún lugar discreto, como el Club Colonial, y mejor que fuera almuerzo en lugar de cena. «Todos están más relajados a la hora del almuerzo», le aconsejó ella.

Nick se dirigió entonces a su abuela y le pidió formalmente permiso para invitar a Rachel a la habitual cena del viernes que Ah Ma celebraba para toda la familia. Solo después de que Rachel hubiese sido adecuadamente recibida en la cena del viernes por la noche podría plantearse el asunto de dónde alojarse. «Por supuesto, tu abuela querrá que os quedéis cuando haya conocido a Rachel. Pero, si las cosas salen mal, yo os invitaré a que os quedéis en mi casa y así nadie podrá decir nada», le tranquilizó la tía abuela Rosemary.

Nick decidió ocultar esos preparativos tan delicados a Rachel. No quería darle ninguna excusa para apearse del viaje. Quería que Rachel estuviese preparada para conocer a su familia, pero también quería que ella sacara sus propias impresiones cuando llegara el momento. Aun así, Astrid tenía razón. Rachel debía tener alguna información básica sobre su familia. Pero ¿cómo iba a explicarle exactamente cómo era su familia, sobre todo cuando a él lo habían programado desde pequeño para no hablar nunca de ellos?

Nick se sentó en el suelo, apoyado contra la pared de ladrillo visto, y colocó las manos sobre las rodillas.

—Bueno, probablemente sí deberías saber que vengo de una familia muy grande.

—Creía que eras hijo único.

—Sí, pero tengo montones de parientes y vas a conocer a muchos de ellos. Hay tres ramas unidas por matrimonios y a los ajenos les puede parecer, al principio, un poco abrumador. —Deseó no haber utilizado la palabra «ajenos», pero le pareció que Rachel no había notado nada, así que continuó—: Es como cualquier familia grande. Tengo tíos bocazas, tías excéntricas, primos repulsivos... el paquete completo. Pero estoy seguro de que te va a encantar conocerlos. Ya conociste a Astrid y te gustó, ¿no?

—Astrid es estupenda.

—Pues ella te adora. Todos te van a adorar, Rachel. Lo sé.

Rachel se quedó sentada en la cama junto al montón de toallas aún calientes por la secadora, tratando de asimilar todo lo que Nick le había dicho. Nunca le había hablado tanto sobre su familia y eso le hizo sentir un poco más tranquila. Aunque aún seguía sin comprender el trato con sus padres, tenía que admitir que ya había visto a muchas familias distantes, sobre todo entre sus amigos asiáticos. En la época del instituto, había sufrido deprimentes comidas bajo los fluorescentes de los comedores de sus compañeros de clase, cenas en las que no se intercambiaban más de cinco palabras entre los padres y los hijos. Había visto las reacciones de asombro en sus amigos cuando ella le daba un abrazo a su madre o le decía «Te quiero», al final de una llamada telefónica. Y varios años atrás, había recibido un correo electrónico con una cómica lista llamada: «Veinte formas de decir que tienes padres asiáticos». La número uno de la lista: «Tus padres jamás de los jamases te llaman "solo para saludar"». No había entendido muchos de los chistes de la lista, pues su experiencia desde niña había sido completamente distinta.

—Somos muy afortunadas, ¿sabes? No muchas madres e hijas tienen lo que tenemos nosotras —dijo Kerry cuando esa misma noche hablaron por teléfono.

—Lo sé, mamá. Sé que es distinto porque tú eras madre soltera y me llevabas a todas partes —musitó Rachel. Cuando era niña, tenía la impresión de que cada año, más o menos, su madre respondía a un anuncio del *World Journal,* el periódico chino-americano, y partían hacia un nuevo trabajo en algún restaurante chino cualquiera de una ciudad cualquiera. En su cabeza aparecían destellos de imágenes de todas aquellas diminutas habitaciones en pensiones y camas improvisadas en ciudades como East Lansing, Phoenix y Tallahassee.

—No puedes esperar que las demás familias sean como nosotras. Yo era tan joven cuando te tuve, diecinueve años, que hemos podido ser como hermanas. No seas muy dura con Nick. Es triste decirlo, pero tampoco tuve una relación muy cercana con mis padres. En China, no había tiempo para la cercanía. Mis padres trabajaban de la mañana a la noche, siete días a la semana, y yo pasaba en el colegio todo el tiempo.

—Aun así, ¿cómo se puede ocultar a tus padres algo tan importante como esto? No es que Nick y yo llevemos saliendo juntos solo un par de meses precisamente.

—Hija, una vez más estás juzgando la situación desde tu punto de vista como americana. Tienes que ver esto como los chinos. En Asia, hay un momento adecuado para todo, todo tiene su propio protocolo. Como ya te he dicho, tienes que saber que esas familias de la China de ultramar pueden ser aún más tradicionales que las de la China continental. Tú no sabes nada del pasado de Nick. ¿Se te ha ocurrido que puedan ser bastante pobres? En Asia, no todos son ricos, ¿sabes? Puede que Nick tenga la obligación de trabajar duro para mandar dinero a su familia y ellos quizá no den su aprobación si consideran que está gastándose el dinero en novias. O puede que no quiera que su familia sepa que los dos os pasáis la mitad de la semana viviendo juntos. Puede que sean devotos budistas, ¿sabes?

—Es precisamente eso, mamá. Me doy cuenta de que Nick lo sabe prácticamente todo de mí, de nosotras, pero yo no sé casi nada sobre su familia.

—No tengas miedo, hija. Conoces a Nick. Sabes que es un hombre decente y, aunque pueda haberte mantenido en secreto un tiempo, ahora está haciendo las cosas como tienen que ser. Al menos, se siente preparado para presentarte a su familia, en condiciones, y eso es lo más importante —dijo Kerry.

Rachel se tumbó en la cama, calmada como siempre gracias a la relajante sonoridad mandarina de su madre. Quizá estuviera siendo demasiado dura con Nick. Se había dejado vencer por sus inseguridades y su reacción instintiva había sido asumir que Nick había esperado tanto tiempo para contárselo a sus padres porque, en cierto modo, sentía vergüenza de ella. Pero quizá fuera al revés. ¿Sentiría vergüenza de ellos? Rachel recordó lo que su amiga de Singapur Peik Kin le había dicho cuando habló con ella por Skype para anunciarle emocionada que estaba saliendo con un compatriota suyo. Peik Lin procedía de una de las familias más ricas de la isla y nunca había oído hablar de la familia Young.

«Está claro que si él fuese de una familia rica o importante los conoceríamos. Young no es un apellido muy común por aquí. ¿Estás segura de que no son coreanos?».

«Sí, estoy segura de que son de Singapur. Pero ya sabes que me importa muy poco cuánto dinero tengan».

«Sí, ese es tu problema —había dicho Peik Lin—. Bueno, estoy segura de que, si ha aprobado el examen de Rachel Chu, es que su familia es completamente normal».

9

Astrid

Singapur

Astrid llegó a casa tras su estancia parisina a última hora de la tarde, lo suficientemente pronto como para bañar a su hijo Cassian de tres años mientras Evangeline, su niñera francesa, miraba con desaprobación *(maman* le frota el pelo con demasiada fuerza y desperdicia demasiado champú de bebé). Tras meter a Cassian en la cama y leerle *Bonsoir Lune,* Astrid retomó su ritual de sacar de las maletas con cuidado sus nuevas compras de alta costura y esconderlas en el dormitorio de invitados antes de que Michael llegara a casa. (Tenía cuidado de no permitir que su marido viera nunca el alcance de sus compras cada temporada). El pobre Michael parecía últimamente muy estresado por el trabajo. Al parecer, en el mundo de la tecnología todos trabajaban muchas horas y Michael y su socio en Cloud Nine Solutions se estaban esforzando mucho para hacer despegar su empresa. Volaba a China casi cada dos semanas para supervisar los nuevos proyectos y ella sabía que esa noche estaría cansado, pues había ido directamente al trabajo desde el aeropuerto. Astrid quería que todo estuviese perfecto para cuando él entrara por la puerta.

Se dirigió a la cocina para hablar con la cocinera sobre el menú y decidió que esa noche deberían preparar la mesa en el balcón. Encendió velas con aroma a higo y albaricoque y colocó la botella del nuevo Sauternes que había traído de Francia en el enfriador de vinos. Michael era aficionado a los vinos y le gustaba el Sauternes de cosecha tardía. Ella sabía que le iba a encantar esa botella que le había recomendado Manuel, el magnífico sumiller de Taillevent.

Para la mayoría de los singapurenses, parecería que Astrid se preparaba para una encantadora noche en casa. Pero, para sus amigos y familiares, la actual situación doméstica de Astrid resultaba desconcertante. ¿Por qué entraba en las cocinas, hablaba con las cocineras, deshacía ella misma las maletas y se preocupaba tanto por el volumen de trabajo de su marido? Desde luego, no era así como cualquiera se habría imaginado que sería la vida de Astrid. Astrid Leong había nacido para ser la dueña y señora de una gran casa. Su jefa de servicio debería estar adelantándose a cada una de sus necesidades mientras que ella debería estar vistiéndose para salir con su poderoso e influyente marido a cualquiera de las exclusivas fiestas que se celebraban esa noche en la isla. Pero Astrid siempre frustraba las expectativas de todos.

Para el pequeño grupo de chicas que se criaban en el ambiente más elitista de Singapur, la vida seguía un orden ya prescrito: comenzaba a los seis años, cuando se entraba en el Colegio Metodista Femenino (el MGS), el Colegio Femenino Chino de Singapur (el SCGS) o el Convento del Santo Niño Jesús (el CHIJ). Después del colegio, las siguientes horas se destinaban a tutorías grupales que las preparaban para la avalancha de exámenes semanales (normalmente, sobre literatura clásica mandarina, cálculo multivariable y biología molecular), seguidas los fines de semana por clases de piano, violín, flauta, ballet o hípica y algún tipo de actividad en el Grupo de Juventudes Cristianas. Si les iba bien, entraban en la Universidad Nacional de

Singapur (NUS), y, si no, las enviaban a Inglaterra (las universidades americanas eran consideradas de nivel inferior). Las únicas licenciaturas aceptables eran Medicina o Derecho (a menos que fuesen realmente estúpidas, en cuyo caso optaban por la contabilidad). Tras graduarse con honores (menos que eso supondría una vergüenza para la familia), ponían en práctica su vocación (durante tres años, como mucho) antes de casarse con un chico de una buena familia a los veinticinco años (veintiocho, si iban a la facultad de medicina). En ese momento, abandonaban su carrera para tener hijos (el Gobierno animaba de forma oficial a tener tres o más a mujeres de esa procedencia) y la vida consistiría en una suave rotación de galas, clubes de campo, grupos de estudio de la Biblia, trabajos voluntarios poco exigentes, partidas de bridge, *mahjong*, viajes y pasar ratos con los nietos (docenas y docenas, con suerte) hasta llegar a una muerte tranquila y plácida.

Astrid había cambiado todo eso. No era una rebelde, pues llamarla así implicaría que incumplía las normas. Astrid, simplemente, ponía sus propias normas y, con la confluencia de sus circunstancias particulares —unos ingresos privados sustanciales, unos padres demasiado blandos y su propio *savoir faire*—, cada movimiento era inmediatamente comentado y examinado dentro de aquel círculo claustrofóbico.

En su infancia, Astrid siempre desaparecía de Singapur durante las vacaciones escolares y, aunque Felicity había enseñado a su hija a no presumir nunca de sus viajes, una compañera de clase a la que había invitado a casa había descubierto una foto enmarcada de Astrid subida a un caballo blanco con una suntuosa casa de campo al fondo. Así dio comienzo el rumor de que el tío de Astrid poseía un castillo en Francia, donde ella pasaba todas sus vacaciones montando en un semental blanco. (En realidad se trataba de una mansión en Inglaterra, el semental era un poni y a la compañera de clase no la volvió a invitar).

En sus años de adolescencia, se extendió un rumor aún más frenético cuando Celeste Ting, cuya hija estaba en el mismo grupo de Juventudes Metodistas que Astrid, cogió un ejemplar del *Point de Vue* en el aeropuerto Charles de Gaulle y se encontró con una fotografía que un paparazzi había hecho a Astrid tirándose en plancha al agua desde un yate en Porto Ercole con algunos jóvenes príncipes europeos. Astrid volvió de las vacaciones escolares ese año con un sentido del estilo demasiado sofisticado para su edad. Mientras las demás chicas de su clase estaban locas por ir vestidas de pies a cabeza con ropa de marca, Astrid fue la primera que combinó una chaqueta Le Smoking *vintage* de Saint Laurent con unos pantalones cortos de tres dólares de batik que había comprado en un puesto playero de Bali; la primera en llevar ropa de los Seis de Amberes, y la primera en llevar a casa un par de tacones rojos de un zapatero parisino llamado Christian. Sus compañeras de clase del Colegio Metodista Femenino se esforzaban por imitar cada uno de sus modelos, mientras que los hermanos de estas apodaban a Astrid «la Diosa» y la consagraban como objeto principal de sus fantasías masturbatorias.

Tras suspender estrepitosamente y sin complejos cada uno de sus exámenes finales (¿cómo iba a poder concentrarse esa chica en los estudios cuando estaba todo el tiempo haciendo cosas propias de la *jet set*?), a Astrid la enviaron a un colegio privado de Londres para hacer cursos de recuperación. Todos conocían la historia de cómo Charlie Wu, de dieciocho años e hijo mayor del multimillonario empresario del mundo de la tecnología Wu Hao Lian, protagonizó una triste despedida con ella en el aeropuerto de Changi y fletó de inmediato su propio avión, ordenando al piloto que fuera rápidamente a Heathrow. Cuando Astrid llegó, se quedó asombrada al ver al enamorado Charlie esperándola en la puerta de llegadas con trescientas rosas rojas. Durante los siguientes años fueron inseparables y los padres de

Charlie le compraron un piso en Knightsbridge (por las apariencias), aunque los entendidos sospechaban que, probablemente, Charlie y Astrid estaban «viviendo en pecado» en las estancias privadas de ella en el hotel Calthorpe.

A los veintidós años, Charlie le propuso matrimonio en un teleférico de Verbier y, aunque Astrid aceptó, dicen que rechazó el diamante de treinta y nueve quilates que él le regaló por considerarlo demasiado vulgar y lo lanzó a las laderas (Charlie ni siquiera hizo el intento de buscar el anillo). La alta sociedad de Singapur no dejaba de parlotear sobre las inminentes nupcias, mientras que los padres de ella se mostraban espantados ante la perspectiva de relacionarse con una familia sin linaje alguno que, para más vergüenza, eran nuevos ricos. Pero todo terminó con un final asombroso nueve días antes de la boda más lujosa que se hubiera visto nunca en Asia cuando a Astrid y Charlie se les pudo ver riñendo a gritos a plena luz del día. Astrid, según decían todos, «le dejó, igual que había tirado aquel diamante, en la puerta de Wendy's en Orchard Road, lanzándole un batido a la cara», y salió para París al día siguiente.

Sus padres apoyaron la idea de que Astrid pasara un «periodo de enfriamiento» fuera de casa, pero, por mucho que ella intentó mantener la discreción, lo cierto fue que cautivó sin esfuerzo a *le tout Paris* con su ardiente belleza. En Singapur volvieron a desatarse las malas lenguas: Astrid estaba montando un espectáculo. Se suponía que la habían visto en primera fila en el desfile de Valentino, sentada entre Joan Collins y la princesa Rosario de Bulgaria. Se decía que tenía largos e íntimos almuerzos en Le Voltaire con un mujeriego filósofo casado. Y quizá lo que causaba más sensación era el rumor de que mantenía una relación con uno de los hijos del Aga Khan y que se estaba preparando para convertirse al islam a fin de poder casarse con él. (Se decía que el obispo de Singapur había volado a París nada más conocerse la noticia para intervenir).

Todos los rumores quedaron en nada cuando Astrid volvió a sorprender a todos con el anuncio de su compromiso con Michael Teo. La primera pregunta que se hicieron todos fue: «¿Michael qué?». Era un completo desconocido, hijo de maestros de escuela del entonces barrio de clase media de Toa Payoh. Al principio, sus padres estaban horrorizados y perplejos por cómo habría podido ella entrar en contacto con alguien con «ese tipo de antecedentes», pero, al final, se dieron cuenta de que Astrid había pescado casi un buen partido. Había elegido a un soldado de élite de las fuerzas armadas que era enormemente atractivo, había recibido un premio al mérito escolar a nivel nacional y era un especialista en sistemas informáticos que había estudiado en el Instituto de Tecnología de California. Podría haber sido mucho peor.

La pareja se casó en una ceremonia muy privada y muy pequeña (solamente trescientos invitados en la casa de la abuela de ella) que mereció un anuncio sin fotografías de cincuenta y una palabras en el *Straits Times,* aunque hubo comentarios anónimos de que sir Paul McCartney había llegado en avión para cantar a la novia en una ceremonia que había sido «increíblemente exquisita». Antes de que pasara un año, Michael dejó su puesto de militar para poner en marcha su propia empresa de tecnología y la pareja tuvo a su primer hijo, un niño al que llamaron Cassian. En esta crisálida de dicha doméstica cualquiera habría pensado que todas las historias referentes a Astrid se calmarían. Pero esas historias no iban a terminar.

Poco después de las nueve, Michael llegó a casa y Astrid fue corriendo a la puerta para recibirlo con un largo abrazo. Llevaban ya casados más de cuatro años, pero su visión aún hacía saltar en ella chispas de electricidad, sobre todo después de haber estado un tiempo separados. Resultaba asombrosamente atractivo, especialmente ese día, con su barba incipiente y la camisa arrugada en la que ella quería enterrar su cara. Astrid disfrutaba en secreto del olor de él tras un largo día.

Tomaron una cena ligera de palometa al vapor con salsa de vino y jengibre y arroz en cazuela de barro y se tiraron después en el sofá, ebrios tras las dos botellas de vino que se habían fundido. Astrid continuó con el relato de sus aventuras en París mientras Michael miraba como un zombi el canal de deportes silenciado.

—¿Has comprado esta vez muchos de esos vestidos de mil dólares? —preguntó Michael.

—No..., solo uno o dos —contestó Astrid con tono despreocupado mientras se preguntaba qué pasaría si él se enterara de que doscientos mil por vestido era una cifra más exacta.

—Eres muy mala mintiendo —gruñó Michael. Astrid apoyó la cabeza en el regazo de él y comenzó a acariciarle la pierna derecha despacio. Pasó las puntas de los dedos en una línea continua recorriendo su pantorrilla, subiendo por la curva de su rodilla y siguiendo a lo largo de la parte delantera de su muslo. Notó cómo a él se le ponía dura contra su nuca y siguió acariciando la pierna con un ritmo suave y continuado, acercándose cada vez más a la parte suave del interior de su muslo. Cuando Michael ya no pudo seguir aguantándolo, la levantó con un movimiento brusco y la llevó hasta el dormitorio.

Tras una sesión frenética haciendo el amor, Michael salió de la cama y se dirigió a la ducha. Astrid se quedó tumbada en el lado de él de la cama, delirante y agotada. El sexo de los reencuentros era siempre el mejor. Su iPhone sonó con una suave señal. ¿Quién le enviaba un mensaje a estas horas? Cogió el teléfono y entrecerró los ojos ante la luz brillante del mensaje. Decía:

Echo de menos tenerte dentro.

«No tiene ningún sentido. ¿Quién me ha enviado esto?», se preguntó Astrid mirando algo divertida el desconocido número. Parecía un número de Hong Kong. ¿Era una de las bromas de Eddie? Volvió a mirar el mensaje y, de repente, se dio cuenta de que tenía en la mano el teléfono de su marido.

10

Edison Cheng

Shanghái

El espejo del vestidor fue el responsable. El vestidor del recién estrenado ático de tres plantas de Leo Ming en el distrito de Huangpu puso a Eddie al borde del abismo. Desde que Shanghái se había convertido en la capital de las fiestas de Asia, Leo había pasado más tiempo ahí con su última amante, una actriz nacida en Pekín cuyo contrato había tenido que «comprar» a una compañía cinematográfica china por diecinueve millones (uno por cada año de su vida). Leo y Eddie habían llegado en avión para pasar el día e inspeccionar el nuevo apartamento de superlujo de Leo y se encontraban en el vestidor del tamaño de un hangar de 180 metros cuadrados que contaba con un muro entero de ventanal desde el suelo hasta el techo, armarios de ébano de Macasar y puertas de espejo que se abrían automáticamente para mostrar los estantes de cedro.

—Está todo climatizado —comentó Leo—. Los armarios de este extremo se mantienen a trece grados específicamente para mi cachemir italiano, pata de gallo y piel. Pero los armarios zapateros se mantienen a veintiún grados, que es la mejor temperatura para el cuero, y la humedad está regulada para que haya un treinta y cinco por ciento constante, así mis Berlutis y Corthays no sudan. Hay que tratar bien a estos pequeños, *hei mai?**.

Eddie asintió mientras pensaba que ya era hora de hacerse un vestidor nuevo.

—Ahora deja que te enseñe la *pièce de résistance* —dijo Leo, pronunciando *pièce* como «pis». Con una floritura, deslizó el pulgar por un espejo y, al instante, su superficie se transformó en una pantalla de alta definición que proyectó una imagen a tamaño real de un modelo masculino con un traje cruzado. Sobre el hombro derecho planeaban las marcas de cada prenda seguidas de la fecha y lugar donde anteriormente había llevado ese atuendo. Leo movió un dedo por delante de la pantalla, como si pasara una página, y el hombre apareció entonces con pantalones de pana y un jersey de ochos—. Hay una cámara insertada en este espejo que te hace una foto y la almacena para que veas cada cosa que te has puesto organizada por fecha y lugar. ¡Así no repites nunca el modelo!

Eddie se quedó mirando el espejo asombrado.

—Ah, ya lo había visto antes —dijo con poca convicción mientras la envidia empezaba a recorrerle las venas. Sintió el repentino deseo de empujar la cara hinchada de su amigo contra la inmaculada pared de espejos. Una vez más, Leo estaba alardeando de otro juguete nuevo y reluciente que para nada se merecía. Había sido así desde que eran pequeños. Cuando Leo cumplió los siete años, su padre le regaló una bicicleta de titanio especialmente diseñada para su cuerpo regordete por antiguos ingenieros de la NASA (se la robaron a los tres días). A los dieciséis, cuando Leo aspiraba a convertirse en cantante de hip-hop cantonés, su padre le construyó un estudio de grabación con todos los avances y financió su primer álbum (el CD aún puede encontrarse en eBay). Luego, en 1999, fundó la empresa

* En cantonés, «¿no es así?».

emergente de internet de Leo, que se las apañó para perder más de noventa millones de dólares e irse al garete en pleno apogeo de la burbuja de internet. Y ahora esto: la última de una infinita colección de casas en todo el planeta que le había regalado su cariñoso padre. Sí, Leo Ming, socio fundador del Club del Esperma Afortunado de Hong Kong, conseguía que se lo dieran todo en una bandeja con diamantes incrustados. Eddie había tenido la asquerosa suerte de haber nacido en una familia cuyos padres nunca le daban un centavo.

En la que podría llamarse la ciudad más materialista del mundo, una ciudad donde el mantra principal es «prestigio», los chismosos que pertenecían a los círculos de cotorras más prestigiosos de Hong Kong estaban de acuerdo en que Edison Cheng tenía una vida digna de ser envidiada. Reconocían que Eddie había nacido en una familia prestigiosa (aunque su linaje Cheng era, para ser sinceros, bastante común), había asistido a todas las escuelas más prestigiosas (no hay nada por encima de Cambridge..., bueno, salvo Oxford) y ahora trabajaba para el banco de inversiones más prestigioso de Hong Kong (aunque era una lástima que no siguiera los pasos de su padre para convertirse en médico). A los treinta y seis años, Eddie seguía manteniendo sus rasgos infantiles (se estaba poniendo un poco rechoncho, pero no importaba, eso le hacía parecer más boyante); había elegido bien al casarse con la bella Fiona Tung (de las viejas fortunas de Hong Kong, pero una pena lo de aquel escándalo de especulación bursátil en el que se había metido su padre con *Dato'* Tai Toh Lui); y sus hijos, Constantine, Augustine y Kalliste, siempre iban muy bien vestidos y mostraban un buen comportamiento (pero ese hijo más pequeño ¿no era un poco autista o algo parecido?).

Edison y Fiona vivían en el ático dúplex de las Triumph Towers, uno de los edificios más cotizados en lo más alto de Victoria Peak (cinco dormitorios, seis baños y más de trescientos setenta metros cuadrados, sin incluir la terraza de setenta y cinco metros), donde tenían como empleadas a dos sirvientas filipinas y dos de la China continental (las chinas eran mejores con la limpieza mientras que las filipinas eran estupendas con los niños). Su apartamento de estilo Biedermeier, decorado por el famoso decorador austro-alemán afincado en Hong Kong Kaspar von Morgenlatte para evocar un pabellón de caza de los Habsburgo, había aparecido recientemente en el *Hong Kong Tattle* (a Eddie le habían fotografiado acicalándose al pie de la escalera de mármol en espiral con una chaqueta tirolesa de color verde bosque y el pelo engominado hacia atrás mientras que Fiona, tumbada incómodamente a sus pies, llevaba un vestido color burdeos de Óscar de la Renta).

En el garaje del edificio tenían cinco plazas de aparcamiento (valoradas en doscientos cincuenta mil cada una), donde guardaban su flota: un Bentley Continental GT (el coche de diario de Eddie), un Aston Martin Vanquish (el coche de Eddie para los fines de semana), un Volvo S40 (el coche de Fiona), un Mercedes S550 (el coche familiar) y un Porsche Cayenne (el utilitario deportivo familiar). En el puerto deportivo Aberdeen Marina estaba su yate de diecinueve metros, *Kaiser.* Luego estaba el piso de vacaciones de Whistler, en la Columbia Británica (el único lugar donde se les podía ver esquiar, pues había una comida cantonesa casi decente a una hora de Vancouver).

Eddie era miembro de la Asociación Atlética China, el club de golf de Hong Kong, el China Club, el Hong Kong Club, el club de críquet, el Dinasty Club, el American Club, el Club de Jockey, el Royal Hong Kong Yacht Club y varios clubes gastronómicos privados (demasiados para enumerarlos). Como la mayor parte de la flor y nata de Hong Kong, Eddie era también poseedor de la que quizá fuese la mejor de las membresías: tarjetas de residencia permanente en Canadá para toda su familia (un paraíso seguro en caso de que las autoridades de Pekín volviesen a provocar un *Tiananmen).* Coleccionaba relojes y ahora tenía más de setenta piezas de los relojeros más reconocidos (todos suizos, por supuesto, salvo unos cuantos Cartier *vintage*), que había expuesto en una consola hecha a medida de madera de arce en su vestidor privado (su mujer no tenía vestidor propio). Había aparecido cuatro años seguidos en la lista de los «Imprescindibles» del *Hong Kong Tattle* y, como debía ser en un hombre de su estatus, ya había tenido tres amantes desde que se casó con Fiona trece años atrás.

A pesar de tal despliegue de riqueza, Eddie se sentía extremadamente en desventaja en comparación con la mayoría de sus amigos. No tenía una casa en el Peak. No tenía avión propio. No tenía personal a tiempo completo para su yate, que era demasiado pequeño para albergar cómodamente a más de diez invitados a tomar el *brunch.* No tenía ningún Rothko ni Pollock ni cuadros de algún otro pintor americano muerto que debía colgar en sus paredes para ser considerado de verdad rico en la actualidad. Y, al contrario que Leo, los padres de Eddie estaban chapados a la antigua y habían insistido desde el momento en que Eddie se graduó en que aprendiera a vivir de sus ingresos.

Era muy injusto. Sus padres estaban forrados y su madre iba a recibir otra herencia obscena si su abuela de Singapur estiraba la pata algún día. (Ah Ma había sufrido ya dos ataques al corazón en la última década, pero ahora tenía un desfibrilador instalado y podía seguir viviendo Dios sabía cuánto tiempo más). Por desgracia, sus padres gozaban también de un buen estado de salud, así que, cuando la palmaran y el dinero se dividiera entre él, su malvada hermana y el inútil de su hermano, no le quedaría suficiente. Eddie estaba siempre tratando de hacer una estimación aproximada de la riqueza neta de sus padres, buena parte de la cual la deducía gracias a las informaciones que sus amigos del mundo inmobiliario le filtraban. Se convirtió en una obsesión para él y tenía en su ordenador una hoja de cálculo que actualizaba diligentemente cada semana conforme a las tasaciones inmobiliarias y, después, calculando su posible futura parte. Por muchas vueltas que les diera a los números, se daba cuenta de que lo más probable era que nunca apareciera en la lista de «Los diez más ricos de Hong Kong» de *Fortune Asia,* tal y como sus padres estaban haciendo las cosas.

Pero es que sus padres siempre habían sido muy egoístas. Por supuesto, le criaron, pagaron sus estudios y le compraron su primer apartamento, pero le fallaron en lo que de verdad era importante: no sabían cómo hacer ostentación de su riqueza. Su padre, a pesar de toda su fama y su conocida destreza, procedía de la clase media, con arraigados gustos de clase media. Se contentaba con ser un médico respetado que se movía en ese bochornosamente anticuado Rolls-Royce, con ese reloj oxidado de Audemars Piguet, y acudir a sus clubes. Y luego estaba su madre. Era muy ordinaria, siempre contando cada moneda. Podría haber sido una de las reinas de la alta sociedad si simplemente le hubiera sacado partido a su procedencia aristocrática, hubiera lucido vestidos de diseñadores o hubiera dejado ese piso del barrio de Mid-Levels. Ese maldito piso.

Eddie odiaba ir a casa de sus padres. Odiaba el vestíbulo, con sus suelos de granito mongol de aspecto tan vulgar y la guardia de seguridad que siempre estaba comiendo tofu apestoso de una bolsa de plástico. En el interior del piso, odiaba el sofá modular de piel y color melocotón y las consolas lacadas en blanco (compradas cuando la vieja tienda de Lane Crawford en Queen's Road hizo liquidación a mediados de los años ochenta), las piedras de cristal en el fondo de todos los jarrones con flores de plástico, la colección aleatoria de pinturas de caligrafía china (todas ellas regalos de pacientes de su padre) que se apiñaban en las paredes y las distinciones y placas médicas que se alineaban en el estante de arriba que rodeaba el perímetro de la sala de estar. Odiaba pasar por su viejo dormitorio, que le habían obligado a compartir con su hermano pequeño, con sus camas gemelas con adornos náuticos y la estantería de Ikea azul marino, que aún seguía allí después de tantos años. Y, sobre todo, odiaba el gran retrato familiar con marco de nogal que asomaba por detrás de la televisión de pantalla grande, siempre mofándose de él con su fondo marrón ahumado de estudio fotográfico y el grabado dorado de Estudio fotográfico Sammy en la esquina inferior derecha. Odiaba el aspecto que tenía en esa fotografía. Tenía diecinueve años, acababa de regresar de su primer año en Cambridge, con el pelo cortado a capas hasta los hombros, una chaqueta de *tweed* de Paul Smith que en aquella época le había parecido muy chula y el codo apoyado con desenfado en el hombro de su madre. ¿Y cómo podía ser que ella, que procedía de una familia de educación tan exquisita, tuviese esa falta de gusto tan absoluta? A lo largo de los años, él le había suplicado que redecorara el piso o se mudara, pero ella se había negado: «Nunca podría separarme de todos los felices recuerdos de la niñez de mis hijos». ¿Qué felices recuerdos? Sus únicos recuerdos eran de una infancia en la que se sentía demasiado avergonzado como para invitar a sus amigos a que fueran a casa (a menos que supiera que vivían en edificios de menos prestigio) y una adolescencia pasada en el estrecho baño, masturbándose prácticamente debajo del lavabo con los dos pies contra la puerta en todo momento (no había pestillo).

Mientras Eddie estaba en el nuevo vestidor de Leo en Shanghái, mirando por los ventanales hacia el distrito financiero de Pudong que relucía al otro lado del río como Xanadú, se prometió que algún día tendría un vestidor tan chulo que haría que este pareciera una enana pocilga de mierda. Hasta entonces, aún tenía algo que ni siquiera la reciente fortuna de Leo podría comprar: una repujada invitación en relieve a la boda de Colin Khoo en Singapur.

11

Rachel

De Nueva York a Singapur

Es broma, ¿no? —preguntó Rachel pensando que Nick se estaba burlando cuando la dirigió hacia la afelpada alfombra roja del mostrador de primera clase de Singapore Airlines en el aeropuerto de JFK.

Nick la miró con una sonrisa cómplice disfrutando de la reacción de ella.

—He pensado que, ya que vas a acompañarme hasta la otra punta del mundo, al menos debía intentar que fuese para ti lo más cómodo posible.

—¡Pero esto debe de haber costado una fortuna! No habrás tenido que vender un riñón, ¿no?

—No te preocupes. Tenía casi un millón de kilómetros de viajero frecuente ahorrados.

Aun así, Rachel no pudo evitar sentirse un poco culpable por los millones de puntos que Nick habría tenido que sacrificar por esos billetes. ¿Quién seguía viajando en primera clase? La segunda sorpresa de Rachel llegó cuando montaron a bordo del enorme Airbus A380 y fueron recibidos de inmediato por una preciosa azafata que parecía surgida directamente de un anuncio de imagen difuminada de una revista de viajes.

—Señor Young, señorita Chu, bienvenidos a bordo. Por favor, permítanme acompañarles a su suite. —La azafata caminó por el pasillo con su elegante y ceñido vestido largo* para llevarlos a la parte delantera del avión, que estaba formada por doce suites privadas.

Rachel se sintió como si entrara en la sala de proyecciones de un lujoso loft de TriBeCa. La cabina estaba compuesta por dos de los sillones más anchos que había visto jamás —tapizados con suave piel cosida a mano de la marca Poltrona Frau—, dos enormes televisores de pantalla plana colocados uno junto al otro y un armario de cuerpo entero ingeniosamente oculto tras un panel deslizante de madera de nogal. Había una manta de cachemir de Givenchy cuidadosamente colocada sobre los asientos que les invitaba a acurrucarse y ponerse cómodos.

La azafata les señaló los cócteles que les esperaban en la consola del centro.

—¿Un aperitivo antes del despegue? Señor Young, su *gin-tonic* de siempre. Señorita Chu, un Kir Royal para darle la bienvenida. —Le dio a Rachel una copa de tallo largo llena de espumoso frío que parecía haberse servido apenas unos segundos antes. Por supuesto, ellos ya sabían cuál era su cóctel favorito—. ¿Quieren disfrutar de sus sillones reclinables hasta la cena o prefieren que convirtamos su suite en dormitorio justo después del despegue?

—Creo que vamos a disfrutar de este montaje de sala de proyecciones durante un rato —contestó Nick.

—¡Dios mío, he vivido en apartamentos más pequeños que esto! —dijo Rachel en cuanto la azafata se alejó.

---

* Diseñado por Pierre Balmain, el característico uniforme que visten las auxiliares de vuelo de Singapore Airlines está inspirado en el *kebaya* malayo (y ha inspirado a muchos viajeros de negocios).

—Espero que no te importe sufrir estas incomodidades. Esto es bastante vulgar para los estándares de la hospitalidad asiática —bromeó Nick.

—Pues... creo que podré soportarlo. —Rachel se acurrucó en su suntuoso sillón y empezó a toquetear el mando a distancia—. Vaya, hay una infinidad de canales. ¿Vas a ver una de tus películas de suspense suecas? ¡Ah, *El paciente inglés*! Quiero ver esa. Espera. ¿Es malo ver una película sobre un accidente aéreo mientas estás volando?

—Ese era un avión diminuto de un solo motor. ¿Y no fue derribado por los nazis? Creo que no te pasará nada —contestó Nick mientras colocaba una mano sobre la de ella.

El enorme avión empezó a deslizarse hacia la pista y Rachel miró por la ventanilla hacia los aviones que se alineaban por el asfalto, con destellos de luces en los extremos de sus alas, cada uno esperando su turno para elevarse hacia el cielo.

—¿Sabes? Por fin empiezo a asimilar que vamos a hacer este viaje.

—¿Nerviosa?

—Solo un poco. ¡Creo que lo de dormir en una cama de verdad en un avión es probablemente lo que más me excita!

—A partir de aquí, todo irá a peor, ¿no?

—Desde luego. Todo ha ido a peor desde el día que nos conocimos —dijo Rachel con un guiño a la vez que entrelazaba sus dedos con los de Nick.

Nueva York, otoño de 2008

Hay que dejar claro que Rachel Chu no sintió el típico relámpago la primera vez que puso los ojos sobre Nicholas Young en el jardín de La Lanterna di Vittorio. Desde luego, era increíblemente atractivo, pero ella nunca se había fiado de los hombres atractivos, menos aún de los que tenían acento cuasibritánico. Pasó los primeros minutos observándolo en silencio, preguntándose en qué la había metido Sylvia esta vez.

Cuando Sylvia Wong-Swartz, la compañera de Rachel en el Departamento de Económicas de la Universidad de Nueva York, entró en su habitación de la facultad una tarde y dijo: «Rachel, acabo de pasar la mañana con tu futuro marido», ella consideró aquella declaración como otra más de las tontas ideas de Sylvia y ni siquiera se molestó en levantar la vista de su portátil.

—No, en serio, he encontrado a tu futuro marido. Ha estado en una reunión del consejo de gobierno estudiantil conmigo. Es la tercera vez que le veo y estoy convencida de que es el hombre indicado para ti.

—¿Así que mi futuro marido es un estudiante? Gracias. Ya sabes lo mucho que me gustan los menores de edad.

—No, no. Es el nuevo y brillante profesor del Departamento de Historia. También es el asesor de la facultad de la Academia de Historia.

—Ya sabes que no me van los profesores. Menor aún, los del Departamento de Historia.

—Sí, pero este tipo es diferente, te lo digo yo. Es el hombre más impresionante que he conocido en años. Es encantador. Y está muy bueno. Yo iría de inmediato a por él si no estuviese ya casada.

—¿Cómo se llama? Puede que ya le conozca.

—Nicholas Young. Acaba de empezar este semestre, trasladado desde Oxford.

—¿Un británico? —Rachel levantó la vista con clara curiosidad.

—No, no. —Sylvia dejó sus carpetas y tomó asiento mientras tomaba aire—. Bueno, te voy a decir una cosa, pero, antes de que lo deseches, prométeme que me vas a escuchar.

Rachel se preparó para lo peor. ¿Qué detalle tan increíblemente disfuncional se había guardado Sylvia?

—Es... asiático.

—Dios mío, Sylvia. —Rachel puso los ojos en blanco y volvió a dirigir su atención a la pantalla de su ordenador.

—¡Sabía que ibas a reaccionar así! Escúchame. Este tipo lo tiene todo, te lo prometo...

—Estoy segura de ello —dijo Rachel con sarcasmo.

—Tiene un acento ligeramente británico de lo más seductor. Y es tremendamente elegante. Hoy llevaba una chaqueta perfecta, con las arrugas en los sitios adecuados...

—Sylvia, no me interesa —contestó Rachel, remarcando cada palabra.

—Y se parece un poco a ese actor japonés de las películas de Wong Kar-wai.

—¿Es japonés o chino?

—¿Qué importa eso? Cada vez que algún asiático se atreve a mirar en tu dirección, tú les lanzas la famosa mirada de desprecio de Rachel Chu que guardas para los asiáticos y ellos se desvanecen antes de que les des una oportunidad.

—¡Yo no hago eso!

—¡Sí que lo haces! Te he visto hacerlo muchas veces. ¿Te acuerdas de ese chico que conocimos en el *brunch* en casa de Yanira el fin de semana pasado?

—Fui de lo más agradable con él.

—Le trataste como si tuviera la palabra HERPES tatuada en la frente. ¡La verdad es que nunca he conocido a una asiática que muestre más desprecio hacia su raza!

—¿Qué quieres decir? Yo no muestro desprecio en absoluto. ¿Y tú? Eres tú la que se casó con un blanco.

—Mark no es blanco, es judío. ¡Eso lo convierte prácticamente en asiático! Pero eso no viene al caso. Al menos, yo salí con bastantes asiáticos en mi época.

—Pues yo también.

—¿Cuándo has salido de verdad con un asiático? —Sylvia la miró sorprendida.

—Sylvia, no tienes ni idea de cuántas citas he tenido con asiáticos a lo largo de los años. A ver, estuvo el friki de física cuántica del Instituto Tecnológico de Massachusetts que estaba más interesado en tenerme como señora de la limpieza disponible las veinticuatro horas del día; el taiwanés deportista de hermandad universitaria con unos pectorales más grandes que mi pecho, el chupi* con un máster en Administración de Empresas de Harvard que estaba obsesionado con Gordon Gekko. ¿Sigo?

—Estoy segura de que no fueron tan malos como dices.

—Pues fueron para mí lo suficientemente malos como para establecer hace unos cinco años la norma de «no asiáticos» —insistió Rachel.

Sylvia soltó un suspiro.

—Afrontémoslo. La única razón por la que tratas así a los asiáticos es porque representan el tipo de hombre que tu familia desea que lleves a casa y tú simplemente te rebelas negándote a salir con ninguno.

—Estás muy equivocada —respondió Rachel riendo mientras negaba con la cabeza.

—O es eso o es que al haberte criado como minoría racial en Estados Unidos sientes que el acto definitivo de asimilación es casarte con la raza dominante. Y por eso es por lo que solo sales con blancos anglosajones protestantes... o pijos europeos.

—¿Alguna vez has estado en Cupertino, donde pasé toda mi adolescencia? Porque habrías visto que los asiáticos son la raza dominante en Cupertino. Deja de proyectar en mí tus propios problemas.

---

* Chupi = chino + yupi.

—Bueno, pues acepta mi reto y trata de no tener tantos prejuicios una vez más.

—Vale. Te voy a demostrar que estás equivocada. ¿Cómo quieres que me presente ante este encanto asiático de Oxford?

—No tienes que hacerlo. Ya he quedado en que vamos a tomar café con él en La Lanterna después del trabajo —dijo Sylvia con tono alegre.

Cuando la huraña camarera estonia de La Lanterna llegó para tomar nota del pedido de Nicholas, Sylvia ya susurraba rabiosa al oído de Rachel:

—Oye, ¿estás muda o algo parecido? ¡Deja ya ese desprecio hacia los asiáticos!

Rachel decidió seguir la corriente y unirse a la conversación, pero pronto le quedó claro que Nicholas no tenía ni idea de que aquello era una cita y, lo que resultaba más molesto, que parecía mucho más interesado en su compañera de trabajo. Estaba fascinado con el pasado interdisciplinar de Sylvia y no dejaba de hacerle preguntas sobre la organización del Departamento de Económicas. Sylvia disfrutaba bajo el resplandor de su atención, sintiéndose coqueta y ensortijándose el pelo entre los dedos mientras charlaban. Rachel le fulminó con la mirada. «¿Es que este tío es un completo negado? ¿No ve el anillo de casada de Sylvia?».

Hasta veinte minutos después, Rachel no pudo dejar a un lado sus arraigados prejuicios y pensar en la situación a la que se enfrentaba. Era verdad. En los últimos años no les había dado ninguna oportunidad a los chicos asiáticos. Su madre le había dicho incluso: «Rachel, sé que te resulta difícil tener una buena relación con los hombres asiáticos porque nunca conociste a tu padre». A Rachel, esa especie de análisis de sillón le parecía demasiado simplista. Ojalá fuese tan fácil.

Para ella, el problema empezó prácticamente el día en que entró en la pubertad. Empezó a notar un fenómeno que tenía lugar cada vez que un asiático del sexo opuesto entraba en la habitación. El varón asiático resultaba perfectamente agradable y normal para todas las demás chicas, pero el «tratamiento especial» se reservaba para ella. Primero, estaba el análisis óptico: el chico evaluaba sus atributos físicos de una forma de lo más descarada, calibrando cada centímetro de su cuerpo con un baremo completamente distinto al que habría utilizado con las chicas no asiáticas. ¿Eran grandes sus ojos? ¿Eran redondeados por naturaleza o se había sometido a una operación de párpados? ¿Su piel era muy clara? ¿Su pelo era liso y lustroso? ¿Tenía buenas caderas para dar a luz? ¿Tenía algún acento? ¿Cuál era su verdadera altura, sin tacones? (Con su metro setenta y tres, Rachel era de las altas y los asiáticos preferían pegarse un tiro en la ingle antes que salir con una chica más alta que ellos).

Si por casualidad pasaba la primera barrera, daba comienzo el verdadero examen. Todas sus amigas asiáticas conocían en qué consistía. Lo llamaban la Prueba de Admisión. El varón asiático empezaba un interrogatorio no muy disimulado centrado en las aptitudes sociales y académicas y en los talentos de la hembra asiática con el fin de determinar si era válida como «esposa y madre». Esto tenía lugar mientras el varón asiático alardeaba con poca sutileza de sus datos: cuántas generaciones de su familia habían vivido en Estados Unidos; qué tipo de doctorado tenían sus padres; cuántos instrumentos musicales tocaba; el número de entrenamientos de tenis a los que asistía; cuántas becas para escuelas prestigiosas había rechazado; qué modelo de BMW, Audi o Lexus tenía; y el número aproximado de años antes de convertirse en (a elegir) director ejecutivo, director financiero, director de departamento tecnológico, socio de bufete o cirujano jefe.

Rachel estaba tan acostumbrada a soportar esas pruebas de admisión que su ausencia esa noche resultaba curiosamente desconcertante. No parecía que ese tipo emplease el mismo *modus operandi* ni soltaba nombres sin parar. Era chocante y no sabía bien cómo tratarle. Él se limitaba a disfrutar de su café irlandés, a impregnarse del ambiente y a mostrarse absolutamente encantador. Sentada en el jardín cercado iluminado con pantallas de luz pintadas con colores extravagantes, Rachel empezó a ver poco a poco, con una visión completamente nueva, a la persona que su amiga tanto se había empeñado en que conociera.

No sabía bien qué era, pero había algo en Nicholas Young que resultaba curiosamente exótico. Para empezar, su chaqueta de lona ligeramente desaliñada, su camisa blanca de lino y sus vaqueros negros desgastados le recordaban a algún aventurero que acabara de regresar de cartografiar el Sahara Occidental. Luego estaba su humor autocrítico, el que tienen todos esos chicos de educación británica por el que tanto se los conoce. Pero por debajo de todo eso había una serena masculinidad y una calma sosegada que estaba resultando contagiosa. Rachel descubrió que se sentía atraída hacia la órbita de su conversación y, antes siquiera de darse cuenta, ya estaban parloteando como viejos amigos.

En un momento dado, Sylvia se levantó de la mesa y anunció que iba siendo hora de volver a casa antes de que su marido se muriera de hambre. Rachel y Nick decidieron quedarse a tomar una copa más. La cual condujo a otra. Y eso llevó a una cena en el bistró que había a la vuelta de la esquina. Lo cual condujo a un helado en la plaza de Father Demo. Que llevó a un paseo por el parque de Washington Square (puesto que Nick insistió en acompañarla de vuelta a su apartamento de la facultad). «Es el perfecto caballero», pensó Rachel mientras pasaban junto a la fuente y un guitarrista de rastas rubias que entonaba una balada lastimera.

«And you're standing here beside me, I love the passing of time»[*], cantaba con tono quejumbroso el chico.

---

[*] «Y estás aquí a mi lado, me encanta cómo pasa el tiempo». *[N. del T.]*

—¿No es de Talking Heads? —preguntó Nick—. Escucha...

—¡Dios mío, sí que lo es! Está cantando *This Must Be the Place* —contestó Rachel sorprendida. Le encantaba ver que Nick conociera la canción lo suficientemente bien como para reconocer aquella versión tan corrompida.

—No es tan malo —dijo Nick mientras sacaba su cartera y lanzaba unos dólares a la funda abierta de la guitarra del chico.

Rachel vio que Nick movía la boca al compás de la canción. «Está ganando muchos puntos ahora mismo», pensó, y, a continuación, se dio cuenta con un sobresalto de que Sylvia había tenido razón. Ese chico con el que acababa de pasar seis horas seguidas enfrascada en una conversación, que se conocía toda la letra de una de sus canciones preferidas; ese chico que estaba a su lado era el primer hombre al que de verdad podía imaginarse como marido.

12

Los Leong

Singapur

Por fin, la pareja del momento! —exclamó Mavis Oon cuando Astrid y Michael entraron en el elegante comedor del Club Colonial. Michael vestido con su traje azul marino nuevo de Richard James y Astrid con un vestido largo de seda de estilo años veinte de color caqui formaban una pareja de lo más llamativa y la sala se llenó de los habituales susurros de excitación por parte de las damas, que examinaban disimuladamente a Astrid de la cabeza a los pies, y de los hombres, que miraban a Michael con una mezcla de envidia y mofa.

—Vaya, Astrid, ¿por qué llegáis tan tarde? —reprendió Felicity Leong a su hija cuando llegó a la larga mesa junto a la pared de trofeos donde los miembros de la larga familia Leong y sus invitados de honor venidos desde Kuala Lumpur, *Tan Sri** Gordon Oon y *Puan Sri* Mavis Oon, ya estaban sentados.

---

* El segundo título honorífico federal de Malasia más antiguo (similar al del duque británico), que otorga un gobernante real hereditario de uno de los nueve estados malayos; a su esposa se la conoce como *puan sri.* (Un *tan sri* suele ser más rico que un *dato'* y probablemente haya pasado mucho más tiempo lamiéndoles el culo a los miembros de la realeza malaya).

—Lo siento mucho. El vuelo de Michael de vuelta de China se ha retrasado —se disculpó Astrid—. Espero que no hayáis estado esperándonos para pedir. Aquí la comida siempre tarda mucho.

—Ven, Astrid, ven. Deja que te mire —le ordenó Mavis. La apremiante señora, que fácilmente podría haber ganado un concurso de parecido a Imelda Marcos con sus mejillas con demasiado colorete y su grueso moño, acarició la cara de Astrid como si se tratase de una niña y se lanzó al efusivo parloteo que era su marca personal—. Vaya no has envejecido nada desde la última vez que te vi cómo está el pequeño Cassian cuándo vais a tener otro no esperes demasiado *lah* necesitas una niña ahora ya sabes que mi nieta de diez años Bella te adora desde su último viaje a Singapur siempre dice «Ah Ma, cuando crezca quiero ser como Astrid» le pregunté por qué y respondió «Porque siempre viste como una estrella de cine y ese Michael está muy bueno». —En la mesa todos empezaron a reírse.

—¡Sí, a todos nos gustaría tener el presupuesto para vestuario de Astrid y el torso de Michael! —bromeó Alexander, el hermano de Astrid.

Harry Leong levantó los ojos de su menú y, mirando a Michael, le hizo una señal para que se acercara. Con su pelo plateado y su piel bronceada, Harry constituía una presencia leonina en la presidencia de la mesa y, como siempre, Michael se acercó a su suegro con no poca inquietud. Harry le entregó un sobre acolchado grande.

—Aquí tienes mi MacBook Air. Le pasa algo a la conexión inalámbrica.

—¿Cuál es exactamente el problema? ¿No encuentra las redes o tienes problemas con la contraseña? —preguntó Michael.

Harry había dirigido ya de nuevo su atención al menú.

—¿Qué? Ah, es que parece que no funciona en ningún sitio. Eres tú el que lo configuró y yo no he cambiado nada.

Muchas gracias por echarle un vistazo. Felicity, ¿comí aquí el costillar de cordero la última vez? ¿Es aquí donde siempre hacen demasiado la carne?

Michael se llevó obediente el portátil y, mientras volvía a su asiento en el otro extremo de la mesa, el hermano mayor de Astrid, Henry, le agarró de la manga de la chaqueta.

—Oye, Mike, no quiero molestarte con estas cosas, pero ¿puedes pasarte por la casa este fin de semana? Le pasa algo a la Xbox de Zachary. Espero que puedas arreglarla. Resulta demasiado *mah fan*[*] devolverla a la fábrica de Japón para que la reparen.

—Quizá me vaya fuera este fin de semana, pero, si no, trataré de pasarme —contestó Michael sin entusiasmo.

—Ah, gracias, gracias —intervino Cathleen, la mujer de Henry—. Zachary nos ha estado volviendo completamente locos sin su Xbox.

—¿Es que se le dan bien a Michael los aparatos? —preguntó Mavis.

—Es un verdadero genio, Mavis. ¡Un genio! Es el mejor yerno que puedes desear cerca. ¡Es capaz de arreglarlo todo! —exclamó Harry.

Michael sonrió incómodo mientras Mavis clavaba la mirada en él.

—¿Y por qué pensaba yo que estaba en el ejército?

—Tía Mavis, Michael trabajaba antes para el Ministerio de Defensa. Ayudó a programar todos los sistemas armamentísticos de alta tecnología —contestó Astrid.

—Sí, el destino de la defensa balística de nuestro país está en manos de Michael. ¿Sabes? En caso de que nos invadan los doscientos cincuenta millones de musulmanes que nos rodean por todos lados, podremos oponer resistencia durante al menos diez minutos —comentó Alexander entre risas.

---

* En cantonés, «fastidioso».

Michael trató de ocultar su gesto de desagrado y abrió su pesado menú encuadernado con piel. El tema culinario de este mes era «Sabores de Amalfi» y la mayoría de los platos estaban en italiano. *Vongole.* Sabía que eso eran almejas. Pero ¿qué narices era *Paccheri alla Ravello*? ¿Tanto les habría costado traducir los platos? Era habitual en uno de los clubes deportivos más antiguos de la isla, un lugar tan pretencioso y anclado en la época del rey Eduardo VII que a las mujeres ni siquiera se les permitió asomarse al bar de los hombres hasta el año 2007.

De adolescente, Michael había jugado al fútbol todas las semanas en el *Padang,* el inmenso campo de hierba delante del ayuntamiento que se usaba para todos los desfiles nacionales, y, a menudo, se quedaba mirando con curiosidad la augusta estructura victoriana que estaba en el extremo oriental del *Padang.* Desde la portería, podía ver las relucientes lámparas del interior, los platos con tapas de plata colocados sobre manteles de un blanco inmaculado y los camareros con su chaqueta negra moviéndose de un lado a otro a toda prisa. Observaba a aquella gente de aspecto importante disfrutar de sus cenas y se preguntaba quiénes eran. Deseaba entrar en el club, solo una vez, poder mirar el campo de fútbol desde el otro lado de aquellas ventanas. En una apuesta, le había pedido a un par de amigos suyos que se colaran con él en el club. Irían un día antes del partido, cuando aún estuviesen vestidos con sus uniformes del colegio St. Andrew. Podrían entrar sin mayor preocupación, como si fuesen miembros. ¿Quién les iba a impedir tomarse algo en el bar? «Ni lo sueñes, Teo. ¿No sabes lo que es ese lugar? ¡Es el Club Colonial! Tienes que ser *ang mor* o que haber nacido en una de esas familias megarricas para poder entrar», dijo uno de sus amigos.

—Gordon y yo vendimos nuestra membresía del Pulau Club porque me di cuenta de que yo era la única que comía allí su *ice kacang*[*] —oyó Michael que Mavis le contaba a su suegra. Lo que habría dado por volver en ese momento al campo de hierba con sus amigos. Podrían jugar al fútbol hasta que el sol se pusiera y, después, dirigirse a la *kopi tiam*[**] más cercana a por unas cervezas frías y un poco de *nasi goreng*[***] o *char bee hoon*[****]. Eso sería mucho mejor que estar ahí sentado, con esa corbata con la que iba a morir asfixiado, comiendo una comida impronunciable que era demencialmente cara. No es que ninguno de la mesa mirara nunca los precios. Los Oon eran dueños prácticamente de media Malasia y, en cuanto a Astrid y sus hermanos, Michael no había visto ni una sola vez que ninguno de ellos se encargara de pagar una cena. Todos eran adultos con hijos, pero papá Leong siempre lo pagaba todo. (En la familia Teo, ninguno de sus hermanos consideraría siquiera dejar que sus padres pagaran la cuenta).

¿Cuánto tiempo duraría esa cena? Estaban comiendo al estilo europeo, así que serían cuatro platos, y, en ese lugar, eso implicaba una hora por plato. Michael miró de nuevo el menú. «*Gan ni na!*»[*****]. Había algún plato estúpido de ensalada. ¿A quién se le ocurría servir ensalada después del plato principal? Eso implicaba cinco platos, porque a Mavis le gustaba tomar postre, aunque lo único que hacía era quejarse de su gota. Y entonces la suegra de Michael se quejaría de sus espolones en los talones y las dos señoras empezarían a lanzarse unas a otras un torren-

---

* Postre malayo hecho de hielo granizado, sirope de azúcar de colores y diversas coberturas, como alubias rojas, maíz dulce, gelatina de agar-agar, semilla de palma y helado.

** En hokkien, «cafetería».

*** Arroz frito indonesio, plato muy popular en Singapur.

**** *Vermicelli* fritos, otro de los platos preferidos de Singapur.

***** Expresión en hokkien que podría significar: «Vete a follarte a tu madre», o, como en este caso: «Que me follen».

te de quejas por sus enfermedades crónicas, tratando de superarse la una a la otra. Después llegaría el momento de los brindis —esos brindis interminables en los que su suegro brindaría por los Oon y la suerte de haber nacido en la mejor familia— y luego Gordon Oon se giraría y brindaría por los Leong, por su suerte por haber nacido también en la mejor familia. Y después Henry Leong hijo haría un brindis por Gordon, el hijo de Gordon, el maravilloso amigo al que el año pasado pillaron con una estudiante de quince años en Langkawi. Sería un milagro que la cena terminara antes de las once y media.

Astrid miró a su marido desde el otro lado de la mesa. Aquella postura recta y la sonrisa tensa que estaba forzando mientras hablaba con la mujer del obispo See Bei Sien era un gesto que ella conocía bien. Lo había visto la primera vez que los invitaron a merendar a casa de la abuela de ella y cuando cenaron con el presidente en Istana*. Estaba claro que Michael deseaba estar en otro sitio en ese momento. ¿O más bien con otra persona? ¿Quién era esa otra persona? Desde la noche que había descubierto aquel mensaje, no podía dejar de hacerse estas preguntas.

«Echo de menos tenerte dentro». Los primeros días, Astrid trató de convencerse de que debía de haber alguna explicación lógica. Se trataba de un error inocente, un mensaje a un número equivocado, alguna especie de broma o chiste privado que ella no entendía. El mensaje había sido borrado a la mañana siguiente y ella deseó que pudiera ser igual de fácil borrarlo de su mente. Pero su mente no lo borraba. Su vida no podría

* En malayo, «palacio». Aquí se refiere a la residencia oficial del presidente de Singapur. Terminada en 1869 bajo las órdenes de sir Harry Saint George Ord, primer gobernador colonial de Singapur, anteriormente se la conocía como Casa del Gobierno y ocupa cuarenta y tres hectáreas de terreno adyacente a la zona de Orchard Road.

avanzar hasta que resolviera el misterio que se escondía tras esas palabras. Empezó a llamar a Michael todos los días al trabajo a distintas horas, inventándose cualquier pregunta o excusa tonta para asegurarse de que él estaba donde había dicho que estaría. Empezó a mirar su móvil a cada oportunidad fugaz que se presentaba y revisaba frenética todos los mensajes durante los valiosos minutos en que él se alejaba de su teléfono. No hubo más mensajes incriminatorios. ¿Borraba él todos los rastros o es que ella se estaba volviendo paranoica? Llevaba ya varias semanas analizando cada mirada, cada palabra, cada movimiento de Michael, en busca de alguna señal, alguna prueba que confirmara lo que no se atrevía a decir en voz alta. Pero no encontró nada. Todo era aparentemente normal en su bonita vida.

Hasta esa tarde.

Michael acababa de regresar del aeropuerto y, cuando se quejó de estar dolorido por haber estado metido en el asiento de en medio de la última fila sin poder reclinarse en un avión viejo de China Eastern Airlines, Astrid le sugirió que se diera un baño caliente con epsomita. Mientras él estuvo fuera de servicio, Astrid fue a mirar en su equipaje, buscando algo al tuntún, lo que fuera. Tras rebuscar en su cartera, se encontró un papel doblado oculto bajo la solapa de plástico donde él guardaba su carné de identidad de Singapur. Era la cuenta de una cena de la noche anterior. Una cuenta de Petrus. Por un valor de 3.812 dólares de Hong Kong. Bien podía ser el precio de una cena para dos.

¿Qué hacía su marido cenando en el restaurante francés más elegante de Hong Kong cuando se suponía que tenía que estar trabajando en un proyecto de almacenamiento de recursos en la nube en Chonquin, al sudoeste de China? Y, sobre todo, en ese restaurante precisamente, el tipo de lugar al que normalmente habría que arrastrarle entre pataletas y gritos. Bajo ningún concepto sus socios, tan justos de dinero, aprobarían un gasto así, ni siquiera para sus clientes más importantes. (Además, ningún cliente chino querría comer nunca *nouvelle cuisine* francesa si podía evitarlo).

Astrid se quedó largo rato mirando la cuenta, fijándose en los fuertes trazos de su firma en azul oscuro sobre el inmaculado papel blanco. Lo había firmado con la pluma estilográfica de Caran d'Ache que ella le había regalado en su último cumpleaños. El corazón le latía tan rápido que parecía que se le iba a salir del pecho; aun así, se sentía completamente paralizada. Se imaginó a Michael sentado en aquella sala iluminada por velas situada en lo alto del hotel Island-Shangri-La, mirando las luces centelleantes del puerto de Victoria y disfrutando de una romántica cena con la chica que le había enviado el mensaje. Empezarían con un espléndido vino de Borgoña de la Côte d'Or para terminar con el suflé caliente de chocolate amargo para dos (con crema escarchada de limón).

Deseó entrar en el baño y ponerle aquella cuenta en la cara mientras él estaba a remojo en la bañera. Quería gritar y arañarle la piel. Pero, por supuesto, no hizo tal cosa. Tomó aire. Recuperó la compostura. La compostura que tenía arraigada desde el día en que nació. Haría lo más sensato. Sabía que no tenía sentido montar una escena, exigirle una explicación. Cualquier explicación que pudiera provocar la más mínima grieta en su vida perfecta. Dobló el recibo con cuidado y lo volvió a colocar en su escondite, deseando que desapareciera de la cartera de él y de la mente de ella. Simplemente, que desapareciera.

13

Philip y Eleanor Young

Sídney (Australia) y Singapur

Philip estaba sentado en su silla plegable de metal preferida en el muelle que se extendía desde el jardín frontal que daba al agua, con un ojo puesto en la caña de pescar que había lanzado a la bahía de Watson y el otro ojo en el último ejemplar de la revista *Popular Mechanics.* El teléfono empezó a vibrarle en el bolsillo de sus pantalones cargo, interrumpiendo la serenidad de su mañana. Sabía que sería su mujer la que llamaba. Prácticamente, era la única persona que le llamaba al móvil. (Eleanor insistía en que llevara siempre el teléfono con él, por si le necesitaba para alguna emergencia, aunque él dudaba que pudiera serle de alguna ayuda, pues pasaba buena parte del año aquí, en Sídney, mientras que ella viajaba constantemente entre Singapur, Hong Kong, Bangkok, Shanghái y Dios sabía qué otros lugares).

Respondió al teléfono y, de inmediato, empezó el torrente histérico de su mujer.

—Cálmate. Habla más despacio, *lah.* No entiendo ni una palabra de lo que dices. A ver, ¿por qué quieres tirarte desde lo alto de un edificio? —preguntó Philip con su habitual tono lacónico.

—Acabo de recibir el informe sobre Rachel Chu que ha enviado ese investigador privado de Beverly Hills que me ha recomendado Mabel Kwok. Quieres saber lo que dice. —No era una pregunta. Más bien sonaba como una amenaza.

—Eh..., ¿quién es Rachel Chu? —preguntó Philip.

—¡No seas tan senil, *lah*! ¿No te acuerdas de lo que te conté la semana pasada? ¡Tu hijo lleva saliendo con una chica en secreto más de un año y ha tenido el descaro de decírnoslo apenas unos días antes de traerla a Singapur!

—¿Has contratado a un investigador privado para que le siga la pista a esa chica?

—Claro que sí. No sabemos nada de esa chica y todo el mundo habla ya de ella y Nicky...

Philip bajó la vista hacia su caña de pescar, que empezaba a vibrar un poco. Sabía adónde llevaría esa conversación y no quería participar en ella.

—Me temo que ahora mismo no puedo hablar, cariño. Estoy en medio de una emergencia.

—¡Calla, *lah*! ¡La emergencia es esto! ¡El informe es aún peor que la peor de mis pesadillas! La estúpida de tu prima Cassandra no se enteró bien. Resulta que esta chica no es de los Chu de los Plásticos de Taipéi.

—Siempre te he dicho que no creas nada que salga de la boca de Cassandra. ¿Pero en qué cambia eso las cosas?

—¿En qué cambia? Esta chica es una mentirosa. Finge ser una Chu.

—Bueno, si resulta que su apellido es Chu, ¿cómo puedes acusarla de fingir ser una Chu? —preguntó Philip riendo entre dientes.

—¡Venga ya! ¡No me contradigas! Te voy a contar en qué ha mentido. Al principio, el investigador privado me dijo que era china nacida en América, pero después, tras investigar más, ha descubierto que ni siquiera es de verdad una china nacida en

América. Nació en la China continental y se fue a Estados Unidos cuando tenía seis meses de edad.

—¿Y?

—¿No me has oído? ¡Es de la China continental!

Philip estaba perplejo.

—¿Acaso no procedemos todas las familias en última instancia de la China continental? ¿De dónde preferirías que fuera? ¿De Islandia?

—¡No te pongas gracioso conmigo! Su familia es de algún pueblo *ulu ulu** de China del que nadie ha oído hablar nunca. El investigador cree que seguramente sean de clase trabajadora. O, dicho de otro modo..., ¡son CAMPESINOS!

—Cariño, yo creo que, si retrocedes lo suficiente, todas nuestras familias eran campesinas. ¿No sabes que en la antigua China la clase campesina era muy respetada? Eran la columna vertebral de la economía y...

—¡Deja de decir tonterías, *lah*! Aún no te he contado lo peor. Esta chica fue a Estados Unidos siendo un bebé con su madre. Pero ¿dónde está el padre? No hay registros sobre el padre, así que deben de estar divorciados. ¿Te lo puedes creer? ¡*Alamak,* la hija de una familia de divorciados de un *ulu* sin nombre! ¡Voy a *tiao lau*!**.

—¿Qué tiene eso de malo? Hoy en día hay mucha gente que viene de hogares rotos y que después tiene matrimonios felices. Mira la tasa de divorcios aquí, en Australia. —Philip trataba de razonar con su esposa.

Eleanor soltó un fuerte suspiro.

—Esos australianos descienden todos de criminales, ¿qué te esperabas?

---

* En malayo, «remoto», «alejado de la civilización».

** En hokkien, «tirarse de un edificio».

—Por eso es por lo que eres tan popular aquí, cariño —bromeó Philip.

—No estás viendo las consecuencias de todo esto. ¡Está claro que esa chica es una astuta y mentirosa CAZAFORTUNAS! Sabes tan bien como yo que tu hijo no puede casarse con alguien así. ¿Te imaginas cómo va a reaccionar tu familia cuando él traiga a casa a esa cazafortunas?

—La verdad es que me importa muy poco lo que piensen.

—¿Pero no ves cómo puede afectar esto a Nicky? Y, por supuesto, tu madre me echará a mí las culpas, *lah.* Yo siempre soy la culpable de todo. *Alamak,* seguro que sabes en qué va a terminar esto.

Philip soltó un fuerte suspiro. Esa era la razón por la que pasaba el mayor tiempo posible lejos de Singapur.

—Ya le he pedido a Lorena Lim que haga uso de todos sus contactos en Pekín para investigar a la familia de la chica en China. Tenemos que saberlo todo. No quiero dejar una sola piedra sin levantar. Debemos estar preparados para cualquier cosa —dijo Eleanor.

—¿No crees que estás siendo un poco exagerada?

—¡Para nada! Debemos acabar con este sinsentido antes de que él vaya más lejos. ¿Quieres saber qué opina Daisy Foo?

—La verdad es que no.

—¡Daisy cree que Nicky va a proponerle matrimonio a la chica mientras estén en Singapur!

—Si es que no lo ha hecho ya —bromeó Philip.

—*Alamak!* ¿Sabes tú algo que yo no sepa? ¿Te ha contado Nicky...?

—No, no, no. No te asustes. Cariño, estás dejando que tus estúpidas amigas te agobien por nada. Solo tienes que fiarte del buen juicio de nuestro hijo. Estoy seguro de que esa chica va a ser estupenda. —El pez tiraba ahora de la caña con fuerza. Quizá fuera un barramundi. Podría pedirle a su cocinero que lo asara para almorzar. Philip solo quería deshacerse del teléfono.

Ese jueves, durante el estudio de la Biblia en casa de Carol Tai, Eleanor decidió que había llegado la hora de convocar a sus tropas de infantería. Mientras las señoras se sentaban alrededor de un *bobo chacha* casero y ayudaban a Carol a organizar su colección de perlas negras tahitianas por gradación de color, Eleanor dio comienzo a su lamento mientras saboreaba su pastel frío de coco y sagú.

—Nicky no es consciente del daño tan terrible que nos está haciendo. Ahora me dice que ni siquiera va a quedarse en nuestro piso nuevo cuando llegue. ¡Va a hospedarse en el hotel Kingsford con esa chica! ¡Como si necesitara esconderla de nosotros! *Alamak*, ¿qué va a pensar la gente? —clamó Eleanor suspirando con dramatismo.

—¡Qué vergüenza! ¡Compartir una habitación de hotel cuando ni siquiera están casados! ¿Sabes? Alguna gente podría pensar que se han casado a escondidas y que vienen aquí de luna de miel —apuntó Nadine Shaw, aunque, en el fondo, la idea de que un posible escándalo pudiese bajar los humos a los petulantes Young la llenaba de júbilo. Continuó avivando las llamas de Eleanor, y no porque necesitaran ser avivadas—. ¿Cómo se atreve esa muchacha a pensar que puede llegar a Singapur del brazo de Nicky y asistir al evento social del año sin tu aprobación? Está claro que no tiene ni idea de cómo se hacen las cosas aquí.

—En fin, los hijos de hoy en día no saben comportarse —dijo en voz baja Daisy Foo negando con la cabeza—. Mis hijos son iguales. Tienes suerte de que, al menos, Nicky te haya dicho que va a traer a alguien a casa. Yo jamás habría podido esperar eso de mis hijos. ¡Tengo que enterarme por los periódicos de lo que hacen! ¿Y qué se puede hacer, *lah*? Esto es lo que pasa cuando educas a tus hijos en el extranjero. Se occidentalizan demasiado y son demasiado *aksi borak** cuando regresan. ¿Os podéis imaginar que mi nuera Danielle me obliga a pedir cita con dos semanas de antelación para poder ver a mis nietos? ¡Se cree que porque se licenció en Amherst sabe mejor que yo cómo criar a mis propios nietos!

—¿Mejor que tú? ¡Todos saben que los chinos nacidos en Estados Unidos descienden de campesinos que eran demasiado estúpidos como para subsistir en China! —comentó Nadine riendo.

—Oye, Nadine, no las subestimes. Esas chicas americanas de procedencia china pueden ser *tzeen lee hai*** —la advirtió Lorena Lim—. Ahora que Estados Unidos está arruinado, todas esas chinas de nacionalidad americana quieren venir a Asia para hincar sus garras sobre nuestros hombres. Son incluso peor que los tornados taiwaneses porque están occidentalizadas, son sofisticadas y, lo que es peor, tienen educación universitaria. ¿Os acordáis del hijo de la señora Hsu Tsen Ta? Esa exesposa suya licenciada en una universidad prestigiosa le presentó aposta a la chica que se convertiría en su amante y, después, usó esa excusa tan tonta para conseguir un acuerdo de divorcio muy sustancioso. Los Hsu tuvieron que vender muchas propiedades para poder pagarle a ella. ¡Qué *sayang****!

—Mi Danielle era al principio muy *kwai kwai*****, muy solícita y modesta —recordó Daisy—. Y, ya veis..., ¡en el momento en que ese diamante de treinta quilates estuvo en su dedo, se

* Expresión del argot malayo que significa «actuar como un presumido y un sabelotodo» (básicamente, un imbécil pretencioso).

** En hokkien, «muy ingeniosas» o «peligrosas».

*** En malayo, «qué despilfarro».

**** En hokkien, «santita».

transformó en la maldita reina de Saba! Ahora no se pone nada que no sea Prada, Prada, Prada. ¿Y habéis visto cómo obliga a mi hijo a desperdiciar dinero contratando a todo ese equipo de seguridad para acompañarla allá donde vaya, como si fuese alguien importante? ¿Quién va a querer secuestrarla? ¡Mi hijo y mis nietos son los que deberían llevar guardaespaldas, no esa chica de nariz aplastada! *Suey doh say!*[*].

—Yo no sé qué haría si mi hijo trajera a casa a una chica así —se quejó Eleanor con su expresión más triste.

—Vamos, vamos, Lealea, toma un poco más de *bobo chacha* —dijo Carol tratando de tranquilizar a su amiga mientras servía más de ese oloroso postre en el cuenco de Eleanor—. Nicky es un buen chico. Deberías dar gracias a Dios por que no sea como mi Bernard. Yo ya me harté hace tiempo de intentar que Bernard me escuchara. Su padre le deja salirse siempre con la suya. ¿Y qué puedo hacer? Su padre no hace más que pagar y pagar mientras yo rezo y rezo. La Biblia nos dice que debemos aceptar lo que no podemos cambiar.

Lorena miró a Eleanor y se preguntó si ese era el mejor momento para dejar caer la bomba. Decidió lanzarla.

—Eleanor, me pediste que investigara un poco sobre la familia de esa chica Chu en China y no quiero que te excites demasiado, pero acabo de recibir un chisme de lo más intrigante.

—¿Tan rápido? ¿Qué has averiguado? —preguntó Eleanor reavivada.

—Bueno, hay un tipo que asegura tener información «muy valiosa» sobre Rachel —continuó Lorena.

—*Alamak*, ¿qué?, ¿qué? —preguntó Eleanor, asustada.

—No lo sé exactamente, pero viene de una fuente de Shenzhen —respondió Lorena.

—¿Shenzhen? ¿Han dicho qué tipo de información?

---

* En cantonés, «¡Es tan escandaloso que podría morirme!».

—Solo han dicho que es «muy valiosa» y no quieren contarla por teléfono. Únicamente darán la información en persona, y te va a costar algo.

—¿Cómo has encontrado a esas personas? —preguntó Eleanor con excitación.

—*Wah ooh kang tao, mah*[*] —respondió Lorena con tono misterioso—. Creo que deberías ir a Shenzhen la semana que viene.

—No va a ser posible. Nicky y esa chica estarán aquí —contestó Eleanor.

—Elle, yo creo que deberías ir precisamente cuando Nick y esa chica lleguen —sugirió Daisy—. Piénsalo. Ni siquiera se van a quedar en tu casa, así que tienes la excusa perfecta para no estar aquí. Y, si no estás aquí, tienes todo a tu favor. Le demostrarás a todo el mundo que NO vas a ponerle la alfombra roja a esa muchacha y no quedarás mal si resulta ser una verdadera pesadilla.

—Además, habrás conseguido una información esencial —añadió Nadine—. Puede que ella ya esté casada. Puede que ya tenga un hijo. Puede que esté cometiendo una gran estafa y...

—Dios mío, necesito un Xanax —gritó Eleanor a la vez que cogía su bolso.

—¡Lorena, deja de asustar a Lealea! —intervino Carol—. No conocemos la historia de esa chica, puede que no sea nada de nada. Puede que Dios bendiga a Eleanor con una nuera obediente y temerosa de Dios. «No juzguéis y no seréis juzgados». Mateo 7, 1.

Eleanor pensó en todo lo que sus amigas le decían.

—Daisy, tú siempre tan inteligente. Lorena, ¿puedo alojarme en tu precioso piso de Shenzhen?

—Por supuesto. Iba a ir contigo. Además, me muero por otro maratón de compras en Shenzhen.

---

[*] En hokkien, «Tengo mis contactos secretos, por supuesto».

—¿Quién más quiere venir a Shenzhen este fin de semana? Carol, ¿te apuntas? —preguntó Eleanor con la esperanza de que Carol se uniera y pudieran hacer uso de su avión.

Carol se inclinó hacia delante desde su cama.

—Voy a preguntar, pero creo que podemos coger el avión si nos vamos antes del fin de semana. Sé que mi marido tiene que volar a Pekín para encargarse de una empresa de internet que se llama Ali Baibai a primeros de semana. Y Bernard va a usar el avión para la fiesta de despedida de soltero de Colin Khoo el sábado.

—¡Vayamos todas a Shenzhen para pasar un fin de semana de spa solo para señoras! —exclamó Nadine—. Yo quiero ir a ese sitio donde te sumergen los pies en esos cubos de madera y, después, te los masajean durante una hora.

Eleanor empezaba a emocionarse.

—Es un buen plan. Vamos de compras a Shenzhen hasta caer rendidas. Dejaremos que Nicky y esa chica se las apañen solos y, después, volveremos con mi valiosa información.

—Tu valiosa munición —la corrigió Lorena.

—Ja, ja. Tienes razón —la jaleó Nadine mientras metía la mano en su bolso y empezaba a enviar en secreto un mensaje a su agente de bolsa—. Carol, ¿cómo se llamaba esa empresa de internet que el *dato'* piensa apropiarse?

14

Rachel y Nicholas

Singapur

El avión se inclinó bruscamente a la izquierda y al salir de las nubes Rachel avistó la isla por primera vez. Habían salido de Nueva York veintiuna horas antes. Y, tras una parada para repostar en Fráncfort, habían llegado al Sudeste Asiático, a la tierra de sus antepasados, llamada *Nanyang**. Pero las vistas que podía adivinar desde el avión no se parecían a ninguna tierra romántica envuelta en neblina. Más bien era una densa metrópolis de rascacielos que centelleaban bajo el cielo de la tarde, y, desde mil ochocientos metros de altura, Rachel ya pudo sentir la energía vibrante de uno de los centros neurálgicos financieros del mundo.

Cuando las puertas automáticas de la aduana se abrieron para dejar ver el oasis tropical que era el vestíbulo de llegadas de la Terminal 3, lo primero que vio Nick fue a su amigo Colin Khoo sosteniendo en alto un gran cartel con la palabra PADRINO

---

* No confundir con la escuela de Singapur donde los alumnos aprenden, aterrados, mandarín. *Nanyang* significa en mandarín «Mar del Sur». El término también se convirtió en una referencia común para la gran población étnica china emigrante del Sudeste Asiático.

escrita en él. A su lado estaba una chica excesivamente bronceada y esbelta que agarraba un montón de globos plateados.

Nick y Rachel deslizaron sus maletas de ruedas hacia ellos.

—¿Qué hacéis aquí? —preguntó Nick sorprendido mientras Colin le estrujaba con un fuerte abrazo.

—¡Venga ya! ¡Tenía que recibir a mi padrino como se merece! Esto es servicio completo, chico —contestó Colin sonriendo.

—¡Me toca! —exclamó la chica que estaba a su lado acercándose y dándole a Nick un abrazo seguido de un rápido pellizco en la mejilla. A continuación, miró a Rachel y extendió una mano hacia ella—: Tú debes de ser Rachel. Yo soy Araminta.

—¡Uy, perdonad! Dejad que haga las debidas presentaciones: Rachel Chu, esta es Araminta Lee, la prometida de Colin. Y este, por supuesto, es Colin Khoo —dijo Nick.

—Qué bien conoceros por fin —repuso Rachel con una sonrisa, estrechándoles la mano con fuerza. No estaba preparada para este comité de bienvenida y, después de todas esas horas en el avión, no podía imaginarse cuál sería su aspecto. Estudió un momento a la alegre pareja. La gente siempre era muy distinta a sus fotografías. Colin era más alto de lo que había imaginado, tenía un atractivo malicioso, con pecas oscuras y una mata de pelo rebelde que le hacía parecer un poco como un surfista de la Polinesia. Tras sus gafas de montura metálica, Araminta tenía una cara preciosa, incluso sin maquillaje. Tenía el pelo largo y negro recogido con una goma en una cola de caballo que le llegaba hasta el final de la espalda. Parecía demasiado delgada para su altura. Llevaba lo que parecían ser unos pantalones de pijama de cuadros escoceses, una camiseta naranja claro y chanclas. Aunque probablemente estaba en la mitad de la veintena, parecía más una colegiala que una mujer que estaba a punto de caminar hacia el altar. Formaban una inusual y exótica pareja y Rachel se preguntó cómo terminarían siendo sus hijos.

Colin empezó a enviar mensajes desde su teléfono móvil.

—Los chóferes llevan un rato dando vueltas. Voy a asegurarme de que están listos.

—No me puedo creer cómo es este aeropuerto. Hace que el JFK parezca Mogadiscio —comentó Rachel. Levantó maravillada la vista hacia la altísima estructura ultramoderna, las palmeras que había en el interior y el inmenso y exuberante jardín vertical que parecía cubrir todo el largo de la terminal. Una fina llovizna empezó a caer sobre el verdor en cascada—. ¿Humedecen todo el muro? Me siento como si estuviera en algún complejo hotelero tropical de lujo.

—Todo este país es como un complejo tropical de lujo —bromeó Colin mientras los llevaba hacia la salida. Esperando en la acera había dos Land Rover plateados iguales—. Meted todo vuestro equipaje en este, va directo al hotel. Nosotros podemos subir al otro sin ir apretados. —El conductor del primer coche salió, saludó a Colin con la cabeza y fue junto al otro chófer, dejando un coche vacío para ellos. En medio de la neblina provocada por el cambio horario, Rachel no sabía qué pensar de todo aquello y se limitó a subir al asiento trasero del vehículo.

—¡Qué sorpresa! Creo que no he tenido un recibimiento así en el aeropuerto desde que era niño —dijo Nick recordando las veces en que en su infancia un gran grupo de familiares se reunían para esperarle. En aquel entonces, las visitas al aeropuerto eran un acontecimiento emocionante, pues también significaban que su padre le iba a llevar a tomar un helado de dulce de leche a la heladería Swensen de la vieja terminal. En aquella época, parecía que la gente hacía viajes más largos, y siempre había lágrimas por parte de las mujeres que se despedían de sus parientes que se marchaban al extranjero o que recibían a hijos que habían pasado el año escolar fuera. Incluso oyó una vez a su primo mayor, Alex, susurrar a su padre justo antes de que

Harry Leong montara en un avión: «Asegúrate de comprarme el último ejemplar de *Penthouse* durante la escala en Los Ángeles».

Colin se acomodó tras el volante y empezó a ajustar los espejos a su campo de visión.

—¿Adónde? ¿Directos al hotel o a *makan*[*]?

—La verdad es que no me importaría comer —respondió Nick. Se dio la vuelta para mirar a Rachel, sabiendo que ella probablemente querría ir directa al hotel y caer en la cama—. ¿Te encuentras bien, Rachel?

—Estupendamente —contestó Rachel—. Lo cierto es que yo también tengo un poco de hambre.

—En Nueva York es la hora del desayuno, es por eso —comentó Colin.

—¿Habéis tenido buen vuelo? ¿Habéis visto muchas películas? —preguntó Araminta.

—Rachel se ha dado un atracón de Colin Firth —dijo Nick.

Araminta soltó un chillido.

—¡Dios mío, me encanta! ¡Para mí siempre será el único señor Darcy!

—Vale, creo que ya sí que podemos ser amigas —sentenció Rachel. Miró por la ventanilla, asombrada por las balanceantes palmeras y la abundancia de buganvillas que se alineaban a los lados de la muy iluminada autopista. Eran casi las diez de la noche, pero en esa ciudad todo parecía tener un brillo nada natural, casi efervescente.

—Nicky, ¿adónde quieres que llevemos a Rachel para su primer almuerzo en la ciudad? —preguntó Colin.

—Eh..., ¿le damos la bienvenida con un banquete de arroz con pollo de Hainan en el Chatterbox? ¿O deberíamos ir directamente a por un chili de cangrejo al East Coast? —preguntó

---

* En malayo, «comer».

Nick emocionado e indeciso al mismo tiempo. Había en ese mismo momento como cien lugares distintos para comer a los que quería llevar a Rachel.

—¿Qué tal un satay? —sugirió Rachel—. Nick siempre dice que nunca se disfruta de un satay decente hasta que lo comes en Singapur.

—Pues decidido. Vamos a Lau Pa Sat —anunció Colin—. Rachel, vas a experimentar tu primer puesto ambulante de verdad. Y tienen el mejor satay.

—¿Eso crees? A mí me gusta más ese sitio de Sembawang —propuso Araminta.

—¡Nooooo! ¿Qué estás diciendo, *lah*? El tipo del Satay Club original sigue estando en Lau Pa Sat —insistió Colin.

—Te equivocas —contestó con firmeza Araminta—. Ese hombre del primer Satay Club se cambió a Sembawang.

—¡Mentira! Ese fue su primo. ¡Un impostor! —Colin se mostraba inflexible.

—Personalmente, siempre me ha gustado el satay de Newton —intervino Nick.

—¿Newton? Te has vuelto loco, Nicky. Newton es solo para expatriados y turistas. No queda allí ningún puesto bueno de satay —dijo Colin.

—Bienvenida a Singapur, Rachel, donde las discusiones por la comida son el pasatiempo nacional —sentenció Araminta—. Probablemente, este sea el único país del mundo donde los adultos se pelean a puñetazos por decir en qué puesto de comida específico de algún centro comercial dejado de la mano de Dios sirven mejor algún plato de fideos fritos. ¡Es como competir por ver quién mea más lejos!

Rachel se rio. Araminta y Colin eran tan divertidos y naturales que le gustaron al instante.

Enseguida estuvieron en Robinson Road, en el corazón del distrito financiero del centro. Situado bajo las sombras de enormes edificios estaba Lau Pa Sat —o «mercado viejo» en dialecto hokkien—, un pabellón octogonal al aire libre que albergaba una atestada colmena de puestos de comida. Mientras cruzaban a pie la calle desde el aparcamiento, Rachel ya pudo oler los deliciosos aromas especiados que flotaban en aquella agradable atmósfera. Cuando estaban a punto de entrar en el gran patio de puestos de comida, Nick se giró hacia Rachel:

—Este lugar te va a volver loca. Es el edificio victoriano más antiguo de todo el Sudeste Asiático.

Rachel levantó la vista hacia los altísimos arcos de filigranas de forja que se extendían por los techos abovedados.

—Parece el interior de una catedral —dijo ella.

—Donde las masas vienen a venerar la comida —bromeó Nick.

Desde luego, aunque eran poco después de las diez, el lugar estaba lleno de cientos de fervientes comensales. Montones de filas de puestos de comida muy iluminados ofrecían el despliegue de platos más grande que Rachel había visto nunca bajo un mismo techo. Mientras lo recorrían, asomándose a los distintos puestos donde hombres y mujeres cocinaban frenéticamente sus exquisiteces, Rachel movía la cabeza con asombro.

—Hay tantas cosas que no sé por dónde empezar.

—Tú señala lo que te parezca interesante y lo pido —se ofreció Colin—. La belleza de los centros de puestos callejeros es que cada vendedor te ofrece un solo plato, así que, ya sean albóndigas fritas de cerdo o sopa de bolas de pescado, llevan toda una vida perfeccionándolo.

—Más que toda una vida. Muchas de estas personas son vendedores de segunda o tercera generación que preparan viejas recetas familiares —añadió Nick.

Unos minutos después, los cuatro estaban sentados justo a la entrada del patio principal bajo un árbol enorme cubierto de luces amarillas, cada centímetro de su mesa cubierto de coloridos platos de plástico llenos hasta arriba de los grandes éxitos de la comida callejera de Singapur. Estaba el famoso *char kuay teow*; una tortilla frita con ostras llamada *orh luak*; la ensalada *rojak* malaya llena de trozos de piña y pepino; fideos al estilo hokkien con espesa salsa de ajo; un pastel de pescado ahumado con hojas de coco llamado *otah otah*, y cien pinchos de satay de pollo y ternera.

Rachel no había visto nunca un banquete como ese.

—¡Esto es de locos! Cada plato parece proceder de una parte distinta de Asia.

—Eso es Singapur. Los verdaderos inventores de la cocina de fusión —presumió Nick—. ¿Sabes? Debido a todos los barcos que pasaban desde Europa, Oriente Medio y la India en el siglo XIX, pudieron entremezclarse todos estos sabores y texturas tan increíbles.

Cuando Rachel probó el *char kuay teow*, sus ojos se abrieron de par en par por el placer de degustar los fideos de arroz fritos con marisco, huevo y brotes de soja con salsa oscura de soja.

—¿Por qué no sabe así en Nueva York?

—Te tiene que encantar ese sabor a wok quemado —comentó Nick.

—Apuesto a que te va a gustar esto —dijo Araminta mientras pasaba a Rachel un plato de *roti paratha*. Rachel partió un trozo de esa masa pastosa dorada y lo mojó en la deliciosa salsa de curry.

—¡Mmm..., divino!

Entonces llegó el momento del satay. Rachel mordió el suculento pollo a la parrilla y saboreó despacio su dulzor ahumado. El resto la observaban con atención.

—Vale, Nick, tenías razón. Nunca he comido un satay decente hasta ahora.

—Y dudabas de mí —dijo Nick chasqueando la lengua con una sonrisa.

—¡No me puedo creer que nos estemos dando este atracón a estas horas! —comentó Rachel riendo a la vez que cogía otro pincho de satay.

—Acostúmbrate. Sé que es probable que quieras ir directa a la cama, pero tenemos que mantenerte despierta unas horas más para que te acostumbres mejor al cambio horario —dijo Colin.

—¡Anda ya! Colin solo quiere monopolizar a Nick todo el tiempo que le sea posible —comentó Araminta—. Estos dos son inseparables cada vez que Nick viene a la ciudad.

—Oye, tengo que aprovechar el tiempo al máximo, sobre todo ahora que su querida madre está fuera —se defendió Colin—. Rachel..., has tenido suerte al no tener que enfrentarte a la madre de Nick nada más llegar.

—Colin, no empieces a asustarla —le reprendió Nick.

—Ah, Nick, casi me olvido. Me encontré con tu madre el otro día en el Churchill Club —empezó a decir Araminta—. Me agarró del brazo y dijo: «¡Aramintaaa! ¡Madre mía, estás demasiado morena! Más vale que dejes de tomar tanto el sol o el día de tu boda vas a estar tan negra que la gente va a creer que eres malaya!».

Todos empezaron a reír a carcajadas, salvo Rachel.

—Espero que estuviese de broma.

—Por supuesto que no. La madre de Nick no bromea —repuso Araminta mientras seguía riéndose.

—Rachel, lo entenderás cuando conozcas a la madre de Nicky. La quiero como si fuera mi propia madre, pero no hay nadie como ella —explicó Colin tratando de tranquilizarla—. En cualquier caso, es perfecto que tus padres se hayan ido, Nick, porque este fin de semana se requiere tu presencia en mi fiesta de despedida de soltero.

—Rachel, tú tendrás que venir a mi fiesta de despedida de soltera —añadió Araminta—. ¡Demostrémosles a estos chicos cómo se hacen las cosas de verdad!

—Puedes apostar que sí —dijo Rachel mientras chocaba su cerveza con la de Araminta.

Nick miró a su novia, encantado de que hubiese gustado a sus amigos tan fácilmente. Aún le costaba creer que de verdad estuviera allí con él y que tuvieran todo el verano por delante.

—Bienvenida a Singapur, Rachel —dijo con tono alegre a la vez que levantaba su botella de cerveza Tiger con un brindis. Rachel miró los ojos centelleantes de Nick. Nunca le había visto tan feliz como esa noche y se preguntó cómo era posible que ese viaje la hubiese tenido preocupada.

—¿Qué se siente al estar aquí? —preguntó Colin.

—Pues… —Rachel se quedó pensativa—. Hace una hora que aterrizamos en el aeropuerto más bonito y moderno que he visto nunca y ahora estamos sentados bajo estos enormes árboles tropicales junto a un mercado de comida del siglo XIX dándonos el más magnífico de los banquetes. ¡No quiero irme nunca!

Nick la miró con una amplia sonrisa, sin darse cuenta de la mirada que Araminta lanzaba a Colin.

15

Astrid

Singapur

Siempre que Astrid sentía la necesidad de un estimulante, le hacía una visita a su amigo Stephen. Este tenía una pequeña joyería en una de las plantas superiores del centro comercial Paragon, escondida de todas las demás boutiques de lujo en un pasillo trasero. Aunque no tenía la visibilidad de joyerías de lujo de la ciudad como L'Orient o Larry, con sus resplandecientes tiendas insignia, la joyería de Stephen Chia estaba muy bien considerada entre los coleccionistas más exigentes de la isla.

No había que desestimar su buen ojo para piedras preciosas espectaculares, pero lo que Stephen ofrecía de verdad era su absoluta discreción. La suya era el tipo de actividad donde, por ejemplo, una dama de la alta sociedad que necesitara una rápida inyección de dinero en metálico para pagarle al estúpido de su hijo un difícil vencimiento de alguna garantía podía acudir para deshacerse de alguna baratija heredada sin que nadie lo supiera, o el lugar donde «una pieza muy importante» a punto de subastarse en Ginebra o Nueva York podría ser llevada por un cliente VIP para una inspección privada, lejos de los ojos de los chismosos trabajadores de las casas de subastas. Se decía que la tienda de Stephen era una de las favoritas entre las esposas de los jeques del golfo Pérsico, de los sultanes de Malasia y de los oligarcas chinos de Indonesia, que no tenían necesidad de ser vistas comprando joyas por valor de varios millones de dólares en las elegantes boutiques de Orchard Road.

La tienda consistía en una sala muy pequeña y bastante austera donde tres vitrinas estilo Imperio mostraban una pequeña colección de piezas de precios moderados, principalmente de artistas emergentes de Europa. La puerta de espejo tras el mostrador Boulle escondía un vestíbulo donde otra puerta de seguridad daba a un pasillo estrecho de compartimentos individuales. Era ahí donde a Astrid le gustaba esconderse, en el salón privado con olor a nardos que estaba cubierto del suelo al techo con terciopelo azul claro, con su afelpado sofá Récamier, donde ella acurrucaba sus pies, daba sorbos a un refresco de soda con limón y charlaba con Stephen mientras este salía y entraba de la habitación con montones de bandejas llenas de magníficas gemas.

Stephen y Astrid se habían conocido años antes en París, cuando ella entró en una joyería de la rue de la Paix donde él se estaba formando. En aquel entonces era tan poco común conocer a una adolescente de Singapur interesada en camafeos del siglo XVIII como ver a un joven chino tras el mostrador de un *joaillier* de tanta distinción como el de Mellerio dits Meller, por lo que rápidamente se creó un vínculo. Astrid estaba agradecida por haber encontrado en París a alguien que comprendía sus exigentes gustos y que estaba dispuesto a satisfacer su caprichosa búsqueda de piezas raras que podrían haber pertenecido anteriormente a la princesa de Lamballe. Sin embargo, Stephen supo de inmediato que esa chica tenía que ser la hija de algún pez gordo, aunque tardó otros tres años de cauto cultivo de la amistad en averiguar quién era realmente.

Como muchos de los mejores vendedores de joyas del mundo, desde Gianni Bulgari hasta Laurence Graff, Stephen había afinado sus destrezas a lo largo de los años hasta lograr estar perfectamente sensibilizado con los caprichos de los más ricos. Se había convertido en un consumado adivino de la clase multimillonaria asiática y en un experto a la hora de reconocer los múltiples estados de humor de Astrid. Solo con la observación de sus reacciones ante las piezas que le presentaba sabía qué tipo de día estaba teniendo ella. Hoy veía una faceta de Astrid que no había visto nunca después de quince años conociéndola. Estaba claro que le pasaba algo y su ánimo había empeorado enormemente mientras él le mostraba una nueva serie de pulseras de Carnet.

—¿No te parecen las pulseras con los detalles más elaborados que has visto nunca? Parece como si se hubieran inspirado en los dibujos botánicos de Alexander von Humboldt. Hablando de pulseras, ¿te gustó la pulsera de dijes que te ha comprado tu marido?

Astrid levantó los ojos hacia Stephen, confundida por la pregunta.

—¿La pulsera de dijes?

—Sí, la que te compró Michael por tu cumpleaños el mes pasado. Espera, ¿no sabías que la había comprado aquí?

Astrid apartó la mirada, pues no quería parecer sorprendida. No había recibido ningún regalo de su marido. Su cumpleaños no era hasta agosto y Michael sabía bien que no debía comprarle nunca joyas. Notó como toda la sangre se le agolpaba en la cara.

—Ah, sí. Lo había olvidado. Es adorable —dijo con tono alegre—. ¿Le ayudaste tú a elegirla?

—Sí. Vino una noche, a toda prisa. Lo pasó mal hasta que se decidió. Creo que tenía miedo de que no te gustara.

—Pues claro que me gustó. Muchas gracias por ayudarle —dijo Astrid mientras mantenía un gesto de absoluta calma. «Dios mío Dios mío Dios mío. ¿De verdad era Michael tan tonto como para comprar joyas para otra persona en la tienda de su íntimo amigo Stephen Chia?».

Stephen deseó no haber sacado el tema de la pulsera. Sospechaba que Astrid no había quedado impresionada con el regalo de su marido. A decir verdad, no estaba seguro de que Astrid se fuera a poner nunca algo tan cotidiano como una pulsera con dijes de pavé de diamantes con forma de ositos, pero era una de las cosas menos caras que tenía en la tienda y sabía que Michael, el típico marido que no tenía ni idea, estaba haciendo un gran esfuerzo por encontrar algo dentro de su presupuesto. Lo cierto era que le había parecido un gesto bastante dulce. Pero ahora, menos de veinte minutos después de entrar en la tienda, Astrid ya había comprado un diamante azul increíblemente excepcional de tres quilates engarzado en un anillo de brillantes que acababa de llegar de Amberes, unos gemelos *art déco* que habían pertenecido a Clark Gable, una pulsera *vintage* de eslabones de diamantes y platino de Cartier y se estaba pensando muy en serio comprar una pareja de pendientes fantásticos de VBH. Era una pieza que había llevado para enseñársela por pura locura. Jamás se habría imaginado que ella estaría interesada.

—Las piedras en forma de pera son kunzitas de cuarenta y nueve quilates y estos extraordinarios discos centelleantes son diamantes de hielo de veintitrés quilates. Un tratamiento de lo más original. ¿Estás pensando en llevar algo nuevo en la boda de los Khoo del fin de semana que viene? —preguntó intentando sacar conversación con su clienta tan inusualmente atenta.

—Pues..., puede ser —contestó Astrid mientras miraba al espejo y estudiaba las piedras multicolores que colgaban de los enormes pendientes, cuya parte inferior le llegaba a los hombros. La pieza le recordaba a los atrapasueños de los americanos nativos.

—Dan un aspecto impresionante, ¿verdad? Muy a lo Millicent Rogers. ¿Qué tipo de vestido piensas ponerte?

—La verdad es que aún no lo he decidido —respondió, casi con murmullos. En realidad, no estaba mirando los pendientes. En su mente, lo único que podía imaginar era una joya de su marido colgando de la muñeca de otra mujer. «Primero fue el mensaje. Después, la cuenta del Petrus. Ahora una cara pulsera de dijes. A la tercera va la vencida».

—Pues creo que deberías ir con algo realmente sencillo si te pones estos pendientes —añadió Stephen. Se estaba empezando a preocupar. La muchacha estaba muy rara ese día. Normalmente llegaba y pasaban la primera hora charlando y comiendo los deliciosos pasteles de piña caseros que siempre traía antes de que él sacara nada para enseñarle. Después de otra hora, más o menos, mirando distintas piezas, ella le ponía una en la mano y decía: «Vale, esta me la voy a pensar», antes de lanzarle un beso al aire. No era del tipo de clientas que se gastan un millón de dólares en diez minutos.

Y, aun así, a Stephen le encantaban siempre sus visitas. Le gustaba su dulce naturalidad, sus modales impecables y su absoluta falta de pretensión. Era refrescante, no como la clase de señoras con las que normalmente tenía que tratar, con egos que requerían caricias constantes. Le gustaba rememorar con Astrid sus locos años de jóvenes en París y admiraba la originalidad de su gusto. A ella le interesaba la calidad de las piedras, por supuesto, pero le importaba muy poco el tamaño y nunca se interesaba por las piezas más ostentosas. ¿Por qué iba a hacerlo cuando su madre ya tenía una de las colecciones de joyas más magníficas de Singapur y su abuela Shang Su Yi era poseedora de un tesoro de joyas tan legendario que él solo había oído hablar de ellas entre susurros? «Jade de la dinastía Ming que jamás se ha visto, joyas de los zares que Shang Loong Ma compró hábilmente a las grandes duquesas que llegaron a Shanghái huyendo de la Revolución bolchevique. Espera a cuando muera esa anciana. Tu amiga Astrid es su nieta preferida y va a heredar algunas de las piezas más incomparables del mundo», le había dicho a Stephen el famoso historiador de arte Huang Peng Fan, una de las pocas personas que había visto el esplendor de la colección de los Shang.

—¿Sabes qué? Debería comprarme también estos pendientes —comentó Astrid mientras se ponía de pie y se alisaba la corta falda plisada.

—¿Te vas ya? ¿No quieres una Coca-Cola Light? —preguntó Stephen sorprendido.

—No, gracias, hoy no. Creo que tengo que darme prisa. Muchos recados. ¿Te importa si me llevo ahora los gemelos? Prometo que te haré la transferencia a tu cuenta al final del día.

—Querida, no seas tonta, puedes llevártelo todo ya. Pero deja que te dé unas cajas bonitas. —Stephen salió de la habitación pensando en que la última vez que Astrid se había mostrado así de impulsiva había sido después de su ruptura con Charlie Wu. «Hum..., ¿es que hay problemas en el paraíso?».

Astrid volvió a su coche aparcado en el centro comercial. Abrió la puerta, entró y dejó la bolsa de pergamino de color negro y crema con el sutil relieve de JOYAS STEPHEN CHIA en el asiento de al lado. Se sentó en el vehículo mal ventilado, que se iba volviendo más agobiante por segundos. Sintió que el corazón le latía a toda velocidad. Acababa de comprar un anillo de diamantes de trescientos cincuenta mil dólares que no le interesaba mucho, una pulsera de veintiocho mil dólares que le gustaba bastante y unos pendientes de setecientos ochenta y cuatro mil dólares que la hacían parecerse a Pocahontas. Por primera vez en varias semanas se sentía fantásticamente bien.

Entonces se acordó de los gemelos. Hurgó en la bolsa para buscar la caja que contenía los gemelos *art déco* que había comprado para Michael. Estaban en una caja *vintage* de terciopelo azul, y se quedó mirando el par de pequeñas piezas de plata y cobalto sujetas sobre un forro de satén que hacía mucho tiempo que había quedado moteado por pequeñas manchas de color amarillo claro.

Antes, estos gemelos habían acariciado las muñecas de Clark Gable, pensó Astrid. «El atractivo y romántico Clark Gable. ¿No se había casado varias veces? Seguro que debió de tener historias de amor con muchas mujeres en su momento. Seguro que debió de engañar a sus esposas, incluso a Carole Lombard. ¿Cómo podría desear nadie engañar a una mujer tan bella como Carole Lombard? Pero, antes o después, tenía que ocurrir. Todos los hombres engañan a sus mujeres. Esto es Asia. Todo hombre tiene amantes, novias y aventuras. Es lo normal. Es cuestión de estatus. Acostúmbrate. El bisabuelo tuvo docenas de concubinas. El tío Freddie tenía toda una familia en Taiwán. ¿Y cuántas amantes ha tenido ya el primo Eddie? He perdido la cuenta. No significaba nada. Es solo que los hombres necesitan un poco de emoción, un polvo rápido. Necesitan salir de caza. Es una cuestión primaria. Necesitan expandir su semilla. Necesitan meter su aguijón en algún sitio. ECHO DE MENOS TENERTE DENTRO. No no no. No era nada serio. Probablemente, alguna chica que había conocido en su viaje de trabajo. Una cena cara. Una aventura de una noche. Y él le compró una pulsera. Una estúpida pulsera de dijes. Qué típico. Al menos era discreto. Al menos fue a follarse a esa chica a Hong Kong y no lo hizo en Singapur. Muchas mujeres tienen que aguantar cosas mucho peores. Por ejemplo, algunas de mis amigas. Piensa en lo que Fiona Tung tiene que soportar con Eddie. La humillación. Yo soy afortunada. Soy muy afortunada. No seas tan burguesa. No es más que una aventura. No lo conviertas en algo grave. Recuerda, mantén la calma ante la presión. Grace Kelly se acostó con Clark Gable cuando rodaban *Mogambo.* Michael es tan atractivo como Clark Gable. Y ahora va a tener los gemelos de Clark Gable. Y le van a encantar. No han sido demasiado caros. No se va a enfadar. Me va a querer. Sigue queriéndome. No ha estado muy distante. Solo está estresado. Toda esa presión por el trabajo. Este octubre cumpliremos cinco años de casados. Dios mío. Ni siquiera cinco años y ya me está engañando. Ya no le atraigo. Me estoy volviendo demasiado vieja para él. Se ha cansado de mí. Pobre Cassian. ¿Qué va a pasar con Cassian? Mi vida ha terminado. Todo ha terminado. Esto no está pasando. No me puedo creer que esto esté pasando. Que me esté pasando a mí».

16

La familia Goh

Singapur

Rachel miró el reloj y calculó que solo había dormido unas cinco horas, pero estaba amaneciendo y se sentía demasiado excitada como para volver a dormirse. Nick roncaba suavemente a su lado. Ella miró por la habitación y se preguntó cuánto debía de estar costándole a Nick ese hotel por noche. Era una suite elegante decorada con sobria madera clara. El único estallido de color procedía de las orquídeas fucsias que había en la consola de delante de la pared de espejos. Rachel se levantó de la cama, se puso unas pantuflas de felpa y caminó en silencio hasta el baño para echarse agua en la cara. Después, se acercó a la ventana y se asomó a través de las cortinas.

Fuera había un jardín perfectamente cuidado con una piscina enorme y tentadora rodeada de hamacas. Un hombre con un uniforme blanco y verde azulado caminaba alrededor de la piscina con una vara larga y una red, sacando meditativo las hojas que habían caído a la superficie del agua durante la noche. El jardín estaba situado dentro de un cuadrángulo de habitaciones y justo detrás de la serenidad de la estructura victoriana de baja altura se elevaba un racimo de rascacielos que le hicieron recordar que estaban en el corazón del elegante distrito de Orchard Road de Singapur. Rachel podía sentir ya el calor de la primera hora de la mañana introduciéndose por las ventanas de doble cristal. Cerró las cortinas y entró en la sala de estar para buscar su portátil. Tras encenderlo, empezó a redactar un correo electrónico a su amiga Peik Lin. Segundos después, apareció en su pantalla un mensaje instantáneo.

GOHPL: ¡Estás despierta! ¿De verdad estás aquí?

YO: Claro que sí.

GOHPL: Yupiiiii.

YO: ¡Ni siquiera son las 7 y ya hace MUCHO CALOR!

GOHPL: ¡Esto no es nada! ¿Te estás alojando en casa de los padres de Nick?

YO: No. Estamos en el hotel Kingsford.

GOHPL: Bien. Muy céntrico. Pero ¿por qué estáis en el hotel?

YO: Los padres de Nick no están en la ciudad y él quería que nos alojáramos en un hotel durante la semana de la boda.

GOHPL: ...

YO: Pero, sinceramente, creo que no quería aparecer en casa de sus padres conmigo la primera noche. JA, JA, JA.

GOHPL: Chico listo. ¿Y podré verte hoy?

YO: Hoy estupendo. Nick estará ocupado ayudando al novio.

GOHPL: ¿Es el organizador de la boda? JA, JA, JA. ¿Nos vemos a las 12 en tu vestíbulo?

YO: Perfecto. ¡¡¡Estoy deseando verte!!!

GOHPL: Bss.

A las doce en punto, Goh Peik Lin subió por la amplia escalera del hotel Kingsford y varias cabezas se giraron cuando entró en el magnífico vestíbulo. Con su nariz ancha, su cara redonda y sus ojos ligeramente entrecerrados, no era de una belleza delirante pero sí una de esas chicas que sabía de verdad cómo sacarle el máximo partido a lo que tenía. Y lo que ella tenía era un cuerpo voluptuoso y seguridad como para escoger las prendas más atrevidas. Ese día llevaba un vestido blanco muy corto suelto que dejaba entrever sus curvas y un par de sandalias de gladiador con cordones dorados. Su pelo largo y negro estaba recogido en una coleta tirante y alta y llevaba unas gafas de sol de montura dorada apoyadas en la frente como una diadema. En los lóbulos de las orejas tenía unos pendientes de diamante de tres quilates y en la muñeca un reloj grande de oro y diamante. Había completado el atuendo con un bolso de malla dorada que le colgaba de manera informal de un hombro. Parecía como si estuviese lista para ir al club de playa de Saint-Tropez.

—¡Peik Lin! —gritó Rachel corriendo hacia ella con los brazos extendidos. Peik Lin dio un fuerte chillido al verla y las dos amigas se dieron un fuerte abrazo—. ¡Mírate! ¡Estás estupenda! —exclamó Rachel antes de girarse para presentarle a Nick.

—Qué bien conocerte —dijo Peik Lin con voz sorprendentemente alta para su diminuta figura. Miró a Nick de arriba abajo—. Así que ha hecho falta un chico de aquí para traerla por fin a Singapur.

—Me alegra haber servido de ayuda —repuso Nick.

—Sé que hoy estarás de organizador de boda, pero ¿cuándo voy a poder hacerte mi interrogatorio de la CIA? Más te vale prometerme que te voy a ver pronto —dijo Peik Lin.

—Lo prometo —contestó Nick riendo antes de despedirse de Rachel con un beso. En cuanto se alejó, Peik Lin se giró hacia Rachel y la miró con las cejas levantadas.

—Sí que es agradable a la vista. No me extraña que haya conseguido que dejes de trabajar para llevarte de vacaciones por una vez en tu vida. —Rachel se limitó a reír—. ¡En serio, no tienes derecho a cazar una de nuestras especies en peligro! Tan alto, tan en forma y con ese acento... Normalmente, los chicos de Singapur con acento pijo inglés me parecen de lo más pretenciosos, pero a él le queda bien.

—¿Adónde vamos a comer? —preguntó Rachel mientras bajaban por el largo tramo de escaleras con alfombra roja.

—Mis padres te han invitado a casa. Están ansiosos por verte y creo que te gustará probar comida casera tradicional.

—¡Me parece genial! Pero, si voy a ver a tus padres, ¿debería cambiarme? —preguntó Rachel. Llevaba una blusa blanca de algodón y unos pantalones caqui.

—Vas bien. Mis padres son muy informales y saben que estás de viaje.

Esperándolas en la puerta había un gran BMW dorado metalizado con las ventanillas tintadas. El conductor salió rápidamente para abrirles la puerta. Mientras el coche salía del recinto del hotel y se incorporaba a la ajetreada calle, Peik Lin empezó a señalarle lo que veían.

—Esto es la famosa Orchard Road, el centro turístico. Es nuestra versión de la Quinta Avenida.

—Es la Quinta Avenida con esteroides... ¡Nunca he visto tantas boutiques ni centros comerciales extendiéndose hasta donde alcanza la vista!

—Sí, pero yo prefiero ir de compras a Nueva York o Los Ángeles.

—Siempre te ha gustado, Peik Lin —bromeó Rachel mientras recordaba las frecuentes excursiones de compras de su amiga cuando se suponía que debía estar en clase.

Rachel siempre había sabido que Peik Lin procedía de una familia adinerada. Se habían conocido durante el curso de orientación del primer año en Stanford y Peik Lin era la chica que aparecía en las clases de las ocho de la mañana con aspecto de acabar de estar de compras por Rodeo Drive. Como alumna internacional recién llegada de Singapur, una de las primeras cosas que hizo fue comprarse un Porsche 911 descapotable, tras asegurar que, como los Porsches eran una ganga en Estados Unidos, «era un verdadero delito no tener uno». Pronto vio que Palo Alto era demasiado provinciano y aprovechó cada oportunidad para tratar de convencer a Rachel de que se saltara las clases y fuese con ella a San Francisco (el Neiman Marcus era allí mucho mejor que el del centro comercial de Stanford). Era extremadamente generosa y Rachel pasó la mayor parte de sus años de universidad recibiendo regalos, disfrutando de estupendas comidas en destinos culinarios como Chez Panisse y Post Ranch Inn y pasando fines de semana en balnearios de toda la costa californiana por cortesía de la práctica tarjeta negra American Express de Peik Lin.

Parte del encanto de Peik Lin residía en que no se disculpaba por estar forrada. Mostraba un descaro absoluto a la hora de gastar dinero o de hablar de él. Cuando la revista *Fortune Asia* dedicó un artículo de portada a la empresa de construcción y desarrollo inmobiliario de su familia, le envió orgullosa un enlace del artículo a Rachel. Celebraba fastuosas fiestas con *catering* servido por el restaurante Plumed Horse en la casa adosada que había alquilado fuera del campus. La alta sociedad de la Costa Este la ignoraba y los del Área de la Bahía, más discretos, la consideraban un claro ejemplar del sur de California. Rachel siempre pensó que Peik Lin habría encajado mejor en Princeton o Brown, pero le alegraba que el destino la hubiese enviado allí. Habiéndose criado en circunstancias mucho más modestas, Rachel sentía curiosidad por aquella chica que tan alegremente gastaba el dinero y que, a pesar de ser asquerosamente rica, nunca se comportaba como una esnob.

—¿Te ha hablado Nick de la locura que es el mundo inmobiliario en Singapur? —le preguntó Peik Lin mientras el coche pasaba a toda velocidad por Newton Circus.

—No.

—El mercado está a tope en este momento. Todo el mundo está cambiando de propiedades a diestro y siniestro. Prácticamente se ha convertido en deporte nacional. ¿Ves ese edificio que están construyendo a la izquierda? Acabo de comprar dos pisos ahí la semana pasada. Los he conseguido por un precio privilegiado de dos coma uno cada uno.

—¿Quieres decir dos coma un millones? —preguntó Rachel. Siempre le costaba un poco acostumbrarse a la forma en la que Peik Lin hablaba del dinero. Las cifras le parecían surrealistas.

—Sí, claro. Los he conseguido por ese precio porque nuestra empresa se ha encargado de la construcción. Los pisos cuestan en realidad tres millones y cuando el edificio esté terminado a finales de año podré vender cada uno por tres coma cinco o cuatro millones fácilmente.

—¿Y por qué se elevan los precios tan rápidamente? ¿No es síntoma de que el mercado está en una burbuja especulativa? —preguntó Rachel.

—No vivimos en una burbuja porque la demanda es real. Todos los PAI quieren meterse ahora en el negocio inmobiliario.

—¿Y qué son los PAI? —preguntó Rachel.

—Ah, perdona, se me había olvidado que no controlas la jerga. PAI son las siglas de «particulares con altos ingresos». En Singapur nos encanta abreviarlo todo.

—Sí, ya lo he notado.

—Como quizá sepas ya, ha habido una explosión de PAI procedentes de la China continental y son ellos los que en realidad están subiendo los precios. Están llegando aquí en masa, comprando propiedades con bolsas de golf llenas hasta arriba de dinero en efectivo.

—¿En serio? Creía que era al revés. ¿No quieren todos irse a China a trabajar?

—Algunos sí, pero todos los chinos superricos quieren estar aquí. Somos el país más estable de la zona y los chinos continentales creen que su dinero está aquí mucho más seguro que en Shanghái o que incluso en Suiza.

En ese momento, el coche salió de la autopista principal y entró en un barrio atiborrado de casas.

—Sí que hay casas de verdad en Singapur —comentó Rachel.

—Muy pocas. Solo alrededor del cinco por ciento tenemos la suerte de vivir en casas. En realidad, este barrio es una de las primeras urbanizaciones de «estilo residencial» de Singapur. Empezó a hacerse en los años setenta y mi familia ayudó en su construcción —explicó Peik Lin. El coche pasó junto a un alto muro blanco por encima del cual asomaban densos y altos arbustos de buganvilla. Una gran placa dorada en la pared rezaba: VILLA D'ORO, y, cuando el coche se detuvo, un par de puertas doradas ornamentadas se abrieron para mostrar una imponente fachada que se parecía, y no por casualidad, al Petit Trianon de Versalles, salvo que la casa ocupaba la mayor parte del terreno y el pórtico frontal lo dominaba una gran fuente de mármol de cuatro pisos con un cisne dorado que expulsaba agua por su gran pico volcado.

—Bienvenida a mi casa —dijo Peik Lin.

—¡Dios mío, Peik Lin! —Rachel ahogó un grito llena de asombro—. ¿Es aquí donde te has criado?

—Este era el terreno, pero mis padres derribaron la antigua casa y construyeron esta mansión hace unos seis años.

—No me extraña que pensaras que tu casa de Palo Alto era como vivir con estrecheces.

—¿Sabes? Cuando era pequeña, pensaba que todo el mundo vivía así. En Estados Unidos, esta casa vale probablemente unos tres millones tan solo. ¿Adivinas cuánto vale aquí?

—No me atrevo ni a imaginarlo.

—Treinta millones, fácilmente. Y eso solo por el terreno. La casa en sí se tiraría para hacer otra.

—No puedo ni concebir lo valiosa que debe de ser la tierra en una isla con... ¿cuántos? ¿Cuatro millones de personas?

—Más bien cinco millones ya.

La puerta delantera del tamaño de una catedral la abrió una chica indonesia con uniforme de criada francesa en blanco y negro con volantes. Rachel se descubrió en el interior de un vestíbulo de entrada circular con suelos de mármol en blanco y rosa que se extendían formando un rosetón. A la derecha, una enorme escalera con balaustradas doradas se elevaba en círculo hacia las plantas superiores. Toda la pared curvada que subía por la escalera era una réplica en fresco de *El columpio*, de Fragonard, solo que esta recreación se había ampliado para ocupar una rotonda de doce metros.

—Un equipo de pintores de Praga acamparon aquí durante tres meses para pintar los frescos —dijo Peik Lin mientras subía a Rachel por el corto tramo de escalones que daban a la elegante sala de estar—. Esta es la versión de mi madre del Salón de los Espejos de Versalles. Prepárate —la advirtió. Rachel subió los escalones y entró en la sala, abriendo un poco más los ojos. Aparte de los sofás de brocados y terciopelo rojo, cada uno de los objetos de aquella formal e imponentemente amplia sala de estar parecía estar hecho de oro. El techo abovedado estaba compuesto por una capa tras otra de pan de oro. Las consolas barrocas eran doradas. Los espejos venecianos y los candelabros que se alineaban en las paredes eran de oro. Las elaboradas borlas de las cortinas de damasco dorado eran de un tono aún más dorado. Incluso las baratijas esparcidas por toda superficie disponible eran doradas. Rachel estaba completamente estupefacta.

Por si eso no fuera suficiente, el centro de la sala estaba ocupado por un enorme estanque-acuario hundido en el suelo de mármol de motas doradas. El estanque estaba muy iluminado y, por un segundo, Rachel creyó poder distinguir pequeños tiburones nadando en el agua burbujeante. Antes de poder asimilar la escena al completo, tres pekineses de pelo dorado entraron corriendo en la sala, con sus agudos ladridos resonando con fuerza en el mármol.

La madre de Peik Lin, una mujer bajita y rechoncha con poco más de cincuenta años y una abultada permanente que le llegaba hasta los hombros, entró en la habitación. Llevaba puesta una ajustada blusa de seda rosa fosforito que se extendía por su amplio escote y se ataba con una cadena de cabezas de medusa doradas entrelazadas y unos ajustados pantalones negros. Lo único incongruente en el atuendo eran las dos acolchadas pantuflas rosas de sus pies.

—Astor, Trump, Vanderbilt, niños traviesos. ¡Dejad de ladrar! —los reprendió—. ¡Rachel Chu! ¡Bienvenida, bienvenida! —gritó en su inglés de marcado acento chino. Rachel se vio aplastada en un rollizo abrazo y su nariz se inundó con el mareante aroma a Eau d'Hadrien—. ¡Vaya! Cuánto tiempo sin verte. *Bien kar ah nee swee, ah!* —exclamó en hokkien mientras colocaba ambas manos en las mejillas de Rachel.

—Cree que te estás poniendo muy guapa —le tradujo Peik Lin, consciente de que Rachel solo hablaba mandarín.

—Gracias, señora Goh. Me alegra mucho verla de nuevo —dijo Rachel sintiéndose bastante abrumada. Nunca sabía qué decir cuando alguien adulaba su aspecto.

—¿Quééé? —dijo la mujer con fingido disgusto—. No me llames señora Goh. ¡Goh es mi holiiiible suegla! Llámame tía Neena.

—Muy bien, tía Neena.

—Ven, ven a cocina. Hora de *makan.* —Clavó sus uñas de bronce en la muñeca de Rachel y la llevó por un largo pasillo de columnas de mármol hacia el comedor. Rachel no pudo evitar ver el enorme diamante amarillo que relucía en su mano como una yema de huevo traslúcida y el par de solitarios de tres quilates que llevaba en las orejas, idénticos a los de Peik Lin. «De tal palo tal astilla. Puede que les hicieran un dos por uno».

El señorial comedor era, en cierto modo, un respiro después del infierno rococó de la sala de estar, con sus paredes de paneles de madera y ventanas que daban al jardín, donde había una gran piscina ovalada rodeada de esculturas griegas. Rachel vio enseguida dos versiones de la Venus de Milo, una en mármol blanco y otra en oro, por supuesto. Había una enorme mesa de comedor redonda para albergar cómodamente a dieciocho comensales cubierta con un pesado mantel de encaje de Battenberg y rodeada de sillas de respaldo alto de estilo Luis XIV que, por suerte, estaban tapizadas con brocado azul real. Reunida en el comedor estaba toda la familia Goh.

—Rachel, ya recuerdas a mi padre. Estos son mi hermano Peik Wing y su mujer, Sheryl, y mi hermano Peik Ting, a quien llamamos P. T. Y estas son mis sobrinas, Alyssa y Camylla.

Todos procedieron a estrechar la mano de Rachel, que no pudo evitar ver que ninguno de ellos medía más de metro sesenta y cinco. Los hermanos tenían una tez más oscura que la de Peik Lin, pero compartían los mismos rasgos de duendecillo. Los dos llevaban un atuendo casi idéntico de camisa azul claro y pantalones gris oscuro, como si hubiesen seguido al pie de la letra algún manual empresarial sobre cómo vestir un viernes informal en la oficina. Sheryl, que era mucho más pálida, sobresalía entre el resto de la familia. Llevaba una camiseta de tirantes de flores rosas y una minifalda vaquera, y tenía aspecto de cansada mientras se ocupaba de sus dos hijas pequeñas, que estaban comiendo McNuggets de pollo, con las cajas de cartón colocadas en platos de Limoges con borde dorado junto con los envases de salsa agridulce.

El padre de Peik Lin hizo una señal a Rachel para que tomara asiento a su lado. Era un hombre bajo, fornido y de pecho fuerte y ancho vestido con unos pantalones caqui y una camisa roja de Ralph Lauren, de las que llevan el logotipo grande azul marino estampado en toda la delantera. Su ropa, junto con su baja estatura, le hacía parecer incongruentemente juvenil para tratarse de un hombre al final de la cincuentena. En su pequeña muñeca lucía un grueso reloj Franck Muller y también él llevaba unas pantuflas acolchadas sobre los calcetines.

—¡Rachel Chu, mucho tiempo sin verte! Estamos muy agradecidos por toda la ayuda que le prestaste a Peik Lin durante su época universitaria. Sin ti, habría sido un caso perdido en Stanford —dijo.

—¡Eso no es verdad! Fue Peik Lin la que me ayudó a mí. Es un honor haber sido invitada a almorzar a su... increíble... casa, señor Goh —contestó Rachel con cortesía.

—Tío Wye Mun, por favor, llámame tío Wye Mun —dijo él.

Entraron tres sirvientas que añadieron bandejas de comida humeante a una mesa que ya estaba llena de platos. Rachel contó un total de trece platos distintos dispuestos en la mesa.

—Muy bien, *ziak, ziak*[*]. Nada de celemonias, Rachel Chu. Esto es un almuerzo sencillo con comida sencilla, *lah* —dijo Neena. Rachel se quedó mirando las atestadas bandejas que parecían de todo menos sencillas—. Nuestra nueva cocinera es de Ipoh, así que hoy vas a tomal típicos platos malayos y platos de Singapur —continuó Neena mientras servía una gran porción de *rendang* de ternera al curry en el plato con borde dorado de Rachel.

—Mamá, hemos acabado de comer. ¿Podemos ir ya al cuarto de juegos? —preguntó a Sheryl una de las niñas.

—No habéis terminado. Aún veo que os quedan unos cuantos *nuggets* de pollo —contestó su madre.

Neena miró por encima y las reprendió:

—¡Eh! ¡Terminaos todo lo que hay en el plato, niñas! ¿No sabéis que hay niños que se mueren de hambre en América?

---

* En hokkien, «comer».

Rachel sonrió a las niñas con encantadoras coletas.

—Me alegra poder conocer por fin a toda la familia. ¿Ninguno tiene que trabajar hoy?

—Es la ventaja de trabajar para tu propia empresa. Podemos hacer largos descansos para comer —contestó P. T.

—Pero no demasiado largos —gruñó jovial Wye Mun.

—Entonces, ¿todos sus hijos trabajan para su empresa, señor Goh..., quiero decir, tío Wye Mun? —preguntó Rachel.

—Sí, sí. Es un negocio familiar de verdad. Mi padre sigue activo como presidente y yo soy el director ejecutivo. Todos mis hijos tienen distintos roles en la gerencia. Peik Wing es el vicepresidente encargado del desarrollo de proyectos, P. T. es el vicepresidente encargado de la construcción y Peik Lin es la vicepresidenta encargada de nuevos negocios. Por supuesto, también tenemos unos seis mil empleados a jornada completa entre todas nuestras oficinas.

—¿Y dónde están las oficinas? —preguntó Rachel.

—Nuestros centros principales están en Singapur, Hong Kong, Pekín y Chonquín, pero estamos poniendo en marcha oficinas satélites en Hanói y, muy pronto, en Rangún.

—Parece que están introduciéndose en todas las regiones que más están creciendo —comentó Rachel, impresionada.

—Exacto, exacto —respondió Wye Mun—. Vaya, eres muy lista... Peik Lin me contó que te va muy bien en la Universidad de Nueva York. ¿Estás soltera? P. T., P. T., ¿por qué no prestas más atención a Rachel? ¡Podemos añadir un miembro más de la familia a la plantilla! —Todos los que estaban en la mesa se rieron.

—Papá, eres muy olvidadizo. Ya te dije que ha venido con su novio —le reprendió Peik Lin.

—*Ang mor, ah?* —preguntó él mirando a Peik Lin.

—No, un chico de Singapur. Le he conocido hoy —dijo Peik Lin.

—¡Vaya! ¿Y por qué no ha venido? —protestó Neena.

—Nick quería conocerles, pero tenía que ayudar a su amigo con encargos de última hora. Lo cierto es que hemos venido para la boda de su amigo. Él va a ser el padrino —explicó Rachel.

—¿Quién se casa? —preguntó Wye Mun.

—Se llama Colin Khoo —respondió Rachel.

De repente, todos dejaron de comer y se quedaron mirándola.

—¿Colin Khoo... y Araminta Lee? —preguntó Sheryl tratando de dejarlo claro.

—Sí —contestó Rachel sorprendida—. ¿Los conoces?

Neena golpeó sus palillos contra la mesa y se quedó mirando a Rachel.

—¿Quéééé? ¿Vas a ir a la boda de COLIN KHOO? —chilló con la boca llena de comida.

—Sí, sí... ¿Ustedes también van?

—¡Rachel! No me habías dicho que venías para la boda de Colin Khoo —exclamó Peik Lin a media voz.

—Eh..., no me lo preguntaste —contestó incómoda Rachel—. No entiendo... ¿Hay algún problema? —De repente, temía que los Goh fuesen enemigos mortales de los Khoo.

—¡Nooo! —gritó Peik Lin, mostrándose repentinamente muy emocionada—. ¿No lo sabes? ¡Es la boda del año! ¡Está saliendo en todos los canales de televisión, en todas las revistas y como en un millón de blogs!

—¿Por qué? ¿Son famosos? —preguntó Rachel, absolutamente desconcertada.

—*A-LA-MAAAK!* ¡Colin Khoo es nieto de Khoo Teck Fong! ¡Es de una de las familias más licas del mundo! Y Alaminta Lee es la supelmodelo hija de Peter Lee, uno de los hombres más licos de China, y de Annabel Lee, la leina de los hoteles de lujo. ¡Es como una boda leal! —exclamó Neena con efusividad.

—No tenía ni idea —dijo Rachel sorprendida—. Los conocí anoche.

—¿Los has conocido? ¿Has conocido a Araminta Lee? ¿Es igual de guapa en persona? ¿Qué llevaba puesto? —preguntó Sheryl aparentemente deslumbrada.

—Es guapa, sí. Pero muy sencilla. Literalmente, llevaba puesto un pijama cuando la conocí. Parecía una colegiala. ¿Es euroasiática?

—No. Pero su madre es de Sinkiang, así que tiene sangre uigur, según dicen —contestó Neena.

—¡Araminta es nuestro más famoso icono de la moda! Ha posado para todas las revistas y fue una de las modelos preferidas de Alexander McQueen —continuó sin aliento Sheryl.

—Es de lo más guapa —intervino P. T.

—¿Cuándo la has conocido? —preguntó Peik Lin.

—Estaba con Colin. Fueron a recogernos al aeropuerto.

—¡Os recogieron en el aeropuerto! —exclamó P. T. incrédulo entre carcajadas histéricas—. ¿Llevaban un ejército de guardias de seguridad?

—Para nada. Vinieron en un coche. Bueno, en realidad eran dos coches. Uno se llevó el equipaje directo al hotel. No me extraña —recordó Rachel.

—¡Rachel, la familia de Colin Khoo es la propietaria del hotel Kingsford! Por eso os estáis alojando ahí —dijo Peik Lin agarrándola del brazo emocionada.

Rachel apenas sabía qué decir. Se estaba divirtiendo pero también se sentía un poco avergonzada con tanta excitación.

—¿Tu novio es el padrino de Colin Khoo? ¿Cómo se llama? —preguntó el padre de Peik Lin.

—Nicholas Young —respondió ella.

—Nicholas Young... ¿Qué edad tiene?

—Treinta y dos años.

—Un año más que Peik Wing —dijo Neena. Levantó la mirada al techo, como si estuviese revisando su agenda mental para ver si podía recordar a algún Nicholas Young.

—Peik Wing, ¿has oído hablar alguna vez de Nicholas Young? —preguntó Wye Mun a su hijo mayor.

—No. ¿Sabes dónde estudió? —preguntó Peik Wing a Rachel.

—En el Balliol College, en Oxford —contestó ella vacilante. No estaba segura de por qué, de repente, estaban tan interesados en cada pequeño detalle.

—No, no. Me refiero a qué colegio —dijo Peik Wing.

—Colegio de primaria —aclaró Peik Lin.

—Ah, pues no tengo ni idea.

—Nicholas Young..., suena a alumno de la ACS* —dijo P. T.—. Todos los de esa escuela tienen nombres cristianos.

—Colin Khoo fue a la ACS. Papá, ya intenté averiguar algo cuando Rachel empezó a salir con él, pero ningún conocido mío ha oído hablar de él —añadió Peik Lin.

—Nick y Colin fueron juntos al colegio. Son amigos íntimos desde la infancia —dijo Rachel.

---

* Entre la flor y nata de Singapur, solo dos colegios masculinos importan: La Escuela Anglo-China (ACS) y la Institución Raffles (RI). Las dos están siempre clasificadas entre las mejores escuelas del mundo y han protagonizado una larga y acalorada rivalidad. La RI, fundada en 1823, es conocida por atraer a los más inteligentes, mientras que la ACS, fundada en 1886, es popular entre la clase más moderna y, en cierto modo, se considera como terreno fértil para esnobs. Esto está muy relacionado en gran parte con el artículo que en 1980 apareció en el *Sunday Nation* titulado «Los pequeños horrores de la ACS», que sacaba a la luz el desenfrenado esnobismo entre sus mimados alumnos. Esto llevó a que un director avergonzado anunciara a los pasmados estudiantes (incluido el autor de esta novela) a la mañana siguiente durante la asamblea que, desde ese momento, a los alumnos ya no se les permitiría que los chóferes los dejaran en la puerta. (Tendrían que recorrer a pie el camino de entrada ellos solos, a menos que estuviese lloviendo). También se prohibirían en el colegio artículos caros, ya fuesen relojes, gafas, plumas, maletines, mochilas, estuches, artículos de papelería, peines, aparatos electrónicos, cómics o demás artículos de lujo. (Pero, en pocos meses, Lincoln Lee empezó a llevar de nuevo sus calcetines Fila y no pareció que nadie lo notara).

—¿Cómo se llama su padre? —preguntó Wye Mun.

—No lo sé.

—Pues si averiguas los nombres de los padres podremos decirte si es de buena familia o no —dijo Wye Mun.

—*Alamaaaak,* claro que es de buena familia si es el mejol amigo de Colin Khoo —replicó Neena—. Young... Young... Sheryl, ¿no hay un ginecólogo que se llama Richard Young? ¿El que tiene la consulta con el doctor Toh?

—No, no. El padre de Nick es ingeniero. Creo que trabaja parte del año en Australia —aclaró Rachel.

—Pues a ver si puedes saber algo más de él y te podremos ayudar —zanjó Wye Mun.

—Bueno, no tienen por qué hacerlo. Para mí no es importante qué tipo de familia tiene —dijo Rachel.

—¡Tonterías, *lah*! ¡Por supuesto que es importante! —Wye Mun se mostró inflexible—. ¡Si es de Singapur, tengo la obligación de asegurarme de que es lo suficientemente bueno para ti!

17

Nicholas y Colin

Singapur

Quizá por nostalgia, a Nick y Colin les gustaba verse en la cafetería de su vieja alma máter en Barker Road. Situada en el interior del complejo deportivo entre la piscina principal y las pistas de baloncesto, la cafetería de la Escuela Anglo-China servía una variada selección de platos tailandeses y singapurenses, así como rarezas como pasteles de ternera ingleses, que le encantaban a Nick. Cuando los dos estaban en el equipo de natación, solían ir después del entrenamiento a tomar algo a la «tienda de golosinas», como la llamaban ellos. Las primeras cocineras se habían jubilado hacía tiempo y el legendario *mee siam* ya no estaba en el menú, y la cafetería ni siquiera estaba ya en su ubicación original, pues hacía tiempo que la habían derribado, durante las obras de rehabilitación del centro deportivo. Pero para Nick y Colin seguía siendo el lugar donde verse cuando los dos estaban en la ciudad.

Colin había pedido ya su almuerzo cuando Nick llegó.

—Siento llegar tarde —dijo Nick a la vez que le daba una palmada en la espalda cuando llegó a la mesa—. He tenido que pasar por casa de mi abuela.

Colin no levantó los ojos de su plato de pollo frito salado, así que Nick continuó:

—¿Qué más tenemos que hacer hoy? Los esmóquines llegan de Londres y estoy esperando a tener noticias de alguno de los rezagados sobre el ensayo de la semana que viene.

Colin cerró los ojos y puso una mueca.

—Por favor, ¿podemos hablar de otra cosa que no sea la puta boda?

—Vale. ¿De qué quieres hablar? —preguntó Nick con voz calmada al darse cuenta de que Colin estaba en uno de sus días de depresión. El Colin alegre y rey de la fiesta que había visto la noche anterior había desaparecido.

Colin no contestó.

—¿Dormiste algo anoche? —preguntó Nick.

Colin siguió callado. No había nadie más allí y los únicos sonidos eran los ocasionales gritos amortiguados de los jugadores de la pista de baloncesto de al lado y el repiqueteo de platos que se estaban lavando cada vez que el único camarero entraba y salía de la cocina. Nick apoyó la espalda en su asiento, esperando paciente a que Colin hiciera el siguiente movimiento.

En las páginas de sociedad, Colin era conocido como el deportista soltero multimillonario de Asia. Famoso no solo por ser el vástago de una de las grandes fortunas de Asia, sino también uno de los mejores nadadores de Singapur durante su época de estudiante. Era conocido por su atractivo exótico y su estilo elegante, su rosario de romances con estrellas locales y su siempre creciente colección de arte contemporáneo.

Sin embargo, con Nick, Colin tenía la libertad de mostrarse como era. Nick, que le conocía desde la niñez, era probablemente la única persona en el mundo a la que no le importaba nada su dinero y, lo que era más importante, la única que estuvo ahí durante lo que los dos llamaban «los años de la guerra». Bajo su amplia sonrisa y su personalidad carismática, Colin se enfrentaba a un grave trastorno de ansiedad y a una depresión paralizante, y Nick era una de las pocas personas a las que les permitía ver esa parte de él. Era como si Colin se guardara todo su dolor y su angustia durante meses y los soltara sobre Nick cuando él iba a la ciudad. Para cualquier otro, aquella habría sido una situación insoportable, pero Nick estaba tan acostumbrado ya a aquello que casi no recordaba una sola vez en la que Colin no estuviese oscilando entre los más extremos altibajos. Ese era uno de los requisitos necesarios para ser el mejor amigo de Colin.

El camarero, un adolescente sudoroso con una camiseta de fútbol que no parecía lo suficientemente mayor como para cumplir la legislación en cuanto a edad laboral, se acercó a la mesa para tomar el pedido de Nick.

—Voy a comer un pastel de ternera con curry, por favor. Y una Coca-Cola con mucho hielo.

Colin rompió por fin el silencio.

—Como siempre, pastel de ternera con curry y Coca-Cola con mucho hielo. No cambias, ¿eh?

—¿Qué quieres que te diga? Sé lo que me gusta —se limitó a contestar Nick.

—Aunque siempre te guste lo mismo, puedes cambiar de parecer cuando quieras. Esa es la diferencia entre nosotros. Tú aún puedes elegir.

—Vamos, eso no es verdad. Tú puedes elegir.

—Nicky, no he estado en situación de poder tomar una sola decisión desde que nací, y lo sabes —dijo Colin como si tal cosa—. Menos mal que quiero casarme de verdad con Araminta. Solo que no sé cómo voy a soportar toda esa producción a lo Broadway. Tengo la fantasía perversa de secuestrarla, subir a un avión y casarme con ella en alguna capilla abierta veinticuatro horas en medio del estado de Nevada.

—¿Y por qué no lo haces? La boda no es hasta la semana que viene, pero, si ya te sientes tan mal, ¿por qué no la cancelas?

—Sabes que esta unión se ha coreografiado hasta el milímetro y así es como se hará. Es buena para el negocio, y cualquier cosa que sea buena para el negocio es buena para la familia —contestó Colin con tono amargo—. En fin, no quiero seguir mortificándome por lo que es inevitable. Hablemos de anoche. ¿Cómo estuve? Espero que lo suficientemente alegre para Rachel.

—A Rachel le encantaste. Fue una bonita sorpresa que nos recibierais así, pero que sepas que delante de ella no tienes por qué actuar.

—¿No? ¿Qué le has contado de mí? —preguntó Colin con cautela.

—No le he contado nada, aparte del hecho de que antes tenías una insana obsesión con Kristin Scott Thomas.

Colin se rio. Nick se sintió aliviado. Eso era síntoma de que las nubes se estaban disipando.

—No le habrás contado que intenté acosar a Kristin en París, ¿verdad? —continuó Colin.

—Pues no. No quería darle más razones para que diera marcha atrás con este viaje haciéndole una descripción detallada de mis raros amigos.

—Hablando de cosas raras, ¿viste lo simpática que estuvo Araminta con Rachel?

—Creo que subestimas la capacidad de Araminta de ser simpática.

—Bueno, ya sabes cómo es normalmente con la gente nueva. Pero creo que quiere teneros de su lado. Y vio que a mí me gustó Rachel de inmediato.

—Me alegra mucho —dijo Nick sonriendo.

—Para serte sincero, pensé que quizá podría estar un poco celoso de ella al principio, pero creo que es estupenda. No es empalagosa y es sorprendentemente... americana. Sabes que todo el mundo está hablando sobre ti y Rachel, ¿verdad? Todos están haciendo ya apuestas sobre la fecha de la boda.

Nick soltó un suspiro.

—Colin, ahora mismo no estoy pensando en mi boda. Estoy pensando en la tuya. Solo intento vivir el momento presente.

—Y hablando del momento presente, ¿cuándo vas a presentar a Rachel a tu abuela?

—Tenía pensado hacerlo esta noche. Por eso he ido a ver a mi abuela, para que invitara a Rachel a cenar.

—Rezaré por vosotros —bromeó Colin mientras acababa su última alita de pollo. Sabía lo trascendental que era que la abuela de Nick, famosa por ser tan huraña, hubiese invitado a prácticamente una desconocida a su casa—. Eres consciente de que todo va a cambiar en el momento en que lleves a Rachel a esa casa, ¿verdad?

—Qué curioso. Astrid dijo lo mismo. ¿Sabes? Rachel no se espera nada. Nunca me ha presionado nada en lo referente al matrimonio. De hecho, ni siquiera lo hemos hablado nunca.

—No, no. No estoy hablando de eso —trató de aclararle Colin—. Es solo que vosotros dos habéis estado viviendo una fantasía idílica, una vida sencilla de «jóvenes amantes en Greenwich Village». Hasta ahora, has sido un tipo que se esfuerza por conseguir una plaza fija. ¿No crees que esta noche se va a quedar bastante sorprendida?

—¿A qué te refieres? Sí que estoy intentando conseguir una plaza fija y no veo que el hecho de que Rachel conozca a mi abuela vaya a cambiar nada.

—Vamos, Nicky, no seas ingenuo. En el instante en que ella entre en esa casa, tu relación se va a ver afectada. No digo que todo vaya a ir mal necesariamente, pero se perderá cierta inocencia. No vais a poder volver a lo que teníais antes, eso seguro. Pase lo que pase, su visión de ti va a quedar transformada, igual que todas mis antiguas novias cuando averiguaron que yo era «ese» Colin Khoo. Solo estoy intentando prepararte.

Nick dedicó un momento a pensar en lo que Colin acababa de decir.

—Creo que te equivocas. En primer lugar, nuestra situación es completamente distinta. Mi familia no es como la tuya. Tú te has estado preparando desde el primer día para ser el futuro director ejecutivo de la Compañía Khoo, pero en mi familia no existe nada parecido. Ni siquiera tenemos un negocio familiar. Y sí, puede que tenga primos adinerados y todo eso, pero sabes que mi situación no es como la de ellos. Yo no soy como Astrid, que ha heredado todo el dinero de su tía abuela, ni como mis primos Shang.

Colin negó con la cabeza.

—Nicky, Nicky, por esto es por lo que te quiero. Eres la única persona en toda Asia que no es consciente de lo rico que eres, o quizá debería decir de lo rico que serás algún día. A ver, pásame tu cartera.

Nicky se sintió desconcertado, pero sacó su desgastada cartera de piel marrón del bolsillo de atrás y se la pasó a Colin.

—Verás que tengo unos cincuenta dólares dentro.

Colin sacó el permiso de conducir del estado de Nueva York de Nick y se lo puso delante de la cara.

—Dime qué dice aquí.

Nick puso los ojos en blanco, pero obedeció.

—Nicholas A. Young.

—Sí, eso es. Young. Ahora, de toda tu familia, ¿hay algún primo varón con este apellido?

—No.

—Eso es exactamente lo que quiero decir. Además de tu padre, tú eres el único Young que queda en la línea sucesoria. Eres el claro heredero, lo quieras creer o no. Es más, tu abuela te adora. Y todos saben que tu abuela controla tanto la fortuna de los Shang como la de los Young.

Nick negó con la cabeza, en parte por no creer las suposiciones de Colin, pero, sobre todo, porque hablar de esas cosas

—aunque fuese con su mejor amigo— le hacía sentir incómodo. Era algo que le había condicionado desde temprana edad. (Aún recordaba aquella vez cuando tenía siete años y, al volver a casa del colegio, le preguntó a su abuela en la merienda: «Mi compañero de clase Bernard Tai dice que su padre es muy muy rico y que nosotros somos también muy muy ricos. ¿Es verdad?». Su tía Victoria, inmersa en su lectura del *London Times,* dejó de repente el periódico y se lanzó a contestarle: «Nicky, los niños bien educados no hacen nunca preguntas así. No preguntes nunca a nadie si son ricos ni hables de asuntos relacionados con el dinero. NO somos ricos. Simplemente somos solventes. Y ahora, discúlpate con tu Ah Ma».

—¿Por qué crees que mi abuelo, que trata a todos con tanto desprecio, te trata a ti como a un príncipe extranjero cada vez que te ve?

—Pues yo creía que le gustaba.

—Mi abuelo es un gilipollas. Solo le importan el poder, el prestigio y la expansión del puto imperio Khoo. Por eso precisamente es por lo que ha fomentado todo este asunto con Araminta y por eso ha dictado siempre quiénes debían ser mis amigos. Incluso de pequeños, recuerdo que decía: «Sé bueno con ese Nicholas. Recuerda que nosotros no somos nada en comparación con los Young».

—Tu abuelo se está volviendo senil, creo yo. De todos modos, todas estas tonterías de la herencia son irrelevantes porque, como verás muy pronto, Rachel no es del tipo de chicas a las que le importan esas cosas. Puede que sea economista, pero es la persona menos materialista que conozco.

—Bueno, pues en ese caso os deseo lo mejor. Pero ¿sabes que incluso en el momento presente hay fuerzas oscuras que se están ocupando de conspirar contra vosotros?

—¿Qué es esto, *Harry Potter*? —preguntó Nick riéndose—. Porque es eso lo que parece. Sí, soy consciente de que ahora mismo hay fuerzas oscuras que están tratando de sabotearme, como tú dices. Astrid ya me ha advertido que mi madre ha decidido sin razón alguna irse a China justo cuando yo llegaba y he tenido que persuadir a mi tía abuela para que convenza a mi abuela de que invite a Rachel esta noche. Pero ¿sabes qué? La verdad es que me importa un comino.

—No creo que sea de tu madre de quien debes preocuparte.

—Entonces, ¿de quién exactamente debería preocuparme? Dime quién está tan aburrido como para malgastar su tiempo en tratar de destrozar mi relación y por qué.

—Prácticamente todas las chicas de la isla en edad de casarse y sus madres.

Nick se rio.

—Un momento, ¿y por qué yo? ¿No eres tú el soltero más cotizado de Asia?

—Yo solo soy un cero a la izquierda. Todos saben que no hay nada en el mundo que vaya a impedir a Araminta ir hasta el altar la semana que viene. Y con eso te paso a ti la corona —contestó Colin riendo entre dientes mientras doblaba su servilleta de papel para formar una pirámide y la colocaba sobre la cabeza de Nick—. Ahora eres un hombre marcado.

18

Rachel y Peik Lin

Singapur

Después de comer, Neena insistió en hacerle a Rachel un recorrido completo por la otra ala de Villa d'Oro (que, como era de esperar, tenía el estilo barroco exagerado que Rachel ya se había olido). Neena presumió también orgullosa de su jardín de rosas y de la escultura de Canova que recientemente habían instalado allí (por suerte, se había librado del tratamiento en oro). Cuando por fin terminó el recorrido, Peik Lin sugirió que podían volver al hotel para relajarse con una merienda, pues Rachel aún acusaba un poco el desfase horario.

—En tu hotel ponen una merienda estupenda con fabulosos *nyonya kueh*[*].

—Pero si todavía estoy llena por el almuerzo —protestó Rachel.

—Pues vas a tener que hacerte a las costumbres singapurenses con la comida. Aquí comemos cinco veces al día: desa-

* Pasteles peranakan. Estos adictivos *kuehs* o pasteles de sabores delicados y muy coloridos, normalmente hechos de harina de arroz y el característico condimento de hoja de pandano, son un básico apreciado en las meriendas de Singapur.

yuno, comida, merienda, cena y refrigerio a última hora de la noche.

—Dios, voy a engordar mucho mientras esté aquí.

—No vas a engordar. Eso es lo bueno de este calor. ¡Lo vas a sudar todo!

—Puede que en eso tengas razón. No sé cómo podéis soportar este tiempo —dijo Rachel—. Merendaré, pero vamos a buscar el sitio más fresco.

Se acomodaron en la cafetería de la terraza, que tenía vistas a la piscina, pero, afortunadamente, contaba con aire acondicionado. Unos camareros elegantemente uniformados pasaban con bandejas llenas con una selección de tartas, pasteles y *nyonya* exquisitos.

—¡Mmmm! Tienes que probar este *kueh* —dijo Peik Lin poniendo una porción de glutinoso pastel de arroz y coco en el plato de Rachel. Esta le dio un bocado y descubrió que la yuxtaposición del pastel ligeramente dulce con el pegajoso arroz casi salado era sorprendentemente adictiva. Paseó la mirada por el bucólico jardín, con la mayor parte de las sillas ahora ocupadas por huéspedes dormidos bajo el sol de la última hora de la tarde.

—Aún me cuesta creer que la familia de Colin sea la dueña de este hotel —dijo Rachel a la vez que daba otro bocado al *kueh*.

—Créetelo, Rachel. Y son dueños, además, de muchos más. Hoteles de todo el mundo, inmuebles comerciales, bancos, empresas de explotación minera... La lista es muy larga.

—Colin parece muy modesto. Es decir, fuimos a cenar a uno de esos mercados gastronómicos al aire libre.

—Eso no tiene nada de raro. Aquí a todo el mundo le gustan los centros de puestos ambulantes. Recuerda que esto es Asia y las primeras impresiones pueden ser engañosas. Sabes que a la mayoría de los asiáticos les gusta guardar el dinero. Los ricos son aún más extremos. Muchas de las personas más ricas de aquí se esfuerzan por no sobresalir y, la mayor parte de las veces, nunca sabes que estás al lado de un multimillonario.

—No te lo tomes a mal, pero parece que a tu familia le gusta disfrutar de su riqueza.

—Mi abuelo llegó aquí desde China y empezó como albañil. Es un hombre hecho a sí mismo y nos ha inculcado a todos los mismos principios de «trabaja duro y diviértete más». Pero, bueno, nosotros no jugamos en la misma liga que los Khoo. Los Khoo son increíblemente ricos. Siempre encabezan la lista de los más ricos de Asia de la revista *Forbes.* Y sabes que esa es solo la punta del iceberg de estas familias. *Forbes* solo informa de los activos que puede verificar y estos asiáticos ricos son muy reservados en lo que respecta a sus propiedades. Las familias más ricas tienen siempre miles de millones más de lo que la revista calcula.

Una estridente melodía electrónica empezó a sonar.

—¿Qué es ese sonido? —preguntó Rachel antes de darse cuenta de que era su nuevo teléfono móvil de Singapur.

Era Nick el que llamaba.

—Hola —respondió ella con una sonrisa.

—¡Hola! ¿Estás pasando una buena tarde poniéndote al día con tu amiga?

—Desde luego. Hemos vuelto al hotel y estamos disfrutando de una merienda. ¿Qué haces tú?

—Estoy aquí viendo a Colin en ropa interior.

—¿Qué has dicho?

Nick se rio.

—Estoy en casa de Colin. Acaban de llegar los trajes de esmoquin y el sastre nos está haciendo los últimos arreglos.

—Ah. ¿Cómo es el tuyo? ¿Azul empolvado con volantes?

—Ya te gustaría. No, está lleno de diamantes de imitación con ribetes dorados. Oye, se me había olvidado por completo decírtelo, pero mi abuela siempre reúne a la familia para cenar los viernes por la noche. Sé que sigues cansada por el desfase horario, pero ¿estarías dispuesta a ir?

—Ah, vaya. ¿A cenar a casa de tu abuela?

Peik Lin ladeó la cabeza hacia Rachel.

—¿Quién va a ir? —preguntó Rachel.

—Probablemente solo unos cuantos parientes. La mayor parte de mi familia sigue aún fuera del país. Pero Astrid estará allí.

Rachel se sentía un poco insegura.

—Pues..., ¿qué opinas tú? ¿Quieres que vaya o prefieres pasar antes un rato a solas con tu familia?

—Claro que no. Me encantaría que vinieras, pero solo si te apetece. Sé que te he avisado con poca antelación.

Rachel miró a Peik Lin mientras se lo pensaba. ¿Estaba lista para conocer a la familia?

—¡Di que sí! —la animó Peik Lin con entusiasmo.

—Me encantaría ir. ¿A qué hora tenemos que estar allí?

—Sobre las siete y media estará bien. La cuestión es... que yo estoy en casa de Colin, en Sentosa Cove. El tráfico del viernes por la tarde va a estar terrible para volver a la ciudad, así que para mí sería mucho más fácil verte allí. ¿Te importa coger un taxi hasta la casa de mi abuela? Te daré la dirección y estaré en la puerta esperándote cuando llegues.

—¿Un taxi?

Peik Lin negó con la cabeza y susurró:

—Yo te llevo.

—Vale, dime dónde es —dijo Rachel.

—Tyersall Park.

—Tyersall Park —escribió ella en un trozo de papel que sacó del bolso—. ¿Eso es todo? ¿Qué número?

—No tiene número. Busca dos columnas blancas y dile al taxista que está al salir de Tyersall Avenue, justo detrás del Jardín Botánico. Llámame si te cuesta encontrarlo.

—Vale, te veo como dentro de una hora.

En cuanto Rachel colgó, Peik Lin cogió el trozo de papel de su mano.

—A ver dónde vive la abuelita. —Miró la dirección—. Sin número, así que Tyersall Park debe de ser un complejo de apartamentos... Eh... Yo creía conocer todas las urbanizaciones de la isla. Nunca he oído hablar siquiera de Tyersall Avenue. Probablemente estará en algún lugar de la costa oeste.

—Nick ha dicho que está justo al lado del Jardín Botánico.

—¿En serio? Eso está muy cerca. En fin, mi chófer lo sabrá. Tenemos cosas mucho más importantes que hacer, como ver qué te vas a poner.

—¡Ay, Dios, no tengo ni idea!

—Bueno, quieres ir normal pero también causar buena impresión, ¿no? ¿Estarán allí esta noche Colin y Araminta?

—No creo. Ha dicho que solo estará su familia.

—Dios, ojalá supiera algo más sobre la familia de Nick.

—Me parto de risa con los singapurenses. ¡Siempre husmeando!

—Tienes que comprenderlo. Esto es un pueblo grande, todo el mundo se mete en los asuntos de los demás. Además, debes admitir que se ha vuelto mucho más interesante ahora que sabemos que es el mejor amigo de Colin. ¡En fin, que esta noche debes tener un aspecto fantástico!

—Eh..., no sé. No quiero causar una impresión equivocada, como que me gusta llamar la atención o algo así.

—Rachel, créeme, nadie te podrá acusar nunca de ser así. Reconozco la blusa que llevas. La compraste en la universidad, ¿no? Enséñame qué más has traído. Es tu primer encuentro con la familia, así que tenemos que organizar una buena estrategia.

—¡Peik Lin, estás empezando a estresarme! Estoy segura de que su familia será estupenda y no les va a importar qué lleve puesto con tal de que no aparezca desnuda.

Tras múltiples cambios de ropa supervisados por Peik Lin, Rachel decidió ponerse lo que tenía pensado llevar desde el principio: un vestido de lino largo y sin mangas de color chocolate abotonado por delante, un cinturón sencillo y ceñido hecho de la misma tela y un par de sandalias de tacón bajo. Se colocó una pulsera de plata que le daba varias vueltas a la muñeca y se puso la única joya cara que tenía: unos pendientes de perlas de Mikimoto que su madre le había regalado cuando se doctoró.

—Pareces un poco Katharine Hepburn de safari —dijo Peik Lin—. Elegante y correcta pero sin que se note que te estás esforzando.

—¿Pelo recogido o suelto? —preguntó Rachel.

—Déjatelo suelto. Es más atractivo —contestó Peik Lin—. Venga, vámonos o llegarás tarde.

Las dos se vieron enseguida serpenteando por las frondosas calles traseras del Jardín Botánico mientras buscaban Tyersall Avenue. El conductor dijo que había pasado antes por la calle pero que ahora parecía no encontrarla.

—Es raro que la calle no aparezca en el GPS —dijo Peik Lin—. Esta zona es muy complicada porque es de los pocos barrios que tienen calles estrechas.

El barrio pilló a Rachel completamente por sorpresa, pues era la primera vez que había visto casas tan antiguas y grandes en jardines tan extensos.

—La mayoría de los nombres de estas calles parecen muy británicos. Napier Road, Cluny Road, Gallop Road... —comentó Rachel.

—Bueno, era aquí donde vivían los oficiales de la colonia. En realidad, no es una zona muy residencial. La mayoría de estas casas son propiedad del Gobierno y muchas son embajadas, como aquel mastodonte con columnas de allí. Es la embajada rusa. ¿Sabes? La abuela de Nick debe de vivir en algún complejo de viviendas del Gobierno. Por eso nunca he oído hablar de ese sitio.

De repente, el conductor redujo la velocidad, giró a la izquierda en un cruce y avanzó por una calle más estrecha.

—Mira, esto es Tyersall Avenue, así que el edificio debe de estar al terminar esta calle —dijo Peik Lin. Unos enormes árboles con troncos viejos y sinuosos se elevaban a ambos lados de la calle, llena de densos matorrales de helechos pertenecientes al bosque primigenio que antiguamente cubría la isla. La calle empezó a bajar y a curvarse a la derecha y, de repente, vieron dos columnas hexagonales blancas a ambos lados de una valla de hierro baja que estaba pintada de gris claro. Insertado a un lado de la calle, casi oculto por el espeso follaje, había un letrero oxidado donde ponía TYERSALL PARK.

—Nunca en mi vida he pasado por esta calle. Qué raro que haya apartamentos aquí —fue lo único que Peik Lin pudo decir—. ¿Qué hacemos ahora? ¿Quieres llamar a Nick?

Antes de que Rachel pudiera responder, un guardia indio con una barba de aspecto feroz, vestido con un almidonado uniforme verde oliva y un gran turbante, apareció en la puerta. El conductor de Peik Lin avanzó despacio y bajó la ventanilla cuando el hombre se acercó. El guardia se asomó al coche y habló con un perfecto inglés británico:

—¿La señorita Rachel Chu?

—Sí, soy yo —respondió Rachel moviendo la mano en el aire desde el asiento de atrás.

—Bienvenida, señorita Chu —dijo el guardia con una sonrisa—. Continúe por el camino y permanezca a la derecha —le ordenó al chófer antes de disponerse a abrir la valla y hacerles una señal para que pasaran.

—*Alamak*, ¿sabe lo que era ese hombre? —preguntó el chófer malayo de Peik Lin dándose la vuelta con una expresión de ligero asombro.

—¿Quién? —preguntó Peik Lin.

—¡Era un gurka! Los soldados más letales del mundo. Antes los veía siempre en Brunéi. El sultán de Brunéi solo tiene gurkas en su equipo de seguridad privado. ¿Qué hace aquí un gurka?

El coche continuó avanzando por el camino y subió por una pequeña pendiente; a ambos lados había una densa pared de setos recortados. Al girar por una pequeña curva, se encontraron con otra valla. Esta vez se trataba de una puerta de acero blindado con una moderna garita. Rachel pudo ver a otros dos soldados gurka que miraban por la ventana mientras la imponente puerta se abría hacia un lado y dejaba ver otro largo camino pavimentado con grava. A medida que avanzaba el coche, sus neumáticos hacían crujir los guijarros sueltos y grises y el denso follaje se fue convirtiendo en una elegante avenida de altas palmeras que atravesaba un ondulante césped. Habría quizá unas treinta palmeras perfectamente alineadas a ambos lados del camino y alguien había colocado unos faroles rectangulares iluminados con velas bajo cada una, como relucientes centinelas que mostraban el camino.

Mientras el coche avanzaba por el camino, Rachel miraba maravillada los parpadeantes faroles y el enorme y cuidado jardín que la rodeaba.

—¿Qué parque es este? —le preguntó a Peik Lin.

—No tengo ni idea.

—¿Todo esto es una urbanización? Parece como si estuviésemos entrando en un complejo hotelero de lujo.

—No estoy segura. Nunca he visto un sitio así en todo Singapur. Ya ni siquiera parece que estemos en Singapur —dijo Peik Lin asombrada. Todo aquel paisaje le recordaba a las señoriales casas de campo que había visitado en Inglaterra, como Chatsworth o el palacio de Blenheim. Cuando el coche giró por una última curva, Rachel ahogó un grito de repente mientras agarraba el brazo de Peik Lin. A lo lejos, apareció ante sus ojos una enorme casa llena de luces. Al acercarse, la enormidad de aquel lugar fue evidente. No era una casa. Se trataba más bien de un palacio. El camino de entrada estaba lleno de coches a ambos lados, casi todos grandes y europeos —Mercedes, Jaguar, Citroën, Rolls Royce, muchos con banderas y emblemas diplomáticos—. Un grupo de chóferes se apiñaba en un círculo detrás de los coches, fumando. Esperando junto a las enormes puertas de entrada, con una camisa de lino blanca, pantalones oscuros, el pelo perfectamente despeinado y las manos metidas en los bolsillos, estaba Nick.

—Es como si estuviese soñando. Esto no puede ser real —dijo Peik Lin.

—Peik Lin, ¿quién es esta gente? —preguntó nerviosa Rachel.

Por primera vez en su vida, Peik Lin se quedó sin palabras. Miró a Rachel con una repentina intensidad y, después, habló casi en un susurro:

—No tengo ni idea de quiénes son. Pero sí te digo una cosa: esta gente es más rica que Dios.

Segunda parte

No conté ni la mitad de lo que vi,
pues nadie me habría creído.

Marco Polo, 1324

1

Astrid

Singapur

A Cassian le estaban abotonando su elegante y nuevo traje de marinero azul de Prusia cuando Astrid recibió una llamada de su marido.

—Tengo que trabajar hasta tarde y no voy a llegar a tiempo para la cena en casa de Ah Ma.

—¿En serio? Michael, has trabajado hasta tarde cada noche de esta semana —dijo Astrid tratando de mantener un tono neutro.

—Todo el equipo se va a quedar.

—¿Un viernes por la noche? —No pretendía revelar ninguna muestra de duda, pero las palabras le salieron antes de poder contenerse. Ahora que tenía los ojos bien abiertos, las señales estaban todas ahí. Él había cancelado casi todas las reuniones familiares de los últimos meses.

—Sí, ya te lo dije, esto es lo que pasa con las empresas emergentes —añadió con cautela Michael. Astrid quiso ponerle en evidencia.

—¿Y por qué no vienes cuando salgas de trabajar? Probablemente sea una noche larga. Las flores *tan hua* de Ah Ma van a florecer esta noche y ha invitado a alguna gente.

—Más razón aún para no ir. Voy a estar agotado.

—Vamos, va a ser una ocasión especial. Sabes que da muchísima suerte ver cómo se abren las flores y será muy divertido —dijo Astrid tratando de mantener un tono alegre.

—Estuve la última vez que florecieron hace tres años y no creo que esta noche pueda soportar estar con mucha gente.

—No creo que vaya a haber tanta gente.

—Siempre dices eso y, luego, llegamos y resulta que es una cena para cincuenta y algún maldito miembro del Parlamento está presente o hay alguna otra atracción de feria —se quejó Michael.

—Eso no es cierto.

—Vamos, *lah,* sabes que es verdad. La última vez tuvimos que estar sentados durante todo un recital de piano de ese tal Ling Ling.

—Michael, es Lang Lang, y probablemente tú seas la única persona en el mundo que no sepa apreciar un concierto privado de uno de los mejores pianistas del mundo.

—Pues fue de lo más *lay chay*[*], sobre todo un viernes por la noche, cuando acabo agotado tras una larga semana.

Astrid decidió que no merecía la pena seguir insistiendo. Estaba claro que él tenía preparadas mil excusas para no ir a la cena. «¿Qué iba a hacer en realidad? ¿La zorra de Hong Kong que le había mandado el mensaje estaba de repente en la ciudad? ¿Iba a salir con ella?».

—Vale, le diré a la cocinera que te prepare algo para cuando llegues a casa. ¿Qué te apetece comer? —le ofreció con tono alegre.

—No, no, no te molestes. Seguramente pediremos comida aquí.

«Menudo cuento». Astrid colgó el teléfono a regañadientes. «¿Dónde iba a pedir la comida? ¿Al servicio de habitaciones

---

* En hokkien, «tedioso».

de algún hotel barato de Geylang? Era imposible que él pudiera verse con esa chica en un hotel decente. Alguien le podría reconocer». Recordó una ocasión no mucho tiempo atrás en la que Michael mostró el más dulce tono de disculpa por no asistir a un evento familiar. Dijo cosas como: «Cariño, cóóóómo siento no poder ir. ¿Estás segura de que estarás bien yendo sola?». Pero ese lado tierno de él había desaparecido. ¿Cuándo había ocurrido realmente? ¿Y por qué había tardado tanto en reconocer las señales?

Desde el día en la joyería de Stephen Chia, Astrid había sufrido una especie de catarsis. De una forma algo perversa, se sentía aliviada al tener pruebas de la infidelidad de su marido. Era la inseguridad —las sospechas de misterio e intriga— lo que le había estado matando. Ahora, tal y como podría decir un psicólogo, podría «aprender a aceptar y aprender a adaptarse». Podría concentrarse en el contexto más amplio. Antes o después, la aventura se terminaría y la vida continuaría, igual que les pasaba al resto de esposas que soportaban en silencio las infidelidades de sus maridos desde tiempos inmemoriales.

No serían necesarias ni peleas ni enfrentamientos histéricos. No habría que caer en el cliché, aunque cada estupidez que su marido había cometido podría haber salido de alguno de esos cuestionarios de «¿Me engaña mi marido?» que salen en las horribles revistas femeninas: «¿Ha estado tu marido yendo a más viajes de negocios últimamente?». Sí. «¿Hacéis el amor con menor frecuencia?». Sí. «¿Ha incurrido tu marido en gastos misteriosos sin ninguna explicación?». Sí y sí. Podría añadir otra pregunta al cuestionario: «¿Recibe tu marido mensajes a última hora de la noche de alguna chica que dice que echa de menos su gran polla?». SÍ. La cabeza de Astrid empezaba a darle vueltas de nuevo. Podía sentir cómo aumentaba la presión de la sangre. Necesitaba sentarse un rato y respirar hondo unas cuantas veces. ¿Por qué no había ido a yoga en toda la semana cuando tanto necesitaba liberar la tensión que se le había ido acumulando? Para. Para. Para. Necesitaba sacarse todo eso de la mente y simplemente vivir el momento. Ahora mismo, en ese momento, tenía que prepararse para la fiesta de Ah Ma.

Astrid vio su reflejo en la mesita de cristal y decidió cambiarse de ropa. Llevaba una de sus prendas favoritas —un vestido túnica de gasa negra de Ann Demeulemeester, pero sintió que necesitaba subir el volumen esa noche. No iba a permitir que la ausencia de Michael le arruinara la velada. No iba a pasar ni un segundo más pensando en dónde podría estar él, qué podría o no estar haciendo. Estaba decidida a que fuera una noche mágica de flores silvestres que se abren bajo las estrellas y que solo pasaran cosas buenas. «En casa de Ah Ma siempre pasan cosas buenas».

Entró en la habitación de invitados, que prácticamente se había convertido en un vestidor más para su desbordamiento de vestidos (y eso que ahí estaban las muchas habitaciones llenas de ropa que aún guardaba en casa de sus padres). El espacio estaba lleno de percheros con ruedas en los que había organizado meticulosamente bolsas de ropa por temporada y color, y Astrid tuvo que sacar uno de los percheros al pasillo para poder entrar cómodamente en la habitación. Este apartamento era demasiado pequeño para los tres que formaban la familia (cuatro si contaba a Evangeline, la niñera, que dormía en la habitación de Cassian), pero le había sacado todo el provecho por agradar a su marido.

La mayoría de los amigos de Astrid se habrían quedado completamente horrorizados al ver las condiciones en las que vivían. Para la mayoría de los singapurenses, un piso espacioso de ciento ochenta y cinco metros cuadrados y tres dormitorios con dos baños y medio y un balcón privado en el distrito nueve sería un preciado lujo, pero, para Astrid, que se había criado en el entorno palaciego de la mansión de su padre en Nassim Road, el apartamento modernista para fines de semana de Tanah Merah, la gran plantación familiar en Kuantan y la finca de su abuela en Tyersall Park, era absolutamente algo inconcebible.

Como regalo de boda, su padre había pensado encargar a un prometedor arquitecto brasileño construir a los recién casados una casa en Bukit Timah en un terreno que ya había cedido a Astrid, pero Michael jamás lo habría aceptado. Era un hombre orgulloso e insistió en vivir en un lugar que pudiera permitirse comprar. «Soy capaz de mantener a su hija y a nuestra futura familia», había informado a su futuro y sorprendido suegro, que, en lugar de quedarse impresionado por el gesto, lo consideró bastante insensato. ¿Cómo iba ese muchacho a permitirse alguna vez con su salario el tipo de casa al que su hija estaba acostumbrada? Los escasos ahorros de Michael apenas les alcanzarían para el primer pago de un piso privado y a Harry le parecía inconcebible que su hija pudiera vivir en alguna casa de protección oficial. ¿Por qué no podían al menos mudarse a una de las casas o apartamentos de lujo que ella ya tenía? Pero Michael se mostró firme en que él y su mujer empezarían su vida en territorio neutral. Al final, llegaron a un acuerdo y Michael aceptó dejar que tanto Astrid como su padre igualaran lo que él podía ingresar como primer pago. La cifra combinada les permitió tener una hipoteca fija a treinta años sobre ese piso de un complejo de apartamentos de los años ochenta junto a Clemenceau Avenue.

Mientras Astrid rebuscaba entre los percheros, se le ocurrió, de repente y de forma bastante cómica, que solo con el dinero que había gastado en su ropa de alta costura podría haber pagado una casa tres veces más grande que aquella. Se preguntó qué pensaría Michael si supiera de verdad cuántas propiedades poseía ella ya. Los padres de Astrid les habían comprado casas a sus hijos igual que otros padres les compraban caramelos a los suyos. Con el paso de los años, le habían comprado tantas casas que, para cuando se convirtió en la señora de Michael Teo, ya estaba en posesión de una asombrosa cartera inmobiliaria. Estaban el chalé cercano a Dunearn Road; la casa de Clementi y el adosado de Chancery Lane; una hilera de casas históricas peranakan con comercios en la planta inferior en Emerald Hill que le dejó una tía abuela de la parte de los Leong; y numerosos pisos de lujo esparcidos por la isla.

Y eso era solo en Singapur. Tenía terrenos en Malasia; un piso en Londres que Charlie Wu le había comprado en secreto; una casa en el exclusivo Point Piper de Sídney y otra en Diamond Head, Honolulú; y, recientemente, su madre había hablado de comprar un ático en otra torre nueva de Shanghái a su nombre. («Vi el espejo especial informatizado del vestidor que recuerda todo lo que te has puesto y de inmediato supe que esta casa era para ti», le había dicho Felicity entusiasmada). A decir verdad, Astrid ni siquiera se molestaba en recordarlo todo. Eran demasiadas propiedades como para controlarlas todas.

En cualquier caso, todo aquello tenía poco sentido, pues, aparte de las casas con las tiendas de Emerald Hill y el piso de Londres, ninguna de aquellas propiedades era de verdad suya... todavía. Todo formaba parte de la estrategia de sucesión de la riqueza de sus padres y Astrid sabía que, mientras sus padres estuviesen vivos, no tenía verdadero control sobre ellas, aunque se beneficiaba de los ingresos derivados. Dos veces al año, cuando la familia se sentaba con los directores de sus negocios en Leong Holdings, veía que sus cuentas personales siempre aumentaban de valor, a veces hasta un nivel absurdo, por mucho que hubiese despilfarrado en vestidos de alta costura durante la temporada anterior.

¿Y qué debía ponerse? Puede que fuese el momento para sacar alguno de sus últimos caprichos de París. Iba a llevar la blusa blanca bordada de Alexis Mabille con los pantalones de pitillo gris perla de Lanvin y sus nuevos pendientes de VBH. El problema de esos pendientes era que resultaban tan excesivos que todo el mundo pensaría que eran de bisutería. Lo cierto es que hacían que todo el conjunto pareciese más informal. Sí, se merecía ir así de bien. Y puede que ahora también cambiara de ropa a Cassian para que fuese acorde con ella.

—Evangeline, Evangeline —gritó—. Quiero cambiar de ropa a Cassian. Vamos a ponerle ese jersey gris paloma de Marie-Chantal.

2

Rachel y Nick

Tyersall Park

Cuando el coche de Peik Lin se acercó a la puerta principal de Tyersall Park, Nick bajó los escalones en dirección a ellos.

—Me preocupaba que os hubieseis perdido —dijo mientras abría la puerta del coche.

—La verdad es que sí nos hemos perdido un poco —contestó Rachel al salir del coche y levantar la vista hacia la magnífica fachada que tenía ante ella. Sentía como si le hubiesen retorcido el estómago con un torno y se alisó nerviosa las arrugas del vestido—. ¿Llego muy tarde?

—No, no pasa nada. Lo siento, ¿mis indicaciones no eran claras? —preguntó Nick asomándose al coche y sonriendo a Peik Lin—. Peik Lin..., muchas gracias por traer a Rachel.

—Faltaría más —murmuró Peik Lin, aún bastante asombrada por lo que la rodeaba. Deseaba salir del coche y explorar aquella finca tan colosal, pero algo le decía que debía permanecer en su asiento. Se quedó callada un momento, pensando que quizá Nick la invitaría a tomar una copa, pero no parecía que fuese a haber ninguna invitación. Finalmente, habló con la mayor despreocupación que le fue posible—: Menuda casa. ¿Es de tu abuela?

—Sí —respondió Nick.

—¿Lleva mucho tiempo viviendo aquí? —Peik Lin no podía resistirse a querer saber más mientras estiraba el cuello para poder verlo todo mejor.

—Desde que era niña —contestó Nick.

La respuesta de Nick sorprendió a Peik Lin, pues ella había supuesto que la casa habría pertenecido a su abuelo. Ahora lo que de verdad deseaba preguntar era «¿Quién demonios es tu abuela?». Pero no quería arriesgarse a parecer demasiado entrometida.

—Bueno, pasadlo muy bien los dos —dijo Peik Lin guiñando un ojo a Rachel y articulando en silencio las palabras: «¡Llámame luego!». Rachel respondió a su amiga con una rápida sonrisa.

—Buenas noches, que llegues bien a casa —repuso Nick a la vez que daba un golpe suave al capó del coche.

Mientras el coche de Peik Lin se alejaba, Nick miró a Rachel un poco avergonzado.

—Espero que no te importe..., pero no va a estar solo la familia. Mi abuela ha decidido celebrar una pequeña fiesta, todo preparado en el último momento, al parecer, porque sus flores *tan hua* van a abrirse esta noche.

—¿Celebra una fiesta porque sus flores van a abrirse? —preguntó Rachel sin entender muy bien.

—Es que son unas flores poco comunes que brotan con muy poca frecuencia, en ocasiones una vez por década, e incluso pueden tardar aún más tiempo. Solo se abren de noche y el proceso dura únicamente unas horas. Es bastante curioso de ver.

—Suena bien, pero ahora siento que mi ropa no es la apropiada para la ocasión —dijo Rachel pensativa mientras miraba la flota de limusinas que se alineaban a lo largo del camino.

—Para nada. Estás absolutamente perfecta —le dijo Nick. Notó su agitación y trató de calmarla colocándole una mano en la parte inferior de la espalda para dirigirla hacia la puerta de entrada. Rachel sintió la cálida energía que irradiaba su brazo musculado y, al instante, se sintió mejor. Su caballero de reluciente armadura estaba a su lado y todo iba a ir bien.

Al entrar en la casa, lo primero que llamó la atención de Rachel fueron las deslumbrantes baldosas en mosaico del majestuoso vestíbulo. Se quedó fascinada unos segundos ante el dibujo negro, azul y coral antes de darse cuenta de que no estaban solos. Un hombre indio alto y delgado permanecía en silencio en medio del vestíbulo junto a una mesa circular de piedra llena de macetas con enormes orquídeas mariposa blancas y púrpuras. El hombre hizo una ceremoniosa reverencia a Rachel y le ofreció un cuenco de plata repujada con agua y pétalos de rosa de color rosa claro.

—Para que se refresque, señorita —dijo.

—¿Me lo bebo? —susurró Rachel a Nick.

—No, no, es para lavarte las manos —le indicó Nick. Rachel sumergió los dedos en el agua fresca aromatizada antes de secarse con el suave paño de felpa que el hombre le proporcionó, sintiéndose asombrada (y un poco estúpida) por aquel ritual—. Se encuentran todos en la sala de estar de arriba —le informó Nick y la condujo hacia la escalera de piedra labrada. Rachel vio algo por el rabillo del ojo y soltó un rápido grito ahogado. Por el lado de la escalera asomaba un enorme tigre—. Está disecado, Rachel —la tranquilizó Nick riéndose. El tigre parecía como si estuviese a punto de atacar, con la boca abierta en un rugido feroz.

—Lo siento, me ha parecido muy real —dijo Rachel mientras se recomponía.

—Fue real. Es un tigre nativo de Singapur. Deambularon por esta zona hasta finales del siglo XIX, pero los fueron cazando hasta que se extinguieron. Mi bisabuelo mató a este cuando entró en la casa y se escondió bajo la mesa de billar, o eso es lo que cuentan.

—Pobrecito —murmuró Rachel a la vez que alargaba la mano para acariciar la cabeza del tigre con cautela. El pelo era sorprendentemente quebradizo, como si se le pudiese caer algún mechón en cualquier momento.

—A mí me daba mucho miedo cuando era pequeño. Nunca me atrevía a acercarme al vestíbulo por las noches y tenía pesadillas con que cobraba vida y me atacaba mientras dormía —le contó Nick.

—¿Te criaste aquí? —preguntó Rachel, sorprendida.

—Sí, más o menos hasta los siete años.

—Nunca me has dicho que habías vivido en un palacio.

—Esto no es un palacio. No es más que una casa grande.

—Nick, en mi país, esto es un palacio —dijo Rachel levantando los ojos hacia la cúpula de hierro fundido y cristal que se elevaba sobre ellos. Mientras subían las escaleras, el murmullo de las conversaciones y las teclas del piano de la fiesta planeó hacia ellos. Cuando llegaron al rellano de la primera planta, Rachel casi tuvo que frotarse los ojos, incrédula. «Dios mío». Por un momento, sintió que se mareaba, como si hubiese viajado en el tiempo a otra época, al gran salón de un transatlántico de los años veinte que recorría la ruta desde Venecia hasta Estambul, quizá.

La «sala de estar», como Nick la había llamado tan modestamente, era una galería que recorría todo el extremo norte de la casa, con divanes *art déco,* sillones de mimbre y otomanas reunidos informalmente para crear zonas íntimas donde sentarse. Una fila de altas puertas coloniales daban a un porche que rodeaba la estancia, permitiendo que las zonas verdes y el olor de los jazmines que florecían por la noche entraran en la sala, mientras que, en el otro extremo, un joven con esmoquin tocaba un piano de cola Bösendorfer. Cuando Nick la condujo al interior de aquella sala, Rachel trató instintivamente de ignorar lo que la rodeaba, aunque lo único que deseaba hacer era fijarse en cada exquisito detalle: las exóticas palmeras plantadas en enormes jardineras de dragón Qianlong que anclaban el espacio; las lámparas de opalina de pantalla escarlata que proyectaban un resplandor ámbar en las superficies de teca lacada; las paredes de filigranas en plata y lapislázuli que relucían a medida que ella se movía por la sala... Cada uno de los objetos parecía imbuido de una pátina de elegancia atemporal, como si llevasen allí más de cien años, y Rachel no se atrevía a tocar nada. Los glamurosos invitados, sin embargo, parecían absolutamente tranquilos, descansando en las otomanas de seda *shantung* y paseándose por la terraza mientras un séquito de criados con guantes blancos y uniformes de batik verde oliva daban vueltas con bandejas de cócteles.

—Aquí viene la madre de Astrid —murmuró Nick. Antes de que Rachel tuviese tiempo de recomponerse, una señora de aspecto majestuoso se acercó a ellos agitando un dedo hacia Nick.

—Nicky, chico malo, ¿por qué no nos has dicho que habías vuelto? ¡Creíamos que no venías hasta la semana que viene y te has perdido la cena de cumpleaños del tío Harry en Command House! —La mujer parecía una dama china de mediana edad, pero hablaba con un entrecortado acento inglés como recién salido de una película de la productora Merchant Ivory. Rachel no pudo evitar notar el gran parecido de su pelo negro rizado con el de la reina de Inglaterra.

—Lo siento mucho, creía que tú y el tío Harry estaríais en Londres en esta época del año. *Dai gu cheh*, esta es mi novia, Rachel Chu. Rachel, esta es mi tía Felicity Leong.

Felicity saludó con la cabeza a Rachel a la vez que la examinaba descaradamente de arriba abajo.

—Me alegro mucho de conocerla —dijo Rachel tratando de no inquietarse por su mirada de halcón.

—Sí, por supuesto —repuso Felicity, girándose rápidamente hacia Nick para preguntarle, casi con dureza—: ¿Sabes cuándo llega tu padre?

—No tengo ni idea —contestó él—. ¿Ha venido ya Astrid?

—¡Qué va! ¡Ya sabes que esa chica siempre llega tarde. —En ese momento, su tía vio a una anciana india vestida con un sari dorado y azul a la que ayudaban a subir las escaleras—. Querida señora Singh, ¿cuándo ha regresado de Udaipur? —preguntó con un chillido, abalanzándose hacia la mujer mientras Nick apartaba a Rachel.

—¿Quién es esa señora? —preguntó Rachel.

—Es la señora Singh, una amiga de la familia que vivía al otro lado de la calle. Es la hija de un marajá y una de las personas más fascinantes que conozco. Fue gran amiga de Nehru. Te la presentaré después, cuando no tengamos a mi tía acechándonos.

—Su sari es absolutamente increíble —comentó Rachel mirando la elaborada prenda dorada.

—Sí, ¿verdad? Tengo entendido que envía en avión todos sus saris de vuelta a Nueva Delhi para que les hagan un lavado especial —dijo Nick mientras trataba de acompañar a Rachel hacia la barra, acercándola inconscientemente hacia una pareja de mediana edad y aspecto muy elegante. El hombre tenía un tupé de pelo denso y negro engominado y unas gafas enormes de carey su esposa llevaba un traje clásico de Chanel rojo y blanco con botones dorados.

—Tío Dickie, tía Nancy, os presento a mi novia, Rachel Chu —dijo Nick—. Rachel, estos son mis tíos, de la parte de los T'sien —le explicó.

—Ah, Rachel. Conocí a tu abuelo en Taipéi... Chu Yang Chung, ¿verdad? —preguntó el tío Dickie.

—Eh..., la verdad es que no. Mi familia no es de Taipéi —contestó Rachel tartamudeando.

—Ah. ¿Y de dónde son, entonces?

—Son originarios de Cantón y actualmente viven en California.

El tío Dickie pareció quedarse atónito, mientras que su bien peinada esposa le apretaba el brazo con fuerza y añadía:

—Conocemos muy bien California. El norte de California, en realidad.

—Sí, de ahí soy —contestó Rachel con cortesía.

—Ah, pues entonces conocerás a los Getty. Ann es una gran amiga mía —dijo Nancy efusiva.

—¿Se refiere a la familia Getty de la compañía petrolera?

—¿Es que hay otra? —preguntó Nancy, perpleja.

—Rachel es de Cupertino, no de San Francisco, tía Nancy. Y por eso es por lo que tengo que presentársela a Francis Leong, que está allí. Me han dicho que va a ir a Stanford este otoño —la interrumpió Nick a la vez que se llevaba rápidamente a Rachel. Los siguientes treinta minutos se convirtieron en una nube de saludos continuos mientras Rachel era presentada a varios familiares y amigos. Había tías, tíos y primos en abundancia; luego, un distinguido aunque diminuto embajador tailandés; también un hombre al que Nick presentó como sultán de algún estado malayo impronunciable, junto con sus dos esposas, que llevaban elaborados y enjoyados pañuelos en la cabeza.

Durante todo ese tiempo, Rachel se había fijado en una mujer que parecía atraer la atención de la sala. Era muy delgada y de aspecto aristocrático, con el pelo blanco y una actitud rígida, vestida con un largo *cheongsam* de seda blanca con un ribete púrpura oscuro en cuello, mangas y bajos. La mayoría de los invitados giraba alrededor de ella rindiéndole homenaje y, cuando por fin se acercó a ellos, Rachel notó por primera vez el parecido de Nick con ella. Nick ya había informado antes a

Rachel de que, aunque su abuela hablaba inglés a la perfección, prefería hablar en chino y tenía fluidez en cuatro dialectos, el mandarín, el cantonés, el hokkien y el teochew. Rachel decidió saludarla en mandarín, el único dialecto que hablaba, y, antes de que Nick pudiera hacer las debidas presentaciones, ella inclinó nerviosa la cabeza ante la majestuosa dama.

—Es un placer conocerla. Gracias por invitarme a su preciosa casa —dijo.

La mujer la miró perpleja y respondió hablando despacio en mandarín:

—Para mí también es un placer conocerte, pero estás confundida, esta no es mi casa.

—Rachel, esta es mi tía abuela Rosemary —se apresuró a explicarle Nick.

—Y tendrás que perdonarme, mi mandarín está bastante oxidado —añadió la tía abuela Rosemary en un inglés muy Vanessa Redgrave.

—Ah, lo siento mucho —dijo Rachel con las mejillas ruborizadas. Podía notar todos los ojos de la sala sobre ella, divertidos por su error.

—No es necesario que te disculpes —sonrió gentilmente la tía abuela Rosemary—. Nick me ha hablado un poco de ti y estaba deseando conocerte.

—Ah, ¿sí? —preguntó Rachel, aún nerviosa.

Nick rodeó con su brazo a Rachel.

—Ven a conocer a mi abuela —dijo. Atravesaron la habitación y, sobre el sofá más cercano al porche, flanqueada por un hombre con gafas elegantemente ataviado con un traje de lino blanco y una increíblemente hermosa señora, estaba sentada una mujer encogida. Shang Su Yi tenía el pelo gris sujeto con una diadema de marfil y estaba vestida con una sencilla blusa de seda de color rosa, unos pantalones de sastre color crema y unos mocasines marrones. Era más vieja y delicada de lo que Rachel se había esperado y, aunque sus facciones quedaban en parte ocultas por unas gafas ahumadas, su semblante regio era indiscutible. De pie y completamente inmóviles tras la abuela de Nick había dos señoras con inmaculados vestidos iguales de seda tornasolada.

Nick se dirigió a su abuela en cantonés.

—Ah Ma, quiero que conozcas a mi amiga Rachel Chu, de América.

—¡Encantada de conocerla! —exclamó abruptamente Rachel en inglés, olvidándose completamente de su mandarín.

La abuela de Nick se quedó mirando a Rachel un momento.

—Gracias por venir —contestó titubeante en inglés antes de girarse para retomar su conversación en hokkien con la señora que tenía a su lado. El hombre del traje de lino blanco miró a Rachel con una sonrisa rápida, pero también se giró. Las dos señoras envueltas en seda miraban hieráticas a Rachel y ella las miró con una sonrisa tensa.

—Vamos a por un poco de ponche —dijo Nick conduciendo a Rachel hacia una mesa donde un camarero con uniforme y guantes de algodón blanco servía ponche desde una enorme fuente de cristal veneciano.

—Dios mío, ese ha debido de ser el momento más incómodo de mi vida. Creo que he enfadado de verdad a tu abuela —susurró Rachel.

—Tonterías. Es solo que estaba en medio de otra conversación, eso es todo —la tranquilizó Nick.

—¿Quiénes eran esas dos mujeres con los vestidos de seda iguales que estaban de pie como estatuas detrás de ella? —preguntó Rachel.

—Ah, esas son sus damas de compañía.

—¿Perdona?

—Sus damas de compañía. Nunca se apartan de su lado.

—¿Como damas de honor? Parecen muy elegantes.

—Sí, son de Tailandia y están educadas para servir en la corte real.

—¿Eso es algo normal en Singapur? ¿Importar doncellas reales de Tailandia? —preguntó incrédula Rachel.

—No lo creo. Este servicio fue un regalo especial de por vida a mi abuela.

—¿Un regalo? ¿De quién?

—Del rey de Tailandia. Aunque fue del último, no de Bhumibol, el rey actual. ¿O fue del anterior? En fin, al parecer es un gran amigo de mi abuela. Ordenó que solo la sirvieran damas formadas en la corte. Así que ha habido una rotación constante desde que mi abuela era joven.

—Ah —dijo Rachel, estupefacta. Cogió el vaso de ponche de Nick y vio que el fino borde de la cristalería veneciana se correspondía a la perfección con el intricado dibujo de las grecas del techo. Se apoyó en el respaldo de un sofá sintiéndose repentinamente abrumada. Tenía que asimilar muchas cosas: el ejército de sirvientes con guantes blancos que merodeaban por allí, la confusión de los nuevos rostros, la extraordinaria opulencia... ¿Quién iba a saber que la familia de Nick resultaría ser una gente tan extremadamente distinguida? ¿Y por qué no la había preparado él un poco más para todo esto?

Rachel notó que alguien le tocaba suavemente el hombro. Se giró y vio a la prima de Nick sosteniendo en brazos a un niño adormilado.

—¡Astrid! —exclamó, encantada de ver por fin un rostro conocido. Astrid iba ataviada con el atuendo más chic que había visto nunca, muy distinta a como la recordaba de Nueva York. Así que esa era Astrid en su hábitat natural.

—¡Hola, hola! —la saludó Astrid con tono alegre—. Cassian, esta es la tía Rachel. ¿Le dices hola a la tía Rachel? —El niño se quedó mirando a Rachel un momento antes de esconder la cabeza avergonzado en el hombro de su madre.

—A ver, deja que coja a este niño tan grande—dijo Nick sonriendo a la vez que levantaba al inquieto Cassian de los brazos de Astrid y, a continuación, dándole hábilmente a ella un vaso de ponche.

—Gracias, Nicky —dijo Astrid antes de mirar a Rachel—. ¿Qué te parece Singapur hasta ahora? ¿Lo estás pasando bien?

—¡Estupendamente! Aunque esta noche está siendo un poco... abrumadora.

—Ya me lo imagino —dijo Astrid con una expresión cómplice en los ojos.

—No, no creo que puedas imaginártelo —insistió Rachel.

Se oyó una melodía en la sala. Rachel se giró y vio a una mujer mayor con una blusa *cheongsam* blanca y unos pantalones de seda negros tocando un pequeño xilófono de plata junto a las escaleras*.

—Ah, la señal de la cena —anunció Astrid—. Ven, vamos a comer.

—Astrid, ¿cómo es que siempre parece que llegas justo cuando la comida está lista? —preguntó Nick.

—Pastel de chocolate —murmuró el pequeño Cassian.

—No, Cassian, ya te has comido tu postre —respondió Astrid con firmeza.

La gente empezó a dirigirse hacia las escaleras, pasando junto a la mujer del xilófono. Cuando se acercaban a ella, Nick dio a la mujer un fuerte abrazo e intercambió unas cuantas palabras en cantonés.

---

* Estas «*amahs* vestidas en blanco y negro», hoy en día un grupo que está desapareciendo rápidamente en Singapur, son sirvientas domésticas profesionales que proceden de China. Normalmente eran solteronas empedernidas que juraban votos de castidad y pasaban toda su vida cuidando a las familias a las que servían (con bastante frecuencia, eran ellas las que criaban realmente a los niños). Se las conocía por su uniforme característico de blusa blanca y pantalones negros y su pelo largo iba siempre recogido en un moño en la nuca.

—Esta es Ling Cheh, la mujer que puede decirse que me crio desde que nací —explicó—. Lleva en nuestra familia desde 1948.

—*Wah, nay gor nuay pang yau gum laeng, ah! Faai di git fun!* —comentó Ling Cheh mientras agarraba la mano de Rachel con suavidad. Nick sonrió un poco ruborizado. Rachel no entendía el cantonés, así que se limitó a sonreír mientras Astrid se apresuraba a traducirle:

—Ling Cheh acaba de bromear con Nick con respecto a lo guapa que es su amiga. —Cuando empezaron a bajar las escaleras, le susurró a Rachel—: ¡También le ha ordenado que se case pronto contigo!

Rachel se limitó a reír tontamente.

Se había organizado una cena tipo bufé en la galería, una sala elíptica con enormes frescos de lo que desde lejos parecía una tenue y fantástica escena oriental. Al contemplarla desde más cerca, Rachel vio que, aunque el mural sí que evocaba unos clásicos paisajes montañosos chinos, los detalles parecían ser pura obra de El Bosco, con extrañas y vistosas flores que subían por las paredes y aves fénix irisadas y otras criaturas fantásticas que se escondían entre las sombras. Tres enormes mesas redondas relucían llenas de platos de plata y unas puertas arqueadas se abrían a una terraza curvada con columnas donde unas mesas blancas de hierro forjado iluminadas con cirios altos esperaban a los comensales. Cassian continuó retorciéndose en los brazos de Nick, gimiendo aún más fuerte:

—¡Quiero pastel de chocolate!

—Yo creo que lo que de verdad quiere es D-O-R-M-I-R —dijo su madre. Trató de recuperar a su hijo de los brazos de Nick, pero el niño empezó a lloriquear.

—Creo que se avecina llanto. Vamos a llevarle al cuarto de la cuna —se ofreció Nick—. Rachel, ¿por qué no empiezas tú? Estaremos de vuelta en un minuto.

Rachel estaba asombrada por la gran variedad de comida que habían dispuesto. Una mesa estaba llena de exquisiteces tailandesas; otra, de comida malaya; y la última, de platos chinos clásicos. Como era habitual, se sintió un poco perdida al enfrentarse a un bufé tan enorme. Decidió seguir un orden por tipos de comida y empezó por la mesa china con una pequeña ración de fideos *e-fu* y vieiras tostadas. Se encontró una bandeja de obleas doradas dobladas para formar pequeñas chisteras de aspecto exótico.

—¿Y esto qué es? —se preguntó en voz alta.

—Es *kueh pie tee,* un plato *nyonya.* Pequeños pasteles rellenos de jícama, zanahorias y gambas. Prueba uno —dijo una voz detrás de ella. Rachel se dio la vuelta y vio al hombre elegante del traje de lino blanco que había estado sentado junto a la abuela de Nick. La saludó cortésmente con un movimiento de cabeza y se presentó—: No nos han presentado debidamente. Soy Oliver T'sien, primo de Nick. —Otro pariente chino más con acento británico, pero este sonaba aún más engolado que el resto.

—Encantada. Yo soy Rachel...

—Sí, lo sé. Rachel Chu, de Cupertino, Palo Alto, Chicago y Manhattan. Como ves, tu reputación te precede.

—Ah, ¿sí? —preguntó Rachel, tratando de no parecer demasiado sorprendida.

—Desde luego que sí. Y debo decir que eres mucho más atractiva de lo que me habían hecho creer.

—¿De verdad? ¿Y quién?

—Bueno, ya sabes, los rumores. No sabes cuánto han estado trabajando las lenguas desde tu llegada... —dijo con malicia.

—No tenía ni idea —contestó Rachel un poco incómoda mientras salía a la terraza con su plato en busca de Nick o Astrid pero sin verlos por ninguna parte. Vio a una de las tías de

Nick, la señora con el traje de Chanel, que la miraba con expectación.

—Ahí están Dickie y Nancy —dijo Oliver—. No mires ahora... Creo que te están haciendo una señal con la mano. Que Dios nos ayude. Busquemos una mesa para nosotros, ¿te parece? —Antes de que Rachel pudiese responder, Oliver le cogió el plato de la mano y se acercó a una mesa del otro extremo de la terraza.

—¿Por qué les evitas? —preguntó Rachel.

—No les evito. Te ayudo a que los evites tú. Ya me lo agradecerás.

—¿Por qué? —insistió Rachel.

—Pues, en primer lugar, porque son unos pretenciosos insufribles, siempre hablando sin parar de su último crucero en el yate de Rupert Murdoch y Wendi o su almuerzo con algún miembro depuesto de la realeza europea; y, en segundo lugar, no están precisamente en tu equipo.

—¿Qué equipo? No sabía que yo estuviera en ninguno.

—Bueno, te guste o no, lo estás, y Dickie y Nancy están esta noche aquí precisamente para espiar al bando contrario.

—¿Espiar?

—Sí. Pretenden desmenuzarte como si fueses el cadáver podrido de un animal y servirte como aperitivo la próxima vez que les inviten a una cena elegante en algún condado de los alrededores de Londres.

Rachel no tenía ni idea de qué pensar de aquella extravagante declaración. Este tal Oliver parecía un personaje sacado directamente de una obra de Oscar Wilde.

—No estoy segura de entenderte —dijo por fin.

—No te preocupes, ya lo entenderás. Espera solo una semana más. Creo que eres de las que aprenden rápido.

Rachel se quedó mirando a Oliver durante un minuto. Parecía estar en la treintena, tenía el pelo corto y cuidadosamente peinado y unas pequeñas gafas redondas de carey que no hacían más que acentuar su cara alargada.

—¿Y exactamente qué vínculo familiar tienes tú con Nick? —preguntó—. Parece que en esta familia hay muchas ramas distintas.

—En realidad, es bastante sencillo. Hay tres ramas: los T'sien, los Young y los Shang. El abuelo de Nick, James Young, y mi abuela, Rosemary T'sien, son hermanos. A ella la has conocido esta noche, ¿te acuerdas? La has confundido con la abuela de Nick.

—Sí, claro. Pero eso querría decir que Nick y tú sois primos segundos.

—Exacto. Pero aquí, en Singapur, como abundan las familias grandes, simplemente decimos que somos primos para evitar confusiones. No usamos esas tonterías de «primos terceros de segunda generación».

—Entonces, Dickie y Nancy son tus tíos.

—Correcto. Dickie es el hermano mayor de mi padre. Pero debes saber que, en Singapur, a cualquier persona que te presenten que sea de una generación mayor deberás llamarlo tío o tía, aunque no tengas ningún parentesco. Se considera una cuestión de educación.

—Entonces, ¿no deberías llamar a tus parientes «tío Dickie» y «tía Nancy»?

—En teoría, sí, pero personalmente pienso que ese título hay que ganárselo. A Dickie y Nancy nunca les he importado una mierda, así que ¿por qué molestarme?

Rachel lo miró sorprendida.

—Pues gracias por el curso intensivo sobre los T'sien. ¿Y qué me dices de la tercera rama?

—Ah, sí, los Shang.

—Creo que no he conocido a ninguno de ellos.

—Es que no ha venido ninguno, por supuesto. Se supone que no hablamos nunca de ellos, pero los Shang imperiales huyen a sus magníficas casas de campo de Inglaterra cada mes de abril y se quedan allí hasta septiembre, para evitar los meses de más calor. Pero no hay que preocuparse. Creo que mi prima Cassandra Shang volverá para la boda la semana que viene, así que tendrás oportunidad de disfrutar de su incandescencia.

Rachel sonrió ante aquel comentario tan florido. Oliver era de lo más entretenido.

—¿Y qué parentesco tienen ellos exactamente?

—Aquí es donde se pone interesante. Presta atención. A la hija mayor de mi abuela, tía Mabel T'sien, la casaron con el hermano menor de la abuela de Nick, Alfred Shang.

—¿La casaron? ¿Significa eso que fue un matrimonio concertado?

—Sí, se puede decir que sí, preparado por mi abuelo T'sien Tsai Tay y el bisabuelo de Nick, Shang Loong Ma. Lo bueno es que, en realidad, se gustaban. Pero fue toda una jugada maestra, porque unía de forma estratégica a los T'sien, a los Shang y a los Young.

—¿Para qué? —preguntó Rachel.

—Vamos, Rachel, no te hagas la ingenua conmigo. Por el dinero, claro. Así se unieron tres fortunas familiares y todo quedó bien atado.

—¿A quién están atando? ¿Por fin te van a encerrar, Ollie? —preguntó Nicholas al acercarse a la mesa con Astrid.

—Aún no han podido sujetarme con nada, Nicholas —repuso Oliver. Miró a Astrid y sus ojos se abrieron de par en par—. ¡Santa Madre de Tilda Swinton, mira qué pendientes! ¿Dónde los has comprado?

—En la joyería de Stephen Chia... Son VBH —contestó Astrid, consciente de que él querría saber quién era el diseñador.

—Claro que sí. Solo Bruce podría soñar con algo así. Deben de haberte costado, al menos, medio millón de dólares. No se me habría ocurrido que son de tu estilo, pero te quedan de fábula. Eh..., todavía puedes sorprenderme después de tantos años.

—Sabes que lo intento, Ollie. Lo intento.

Rachel miró los pendientes con renovado asombro. ¿De verdad había dicho Oliver medio millón de dólares?

—¿Qué tal está Cassian? —preguntó.

—Ha costado un poco al principio, pero ahora va a dormir hasta que amanezca —contestó Astrid.

—¿Y dónde está ese caballero andante que tienes por marido, Astrid? ¿El señor Mirada Arrolladora? —preguntó Oliver.

—Michael trabaja hoy hasta tarde.

—Qué pena. La verdad es que esa empresa suya le hace trabajar duro, ¿no? Hace siglos que no veo a Michael. Empiezo a pensar que es algo personal. Aunque el otro día juraría que lo vi por Wyndham Street en Hong Kong con un niño. Al principio pensé que eran Michael y Cassian, pero luego el niño se giró y no era ni la mitad de guapo que Cassian, así que imaginé que había sido una alucinación.

—Obviamente —dijo Astrid con toda la tranquilidad que le fue posible pero sintiendo como si hubiese recibido un puñetazo en el estómago—. ¿Has estado en Hong Kong, Ollie? —preguntó mientras su cerebro trataba con todas sus fuerzas de comprobar si Oliver había estado en Hong Kong coincidiendo con el último «viaje de negocios» de Michael.

—Estuve allí la semana pasada. He estado moviéndome entre Hong Kong, Shanghái y Pekín durante el mes pasado por trabajo.

«Supuestamente, Michael estaba entonces en Shenzhen. Fácilmente podría haber tomado un tren a Hong Kong», pensó Astrid.

—Oliver es el experto en arte y antigüedades asiáticas de Christie's en Londres —le explicó Nick a Rachel.

—Sí, pero ya no me resulta eficaz seguir viviendo en Londres. No os podéis imaginar lo en alza que está el mercado de arte asiático.

—Me han dicho que todos los nuevos multimillonarios chinos están tratando de hacerse con un Warhol últimamente —comentó Nick.

—Bueno, sí, hay bastantes aspirantes a Saatchis, pero yo trato más con los que intentan recuperar las grandes antigüedades de coleccionistas europeos y americanos. O, como les gusta decir a ellos, las cosas robadas por los demonios extranjeros —explicó Oliver.

—La verdad es que no fueron robadas, ¿no? —preguntó Nick.

—Robadas, sacadas por contrabando, vendidas por ignorantes... ¿no es todo lo mismo? Lo quieran admitir o no los chinos, los verdaderos conocedores del arte asiático estuvieron fuera de China durante gran parte del siglo pasado, así que ahí es donde terminaron muchas de las piezas de museo, en Europa y en Estados Unidos. La demanda estaba allí. Los chinos adinerados no apreciaban de verdad lo que tenían. A excepción de unas cuantas familias, nadie se molestó en coleccionar arte y antigüedades chinas, al menos no con verdadero criterio. Querían ser modernos y sofisticados, lo que significaba emular a los europeos. En fin, incluso en esta casa hay probablemente más *art déco* francés que piezas chinas. Gracias a Dios, hay algunas piezas fabulosas de Ruhlmann, pero, si lo piensas, es una pena que tu bisabuelo se volviera loco por el *art déco* cuando podría haber estado haciéndose con todos los tesoros imperiales que salían de China.

—¿Te refieres a las antigüedades que estaban en la Ciudad Prohibida? —preguntó Rachel.

—¡Por supuesto! ¿Sabías que en 1913 la familia imperial de China trató de vender su colección entera al banquero J. P. Morgan?

—¡Venga ya! —Rachel no podía creérselo.

—Es verdad. La familia estaba tan necesitada que estuvieron dispuestos a dejarlo todo por cuatro millones de dólares. Todos los incalculables tesoros coleccionados durante cinco siglos. Es una historia bastante extraordinaria. Morgan recibió la oferta por telegrama, pero murió unos días después. La intervención divina fue lo único que evitó que los tesoros más irremplazables de China terminaran en la Gran Manzana.

—Imagina que eso hubiese ocurrido de verdad —comentó Nick meneando la cabeza.

—Ni que lo digas. Habría sido una pérdida mayor que cuando los mármoles de Elgin terminaron en el Museo Británico. Pero, por fortuna, las tornas han cambiado. En la China continental se interesan por fin por recuperar su propio legado y solo quieren lo mejor —dijo Oliver—. Por cierto, Astrid, ¿sigues buscando más *huanghuali*? Porque sé de un importante tablero de rompecabezas de la dinastía Han que sale a subasta la semana que viene en Hong Kong. —Oliver miró a Astrid y comprobó por su expresión que ella estaba pensando en otra cosa—. Tierra llamando a Astrid.

—Ay..., lo siento. Me he distraído un momento —contestó Astrid repentinamente aturdida—. ¿Estabas diciendo algo de Hong Kong?

3

Peik Lin

Singapur

Wye Mun y Neena Goh estaban tumbados en unas butacas reclinables de piel verde azulada en su sala de proyecciones de Villa d'Oro, masticando semillas de sandía saladas y viendo una telenovela coreana cuando Peik Lin entró en la habitación.

—¡Bajad el volumen de la televisión! ¡Bajad el volumen! —exigió.

—¿Qué pasa, qué pasa? —preguntó Neena alarmada.

—¡No vais a creer de dónde vengo!

—¿De dónde? —preguntó Wye Mun, un poco molesto por que su hija hubiese interrumpido un momento fundamental de su serie favorita.

—Acabo de estar en la casa de la abuela de Nicholas Young.

—¿Y?

—Deberíais haber visto el tamaño de la casa.

—*Dua geng choo, ah?*[*] —dijo Wye Mun.

---

[*] En hokkien, «casa grande».

—Decir *dua* es quedarse corto. La casa era enorme, pero deberíais haber visto el terreno. ¿Sabéis que hay unos enormes terrenos privados justo al lado del Jardín Botánico?

—¿Al lado del Jardín Botánico?

—Sí. Cerca de Gallop Road. Está en una calle de la que nunca había oído hablar que se llama Tyersall Avenue.

—¿Cerca de esas viejas casas de madera? —preguntó Neena.

—Sí, pero esta no era una de las casas coloniales. La arquitectura era muy diferente, como orientalista, y los jardines eran increíbles. Probablemente unas veinte hectáreas o más.

—¡Tonterías, *lah*! —dijo Wye Mun.

—Papá, te lo digo en serio. La finca era inmensa. Era como el Istana. El camino de entrada es de varios kilómetros.

—¡No puede ser! Podría creerme que fuera una hectárea o hectárea y media, pero ¿veinte? Ni hablar, *lah.*

—Eran veinte hectáreas por lo menos, probablemente más. Me pareció estar soñando. Creía que estaba en otro país.

—*Lu leem ziew, ah?*[*] —Neena miró a su hija con preocupación. Peik Lin no le hizo caso.

—Enséñamelo —dijo Wye Mun, con mayor interés—. Vamos a verlo en Google Earth. —Se acercaron a la mesa del ordenador del rincón, abrieron el programa y Peik Lin empezó a buscar el lugar. Cuando ampliaron la visión de la pantalla topográfica, ella vio inmediatamente que algo iba mal en la imagen del satélite.

—Mira, papá. ¡Todo este trozo está vacío! Puedes pensar que es parte del Jardín Botánico, pero no. Es ahí donde está la casa. Pero ¿por qué no hay imágenes? ¡No aparece nada en Google Earth! Y mi GPS no podía encontrar la dirección tampoco.

---

* En hokkien, «¿Has estado bebiendo?».

Wye Mun se quedó mirando la pantalla. El lugar que su hija aseguraba haber visto era literalmente un agujero negro en el mapa. Oficialmente, no existía. Qué extraño.

—¿Quién es la familia de ese muchacho? —preguntó él.

—No lo sé. Pero había muchos coches de lujo en el camino de entrada. Vi algunas matrículas diplomáticas. Antiguos Rolls-Royces, viejos Daimler, ese tipo de coches. Esa gente debe de estar forrada. ¿Quiénes crees que serán?

—No se me ocurre nadie en particular que viva en esa zona. —Wye Mun movió el cursor por el perímetro de la zona borrada. Su familia llevaba en el sector del desarrollo inmobiliario y la construcción de Singapur más de cuarenta años, pero nunca había visto nada así—. Son terrenos de primerísima categoría, justo en medio de la isla. El valor puede ser incalculable. ¡No puede ser una propiedad única, *lah*!

—Sí que lo es, papá. Lo he visto con mis propios ojos. Y se supone que la abuela de Nick se ha criado ahí. Es su casa.

—Que averigüe Rachel el nombre de la abuela. Y del abuelo. Tenemos que saber quiénes son esas personas. ¿Cómo puede alguien tener tanto terreno privado en una de las ciudades más pobladas del mundo?

—Vaya, parece que a Rachel Chu le ha tocado el premio gordo. ¡Espero que se case con ese chico! —intervino Neena desde su butaca.

—¿A quién le interesa Rachel Chu? ¡Peik Lin, ve tú a por él! —exclamó Wye Mun.

Peik Lin sonrió a su padre y empezó a escribir un mensaje a Rachel.

Wye Mun tocó el hombro de su mujer.

—Ven, llama al chófer. Vamos a dar una vuelta por Tyersall Road. Quiero ver ese lugar con mis propios ojos.

Decidieron coger el SUV Audi en un esfuerzo por pasar lo más desapercibidos posible.

—Mirad, creo que es aquí donde empieza la finca —dijo Peik Lin cuando entraron en la sinuosa calle densamente arbolada—. Creo que todo esto de la izquierda es el límite sur del terreno. —Cuando llegaron a las puertas grises, Wye Mun ordenó al chófer que detuviera el coche un momento. El lugar parecía completamente desértico—. ¿Veis? Nadie pensaría que aquí hay algo. Parece una parte antigua del Jardín Botánico. Hay otra garita más abajo de la calle, una cabina de alta tecnología dirigida por guardias gurka —explicó Peik Lin. Wye Mun miró el camino sin iluminar y lleno de vegetación con absoluta fascinación. Era uno de los principales promotores inmobiliarios de Singapur y conocía cada centímetro de terreno de la isla. O, al menos, eso creía.

4

Rachel y Nick

Tyersall Park

Las *tan huas* están a punto de abrirse! —anunció Ling Cheh con excitación a todos los que estaban en la terraza. A medida que los invitados empezaron a entrar de nuevo por la galería, Nick apartó a un lado a Rachel.

—Ven, tomemos un atajo —dijo. Rachel le siguió por una puerta lateral y caminaron por un largo pasillo, pasando por muchas habitaciones a oscuras a las que ella deseó poder asomarse. Cuando Nick le hizo cruzar un arco al final del pasillo, Rachel se quedó boquiabierta sin poder creer lo que veía.

Ya no estaban en Singapur. Era como si hubiesen pasado a un claustro secreto en el interior de un palacio árabe. El enorme patio estaba cerrado por todos lados pero completamente abierto al cielo. Unas columnas minuciosamente talladas se alineaban por los arcos que rodeaban su perímetro y una fuente andaluza sobresalía de la pared de piedra, derramando un chorro de agua desde una flor de loto esculpida en cuarzo rosa. Por encima, habían colgado cientos de faroles de cobre cuidadosamente por todo el patio, desde el pasillo de la primera planta, cada uno parpadeando con luz de velas.

—Quería enseñarte este lugar mientras estuviese aún vacío —dijo Nick en voz baja mientras atraía a Rachel entre sus brazos.

—Pellízcame, por favor. ¿Es todo esto real? —susurró Rachel mirando a Nick a los ojos.

—La casa es muy real. Tú eres el sueño —respondió Nick antes de darle un profundo beso.

Unos cuantos invitados empezaron a llegar, interrumpiendo el embrujo bajo el que habían estado un momento.

—¡Ven, es la hora del postre! —dijo Nick frotándose las manos ante la perspectiva.

A lo largo de una de las arcadas había largas mesas que exhibían una asombrosa variedad de postres. Había elaboradas tartas, suflés y pasteles dulces; había *goreng pisang*[*] salpicados con sirope dorado, *nyonya kuehs* de todos los colores del arcoíris y altos samovares pulidos llenos de diferentes elixires humeantes. Había camareros con gorros blancos detrás de cada mesa listos para servir aquellas exquisiteces.

—Dime que tu familia no come así todos los días —dijo Rachel asombrada.

—Bueno, hoy es noche de sobras —contestó Nick con socarronería.

Rachel le dio un codazo en las costillas en broma.

—¡Ay! Estaba a punto de ofrecerte una porción del mejor chifón de chocolate del mundo.

—¡Acabo de ponerme hasta arriba de dieciocho tipos distintos de fideos! Es imposible que pueda tomar postre —se

---

* Buñuelos de plátano rebozados, una exquisitez malaya. Unos de los mejores *goreng pisang* los vendían en la cantina de la Escuela Anglo-China y, a menudo, los profesores (especialmente la señora Lau, mi profesora de chino) se servían de ellos como recompensa por buenas notas. Debido a esto, toda una generación de chicos de Singapur de cierto entorno social han llegado a ver este tentempié como uno de sus platos preferidos.

quejó Rachel apretando por un momento la mano contra su vientre. Se acercó al centro del patio, donde habían dispuesto unas sillas alrededor de un estanque. En medio del estanque había unas enormes vasijas de terracota que contenían las cuidadosamente cultivadas *tan huas.* Rachel no había visto nunca una especie floral tan exótica. El enredado bosque de plantas crecía formando una alta profusión de grandes hojas flexibles de color jade oscuro. De los bordes de las hojas salían largos tallos que se curvaban hasta formar enormes bulbos. Los pétalos de color rojizo claro se enroscaban apretados como delicados dedos que agarraran un aterciopelado melocotón blanco. Oliver estaba junto a las flores observando con atención uno de los bulbos.

—¿Cómo se sabe que están a punto de florecer? —le preguntó Rachel.

—¿Ves lo hinchados que están y cómo entre la blancura del bulbo asoman esos tentáculos rojos? En menos de una hora verás cómo se abren del todo. ¿Sabes? Se considera un buen augurio ver *tan huas* florecer de noche.

—¿En serio?

—Desde luego. Florecen muy pocas veces y de una forma impredecible, y todo ocurre muy rápido. Para la mayoría de las personas es algo que ocurre una vez en la vida, así que yo diría que tienes mucha suerte de estar aquí esta noche.

Mientras Rachel paseaba alrededor del estanque vio a Nick bajo una arcada hablando atentamente con la llamativa señora que estaba sentada al lado de su abuela.

—¿Quién es esa mujer que está hablando con Nick? Estabas antes con ella —preguntó Rachel.

—Ah, es Jacqueline Ling. Una vieja amiga de la familia.

—Parece una estrella de cine —comentó Rachel.

—Sí, ¿verdad? Yo siempre he pensado que Jacqueline es como una Catherine Deneuve china, pero más guapa.

—¡Sí que se parece a Catherine Deneuve!

—Y también está envejeciendo mejor.

—Bueno, no es tan mayor. ¿Qué tendrá, poco más de cuarenta?

—Añádele veinte años más.

—¡Estás de broma! —exclamó Rachel mirando con asombro la figura de bailarina de Jacqueline, que se apreciaba bien gracias a la blusa ajustada sin mangas de color amarillo claro y a los pantalones anchos de vestir que llevaba con un par de tacones plateados.

—Siempre he pensado que es una lástima que no haya hecho otra cosa que desarmar a los hombres con su físico —comentó Oliver.

—¿Es a eso a lo que se ha dedicado?

—Se quedó viuda, estuvo a punto de casarse con un marqués británico y, desde entonces, ha sido la compañera de un magnate noruego. De pequeño me contaron una anécdota: la belleza de Jacqueline era tan legendaria que, cuando visitó Hong Kong por primera vez en los años sesenta, su llegada atrajo a multitud de curiosos, como si fuese Elizabeth Taylor. Todos los hombres le propusieron a gritos matrimonio y hubo peleas en la terminal. Al parecer, salió en los periódicos.

—Y todo por su belleza.

—Sí, y por su linaje. Es la nieta de Ling Yin Chao.

—¿Quién es?

—Fue uno de los filántropos más respetados de Asia. Construyó escuelas por toda China. No es que Jacqueline haya seguido sus pasos, a menos que se tengan en cuenta sus donaciones para ayudar a Manolo Blahnik.

Rachel se rio y los dos vieron que Jacqueline tenía una mano sobre el brazo de Nick y le acariciaba suavemente.

—No te preocupes. Flirtea con todos —bromeó Oliver—. ¿Te cuento otro cotilleo jugoso?

—Por favor.

—Me han dicho que la abuela de Nick deseaba a Jacqueline para el padre de Nick. Pero no lo consiguió.

—¿Él no se dejó influenciar por su físico?

—Bueno, es que él ya tenía otra belleza en sus manos. La madre de Nick. No has conocido todavía a tía Elle, ¿verdad?

—No. Se ha ido de viaje el fin de semana.

—Ah, qué interesante. Nunca se va cuando Nicholas está en la ciudad —dijo Oliver, girándose para asegurarse de que nadie le oía antes de acercarse más—. Yo que tú iría con mucho cuidado con Eleanor Young. Mantiene una corte rival —dijo con tono misterioso antes de alejarse en dirección a la mesa de los cócteles.

Nick estaba en un extremo de los postres, preguntándose qué coger primero: el *goreng pisang* con helado, la crema con mango o el chifón de chocolate.

—¡El chifón de chocolate de vuestra cocinera! ¡Esa es la verdadera razón por la que he venido esta noche! —Jacqueline se pasó los dedos por sus rizos a la altura de los hombros y, a continuación, acarició con suavidad el brazo de él—. Dime, ¿por qué no has llamado a Amanda? Solo la has visto unas pocas veces desde que te mudaste a Nueva York.

—Tratamos de vernos en un par de ocasiones esta primavera, pero ella siempre tiene la agenda llena. ¿No está saliendo con un prometedor financiero?

—No es nada serio. Ese hombre le dobla la edad.

—Pues veo sus fotografías en los periódicos a todas horas.

—Ese es el problema. Eso tiene que terminar. Resulta muy indecoroso. Quiero que mi hija se mezcle con gente de calidad, no con lo que llaman la *jet set* asiática de Nueva York. Todos esos farsantes se están aprovechando de la imagen de Amanda, pero ella es demasiado ingenua como para darse cuenta.

—Yo no creo que Mandy sea tan ingenua.

—Necesita la compañía adecuada, Nicky. *Gar gee nang**. Quiero que estés pendiente de ella. ¿Me prometes que lo harás?

—Por supuesto. Hablé con ella el mes pasado y me dijo que estaba demasiado ocupada como para estar de vuelta para la boda de Colin.

—Sí. Es una pena, ¿verdad?

—La llamaré cuando vuelva a Nueva York. Pero creo que yo resulto últimamente demasiado aburrido para Amanda.

—No, no. Le vendrá bien pasar más tiempo contigo. Antes estabais muy unidos. Ahora háblame de esa encantadora chica que has traído para presentársela a tu abuela. Veo que ya se ha ganado a Oliver. Más vale que le digas que tenga cuidado con él. Es un chismoso.

Astrid y Rachel estaban sentadas junto a la fuente de loto observando a una señora con un vestido suelto de seda de color albaricoque que estaba tocando el *guqin*, la cítara tradicional china. Rachel estaba extasiada por la cautivadora velocidad de las largas y rojas uñas de la mujer al tocar elegantemente las cuerdas mientras Astrid trataba con desesperación de dejar de pensar en lo que Oliver había dicho antes. ¿Sería verdad que había visto a Michael paseando con un niño por Hong Kong? Nick se sentó en la silla a su lado, manteniendo hábilmente en equilibrio dos tazas humeantes de té en una mano y sosteniendo un plato de chifón de chocolate a medio comer con la otra. Le pasó a Astrid la taza de té de lichi ahumado, pues sabía que era su preferido, y le ofreció tarta a Rachel.

* En hokkien, «de la misma clase» o «de nuestra gente», normalmente para referirse a familias o clanes.

—Tienes que probar esto. Es uno de los grandes éxitos de nuestra cocinera, Ah Ching.

—*Alamak,* Nicky, ve a por una porción para ella —le reprendió Astrid, saliendo por un momento de su tristeza.

—No pasa nada, Astrid. Me comeré la mayor parte de la suya, como siempre —le explicó Rachel riéndose. Probó la tarta y sus ojos se abrieron al instante de par en par. Era la perfecta combinación de chocolate y nata, con una suavidad que se derretía en la boca—. ¡Mmm! Me gusta que no sea muy dulce.

—Por eso no puedo comer nunca tartas de chocolate. Siempre son demasiado dulces, demasiado densas o tienen demasiado glaseado —dijo Nick.

Rachel alargó la mano para coger otro trozo.

—Consigue la receta y yo trataré de hacerla en casa.

Astrid arqueó las cejas.

—Puedes intentarlo, Rachel, pero, créeme, mi cocinera lo ha intentado y nunca le sale así de bueno. Sospecho que Ah Ching se reserva algún ingrediente secreto.

Mientras estaban sentados en el patio, los apretados pétalos rojos de las *tan huas* se abrían como en una película a cámara lenta para mostrar una profusión de plumosos pétalos blancos que no paraban de expandirse hasta convertirse en una explosión en forma de rayos solares.

—¡Es increíble lo grandes que se van poniendo estas flores! —observó entusiasmada Rachel.

—Siempre me recuerdan a un cisne que despliega sus alas y está a punto de echarse a volar —dijo Astrid.

—O que está a punto de atacar —añadió Nick—. Los cisnes pueden ser muy agresivos.

—Mis cisnes nunca son agresivos —dijo la tía abuela Rosemary mientras se acercaba y oía el comentario de Nick—. ¿Te acuerdas de cuando dabas de comer a los cisnes de mi estanque de pequeño?

—La verdad es que recuerdo que me daban bastante miedo —contestó Nick—. Partía pequeños trozos de pan, se los lanzaba al agua y luego echaba a correr para protegerme.

—Nicky era un pelele —bromeó Astrid.

—Ah, ¿sí? —preguntó sorprendida Rachel.

—Es que era muy pequeño. Durante mucho tiempo, todos creían que nunca iba a crecer. Yo era mucho más alta que él. Y luego, de repente, dio un estirón —dijo Astrid.

—Oye, Astrid, deja de hablar de mis vergüenzas secretas —protestó Nick con fingido enfado.

—Nicky, no tienes de qué avergonzarte. Al fin y al cabo, al crecer te has convertido en un espécimen robusto y estoy segura de que Rachel estará de acuerdo —dijo la tía abuela Rosemary con descaro. Todas las mujeres se rieron.

Mientras las flores seguían transformándose ante sus ojos, Rachel se quedó sentada dando sorbos a su té de lichi en una taza de porcelana roja, fascinada por todo lo que la rodeaba. Vio al sultán haciendo fotografías a sus dos esposas delante de las flores, con sus *kebayas* bordados con joyas lanzando destellos de luz cada vez que el flash de la cámara se disparaba. Observó al grupo de hombres que estaban sentados en círculo con el padre de Astrid, que estaba absorto en un acalorado debate político, y miró a Nick, que ahora estaba agachado junto a su abuela. Le conmovió ver lo cariñoso que Nick parecía ser con su abuela, agarrando las manos de la anciana mientras le susurraba al oído.

—¿Se lo está pasando bien esta noche tu amiga? —preguntó Su Yi a su nieto en cantonés.

—Sí, Ah Ma. Está disfrutando mucho. Gracias por invitarla.

—Parece que toda la ciudad habla de ella. Todos están intentando preguntarme sutilmente por ella o contarme sutilmente cosas de ella.

—¿De verdad? ¿Y qué dicen?

—Algunos se preguntan cuáles son sus intenciones. Tu prima Cassandra incluso me ha llamado desde Inglaterra, toda nerviosa.

Nick se quedó sorprendido.

—¿Y cómo sabe Cassandra lo de Rachel?

—¡Bueno, solo los espíritus saben de dónde consigue sus informaciones! Pero está preocupada por ti. Cree que vas a caer en una trampa.

—¿En una trampa? Solo estoy de vacaciones con Rachel, Ah Ma. No hay nada de qué preocuparse —dijo Nick a la defensiva, molesto por que Cassandra hubiese estado chismorreando sobre él.

—Eso es exactamente lo que yo le he dicho. Le he dicho que eres un buen muchacho y que nunca harías nada sin mi bendición. Cassandra debe de estar muy aburrida en la campiña inglesa. Deja que su imaginación se desboque, igual que sus estúpidos caballos.

—¿Quieres que traiga a Rachel, Ah Ma? Así podrás conocerla mejor —se atrevió a proponer Nick.

—Sabes que si eso ocurre no voy a soportar las miradas de todos. ¿Por qué no os alojáis aquí la semana que viene? Es una tontería estar en un hotel cuando tu dormitorio te está esperando en esta casa.

Nick se sintió encantando de oír aquellas palabras de su abuela. Ahora contaba con su aprobación.

—Eso sería maravilloso, Ah Ma.

En un rincón de la oscura sala de billar, Jacqueline estaba en medio de una acalorada conversación telefónica con su hija, Amanda, que se encontraba en Nueva York.

—¡Deja de poner excusas! Me importa un pimiento lo que le hayas dicho a la prensa. Haz lo que tengas que hacer, pero asegúrate de que estás de vuelta la semana que viene —dijo furiosa.

Jacqueline puso fin a la llamada y miró por la ventana hacia la terraza iluminada por la luna.

—Sé que estás ahí, Oliver —dijo con aspereza y sin darse la vuelta. Oliver salió de la oscuridad de la puerta y se acercó despacio—. Puedo olerte a un kilómetro de distancia. Tienes que dejar de ponerte el Blenheim Bouquet, no eres el príncipe de Gales.

Oliver arqueó las cejas.

—¡Veo que estamos un poco malhumorados! En fin, me ha quedado bastante claro que Nicholas está completamente enamorado. ¿No crees que es un poco tarde para Amanda?

—En absoluto —contestó Jacqueline mientras volvía a arreglarse el pelo con cuidado—. Como tú mismo solías decir, «lo importante es el momento oportuno».

—Hablaba de invertir en arte.

—Mi hija es una exquisita obra de arte, ¿no? Pertenece solo a la mejor colección.

—Una colección de la que tú no conseguiste ser parte.

—Vete a la mierda, Oliver.

—*Chez toi ou chez moi?* —Oliver arqueó una traviesa ceja mientras salía de la habitación.

En el patio andaluz, Rachel se permitió cerrar un momento los ojos. El rasgueo de la cítara china creaba una perfecta melodía con el fluir del agua y, una a una, las flores parecían coreografiar su florecer al ritmo de los melifluos sonidos. Cada vez que soplaba la brisa, los faroles de cobre que colgaban bajo el cielo de la noche se balanceaban como cientos de esferas relucientes a la deriva en medio de un océano oscuro. Rachel se sintió flotar con ellas en un sueño sibarita y se preguntó si la vida con

Nicholas sería siempre así. Enseguida, las *tan huas* empezaron a languidecer tan rápida y misteriosamente como habían florecido, invadiendo el aire de la noche de un aroma embriagador mientras se marchitaban convirtiéndose en pétalos agotados, sin vida.

5

Astrid y Michael

Singapur

Cuando las fiestas de su abuela duraban hasta tarde, Astrid optaba normalmente por pasar la noche en Tyersall Park. Prefería no despertar a Cassian si estaba profundamente dormido y usaba el dormitorio (justo enfrente del de Nick) que se le había asignado para sus frecuentes visitas desde que era niña. Su cariñosa abuela había creado para ella un emporio encantado, con muebles fantasiosos hechos a mano en Italia y paredes pintadas con escenas de su cuento de hadas preferido, *Las doce princesas bailarinas.* A Astrid seguía encantándole pasar de vez en cuando una noche en aquel dormitorio de su infancia, lleno de las muñecas, los animales de peluche y los juegos de té más fantásticos que el dinero podía comprar.

Sin embargo, esa noche Astrid había decidido volver a casa. Aunque era bien pasada la medianoche, cogió a Cassian en brazos, le ató a su silla y se dirigió a su apartamento. Estaba desesperada por saber si Michael había regresado ya «del trabajo». Se engañaba al pensar que iba a poder mirar a otro lado mientras Michael siguiese así. Ella no era como ese tipo de esposas. No iba a ser una víctima, como la mujer de Eddie, Fiona. Todas esas semanas de conjeturas e inseguridad se habían convertido en un peso que la aplastaba y había decidido poner fin a ese asunto de una vez por todas. Necesitaba ver a su marido con sus propios ojos. Necesitaba olerle. Necesitaba saber si de verdad estaba con otra mujer. Aunque, si era del todo sincera consigo misma, había sabido la verdad desde que aquellas cinco sencillas palabras aparecieron en la pantalla del iPhone de él. Ese era el precio que tenía que pagar por enamorarse de Michael. Era un hombre al que todas las mujeres encontraban irresistible.

Singapur 2004

La primera vez que Astrid se fijó en Michael, él llevaba un bañador tipo slip con estampado de camuflaje. Ver a alguien de más de diez años con uno de esos taparrabos resultaba habitualmente repulsivo para la sensibilidad estética de Astrid, pero cuando Michael avanzó por la pasarela con su bañador ajustado de Custo Barcelona y el brazo alrededor de una chica del Amazonas vestida con un traje de baño negro de Rosa Cha y un collar de esmeraldas, Astrid se quedó fascinada.

La habían arrastrado al Churchill Club para un desfile de moda benéfico organizado por una de sus primas Leong y había estado allí sentada, mortalmente aburrida, durante todo el evento. Para alguien acostumbrado a los asientos en primera fila en las elaboradas puestas en escena de Jean Paul Gaultier, aquella pasarela improvisada iluminada con filtros amarillos, hojas de palmera falsas y luces estroboscópicas parecía una obra teatral barata de un centro comunitario.

Pero entonces apareció Michael y, de repente, todo empezó a avanzar a cámara lenta. Era más alto y grande que la mayoría de los hombres asiáticos, con un precioso bronceado castaño claro que no era de esos que se consiguen con un espray en un centro de belleza. Su corte de pelo militar servía para acentuar una nariz aguileña que resultaba discordante con el resto de su cara y le daba un toque manifiestamente sexual. Luego estaban esos ojos penetrantes y profundos y la tabla de abdominales que se le marcaban en su esbelto torso. Estuvo en la pasarela menos de treinta segundos pero ella le reconoció de inmediato unas semanas después en la fiesta de cumpleaños de Andy Ong, aunque iba completamente vestido, con una camiseta con cuello de pico y unos vaqueros grises desgastados.

Esta vez fue Michael el que la vio primero. Estaba apoyado en una cornisa al fondo del jardín de la casa de Ong con Andy y algunos amigos cuando apareció Astrid en la terraza con un largo vestido blanco de lino y delicados detalles de encaje. «Una chica que no tiene nada que ver con esta fiesta», pensó él. La chica vio enseguida al cumpleañero y fue directamente hacia ellos para darle un fuerte abrazo a Andy. Los chicos que le rodeaban los miraban boquiabiertos.

—¡Que cumplas muchos más! —exclamó ella a la vez que le entregaba un regalo delicadamente envuelto en seda púrpura.

—¡Vaya, Astrid, *um sai lah*!* —dijo Andy.

—Es solo una tontería de París que pensé que te gustaría, nada más.

—¿Y has dejado ya del todo esa ciudad? ¿Has vuelto para quedarte?

—Aún no estoy segura —contestó Astrid con cautela.

Todos los chicos se esforzaban por hacerse ver, así que, a regañadientes, Andy sintió que resultaría poco educado no presentarlos.

—Astrid, permite que te presente a Lee Shen Wei, Michael Teo y Terence Tan. Todos compañeros del ejército.

---

* En cantonés, «no tenías por qué hacerlo».

Astrid les sonrió dulcemente antes de fijar la mirada en Michael.

—Si no me equivoco, a ti te he visto en bañador —señaló.

Ellos se quedaron tan asombrados como desconcertados por su comentario. Michael se limitó a menear la cabeza y a reírse.

—Eh..., ¿de qué está hablando? —preguntó Shen Wei.

Astrid se quedó mirando el torso esculpido de Michael, que se intuía claramente a pesar de la camiseta holgada.

—Sí, eras tú, ¿no? En el desfile de moda del Churchill Club para recaudar fondos para los jóvenes adictos a las compras compulsivas.

—Michael, ¿has sido modelo en un desfile de moda? —preguntó Shen Wei incrédulo.

—¿En bañador? —añadió Terence.

—Era un acto benéfico. ¡Me obligaron a hacerlo! —farfulló Michael con la cara del color de la remolacha.

—Entonces, ¿no eres modelo profesional? —preguntó Astrid.

Los chicos empezaron a reírse.

—¡Sí! ¡Sí! ¡Es Michael Zoolander! —se burló Andy.

—No, en serio —insistió Astrid—. Si alguna vez quieres ser modelo profesional, conozco algunas agencias de París a las que probablemente les encantaría representarte.

Michael se limitó a mirarla, sin saber qué responder. La tensión se palpaba en el aire y ninguno de los chicos sabía qué decir.

—Oye, estoy hambrienta y creo que voy a tener que tomar un poco de ese *mee rebus** de aspecto tan delicioso que hay en la casa —comentó Astrid mientras le daba a Andy un besito rápido en la mejilla antes de volver al interior.

---

* Fideos de huevo malayos con una salsa agridulce de curry.

—Bueno, *laeng tsai*[*], ¿a qué esperas? Claramente, le has gustado —le dijo Shen Wei a Michael.

—No te hagas ilusiones, Teo. Ella es intocable —le advirtió Andy.

—¿Qué quieres decir con intocable? —preguntó Shen Wei.

—Astrid no sale con los de nuestra estratosfera. ¿Sabéis con quién estuvo a punto de casarse? Con Charlie Wu, el hijo del multimillonario de la industria tecnológica Wu Hao Lian. Estuvieron prometidos pero luego ella rompió en el último momento porque su familia pensaba que ni siquiera él era suficientemente bueno —explicó Andy.

—Pues nuestro Teo va a demostrar que te equivocas. Mike, esa ha sido una clara invitación, a mi modo de ver. ¡No seas tan *kiasu*[**], hombre! —exclamó Shen Wei.

Michael no sabía qué pensar de la chica que estaba sentada al otro lado de la mesa. En primer lugar, esa cita ni siquiera debería estar teniendo lugar. Astrid no era su tipo. Era la clase de mujer a la que se ve de compras por esas boutiques caras de Orchard Road o sentada en la cafetería del vestíbulo de algún hotel lujoso tomando un *macchiato* descafeinado con su novio banquero. Ni siquiera estaba seguro de por qué le había pedido salir. No era propio de él ir detrás de las chicas de una forma tan obvia. Nunca en su vida había necesitado perseguir a ninguna mujer. Ellas siempre se habían entregado a él libremente, empezando por la novia de su hermano mayor cuando él tenía catorce años. En teoría, Astrid había hecho el primer movimiento, así que no le importó ir a por ella. Que Andy dijera que ella estaba «fuera

---

* En cantonés, «niño guapo».

** En hokkien, «que tiene miedo a perder».

de su alcance» le había fastidiado y pensó que sería divertido llevársela a la cama solo para restregárselo a Andy en la cara.

Michael no esperaba que ella dijera que sí a la cita, pero, ahí estaban, apenas una semana después, sentados en un restaurante de Dempsey Hill con portavelas de cristal azul cobalto en cada mesa (el tipo de lugar de moda lleno de *ang mors* que él odiaba) sin mucho que decirse el uno al otro. No tenían nada en común, salvo el hecho de que los dos conocían a Andy. Ella no trabajaba y, como el trabajo de él era confidencial, no podían hablar mucho sobre ello. Astrid había estado viviendo en París los últimos años, así que había estado desconectada de Singapur. Qué narices, si ni siquiera parecía que le gustara la gente de Singapur, con ese acento tan inglés y su amaneramiento.

Pero no podía evitar sentirse increíblemente atraído por ella. Era justo lo contrario al tipo de chicas con las que normalmente salía. Aunque sabía que procedía de una familia rica, no llevaba ropa de marca ni joyas. Ni siquiera parecía llevar maquillaje, y, aun así, estaba buenísima. Esa chica no era tan *seow chieh** como le habían hecho creer e incluso le retó a una partida de billar después de cenar.

Resultó ser letal en el billar y eso la hizo aún más atractiva. Pero claramente no era el tipo de chica con la que él podría tener una aventura esporádica. Casi se sentía avergonzado, pues lo único que deseaba era mirarla a la cara. No se cansaba de hacerlo. Estaba seguro de haber perdido la partida, en parte, por haber estado demasiado distraído por su culpa. Al final de la cita, la acompañó a su coche (sorprendentemente, un simple Acura) y le sostuvo la puerta mientras ella subía, convencido de que no la volvería a ver.

Astrid estaba en la cama esa noche tratando de leer el último libro de Bernard-Henri Lévy, pero no conseguía concen-

* En mandarín, «remilgada» o «que necesita muchas atenciones».

trarse. No podía dejar de pensar en su desastrosa cita con Michael. Lo cierto era que el pobre no tenía mucha conversación y resultaba de lo menos sofisticado. Era de esperar. Los chicos con ese aspecto claramente no tenían que esforzarse mucho por impresionar a una mujer. Y, sin embargo, tenía algo…, algo que le infundía una belleza que parecía casi salvaje. Simplemente era el espécimen de masculinidad más perfecto que había visto nunca y eso había desatado una reacción psicológica en ella que no sabía que poseía.

Apagó la lámpara de la mesita y se quedó a oscuras bajo la mosquitera de la reliquia peranakan que era su cama deseando que Michael pudiera leerle la mente en ese mismo instante. Deseaba que él se vistiera de camuflaje y escalara los muros de la casa de su padre, que esquivara a los guardias de la garita y a los pastores alemanes. Quería que subiera por el guayabo que había junto a su ventana y que entrara en su dormitorio sin hacer ruido. Quería que se quedara a los pies de su cama un momento, una sombra negra mirándola con lascivia. Después, deseó que le arrancara la ropa, que le tapara la boca con su mano áspera y la poseyera sin descanso hasta el amanecer.

Tenía veintisiete años y, por primera vez en su vida, Astrid supo qué era sentir verdadero deseo sexual por un hombre. Cogió su teléfono móvil y, antes de poder contenerse, marcó el teléfono de Michael. Él respondió tras dos tonos y Astrid oyó que estaba en algún bar ruidoso. Colgó de inmediato. Quince segundos después, sonó su teléfono. Lo dejó sonar unas cinco veces antes de contestar.

—¿Por qué me llamas y cuelgas? —preguntó Michael con voz calmada y grave.

—Yo no te he llamado. Mi teléfono ha debido de marcar tu número accidentalmente mientras estaba en mi bolso —dijo Astrid con tono despreocupado.

—Ajá.

Hubo una pausa larga antes de que Michael siguiera hablando como si tal cosa.

—Estoy ahora en el Harry's Bar, pero voy a acercarme al hotel Ladyhill a pedir una habitación. El Ladyhill está bastante cerca de tu casa, ¿verdad?

Astrid se quedó desconcertada ante su descaro. ¿Quién demonios se creía que era? Sintió que la cara se le ponía roja y deseó colgarle el teléfono de nuevo. En lugar de ello, encendió la lámpara de la mesita.

—Mándame por mensaje el número de habitación —dijo sin más.

Singapur, 2010

Astrid iba conduciendo por las serpenteantes curvas de Cluny Road con la cabeza inundada de pensamientos. Al principio de la velada en Tyersall Park, había fantaseado con que su marido estaría en algún hotel de una estrella disfrutando de una tórrida aventura con la zorra de Hong Kong que le había mandado el mensaje. Incluso mientras encendía el piloto automático para conversar con su familia, se había imaginado a sí misma irrumpiendo en la sórdida y diminuta habitación donde se encontraban Michael y la zorra y empezando a lanzarles todos los objetos que hubiese a mano. La lámpara. La jarra de agua. La cafetera barata de plástico.

Sin embargo, después del comentario de Oliver, empezó a obsesionarla una idea más oscura. Ahora estaba convencida de que Oliver no se había equivocado, de que sí había visto a su marido en Hong Kong. Michael llamaba demasiado la atención como para que lo confundieran con otra persona, y estaba claro que Oliver, que era tan conspirador como diplomático, le estaba enviando un mensaje en clave. Pero ¿quién era el niño?

¿Podía haber tenido Michael otro hijo? Cuando Astrid giró a la derecha para entrar en Dalvey Road, casi no vio el camión que estaba aparcado pocos metros por delante, donde un equipo de obreros de la construcción estaba trabajando de noche en la reparación de una farola alta. De repente, uno de los obreros abrió la puerta del camión y, antes de que Astrid pudiera incluso dar un grito, giró bruscamente a la derecha. El parabrisas se hizo añicos y lo último que vio antes de perder la conciencia fue el complejo sistema de raíces de un baniano.

6

Nick y Rachel

Singapur

Cuando Rachel se despertó a la mañana siguiente de la fiesta de la *tan hua,* Nick estaba hablando en voz baja por teléfono en la sala de estar de su suite. Mientras los ojos iban acostumbrándose despacio a la visión, se quedó allí en silencio, mirando a Nick y tratando de asimilar todo lo que había ocurrido en las últimas veinticuatro horas. La noche anterior había sido mágica y, aun así, no podía evitar tener una sensación cada vez mayor de intranquilidad. Era como si hubiese entrado sin querer en una cámara secreta y hubiese descubierto que su novio tenía una doble vida. La vida normal que compartían como dos jóvenes profesores de universidad en Nueva York no se parecía en nada a la vida de esplendor imperial que Nick parecía tener aquí, y Rachel no sabía cómo conciliar las dos.

Ella no era en absoluto ninguna ingenua en el terreno de la opulencia. Tras sus primeras estrecheces, Kerry Chu se las había apañado para salir airosa y había conseguido su licencia en el sector inmobiliario justo cuando Silicon Valley entraba en el auge de internet. La infancia propia de un personaje de Dickens de Rachel había sido sustituida por una adolescencia en la próspera Bay Area. Había ido a estudiar a dos de las mejores universidades del país —Stanford y Northwestern—, donde había conocido a gente como Peik Lin y otros niños ricos. Ahora vivía en la ciudad más cara de Estados Unidos, donde se codeaba con la élite académica. Pero nada de eso había preparado a Rachel para sus primeras setenta y dos horas en Asia. Las exhibiciones de riqueza eran ahí tan extremas que no se parecían a nada que hubiese visto antes y ni por un momento se había imaginado que su novio pudiese formar parte de ese mundo.

El estilo de vida de Nick en Nueva York podría describirse como modesto, si no completamente frugal. Tenía alquilado un acogedor estudio en Morton Street que no parecía tener nada de valor aparte de su ordenador portátil, su bicicleta y sus montones de libros. Vestía bien pero informal y Rachel (que no tenía ni idea de la ropa de hombre a medida británica) no se había dado cuenta nunca de lo mucho que costaban esas chaquetas arrugadas con las etiquetas de Huntsman y Anderson & Sheppard. Por lo demás, los únicos caprichos que ella había visto en Nick eran sus derroches en los caros productos del mercado de verduras de Union Square y en unos asientos privilegiados en conciertos cuando iba a la ciudad algún grupo bueno.

Pero ahora todo empezaba a tener sentido. Siempre había visto en Nick cierto estatus; un estatus que Rachel era incapaz de definir ni siquiera en secreto, pero que lo diferenciaba de cualquier otra persona que ella hubiese conocido nunca. Su forma de interactuar con la gente. Su forma de apoyarse en una pared. Siempre se quedaba en el fondo, pero, al mismo tiempo, sobresalía. Ella lo había atribuido a su aspecto y a su increíble intelecto. Una persona tan bendecida como Nick no tenía que demostrar nada. Pero, ahora, ella sabía que había algo más. Era un chico que se había criado en un lugar como Tyersall Park. Todo lo demás palidecía en comparación. Rachel estaba deseando saber más cosas de su infancia, de su intimidante abuela, de la gente a la que había conocido la noche anterior, pero no quería empezar la mañana atosigándole con un millón de preguntas, no cuando tenía todo el verano para descubrir ese mundo nuevo.

—Hola, Bella Durmiente —dijo Nick al poner fin a su llamada y ver que ella se despertaba, con su pelo largo tan tentadoramente desaliñado y esa maravillosa sonrisa adormilada que siempre tenía cuando abría los ojos.

—¿Qué hora es? —preguntó Rachel a la vez que estiraba los brazos contra el cabecero acolchado.

—Cerca de las nueve y media —contestó él aproximándose y deslizándose bajo las sábanas, envolviéndola con sus brazos por detrás y apretando su cuerpo contra el de él—. ¡Hora de la cucharita! —dijo con tono juguetón a la vez que le besaba en la nuca varias veces. Rachel se giró para mirarlo y empezó a dibujar una línea desde su frente a su mentón.

—¿Alguna vez te han dicho...? —empezó a decir ella.

—¿... que tengo un perfil perfecto? —continuó Nick terminando su pregunta con una carcajada—. Solo se lo oigo cada día a mi preciosa novia, que está claramente trastornada. ¿Has dormido bien?

—Como un tronco. Anoche terminé realmente agotada.

—Estoy orgulloso de ti. Sé que debe de haber sido agotador tener que conocer a tanta gente, pero lo cierto es que los dejaste a todos impresionados.

—¡Bah! Eso lo dirás tú. No creo que esa tía tuya con el traje de Chanel piense lo mismo. Ni tu tío Harry. Debería haberme pasado un año entero estudiándome la historia, la política y el arte de Singapur.

—Vamos, nadie esperaba que fueses experta en temas del Sudeste Asiático. A todos les gustó conocerte.

—¿Incluso a tu abuela?

—¡No lo dudes! De hecho, nos ha invitado a alojarnos en su casa la semana que viene.

—¿En serio? —preguntó Rachel—. ¿Vamos a alojarnos en Tyersall Park?

—¡Claro! Le gustaste y quiere conocerte mejor.

Rachel negó con la cabeza.

—No creo que le haya causado ninguna impresión.

Nick le cogió un mechón suelto de pelo que le colgaba por la frente y se lo escondió con ternura tras la oreja.

—Antes que nada, tienes que saber que mi abuela es increíblemente tímida y, a veces, eso puede hacer que parezca distante, pero es una astuta observadora de la gente. En segundo lugar, tú no tienes que causarle ninguna impresión. Solo con que seas tú misma será suficiente.

Por lo que había sabido por todos los demás, no estaba tan segura de eso, pero decidió no preocuparse por ello por el momento. Se quedaron tumbados en la cama entrelazados, escuchando los sonidos del agua al salpicar y los chillidos de los niños al tirarse en bomba a la piscina. Nick se incorporó de repente.

—¿Sabes qué es lo que no hemos hecho todavía? No hemos llamado al servicio de habitaciones. ¡Sabes que es una de las cosas que más me gustan de estar alojado en un hotel! Venga, vamos a ver si su desayuno es bueno.

—¡Me has leído la mente! Oye, ¿es verdad que la familia de Colin es la dueña de este hotel? —preguntó Rachel a la vez que cogía el menú encuadernado en piel que tenía al lado de la cama.

—Sí, eso es. ¿Te lo ha dicho Colin?

—No, Peik Lin. Ayer le mencioné que íbamos a la boda de Colin y casi le da un ataque a toda su familia.

—¿Por qué? —preguntó Nick confuso por un momento.

—Estaban muy excitados, eso es todo. No me habías contado que la boda de Colin iba a ser una cosa tan importante.

—No creía que lo fuera a ser.

—Al parecer, es la noticia de portada de todos los periódicos y revistas de Asia.

—Sería mejor que los periódicos escribieran de otras cosas, con todo lo que está pasando en el mundo.

—Venga ya, nada vende más que una gran boda de lujo.

Nick soltó un suspiro, se giró sobre su espalda y se quedó mirando las vigas de madera del techo.

—Colin está muy estresado. Estoy muy preocupado por él. Una boda grande es lo último que él quería, pero supongo que era inevitable. Araminta y su madre se han encargado de todo y, por lo que me han dicho, va a ser todo un evento.

—Bueno, por suerte, yo voy a quedarme sentada entre el público —dijo Rachel con una sonrisa de satisfacción.

—Tú sí, pero yo voy a estar ahí arriba, en medio de ese circo de tres pistas. Lo cual me recuerda que Bernard Tai organiza la fiesta de despedida de soltero y parece que ha planeado todo un espectáculo. Nos juntaremos todos en el aeropuerto para ir a un destino secreto. ¿Te importará mucho que te abandone un par de días? —preguntó Nick acariciándole el brazo con suavidad.

—No te preocupes por mí. Cumple con tu obligación. Yo iré a explorar por mi cuenta. Y tanto Astrid como Peik Lin se han ofrecido a llevarme por ahí este fin de semana.

—Pues aquí tienes otra opción. Araminta me ha llamado esta mañana y está empeñada en que vayas a su fiesta de despedida de soltera esta tarde.

Rachel apretó los labios un momento.

—¿No crees que estaba siendo educada sin más? Es decir, nos acabamos de conocer. ¿No sería un poco raro aparecer en una fiesta con sus amigas íntimas?

—No lo mires así. Colin es mi mejor amigo y Araminta es muy sociable. Creo que va a ir un grupo grande de chicas, así que será divertido. ¿Por qué no la llamas y lo habláis?

—Vale, pero antes vamos a pedir esos gofres belgas con mantequilla de arce.

7

Eleanor

Shenzhen

Lorena Lim estaba hablando por su teléfono móvil en mandarín cuando Eleanor entró en la sala de desayunos. Se sentó enfrente de Lorena y admiró la brumosa vista matutina desde aquel nido de cristal. Cada vez que iba de visita, la ciudad parecía haber doblado su tamaño*. Pero, al igual que unos desgarbados adolescentes en pleno estirón, muchos de los edificios construidos de forma precipitada —apenas de una década de antigüedad— estaban siendo derribados para dejar espacio a torres más resplandecientes, como esta casa que Lorena había comprado recientemente. Era reluciente, desde

---

* Lo que antiguamente era un dormido pueblo de pescadores en la costa de Cantón es ahora una metrópolis llena de rascacielos de lo más llamativos, gigantescos centros comerciales y una incontrolada contaminación. Dicho de otro modo, la versión asiática de Tijuana. Shenzhen se ha convertido en la escapada barata preferida para sus vecinos más ricos. Turistas procedentes, especialmente, de Singapur y Hong Kong disfrutan de la aventura de darse un banquete de exquisiteces gastronómicas, como oreja marina y sopa de aleta de tiburón; ir de compras hasta medianoche por los emporios de oportunidades llenos de artículos de imitación; o darse el gusto de algún hedonista tratamiento termal. Todo ello por la mitad de lo que tendrían que pagar en sus respectivas ciudades.

luego, pero tenía grandes carencias en cuestión de gusto. Cada superficie de aquella sala para desayunar, por ejemplo, estaba cubierta por un tono especialmente putrefacto de mármol naranja. ¿Por qué todos esos constructores chinos pensaban que era bueno poner tanto mármol? Mientras Eleanor trataba de imaginarse las encimeras con un Silestone neutro, una sirvienta colocó un cuenco de crema de pescado humeante delante de ella.

—No, no. No quiero crema. ¿Puedo tomar una tostada con mermelada de naranja?

La sirvienta no parecía entender el intento de Eleanor por hablar en mandarín.

Lorena puso fin a su llamada, cerró su móvil y habló.

—Vamos, Eleanor, estás en China. Al menos prueba un poco de esta deliciosa crema.

—Lo siento, pero no puedo comer pescado en ayunas. Estoy acostumbrada a mi tostada matutina —insistió Eleanor.

—¡Mírate! Te quejas de que tu hijo está demasiado occidentalizado y tú ni siquiera puedes disfrutar de un desayuno típico chino.

—Llevo demasiados años casada con un Young —se limitó a decir Eleanor.

Lorena negó con la cabeza.

—Acabo de hablar con mi *lobang*[*]. Vamos a reunirnos con él en el vestíbulo del Ritz-Carlton, esta noche a las ocho, y nos va a acompañar a ver a la persona que tiene la información de Rachel Chu.

Carol Tai entró en la sala del desayuno con una exuberante bata lila.

—¿Quién es esa gente a la que llevas a ver a Eleanor? ¿Estás segura de que son inofensivos?

—Anda, no te preocupes. No va a pasar nada.

---

* En jerga malaya, «contacto».

—¿Y qué vamos a hacer hasta entonces? Creo que Daisy y Nadine quieren ir a ese centro comercial enorme que hay junto a la estación de ferrocarril —apuntó Eleanor.

—Te refieres al Luohu. Yo tengo un sitio aún mejor al que llevaros a todas antes. Pero tiene que ser un secreto, ¿vale? —susurró Carol con tono conspirativo.

Después de que las señoras hubiesen desayunado y se hubiesen arreglado para pasar el día, Carol llevó al grupo a uno de los muchos edificios de oficinas anónimos del centro de Shenzhen. Un joven desgarbado que estaba en la puerta del edificio y que parecía estar enviando frenéticamente mensajes con su móvil levantó la cabeza al ver los dos Mercedes de último modelo que se detuvieron para dejar salir a la bandada de mujeres.

—¿Eres Jerry? —preguntó Carol en mandarín. Miraba al chico con los ojos entrecerrados bajo el sofocante sol del mediodía y se dio cuenta de que estaba jugando a un videojuego con su móvil.

El joven se quedó contemplando un momento al grupo de señoras para asegurarse de que no eran policías secretas. Sí, estaba claro que eran un grupo de esposas ricas de, a juzgar por su aspecto, Singapur. Esas singapurenses siempre vestían con su característica mezcolanza de estilos y llevaban menos joyas porque siempre tenían miedo de que les robaran. Las mujeres de Hong Kong tendían a vestir iguales y a lucir enormes pedruscos, mientras que las japonesas, con sus viseras para el sol y sus riñoneras, parecían ir de camino al campo de golf. Las miró con una amplia y dentuda sonrisa.

—¡Sí, yo soy Jerry! Bienvenidas, señoras, bienvenidas. Síganme, por favor.

Las hizo pasar por las puertas de cristal ahumado del edificio, las llevó por un largo pasillo y atravesaron una puerta trasera. De repente, volvían a estar al aire libre, en una calle lateral enfrente de la cual se alzaba una torre de oficinas más pequeña que parecía que, o bien estaba aún en construcción, o bien a punto de ser declarada en ruinas. El vestíbulo del interior estaba completamente oscuro y la única luz procedía de la puerta que Jerry acababa de abrir.

—Tengan cuidado, por favor —les advirtió mientras las conducía por el oscuro espacio atestado de cajas con baldosas de granito, madera contrachapada y materiales de construcción.

—¿Estás segura de que no hay peligro, Carol? No me habría puesto mis tacones de Roger Vivier nuevos de haber sabido que veníamos a un sitio así —se quejó Nadine nerviosa. Sentía que en cualquier momento iba a darse un traspié con algo.

—Confía en mí, Nadine, no va a pasar nada. En un minuto me vas a dar las gracias —contestó Carol con tono calmado.

Una puerta las llevó por fin al vestíbulo de un ascensor poco iluminado y Jerry pulsó repetidamente el botón de llamada del decadente elevador. Por fin llegó el ascensor de servicio. Todas las señoras se metieron en él, apretándose entre sí para evitar tocar accidentalmente las polvorientas paredes. En la planta diecisiete, el ascensor se abrió a un vestíbulo muy iluminado con tubos fluorescentes. Había dos puertas de acero en cada extremo del espacio y Eleanor no pudo evitar ver dos equipos de cámaras de circuito cerrado de televisión instaladas en el techo. Una chica muy delgada de poco más de veinte años apareció por una de las puertas.

—Hola, hola —dijo en inglés saludando con la cabeza a las señoras. Las examinó brevemente y, a continuación, dijo con un sorprendente tono severo y cortante—: Por favor, apagar teléfono, no cámaras. —Se acercó a un interfono, le habló rapidísimo en un dialecto que ninguna de ellas pudo distinguir y se oyó como unos cierres de seguridad se abrían.

Las señoras atravesaron la puerta y, de pronto, se encontraron en una boutique decorada con suntuosidad. El suelo era de mármol rosa pulido, las paredes estaban tapizadas con un tejido de muaré rosa claro y, desde donde estaban, pudieron ver el pasillo que daba a las salas adyacentes. Cada habitación estaba dedicada a una marca de lujo distinta, con armarios del suelo al techo abarrotados de los más actuales bolsos y accesorios. Los tesoros de diseño parecían relucir bajo las cuidadosamente colocadas luces halógenas y clientas bien vestidas llenaban cada sala, ansiosas por ver con detenimiento la mercancía.

—Este lugar es conocido por tener las mejores imitaciones —anunció Carol.

—¡Santo Dios! —chilló Nadine con entusiasmo mientras Carol la fulminaba con la mirada por usar el nombre de Dios en vano.

—Italianos este lado, franceses el otro lado. ¿Qué desean? —preguntó la chica delgada.

—¿Tienen bolsos de Goyard? —preguntó Lorena.

—¡Claro! Sí, sí, todo el mundo quiere ahora *Goya*. Tenemos mejores *Goya* —dijo mientras conducía a Lorena a una de las salas. Tras el mostrador había montones de filas con el último bolso de mano de Goyard tan de moda y una pareja de suizos estaba en medio de la habitación probando las ruedas de una de las maletas de Goyard.

—¿Ves? Los únicos que hacen compras aquí son turistas como nosotros —susurró Daisy al oído de Eleanor—. Hoy en día los chinos continentales solo quieren cosas auténticas.

—Pues por una vez estoy de acuerdo con los chinos continentales. Nunca he entendido por qué alguien querría un bolso de imitación. ¿Qué sentido tiene fingir que llevas uno si no te lo puedes permitir? —replicó Eleanor con un resoplido.

—Bueno, Eleanor, si tú o yo lleváramos uno de estos, ¿quién iba a pensar que es falso? —preguntó Carol—. Todo el mundo sabe que podemos permitirnos los auténticos.

—Este es completamente idéntico al original. Ni siquiera la gente que trabaja en Goyard sería capaz de diferenciarlo —dijo

Lorena meneando incrédula la cabeza—. Mira las puntadas, el repujado, la etiqueta.

—Parecen tan reales porque prácticamente son reales, Lorena —le explicó Carol—. Son lo que se conoce como «imitaciones auténticas». Las fábricas de China se llevan comisión de todas las marcas de lujo por trabajar la piel. Digamos que la compañía encarga diez mil unidades pero, en realidad, fabrican doce mil. Así, pueden vender los dos mil restantes en el mercado negro como «falsos», aunque están hechos con el mismísimo material que los reales.

—¡Señoras, *guei doh say, ah*[*]! Aquí no hay ninguna ganga —les advirtió Daisy mientras examinaba los precios.

—Pero aun así es una ganga. Este bolso cuesta cuatro mil quinientos en Singapur. Aquí está a seiscientos y parece exactamente el mismo —dijo Lorena mientras tocaba la característica textura del bolso.

—¡Dios mío, quiero uno de cada color! —exclamó Nadine—. ¡Vi este bolso en la lista de imprescindibles del *British Tatler* del mes pasado!

—Seguro que Francesca querría unos cuantos de estos bolsos también —dijo Lorena.

—No, no, no me atrevo a comprarle nada a esa hija mía tan quisquillosa. Francesca solo lleva originales y tienen que ser de la temporada que viene —contestó Nadine.

Eleanor pasó a la siguiente habitación, que estaba llena de percheros de ropa. Miró un traje de imitación de Chanel y meneó la cabeza con desaprobación al ver los botones dorados con la C entretejida por las mangas de la chaqueta. Siempre había pensado que llevar un traje de confección tan sieso como este, tal y como las mujeres de su edad y de su clase social solían hacer, solo servía para reafirmar la edad. El estilo de Eleanor era

---

* En cantonés, «es caro de morirse».

deliberado. Prefería la ropa más juvenil y moderna que encontraba en las boutiques de Hong Kong, París o dondequiera que viajara, y con ello conseguía tres objetivos: siempre llevaba algo diferente que en Singapur nadie tenía, gastaba mucho menos dinero en ropa que el resto de sus amigas y parecía, al menos, diez años más joven. Volvió a colocar bien la manga del traje de Chanel en el perchero y entró en lo que parecía una sala dedicada a Hermès, donde se encontró cara a cara nada menos que con Jacqueline Ling. «Hablando de desafiar a la edad, esta ha hecho algún pacto con el diablo».

—¿Qué haces aquí? —preguntó Eleanor sorprendida. Jacqueline era una de sus personas menos favoritas, pero, aun así, nunca habría imaginado que Jacqueline pudiera llevar una imitación.

—Acabo de llegar esta mañana y una amiga me ha insistido en que viniera aquí a por uno de estos bolsos de piel de avestruz para ella —contestó Jacqueline, un poco avergonzada de que Eleanor la viera en un lugar como ese—. ¿Cuánto tiempo llevas aquí? No me extraña que no te viera anoche en Tyersall Park.

—He venido a pasar un fin de semana de tratamientos termales con unas amigas. Entonces, ¿estuviste en la cena de los viernes en casa de mi suegra? —preguntó Eleanor, no del todo sorprendida. Jacqueline siempre le bailaba el agua a la abuela de Nicky cada vez que iba a Singapur.

—Sí, Su Yi decidió celebrar una pequeña fiesta a última hora porque sus *tan huas* estaban floreciendo. Invitó a bastante gente. Vi a tu Nicky... y conocí a la chica.

—¿Y cómo era? —preguntó impaciente Eleanor.

—Ah, ¿no la has conocido todavía? —Jacqueline había pensado que Eleanor querría examinar a la intrusa cuanto antes—. Ya sabes, es la típica americana de procedencia china. Arrogante y con demasiadas confianzas. Nunca habría pensado que Nicky iría a por alguien así.

—Solo están saliendo, *lah* —dijo Eleanor un poco a la defensiva.

—Yo que tú no estaría tan segura de ello. Esa chica ya se ha hecho muy amiga de Astrid y Oliver y deberías haber visto cómo miraba boquiabierta toda la casa —repuso Eleanor, aunque no había visto nada de lo que decía.

Eleanor se quedó atónita ante el comentario de Jacqueline, pero enseguida se percató de que, al menos en ese tema, sus intereses estaban excepcionalmente en armonía.

—¿Cómo le está yendo a tu Mandy? Me han dicho que está saliendo con un banquero judío que le dobla la edad.

—Bah, ya sabes que eso no son más que chismes frívolos —se apresuró a contestar Jacqueline—. La prensa de allí está fascinada con ella y siempre intentan vincularla con los solteros de oro de Nueva York. En fin, puedes preguntárselo tú misma a Amanda. Estará de vuelta para la boda de los Khoo.

Eleanor se mostró sorprendida. Araminta Lee y Amanda Ling eran archirrivales y, dos meses atrás, Amanda había provocado un pequeño escándalo cuando contó en el *Straits Times* que «no entendía por qué había tanto jaleo con la boda de los Khoo, que ella estaba demasiado ocupada como para volver corriendo a Singapur para asistir a la boda de cualquier advenedizo»*.

En ese momento, Carol y Nadine entraron en la sala de Hermès. Nadine reconoció a Jacqueline de inmediato, pues la había visto de lejos muchos años antes en el estreno de una película. Ahora tenía la oportunidad de que se la presentaran.

—Vaya, Elle, siempre te encuentras con gente allá donde vas —dijo con tono alegre.

Carol, que estaba mucho más interesada en los bolsos Kelly de Hermès falsos, las sonrió desde el otro lado de la habitación pero continuó con sus compras, mientras Nadine fue

* Sí, los Khoo y los Young también están emparentados por matrimonio.

directamente hacia las señoras. Jacqueline miró a la mujer que se acercaba, sorprendida por la cantidad de maquillaje que llevaba. Dios mío, era esa desagradable Shaw cuyas fotos aparecían siempre en las páginas de sociedad, pavoneándose con su hija, igualmente vulgar. Y Carol Tai era la mujer de ese multimillonario sinvergüenza. Por supuesto, era de esperar que Eleanor se relacionara con esa gente.

—Jacqueline, encantada de conocerte —dijo Nadine con efusividad a la vez que extendía la mano.

—Bueno, tengo que irme —dijo Jacqueline a Eleanor sin mirar a los ojos a Nadine y dirigiéndose hacia la salida ágilmente antes de que esa mujer se le presentara de verdad.

Cuando Jacqueline hubo salido de la habitación, Nadine empezó a hablar con entusiasmo:

—¡No me habías dicho que conocías a Jacqueline Ling! ¡Vaya, sigue estando espectacular! ¿Cuántos años debe de tener ya? ¿Crees que se ha hecho un estiramiento facial?

—¡*Alamak*, no me preguntes esas cosas, Nadine! ¿Cómo lo voy a saber? —protestó Eleanor con irritación.

—Parecía que la conoces bastante bien.

—Conozco a Jacqueline desde hace años. Incluso viajé con ella hace tiempo a Hong Kong, donde no pudo dejar de lucirse y un montón de hombres estúpidos nos estuvieron siguiendo a todos lados proclamando su amor por ella. Fue una pesadilla.

Nadine quería continuar hablando de Jacqueline, pero la mente de Eleanor estaba en otra parte. Así que, al final, Amanda había cambiado de idea y volvía a casa para la boda de Colin. Qué interesante. Por mucho que detestara a Jacqueline, tenía que admitir que Amanda sería un estupendo partido para Nicky. Las estrellas empezaban a alinearse y estaba deseando saber qué le esperaba con el informante secreto de Lorena esa noche.

8

Rachel

Singapur

La primera pista de que la fiesta de despedida de soltera de Araminta no iba a ser una fiesta cualquiera apareció cuando el taxi de Rachel la dejó en la Terminal JetQuay CIP, donde se atendía a los usuarios de vuelos privados. La segunda llegó cuando Rachel entró en la elegante sala de espera y se encontró cara a cara con veinte chicas que parecían haber pasado las últimas veinticuatro horas arreglándose el pelo y maquillándose. Rachel había creído que su atuendo, una blusa túnica color aguamarina conjuntada con una falda vaquera blanca, era bastante mono, pero ahora parecía un poco andrajoso en comparación con aquellas chicas y sus conjuntos recién salidos de la pasarela. Araminta no estaba a la vista, así que Rachel se quedó por allí sonriendo a todas mientras escuchaba fragmentos de conversaciones a su paso.

«He buscado ese bolso por todas partes y ni siquiera en L'Eclaireur de París pudieron conseguírmelo...».

«Es de tres dormitorios en ese viejo complejo de Thompson Road. Tengo la sensación de que va a salir en bloque y voy a triplicar mi dinero...».

«Dios mío, he encontrado el mejor sitio nuevo de chili de cangrejo, no te vas a creer dónde...».

«Me gustan las suites del Lanesborough más que las del Claridge, pero la verdad es que el Calthorpe es al que hay que ir...».

«¡Tonterías, *lah*! El No Signboard Seafood sigue teniendo el mejor chili de cangrejo...».

«Esto no es cachemir, ¿sabes? Es cría de vicuña...».

«¿Te has enterado de que Swee Lin ha vendido su piso del Four Seasons por siete millones y medio? Una pareja joven de chinos continentales pagaron al contado...».

Sí, claramente, esa no era su gente. De repente, una chica completamente bronceada con extensiones de pelo rubio entró en la sala gritando: «¡Araminta acaba de llegar!». La sala quedó en silencio mientras todas estiraban el cuello hacia la puerta corredera de cristal. Rachel apenas pudo reconocer a la chica que entró. En lugar de la colegiala con pantalones de pijama de unas noches antes, era una mujer con un mono dorado mate y con botas de tacón de aguja doradas, con su pelo oscuro y ondulado recogido en un peinado colmena. Con un suave espolvoreado de maquillaje aplicado con destreza, sus facciones aniñadas se habían transformado en las de una supermodelo.

—¡Rachel, cuánto me alegra que hayas venido! —dijo Araminta con entusiasmo mientras le daba un fuerte abrazo—. Ven conmigo —añadió agarrando a Rachel de la mano y llevándola al centro de la sala.

»¡Hola a todas! Antes que nada, quiero presentaros a mi fabulosa nueva amiga, Rachel Chu. Ha venido desde Nueva York como invitada del padrino de Colin, Nicholas Young. Por favor, dadle una muy cálida bienvenida. —Todas las miradas estaban puestas en Rachel, que se ruborizó un poco y no pudo hacer otra cosa que sonreír cortésmente a la multitud congregada que ahora diseccionaba cada centímetro de su cuerpo—.

Todas vosotras sois mis mejores amigas, así que he querido haceros un regalo especial. —Hizo una pausa de efecto—. ¡Hoy vamos a ir a la isla del hotel privado de mi madre en el este de Indonesia! —Se oyeron gritos ahogados de asombro entre la multitud—. ¡Vamos a bailar esta noche en la playa, a darnos un festín con deliciosa cocina baja en calorías y a disfrutar como locas con tratamientos termales todo el fin de semana! ¡Vamos, chicas, que empiece la fiesta!

Antes de que Rachel pudiese asimilar del todo lo que Araminta había dicho, fueron guiadas a bordo de un Boeing 737-700 customizado donde se vio en un espacio increíblemente elegante con sofás a medida de piel blanca y resplandecientes consolas de chagrín.

—¡Araminta, esto es demasiado! ¿Es el avión nuevo de tu padre? —preguntó una de las chicas incrédula.

—Lo cierto es que es de mi madre. Se lo ha comprado a un oligarca de Moscú que necesitaba un perfil más discreto para poder esconderse, por lo que tengo entendido.

—Pues esperemos que nadie haga estallar el avión por error —bromeó la chica.

—No, no. Hemos hecho que lo vuelvan a pintar. Antes era azul cobalto y, por supuesto, mi madre le ha dado su cambio de imagen zen. Ha hecho que lo pintaran tres veces antes de quedar satisfecha con el tono blanco glacial.

Rachel entró en la siguiente cabina y se encontró con dos chicas que charlaban animadamente.

—¡Te dije que era ella!

—No es para nada lo que me esperaba. Es decir, se supone que su familia es una de las más ricas de Taiwán y ella aparece con pinta de...

Al ver a Rachel, las chicas quedaron de repente en silencio y le sonrieron avergonzadas antes de salir corriendo por el pasillo. Rachel no había prestado ninguna atención a lo que decían.

Estaba demasiado distraída con los bancos de piel gris y las bonitas lámparas para leer de níquel pulido que caían desde el techo. En una pared había alineadas televisiones de pantalla plana mientras que la otra tenía estantes plateados con los últimos ejemplares de revistas de moda.

Araminta entró en la cabina con algunas chicas detrás a las que estaba enseñando el avión.

—Aquí está la biblioteca barra sala de audiovisuales. ¿No os encanta lo acogedora que es? Ahora dejad que os enseñe mi espacio preferido del avión. ¡El estudio de yoga! —Rachel siguió al grupo a la siguiente habitación, sin poder creer en absoluto que hubiese gente lo bastante rica como para instalar un estudio de yoga ayurvédico de último modelo con paredes de guijarros incrustados y suelos de pino climatizado en su avión privado.

Un grupo de chicas entró dando gritos y riendo.

—¡*Alamak*, Francesca ya ha acorralado a ese azafato italiano tan bueno y se ha apropiado del dormitorio principal! —exclamó la chica bronceada con su acento cantarín.

Araminta frunció el ceño con disgusto.

—Wandi, dile que el acceso al dormitorio está prohibido. Y también el acceso a Gianluca.

—Quizá podríamos entrar todas en el Club del Sexo en las Alturas con estos sementales italianos —dijo una de las chicas risueñas.

—¿Qué quieres decir con «entrar»? Yo soy miembro desde que tenía trece años —alardeó Wandi echándose hacia atrás su pelo con mechas rubias.

Rachel, sin saber qué decir, decidió acomodarse en el sillón más cercano y prepararse para el despegue. La chica de aspecto recatado que estaba sentada a su lado sonrió.

—Ya te acostumbrarás a Wandi. Es una Meggaharto, ya sabes. No creo que necesites que te cuente cómo es su familia. Por cierto, yo soy Parker Yeo. ¡Conozco a tu prima Vivian! —dijo.

—Lo siento, pero no tengo ninguna prima que se llame Vivian —contestó Rachel divertida.

—¿No eres Rachel Chu?

—Sí.

—¿Tu prima no es Vivian Chu? ¿Tu familia no es la dueña de Plásticos Taipéi?

—Me temo que no —respondió Rachel tratando de no poner los ojos en blanco—. Mi familia procede de China.

—Ah, perdona. Me he equivocado. ¿Y a qué se dedica tu familia?

—Pues mi madre es agente inmobiliaria en la zona de Palo Alto. ¿Quién es esa gente de Plásticos Taipéi de la que todo el mundo habla?

Parker se limitó a mirarla con una sonrisa de superioridad.

—Luego te lo cuento, pero discúlpame un momento. —Se desabrochó el cinturón y fue directa a la cabina de atrás. Esa fue la última vez que Rachel la vio durante todo el vuelo.

—¡Chicas, tengo la mayor de las exclusivas! —irrumpió Parker entre las que estaban reunidas en la cabina principal—. Acabo de estar sentada al lado de esa tal Rachel Chu y... ¿a que no lo adivináis? ¡No está emparentada con los Chu de Taipéi! ¡Ni siquiera ha oído hablar de ellos!

Francesca Shaw, tumbada en medio de la cama, lanzó a Parker una mirada fulminante.

—¿Eso es todo? Eso podría habértelo dicho yo hace meses. Mi madre es muy amiga de la madre de Nicky Young y sé lo suficiente sobre Rachel Chu como para hundir un barco.

—Vamos, *lah.* ¡Suéltanos todos los trapos sucios! —le suplicó Wandi mientras rebotaba sobre la cama ante la expectativa.

Tras un aterrizaje aparatoso en una pista peligrosamente corta, Rachel se vio a bordo de un elegante catamarán blanco con la brisa salada del mar moviéndole el pelo mientras avanzaban a toda velocidad hacia una de las islas más remotas. El agua tenía un tono turquesa casi cegador, interrumpido por diminutas islas que aparecían en la tranquila superficie a un lado y otro como cucharaditas de nata. De repente, el catamarán hizo un giro brusco hacia una de las islas más grandes y, a medida que se acercaban, una llamativa serie de edificios de madera con toldos ondulados de paja apareció ante sus ojos.

Aquel era el paraíso soñado por la madre hotelera de Araminta, Annabel Lee, que no había escatimado en gastos para crear el retiro definitivo según su exigente criterio de lo que debía ser el lujo moderno y chic. La isla, que en realidad no era más que un cordón de coral de cuatrocientos metros de longitud, estaba compuesta por treinta villas construidas sobre pilotes que sobresalían por encima de los poco profundos arrecifes de coral. Cuando el barco se detuvo en el muelle, una fila de camareros con uniformes de color azafrán permanecía en posición de firmes sosteniendo bandejas de metacrilato con mojitos.

Araminta fue la primera a la que ayudaron a bajar del barco, y, cuando todas las chicas estuvieron reunidas en el muelle, cóctel en mano, anunció:

—¡Bienvenidas a Samsara! En sánscrito, esa palabra significa «seguir fluyendo», pasar por los estados de la existencia. Mi madre quería crear un lugar especial donde se pueda experimentar un renacimiento, donde se pueda pasar por distintos niveles de dicha. Así que esta isla es nuestra y espero que encontréis vuestra dicha conmigo este fin de semana. ¡Pero, antes, he dispuesto que vayamos de compras a la boutique del hotel! Chicas, como regalo de mi madre, cada una de vosotras puede elegir cinco conjuntos nuevos. Y para que sea un poco más divertido, y también porque no quiero perderme los cócteles al atardecer, vamos a convertir esto en un reto. Os doy solamente veinte minutos para ir de compras. ¡Coged lo que podáis, porque en veinte minutos cierra la boutique! —Las chicas dieron gritos de excitación y empezaron una loca carrera por el muelle.

Con sus paredes barnizadas en madreperla, suelos de teca javanesa y ventanas que daban a una laguna, el Samsara Collection era normalmente un refugio de civilizada tranquilidad. Ese día era como Pamplona durante los encierros de toros y las chicas atacaron el lugar y lo saquearon en busca de la ropa que superaría a la de las demás. Una pelea de seguidoras de la moda estalló cuando empezaron a lanzarse sobre las prendas más codiciadas.

«¡Lauren, suelta esta falda de Collette Dinnigan antes de que la rompas en pedazos!».

«¡Wandi, zorra, yo he visto antes esa camiseta de Tomas Maier y a ti no te va a caber con tus nuevas tetas!».

«¡Parker, deja esos zapatos de tacón bajo de Pierre Hardy o te saco los ojos con estos tacones de aguja de Nicholas Kirkwood!».

Araminta se apoyó en el mostrador mientras se deleitaba con la escena, añadiendo más tensión al pequeño juego informando a gritos del tiempo restante en intervalos de un minuto. Rachel trató de mantenerse fuera del desmadre refugiándose en un perchero ignorado por el resto de las chicas, probablemente porque no se veía en él ninguna marca rápidamente reconocible en ninguna de las prendas. Francesca estaba en un perchero cercano rebuscando entre la ropa como si estuviese supervisando fotos médicas de deformidades genitales.

—Esto es imposible. ¿Quiénes son estos diseñadores sin nombre? —le gritó a Araminta.

—¿Qué quieres decir con lo de «sin nombre»? Alexis Mabille, Thakoon, Isabel Marant... Mi madre elige personalmente los mejores diseñadores para esta boutique —se defendió Araminta.

Francesca se echó hacia atrás sus rizos negros y resopló.

—Ya sabes que yo solo visto de seis marcas: Chanel, Dior, Valentino, Etro, mi querida amiga Stella McCartney y Brunello

Cucinelli para fines de semana en el campo. Ojalá me hubieses dicho que veníamos aquí, Araminta. Podría haberme traído mis últimas adquisiciones de Chanel para hotel. He comprado la colección entera de esta temporada en el desfile benéfico para Asistentes Cristianos de Carol Tai.

—Pues supongo que vas a tener que pasar dos noches sin tu Chanel —repuso Araminta. Guiñó un ojo cómplice a Rachel y susurró—: Cuando conocí a Francesca en la escuela dominical tenía la cara redonda y regordeta y llevaba ropa de segunda mano. Su abuelo era un famoso avaro y toda la familia vivía apiñada en una vieja casa sobre un local comercial de Emerald Hill.

—Cuesta imaginarlo —dijo Rachel mirando el maquillaje perfectamente aplicado de Francesca y su vestido cruzado verde esmeralda con volantes.

—Su abuelo tuvo un ataque fulminante y entró en coma y sus padres tomaron por fin el control de todo el dinero. Casi de la noche a la mañana, Francesca se hizo con unos pómulos nuevos y un armario de ropa procedente de París. No te creerías lo rápido que ella y su madre se transformaron. Hablando de rapidez, los minutos se agotan, Rachel. ¡Deberías estar escogiendo ropa!

Aunque Araminta había invitado a todas a que escogieran cinco prendas, Rachel no se sentía cómoda aprovechándose de su generosidad. Cogió una bonita blusa de lino blanco con diminutos fruncidos en las mangas y dio con un par de vestidos veraniegos de cóctel hechos de ligerísima batista de seda que le recordaban a los sencillos vestidos sueltos que Jacqueline Kennedy vestía en los años sesenta.

Mientras Rachel se estaba probando la blusa blanca en el probador, oyó que dos chicas hablaban en el de al lado:

—¿Has visto lo que lleva puesto? ¿Dónde se ha comprado esa blusa túnica barata? ¿En Mango?

—¿Cómo puede esperarse que tenga estilo? ¿Crees que lo saca de leer el *Vogue* americano? Ja, ja, ja.

—Lo cierto es que Francesca dice que ni siquiera es americana de procedencia china. ¡Nació en la China continental!

—¡Lo sabía! Tiene la misma mirada de desesperación que todas mis sirvientas.

—¡Pues ahora tiene la oportunidad de hacerse con ropa decente por fin!

—¡Ya verás como con todo ese dinero de los Young se va a renovar de lo más rápido!

—Ya veremos. Ni con todo el dinero del mundo puedes comprar buen gusto si no has nacido con él.

Rachel se dio cuenta con un sobresalto de que las chicas estaban hablando de ella. Alterada, salió rápidamente del probador y casi se tropezó con Araminta.

—¿Estás bien? —preguntó Araminta.

Rachel se recompuso enseguida.

—Sí, sí, es solo que no quiero dejarme llevar por la histeria. Eso es todo.

—¡Es la histeria lo que lo hace más divertido! A ver qué has encontrado —dijo Araminta con entusiasmo—. ¡Vaya, tienes buen ojo! Esto es de un diseñador javanés que pinta a mano todos los vestidos.

—Son preciosos. Deja que los pague yo. No puedo aceptar la generosidad de tu madre. Es decir, ni siquiera me conoce —comentó Rachel.

—¡Tonterías! Son tuyos. Y mi madre está deseando conocerte.

—Pues tiene mérito. Ha creado una tienda estupenda. Es todo muy exclusivo. Me recuerda a la forma de vestir de la prima de Nick.

—¡Ah, Astrid Leong! «La Diosa», así solíamos llamarla.

—¿En serio? —Rachel se rio.

—Sí. Todas nosotras la adorábamos de verdad cuando estudiábamos. Siempre iba fabulosa, de lo más elegante y sin esforzarse.

—Anoche estaba increíble —recordó Rachel.

—Ah, ¿la viste anoche? Dime exactamente qué llevaba —preguntó ansiosa Araminta.

—Llevaba una blusa blanca sin mangas con detalles de encaje bordado, el más delicado que he visto en mi vida, y unos pantalones de seda ajustados grises al estilo de Audrey Hepburn.

—¿De qué diseñador? —insistió Araminta.

—No tengo ni idea. Ah, pero lo que más llamaba la atención eran los pendientes impresionantes que llevaba puestos, de esos que son como atrapasueños navajos, solo que estaban hechos de piedras preciosas.

—¡Qué maravilla! Ojalá supiera quién los ha diseñado —dijo Araminta.

Rachel sonrió y, de repente, unas sandalias que estaban en el fondo de un armario balinés llamaron su atención. Perfectas para la playa, pensó a la vez que se acercaba para verlas mejor. Eran quizá demasiado grandes, así que Rachel regresó a su sección y vio que dos de sus prendas —la blusa blanca y uno de los vestidos de seda pintados a mano— habían desaparecido.

—Eh, ¿qué ha pasado con mis...? —empezó a preguntar.

—¡Ha acabado el tiempo, chicas! ¡La boutique se cierra ya! —anunció Araminta.

Aliviada por que la compra compulsiva hubiese terminado por fin, Rachel fue en busca de su habitación. En su tarjeta ponía «Villa 14», así que siguió la señalización por el muelle central que serpenteaba hacia el centro del arrecife de coral. La villa era un bungaló de madera con paredes de coral claro y muebles blancos y ligeros. Al fondo, unas mamparas de madera se abrían a una plataforma con escalones que conducían directamente al mar.

Rachel se sentó en el borde de los escalones y hundió los dedos de los pies en el agua. Estaba perfectamente fresca y era tan poco profunda que podía enterrar los pies en la arena blanca y mullida. Apenas podía creer que estaba allí. ¿Cuánto debía de costar por noche esa habitación? Siempre se había preguntado si tendría la suerte de ir a un hotel así alguna vez en su vida —por su luna de miel, quizá—, pero nunca se imaginó verse allí por una fiesta de despedida de soltera. De repente, echaba de menos a Nick y deseó que él estuviese a su lado para compartir ese paraíso privado con ella. Era por él por quien, de repente, se había visto empujada a ese estilo de vida tan exclusivo y se preguntó dónde estaría en ese mismo momento. Si las chicas iban a un hotel en una isla del océano Índico, ¿dónde demonios habrían ido los chicos?

9

Nick

Macao

Por favor, dime que no vamos a subir en uno de esos —le dijo Mehmet Sabançi con una mueca a Nick mientras desembarcaban del avión y veían la flota de grandes e idénticos Rolls-Royces Phantom blancos que les esperaban.

—Esto es propio de Bernard —contestó Nick sonriendo mientras se preguntaba qué pensaría Mehmet, un experto en lenguas clásicas que procedía de una de las familias más aristocráticas de Estambul, al ver a Bernard Tai salir de una limusina con una chaqueta verde menta con rayas, una corbata naranja de cachemir y mocasines de gamuza amarillos. Hijo único del *Dato'* Tai Toh Lui, Bernard era famoso por su «valiente forma de vestir» (como solía describir con diplomacia el *Singapore Tattle*) y por ser el mayor *bon vivant* de Asia, siempre celebrando fiestas salvajes en cualquiera que fuese el hotel de mala fama de la *jet set* que ese año estuviese de moda. Siempre con los DJ más punteros, las bebidas más frías, las chicas más atractivas y, según murmuraban muchos, las mejores drogas.

—¡Negros de Macaooo! —exclamó Bernard exultante levantando los brazos al estilo rapero.

—¡B. Tai! ¡No me puedo creer que nos hayas hecho volar en esta vieja lata de sardinas! ¡Tu G5 ha tardado tanto que casi me crece la barba ahí dentro! Deberíamos haber venido en el Falcon 7X de mi familia —se quejó Evan Fung (de los Fung de Electrónicas Fung).

—Mi padre está esperando a que lancen el G650. ¡Entonces podrás besarme el culo, Fungus! —respondió Bernard.

—Yo soy más de Bombardier. Nuestro Global 6000 tiene una cabina tan grande que se pueden hacer volteretas en el pasillo —intervino Roderick Liang (de los Liang del Grupo Financiero Liang).

—¿Podéis hacer el favor de dejar de comparar el tamaño de vuestros aviones para ir de una vez a los casinos, *ah guahs*[*]? —les interrumpió Johnny Pang (su madre es una Aw, sí, de «esos» Aw).

—¡Bueno, chicos, agarraos las pelotas porque tengo un plan muy especial para todos nosotros! —anunció Bernard.

Nick subió con pocas ganas a uno de aquellos coches gigantescos con la esperanza de que el fin de semana de despedida de soltero de Colin terminara sin incidentes. Colin había estado nervioso toda la semana y el hecho de ir a la capital mundial del juego con un grupo de chicos llenos de testosterona y whisky era la receta perfecta para el desastre.

—Esto no es el rencuentro de Oxford que me esperaba —le dijo Mehmet a Nick en voz baja.

—Bueno, aparte de su primo Lionel y nosotros dos, no creo que Colin conozca tampoco a nadie de los que están aquí —contestó irónico Nick mientras echaba una mirada a algunos de los demás pasajeros. El grupo de principitos de Pekín y niños mimados y ricos de Taiwán era, sin duda, más del tipo de gente de Bernard.

---

[*] Equivalente en el inglés de Singapur a «marica» o «sarasa» (hokkien).

Mientras la caravana de Rolls-Royces avanzaba a toda velocidad por la autopista de la costa que rodeaba la isla, podían verse desde varios kilómetros los gigantescos carteles con los nombres de los casinos. Enseguida aparecieron ante sus ojos los complejos de apuestas como pequeñas montañas: monstruosos bloques de cristal y hormigón que vibraban con llamativos colores en medio de la bruma de la media tarde.

—Es como Las Vegas, solo que con vistas al mar —comentó Mehmet asombrado.

—Las Vegas es como la piscina infantil. Aquí es donde vienen a jugar los que apuestan de verdad —explicó Evan*.

Mientras los Rolls se apretaban entre las estrechas calles de Felicidade en el barrio antiguo de Macao, Nick admiraba las coloridas filas de tiendas portuguesas decimonónicas pensando que podría tratarse de un bonito lugar para llevar a Rachel tras la boda de Colin. Las limusinas se detuvieron por fin delante de una fila de lóbregas tiendas en rua de Alfandega. Bernard condujo al grupo al interior de lo que parecía una vieja farmacia china con armarios de cristales rayados donde se vendía raíz de ginseng, nidos de pájaro comestibles, aletas de tiburón desecadas, colmillos de rinoceronte falsos y todo tipo de curiosidades herbarias. Unas cuantas ancianas estaban sentadas juntas delante de una pequeña televisión viendo una telenovela cantonesa mientras un hombre chino muy delgado con una camisa hawaiana desgastada estaba apoyado contra el mostrador de atrás y miraba al grupo con aspecto de estar aburrido.

Bernard miró al hombre y le habló con descaro:

—He venido a comprar jalea real con ginseng.

---

* Con mil quinientos millones de ansiosos jugadores en la China continental, los ingresos anuales de Macao son superiores a los veinte mil millones de dólares: tres veces lo que se recauda en Las Vegas cada año. (Céline Dion, ¿dónde estás?).

—¿De qué tipo quiere? —preguntó el hombre con poco interés.

—Prince of Peace.

—¿De qué tamaño?

—Dos kilos.

—Deje que vea si me queda. Síganme —dijo el hombre cambiando repentinamente la voz a un acento australiano bastante inesperado. El grupo le siguió a la parte posterior de la tienda y atravesaron un oscuro almacén atestado a ambos lados y desde el suelo al techo con cajas de cartón ordenadamente apiladas. Cada caja tenía un sello donde decía: «Ginseng de China solo para exportación». El hombre empujó despacio una pila de cajas grandes del rincón y todas parecieron caer hacia atrás sin esfuerzo, dejando a la vista un largo pasillo iluminado con luces led de color azul cobalto—. Todo recto por aquí —dijo. Mientras todos caminaban por el pasillo, el apagado estruendo se iba haciendo cada vez más fuerte y, cuando llegaron al final, unas puertas de cristal ahumado se abrieron de forma automática para mostrar una visión asombrosa.

El espacio, que parecía una especie de gimnasio cubierto con graderías a ambos lados de una cancha hundida, no tenía asientos libres y estaba lleno de una muchedumbre bulliciosa. Aunque no podían ver más allá del público, sí podían oír los gruñidos de sangre coagulada de unos perros que se mordían unos a otros.

—¡Bienvenidos al mayor ruedo de peleas de perros del mundo! —anunció orgulloso Bernard—. Aquí solo tienen mastines de presa canarios. Son cien veces más violentos que los pit bulls. ¡Esto va a ser *shiok*[*], tíos!

—¿Dónde hacemos las apuestas? —preguntó Johnny con excitación.

---

[*] Término coloquial malayo que se usa para describir una experiencia increíble o algo (normalmente, comida) que es excelente.

—Eh..., ¿esto no es ilegal? —preguntó Lionel mientras miraba nervioso a la pista principal. Nick estaba seguro de que Lionel no quería mirar pero sentía curiosidad por la escena de los dos enormes perros, todo músculos, nervios y fauces, rodando agresivamente en una pista manchada de su propia sangre.

—¡Claro que es ilegal! —respondió Bernard.

—No sé qué decir de esto, Bernard. Colin y yo no podemos arriesgarnos a que nos pillen en una pelea de perros ilegal antes de la boda —continuó Lionel.

—¡Eres el típico singapurense! ¡Siempre asustado con todo! No seas tan aburrido, joder —dijo Bernard con desprecio.

—No se trata de eso, Bernard. Es que esto es sencillamente cruel —intervino Nick.

—*Alamak,* ¿ahora perteneces a Greenpeace? ¡Estás presenciando una estupenda tradición deportiva! Estos perros se llevan criando desde hace siglos en las islas Canarias para no hacer otra cosa más que pelear —replicó Bernard con un resoplido y entrecerrando los ojos.

Los coros de la multitud se volvieron ensordecedores cuando la pelea llegó a su macabro punto culminante. Los dos perros se sujetaban con fuerza el uno al otro por el cuello, amarrados en un abrazo titánico, y Nick vio que la piel que rodeaba el cuello del perro marrón estaba a medio arrancar, aleteando contra el hocico del otro perro.

—Ya he visto suficiente —dijo con una mueca de desagrado a la vez que le daba la espalda a la pelea.

—Vamos, *lah.* ¡Es una DESPEDIDA DE SOLTERO! No me cortes la diversión, Nicky —gritó Bernard por encima del bullicio. Uno de los perros lanzó un ensordecedor aullido cuando el otro mastín le mordió la panza.

—Esto no tiene nada de divertido —dijo con firmeza Mehmet, asqueado por la visión de la sangre caliente chorreando por todas partes.

—*Bhai singh*[*], ¿es que no es tradición en tu país follarse a cabras? ¿No pensáis todos que el coño de las cabras es lo más parecido a una vagina de verdad? —replicó Bernard.

Nick apretó la mandíbula, pero Mehmet se limitó a reírse.

—Parece que hablas por propia experiencia.

Las fosas nasales de Bernard se abrían y cerraban mientras trataba de dilucidar si debía sentirse insultado.

—Bernard, ¿por qué no te quedas tú? Los que no quieran estar aquí pueden ir antes al hotel y podemos vernos todos allí después —sugirió Colin tratando de ser diplomático.

—A mí me parece bien.

—Muy bien, entonces yo me llevo al grupo al hotel y nos vemos a las...

—*Wah lan!*[**]. ¿Organizo esto especialmente para vosotros y no os vais a quedar? —Bernard parecía frustrado.

—Pues..., si te soy sincero, a mí tampoco me gusta esto —dijo Colin tratando de usar un tono de disculpa.

Bernard hizo una pausa por un momento, claramente indeciso. Quería disfrutar de la pelea de perros, pero, al mismo tiempo, quería que todos vieran la abundancia de besos en el culo que iba a recibir por parte del director del hotel en el mismo instante de su llegada.

—*Lah,* es tu fiesta —murmuró Bernard de mal humor.

El lujoso vestíbulo del Wynn Macau lucía un enorme mural dorado en el techo que representaba animales del horóscopo chino, y al menos la mitad del grupo reunido se sintió aliviado

---

* Insulto racial para un sij, usado en este caso para referirse a cualquier originario de Oriente Medio.

** En hokkien, «Oh, pene». Es una expresión muy popular y versátil que se puede usar —dependiendo del tono— para expresar desde un «¡Vaya!» hasta un «Joder».

por estar en un lugar donde los animales estaban cubiertos por oro de veintidós quilates y no por sangre. En el mostrador de la recepción, Bernard estaba sufriendo uno de los clásicos ataques por los que era conocido en todo el mundo.

—¡Qué cojones! Soy un super-VIP y reservé la suite más cara de todo este hotel hace casi una semana. ¿Cómo puede ser que no esté lista? —le gritó Bernard al director.

—Le presento mis disculpas, señor Tai. La hora de salida para el ático presidencial es las cuatro de la tarde, por lo que los huéspedes anteriores aún no han dejado la habitación. Pero, en cuanto lo hagan, prepararemos la suite para usted rápidamente —dijo el director.

—¿Quiénes son esos cabrones? ¡Apuesto a que son *hongkis*! ¡Esos *ya ya** de Hong Kong siempre se creen los dueños del mundo!

El director no dejó en ningún momento de sonreír durante toda la diatriba de Bernard. No quería hacer nada que pusiera en peligro el negocio del hijo del *Dato'* Tai Toh Lui. Ese muchacho era un maldito perdedor en las partidas de bacará.

—Algunas de las suites del gran salón reservadas para su grupo están listas. Por favor, permítanme acompañarlos a ellas con unas cuantas botellas de su champán preferido.

—¡No voy a ensuciar mis Tod's poniendo el pie en una de esas ratoneras! O me da mi dúplex o nada —dijo Bernard con tono petulante.

—Bernard, ¿por qué no vamos primero al casino? —sugirió Colin con voz calmada—. Es lo que habríamos hecho de todos modos.

—Iré al casino, pero tendrán que darnos la mejor y más exclusiva sala de juego ahora mismo —exigió Bernard al director.

---

* Expresión en inglés de Singapur procedente del javanés que significa «arrogante», «presumido».

—Claro, claro. Siempre tenemos nuestro salón más exclusivo disponible para usted, señor Tai —contestó hábilmente el director.

Justo en ese momento, Alistair Cheng entró en el vestíbulo con aspecto ligeramente desaliñado.

—¡Alistair, me alegro de que nos hayas encontrado! —le recibió Colin con efusividad.

—Te dije que no habría ningún problema. Hong Kong está a tan solo treinta minutos en hidroavión y me conozco Macao como la palma de la mano. Antes me saltaba siempre las clases para venir aquí con mis compañeros —dijo Alistair. Vio a Nick y se acercó a darle un abrazo.

—Anda, qué bonito. ¿Es tu novio, Nicky? —preguntó Bernard con tono de burla.

—Alistair es mi primo —contestó Nick.

—¿Y jugabais cada uno con la polla del otro cuando erais niños? —se mofó Bernard riéndose de su propia broma.

Nick no le hizo caso y se preguntó cómo era posible que Bernard no hubiese cambiado lo más mínimo desde que estuvieron en la escuela de primaria.

—Creía que ibas a ir a verme a Nueva York esta primavera —dijo mirando a su primo—. ¿Qué ha pasado?

—Ha pasado una chica, Nick.

—¿De verdad? ¿Quién es la afortunada?

—Se llama Kitty. Es una actriz de Taiwán con un talento increíble. La vas a conocer la semana que viene. La voy a llevar a la boda de Colin.

—Vaya, estoy deseando conocer a la chica que por fin ha robado el corazón del rompecorazones —bromeó Nick. Alistair solo tenía veintiséis años, pero su aspecto de niño bueno y persona despreocupada ya le había granjeado fama de dejar un rastro de corazones rotos por toda la costa del Pacífico. (Aparte de las exnovias de Hong Kong, Singapur, Tailandia, Taipéi,

Shanghái y una aventura de verano en Vancouver, se decía que la hija de un diplomático de su facultad, en Sídney, se obsesionó tanto que trató de intoxicarse con una sobredosis de Benadryl para llamar su atención).

—Oye, me han dicho que tú también has traído a tu novia a Singapur —dijo Alistair.

—Los rumores vuelan, ¿eh?

—Mi madre se enteró por Radio Uno Asia.

—¿Sabes? Empiezo a sospechar que Cassandra me tiene vigilado —dijo Nick con ironía.

El grupo entró en el enorme casino donde las mesas de juego parecían resplandecer con una luz dorada. Colin atravesó la opulenta alfombra con dibujos de anémona marina y se acercó a la mesa donde se jugaba al Texas Hold'em.

—Colin, los salones VIP están por aquí —dijo Bernard tratando de conducir a Colin a los suntuosos salones reservados para las grandes apuestas.

—Pero es más divertido jugar al póquer con fichas de cinco dólares —contestó Colin.

—¡No, no, nosotros somos personas poderosas, tío! He montado toda esa escena con el director para que podamos tener la mejor sala VIP. ¿Por qué quieres mezclarte con todos estos chinos malolientes de aquí? —protestó Bernard.

—Déjame jugar un par de rondas aquí y luego vamos a la sala VIP, ¿vale? —suplicó Colin.

—Yo me quedo contigo, Colin —dijo Alistair tomando asiento.

Bernard los miró con una sonrisa tensa, como si fuese un Boston terrier rabioso.

—Bueno, yo voy a la sala VIP. No puedo jugar en estas mesas para niños. Solo se me pone dura si apuesto al menos treinta mil por mano —dijo sorbiendo por la nariz—. ¿Quién viene conmigo? —La mayor parte del séquito de Bernard se fue con él, a excepción de Nick, Mehmet y Lionel. La expresión de Colin se nubló.

Nick tomó el otro asiento junto a Colin.

—Tengo que advertiros, chicos, que los dos años en Nueva York me han convertido en un tramposo. Preparaos para aprender con el maestro... Colin, recuérdame qué juego es este —dijo tratando de subir los ánimos. Mientras el que repartía empezó a lanzar cartas por la mesa, Nick se fue poniendo cada vez más furioso por dentro. Bernard se había pasado la vida causando problemas. ¿Por qué iban a cambiar las cosas este fin de semana?

Singapur, 1986

Todo ocurrió muy rápido. Lo siguiente que Nick recordaba era la sensación de barro frío y húmedo en la mejilla y una cara extraña que lo miraba desde arriba. Piel oscura, pecas, un mechón de pelo castaño oscuro.

—¿Estás bien? —preguntó el chico de piel oscura.

—Eso creo —contestó Nick mientras volvía a enfocar la visión. Tenía toda la espalda empapada de agua enlodada después de que le empujaran a la zanja. Se levantó despacio y miró a su alrededor para descubrir que Bernard le lanzaba una mirada maliciosa con el rostro enrojecido y los brazos cruzados, como un viejo enfadado.

—¡Voy a contarle a tu madre que me has pegado! —gritó Bernard al muchacho.

—¡Y yo voy a decirle a la tuya que eres un matón! Además, yo no te he pegado. Solo te he apartado —contestó el chico.

—¡No era asunto tuyo, joder! ¡Estoy tratando de darle una lección a este pichacorta! —bramó Bernard.

—He visto cómo le empujabas a la zanja. Podrías haberle hecho mucho daño. ¿Por qué no escoges a alguien de tu estatura?

—repuso el chico con tono calmado, en absoluto intimidado por Bernard.

En ese momento, una limusina Mercedes de color dorado metálico aparcó en el camino de entrada del colegio. Bernard miró brevemente el coche y, a continuación, volvió a mirar a Nick.

—No hemos terminado. Prepárate para la segunda parte mañana. ¡Te voy a *hum tum*[*]! —Entró en el asiento de atrás del coche, cerró la puerta de golpe y se lo llevaron.

El chico que había ido al rescate de Nick lo miró:

—¿Estás bien? Te sangra el codo.

Nick bajó la mirada y vio el rasguño ensangrentado de su codo derecho. No estaba seguro de qué hacer con él. En cualquier momento, uno de sus padres llegaría para recogerlo y, si resultaba ser su madre, sabía que se iba a poner toda *gan cheong*[**] si le veía sangrar así. El chico se sacó del bolsillo un pañuelo blanco y perfectamente doblado y se lo dio a Nick.

—Toma, usa esto —dijo.

Nick cogió el pañuelo de su salvador y se lo puso en el codo. Había visto al chico por allí. Colin Khoo. Había llegado ese semestre y era difícil no fijarse en él, con su piel caramelo oscuro y su pelo ondulado con ese extraño mechón castaño claro por delante. No estaban en la misma clase, pero Nick había visto en Educación Física que ese chico practicaba natación a solas con el entrenador Lee.

—¿Qué has hecho para hincharle tanto las pelotas a Bernard? —preguntó Colin.

Nick no había oído nunca a nadie usar antes la expresión «hinchar las pelotas», pero sabía lo que significaba.

---

* Jerga malaya que significa «aporrear», «dar una paliza» o simplemente «patear el culo» a alguien.

** En cantonés, «nerviosa», «aterrada».

—Le he pillado intentando copiar de mi examen de Matemáticas y se lo he dicho a la señorita Ng. Le ha regañado y le ha enviado al despacho del subdirector Chia, así que ahora quiere buscar pelea.

—Bernard busca pelea con todos —dijo Colin.

—¿Te llevas bien con él? —preguntó Nick con cautela.

—La verdad es que no. Su padre hace negocios con mi familia, así que me han dicho que tengo que ser simpático con él —contestó Colin—. Pero, si te digo la verdad, no lo soporto.

Nick sonrió.

—¡Uf! ¡Por un segundo he pensado que Bernard tenía de verdad un amigo!

Colin se rio.

—¿Es verdad que eres de Estados Unidos? —preguntó Nick.

—Nací aquí, pero me mudé a Los Ángeles cuando tenía dos años.

—¿Cómo es Los Ángeles? ¿Vivías en Hollywood? —preguntó Nick. No había conocido nunca a nadie de su edad que hubiese vivido en América.

—En Hollywood no. Pero no estábamos muy lejos. Vivíamos en Bel Air.

—Me gustaría ir a los Estudios Universal. ¿Alguna vez has visto a estrellas de cine?

—A todas horas. No es para tanto cuando vives allí. —Colin miró a Nick como si le estuviese evaluando un momento antes de continuar—: Voy a contarte una cosa, pero antes tienes que jurar que no se la dirás a nadie.

—Vale. Claro —respondió Nick con tono serio.

—Di «lo juro».

—Lo juro.

—¿Has oído hablar de Sylvester Stallone?

—¡Claro!

—Era mi vecino —dijo Colin casi en un susurro.

—Venga ya, eso es mentira —contestó Nick.

—No te estoy mintiendo. Es la verdad. Tengo una foto firmada por Stallone en mi dormitorio —aseguró Colin.

Nick saltó sobre la barandilla metálica de delante de la zanja y mantuvo hábilmente el equilibrio sobre la delgada valla mientras se movía adelante y atrás como un equilibrista.

—¿Qué haces aquí tan tarde? —preguntó Colin.

—Siempre estoy aquí hasta tarde. Mis padres están muy ocupados y, a veces, se olvidan de recogerme. ¿Por qué estás tú?

—He tenido que hacer un examen especial en mandarín. No creen que sea lo suficientemente bueno, aunque daba clases todos los días en Los Ángeles.

—A mí también se me da mal el mandarín. Es la asignatura que menos me gusta.

—Bienvenido al club —dijo Colin saltando con él sobre la valla. Justo entonces, un coche negro y grande se detuvo al lado. Sentada en el asiento de atrás estaba la mujer más curiosa que Nick había visto nunca. Era robusta, con una inmensa papada, probablemente de unos sesenta años, vestida por completo de negro con un sombrero negro y un velo negro sobre la cara, que estaba maquillada con un tono muy blanco. Parecía una aparición recién salida de una película muda—. Ya han venido a por mí —anunció Colin con excitación—. Hasta luego. —El chófer uniformado salió para abrirle la puerta a Colin. Nick vio que la puerta del coche se abría en el sentido contrario a como lo hacían normalmente los demás coches, hacia afuera desde el extremo más cercano a la puerta del conductor. Colin se sentó al lado de la mujer, que se inclinó para darle un beso en la mejilla. Él miró a Nick por la ventanilla, claramente avergonzado de que hubiese visto aquella escena. La mujer apuntó a Nick a la vez que hablaba con Colin mientras el coche seguía detenido. Un momento después, Colin volvió a salir del coche.

—Mi abuela quiere saber si necesitas que te llevemos a casa.

—No, no, mis padres vienen de camino —contestó Nick. La abuela de Colin bajó la ventanilla e hizo un gesto a Nick para que se acercara. Nick se aproximó vacilante. La anciana parecía bastante siniestra.

—Son casi las siete. ¿Quién viene a recogerte? —preguntó preocupada al notar que ya estaba oscureciendo.

—Probablemente mi padre —respondió Nick.

—Pues es demasiado tarde como para que estés esperando aquí solo. ¿Cómo se llama tu padre?

—Philip Young.

—Santo cielo, Philip Young. ¡El hijo de James! ¿Sir James Young es tu abuelo?

—Sí.

—Conozco muy bien a tu familia. Conozco a todas tus tías: Victoria, Felicity, Alix..., y Harry Leong es tu tío. ¡Prácticamente somos familia! Yo soy Winifred Khoo. ¿No vives en Tyersall Park?

—Mis padres y yo nos mudamos a Tudor Close el año pasado —contestó Nick.

—Eso está muy cerca de nosotros. Vivimos en Berrima Road. Ven, deja que llame a tus padres para asegurarme de que están de camino —dijo ella a la vez que cogía el teléfono del coche que estaba en la consola que tenía delante—. ¿Te sabes tu número de teléfono, querido?

La abuela de Colin actuó con rapidez y supo enseguida por la sirvienta que la señora Young había tenido que salir rápidamente hacia Suiza esa tarde y que el señor Young estaba ocupado con una emergencia del trabajo.

—Por favor, llame al trabajo al señor Young y dígale que Winifred Khoo va a mandar al señorito Nicholas a casa —dijo. Antes de que Nick supiera qué estaba pasando, se encontró en el interior del Bentley Mark VI, sentado entre Colin y la bien alimentada señora del sombrero con velo negro.

—¿Sabías que tu madre se iba hoy? —preguntó Winifred.

—No, pero lo hace muchas veces —contestó Nick en voz baja.

«¡Esa Eleanor Young! ¡Qué irresponsable! Cómo diablos permitió Shang Su Yi que su hijo se casara con una de esas muchachas Sung. Nunca lo entenderé», pensó Winifred. Miró al chico y le sonrió.

—¡Qué coincidencia! Me alegra mucho que Colin y tú seáis amigos.

—Nos acabamos de conocer —intervino Colin.

—¡Colin, no seas maleducado! Nicholas es un compañero de clase tuyo y conocemos a su familia desde hace mucho tiempo. Por supuesto que sois amigos. —Miró a Nick, le dedicó su sonrisa dulce y continuó—: Colin ha hecho muy pocos amigos desde que ha vuelto a Singapur y está bastante solo, así que debemos organizarnos para que juguéis juntos.

Colin y Nick se quedaron allí sentados absolutamente avergonzados, pero en cierto sentido bastante aliviados. Colin estaba sorprendido por lo amable que estaba siendo con Nick su normalmente reprobadora abuela, sobre todo cuando antes había prohibido que fuese ningún invitado a su casa. Recientemente, él había querido invitar a un chico de St. Andrew's a casa después de nadar y se llevó una desilusión cuando su abuela le dijo: «Colin, no podemos traer a cualquiera. Debes saber antes de qué familia es. Esto no es como California. Has de tener mucho cuidado con la clase de gente con la que te relacionas».

En cuanto a Nick, estaba encantado de que le estuviesen llevando a casa y emocionado porque pronto podría averiguar si de verdad Colin tenía una foto autografiada de Rambo.

10

Eddie, Fiona y los niños

Hong Kong

Eddie estaba sentado en la moqueta con dibujos de flor de lis de su vestidor, desenvolviendo con cuidado el esmoquin que acababa de llegar de Italia y que había comprado especialmente para la boda de Colin. Tuvo especial cuidado quitando la etiqueta labrada en el papel de envoltorio que cubría la gran caja con la prenda, pues le gustaba guardar todas las etiquetas de su ropa de marca en su álbum de recortes Smythson encuadernado en piel, y, despacio, sacó de la caja la bolsa del traje.

Lo primero que hizo fue probarse los pantalones azul oscuro. ¡Joder, le estaban demasiado ajustados! Trató de abrocharse el botón por la cintura, pero, por mucho que metiera el vientre hacia dentro, esa maldita cosa no se abrochaba. Se quitó los pantalones enojado y miró la talla en la etiqueta cosida en el forro. Ponía «90», lo cual parecía correcto, pues su cintura era de 91 centímetros. ¿Podría haber engordado tanto en tres meses? Ni hablar. Esos putos italianos debían de haberse equivocado con las medidas. Qué típico, maldita sea. Hacían cosas preciosas, pero siempre surgía algún que otro problema, como con el Lamborghini que tenía antes. Gracias a Dios, se había deshecho de aquel montón de estiércol de vaca y se había comprado el Aston Martin. Llamaría a Felix el de Caraceni a primera hora de la mañana para mandarlo a la mierda. Tenían que arreglar esto antes de salir para Singapur la semana próxima.

Se quedó junto a la pared de espejos vestido solamente con su camisa blanca de vestir, sus calcetines negros y sus calzoncillos blancos y, con cuidado, se puso la chaqueta cruzada del esmoquin. Gracias a Dios, al menos la chaqueta le quedaba bien. Se abrochó el botón superior y, para su disgusto, vio que la tela le tiraba un poco por el vientre.

Se acercó al interfono, apretó un botón y gritó:

—¡Fi! ¡Fi! ¡Ven ahora mismo a mi vestidor! —Un momento después, Fiona entró en la habitación vestida solamente con una combinación negra y sus pantuflas—. Fi, ¿me está demasiado ajustada esta chaqueta? —preguntó abrochándose de nuevo la chaqueta y moviendo los codos como un pato que agitara las alas para verse las mangas.

—Deja de mover los brazos y te lo diré —repuso ella.

Él bajó los brazos, pero siguió cambiando el peso de su cuerpo de un pie a otro, esperando impaciente su veredicto.

—Claramente te está muy estrecha —observó ella—. Mira la espalda. Te tira de la costura del centro. Has engordado, Eddie.

—¡Mentira! Apenas he ganado medio kilo desde que me tomaron las medidas para este traje en marzo.

Fiona se limitó a quedarse allí, sin deseos de discutir con él lo que era obvio.

—¿Están preparados los niños para la inspección? —preguntó Eddie.

—Estoy intentando vestirlos ahora mismo.

—Diles que tienen cinco minutos más. Russell Wing llega aquí a las tres para hacernos unas cuantas fotos de familia con la ropa de la boda. Puede que el *Orange Daily* haga un artículo sobre la asistencia de nuestra familia a la boda.

—¡No me habías dicho que Russell venía hoy!

—Acabo de acordarme. Le llamé ayer mismo. No esperarás que me acuerde de todo cuando tengo en la cabeza asuntos mucho más importantes, ¿verdad?

—Pero tienes que darme más tiempo para prepararme para una sesión de fotos. ¿No recuerdas lo que pasó la última vez que nos hicieron fotos para el *Hong Kong Tattle*?

—Bueno, pues te lo estoy diciendo ahora. Así que deja de perder el tiempo y ve a prepararte.

Constantine, Augustine y Kalliste formaron obedientes una fila recta en medio de la formal sala de estar, todos vestidos con sus nuevos trajes de Ralph Lauren Kids. Eddie estaba despatarrado en el afelpado sofá de terciopelo y brocado examinando a cada uno de sus hijos mientras Fiona, la sirvienta china y una de las niñeras filipinas se movían alrededor.

—Augustine, creo que deberías ponerte los mocasines de Gucci con ese conjunto y no los de Bally.

—¿Cuáles? —preguntó Augustine con su vocecita como un susurro.

—¿Qué? ¡Habla más alto!

—¿Cuáles me pongo? —repitió Augustine no mucho más fuerte.

—Señor, ¿qué mocasines de Gucci? Tiene dos pares —intervino Laarni, la niñera filipina.

—Los burdeos con la cinta roja y verde, por supuesto —dijo Eddie a la vez que lanzaba a su hijo de seis años una mirada fulminante—. *Nay chee seen, ah?* No pensarás en serio que puedes ponerte unos zapatos negros con unos pantalones caqui, ¿verdad? —le reprendió Eddie. Augustine se ruborizó y casi se echó a llorar—. Vale, eso es para la ceremonia del té. Ahora id a poneros la ropa de la boda. Daos prisa. Os doy cinco minutos. —Fiona, la niñera y la sirvienta llevaron rápidamente a los niños de vuelta a sus dormitorios.

Diez minutos después, cuando Fiona bajó las escaleras en espiral con un minimalista vestido gris con hombros descubiertos y una manga asimétrica, Eddie apenas podía dar crédito a lo que veía.

—*Yau moh gau chor?*[*]. ¿Qué narices es eso?

—¿A qué te refieres? —preguntó Fiona.

—¡A ese vestido! ¡Parece que estás de luto!

—Es un Jil Sander. Me encanta. Te enseñé una foto y lo aprobaste.

—No recuerdo haber visto una foto de ese vestido. Jamás lo habría aprobado. Pareces una viuda solterona.

—Las viudas solteronas no existen, Eddie. Las solteronas no se casan —dijo secamente Fiona.

—No me importa. ¿Cómo puedes parecer una muerta en vida cuando los demás vamos tan bien? Mira lo guapos y coloridos que van tus hijos —dijo señalando a los niños, que se encogían avergonzados.

—Voy a llevar con él mi collar de diamantes y jade y los pendientes *art déco* de jade.

—Seguirá pareciendo que vas a un funeral. Vamos a la boda del año, con reyes, reinas y algunas de las personas más ricas del mundo, además de todos mis parientes. No quiero que la gente crea que no me puedo permitir comprarle a mi esposa un buen vestido.

—En primer lugar, Eddie, lo compré con mi dinero, pues tú nunca me pagas la ropa. Y este es uno de los vestidos más caros que me he comprado jamás.

—Pues no parece lo bastante caro.

—Eddie, siempre te estás contradiciendo —se quejó Fiona—. Primero me dices que quieres que vista ropa más cara, como tu prima Astrid, pero luego criticas todo lo que compro.

---

* En cantonés, «¿Te has confundido?».

—Bueno, te critico cuando te pones algo que parece tan barato. Es una deshonra para mí. Es una deshonra para tus hijos.

Fiona meneaba la cabeza exasperada.

—Tú no tienes ni idea de lo que parece barato, Eddie. Como ese esmoquin brillante que llevas. Eso sí parece barato. Sobre todo cuando se ven los alfileres con los que te sujetas los pantalones.

—Tonterías. Este esmoquin ha costado seis mil euros. Todo el mundo puede ver lo caro que es el tejido y lo bien confeccionado que está, sobre todo cuando lo arreglen bien. Los alfileres son temporales. Voy a abrocharme la chaqueta para las fotos y nadie los va a ver.

La puerta sonó con un timbre elaborado y excesivamente sinfónico.

—Debe de ser Russell Wing. Kalliste, quítate las gafas. Fi, ve a cambiarte de vestido... ahora mismo.

—¿Por qué no vas tú a mi armario y eliges lo que quieres que me ponga? —preguntó Fiona sin ningún deseo de seguir discutiendo con él.

En ese momento, el famoso fotógrafo Russell Wing entró en la sala de estar.

—¡Mira esos Cheng! ¡Vaya, *gum laeng, ah*[*]! —exclamó.

—Hola, Russell —le saludó Eddie con una amplia sonrisa—. Gracias, gracias. ¡Nos hemos puesto elegantes para ti!

—¡Fiona, estás impresionante con ese vestido! ¿No es de Raf Simons para Jil Sander, para la temporada que viene? ¿Cómo demonios lo has conseguido? Acabo de fotografiar a Maggie Cheung con este vestido la semana pasada para el *Vogue China.*

Fiona no dijo nada.

—Yo siempre me aseguro de que mi esposa lleve lo mejor, Russell. Vamos, vamos, toma un poco de tu coñac favorito an-

---

* En cantonés, «qué belleza».

tes de empezar. *Um sai hak hei*[*] —dijo Eddie con tono alegre. Miró a Fiona y añadió—: Querida, ¿dónde están tus diamantes? Ve a ponerte tu precioso collar *art déco* de diamantes y jade y así Russell podrá empezar con su sesión de fotos. No queremos robarle demasiado tiempo, ¿verdad?

Mientras Russell hacía algunas de las últimas fotos a la familia Cheng posando delante de la enorme escultura de bronce de un semental lipizano en el vestíbulo delantero, otro preocupante pensamiento invadió la cabeza de Eddie. En cuanto Russell hubo salido por la puerta con su equipo de fotografía y el regalo de una botella de coñac Camus, Eddie llamó a su hermana Cecilia.

—Cecilia, ¿de qué colores vais a ir tú y Tony a la fiesta de la boda de Colin?

—*Nay gong mut yeah?*[**].

—El color de tu vestido, Cecilia. El que vas a llevar al baile.

—¿El color de mi vestido? ¿Cómo lo voy a saber? La boda es dentro de una semana. Aún no he empezado a pensar en lo que me voy a poner, Eddie.

—¿No te has comprado un vestido nuevo para la boda? —Eddie no podía creerlo.

—No, ¿por qué iba a hacerlo?

—¡No me lo creo! ¿Y qué se va a poner Tony?

—Probablemente, llevará un traje azul marino. El que siempre lleva.

—¿No va a ir de esmoquin?

—No. No va a ser su boda, Eddie.

—En la invitación dice «de etiqueta con pajarita blanca», Cecilia.

---

* En cantonés, «No hace falta ser tan cortés».

** En cantonés, «¿Qué estás diciendo?» o, mejor aún, «¿De qué cojones estás hablando?».

—Es Singapur, Eddie, y nadie se toma esas cosas en serio. Los hombres de Singapur no son elegantes y te aseguro que la mitad de ellos ni siquiera llevarán traje. Todos se pondrán esas espantosas camisas batik por fuera del pantalón.

—Creo que te equivocas, Cecilia. Es la boda de Colin Khoo y Araminta Lee. Toda la alta sociedad va a asistir y todos causarán sensación con su ropa.

—Pues, adelante, Eddie.

«Joder», pensó Eddie. Toda su familia iba a aparecer con pinta de campesinos. Qué típico, maldita sea. Se preguntó si podría convencer a Colin de que cambiara su lugar en la mesa para no tener que estar cerca de sus padres y sus hermanos.

—¿Sabes cómo irán mamá y papá?

—Lo creas o no, Eddie, no lo sé.

—Bueno, pues tenemos que coordinar los colores de la familia, Cecilia. Va a haber mucha prensa allí y quiero asegurarme de que no desentonamos. Asegúrate de que no te pones nada gris para el acto principal. Fiona lleva un vestido de baile gris de Jil Sander. Y un vestido lavanda oscuro de Lanvin para la cena de ensayo y un Carolina Herrera color champán para la ceremonia de la iglesia. ¿Puedes llamar a mamá para decírselo?

—Claro, Eddie.

—¿Necesitas que te envíe un mensaje con los colores?

—Claro. Cuando quieras. Ahora te dejo, Eddie. Jake está sangrando otra vez por la nariz.

—Ah, casi me olvido. ¿Qué va a ponerse Jake? Mis hijos van todos con esmoquin de Ralph Lauren con fajines púrpura oscuro...

—Eddie, en serio, tengo que dejarte. No te preocupes, Jake no llevará esmoquin. Tendré suerte si consigo que se ponga la camisa.

—Espera, espera, antes de que te vayas, ¿has hablado ya con Alistair? No seguirá pensando en llevar a esa Kitty Pong, ¿verdad?

—Demasiado tarde. Alistair se fue ayer.

—¿Qué? Nadie me ha dicho que tuviese pensado irse tan pronto.

—Él siempre dijo que se iría el viernes, Eddie. Si nos llamaras más a menudo, lo sabrías.

—Pero ¿por qué se ha ido tan pronto a Singapur?

—No se ha ido a Singapur. Ha ido a Macao para la despedida de soltero de Colin.

—¿QUÉÉÉ? ¿La despedida de soltero de Colin es este fin de semana? ¿Quién demonios ha invitado a Alistair a su despedida de soltero?

—¿De verdad necesitas que te responda a eso?

—¡Pero Colin es muy buen amigo mío! —gritó Eddie sintiendo cómo aumentaba la presión en su cabeza. Y, a continuación, notó un extraño tirón por detrás. Los pantalones se le habían rajado por el culo.

11

Rachel

Isla de Samsara

Las asistentes a la despedida de soltera estaban disfrutando de una cena al anochecer en una larga mesa dispuesta bajo un quiosco de ondeante seda naranja sobre la inmaculada arena blanca rodeada de relucientes faroles plateados. Con un crepúsculo que transformaba las suaves olas en una espuma esmeralda, podría haberse tratado de una sesión de fotos sacada directamente de la revista *Condé Nast Traveler,* si no fuera porque la conversación de la cena echaba a perder esa ilusión. Mientras se servía el primer plato de lechuguitas de Bibb con corazones de palma y una salsa de leche de coco, el grupo de chicas que estaban a la izquierda de Rachel se ocupaba de ensartar el corazón del novio de otra chica.

—Entonces, ¿dices que acaban de hacerlo vicepresidente primero? Pero está en el sector del comercio, no en el de la banca de inversión, ¿no? He hablado con mi novio, Roderick, y cree que Simon gana probablemente entre seiscientos mil y ochocientos mil de salario base si tiene suerte. Y no recibe varios millones en primas como los de la banca de inversión —dijo Lauren Lee.

—El otro problema es su familia. Simon no es ni siquiera el hermano mayor. Es el penúltimo de cinco hermanos —apuntó Parker Yeo—. Mis padres conocen muy bien a los Ting y permitid que os diga que, por muy valorados que estén, no son lo que vosotras ni lo que yo consideramos ricos. Mi madre dice que quizá tengan doscientos millones como mucho. Divide eso entre cinco y tendrás suerte de que Simon reciba al final cuarenta millones. Y eso no ocurrirá hasta dentro de muuuucho tiempo. Sus padres siguen siendo bastante jóvenes. ¿No va a presentarse su padre de nuevo para el Parlamento?

—Solo deseamos lo mejor para ti, Isabel —dijo Lauren a la vez que le acariciaba la mano cariñosamente.

—Pero... Pero creo que le quiero de verdad... —tartamudeó Isabel.

—Isabel, te lo voy a decir tal cual es, porque aquí están todas perdiendo el tiempo tratando de ser educadas —la interrumpió Francesca Shaw—. No puedes permitirte enamorarte de Simon. Deja que acabe yo con esto por ti. Seamos generosas y asumamos que Simon gana unos míseros ochocientos mil al año. Después de impuestos y CPF* su sueldo neto es solamente de alrededor de medio millón. ¿Dónde vas a vivir con ese dinero? Piénsalo. Tienes que considerar un millón de dólares por dormitorio y necesitas, al menos, tres dormitorios, así que estamos hablando de tres millones por un apartamento en Bukit Timah. Eso son ciento cincuenta mil al año de hipoteca e impuestos por

---

* *Central provident fund* o fondo central de previsión, un plan de ahorro obligatorio que los habitantes de Singapur pagan cada mes para su jubilación, su sistema de salud y su alojamiento. Es parecido al plan de la Seguridad Social de Estados Unidos, solo que el CPF no va a quedar insolvente a corto plazo. Los titulares del CPF ganan una media del cinco por ciento de interés al año y el Gobierno concede también de forma periódica a sus ciudadanos primas y acciones especiales, convirtiendo a Singapur en el único país del mundo que regala dividendos a todos sus ciudadanos cuando la economía marcha bien. (Ahora ya sabéis por qué ese tipo de Facebook se hizo singapurense).

inmuebles. Luego, digamos que tienes dos hijos y que quieres enviarlos a buenas escuelas. A treinta mil al año cada uno por cuotas escolares, eso hacen sesenta mil, más veinte mil al año en profesores particulares. Ya son cien mil al año solo en educación. Criadas y niñeras..., dos sirvientas indonesias o de Sri Lanka te costarán otros treinta mil, a menos que quieras que una de ellas sea una niñera sueca o francesa, entonces hablaríamos de ochenta mil al año en servicio. ¿Y qué vas a hacer con tu propio mantenimiento? Como muy poco, necesitarás diez conjuntos nuevos por temporada para no pasar vergüenza en público. Gracias a Dios, Singapur solo tiene dos temporadas, la de calor y la de más calor, así que digamos, para ser prácticas, que solo vas a gastarte cuatro mil por conjunto. Eso son ochenta mil al año para ropa. Yo añadiría otros veinte mil para un buen bolso y unos cuantos pares de zapatos nuevos por temporada. Y después está nuestro mantenimiento básico: pelo, cara, manicura, pedicura, depilación brasileña, de cejas, masajes, quiropráctico, acupuntura, pilates, yoga, *core fusion,* entrenador personal... Eso son cuarenta mil al año. Ya hemos gastado cuatrocientos setenta mil del sueldo de Simon, lo que deja solo treinta mil para todo lo demás. ¿Cómo vas a llevar comida a la mesa y a vestir a tus hijos con eso? ¿Cómo vas a escaparte a un hotel en Amán dos veces al año? ¡Y ni siquiera hemos tenido en cuenta tus cuotas del Churchill Club y el Pulau Club! ¿No lo ves? Es imposible que te cases con Simon. No nos preocuparíamos si tú tuvieras dinero propio, pero ya conoces tu situación. La cuenta atrás ya ha comenzado para tu preciosa cara. Es hora de soltar lastre y dejar que Lauren te presente a uno de esos multimillonarios disponibles de Pekín antes de que sea demasiado tarde.

Isabel era un charco de lágrimas.

Rachel no podía creer lo que acababa de oír. Esa gente hacía que las chicas del Upper East Side parecieran menonitas.

Trató de desviar su atención de nuevo a la comida. Acababan de servir el segundo plato: una sorprendentemente deliciosa terrina de gelatina de langostino y lima calamansí. Por desgracia, las chicas de su derecha parecían centrar su ruidosa conversación en una pareja llamada Alistair y Kitty.

—No entiendo qué ve en ella —se lamentaba Chloé Ho—. Con su acento falso, sus pechos falsos y su falso todo.

—Yo sí sé qué ve exactamente en ella. ¡Ve esos pechos falsos y eso es todo lo que necesita ver! —repuso Parker riéndose.

—Serena Oh me dijo que se encontró con ellos la semana pasada en Lung King Heen y que Kitty iba de Gucci de los pies a la cabeza. Bolso de Gucci, camiseta cuello *halter* de Gucci, *minishorts* de satén de Gucci y botas de pitón de Gucci —dijo Chloé—. Se dejó puestas las gafas de sol de Gucci durante toda la cena y, al parecer, incluso se estuvo besando con él en la mesa con las gafas puestas.

—¡*Alamaaaak*, qué chabacana se puede llegar a ser! —exclamó Wandi mientras se acariciaba su diadema de diamantes y aguamarina.

De repente, Parker se dirigió a Rachel desde el otro lado de la mesa.

—Espera un momento, ¿los has conocido ya?

—¿A quiénes? —preguntó Rachel, que había estado tratando de desconectar de las chicas para no escuchar sus salaces chismorreos.

—¡A Alistair y Kitty!

—Lo siento, no os estaba escuchando... ¿Quiénes son?

Francesca miró a Rachel.

—Parker, no pierdas el tiempo —dijo—. Está claro que Rachel no conoce a nadie.

Rachel no entendía por qué Francesca estaba siendo tan fría con ella. Decidió no hacer caso del comentario y dio un sorbo a su Pinot Gris.

—Bueno, Rachel, cuéntanos cómo conociste a Nicholas Young —preguntó Lauren en voz alta.

—Pues no es una historia muy emocionante. Los dos somos profesores en la Universidad de Nueva York y nos presentó una compañera mía —respondió Rachel mientras notaba que todos los ojos de la mesa estaban puestos en ella.

—Ah, ¿y quién es esa compañera? ¿Es de Singapur? —preguntó Lauren.

—No, es americana de procedencia china, Sylvia Wong-Swartz.

—¿De qué conocía ella a Nicholas? —preguntó Parker.

—Pues... se conocieron en algún comité.

—Entonces, ¿no le conocía muy bien? —continuó Parker.

—No, no lo creo —contestó Rachel, preguntándose adónde querían llegar esas chicas—. ¿Por qué ese interés en Sylvia?

—Es que a mí también me encanta presentar a amigos, así que sentía curiosidad por saber qué motivó a tu amiga a presentaros a vosotros dos. Eso es todo —respondió Parker con una sonrisa.

—Bueno, Sylvia es una buena amiga mía y siempre estaba intentando presentarme gente. Pensó que Nick era guapo y un muy buen partido... —empezó a explicar Rachel, pero se arrepintió al instante de haber elegido esas palabras.

—Desde luego, parece que hizo bien sus deberes, ¿no? —dijo Francesca con una carcajada sarcástica.

Después de la cena, mientras las chicas salían para la carpa de la discoteca que habían levantado de forma precaria en un muelle, Rachel se dirigió sola al bar de la playa, un pintoresco quiosco que daba a una cala apartada. Estaba vacío, a excepción del alto y corpulento camarero que la recibió con una amplia sonrisa cuando ella entró.

—*Signorina*, ¿le preparo algo en especial? —preguntó con un acento casi ridículamente seductor. «Dios, ¿es que la madre de Araminta solo contrata a italianos apuestos?».

—Lo cierto es que me muero de ganas de una cerveza. ¿Tienes alguna?

—Por supuesto. Veamos, tenemos Corona, Duvel, Moretti, Red Stripe y, mi preferida, Lion Stout.

—Nunca he oído hablar de esa.

—Es de Sri Lanka. Cremosa y agridulce, con un rico toque tostado.

Rachel no pudo evitar reírse. Parecía como si se estuviera describiendo a sí mismo.

—Bueno, pues, si es tu preferida, tendré que probarla.

Mientras él le servía la cerveza en un vaso alto escarchado, una chica en la que Rachel no se había fijado antes entró en el bar y se sentó en el taburete de al lado de ella.

—¡Gracias a Dios que hay alguien más aquí que bebe cerveza! Estoy harta de esos cócteles tan malos bajos en calorías —dijo la chica. Era china, pero hablaba con acento australiano.

—Brindo por ello —contestó Rachel levantando su vaso hacia ella. La chica pidió una Corona y cogió la botella de las manos del camarero antes de que se la sirviera en un vaso. Él pareció personalmente ofendido mientras la joven echaba la cabeza hacia atrás y vaciaba la cerveza con grandes tragos.

—Rachel, ¿no?

—Exacto. Pero, si estás buscando a la Rachel Chu taiwanesa, te has equivocado de chica —respondió Rachel avisándola.

La chica sonrió inquisitiva, un poco desconcertada por la respuesta de Rachel.

—Yo soy Sophie, prima de Astrid. Me ha dicho que esté pendiente de ti.

—Ah, hola —dijo Rachel, desarmada ante la simpática sonrisa de Sophie y sus profundos hoyuelos. Al contrario que las demás, con sus atuendos a la última para la playa, ella iba vestida sencillamente, con una camiseta de algodón sin mangas y unos pantalones cortos caqui. Tenía un práctico corte de pelo a lo paje y no llevaba maquillaje ni joyas a excepción de un Swatch de plástico en la muñeca.

—¿Ibas en el avión con nosotras? —preguntó Rachel tratando de recordarla.

—No, no. He venido sola y acabo de llegar hace un rato.

—¿Tú también tienes avión propio?

—No, me temo que no —contestó Sophie riendo—. Yo soy la afortunada que ha volado con Garuda Airlines en clase turista. Tenía algunas rondas de hospital, así que no he podido quedarme libre hasta más tarde.

—¿Eres enfermera?

—Cirujana pediátrica.

Una vez más, Rachel recordó que no se debe juzgar un libro por la portada, menos aún en Asia.

—Así que eres la prima de Astrid y Nick.

—No, solo de Astrid, por la rama de los Leong. Su padre es hermano de mi madre. Pero, por supuesto, conozco a Nick. Nos criamos todos juntos. Y tú te criaste en Estados Unidos, ¿no? ¿Dónde viviste?

—Pasé la adolescencia en California, pero he vivido en doce estados diferentes. Nos mudamos bastantes veces cuando era pequeña.

—¿Por qué cambiabais tanto?

—Mi madre trabajaba en restaurantes chinos.

—¿A qué se dedicaba?

—Normalmente, empezaba como recepcionista o camarera, pero siempre conseguía ascender rápido.

—Así que ¿te llevaba a todas partes con ella? —preguntó Sophie, realmente fascinada.

—Sí... Fuimos nómadas hasta que llegué a la adolescencia y nos establecimos en California.

—¿Te sentiste sola?

—Bueno, eso era lo que yo conocía, así que me parecía normal. Llegué a familiarizarme con la trastienda de muchos restaurantes de centros comerciales de las afueras y me convertí casi en un ratón de biblioteca.

—¿Y tu padre?

—Murió poco después de que yo naciera.

—Vaya, lo siento —dijo enseguida Sophie, arrepentida de haber preguntado.

—No te preocupes. Nunca lo conocí —contestó Rachel con una sonrisa tratando de tranquilizarla—. De todos modos, no estuvo tan mal. Mi madre se apuntó a clases nocturnas, consiguió una licenciatura y ya lleva varios años como exitosa agente inmobiliaria.

—Es increíble —comentó Sophie.

—En realidad, no. Lo cierto es que somos solo una de las muchas típicas historias de «inmigrantes asiáticos con éxito» que a los políticos les encanta sacar a relucir cada cuatro años durante sus convenciones.

Sophie se rio.

—Ya veo por qué le gustas a Nick. Los dos tenéis el mismo humor crítico.

Rachel sonrió y apartó la mirada hacia la carpa del muelle.

—¿Te estoy impidiendo que vayas a la fiesta? Me han dicho que Araminta ha hecho venir a un famoso DJ de Ibiza —dijo Sophie.

—La verdad es que estoy disfrutando de esto. Es la primera conversación real que he tenido en todo el día.

Sophie miró a las chicas —la mayoría de las cuales estaban ahora retorciéndose salvajemente con varios de los camareros italianos al compás de la fuerte música disco eurotrance— y se encogió de hombros.

—Bueno, con esta gente, no puedo decir que me sorprenda.

—¿No son amigas tuyas?

—Algunas, pero a la mayoría de estas chicas no las conozco. Sé quiénes son, claro.

—¿Quiénes son? ¿Alguna de ellas es famosa?

—En sus mentes, quizá. Son las chicas de más alta clase social, de las que siempre aparecen en las revistas en todas las galas benéficas. Una gente demasiado glamurosa para mí. Lo siento, pero hago turnos de veinticuatro horas en el trabajo y no tengo tiempo para ir a fiestas benéficas. Antes tengo que buscar el beneficio de mis pacientes.

Rachel se rio.

—A propósito —añadió Sophie—, llevo levantada desde las cinco, así que voy a meterme ahora en el sobre.

—Creo que yo también —dijo Rachel.

Caminaron por el muelle en dirección a sus habitaciones.

—Estoy en la villa del fondo de este camino, por si necesitas algo —señaló Sophie.

—Buenas noches —se despidió Rachel—. Ha sido un placer charlar contigo.

—Lo mismo digo —contestó Sophie desplegando de nuevo una sonrisa de profundos hoyuelos.

Rachel entró en su villa, encantada de volver a tener un poco de paz y silencio tras un día agotador. No había ninguna luz encendida en la suite, pero la luz brillante y plateada de la luna relucía a través de las puertas abiertas, reflejando en las paredes ondas sinuosas. El mar estaba tan en calma que el sonido del agua chocando despacio contra los postes de madera tenía un efecto hipnótico. Era el escenario perfecto para un baño nocturno en el mar, algo que nunca había hecho. Rachel fue lentamente al dormitorio a por su biquini. Al pasar junto al tocador, vio que del bolso de piel que había dejado colgado de la silla parecía gotear algún líquido. Se acercó al bolso y vio que estaba completamente empapado, con un agua parduzca que goteaba por la esquina formando un gran charco en el suelo del dormitorio. ¿Qué demonios había pasado? Encendió la lámpara que había junto al tocador y abrió la solapa delantera. Dio un grito y saltó hacia atrás horrorizada, tirando la lámpara.

En su bolso había un pez grande salvajemente mutilado que sangraba por las branquias. Sobre el espejo del tocador, con la sangre del pescado estaban escritas las palabras: ¡A VER SI CAZAS ESTO, ZORRA CAZAFORTUNAS!

12

Eleanor

Shenzhen

Treinta mil yuanes? ¡Eso es ridículo! —exclamó furiosa Eleanor al hombre con la chaqueta gris con mezcla de poliéster que estaba sentado frente a ella en la sala que había junto al vestíbulo del Ritz-Carlton. El hombre miró a su alrededor para asegurarse de que el arrebato de Eleanor no estaba llamando demasiado la atención.

—Créame, será dinero bien gastado —dijo el hombre en voz baja en mandarín.

—Señor Wong, ¿cómo podemos estar seguras de que su información tiene algún valor cuando ni siquiera sabemos qué es exactamente? —preguntó Lorena.

—Escuche, su hermano le explicó al señor Tin la situación y el señor Tin y yo nos conocemos desde hace mucho tiempo. Llevo trabajando para él más de veinte años. Somos los mejores en este tipo de asuntos. No estoy seguro de qué es exactamente lo que piensa hacer ni quiero saberlo, pero le aseguro que esta información será enormemente provechosa para quienquiera que la posea —explicó el señor Wong con firmeza. Lorena tradujo su respuesta a Eleanor.

—¿Quién se cree que somos? Para mí, no hay información que valga treinta mil yuanes. ¿Se piensa que estoy hecha de dinero? —Eleanor estaba indignada.

—¿Y quince mil yuanes? —preguntó Lorena.

—De acuerdo, para usted, veinte mil —repuso el señor Wong.

—Quince mil, y es nuestra última oferta —insistió Lorena.

—Vale, diecisiete mil quinientos, pero esta es mi última oferta —dijo el hombre, perdiendo la paciencia por tanto regateo. El señor Tin le había dicho que estas señoras eran millonarias.

—No. Diez mil o me voy —sentenció, de repente, Eleanor en mandarín. El hombre la fulminó con la mirada como si ella hubiese insultado a todos sus antepasados. Meneó la cabeza ofuscado—. Lorena, yo no voy a seguir con esta extorsión —añadió enojada Eleanor a la vez que se levantaba del sillón de terciopelo rojo. Lorena se puso también de pie y las dos se dispusieron a salir de la sala hacia el inmenso vestíbulo de tres plantas de altura, donde había un repentino embotellamiento de hombres con esmoquin y mujeres con vestidos de fiesta negros, blancos y rojos—. Debe de haber algún tipo de evento importante —comentó Eleanor fijándose en una mujer con unos resplandecientes diamantes en el cuello.

—Shenzhen no es Shanghái, eso desde luego. Todas estas mujeres van vestidas con modelos de hace tres años —observó Lorena con ironía mientras trataba de abrirse paso entre la multitud—. Eleanor, creo que esta vez has ido demasiado lejos con tus tácticas de regateo. Creo que hemos perdido a este tipo.

—Lorena, confía en mí. ¡Sigue caminando y no te gires! —le ordenó Eleanor.

Justo cuando las señoras llegaban a la puerta principal del hotel, el señor Wong salió corriendo de pronto de la sala.

—De acuerdo, de acuerdo, diez mil —dijo jadeante. Eleanor sonrió con una expresión de triunfo mientras seguía al hombre de nuevo hacia la mesa.

El señor Wong hizo una rápida llamada por su móvil y, a continuación, habló con las señoras:

—Muy bien, mi informante llegará enseguida. Hasta entonces, ¿qué desean tomar las señoras?

Lorena se quedó un poco sorprendida al escuchar aquello. Había supuesto que las llevarían a algún otro lugar para reunirse con el informante.

—¿Es seguro vernos aquí?

—¿Por qué no? ¡Este es uno de los mejores hoteles de Shenzhen!

—Me refiero a que estamos a la vista de todo el mundo.

—No se preocupe, ya verá que no pasa nada —dijo el señor Wong a la vez que cogía un puñado de nueces de macadamia de un cuenco de plata que había sobre la mesa.

Unos minutos después, entró un hombre en el bar caminando con inquietud hacia su mesa. Eleanor estuvo segura solo con verlo de que venía de alguna zona rural y que era la primera vez que ponía un pie en un hotel tan lujoso como este. Llevaba un polo a rayas, unos pantalones de vestir que combinaban mal y, en la mano, un maletín de metal plateado. A Lorena le parecía como si acabara de cogerlo una hora antes en uno de esos puestos baratos de maletas que hay en la estación de ferrocarril para parecer más profesional. Miró nervioso a las mujeres mientras se acercaba a la mesa. El señor Wong intercambió algunas palabras con él en un dialecto que ninguna de las dos entendía y el hombre colocó su maletín sobre la mesa de granito. Lo manipuló hasta marcar la combinación de apertura y alzó los cierres de cada lado a la vez antes de abrir la tapa del maletín con gesto ceremonioso.

El hombre sacó tres cosas del maletín y las colocó sobre la mesa, delante de las señoras. Había una caja de cartón rectangular, un sobre de papel manila y una fotocopia de un recorte de periódico. Lorena abrió el sobre de papel manila y sacó una hoja amarillenta mientras Eleanor abría la caja. Miró en su interior y, a continuación, miró la hoja que Lorena sostenía en la mano. Tenía un nivel de lectura básico en mandarín, por lo que se quedó perpleja ante él.

—¿Qué significa todo esto?

—Dame cinco minutos hasta que termine, Elle —dijo Lorena mientras examinaba el último documento de arriba abajo—. Dios mío, Elle —exclamó, de repente, mirando al señor Wong y al informante—. ¿Están seguros de que esta información es real? Tendrán graves problemas si no lo es.

—Se lo juro por la vida de mi primogénito —contestó el hombre, vacilante.

—¿Qué es? ¿Qué es? —preguntó Eleanor con insistencia, apenas sin poder contenerse. Lorena susurró algo al oído derecho de Eleanor. Los ojos de esta se abrieron de par en par y, después, miró al señor Wong.

—Señor Wong, le doy treinta mil yuanes en efectivo si me lleva ahora mismo —exigió Eleanor.

13

Rachel

Isla de Samsara

Sophie se estaba echando agua en la cara cuando oyó unos golpes insistentes en la puerta. Fue a abrir y vio a Rachel allí, con los labios blancos y todo el cuerpo temblándole.

—¿Qué pasa? ¿Tienes frío? —preguntó Sophie.

—Yo... creo... creo que estoy en estado de shock —respondió Rachel tartamudeando.

—¿QUÉ? ¿Qué ha pasado?

—Mi habitación... No puedo describirlo. Ve a verlo tú misma —dijo Rachel aturdida.

—¿Estás bien? ¿Pido ayuda?

—No, no, estoy bien. Solo tiemblo sin poder evitarlo.

Sophie adoptó de inmediato su rol de médica y agarró la muñeca de Rachel.

—Tienes el pulso un poco elevado —dijo. Cogió el chal de cachemir que tenía en la *chaise longue* y se lo dio a Rachel—. Siéntate. Respira despacio y profundamente. Échate esto por encima y espera aquí —le ordenó.

Unos minutos después, Sophie entró en la villa completamente furiosa.

—¡No me lo puedo creer! ¡Esto es intolerable!

Rachel asintió despacio, ya un poco más calmada.

—¿Puedes llamar a la seguridad del hotel?

—¡Por supuesto! —Sophie se dirigió hacia el teléfono y examinó la lista que había sobre él en busca del botón que tenía que pulsar. Volvió con Rachel y la miró pensativa—. Lo cierto es que me estoy preguntando si será una buena idea llamar a seguridad. ¿Qué van a hacer?

—¡Podemos averiguar quién lo ha hecho! Hay cámaras de seguridad por todas partes y seguramente tendrán imágenes de quien haya entrado en mi habitación —dijo Rachel.

—Vale..., ¿y qué conseguimos con eso? —Sophie se quedó pensando—. Escúchame un segundo... Nadie ha cometido ningún delito de verdad. Es decir, me siento mal por lo del pez y, desde luego, para ti puede ser traumático, pero, si lo piensas, no es más que una broma desagradable. Estamos en una isla. Sabemos que ha tenido que ser una de esas chicas o puede que incluso varias. ¿De verdad te importa quién lo ha hecho? ¿Vas a enfrentarte con alguna y montar un escándalo? Solo están intentando fastidiarte. ¿Por qué alimentarlas más? Seguro que están ahora mismo en la playa esperando a que te pongas histérica y eches a perder la despedida de soltera de Araminta. Han querido provocarte.

Rachel pensó un momento en lo que Sophie había dicho.

—¿Sabes? Tienes razón. Estoy segura de que esas chicas se mueren por provocar algún drama para así poder contarlo cuando volvamos a Singapur. —Se levantó del sofá y caminó por la habitación, sin saber bien qué hacer a continuación—. Pero debe de haber algo que podamos hacer nosotras.

—A veces, no hacer nada es la forma más eficaz de hacer algo —observó Sophie—. Si no haces nada, estarás lanzando un mensaje claro: que eres más fuerte de lo que piensan. Por no decir que mucho más elegante. Piénsalo.

Rachel lo pensó un momento y decidió que Sophie tenía razón.

—¿Alguna vez te han dicho lo brillante que eres, Sophie? —dijo con un suspiro. Sophie sonrió.

—Ven. He visto que en el baño hay té de verbena. Deja que prepare un poco. Nos calmará a las dos.

Con unas tazas de té caliente en sus regazos, Rachel y Sophie se sentaron en un par de tumbonas de la terraza. La luna colgaba del cielo como un gong gigante, iluminando el mar con tanta luz que Rachel vio diminutos bancos de peces centelleando al pasar junto a los postes de madera del bungaló.

Sophie miró a Rachel con seriedad.

—No estabas preparada para nada de esto, ¿verdad? Astrid fue muy perspicaz cuando me pidió que estuviese pendiente de ti. Estaba un poco preocupada por que estuvieses con esta gente.

—Astrid es un encanto. Supongo que no me esperaba encontrarme con este tipo de maldades, eso es todo. ¡Por la forma de actuar de estas chicas es como si Nick fuese el último hombre de toda Asia! Mira, lo estoy entendiendo ahora. Su familia es rica, se considera un buen partido. Pero ¿no se supone que Singapur está lleno de familias igual de ricas?

Sophie soltó un suspiro de empatía.

—En primer lugar, Nick es extraordinariamente atractivo, la mayoría de estas chicas han estado enamoradas de él desde la infancia. Después, tienes que saber una cosa de su familia. Hay cierto misterio que los rodea porque son increíblemente discretos. La mayoría de la gente ni siquiera sabe que existen, pero en el pequeño círculo de familias que sí los conocen provocan un nivel de fascinación que es difícil de describir. Nick es el vástago de ese noble clan y, para algunas de estas chicas, eso es lo único que cuenta. Puede que no sepan nada de él, pero todas rivalizan por convertirse en la señora de Nicholas Young.

Rachel escuchaba en silencio. Sentía como si Sophie estuviese hablando de algún personaje de ficción, alguien que no guardaba ningún parecido con el hombre al que conocía y del que se había enamorado. Era como si fuese la Bella Durmiente, solo que ella nunca había pedido que la despertara ningún príncipe.

—¿Sabes? Nick me ha hablado muy poco de su familia. Aún no sé mucho de ellos —dijo Rachel.

—Así es como han educado a Nick. Estoy segura de que le enseñaron desde muy pequeño a no hablar nunca de su familia, de donde vivía y ese tipo de cosas. ¿Te imaginas crecer en esa casa sin otros niños, nadie más que tus padres, abuelos y todos esos criados? Recuerdo que cuando iba allí de pequeña Nick siempre parecía estar agradecido de tener otros niños con los que jugar.

Rachel miró hacia la luna. De repente, la figura en forma de conejo de la luna le recordó a Nick, un niño pequeño encerrado en aquel palacio reluciente, solo.

—¿Quieres saber qué es lo más loco de todo esto?

—Dímelo.

—Yo solo he venido de vacaciones de verano. Aquí todo el mundo da por sentado que Nick y yo estamos comprometidos, que vamos a escaparnos para casarnos mañana o algo así. Nadie sabe que nosotros nunca hemos hablado de matrimonio.

—¿De verdad? —preguntó Sophie sorprendida—. Pero ¿nunca piensas en ello? ¿No quieres casarte con Nick?

—Si te soy del todo sincera, Nick es el primer chico con el que salgo con quien podría imaginarme casada. Pero no me educaron para creer que el matrimonio debe ser el objetivo de mi vida. Mi madre quería que recibiera primero la mejor educación. Nunca ha querido que termine teniendo que lavar platos en un restaurante.

—Eso no es lo que pasa aquí. Por mucho que hayamos avanzado, aún existe una presión tremenda sobre las chicas para que se casen. Aquí, no importa el éxito que una mujer consiga a nivel profesional. No se considera completa hasta que se ha casado y tiene hijos. ¿Por qué crees que Araminta está deseando casarse?

—Entonces, ¿crees que Araminta no debería casarse?

—Bueno, me resulta difícil responder a esa pregunta. Es decir, está a punto de convertirse en mi cuñada.

Rachel miró a Sophie sorprendida.

—Espera un momento... ¿Colin es tu hermano?

—Sí. —Sophie se rio—. Creía que lo sabías desde el principio.

Rachel se quedó mirándola con renovado asombro.

—No tenía ni idea. Creía que eras prima de Astrid. Entonces..., ¿los Khoo están emparentados con los Leong?

—Sí, claro. Mi madre era una Leong. Era la hermana de Harry Leong.

Rachel notó que Sophie había utilizado el tiempo pasado al hablar de su madre.

—¿Tu madre ya no está?

—Murió cuando éramos niños. Sufrió un ataque al corazón.

—Oh —dijo Rachel, dándose cuenta de por qué había sentido una conexión con esa chica a la que había conocido tan solo unas horas antes—. No me malinterpretes, pero ahora entiendo por qué eres tan distinta de las demás chicas.

Sophie sonrió.

—Criarte con un solo padre, sobre todo en un lugar donde todos se esfuerzan tanto por dar una imagen de familia perfecta, hace que te diferencies de las demás. Yo siempre era la chica cuya madre había muerto demasiado joven. Pero ¿sabes? Tuvo sus ventajas. Eso me permitió alejarme de aquí. Después de que mi madre muriera, me enviaron a estudiar a Australia y estuve allí durante toda la universidad. Supongo que eso te cambia un poco.

—Mucho —le corrigió Rachel. Pensó en otra cosa que hacía que Sophie le gustara: su franqueza y su absoluta falta de pretensión le recordaban mucho a Nick. Rachel levantó los ojos hacia la luna y, esta vez, el conejo no le pareció ya tan solo.

14

Astrid y Michael

Singapur

En cuanto los hombres del equipo de seguridad de Harry Leong vestidos con trajes de Armani entraron en su habitación del hospital e hicieron su habitual registro, Astrid supo que la habían descubierto. Unos momentos después, sus padres entraron en la habitación jadeantes.

—Astrid, ¿estás bien? ¿Cómo está Cassian? ¿Dónde está? —preguntaba ansiosa su madre.

—Estoy bien, estoy bien. Michael está con Cassian en el pabellón infantil. Ha ido a firmar su alta.

El padre de Astrid miró a la anciana china que se encontraba a pocos metros frotándose con fuerza bálsamo de tigre en el tobillo.

—¿Por qué te han traído a un hospital público? ¿Y por qué demonios no estás en una habitación individual? Voy a decirles que te cambien de inmediato —susurró Harry irritado.

—No pasa nada, papá. He tenido un pequeño traumatismo, así que me han dejado aquí para tenerme controlada. Como os he dicho, están a punto de darnos el alta. ¿Cómo habéis sabido que estaba aquí? —preguntó Astrid sin molestarse en ocultar su fastidio.

—Vaya, ¿pasas dos días en el hospital sin decírnoslo y lo único que te preocupa es cómo nos hemos enterado? —preguntó Felicity con un suspiro.

—No te pongas tan *kan cheong*, mamá. No ha pasado nada.

—¿Que no ha pasado nada? Cassandra nos ha llamado a las siete de la mañana desde Inglaterra. ¡Nos ha dado un susto de muerte, haciendo que sonara como el accidente de la princesa Diana en aquel túnel de París! —se lamentó Felicity.

—Pues alégrate de que no haya llamado al *Straits Times* —comentó Harry.

Astrid puso los ojos en blanco. Radio Uno Asia atacaba de nuevo. ¿Cómo demonios se había enterado Cassandra de su accidente? Había dejado muy claro al conductor de la ambulancia que la llevara al Hospital General, no a uno de los hospitales privados, como Mount Elizabeth o Gleneagles, para poder evitar que la reconocieran. Por supuesto, no había funcionado.

—Se acabó. No voy a permitir que conduzcas más. Vas a deshacerte de ese malísimo coche japonés tuyo y voy a asignarte a Youssef para que te lleve de ahora en adelante. Puede usar uno de los Vanden Plas —sentenció Harry.

—¡Deja de tratarme como si tuviera seis años, papá! Ha sido un accidente sin importancia. Con lo que me he golpeado ha sido con el airbag, eso es todo.

—Que el airbag se desplegara quiere decir que el accidente fue más grave de lo que crees. Si no valoras tu vida, haz lo que quieras. Pero no voy a permitir que pongas en peligro la vida de mi nieto. ¿De qué sirve tener tantos chóferes si nadie los utiliza? Youssef llevará a Cassian a partir de ahora —insistió Harry.

—Papá, Cassian solo tiene unos cuantos rasguños.

—¡Unos cuantos rasguños, nada menos! —Felicity suspiró meneando consternada la cabeza justo cuando Michael entraba en la habitación con Cassian—. Ay, Cassian, pobrecito mío —exclamó abalanzándose sobre el niño, que agarraba contento un globo rojo.

—¿Dónde diablos estabas tú el viernes por la noche? —rugió Harry a su yerno—. Si hubieses cumplido con tu deber de acompañarla, esto no habría pasado...

—¡Papá, cállate! —intervino Astrid.

—Estuve trabajando hasta tarde, señor —dijo Michael lo más calmado que pudo.

—Trabajando hasta tarde, trabajando hasta tarde. Últimamente, siempre trabajas mucho, ¿no? —masculló Harry con desprecio.

—Basta ya, papá. Nos vamos. Venga, Michael, quiero irme a casa —insistió Astrid levantándose de la cama.

En cuanto llegaron a casa, Astrid puso en marcha el plan que había estado diseñando durante los dos últimos días. Entró en la cocina y dio el día libre a la cocinera y a la criada. Después, ordenó a Evangeline que se llevara a Cassian a jugar a la casa de la playa de Tanah Merah. Michael se sorprendió al ver el repentino torrente de actividad, pero supuso que Astrid simplemente quería un poco de paz y silencio el resto del día. En cuanto todos se hubieron marchado del piso y Astrid oyó que se cerraban las puertas del ascensor, miró fijamente a Michael. Ahora estaban completamente solos y, de repente, ella oyó cómo los latidos de su corazón invadían sus oídos. Sabía que, si no decía lo que tan cuidadosamente había ensayado en su cabeza EN ESE MISMO INSTANTE, se acobardaría.

—Michael, quiero que sepas qué pasó el viernes por la noche —empezó a decir.

—Ya me lo has contado, Astrid. No importa. Solo me alegra saber que Cassian y tú estáis bien —contestó Michael.

—No, no —replicó Astrid—. Quiero que sepas el verdadero motivo por el que tuve el accidente.

—¿De qué estás hablando? —preguntó Michael, confundido.

—Estoy hablando de que iba tan distraída que casi conseguí que tu hijo se matara —respondió Astrid con cierto tono de rabia en su voz—. Fue culpa mía. Era demasiado tarde, estaba demasiado oscuro, sobre todo en esas calles estrechas que rodean el Jardín Botánico. No debería haber cogido el coche, pero lo hice. Y lo único en lo que podía pensar era dónde estabas y qué estabas haciendo.

—¿A qué te refieres? Estaba en casa —dijo Michael con total naturalidad—. ¿Por qué estabas tan preocupada?

Astrid respiró hondo y, antes de poder contenerse, las palabras empezaron a salir a borbotones.

—Sé que piensas que soy una especie de criatura delicada, pero soy mucho más fuerte de lo que crees. Necesito que seas sincero conmigo, completamente sincero. Vi un mensaje en tu teléfono el mes pasado, Michael. El mensaje guarro. Sé que estabas en Hong Kong cuando se suponía que estabas en el norte de China. Vi la cuenta de tu cena en Petrus. Y sé lo de la pulsera de dijes que compraste en la tienda de Stephen Chia.

Michael se sentó a la vez que su cara palidecía. Astrid vio cómo se dejaba caer en el sofá; su lenguaje corporal lo decía todo. Era absolutamente culpable. Sintió una oleada de seguridad que la animó a hacer la pregunta que jamás había imaginado que haría:

—¿Has estado...? ¿Estás teniendo una aventura?

Michael suspiró y negó con la cabeza casi de forma imperceptible.

—Lo siento mucho. Siento mucho haberos hecho daño a ti y a Cassian. Tienes razón... El accidente fue culpa mía.

—Cuéntamelo todo, Michael. Y yo..., yo trataré de ser comprensiva —dijo Astrid en voz baja, sentándose en la otomana que estaba delante de él invadida por una sensación de calma—. Basta de mentiras, Michael. Dímelo, ¿quién es la mujer con la que te ves?

Michael no se atrevía a mirar a su mujer. Sabía que había llegado por fin el momento de decir lo que había querido decir desde hacía mucho tiempo.

—Lo siento mucho, Astrid. No quiero provocarte más dolor. Me iré.

Astrid le miró sorprendida.

—Michael, te estoy pidiendo que me cuentes qué ha pasado. Quiero saberlo todo, para que podamos dejar todo esto atrás.

Michael se levantó del sofá bruscamente.

—No sé si eso es posible.

—¿Por qué no?

Michael dio la espalda a Astrid y miró más allá de las puertas correderas de cristal que daban al balcón. Miró hacia los árboles que se alineaban en Cavenagh Road como gigantes y densos tallos de brócoli desde ahí arriba. Los árboles marcaban el perímetro de los terrenos que rodeaban Istana y, más allá, el parque de Fort Canning, River Valley Road y, después, el río Singapur. Deseó poder salir volando por el balcón hacia el río para alejarse de aquel dolor.

—Yo... te he causado demasiado daño y ahora no sé si puedo evitar hacerte aún más —dijo por fin.

Astrid se quedó un momento en silencio mientras trataba de descifrar qué quería decir.

—¿Es porque estás enamorado de esa mujer? —preguntó con los ojos al borde de las lágrimas—. ¿O es porque has tenido otro hijo con ella?

Michael la miró con una sonrisa enigmática.

—¿Qué pasa, que tu padre me tiene bajo vigilancia o algo así?

—No seas ridículo. Un amigo te vio por casualidad en Hong Kong, eso es todo. ¿Quién es el niño? ¿Y quién es esa mujer con la que te ves?

—Astrid, el niño y la mujer no tienen nada que ver. Tú y yo..., esto ya no funciona. Lo cierto es que nunca ha funcionado. Simplemente hemos estado fingiendo que sí —dijo Michael categóricamente, sintiendo que esas eran las primeras palabras de verdad sinceras que le dirigía en mucho tiempo.

Astrid se quedó mirándolo, perpleja.

—¿Cómo puedes decir eso?

—Bueno, tú quieres que sea sincero y lo estoy siendo. Tu padre tenía razón. No he estado cumpliendo con mi deber como marido. He estado demasiado obsesionado con el trabajo, trabajando con todas mis fuerzas para conseguir que esta empresa despegue. Y tú... Tú estás obsesionada con tus obligaciones familiares y viajando por todo el mundo cincuenta veces al año. ¿Qué tipo de matrimonio tenemos? No somos felices —sentenció Michael.

—No puedo creer que esté oyendo esto. Yo he sido feliz. Era muy feliz hasta el día en que descubrí ese maldito mensaje —insistió Astrid poniéndose de pie y empezando a pasear por la habitación.

—¿Estás segura de eso? ¿Estás segura de haber sido feliz de verdad? Yo creo que te has estado engañando, Astrid.

—Ya veo lo que estás haciendo, Michael. Simplemente estás tratando de buscar una forma fácil de salir de esta. Estás tratando de echarme a mí la culpa, de hacer que todo esto sea cosa mía, cuando eres tú el culpable. Oye, no soy yo la que ha incumplido nuestros votos matrimoniales. No soy yo la que te ha engañado —dijo Astrid, furiosa, transformando su consternación en rabia.

—De acuerdo. Yo tengo la culpa. Lo admito. Admito que soy yo el que te ha engañado. ¿Contenta?

—No estoy contenta y tardaré un tiempo en estarlo, pero aprenderé a salir adelante —contestó Astrid con tono realista.

—¡Pues yo no puedo seguir adelante! —gimió Michael—. Así que voy a hacer las maletas.

—¿Qué es eso de hacer las maletas? ¿Quién te ha pedido que te vayas? ¿Crees que quiero echarte de casa solo porque me has engañado? ¿Crees que soy tan tonta como para pensar que soy la primera mujer cuyo marido ha tenido una aventura? Yo no me voy a ir a ningún lado, Michael. Me quedo aquí, para tratar de solucionar esto contigo, por el bien de nuestro matrimonio. Por nuestro hijo.

—Astrid, ¿cuándo has hecho alguna vez algo por tu hijo? Creo que Cassian estará mucho mejor si se cría con dos padres que sean felices en lugar de con unos padres que están atrapados en un mal matrimonio —alegó Michael.

Astrid estaba perpleja. ¿Quién era ese hombre que tenía delante? ¿Dónde había aprendido de repente toda esa psicología barata?

—Es por esa mujer, ¿verdad? Ya entiendo... Ya no quieres formar parte de esta familia. Quieres vivir con esa..., esa puta, ¿no? —gritó.

Michael respiró hondo antes de responder.

—Sí. Ya no quiero vivir contigo. Y creo que por el bien de los dos debería irme hoy mismo. —Sabía que, si se iba a ir alguna vez, esa era su oportunidad. Empezó a caminar hacia el dormitorio. ¿Dónde estaba su maleta grande?

Astrid se quedó desconsolada junto a la puerta del dormitorio, preguntándose qué era lo que acababa de pasar. No era así como se suponía que tenían que haber ido las cosas. Observó aturdida cómo Michael empezaba a coger su ropa y a lanzarla de cualquier forma al interior de su maleta negra de Tumi. Había querido regalarle un juego de maletas de Loewe durante su estancia en Barcelona el año anterior, pero él insistió en comprar algo más barato y más práctico. Ahora ella tenía la clara sensación de estar atrapada en un sueño. Nada de eso podía estar sucediendo de verdad. La discusión que acababan de tener. El accidente de coche. La infidelidad de Michael. Nada de eso. Su marido no se iba a marchar de verdad. No podía ser que se estuviese marchando. No era más que una pesadilla. Se abrazó a sí misma y se pellizcó la carne que le rodeaba el codo varias veces, deseando despertar.

15

Nick

Macao

Nick pasó los dedos por los lomos de piel perfectamente dispuestos sobre la librería neoclásica de caoba. *El teniente de navío Hornblower; Islas a la deriva; Billy Budd, marinero...* Todos títulos de temática náutica. Sacó un libro de Knut Hamsun del que nunca había oído hablar, *Augusto,* y se acomodó en uno de los sillones acolchados con la esperanza de que no le molestaran durante un rato. Al abrir la rígida y repujada cubierta, supo de inmediato que sus páginas, como la mayoría de las que había allí, probablemente no habían visto nunca la luz del día. No era de extrañar, teniendo en cuenta que aquella suntuosa biblioteca estaba escondida en la cubierta inferior de un yate de ciento veinte metros que contenía distracciones tales como una sala de baile, un karaoke para el padre de Bernard, una capilla para su madre, un casino, un bar de sushi con un chef de sushi a jornada completa traído desde Hokkaido, dos piscinas y una bolera al aire libre en la cubierta superior que también se convertía en pasarela para desfiles de moda.

Nick miró con pesar a la puerta cuando oyó unos pasos que bajaban por la escalera en espiral justo por fuera de la biblioteca. Si hubiese sido más listo, habría cerrado con llave la puerta al entrar. Para alivio de Nick, fue Mehmet quien se asomó.

—Nicholas Young, ¿por qué no me sorprende encontrarte en la única habitación dedicada a la intelectualidad de todo el barco? —preguntó Mehmet—. ¿Te importa si me quedo? Este parece el lugar más tranquilo del barco y, si oigo otra remezcla de Hôtel Costes, creo que voy a saltar por la borda y nadar hasta la boya más cercana.

—Eres muy bienvenido. ¿Cómo están los nativos?

—De lo más inquietos, diría yo. Me he ido de la piscina justo cuando empezaba el concurso de helados.

—¿Están haciendo helados? —preguntó Nick levantando una ceja.

—Sí. Sobre una docena de chicas macaenses desnudas.

Nick meneó la cabeza con gesto de cansancio.

—He intentado rescatar a Colin, pero lo han atrapado. Bernard ha nombrado a Colin Rey de la Nata Montada.

Mehmet se dejó caer en un sillón y cerró los ojos.

—Colin debería haberme hecho caso y haber ido a Estambul a pasar unos días tranquilos antes de la boda. Le dije que te invitara a ti también.

—Eso sí que habría estado bien —dijo Nick con una sonrisa—. Prefiero mil veces estar en el palacio de verano de tu familia a orillas del Bósforo antes que en este barco.

—¿Sabes? Me sorprende que Colin haya celebrado una despedida de soltero. No me parecía propio de él.

—No lo es, pero creo que Colin pensó que no podía decirle que no a Bernard, siendo su padre el mayor accionista minoritario de la Compañía Khoo —explicó Nick.

—Bernard está haciendo un buen trabajo, ¿verdad? Cree que a Colin le gusta de verdad formar parte del mayor atracón de drogas y bebida que he visto desde las vacaciones de primavera en Cabo —murmuró Mehmet.

Nick le miró sorprendido, pues no esperaba oír esas palabras saliendo de la boca de Mehmet. Este abrió un ojo y sonrió.

—Es broma. Nunca he estado en Cabo. Es solo que siempre he deseado decir algo así.

—¡Por un momento me has asustado! —repuso Nick riendo.

Justo entonces, Colin entró en la biblioteca y se lanzó sobre el sillón más cercano.

—¡Que Dios me ayude! ¡Creo que no voy a poder comer otra guinda con marrasquino nunca más! —se quejó a la vez que se masajeaba las sienes.

—Colin, ¿de verdad has comido directamente del cuerpo de una de las chicas? —preguntó Mehmet, incrédulo.

—¡Nooo! Araminta me mataría si se enterara de que me he comido un helado con sirope de chocolate encima del co..., eh..., de la entrepierna de una chica. Solo he cogido una guinda y, después, le he dicho a Bernard que tenía que ir urgentemente al baño.

—¿Y de dónde han salido todas esas chicas? —preguntó Mehmet.

—Las ha contratado Bernard en ese burdel al que nos obligó a ir anoche —masculló Colin por encima de su fuerte dolor de cabeza.

—¿Sabéis? Creo que se quedó realmente sorprendido cuando rechazamos a las chicas que nos había conseguido para pasar la noche —dijo Mehmet.

—Pobre cabrón. Le hemos arruinado por completo su fin de semana de despedida de soltero, ¿no? No hemos querido ir a las peleas de perros, no hemos querido grabar vídeos porno con prostitutas y hemos puesto mala cara al ver su estupenda cocaína peruana —comentó Nick entre risas.

Se oyeron gritos desde la cubierta superior seguidos de chillidos de pánico.

—Me pregunto qué estará pasando ahora —dijo Nick. Pero ninguno de ellos tuvo fuerzas para levantarse de los sillones de felpa. El yate empezó a disminuir la velocidad y se oyó a varios tripulantes corriendo por las cubiertas de abajo.

Alistair entró en la habitación, sosteniendo con cuidado una taza blanca y un platillo con lo que parecía ser un capuchino muy espumoso.

—¿Qué son todos esos gritos de la cubierta? —preguntó Colin con un gemido.

Alistair se limitó a poner los ojos en blanco y a sentarse en una de las sillas que había junto a la mesita Regency.

—Una de las chicas se ha resbalado por la borda durante el concurso de lucha en aceite. No hay que preocuparse, sus pechos han hecho las veces de estupendos flotadores.

Empezó a dar sorbos al café, pero, a continuación, hizo una mueca.

—El camarero australiano me ha mentido. Me ha dicho que sabía preparar un *flat white* perfecto y esto ni siquiera se le parece. ¡No es más que un repugnante café con leche!

—¿Qué es un *flat white*? —preguntó Mehmet.

—Es una especie de capuchino que solo se prepara en Australia. Se usa la leche caliente y espumosa del fondo de la jarra y se guarda la espuma para la parte de arriba para darle una textura suave y aterciopelada.

—¿Y está bueno? —insistió Mehmet un poco intrigado.

—Es el mejor. Solía tomarme por lo menos dos al día en mi época universitaria en Sídney —contestó Alistair.

—¡Vaya, ahora yo también quiero uno! —dijo Colin con un suspiro—. Esto es una puta pesadilla. Ojalá pudiera salir de este barco para ir a tomar una taza de café decente a algún sitio. Sé que se supone que este es uno de los yates nuevos más guais del mundo y que debería estar agradecido, pero lo cierto es que a mí me parece una cárcel flotante. —Su expresión se oscureció y Nick le miró con inquietud. Notaba que Colin estaba cayendo rápidamente en uno de sus profundos bajones. Una idea empezó a tomar forma en su mente. Sacó su teléfono móvil y empezó a buscar entre sus contactos, se inclinó hacia Mehmet y le susurró algo al oído. Mehmet sonrió y asintió con entusiasmo.

—¿Qué estáis cuchicheando vosotros dos? —preguntó Alistair acercándose con curiosidad.

—Solo es una idea. Colin, ¿estás listo para salir de esta lamentable y aburrida despedida de soltero? —preguntó Nick.

—Nada me gustaría más, pero no creo que pueda arriesgarme a ofender a Bernard y, lo que es más importante, a su padre. Es decir, Bernard ha tirado la casa por la ventana para ofrecernos un fin de semana a lo grande.

—La verdad es que Bernard ha tirado la casa por la ventana para pasarlo bien él —repuso Nick—. Mira cómo estás tú. ¿Cuánto más de esto estás dispuesto a sufrir con tal de que los Tai no se ofendan? Es tu último fin de semana de soltero, Colin. Creo que tengo una estrategia de salida que no ofenderá a nadie. Si puedo ponerla en práctica, ¿me seguirás la corriente?

—Vale..., ¿por qué no? —dijo Colin, temeroso.

—¡Sí, señor! —exclamó Alistair.

—Rápido, tenemos una urgencia médica. Tiene que detener el barco y necesito saber nuestras coordenadas exactas ahora mismo —pidió Nick cuando entró corriendo en la cabina del timón del yate.

—¿Qué pasa? —preguntó el capitán.

—Mi amigo está sufriendo una pancreatitis aguda. Hay un médico abajo que cree que podría empezar a desangrarse por dentro. Estoy al habla con el helicóptero de rescate —dijo Nick levantando ansioso su teléfono móvil.

—Espere. Espere un momento. Yo soy el capitán del barco. Soy yo quien decide si hay que pedir evacuaciones de urgencia. ¿Quién es el médico que está abajo? Deje que vea al paciente —exigió el capitán con tono brusco.

—Capitán, con el debido respeto, no podemos esperar ni un minuto. Puede ir a verle todo lo que quiera, pero, ahora mismo, solo necesito que me dé las coordenadas.

—Pero ¿con quién está hablando? ¿Con la guardia costera de Macao? Este protocolo es de lo más irregular. Deje que hable yo con ellos —farfulló el capitán, confundido.

Nick puso su acento más pijo y condescendiente, perfeccionado durante todos sus años en el colegio Balliol de Oxford, y miró al capitán con expresión amenazadora.

—¿Tiene usted idea de quién es mi amigo? Es Colin Khoo, heredero de una de las mayores fortunas del planeta.

—¡No sea tan estirado conmigo, joven! —gritó el capitán—. No me importa quién es su amigo, hay protocolos de emergencia marítima que DEBO CUMPLIR Y...

—¡Y, AHORA MISMO, mi amigo está abajo en su barco, posiblemente a punto de morir de una hemorragia porque usted no me deja pedir una evacuación de emergencia! —le interrumpió Nick levantando la voz para igualarla a la del capitán—. ¿Quiere asumir las culpas de esto? Porque le aseguro que va a ser así. Yo soy Nicholas Young, y mi familia controla una de las corporaciones de cargueros más grandes del mundo. ¡Por favor, dígame las putas coordenadas ahora mismo o le prometo que me encargaré personalmente de que no pueda trabajar siquiera como capitán de una lancha de poliestireno a partir de ahora!

Veinte minutos después, mientras Bernard estaba sentado en el jacuzzi en forma de diamante de la cubierta superior y una chica medio portuguesa trataba de comerle los dos testículos bajo los chorros de agua burbujeante, un helicóptero Sikorsky blanco apareció por el cielo y empezó a descender sobre el helipuerto del yate. Al principio, creyó que estaba alucinando por tanto alcohol. Entonces vio a Nick, a Mehmet y a Alistair salir al helipuerto sujetando una camilla en la que estaba tumbado Colin, bien envuelto en una de las mantas de seda de Etro del yate.

—¿Qué coño está pasando? —dijo saliendo del agua y poniéndose su bañador Vilebrequin para subir corriendo hacia el helipuerto.

Se encontró con Lionel en el pasillo.

—Justo venía a decírtelo. Colin se encuentra muy mal. Ha estado doblado por el dolor la última hora y vomitando sin parar. Creemos que es una intoxicación etílica por todo lo que ha bebido en los últimos dos días. Le vamos a sacar del barco para llevarlo directo a un hospital.

Corrieron al helicóptero y Bernard miró a Colin, que soltaba pequeños quejidos con una mueca de dolor en la cara. Alistair estaba sentado a su lado, dándole toques en la frente con una toalla húmeda.

—Pero, pero... ¿por qué narices no me lo ha dicho nadie antes? No tenía ni idea de que Colin se encontraba mal. *Kan ni na!* Ahora tu familia me va a echar a mí la culpa. Y luego saldrá en todos esos artículos de cotilleos, en todos los periódicos —se quejó Bernard, repentinamente alarmado.

—No se va a filtrar nada. Ni cotilleos ni periódicos —dijo Lionel con solemnidad—. Colin no quiere que te culpen de nada y por eso mismo tienes que hacerme caso ahora. Vamos a llevarle al hospital y no le contaremos a nadie de la familia lo que ha pasado. Yo tuve una intoxicación etílica. Colin solo necesita desintoxicarse y rehidratarse. Se pondrá bien en unos días. Tú y los demás tenéis que seguir fingiendo que no ha pasado nada y continuar con la fiesta, ¿vale? No llames a la familia ni digas nada a nadie. Te veremos en Singapur.

—Vale, vale —asintió rápidamente Bernard, sintiéndose aliviado. Ahora podía volver a su mamada sin sentirse culpable.

Cuando el helicóptero se elevó desde el yate, Nick y Alistair empezaron a reírse sin control al ver la figura de Bernard, con su bañador holgado agitándose alrededor de sus muslos blancos y mojados, mirándolos con desconcierto.

—No creo que se le haya ocurrido pensar siquiera que este no es un helicóptero médico, sino uno de alquiler —comentó Mehmet entre risas.

—¿Adónde vamos? —preguntó Colin excitado a la vez que se apartaba la manta de cachemir púrpura y dorado.

—Mehmet y yo hemos alquilado un Cessna Citation X. Tiene el tanque lleno de combustible y nos espera en Hong Kong. Desde allí, será una sorpresa —dijo Nick.

—El Citation X. ¿No es el avión que vuela a seiscientas millas por hora? —preguntó Alistair.

—Es aún más rápido cuando viajan solo cinco personas sin equipaje —contestó Nick con una sonrisa.

Apenas seis horas después, Nick, Colin, Alistair, Mehmet y Lionel estaban sentados en sillas de lona en medio del desierto australiano, admirando las espectaculares vistas de la resplandeciente roca.

—Siempre he querido venir a Ayers Rock. O a Uluru, o comoquiera que se llame ahora —dijo Colin.

—Es muy silencioso —comentó Mehmet en voz baja—. Es un lugar bastante espiritual, ¿verdad? Puedo sentir su energía, incluso desde lejos.

—Se considera el enclave más sagrado entre las tribus aborígenes —respondió Nick—. Mi padre me trajo aquí hace años. En aquella época aún permitían subir a la roca. Lo prohibieron hace unos años.

—Chicos, no sé cómo daros las gracias. Esta es la escapada perfecta de una desafortunada fiesta de despedida de soltero.

Siento haberos hecho tragar con toda la mierda de Bernard. Esto es de verdad lo que siempre había querido, estar en un lugar impresionante con mis mejores amigos.

Un hombre con un polo blanco y unos pantalones cortos caqui se acercó con una bandeja del hotel ecológico de lujo que había al lado.

—Muy bien, Colin, Alistair..., he pensado que la única forma de conseguir cafés pijos para que dejéis de protestar y quejaros ha sido traeros un *flat white* decente, cien por cien hecho en Australia —dijo Nick mientras el camarero dejaba la bandeja sobre la tierra rojiza.

Alistair se acercó la taza a la nariz e inhaló el delicioso aroma.

—Nick, si no fueras mi primo te besaría ahora mismo —bromeó.

Colin dio un largo sorbo a su café y su perfecta espuma aterciopelada le dejó un bigote de espuma blanca en el labio superior.

—Este debe de ser el mejor café que he probado nunca. Chicos, nunca me olvidaré de esto.

Era justo después de la puesta del sol y el cielo iba pasando rápidamente de unos tonos naranja tostado a otros azul violeta intenso. Se quedaron sentados en un asombroso silencio mientras el monolito más grande del mundo resplandecía y centelleaba con mil tonos indescriptibles de color carmesí.

16

Doctor Gu

Singapur

Wye Mun estaba sentado en su escritorio, examinando el papel que su hija le acababa de entregar. El ornamentado escritorio era una réplica del que Napoleón tuvo en las Tullerías, con un revestimiento de madera satinada y patas de bronce dorado en forma de cabezas y torsos de leones que descendían hasta convertirse en elaboradas garras. A Wye Mun le encantaba sentarse en su sillón imperio de terciopelo burdeos y frotarse los pies envueltos en calcetines contra las protuberantes garras doradas, un hábito que su esposa constantemente le reprobaba. Ese día, era Peik Lin quien sustituía a su madre.

—¡Papá, vas a desgastar todo el oro si no dejas de hacer eso!

Wye Mun no le hizo caso y siguió rascándose los dedos de los pies compulsivamente. Miró los nombres que Peik Lin había anotado durante su conversación telefónica de unos días antes con Rachel: James Young, Rosemary T'sien, Oliver T'sien, Jacqueline Ling. ¿Quiénes eran esas personas que estaban tras la misteriosa y vieja valla de Tyersall Road? El no reconocer ninguno de esos nombres le fastidiaba más de lo que estaba dispuesto a admitir. Wye Mun no podía evitar recordar lo que su padre siempre decía: «Nunca olvides que somos de Hainan, hijo. Somos descendientes de criados y marineros. Siempre tendremos que esforzarnos más para demostrar nuestra valía».

Incluso desde muy joven, Wye Mun había sido consciente de que ser el hijo con educación china de un inmigrante de Hainan lo dejaba en desventaja con respecto a los terratenientes aristocráticos de los Estrechos de China o a los hokkien, que dominaban la industria bancaria. Su padre llegó a Singapur como obrero con catorce años y creó su negocio de la construcción con verdadero sudor y tenacidad, y, cuando su negocio familiar pasó décadas después a ser un amplio imperio, Wye Mun pensó que había conseguido estar en igualdad de condiciones para competir. Singapur era una meritocracia y a aquellos que les iba bien se les invitaba a entrar en el círculo de los ganadores. Pero esa gente, los que estaban tras esas puertas, constituían un repentino aviso de que no era del todo así.

Con sus hijos ya adultos, era hora de que la siguiente generación continuara conquistando nuevos territorios. Su hijo mayor, Peik Wing, había hecho bien casándose con la hija de un diputado, una chica cantonesa con educación cristiana, nada menos. P. T. seguía tonteando y disfrutando de su vida de donjuán, así que el foco estaba ahora puesto en Peik Lin. De sus tres hijos, ella era la que más se parecía a él. Era la más lista, la más ambiciosa y se atrevía a decir que la más atractiva de sus hijos. Era en la que confiaba que superaría a todos y conseguiría un matrimonio brillante de verdad, emparentando a los Goh con alguna de las familias de sangre azul de Singapur. Por la forma de hablar de su hija, notaba que andaba detrás de algo y estaba decidido a ayudarla a cavar más profundo.

—Creo que ha llegado el momento de hacer una visita al doctor Gu —le dijo a su hija.

El doctor Gu era un médico jubilado de ochenta y muchos años, un excéntrico que vivía solo en una casa pequeña y ruinosa al final de Dunearn Road. Nació en Xian en el seno de una familia de eruditos, pero se mudó a Singapur cuando empezó a estudiar. Dentro del orden natural de cómo funcionaba la sociedad de Singapur, Wye Mun y el doctor Gu no se habrían cruzado jamás de no haber sido por la exasperante terquedad del doctor Gu unos treinta y tantos años antes.

Construcciones Goh había estado diseñando un nuevo complejo de casas adosadas en Dunearn Road y el pequeño terreno del doctor Gu era el único obstáculo para que el proyecto se pusiera en marcha. Sus vecinos habían sido comprados en condiciones de lo más favorables, pero el doctor Gu se negaba a ceder. Después de que todos sus abogados fracasaran en sus negociaciones, Wye Mun fue en persona a la casa, armado con su chequera y decidido a que ese pelmazo entrara en razón. Pero el viejo cascarrabias le convenció para que cambiara todo su plan y la nueva urbanización resultó ser un éxito aún mayor gracias a sus recomendaciones. Wye Mun se vio entonces yendo a visitar a su nuevo amigo para ofrecerle un trabajo. El doctor Gu se negó, pero Wye Mun siguió regresando, cautivado por los conocimientos enciclopédicos del doctor Gu sobre la historia de Singapur, su agudo análisis de los mercados financieros y su maravilloso té Longjing.

Peik Lin y Wye Mun fueron en coche hasta la casa del doctor Gu y aparcaron el nuevo y reluciente Maserati Quattroporte de Wye Mun justo en la puerta de la oxidada valla metálica.

—No puedo creerme que siga viviendo aquí —dijo Peik Lin mientras avanzaban por el camino de entrada de cemento resquebrajado—. ¿No debería estar en alguna residencia de ancianos?

—Creo que se las apaña bien. Tiene una criada y también dos hijas, ya sabes —repuso Wye Mun.

—Fue listo al no venderte la casa hace treinta años. Esta parcela vale ahora más que una fortuna. Es la única parcela sin construir de Dunearn Road. Probablemente podamos construir aquí un edificio de apartamentos estrecho y elegante —comentó Peik Lin.

—Te aseguro, *lah,* que tiene intención de morir en este cobertizo. ¿Te conté lo que dijo mi agente de bolsa, el señor Oei, hace muchos años? Que el doctor Gu está sentado sobre un millón de acciones del HSBC.

—¿Qué? —Peik Lin miró a su padre con asombro—. ¿Un millón de acciones? ¡Eso son más de cincuenta millones de dólares en la actualidad!

—Empezó a comprar acciones del HSBC en los años cuarenta. Me enteré de esto hace veinte años y, desde entonces, ¿cuántos desdoblamientos de acciones ha habido? Te digo que el viejo doctor Gu tiene ya cientos de millones.

Peik Lin miraba con renovado asombro al hombre con pelo blanco y desgreñado que salía al porche con una camisa de manga corta marrón de poliéster que parecía haber sido confeccionada en La Habana pre-Castro y unos pantalones de pijama verde oscuro.

—¡Goh Wye Mun! Veo que aún sigue gastándose el dinero en coches caros —gritó con voz sorprendentemente vigorosa para un hombre de su edad.

—¡Saludos, doctor Gu! ¿Se acuerda de mi hija, Peik Lin? —preguntó Wye Mun dando unas palmadas al anciano en la espalda.

—Vaya, ¿esta es su hija? Pensé que esta hermosura era su amante más reciente. Sé cómo son todos los magnates de la construcción.

Peik Lin se rio.

—Hola, doctor Gu. Mi padre no estaría aquí si yo fuera su amante. ¡Mi madre le castraría!

—Ah, pero yo creía que eso ya lo había hecho hace tiempo. —Todos se rieron mientras el doctor Gu los llevaba a unas sillas de madera que había dispuestas en el pequeño jardín delantero. Peik Lin vio que la hierba estaba bien cortada y cuidada. La valla que daba a Dunearn Road estaba cubierta de densas enredaderas de campanillas que ocultaban la pequeña y bucólica parcela del tráfico de la ajetreada calle. No quedaba un solo lugar como ese en todo ese tramo, pensó Peik Lin.

Un anciano sirviente chino salió de la casa con una gran bandeja redonda de madera. Sobre ella, una tetera de cerámica, un viejo hervidor de cobre, tres tazas de té de arcilla y tres tazas más pequeñas de licor. El doctor Gu levantó el pulido hervidor por encima de la tetera y empezó a verterlo.

—Me encanta ver cómo el doctor Gu hace su ritual del té —dijo Wye Mun a su hija en voz baja—. Mira cómo vierte el agua desde lo alto. A esto se le llama *xuan hu gao chong*, «enjuagar desde un tarro elevado». —A continuación, el doctor Gu empezó a servir el té en cada una de las tres tazas, pero, en lugar de ofrecerlo a sus invitados, echó el té de color caramelo claro con un gesto teatral desde cada taza a la hierba que tenía detrás, para sorpresa de Peik Lin. A continuación, volvió a llenar la tetera con un nuevo chorro de agua caliente—. Mira, Peik Lin, ese era el primer vertido de las hojas, conocido como *hang yun liu shui*, «una fila de nubes, agua que fluye». Este segundo vertido desde una altura inferior se llama *zai zhu qing xuan*, «dirigir otra vez la primavera pura» —continuó Wye Mun.

—Wye Mun, es probable que a ella le interesen muy poco esos antiguos proverbios —dijo el doctor Gu antes de lanzarse a una explicación más objetiva y precisa—. El primer vertido se hace desde lo alto para que la fuerza del agua enjuague las hojas de Longjing. El agua caliente ayuda también a aclimatar la temperatura de la tetera y las tazas. Después, se hace un segundo vertido, esta vez despacio y cerca de la boca de la tetera, para sacar suavemente el sabor de las hojas. Ahora lo dejamos un rato en remojo.

El sonido de unos chirriantes frenos de camión justo al otro lado de la valla interrumpió la serenidad del ritual del doctor Gu.

—¿No le molesta todo este ruido? —preguntó Peik Lin.

—En absoluto. Me recuerda que sigo vivo y que mi oído no se ha deteriorado todo lo rápido que yo me había esperado —contestó el doctor Gu—. ¡A veces, desearía no tener que oír todas las tonterías que salen de las bocas de los políticos!

—Vamos, *lah,* doctor Gu, si no fuese por nuestros políticos, ¿cree que podría disfrutar de este bonito jardín suyo? Piense en cómo han transformado este lugar de una isla subdesarrollada a uno de los países más prósperos del mundo —argumentó Wye Mun, siempre a la defensiva cada vez que alguien criticaba al Gobierno.

—¡Qué basura! La prosperidad no es más que una ilusión. ¿Saben lo que están haciendo mis hijas con toda esta prosperidad? Mi hija mayor ha puesto en marcha un instituto de investigación de delfines. Está decidida a salvar de la extinción a los delfines blancos del río Yangtsé. ¿Saben lo contaminado que está ese río? ¡Ese maldito mamífero ya se ha extinguido! Los científicos no han podido encontrar ni una sola de esas criaturas en años, pero ella está decidida a encontrarlas. ¿Y mi otra hija? Compra castillos viejos en Escocia. Ni siquiera los escoceses quieren esas viejas pedreras ruinosas, pero mi hija sí. Destina millones de dólares a restaurarlos y, después, nadie va a visitarla. El vago de su hijo, mi único nieto y tocayo, tiene treinta y seis años. ¿Quieren saber a qué se dedica?

—No..., es decir, sí —contestó Peik Lin tratando de no reírse.

—Tiene un grupo de rock and roll en Londres. Ni siquiera como esos Beatles, que, al menos, ganaron dinero. Este tiene el pelo largo y grasiento, lleva lápiz de ojos negro y hace ruidos terribles con unos aparatos.

—Bueno, al menos son creativos —comentó Peik Lin con tono cortés.

—¡Creativos para gastarse todo el dinero que yo he ganado con esfuerzo! Les aseguro que esto que llaman «prosperidad» va a ser la ruina de Asia. Cada nueva generación se vuelve más perezosa que la anterior. Creen que pueden hacer fortuna de un día para otro solo comprando y vendiendo propiedades y recibiendo algún soplo jugoso que los ayude en la bolsa. ¡Ja! Nada dura una eternidad y, cuando esta bonanza termine, estos jóvenes no van a saber qué es lo que les ha pasado.

—Por eso obligo a mis hijos a ganarse la vida trabajando. No van a sacarme un solo céntimo hasta que esté bajo tierra —dijo Wye Mun guiñándole un ojo a su hija.

El doctor Gu echó un vistazo al interior de la tetera, satisfecho por fin con la infusión. Sirvió el té en las tazas pequeñas de licor.

—A esto se le llama *long feng cheng xiang*, que significa «el dragón y el fénix predicen la buena fortuna» —dijo mientras colocaba una taza de té sobre la más pequeña y les daba la vuelta hábilmente, echando el té en la taza para beber. Ofreció la primera a Wye Mun y la segunda a Peik Lin. Ella le dio las gracias y dio el primer sorbo. El té era fuerte y amargo y trató de no hacer una mueca al tragarlo.

—Y bien, Wye Mun, ¿qué es lo que de verdad le trae hoy por aquí? Seguro que no ha venido a escuchar la diatriba de un viejo. —El doctor Gu miró a Peik Lin—. Tu padre es muy astuto, ¿sabes? Solo viene de visita cuando necesita sacarme algo.

—Doctor Gu, sus raíces son muy profundas en la historia de Singapur. Dígame, ¿alguna vez ha oído hablar de James Young? —preguntó Wye Mun yendo al grano.

El doctor Gu levantó la mirada desde el té que se estaba sirviendo con un sobresalto.

—¡James Young! Hacía décadas que no oía ese nombre.

—Entonces, ¿sabe quién es? He conocido recientemente a su nieto. Está saliendo con una buena amiga mía —le explicó Peik Lin. Dio otro sorbo al té y descubrió que con cada sorbo le gustaba el sedoso amargor cada vez más.

—¿Quiénes son los Young? —preguntó ansioso Wye Mun.

—¿Por qué tiene de repente tanto interés en esa gente? —dijo el doctor Gu.

Wye Mun consideró con cautela la pregunta antes de responder.

—Estamos tratando de ayudar a la amiga de mi hija, pues va bastante en serio con ese muchacho. Yo no conozco a la familia.

—Por supuesto que no los conoce, Wye Mun. Casi nadie los conoce hoy en día. Tengo que admitir que mi información está muy obsoleta.

—Bueno, ¿y qué puede decirnos? —insistió Wye Mun.

El doctor Gu dio un largo sorbo a su té y se inclinó para adoptar una postura más cómoda.

—Según creo, los Young descienden de una larga estirpe de médicos de la corte real hasta llegar a la dinastía de los Tang. James Young..., sir James Young, en realidad, fue el primer neurólogo de Singapur con formación occidental. Estudió en Oxford.

—¿Hizo su fortuna siendo médico? —preguntó Wye Mun bastante sorprendido.

—¡Para nada! James no era de la clase de personas preocupadas por hacer fortuna. Estaba demasiado ocupado salvando vidas en la Segunda Guerra Mundial, durante la ocupación japonesa —dijo el doctor Gu mientras miraba las formas entrelazadas de la hiedra sobre su valla, que de repente parecieron transformarse en dibujos con forma de diamante, recordándole a cierta valla de tela metálica de mucho tiempo atrás.

—Entonces, ¿usted lo conoció durante la guerra? —preguntó Wye Mun sacando al doctor Gu de su recuerdo.

—Sí, sí. Así es como le conocí —respondió el doctor Gu despacio. Vaciló durante un momento antes de continuar—: James Young estaba a cargo de un cuerpo médico clandestino con el que tuve una breve relación. Después de la guerra, abrió su clínica en la parte vieja de Chinatown, específicamente para dedicarse a los pobres y los ancianos. Supe que durante años apenas cobró nada a sus pacientes.

—Entonces, ¿cómo ganó su dinero?

—Ya está otra vez, Wye Mun. Siempre en busca del dinero —le reprendió el doctor Gu.

—¿Pues de dónde viene esa casa tan enorme? —preguntó Wye Mun.

—Ah, ya entiendo el verdadero motivo de su interés. Debe referirse a la casa de Tyersall Road.

—Sí. ¿Ha estado allí? —preguntó Peik Lin.

—Dios mío, no. Solo he oído hablar de ella. Como he dicho antes, la verdad es que no conocía a James muy bien. Nunca me habrían invitado.

—Yo llevé a mi amiga a la casa la semana pasada y apenas me lo podía creer cuando vi ese lugar.

—¡Estás de broma! ¿Aún está ahí la casa? —preguntó el doctor Gu bastante asombrado.

—Sí —contestó Peik Lin.

—Creía que ese lugar habría desaparecido hace tiempo. Debo decir que me impresiona que la familia no la haya vendido en todos estos años.

—Sí, y a mí me sorprende que haya un terreno de ese tamaño en la isla —añadió Wye Mun.

—¿Y por qué le sorprende? Toda la zona de detrás del Jardín Botánico estaba llena de grandes fincas. El sultán de Johore tenía un palacio allí llamado Istana Woodneuk que quedó destruido por un incendio hace muchos años. ¿Dices que estuviste allí la semana pasada? —preguntó el doctor Gu.

—Sí, pero no entré.

—Una pena. Debe de ser un placer nada habitual ver una de esas casas. Quedan muy pocas, gracias a todos los estupendos promotores inmobiliarios —dijo el doctor Gu lanzando una mirada de fingida rabia hacia Wye Mun.

—Entonces, si James Young no hizo fortuna, ¿cómo es que...? —empezó a preguntar Wye Mun.

—¡No me escucha, Wye Mun! Le he dicho que a James Young no le interesaba ganar dinero, pero no he dicho que no lo tuviera. Los Young tenían dinero, una fortuna de varias generaciones. Además, James se casó con Shang Su Yi. Y ella, lo sé muy bien, procede de una familia tan inmensamente rica que le haría llorar, Wye Mun.

—¿Y quién es ella? —preguntó Wye Mun con su curiosidad llegando al punto de ebullición.

—De acuerdo, se lo cuento para que deje de insistir. Es la hija de Shang Loong Ma. Tampoco ha oído nunca ese nombre, ¿verdad? Era un banquero increíblemente rico de Pekín que, antes de que la dinastía Qing cayera, tuvo la inteligencia de llevar su dinero a Singapur, donde hizo una fortuna aún mayor con transporte marítimo y de mercancías. Ese hombre tenía tentáculos en todos los negocios importantes de la región. Controlaba las líneas de transporte desde las Indias Orientales Neerlandesas hasta Siam y era el cerebro que había detrás de la unión de los primeros bancos hokkien en los años treinta.

—Entonces, la abuela de Nick heredó todo eso —conjeturó Peik Lin.

—Ella y su hermano, Alfred.

—Alfred Shang. Otro tipo del que nunca he oído hablar —exclamó Wye Mun resoplando.

—Bueno, no es de extrañar. Se mudó a Inglaterra hace décadas, pero todavía es, de forma muy discreta, una de las figuras más influyentes de Asia. Wye Mun, debe entender que antes de su generación de peces gordos hubo una generación de magnates que hicieron sus fortunas y se fueron a tierras más verdes. Yo creía que la mayoría de los Young se habría ido hace tiempo de Singapur. La última vez que oí hablar de ellos fue porque una de las hijas se había casado con un miembro de la familia real tailandesa.

—Parece que es una rama muy bien relacionada —dijo Peik Lin.

—Desde luego que sí. La hija mayor, por ejemplo, se casó con Harry Leong.

—¿Harry Leong? ¿El director del Instituto de la ASEAN?

—Eso no es más que un título, Wye Mun. Harry Leong es una de las personas más influyentes de nuestro Gobierno en la sombra.

—No me extraña entonces verlo siempre en el palco del primer ministro en las celebraciones de la fiesta nacional. Entonces, su familia está vinculada con el centro del poder.

—Wye Mun, ellos son el centro del poder —le corrigió el doctor Gu antes de mirar a Peik Lin—. ¿Dices que tu amiga está saliendo con el nieto? Entonces, es una chica afortunada si se casa con alguien de ese clan.

—Estaba empezando a pensar lo mismo —dijo Peik Lin en voz baja.

El doctor Gu se quedó observando a Peik Lin con expresión reflexiva y, a continuación, la miró directamente a los ojos.

—Recuerda que cada tesoro tiene un precio. —Ella le sostuvo la mirada un momento antes de apartar los ojos.

—Doctor Gu, siempre es un placer verle. Gracias por su ayuda —dijo Wye Mun levantándose. Estaba empezando a dolerle la espalda en aquella endeble silla de madera.

—Y gracias por el maravilloso té —añadió Peik Lin mientras ayudaba al doctor Gu a levantarse de su silla.

—¿Acepta mi invitación de venir a casa a cenar? Tengo una cocinera nueva que prepara un *Ipoh hor fun*[*] increíble, doctor Gu.

—Usted no es el único con una buena cocinera, Goh Wye Mun —dijo con tono irónico el doctor Gu a la vez que los acompañaba al coche.

Cuando Wye Mun y Peik Lin se incorporaron al tráfico del atardecer en Dunearn Road, Wye Mun habló:

—¿Por qué no invitamos a Rachel y a su novio a cenar esta semana?

Peik Lin asintió.

—Vamos a llevarlos a algún lugar elegante, como Min Jiang.

El doctor Gu se quedó junto a su puerta, mirando cómo el coche desaparecía de su vista. El sol se estaba poniendo justo sobre las copas de los árboles y unos cuantos rayos de luz penetraban entre las ramas y se reflejaban en sus ojos.

«Se despertó sobresaltado bajo el sol cegador y vio sus muñecas sangrando y atadas a la oxidada valla metálica. Un grupo de oficiales pasó cerca y vio que un hombre uniformado le miraba fijamente. ¿Le parecía en cierto modo alguien familiar? El hombre se adelantó hasta el comandante y apuntó directamente hacia él. Maldición. Había llegado el momento. Los miró tratando de reunir en su expresión todo el odio que le fue posible. Quería morir desafiándolos, con orgullo. El hombre habló con tono calmado y en un inglés de acento británico: "Ha habido un error. Ese de allí, el que está en medio, no es más que un pobre y estúpido sirviente. Le reconozco de la granja de mi amigo,

---

* Una exquisitez de Ipoh, Malasia: fideos de arroz servidos en una sopa con gambas, pollo desmenuzado y chalotes fritos.

donde cría a los cerdos". Uno de los soldados japoneses le tradujo al comandante, quien habló con desprecio antes de ladrar con brusquedad unas cuantas órdenes. Le soltaron y lo llevaron a que se arrodillara delante de los soldados. A través de sus ojos llorosos, reconoció, de repente, al hombre que le había señalado. Era el doctor Young, su profesor de cirugía de cuando estudiaba Medicina. "No es un hombre importante. Ni siquiera merece la pena desperdiciar balas. Deje que vuelva a la granja a dar de comer a los sucios cerdos", dijo el doctor Young antes de alejarse con los demás soldados. Hubo más discusiones entre los soldados y, antes de que supiera qué estaba pasando, se vio en un camión con destino a las granjas de Geylang. Meses después, se encontró con el doctor Young en una reunión celebrada en la sala secreta oculta en una trastienda de Telok Ayer Street. Se dispuso a darle las gracias con efusividad por haberle salvado la vida, pero el doctor Young le interrumpió de inmediato. "Tonterías..., usted habría hecho lo mismo por mí. Además, no podía permitir que mataran a otro médico. Quedamos muy pocos", dijo sin más».

Mientras el doctor Gu entraba despacio a su casa, sintió que le remordía la conciencia. Deseó no haber contado tantas cosas de los Young. Wye Mun, como siempre, le había hecho hablar de dinero y había perdido la oportunidad de contarles la verdadera historia, la de un hombre cuya grandeza no tenía nada que ver con la riqueza ni con el poder.

17

Rachel

Singapur

Llevo varios días intentando dar contigo! ¿Dónde has estado? ¿Has recibido todos los mensajes que te dejé en el hotel? —le preguntó Kerry a su hija en un trepidante mandarín.

—Mamá, lo siento. He estado fuera el fin de semana y acabo de volver —contestó Rachel levantando la voz, como siempre hacía cuando hablaba con alguien que estaba lejos, aunque podía oír a su madre a la perfección.

—¿Adónde has ido?

—A una despedida de soltera en una isla remota del océano Índico.

—¿Qué? ¿Has estado en la India? —preguntó su madre, aún confundida.

—No, en la India no. En una ISLA del OCÉANO ÍNDICO, junto a la costa de Indonesia. Está a una hora de avión desde Singapur.

—¿Has ido en avión para un viaje de solo dos días? ¡Vaya, menudo desperdicio de dinero!

—Bueno, no lo he pagado yo, y, además, era un avión privado.

—¿Has volado en un avión privado? ¿De quién?

—De la novia.

—¿Qué? ¡Qué suerte! ¿La novia es muy rica?

—Mamá, esta gente... —empezó a decir Rachel antes de bajar discretamente la voz—. Tanto la novia como el novio son de familias muy ricas.

—¿En serio? ¿Y la familia de Nick? ¿Son ricos también? —preguntó Kerry.

Sabía que esa iba a ser la siguiente pregunta que saliera de la boca de su madre.

Rachel miró hacia el baño. Nick estaba todavía en la ducha, pero decidió salir de la habitación de todos modos. Entró en el jardín y se dirigió hacia la zona más silenciosa y sombreada de la piscina.

—Sí, mamá. Nick es de una familia acaudalada —dijo Rachel a la vez que se sentaba en una de las tumbonas que había junto a la piscina.

—¿Sabes? Es algo que he sospechado desde el principio. Está muy bien educado. Lo sé solo por la forma en que se comporta durante la cena. Qué modales tan encantadores, y siempre me ofrece a mí la mejor porción de la comida, como las cocochas o la parte más jugosa del pato.

—Bueno, la verdad es que no importa, mamá, porque parece que aquí todos son ricos. Creo que estoy aún abrumada por el choque cultural o, quizá, por el dinero. La forma con que esta gente gasta el dinero..., las casas, los aviones, las docenas de sirvientes..., tienes que verlo con tus propios ojos. Es como si la recesión no hubiera alcanzado este lugar. Todo es ultramoderno y de un limpio inmaculado.

—Eso es lo que dicen mis amigos que van a Singapur. Que es limpio, demasiado limpio. —Kerry hizo una pequeña pausa y su voz adoptó un tono de preocupación—. Hija, debes tener cuidado.

—¿A qué te refieres, mamá?

—Sé cómo pueden ser esas familias y no te conviene dar la impresión de que vas detrás del dinero de Nick. A partir de ahora, debes prestar un cuidado especial a la forma en que te presentas.

«Demasiado tarde», pensó Rachel.

—Estoy siendo yo misma, mamá. No voy a cambiar mi forma de comportarme. —Estaba deseando contarle a su madre el espantoso fin de semana que había pasado, pero sabía que eso solo la preocuparía sin necesidad. Había hecho lo mismo con Nick, y le había contado solamente los detalles más imprecisos. (Además, habían ocupado la mayor parte de la tarde en una sesión maratoniana de sexo y no había querido arruinar la felicidad poscoital con historias de terror).

—¿Se porta bien Nick contigo? —preguntó su madre.

—Claro que sí, mamá. Nick es un amor, como siempre. Está bastante distraído ahora con la cercanía de la boda de su amigo. Va a ser la boda más importante que se ha visto nunca en Asia, mamá. Todos los periódicos hablan de ella.

—¿De verdad? ¿Compro alguno de los periódicos chinos cuando vaya mañana a San Francisco?

—Claro, prueba a ver. La novia es Araminta Lee y el novio es Colin Khoo. Busca sus nombres.

—¿Cómo son los padres de Nick?

—No lo sé. Los conozco esta noche.

—¿Llevas ahí casi una semana y aún no has conocido a sus padres? —preguntó Kerry mientas las luces de emergencia comenzaban a encenderse en su cabeza.

—Han estado fuera del país la semana pasada, mamá, y luego nos hemos ido nosotros.

—¿Así que los vas a conocer hoy?

—Sí, cenamos en su casa.

—Pero ¿por qué no os estáis quedando con ellos? —preguntó Kerry, con mayor preocupación. Había demasiadas señales que su hija americanizada no entendía.

—Mamá, deja de analizarlo todo con lupa. El amigo de Nick es dueño del hotel, así que nos alojamos aquí durante los días de la boda porque es más cómodo. Pero nos cambiamos la semana que viene a la casa de la abuela.

Kerry no se creyó la explicación de su hija. En su mente, seguía sin tener sentido que el hijo único de una familia china se estuviese alojando en un hotel con su novia en lugar de en la casa de sus padres. A menos que sintiese vergüenza de Rachel. O, aún peor, puede que los padres le hubiesen prohibido que la llevara a la casa.

—¿Qué vas a regalarles a sus padres? ¿Compraste los regalos de Estée Lauder que te dije?

—No. He pensado que sería demasiado personal regalarle productos de cosmética a la madre cuando aún no la he conocido. Hay una floristería preciosa en el hotel y...

—¡No, hija, nunca lleves flores! Menos aún esas blancas que te encantan. Las flores blancas son solo para los funerales. Deberías llevarles una cesta grande de mandarinas y entregársela con las dos manos. Y asegúrate de que inclinas la cabeza mucho cuando saludes a sus padres por primera vez. Son gestos de respeto.

—Lo sé, mamá. Actúas como si tuviese cinco años. ¿Por qué te estás preocupando tanto de repente?

—Es la primera vez que vas en serio con un hombre chino. Hay muchas cosas que no sabes sobre el adecuado protocolo con estas familias.

—No sabía que pudieras ser tan anticuada —bromeó Rachel—. Además, en la familia de Nick no parecen nada chinos. Si acaso, parecen más británicos.

—Eso no importa. Tú eres china y aún tienes que comportarte como una chica china bien educada —replicó Kerry.

—No te preocupes, mamá. Es solo una cena —dijo Rachel con tono ligero, aunque su inquietud empezaba a aumentar.

18

Los Young

Singapur

Con su situación privilegiada en lo alto de Cairnhill Road, las Residencias del Número Uno de Cairnhill era un sorprendente matrimonio entre conservación arquitectónica y magia inmobiliaria. En su origen hogar del importante banquero Kar Chin Kee y construida durante el final de la época victoriana, la casa había sido un punto de referencia desde hacía mucho tiempo. Pero cuando el valor de los terrenos se fue disparando con el transcurrir de las décadas, todas las demás casas grandes dieron paso a los promotores inmobiliarios y se elevaron altas torres alrededor de la elegante mansión, como si la hubiese cubierto el bambú. Cuando el gran hombre murió en el año 2006, se consideró que la casa tenía demasiada importancia histórica como para demolerla pero que era demasiado cara como para seguir siendo una única residencia. Así pues, los herederos de Kar Chin Kee decidieron conservar la estructura original y convertirla en la base de una elegante torre de cristal de treinta plantas donde ahora vivían los padres de Nick (cuando estaban en Singapur, claro está).

A medida que el taxi subía la cuesta en dirección al imponente pórtico de columnas corintias, Nick le explicaba su historia a Rachel.

—El tío Chin Kee era amigo de mi abuela, así que solíamos visitarle cada Año Nuevo Chino, y a mí me obligaban a recitar algún complicado poema en mandarín. Luego, el anciano, que apestaba a puro, me daba un *hong bao** con quinientos dólares.

—¡Eso es una locura! —exclamó Rachel—. El *hong bao* más grande que yo he recibido en toda mi vida ha sido de cincuenta dólares y me lo dio un gilipollas que salía con mi madre y que estaba tratando de ponerme de su lado. ¿Qué hiciste con todo ese dinero?

—¿Bromeas? Lo guardaron mis padres, claro. Ellos se quedaban con todo mi dinero de Año Nuevo. Jamás vi un centavo.

Rachel lo miró horrorizada.

—¡Eso está muy mal! Los *hong baos* son tan sagrados como los regalos de Navidad.

—¡No hagas que te cuente lo que hacían con mis regalos la mañana de Navidad! —replicó Nick riendo. Cuando entraron en el ascensor, Rachel tomó aire mientras se preparaba para conocer a los padres de Nick, esos ladrones de *hong baos.*

—Oye, no olvides respiraaaar —dijo Nick mientras le masajeaba suavemente los hombros. En la planta número treinta,

* En mandarín, pequeños paquetes de dinero de color rojo que dan los adultos casados y los ancianos durante el Año Nuevo Chino a los niños y a los jóvenes solteros como expresión de buenos deseos. En su origen una moneda simbólica o varios dólares, el *hong bao* se ha convertido recientemente en un deporte de competición, pues los chinos acaudalados procuran impresionarse unos a otros regalando sumas cada vez más grandes. En los años ochenta, veinte dólares se consideraban lo normal y cincuenta dólares era mucho. Hoy en día, cien dólares son el mínimo en las mejores familias. Como se considera de mala educación abrir el *hong bao* en presencia del que lo regala, esto ha llevado a que los niños pequeños salgan corriendo al baño de inmediato tras recibirlo para poder ver cuánto les han regalado.

el ascensor se abrió directamente al interior del vestíbulo del ático y fueron recibidos por un enorme panel de cristal que enmarcaba una vista panorámica del distrito comercial de Orchard Road.

—¡Hala! —susurró Rachel, maravillada ante el atardecer de color púrpura oscuro por encima del horizonte de edificios.

Una mujer apareció por la esquina.

—Uy, Nicky, ¿por qué llevas el pelo tan largo? ¡Pareces un matón! Más vale que te lo cortes antes de la boda de Colin.

—Hola, mamá —dijo Nick sin más. Rachel aún seguía impresionada por la brusquedad del encuentro cuando Nick continuó hablando—: Mamá, quiero presentarte a Rachel Chu, *mi novia.*

—Oh, hola —repuso Eleanor como si no tuviera ni idea de quién podría ser esa chica. «Así que esta es. Tiene mejor pinta que en esa foto del libro escolar que consiguió el detective».

—Me alegro mucho de conocerla, señora Young —se descubrió Rachel diciendo pese a que su mente seguía aún tratando de hacerse a la idea de que esa mujer era de verdad la madre de Nick. Rachel se había esperado a una gran dama majestuosa con la cara empolvada de blanco y permanente vestida con un traje sastre a lo Hillary Clinton, pero ante ella se encontraba una impresionante mujer ataviada con una moderna camiseta de cuello redondo, unas mallas negras y bailarinas, con aspecto de ser demasiado joven como para tener un hijo de treinta y dos años. Rachel inclinó la cabeza y le entregó las mandarinas.

—¡Qué encantadora! ¡No tenías por qué hacerlo! —contestó Eleanor cortésmente. «¿Por qué habrá traído mandarinas? ¿Se cree que estamos en el Año Nuevo Chino? ¿Y por qué inclina la cabeza como una estúpida geisha japonesa?»—. ¿Te está gustando Singapur?

—Sí, mucho —contestó Rachel—. Nick me ha llevado a degustar una comida fantástica en los puestos callejeros.

—¿Adónde la llevaste? —Eleanor miró a su hijo con recelo—. Prácticamente, eres un turista, no conoces esto tan bien como yo.

—Hemos ido a Lau Pa Sat, a Old Airport Road, a Holland Village... —empezó a enumerar Nick.

—*Alamak!* ¿Qué se come en Holland Village? —exclamó Eleanor.

—¡Muchas cosas! Almorzamos un *rojak* buenísimo —contestó Nick a la defensiva.

—¡Tonterías! Todo el mundo sabe que el único lugar al que hay que ir para comer *rojak* es ese puesto de la planta superior de Lucky Plaza.

Rachel se rio, sintiendo que sus nervios desaparecían rápidamente. La madre de Nick era muy divertida. ¿Por qué se había puesto tan nerviosa?

—Bueno, pues esto es —dijo Eleanor a su hijo haciendo un gesto para mostrarle el espacio.

—No sé a qué te referías, mamá. Esta casa parece perfecta.

—¡*Alamak*, no sabes cuántos dolores de cabeza me ha provocado este piso! Hemos tenido que teñir los suelos seis veces hasta conseguir un buen acabado. —Nick y Rachel bajaron la mirada a los preciosos y relucientes suelos de roble blanco—. Y luego, algunos de los muebles de los dormitorios de invitados tuvieron que volver a hacerse y las cortinas opacas automáticas de mi dormitorio no son lo suficientemente oscuras. He tenido que dormir en uno de los dormitorios de invitados de la otra parte del piso durante más de un mes porque las cortinas las van a enviar desde Francia.

El vestíbulo de entrada daba a una enorme sala con techos de nueve metros y claraboyas que formaban un dibujo de cuadrículas que inundaban la sala de luz. El espacio resultaba aún más llamativo por un foso ovalado en el centro con elegantes sofás naranjas de Hermès perfectamente perfilados alrededor de los dos lados del óvalo. Desde el techo, una lámpara en espiral de lágrimas esculpidas en oro y cristal hacían piruetas hacia abajo hasta casi tocar la mesita de centro ovalada de madera. Rachel apenas podía creer que los padres de Nick vivieran en un lugar así. Parecía más bien el vestíbulo de algún hotel increíblemente moderno. Sonó un teléfono en otra habitación y se asomó una criada por una puerta.

—Son la señora Foo y la señora Leong —anunció.

—Ah, Consuelo, por favor, diles que suban —contestó Eleanor. «Por fin han llegado los refuerzos».

Nick miró a su madre sorprendido.

—¿Has invitado a más gente? Creía que íbamos a tener una tranquila cena familiar.

Eleanor sonrió. «La habríamos tenido si hubiésemos estado solamente la familia».

—Son solo las de siempre, *lah.* El cocinero ha preparado *laksa* y siempre es mejor tener a más gente para eso. ¡Además, todos quieren verte y están deseando conocer a Rachel!

Nick sonrió a Rachel en un intento por disimular su pesar. Había querido que sus padres prestaran toda su atención a Rachel, pero su madre siempre salía con sorpresas como esa en el último momento.

—Ve a despertar a tu padre, Nick. Está echándose una siesta en su sala de la televisión, al final de ese pasillo —le ordenó Eleanor.

Nick y Rachel fueron hacia la habitación de la televisión. Del interior salían sonidos de disparos y explosiones. Cuando se acercaron a la puerta abierta, Rachel pudo ver al padre de Nick dormido sobre un sillón reclinable ergonómico danés con *Battlestar Galactica* en la televisión de pantalla plana incrustada en la pared de roble arenado.

—No le molestemos —susurró Rachel, pero Nick entró de todos modos.

—Despierta —dijo en voz baja.

El padre de Nick abrió los ojos y miró a Nick sorprendido.

—Ah, hola. ¿Es la hora de cenar?

—Sí, papá.

El padre de Nick se levantó del sillón, miró a su alrededor, y descubrió a Rachel de pie esperando tímidamente en la puerta.

—Tú debes de ser Rachel Chu —dijo alisándose el pelo por detrás.

—Sí —contestó Rachel a la vez que entraba en la habitación. El padre de Nick extendió la mano.

—Philip Young —dijo con una sonrisa a la vez que le estrechaba la mano con fuerza. A Rachel le gustó al instante y por fin pudo ver de quién había heredado las facciones su novio. Los ojos grandes de Nick y su boca elegantemente contorneada eran exactamente iguales a los de su madre, pero la nariz fina, el mentón prominente y el pelo negro y denso eran sin duda de su padre.

—¿Cuándo has llegado? —preguntó Nick a su padre.

—Tomé el vuelo de la mañana desde Sídney. No pensaba venir hasta más avanzada la semana, pero tu madre insistió en que viniera hoy.

—¿Trabaja usted en Sídney, señor Young? —preguntó Rachel.

—¿Trabajar? No, me mudé a Sídney para no trabajar. Es un lugar demasiado hermoso como para trabajar. Te puedes distraer con el clima y el mar, los largos paseos y la buena pesca.

—Ah, ya entiendo —repuso Rachel. Se dio cuenta de que su acento era una original fusión del británico, el chino y el australiano.

Justo entonces llamaron a la puerta y se asomó Astrid.

—Tengo órdenes estrictas de llevaros a todos —anunció.

—¡Astrid! No sabía que venías esta noche —dijo Nick.

—Es que tu madre quería que fuese una sorpresa. ¡Sorpresa! —exclamó Astrid agitando los dedos y dedicándole una sonrisa irónica.

Todos volvieron a la sala de estar, donde Nick y Rachel se vieron rodeados por una oleada de invitados. Lorena Lim y Carol Tai estrecharon la mano de Rachel mientras Daisy Foo abrazaba a Nick. (A Rachel no se le escapó que Daisy fue la primera persona que abrazaba a su novio en toda la noche).

—Vaya, Nicky, ¿por qué has tenido escondida tanto tiempo a tu preciosa novia? —preguntó Daisy a la vez que saludaba también a Rachel con un efusivo abrazo. Antes de que Rachel pudiese responder, sintió que alguien la agarraba del brazo. Bajó la mirada al anillo de rubí del tamaño de una cereza y las largas y rojas uñas bien cuidadas antes de levantar los ojos sorprendida hacia una mujer con sombra de ojos verde azulado y un colorete más fuerte que el de una *drag queen.*

—Rachel, yo soy Nadine —dijo la mujer—. Mi hija me ha hablado mucho de ti.

—¿De verdad? ¿Quién es su hija? —preguntó Rachel cortésmente. Justo entonces, oyó un chillido agudo justo detrás de ella.

—¡Nicky! ¡Cómo te he echado de menos! —exclamó una voz familiar. Rachel sintió un escalofrío. Era Francesca Shaw, que saludaba a Nick con un fuerte abrazo y un beso en la mejilla. Antes de que pudiese reaccionar, Francesca la miró con una gran sonrisa y se lanzó hacia Rachel con otros dos besos en la mejilla—. ¡Rachel, qué bien volver a verte tan pronto!

—Ah, ¿estuviste en la despedida de soltera de Araminta? —preguntó Nick.

—Por supuesto que sí. Lo pasamos diviiinamente, ¿verdad, Rachel? Qué isla tan bonita. ¿Y no era maravillosa la comida? Me han dicho que te gustó especialmente el plato de pescado.

—Sí, fue toda una experiencia —contestó Rachel despacio, asombrada ante el comentario de Francesca. ¿Estaba admitiendo ser la responsable del pez mutilado? Notó que el lápiz de labios de Francesca había dejado una mancha roja brillante en la mejilla de Nick.

—No sé si recuerdas a mi prima Astrid —dijo Nick a Francesca.

—¡Por supuesto! —Francesca fue corriendo a saludarla con un abrazo. Astrid se puso rígida, atónita por lo familiar que se estaba mostrando Francesca. Esta examinó a Astrid de la cabeza a los pies. Llevaba un vestido *georgette* de seda blanca drapeado con ribetes azul marino. «El corte es tan perfecto que debe de ser alta costura. Pero ¿de qué diseñador?».

—¡Qué vestido tan fantástico! —exclamó Francesca.

—Gracias. Tú vas preciosa de rojo —respondió Astrid.

—Valentino, claro —contestó Francesca, haciendo una pausa para esperar a que Astrid revelara el diseñador de su atuendo. Pero Astrid no dijo nada. Sin perder un segundo, Francesca miró a la madre de Nick—: ¡Qué casa tan fabulosa, tía Elle! —exclamó entusiasmada—. Yo quiero mudarme aquí ya. ¡Es muy Morris Lapidus, muy Miami Modern! Hace que quiera ponerme un caftán de Pucci y pedir un whisky sour.

—Francesca, has debido de darte un golpe en la cabeza —contestó Eleanor, encantada—. Atención todos, esta noche vamos a hacer algo distinto. Vamos a *makan* en mi pequeña cocina —anunció mientras llevaba a sus invitados al interior de una cocina que a Rachel le pareció de todo menos pequeña. El enorme espacio parecía la idea de lo que podría ser el paraíso para un glotón: un resplandeciente templo de mármol blanco de Calacatta, superficies de acero inoxidable y aparatos de lo más modernos. Un chef con uniforme blanco estaba de pie junto a la cocina Viking de tamaño industrial, ocupado en controlar las burbujeantes cacerolas de cobre mientras tres cocineras se movían alrededor con los últimos preparativos. En el otro extremo había un comedor con un banco *art déco.*

Mientras tomaban asiento, Carol miró cómo el chef repartía generosa y hábilmente un caldo rojo en unos grandes cuencos de barro blanco.

—Vaya, Eleanor, es como si estuviese cenando en la mesa del chef de algún restaurante cursi —dijo.

—¿No es divertido? —preguntó alegre Eleanor. Miró a Rachel y añadió—: Nunca me dejaban poner un pie en la cocina de la casa de mi suegra. ¡Ahora puedo comer en mi propia cocina y ver cómo preparan la comida! —Rachel sonrió divertida. Ahí estaba una mujer que obviamente no había cocinado un plato en su vida pero que parecía disfrutar con la novedad de estar dentro de una cocina.

—Bueno, a mí me encanta cocinar. Mi sueño es tener algún día una cocina tan bonita como la suya, señora Young —dijo Rachel.

Eleanor sonrió con cortesía. «Seguro que podrás... con el dinero de mi hijo».

—Rachel es una cocinera increíble. Sin ella, yo probablemente estaría comiendo fideos de sobre todas las noches —añadió Nick.

—Eso sería muy propio de ti —comentó Daisy. Miró a Rachel y añadió—: Antes yo llamaba a Nicky «mi niño de los fideos». De niño siempre le volvían loco los fideos. Lo llevábamos a los mejores restaurantes de Singapur y lo único que él quería siempre era un plato de fideos fritos con extra de salsa.

Mientras decía esto, tres sirvientas entraron en el comedor y colocaron grandes cuencos humeantes de sopa de fideos de *laksa* delante de cada invitado. Rachel se asombró al ver la hermosa composición de gambas mariposa, pastel de pescado frito, mullidos hojaldres de tofu y huevos duros abiertos por la mitad hermosamente dispuestos por encima de los gruesos *vermicelli* de arroz y la sopa picante. Durante unos minutos, la habitación quedó en silencio mientras todos sorbían los fideos y saboreaban la deliciosa sopa.

—Noto la leche de coco en la sopa, pero ¿qué es lo que le da el toque picante y ligeramente ácido? ¿Es kéfir? —preguntó Rachel.

«Engreída», pensó Eleanor.

—Buen ojo. Es tamarindo —respondió Daisy. «La muchacha no estaba diciendo ninguna tontería. Sabe cocinar de verdad».

—Rachel, es impresionante lo bien que conoces el especiero —gorjeó Francesca con su falso tono amable apenas sin poder ocultar su desprecio.

—Aparentemente, no tan bien como tú sabes destripar un pescado —comentó Rachel.

—¿Fuisteis a pescar, chicas? —Philip levantó la mirada de su *laksa* sorprendido.

—Ah, sí. Una de las chicas incluso pescó un pez bien grande en peligro de extinción. Tratamos de convencerla de que lo devolviera al agua, pero no quiso, y el pez terminó dándole un buen mordisco. Había manchas de sangre por todos lados —dijo Francesca a la vez que arrancaba de un bocado la cabeza de su gamba y la escupía al lado del cuenco.

—¡Se lo buscó, *lah*! Nuestros océanos están cada vez más sobrexplotados y debemos respetar a todas las criaturas de Dios —sentenció Carol.

—Sí, estoy de acuerdo. ¿Sabéis? Cuando no eres más que un turista tienes que aprender a respetar el entorno que estás visitando —dijo Francesca fulminando con la mirada a Rachel durante una milésima de segundo antes de pasar a mirar a Astrid—. Bueno, Astrid, ¿cuándo voy a conseguir que vengas a uno de mis comités?

—¿Qué tipo de comités? —preguntó Astrid, más por educación que por verdadera curiosidad.

—Del tipo que quieras. Estoy en la junta del Museo de Historia de Singapur, el Museo de Arte Contemporáneo, la Sociedad de Patrimonio Cultural, el Club Pulau, el Consejo Asesor de las Artes del Bible College de Singapur, el comité directivo de la Semana de la Moda de Singapur, el Zoo de Singapur, el comité de selección del Museo de Historia Natural Lee Kong Chian, la Sociedad de Expertos en Vino, el Comité de Defensa del Shahtoosh, el Comité Juvenil de Asistentes Cristianos y, por supuesto, la Fundación Shaw.

—Pues es que mi hijo de tres años me tiene bastante ocupada... —empezó a excusarse Astrid.

—Cuando empiece preescolar y no tengas nada que hacer deberías plantearte seriamente entrar en alguna de mis organizaciones benéficas. Puedo meterte en un comité por la vía rápida. Creo que se te daría muy bien.

—Rachel, tengo entendido que eres profesora en la Universidad de Nueva York con Nick —interrumpió Lorena. «Esta Francesca me pone de los nervios. Hemos venido a interrogar a RACHEL, no a Astrid».

—Así es —contestó Rachel.

—¿En qué departamento? —preguntó Nadine, conocedora de la respuesta, pues Eleanor les había leído el dosier completo sobre Rachel Chu a todas las damas mientras recibían una sesión de una hora de masajes de reflexología en Shenzhen.

—Estoy en el Departamento de Económicas y doy clases para no licenciados.

—¿Y cuánto te pagan al año? —preguntó Nadine.

Rachel se quedó estupefacta.

—Oye, mamá, para los americanos es de muy mala educación preguntar cuánto dinero gana alguien —dijo por fin Francesca, claramente encantada al ver que Rachel se avergonzaba.

—Ah, ¿sí? Solo tenía curiosidad por saber cuánto gana un profesor de universidad en Estados Unidos —replicó Nadine con tono completamente inocente.

—¿Te plantearías trabajar en Asia? —preguntó Daisy.

Rachel hizo una pausa. Parecía una pregunta bastante tendenciosa y supuso que aquel grupo diseccionaría cualquier respuesta que ella diera.

—Por supuesto, si se presentara la oportunidad adecuada —respondió por fin.

Las señoras intercambiaron miradas furtivas mientras Philip daba sorbos a su sopa.

Después de cenar, cuando el grupo pasó a la sala de estar para tomar el café y el postre, Astrid anunció, de repente, que tenía que marcharse.

—¿Estás bien? —preguntó Nick—. Esta noche pareces un poco malhumorada.

—Estoy bien... Acabo de recibir un mensaje de Evangeline diciendo que Cassian se está rebelando y que se niega a meterse en la cama, así que mejor voy para allá. —En realidad, Evangeline le había informado de que Michael se había pasado por casa y estaba leyéndole a Cassian un cuento antes de dormir. «NO DEJES QUE SE MARCHE», le había respondido frenéticamente Astrid.

Nick y Rachel decidieron aprovechar la oportunidad para irse también, alegando cansancio por el largo día de viaje.

—¿Habéis visto cómo se fijaba esa chica en todo el piso? —preguntó Eleanor en cuanto el ascensor se cerró con ellos dentro.

—Cariño, te has pasado un año decorándolo. Por supuesto que la gente va a mirarlo. ¿No es ese el objetivo? —intervino Philip mientras se servía una porción grande de tarta de chocolate y plátano.

—Philip, ese pequeño cerebro de economista que tiene ha estado ocupado en calcular el valor de todo. Podía verse cómo iba haciendo la suma de todo con esos ojos grandes y protuberantes. Y tanto hablar de que cocina para Nick. ¡Qué tontería! ¡Como si fuera a impresionarme saber que pone sus ásperas manos de campesina en la comida de él!

—Estás en buena forma esta noche, querida —dijo Philip—. Sinceramente, a mí me ha parecido muy agradable y sus rasgos son bastante bonitos. —Tuvo cuidado de enfatizar la palabra «bastante», pues sabía que a su mujer le daría un ataque de celos aún mayor al pensar que otra mujer de su entorno fuese proclamada como clara belleza.

—Estoy de acuerdo con Philip. La verdad es que es bastante guapa. Aunque te cueste admitirlo, Eleanor, tu hijo tiene, al menos, buen gusto —dijo Daisy mientras observaba cómo la sirvienta servía el café con leche.

—¿En serio? ¿Crees que es tan guapa como Astrid? —preguntó Eleanor.

—Astrid es de una belleza sensual e impetuosa. Esta es completamente distinta. Tiene una belleza más sencilla y más plácida —observó Daisy.

—Pero ¿no crees que tiene el pecho un poco plano? —preguntó Eleanor.

Philip soltó un suspiro. Era imposible hablar con su mujer.

—Bueno, buenas noches a todas. Es la hora de mi *CSI: Miami* —dijo a la vez que se levantaba del sofá y se iba directo a su sala de la televisión. Francesca esperó a que él doblara la esquina antes de hablar.

—Pues, por lo que a mí respecta, creo que tienes toda la razón sobre esta chica, tía Elle. He pasado todo el fin de semana con Rachel y he visto cómo es de verdad. En primer lugar, escogió los vestidos más caros de la boutique del hotel cuando supo que Araminta los pagaba. Esta noche llevaba uno de ellos.

—¿Ese vestido lila tan soso? ¡*Alamak*, no tiene ningún gusto! —exclamó Nadine.

Francesca continuó con su ataque.

—Después, se pasó todo el día de ayer asistiendo a diferentes clases en el hotel: yoga, pilates, nia, cualquiera que se os ocurra. Fue como si estuviese tratando de evitarnos para aprovechar todo lo que había en el spa. Y deberías haberla oído en la cena. Anunció sin más que fue a por Nicky porque era un buen partido. Lo cierto es que creo que sus palabras exactas fueron «es MUY BUEN partido».

Nadine chasqueó la lengua varias veces.

—¿Te lo puedes creer?

—Lealea, ¿qué vas a hacer ahora que la has conocido? —preguntó Carol.

—Creo que esa chica debería hacer las maletas. Lo único que tienes que hacer es pedirlo, tía Elle, y, como te dije, será para mí un placer ayudarte —dijo Francesca lanzando a Eleanor una mirada cómplice.

Eleanor tardó adrede unos segundos en responder mientras daba vueltas a su capuchino descafeinado. Llevaba semanas en estado de pánico, pero, ahora que por fin había conocido a esa Rachel Chu, una calma insólita la había invadido. Sabía qué era lo que había que hacer y sabía que tenía que proceder con disimulo. Había visto de primera mano las cicatrices que podía dejar una evidente intromisión paterna. De hecho, incluso las allí reunidas eran muestra de ello: la relación de Daisy con sus hijos era, como poco, endeble, mientras que la hija mayor de Lorena ya no se hablaba con ella tras emigrar a Auckland con su marido neozelandés.

—Gracias, Francesca. Siempre tan servicial —dijo por fin Eleanor—. Por ahora, no creo que haya que hacer nada. Deberíamos todas sentarnos a mirar, pues las cosas están a punto de ponerse interesantes.

—Tienes razón, Elle. No es necesario acelerar nada. Además, después de lo de Shenzhen, todas las cartas están en tu mano —dijo Lorena regodeándose mientras apartaba el glaseado de su tarta.

—¿Qué ha pasado en Shenzhen? —preguntó Francesca ansiosa.

Eleanor no hizo caso a la pregunta de Francesca y sonrió.

—Puede que ni siquiera tenga que jugar la carta de Shenzhen. No olvidemos que todos los Young y los Shang están a punto de bajar a Singapur para la boda de los Khoo.

—¡Sí! ¿Quién quiere apostar a que ni siquiera consigue sobrevivir al fin de semana? —cacareó Nadine.

Tercera parte

Dejad que China duerma, pues cuando despierte
el mundo temblará.

Napoleón Bonaparte

1

Tyersall Park

Singapur

Colin y yo nos lanzábamos a toda velocidad por esta cuesta con nuestras bicicletas, con las manos levantadas, para ver quién llegaba más lejos sin tocar el manillar —dijo Nick mientras los llevaban por el largo y serpenteante camino de entrada a Tyersall Park. Llegar ahí con Nick era para Rachel una experiencia completamente distinta en comparación con la primera vez, cuando llegó con Peik Lin. Para empezar, la abuela de Nick había enviado un precioso Daimler antiguo para que los recogiera, y, esta vez, Nick iba señalándole distintas cosas por el camino.

—¿Ves ese enorme rambután? Colin y yo intentamos construir una casa sobre ese árbol. Nos pasamos tres días trabajando en secreto, pero, entonces, Ah Ma nos descubrió y se puso furiosa. No quería que nada echara a perder sus valiosos frutos de rambután y nos obligó a desmontarla. Colin se enfadó tanto que decidió arrancar todos los rambutanes que pudo.

Rachel se rio.

—Os metisteis los dos en bastantes problemas, ¿no?

—Sí, siempre estábamos en aprietos. Recuerdo que había cerca un *kampong*[*] donde entramos a robar pollitos.

—¡Menudos granujas! ¿Dónde estaban los adultos que os vigilaban?

—¿Qué adultos?

El coche se detuvo en el pórtico de entrada y varios sirvientes salieron de una puerta lateral para recoger el equipaje del maletero. El mayordomo indio bajó los escalones de entrada para recibirlos.

—Buenas tardes, señor Young, señorita Chu. La señora Young los está esperando para tomar el té. Está en el huerto de carambolos.

—Gracias, Sanjit, ahora vamos para allá —dijo Nick. Llevó a Rachel por una terraza de baldosas rojas y bajaron por un elegante sendero donde unos acantos blancos y coloridos hibiscos se mezclaban con magníficos matorrales de papiro egipcio.

—Estos jardines son aún más espectaculares de día —observó Rachel pasando los dedos por la fila de tallos de papiro que se balanceaban suavemente con la brisa. A su alrededor se oía el zumbido de enormes libélulas, con sus alas resplandeciendo bajo la luz del sol.

—Recuérdame que te enseñe el estanque de lirios. Tenemos allí unos nenúfares enormes: unos *Victoria amazonica*, los más grandes del mundo. Prácticamente, puedes tumbarte a tomar el sol sobre ellos.

Cuando se acercaron a la arboleda, una vista de lo más curiosa esperaba a Rachel: la abuela de Nick, de noventa y tantos años, estaba subida en lo alto de una escalerilla apoyada de

---

* Un pueblo tradicional malayo. Singapur estuvo salpicado de muchos de estos pueblos indígenas donde vivían los nativos malayos, como habían hecho sus antepasados durante siglos, en chozas de madera sin electricidad ni agua corriente. En la actualidad, gracias a los estupendos promotores inmobiliarios, queda solo un *kampong* en toda la isla.

forma precaria contra el tronco de un alto carambolo, moviendo con cuidado unas bolsas de plástico. Dos jardineros estaban a los pies de la tambaleante escalerilla, agarrándola, mientras un gurka y dos sirvientas tailandesas observaban tranquilamente.

—¡Dios mío, se va a caer de esa escalera y se va a romper el cuello! —exclamó Rachel preocupada.

—Es típico de Ah Ma. Nada la detiene —dijo Nick con una sonrisa.

—Pero ¿qué está haciendo exactamente?

—Inspecciona cada uno de los frutos del carambolo y los envuelve en bolsas de plástico. La humedad los ayuda a madurar y a estar protegidos de los pájaros.

—¿Por qué no deja que lo haga alguno de los jardineros?

—Le encanta hacerlo ella misma. Lo hace también con las guayabas.

Rachel levantó los ojos hacia la abuela de Nick, impecablemente vestida con un blusón de jardinero plisado de color amarillo, y se quedó asombrada por su destreza. Su Yi miró hacia abajo al notar que tenía público nuevo.

—Un minuto. Solo me quedan dos más —dijo en mandarín.

Cuando la abuela de Nick bajó sana y salva de la escalerilla (para alivio de Rachel), el grupo avanzó por otro sendero que llevaba a un formal jardín cercado francés donde había plantadas un montón de azucenas africanas azules en medio de unos setos de boj bien recortados. En medio del jardín había un precioso invernadero que parecía haber salido directamente de la campiña inglesa.

—Ahí es donde Ah Ma cultiva sus galardonadas orquídeas —informó Nick a Rachel.

—¡Vaya! —fue todo lo que Rachel pudo decir al entrar en el invernadero. Cientos de orquídeas colgaban a diferentes niveles por todo el espacio, con su sutil dulzor invadiendo el aire. Rachel no había visto nunca tanta variedad, desde intricadas caladenias y vandas de vivos colores hasta catleyas y zapatillas de dama casi indecentemente sugerentes. Escondida en medio de todo aquello había una mesa redonda que parecía haber sido tallada de un solo bloque de malaquita azul. Su base estaba hecha con cuatro feroces grifos majestuosos que miraban en distintas direcciones, cada uno listo para echarse a volar.

Cuando se acomodaron en las sillas de hierro forjado con cojines, un trío de sirvientes apareció en el momento preciso con una enorme bandeja de plata de cinco pisos llena de exquisitos *nyonya kuehs*, sándwiches diminutos, *pâte de fruits* que parecían piedras preciosas y esponjosos *scones* de color tostado. Una de las sirvientas tailandesas acercó rodando el carrito del té y Rachel sintió como si estuviese alucinando al ver cómo la sirvienta servía delicadamente el té recién hecho con una tetera muy tallada con dragones multicolores. Nunca en su vida había visto un servicio de té tan lujoso.

—Aquí tienes los famosos *scones* de mi abuela. A por ellos —dijo Nick con tono alegre relamiéndose los labios.

Los *scones* seguían calientes cuando Rachel partió uno y lo untó con una generosa ración de nata cuajada, como había aprendido de Nick. Estaba a punto de poner un poco de mermelada de fresa en el *scone* cuando Su Yi le dijo en mandarín:

—Deberías probarlo con un poco de crema de limón. Mi cocinera la prepara a diario. —Rachel no se sintió en situación de desafiar a su anfitriona, así que le puso un poco de crema de limón y le dio el primer bocado. Era el verdadero paraíso. La ligereza mantecosa del pastel se mezcló con la crema exquisita y el suave toque de limón dulce dio como resultado una perfecta alquimia de sabores.

Rachel soltó un fuerte suspiro.

—Tenías razón, Nick, este es el mejor *scone* del planeta.

Nick sonrió triunfante.

—Señora Young, aún estoy descubriendo la historia de Singapur. ¿El té de la tarde ha sido siempre una costumbre en su familia? —preguntó Rachel.

—Bueno, yo no soy nativa de Singapur. Pasé mi infancia en Pekín y, por supuesto, allí no seguíamos la tradición británica. Cuando mi familia se mudó aquí tomamos estos hábitos coloniales. Al principio, era algo que hacíamos por nuestros invitados británicos, pues no apreciaban mucho la comida china. Después, cuando me casé con el abuelo de Nick, que había pasado muchos años en Inglaterra, insistió en que debíamos tomar un verdadero té de la tarde con toda su guarnición. Y, por supuesto, a los niños les encantaba. Supongo que es así como me acostumbré —contestó Su Yi con su forma de hablar lenta y pausada.

Fue entonces cuando Rachel se dio cuenta de que la abuela de Nick no había tocado ninguno de los *scones* ni de los sándwiches. Solo comió un trozo de *nyonya kueh* con su té.

—Dime, ¿es cierto que eres profesora de economía? —preguntó Su Yi.

—Así es —contestó Rachel.

—Es bueno que se pueda tener la oportunidad de aprender esas cosas en América. Mi padre era un hombre de negocios pero nunca quiso que yo aprendiera nada sobre asuntos financieros. Siempre decía que, en cien años, China se convertiría en la nación más poderosa que el mundo hubiera visto nunca. Y eso es algo que siempre le repetía yo a mis hijos y nietos. No es así, ¿Nicky?

—Sí, Ah Ma. Por eso me obligaste a aprender mandarín —confirmó Nick. Ya podía ver adónde se dirigía esa conversación.

—Pues hice bien en obligarte, ¿no? Tengo la fortuna de ver que la predicción de mi padre se ha hecho realidad estando viva. Rachel, ¿viste la ceremonia de inauguración de los Juegos Olímpicos de Pekín?

—Sí.

—¿Viste lo espléndida que fue? Nadie en el mundo puede dudar del poder de China después de las Olimpiadas.

—No, esa es la verdad —contestó Rachel.

—El futuro está en Asia. El lugar de Nick está aquí, ¿no lo crees?

Nick sabía que Rachel se dirigía directa a una emboscada y la interrumpió antes de que pudiese responder.

—Yo siempre he dicho que volvería a Asia, Ah Ma. Pero ahora mismo estoy viviendo una valiosa experiencia en Nueva York.

—Dijiste lo mismo hace seis años, cuando quisiste quedarte en Inglaterra al terminar los estudios. Y ahora estás en Estados Unidos. Lo próximo ¿qué será? ¿Australia, como tu padre? Para empezar, fue un error enviarte al extranjero. Te has dejado seducir demasiado por la vida occidental. —Rachel no pudo evitar ver la ironía en lo que estaba diciendo la abuela de Nick. Su aspecto y su forma de hablar eran los de una mujer china en el sentido más tradicional pero ahí estaban, en un jardín cercado sacado directamente del valle del Loira tomando el té de la tarde como en Inglaterra.

Nick no sabía qué responder. Era un debate que llevaba teniendo con su abuela desde hacía años y sabía que él nunca ganaría. Empezó a apartar las capas coloridas de un trozo de *nyonya kueh* mientras pensaba que debía excusarse un momento. A Rachel le vendría bien pasar un tiempo a solas con su abuela. Miró su reloj antes de hablar.

—Ah Ma, creo que la tía Alix y su familia llegarán de Hong Kong en cualquier momento. ¿Por qué no voy a recibirlos y los traigo aquí?

Su abuela asintió. Nick sonrió a Rachel con una mirada de tranquilidad antes de salir del invernadero.

Su Yi inclinó la cabeza ligeramente a la izquierda y una de las sirvientas tailandesas fue de inmediato a su lado, colocándose de rodillas con un elegante movimiento para que su oído quedara a la misma altura que la boca de Su Yi.

—Dile al jardinero del invernadero que tiene que haber aquí cinco grados más de temperatura —dijo Su Yi en inglés. Volvió a dirigir su atención a Rachel—: Dime, ¿de dónde procede tu familia? —Había en su voz un vigor que Rachel no había notado antes.

—La familia de mi madre es de Cantón. La de mi padre..., nunca lo he sabido —respondió Rachel, nerviosa.

—¿Por qué?

—Murió antes de que yo naciera. Y luego yo me fui de niña a América con mi madre.

—¿Y tu madre se volvió a casar?

—No, nunca lo hizo. —Rachel podía notar cómo las sirvientas tailandesas la miraban juzgándola en silencio.

—Entonces, ¿tú mantienes a tu madre?

—No. Más bien al contrario. Fue a la universidad en Estados Unidos y ahora es agente inmobiliaria. Le ha ido bien y ha podido mantenerme mientras yo estudiaba —respondió Rachel.

Su Yi se quedó en silencio un momento, evaluando a la chica que tenía delante. Rachel no se atrevía a mover un dedo. Por fin, Su Yi habló:

—¿Sabías que yo he tenido varios hermanos y hermanas? Mi padre tuvo muchas concubinas que le dieron hijos, pero solo una esposa por encima de todas, mi madre. Ella le dio seis hijos, pero, de todos los hermanos, solo tres fueron aceptados de forma oficial. Yo y dos de mis hermanos.

—¿Por qué solo tres? —se atrevió a preguntar Rachel.

—Bueno, mi padre creía que tenía un don. Pensaba que era capaz de adivinar todo el futuro de una persona solo con mirarle a la cara..., por cómo eran..., y decidió quedarse solamente con los hijos que pensaba que le complacerían. Eligió a mi marido también de esta forma, ¿lo sabías? Dijo: «Este hombre tiene cara de bueno. Nunca ganará dinero, pero jamás te hará daño». Tuvo razón en ambas cosas. —La abuela de Nick se inclinó hacia Rachel y se quedó mirándola a los ojos—. Yo veo tu cara —dijo en voz baja.

Antes de que Rachel pudiera preguntar qué quería decir, Nick llegó a la entrada del invernadero con un grupo de invitados. La puerta se abrió de pronto y un hombre con una camisa de lino blanca y unos pantalones de lino naranjas fue hacia la abuela de Nick.

—¡Ah Ma, mi querida Ah Ma! ¡Cómo te he echado de menos! —exclamó el hombre con tono exagerado en cantonés a la vez que caía de rodillas y le besaba las manos.

—¡Vamos, Eddie, *cha si lang*[*]! —le reprendió Su Yi retirando las manos y dándole una palmada en la cabeza.

---

* Expresión en hokkien que significa «deja de molestarme tanto», usada para regañar a personas que hacen ruido, molestan o, como en el caso de Eddie, las dos cosas.

2

El número 11 de Nassim Road

Singapur

«Dios se encuentra en los detalles». Esta icónica cita de Mies van der Rohe era el mantra por el que se regía Annabel Lee. Desde los palitos de mango que se entregaban a los invitados que descansaban junto a la piscina hasta el lugar preciso donde colocar una camelia en cada almohada de plumones, el ojo infalible de Annabel para los detalles era lo que hacía que su cadena de hoteles de lujo fuese la elección preferida para los viajeros más exigentes. Esa noche, el objeto sometido a escrutinio era su propio reflejo. Llevaba un vestido de cuello alto de color champán de lino irlandés y trataba de decidir si colocarle encima unas perlas barrocas de doble vuelta o un collar largo de ámbar. ¿Resultaban las perlas de Nakamura demasiado ostentosas? ¿Serían más discretas las cuentas de ámbar?

Su marido, Peter, entró en la habitación de ella con unos pantalones gris oscuro y una camisa azul claro.

—¿Estás segura de que quieres que me ponga esto? Parezco un contable —dijo pensando que seguramente su mayordomo se habría equivocado al sacar esa ropa.

—Estás perfecto. He comprado esa camisa precisamente para esta noche. Es de Ede & Ravenscroft. Hacen todas las camisas del duque de Edimburgo. Créeme, es mejor llevar ropa discreta con esta gente —dijo Annabel tras examinarlo con atención. Aunque había grandes eventos todas las noches de la semana previas a la boda de Araminta, la fiesta que celebraba Harry Leong en honor a su sobrino Colin Khoo en la legendaria residencia de los Leong de Nassim Road era a la que Annabel más ansiaba en secreto asistir.

Cuando Peter Lee (antes Lee Pei Tan de Harbin) hizo su primera fortuna gracias a las minas de carbón chinas a mediados de los noventa, él y su mujer decidieron mudarse a Singapur con su familia, como estaban haciendo muchos de los nuevos ricos chinos. Peter quería sacar el máximo partido a las ventajas de establecerse en el centro preferido de gestión de la riqueza de la zona y Annabel (antes An-Liu Bao de Urümqi) quería que su joven hija se beneficiara del sistema educativo más occidentalizado —y, según ella, superior— de Singapur. Además, estaba cansada de la élite pekinesa, de todos los interminables banquetes de doce platos en salas atestadas de muebles de imitación de estilo Luis XIV, y estaba deseando reinventarse en una isla más sofisticada donde las damas sabían apreciar un Armani y hablaban un inglés perfecto sin acento.

Pero, en Singapur, Annabel descubrió pronto que, más allá de los nombres que aparecían en negrita en las entusiastas invitaciones que le enviaban para ir a todas las glamurosas galas, se escondía otro nivel de la alta sociedad que era inmune al brillo del dinero, sobre todo al dinero de la China continental. Esas personas eran lo más esnob e impenetrable que ella hubiese visto nunca.

—¿A quién le importan esas antiguas familias que huelen a alcanfor? Simplemente sienten celos de que nosotros seamos más ricos, de que sepamos cómo disfrutar de verdad —dijo su nueva amiga Trina Tua (esposa de Tua Lao Sai, presidente del Grupo de Inversión TLS). Annabel sabía que Trina le decía esto para consolarse por el hecho de que nunca la invitarían a las legendarias partidas de *mahjong* de la señora Lee Yong Chien —donde las mujeres apostaban con joyas caras— ni podría echar nunca un vistazo tras las altas rejas de la majestuosa casa modernista que el arquitecto Kee Yeap había diseñado para Rosemary T'sien en Dalvey Road.

Esa noche la iban a invitar por fin. Aunque tenía casas en Nueva York, Londres, Shanghái y Bali, y aunque, según el *Architectural Digest,* su casa de Singapur diseñada por Edward Tuttle era «una de las residencias privadas más espectaculares de Asia», el corazón de Annabel se disparó al pasar por las austeras puertas de madera del número 11 de Nassim Road. Durante mucho tiempo había admirado aquella casa desde lejos. Las «*Black and White*»[*] eran de lo más inusuales, y esta, que siempre había estado ocupada por la familia Leong desde los años veinte, era quizá la única que quedaba en la isla que conservara todos sus elementos originales. Tras entrar por las puertas de estilo Arts and Crafts, Annabel se fue fijando rápidamente en cada mínimo detalle de la forma de vida de esas personas. «Mira toda esa fila de sirvientes malayos que flanquean el vestíbulo con sus inmaculadas chaquetas blancas. ¿Qué es lo que ofrecen en esas bandejas de peltre de Selangor? Pimm's No. 1 con soda de piña y hojas de menta. Qué pintoresco. Tengo que

* Las exóticas casas *Black and White* de Singapur constituyen un estilo arquitectónico singular que no se ve en ninguna otra parte del mundo. Con la combinación de elementos angloindios con otros del movimiento inglés Arts and Crafts, estas casas pintadas de blanco con adornos negros habían sido ingeniosamente diseñadas para climas tropicales. Construidas en sus comienzos para albergar a acomodadas familias coloniales, ahora son de lo más codiciadas y solo están al alcance de los inmensamente ricos (cuarenta millones de dólares para empezar y posiblemente tendrías que esperar varias décadas hasta que toda una familia muriera).

copiarlo para el hotel nuevo de Sri Lanka. Ah, ahí está Felicity Leong con un *jacquard* de seda hecho a medida y un jade lila de lo más exquisito, y su nuera Cathleen, la experta en derecho constitucional (esa chica siempre va de lo más sencilla, sin una joya a la vista. Nadie pensaría que está casada con el hijo mayor de los Leong). Y ahí está Astrid Leong. ¿Cómo habrá sido para ella criarse en esta casa? No me extraña que tenga tan buen gusto. Ese vestido azul turquesa que lleva sale en la portada del *Vogue* francés de este mes. ¿Quién es el hombre que le susurra a Astrid al oído a los pies de las escaleras? Ah, es su marido, Michael. Qué pareja tan increíble que hacen. Y mira este salón. ¡Míralo bien! La simetría..., la escala..., la cantidad de flores de azahar. Sublime. Voy a necesitar flores de azahar para los vestíbulos de todos los hoteles la semana que viene. Espera un momento, ¿eso es cerámica Ru, de la dinastía Song del Norte? Sí que lo es. Uno, dos, tres, cuatro..., cuántas piezas. ¡Increíble! Esta sala debe de valer treinta millones de dólares solo en cerámica, esparcida por todos sitios como si fuesen ceniceros baratos. Y estos sillones opium de estilo peranakan. Mira las incrustaciones de madreperla. Nunca he visto una pareja en tan buen estado. Aquí llegan los Cheng de Hong Kong. Mira qué encantadores son sus hijos, todos vestidos como pequeños modelos de Ralph Lauren».

Annabel no había sentido nunca tanta felicidad como en ese mismo momento, cuando por fin respiró aquel aire tan exclusivo. La casa estaba llenándose de familias aristocráticas de las que solo había oído hablar a lo largo de los años, familias que podían remontar el origen de su linaje hasta treinta generaciones o más. Como los Young, que acababan de llegar. «Ah, mira. Eleanor me acaba de saludar con la mano. Es la única que se relaciona con gente que no pertenece a su familia. Y ahí está su hijo, Nicholas..., otra hermosura. El mejor amigo de Colin. Y la chica que agarra la mano de Nicholas debe de ser esa Rachel

Chu de la que todos hablan, esa que no es de los Chu de Taiwán. Solo con mirarla ya se le nota. Esa chica se ha criado bebiendo leche americana enriquecida con vitamina D y calcio. Pero no va a poder cazar a Nicholas. Y aquí llega Araminta con todos los Khoo. Con aires de que todo esto le pertenece».

Annabel supo en ese momento que había tomado las decisiones adecuadas con respecto a su hija: inscribiéndola en la guardería Far Eastern; decantándose por el Colegio Metodista Femenino antes que por la Escuela Americana de Singapur; obligándola a asistir al Grupo Juvenil de la Primera Iglesia Metodista pese a que ellos eran budistas; y enviándola al Colegio de Señoritas Cheltenham de Inglaterra como colofón. Su hija se había criado como esta gente, personas de educación y buen gusto. No había ni un solo diamante de más de quince quilates en toda esa gente, ni un solo Louis Vuitton ni nadie que buscara un pez más gordo. Se trataba de una reunión familiar, no de un evento para hacer contactos. Esa gente se sentía de lo más cómoda y se comportaba con los mejores modales.

En la terraza que daba al este, Astrid se escondía tras la densa fila de cipreses italianos mientras esperaba a que Michael llegara a casa de sus padres. En cuanto lo vio, corrió a la puerta de entrada para reunirse con él, de modo que pareciera que habían llegado juntos. Tras la primera oleada de saludos, Michael pudo hablarle a solas junto a la escalera.

—¿Está Cassian arriba? —murmuró él.

—No —respondió Astrid rápidamente antes de verse envuelta por el abrazo de su prima Cecilia Cheng.

—¿Dónde está? Llevas toda la semana escondiéndolo de mí —insistió Michael.

—Lo verás pronto —susurró Astrid a la vez que sonreía a su tía abuela Rosemary.

—Ha sido tu forma de engañarme para que viniera esta noche, ¿verdad? —dijo Michael furioso.

Astrid agarró a Michael de la mano y lo llevó a la sala delantera, junto a la escalera.

—Michael, te prometí que verías esta noche a Cassian. Pero ten paciencia y vamos a cenar.

—Ese no era el trato. Me voy.

—Michael, no puedes irte. Aún tenemos que coordinar lo que vamos a hacer para la boda el sábado. La tía Alix va a dar un desayuno antes de la ceremonia de la iglesia y...

—Astrid, yo no voy a ir a la boda.

—Venga ya, no bromees con eso. Va a ir todo el mundo.

—Supongo que con lo de «todo el mundo» te refieres a todo el que tiene mil millones de dólares o más —contestó Michael furioso.

Astrid puso los ojos en blanco.

—Vamos, Michael, sé que hemos discutido y que probablemente estás avergonzado, pero, como ya te dije, te perdono. No le demos demasiada importancia. Vuelve a casa.

—No lo entiendes, ¿verdad? No voy a volver a casa. No voy a ir a la boda.

—Pero ¿qué va a decir la gente si no apareces en la boda? —Astrid lo miraba nerviosa.

—¡Astrid, yo no soy el novio! Ni siquiera soy pariente del novio. ¿A quién le va a importar una mierda si voy o no?

—No puedes hacerme esto. Todos se darán cuenta y empezarán a hablar —le suplicó Astrid, tratando de no entrar en pánico.

—Diles que he tenido que salir de viaje a última hora por trabajo.

—¿Adónde vas? ¿A Hong Kong a ver a tu amante? —preguntó Astrid con tono acusatorio.

Michael se quedó un momento en silencio. Nunca había querido recurrir a esto, pero veía que no le quedaban más opciones.

—Si eso hace que te sientas mejor, sí. Voy a ver a mi amante. Me voy el viernes después del trabajo para poder escaparme de este carnaval. No puedo ver cómo esta gente gasta una millonada en una boda cuando medio mundo se muere de hambre.

Astrid se quedó mirándolo aturdida, impresionada por lo que había dicho. En ese momento, Cathleen, la mujer de su hermano Henry, entró en la habitación.

—Gracias a Dios que estás aquí —dijo Cathleen a Michael—. Los cocineros están teniendo un ataque porque ha saltado algún transformador y ese maldito horno industrial de alta tecnología que pusimos el año pasado no funciona. Al parecer, se ha puesto en modo autolimpieza y hay cuatro patos a la pekinesa asándose dentro...

Michael fulminó con la mirada a su cuñada.

—Cathleen, tengo un máster del Instituto de Tecnología de California en tecnología de encriptación. ¡No soy tu puto manitas! —protestó antes de salir a toda velocidad de la habitación.

Cathleen se quedó mirándolo sin entender nada.

—¿Qué le pasa a Michael? Nunca lo he visto así.

—No le hagas caso, Cathleen —dijo Astrid tratando de soltar una leve carcajada—. Michael está disgustado porque acaba de saber que tiene que salir para Hong Kong por una emergencia de trabajo. El pobre teme que se va a perder la boda.

Mientras el Daimler que llevaba a Eddie, Fiona y sus tres hijos se acercaba a las puertas del número 11 de Nassim Road, Eddie hizo un último repaso.

—Kalliste, ¿qué vas a hacer cuando empiecen a servir el café y los postres?

—Voy a preguntar a la tía abuela Felicity si puedo tocar el piano.

—¿Y qué vas a tocar?

—La partita de Bach y, después, a Mendelssohn. ¿Puedo tocar también mi nueva canción de Lady Gaga?

—Kalliste, juro por Dios que si tocas algo de esa maldita Lady Gaga te romperé todos y cada uno de tus dedos.

Fiona miraba por la ventanilla del coche sin hacer caso de su marido. Así era como se comportaba cada vez que estaba a punto de ver a sus parientes de Singapur.

—Augustine, ¿qué te pasa? Abróchate la chaqueta —le ordenó Eddie. El niño le obedeció y se abrochó con cuidado los dos botones dorados de su chaqueta—. Augustine, ¿cuántas veces te lo he dicho? Nunca, NUNCA te abroches el botón de abajo, ¿me has oído?

—Papá, dijiste que no me abrochara el botón de debajo de mi chaqueta de tres botones, pero nunca me has dicho qué tengo que hacer cuando solo llevo dos botones —gimoteó el niño con los ojos llenos de lágrimas.

—¿Estás ya contento? —le dijo Fiona a su marido cogiendo en su regazo al niño y apartándole suavemente el pelo de la frente.

Eddie le lanzó una mirada de fastidio.

—Bueno, escuchad todos... Constantine, ¿qué vamos a hacer cuando salgamos del coche?

—Vamos a ponernos en formación detrás de mamá y de ti —respondió su hijo mayor.

—¿Y en qué orden?

—Augustine va primero, luego Kalliste y luego yo —respondió el niño con tono aburrido.

—Perfecto. ¡Esperad a que todos vean nuestra magnífica entrada! —dijo Eddie con excitación.

Eleanor entró en el vestíbulo detrás de su hijo y su novia, deseosa de ver cómo recibían a la muchacha. Estaba claro que

Nick la había estado preparando. Rachel había tenido la inteligencia de ponerse un recatado vestido azul marino sin más joyas que unos diminutos pendientes de perlas. Al mirar en el interior de la sala de estar, Eleanor vio a todo el extenso clan de su marido reunido junto a las cristaleras que se abrían a la terraza. Se acordaba como si fuera ayer de cuando los conoció. Fue en la vieja finca de los T'sien, cerca de Changi, antes de que ese lugar se convirtiera en el espantoso club de campo al que iban todos los extranjeros. Los chicos T'sien con sus miradas lascivas se apiñaron alrededor para hablar con ella, pero los Shang apenas se dignaron a mirarla. Esos Shang solo se sentían cómodos hablando con familias a las que conocían desde, al menos, dos generaciones. Pero Nick estaba llevando a la chica directamente al meollo, con la intención de presentar a Rachel a Victoria Young, la hermana más arrogante de Philip, y a Cassandra Shang, la altiva chismosa a la que también se la conocía como Radio Uno Asia. «*Alamak*, esto va a estar bien».

—Rachel, estas son mi tía Victoria y mi prima Cassandra, que acaban de volver de Inglaterra.

Rachel sonrió nerviosa a las señoras. Victoria, con su áspero pelo con corte bob hasta la barbilla y su vestido de algodón ligeramente arrugado de color melocotón, tenía el aspecto de una excéntrica escultora, mientras que la delgadísima Cassandra, con su pelo grisáceo recogido con severidad en un tirante moño a lo Frida Kahlo, llevaba un vestido camisero grande de color caqui y un collar africano adornado con jirafas de madera. Victoria estrechó la mano de Rachel con frialdad y Cassandra mantuvo sus delgados brazos cruzados sobre el pecho con los labios apretados en una tensa sonrisa mientras examinaba a Rachel de la cabeza a los pies. Rachel estaba a punto de preguntar por sus vacaciones cuando Victoria, mirando por detrás de ella, anunció con el mismo acento inglés entrecortado que tenían todas las tías de Nick:

—Ah, ahí vienen Alix y Malcolm. Y esos son Eddie y Fiona. ¡Cielo santo, mira esos niños, todos vestidos de esa manera!

—Alix se ha estado quejando del dinero que se gastan Eddie y Fiona en esos niños. Al parecer, solo llevan ropa de grandes diseñadores —dijo Cassandra extendiendo la palabra «diiiseñadoooores» como si se tratara de alguna extraña enfermedad.

—*Gum sai cheen!*[*]. ¿Adónde demonios cree Eddie que los lleva? Hay más de cuarenta grados ahí fuera y van vestidos para un fin de semana de caza en Balmoral —se mofó Victoria.

—Deben de estar sudando como cerditos con esas chaquetas de *tweed* —añadió Cassandra meneando la cabeza.

Justo entonces, Rachel se fijó en una pareja que entraba en la sala. Un hombre joven con el pelo desaliñado cual estrella del pop coreano se acercaba pesadamente hacia ellos con una chica ataviada con un vestido de tubo de rayas de color amarillo limón y blanco que se ajustaba a su cuerpo como la piel de una salchicha.

—Ah, aquí llega mi primo Alistair. Y esa debe de ser Kitty, la chica de la que está locamente enamorado —comentó Nick. Incluso desde el otro extremo de la sala, llamaban poderosamente la atención las extensiones de pelo de Kitty, sus pestañas falsas y su lápiz de labios rosa escarchado, y, cuando se acercaron, Rachel vio que las rayas blancas del vestido de la chica eran, en realidad, transparentes, pudiendo verse con claridad sus pezones abultados.

—Atención todos, quiero presentaros a mi novia, Kitty Pong —dijo Alistair con una sonrisa orgullosa.

La habitación quedó en completo silencio cuando todos se quedaron boquiabiertos mirando aquellos pezones de color

* En cantonés, «Qué desperdicio de dinero».

marrón chocolate. Mientras Kitty disfrutaba de tanta atención, Fiona se apresuró a sacar a sus hijos de la sala. Eddie fulminó con la mirada a su hermano pequeño, furioso al ver que su entrada había quedado eclipsada. Alistair, encantado por la repentina atención, exclamó:

—¡Y quiero anunciar que anoche llevé a Kitty a lo alto de Mount Faber y le pedí que se casara conmigo!

—¡Estamos comprometidos! —chilló Kitty a la vez que movía el enorme diamante rosa empañado que llevaba en la mano.

Felicity ahogó un grito mientras buscaba con los ojos a su hermana, Alix, en busca de alguna reacción. Alix se quedó con la mirada perdida, sin establecer contacto visual con nadie.

—Kitty, te presento a mi primo Nicky, mi tía Victoria y mi prima Cassandra —continuó Alistair con tono despreocupado—. Y tú debes de ser Rachel.

Sin perder un segundo, Victoria y Cassandra miraron a Rachel interrumpiendo a Alistair.

—Oye, Rachel, tenemos entendido que eres economista. ¡Qué fascinante! ¿Me puedes explicar por qué la economía estadounidense parece no poder salir de su lamentable estado? —preguntó Victoria con voz estridente.

—Es por ese Tim Paulson, ¿verdad? —comentó Cassandra—. ¿No es una marioneta controlada por los judíos?

3

El atelier de Patric

Singapur

Un tanga de encaje negro? ¿Y de verdad se le veía por debajo del vestido? —gritó Peik Lin doblándose de la risa en el banco del restaurante que compartía con Rachel.

—El tanga, los pezones... ¡Todo! Deberías haberles visto la cara. Era como si hubiese ido desnuda —dijo Rachel.

Peik Lin se limpió las lágrimas de risa que tenía en los ojos.

—No me puedo creer que te haya pasado todo esto en una semana. Esas chicas. El pez muerto. La familia de Nick. Precisamente tú tenías que terminar metida en medio de todo esto.

—¡Ay, Peik Lin, ojalá pudieras ver cómo vive la familia de Nick! Alojarnos en Tyersall Park está siendo de lo más surrealista. El dormitorio en el que dormimos está lleno de exquisitos muebles *art déco* y me siento como si hubiese viajado en el tiempo. Los rituales, el sibaritismo, el tamaño de todo... O sea, debe de haber al menos como doce invitados más que han venido a la boda pero hay tantos sirvientes que sigue habiendo una dedicada solamente a mí, una chica preciosa de Suzhou. Creo que está un poco cabreada porque no le dejo cumplir con todas sus obligaciones.

—¿Cuáles son sus obligaciones? —preguntó Peik Lin.

—Pues la primera noche se ofreció a desvestirme y a cepillarme el pelo, cosa que me pareció un poco espeluznante. Así que le dije: «No, gracias». Luego me preguntó si podía «prepararme un baño». Me encanta esa expresión, ¿a ti no? Pero ya sabes que yo prefiero las duchas, aunque esa bañera con patas me parece impresionante. Así que se ofrece a darme el champú y masajearme el cuero cabelludo. Y yo le respondo que no lo necesito. Solo quiero que salga de la habitación para poder ducharme. En lugar de ello, la chica entra corriendo en el cuarto de baño para ajustar los grifos antiguos de la ducha hasta que la temperatura del agua queda perfecta. Entro y había como veinte velas encendidas en el cuarto de baño... ¡para una maldita ducha!

—*Alamak,* Rachel, ¿por qué no le dejas cumplir con sus deberes? Todos esos mimos de la realeza son un verdadero desperdicio contigo —la reprendió Peik Lin.

—No estoy acostumbrada a todo eso. Me hace sentir incómoda que el trabajo de alguien consista en servirme a cuerpo de rey. Otra cosa: su servicio de lavandería es increíble. Todo lo que me pongo se lava y plancha el mismo día en que me lo he puesto. Me di cuenta de que toda mi ropa olía a limpio y maravillosamente bien, así que le pregunté a mi sirvienta qué tipo de detergente usaban. ¡Me dijo que todo lo planchan con un agua especial de lavanda que traen de la Provenza! ¿Te lo puedes creer? Y todas las mañanas nos despierta entrando en el dormitorio con una bandeja con té para Nick, hecho tal y como a él le gusta, café preparado como a mí me gusta y un plato con unas galletas deliciosas. Nick las llama «galletas digestivas». Y eso antes del enorme bufé de desayuno que preparan, siempre en una parte diferente de la casa. La primera mañana sirvieron el desayuno en el invernadero, a la mañana siguiente fue en la galería de la segunda planta. Así que incluso ir a desayunar es una sorpresa cada día.

Peik Lin meneaba incrédula la cabeza mientras tomaba nota en su mente de algunas cosas. Había llegado el momento de hacer algunos cambios con las perezosas sirvientas de Villa d'Oro. Iban a tener nuevas tareas. Agua de lavanda en las planchas, para empezar. Y mañana quería desayunar junto a la piscina.

—Te aseguro, Peik Lin, que, entre todos los sitios a los que Nick me ha llevado y todos los almuerzos, meriendas y cenas a los que hemos tenido que asistir, nunca he comido así en toda mi vida. ¿Sabes? Nunca me imaginé que hubiera tantas celebraciones importantes alrededor de una boda. Nick me ha advertido que la fiesta de esta noche es en un barco.

—Sí, he leído que va a ser en el nuevo megayate de *Dato'* Tai Toh Lui. Cuéntame qué vestidos piensas ponerte este fin de semana —dijo Peik Lin con emoción.

—Eh..., ¿vestidos? Solo he traído uno para la boda.

—¡Rachel, no puedes estar hablando en serio! ¿No va a haber un montón de eventos todo el fin de semana?

—Bueno, está la fiesta de bienvenida de esta noche en el yate, la boda de mañana por la mañana, que irá seguida de una recepción y un banquete por la noche. Y luego, una ceremonia del té el domingo. He traído un bonito vestido de cóctel blanco y negro de Reiss, así que supongo que podré llevarlo mañana todo el día...

—Rachel, vas a necesitar, al menos, tres conjuntos para mañana. ¡No puedes dejar que te vean con el mismo vestido desde la mañana a la noche! Y todas van a ir engalanadas con joyas y vestidos de fiesta para el banquete de bodas. ¡Va a ser el evento más distinguido de la década! ¡Habrá grandes celebridades y miembros de la realeza!

—Pues me va a ser imposible competir con eso —dijo Rachel encogiéndose de hombros—. Ya sabes que la moda no ha sido nunca mi fuerte. Además, ¿qué puedo hacer ahora?

—Rachel Chu..., ¡nos vamos de compras!

—Peik Lin, yo no quiero ir corriendo por ningún centro comercial a última hora —protestó Rachel.

—¿Centro comercial? —Peik Lin la miró con desdén—. ¿Quién ha hablado de centros comerciales? —Sacó su teléfono móvil y pulsó un número de marcación rápida—. Patric, ¿puedes hacerme un hueco? Es una emergencia. Tenemos que hacer una intervención.

El atelier de Patric era una antigua casa con local comercial debajo en Ann Siang Hill que había sido transformada en un loft de lo más moderno, y fue allí donde Rachel se vio poco después subida a una plataforma circular iluminada vestida tan solo con su ropa interior con un espejo triple detrás de ella y una lámpara abovedada Ingo Maurer flotando sobre ella, bañándola de una luz cálida y favorecedora. Sigur Rós sonaba de fondo y Patric (a secas), vestido con una bata blanca de laboratorio sobre una camisa y una corbata de colores llamativos, la examinaba con atención, con los brazos cruzados y un dedo índice sobre sus labios apretados.

—Tienes una cintura muy larga —sentenció.

—¿Eso es malo? —preguntó Rachel a la vez que se daba cuenta por primera vez de cómo debían de sentirse las concursantes de los certámenes de belleza durante el momento del traje de baño.

—¡En absoluto! Conozco mujeres que matarían por tu torso. Esto quiere decir que podemos ponerte alguno de los modelos que normalmente no quedarían bien en figuras muy *petite*. —Patric miró a su ayudante, un joven con un mono gris y el pelo muy repeinado, y dijo—: ¡Chuaaaan! Trae el Balenciaga color ciruela, el Chloé melocotón, el Giambattista Valli que acaba de llegar de París, todos los Marchesa, el Givenchy *vintage* y ese de Jason Wu con los volantes deconstruidos en el corpiño.

Enseguida, media docena de ayudantes, todos vestidos con camisetas negras ajustadas y vaqueros negros, se movían por el espacio con la rapidez de unos desactivadores de bombas, llenándolo de percheros con ruedas atestados de los más elegantes vestidos que había visto Rachel jamás.

—Supongo que es así como van de compras las singapurenses superricas —dijo.

—La clientela de Patric viene de todas partes. Todas las amantes de la moda de la China continental, Mongolia e Indonesia que quieren tener las últimas tendencias y muchas de las princesas de Brunéi obsesionadas con la privacidad. Patric tiene acceso a los vestidos horas después de que se hayan presentado en las pasarelas —le informó Peik Lin. Rachel miró a su alrededor, maravillada, mientras los ayudantes empezaban a colgar los vestidos en una barra de titanio que estaba suspendida a dos metros del suelo, rodeando la plataforma como un halo gigante.

—Están trayendo demasiados vestidos —advirtió.

—Así es como trabaja Patric. Necesita ver primero diferentes estilos y colores a tu alrededor y, después, elimina. No te preocupes, Patric tiene un gusto de lo más exquisito. Estudió moda en Central Saint Martins, ¿sabes? Puedes estar segura de que los vestidos que va a escoger no los vas a ver en ninguna otra en la boda.

—Eso no es lo que me preocupa, Peik Lin. Mira, no se ven etiquetas de precios por ningún sitio. Eso es siempre una señal peligrosa —susurró Rachel.

—No te preocupes por las etiquetas de los precios, Rachel. Tú limítate a probarte los vestidos.

—¿Qué quieres decir? ¡Peik Lin, no voy a permitir que me compres un vestido!

—¡Calla! No vamos a discutir —dijo Peik Lin a la vez que levantaba hacia la luz una blusa de encaje traslúcida.

—Peik Lin, lo digo en serio. No me vengas con ninguno de tus tejemanejes —le advirtió Rachel mientras miraba otro perchero. Un vestido pintado a mano con flores de pálidos colores azul y plata atrajo su atención—. Me muero por uno de estos. ¿Por qué no me lo pruebo? —preguntó.

Patric volvió a entrar en la habitación y vio el vestido que Rachel tenía en las manos.

—Espera, espera, espera. ¿Qué hace aquí ese Dries Van Noten? ¡Chuaaaan! —gritó llamando a su sufrido ayudante—. El Dries está reservado para Mandy Ling, que está viniendo de camino ahora. Su madre va a *kau peh kau bu*[*] si dejo que se lo lleve otra. —Volvió a mirar a Rachel y sonrió con expresión de disculpa—. Lo siento, ese Dries ya está apalabrado. Ahora, para empezar, vamos a verte con este modelo en ostra rosa con esa bonita falda con polisón.

Rachel se vio enseguida dando vueltas con un increíble vestido tras otro y divirtiéndose más de lo que jamás se habría imaginado. Peik Lin se limitaba a soltar exclamaciones de asombro con todo lo que se probaba mientras leía en voz alta el último número del *Singapore Tattle:*

> Se esperan atascos de aviones privados en el aeropuerto de Changi y carreteras cerradas por todo el centro de Singapur este fin de semana mientras todos sus habitantes presencian su propia boda real. **Araminta Lee** se casa con **Colin Khoo** en la Primera Iglesia Metodista el sábado a mediodía, con una fiesta posterior en un lugar que aún no ha sido revelado. (Se dice que la madrina, **Annabel Lee**, ha planeado hasta el último detalle y que se ha gastado más de cuarenta millones para la ocasión). Aunque la *crème de la crème* que está incluida en la lista de

* En hokkien, «echarme una bronca» (o expresión que se traduce como «gritarle al padre y gritarle a la madre»).

invitados se ha mantenido más en secreto que el programa de armas nucleares de Corea del Norte, no sorprenderá ver a miembros de la realeza, jefes de Estado y famosos como **Tony Leung, Gong Li, Takeshi Kaneshiro, Yue-Sai Kan, Rain, Fan BingBing** y **Zhang Ziyi** entre los asistentes. Se rumorea que habrá una actuación de una de las divas del pop más importantes de Asia y que hay apuestas sobre quién ha diseñado el vestido de novia de Araminta. Habrá que estar atentos para ver a todos los personajes más relucientes de Asia, como los **Shaw,** los **Tai,** los **Mittal,** los **Meggaharto,** los **Ng** de Hong Kong y de Singapur, unos cuantos **Ambani,** los **David Tang,** los **Lim** de L'Orient, los **Chu** de Plásticos Taipéi y muchos otros míticos más.

Mientras tanto, Patric salía y entraba del probador con sentencias definitivas:

«Esa raja es demasiado alta. ¡Si te pones eso vas a provocar erecciones en todos los niños del coro!».

«¡Precioso! ¡Has sido diseñada genéticamente para llevar un Alaïa!».

«NUNCA JAMÁS te pongas chifón verde a menos que quieras parecer una col que ha sufrido una violación múltiple».

«Esto sí que te queda increíble. Esa falda acampanada te quedaría aún mejor si llegaras montada a caballo».

Cada modelo que Patric elegía parecía quedar en Rachel mejor que el anterior. Encontraron el vestido de cóctel perfecto para la cena de ensayo y un conjunto que podría venirle bien para la boda. Cuando Rachel decidió por fin que, qué demonios, se daría el capricho de un vestido de fiesta de un gran diseñador por primera vez en su vida, Peik Lin pidió que le envolvieran todo un perchero de vestidos.

—¿Te llevas todos esos para ti? —preguntó Rachel asombrada.

—No, estos son los que te quedan mejor, así que me los llevo para ti —respondió Peik Lin mientras trataba de pasarle su American Express negra a uno de los ayudantes de Patric.

—¡No! ¡No vas a hacer eso! ¡Guárdate esa tarjeta! —dijo Rachel con firmeza agarrando a Peik Lin por la muñeca—. Venga ya, solo necesito un vestido formal para el banquete de la boda. Puedo seguir llevando mi vestido blanco y negro para la ceremonia.

—En primer lugar, Rachel Chu, no puedes ponerte un vestido negro y blanco para una boda. Eso son colores de luto. ¿Estás segura de que eres china de verdad? ¿Cómo es que no lo sabes? En segundo lugar, ¿cuándo fue la última vez que te vi? ¿Con qué frecuencia puedo hacerle un regalo a una de mis mejores amigas en todo el mundo? No puedes privarme de este placer.

Rachel se rio ante el encanto absurdo de sus palabras.

—Peik Lin, agradezco tu generosidad, pero no puedes ir por ahí gastándote miles de dólares en mí. He ahorrado dinero para este viaje y estaré encantada de pagar...

—Genial. Ve a comprarte algunos suvenires cuando estés en Phuket.

En una habitación para pruebas al otro lado del atelier de Patric, dos ayudantes le apretaban cautelosos el corpiño encorsetado de un vestido escarlata de Alexander McQueen a Amanda Ling, aún bajo el efecto del *jet lag* tras acabar de desembarcar de un avión procedente de Nueva York.

—Tiene que estar más apretado —dijo su madre, Jacqueline, mirando a los asistentes que tiraban vacilantes de cada uno de los cordones de seda dorada.

—¡Pero apenas puedo respirar ya! —protestó Amanda.

—Pues haz respiraciones más cortas.

—No estamos en 1862, mamá. ¡No creo que esto se deba poner como un corsé de verdad!

—Desde luego que sí. A la perfección se llega con el sacrificio, Mandy. Que es un concepto que pareces desconocer.

Amanda puso los ojos en blanco.

—No empieces otra vez, mamá. Sabía perfectamente lo que hacía. Las cosas me iban bien en Nueva York hasta que me has obligado a volver para esta locura. Yo esperaba poder perderme la estúpida boda de Araminta.

—No sé en qué planeta vives, pero las cosas no «van bien». Nicky va a pedirle matrimonio a esa chica en cualquier momento. ¿Cuál era la única razón por la que te envié a Nueva York? Tenías por delante una misión muy sencilla y has fracasado estrepitosamente.

—No sabes apreciar lo que he conseguido por mí misma. Ahora formo parte de la alta sociedad neoyorquina —declaró orgullosa Amanda.

—¿A quién le importa eso? ¿Crees que aquí se va a impresionar nadie por verte salir en fotografías de *Town & Country*?

—No va a casarse con ella, mamá. Tú no conoces a Nicky como yo —insistió Amanda.

—Pues espero por tu bien que tengas razón. No hace falta que te recuerde que...

—Sí, sí. Llevas años diciéndomelo. No tienes nada para dejarme. Yo soy la hija, todo va a ser para Teddy —se lamentó Amanda con sarcasmo.

—¡Más apretado! —ordenó Jacqueline a los ayudantes.

4

Primera Iglesia Metodista

Singapur

Otro control de seguridad? —se quejó Alexandra Cheng mientras miraba por la ventanilla de cristal tintado para ver a los espectadores que se alineaban a lo largo de Fort Canning Road.

—Alix, han venido muchos jefes de Estado. Por supuesto que hay que asegurar el entorno. Eso de ahí delante es la escolta del sultán de Brunéi. ¿Y no se supone que va a venir el viceprimer ministro chino? —preguntó Malcolm Cheng.

—No me sorprendería que los Lee hubiesen invitado a todo el Partido Comunista chino —se mofó Victoria Young.

Nick había salido al amanecer para ayudar a Colin a prepararse para su gran día, así que Rachel iba con las tías y el tío de él en una de las flotas de coches que salían de Tyersall Park.

El Daimler color burdeos llegó por fin a la puerta de la Primera Iglesia Metodista y el chófer uniformado abrió la puerta, haciendo que la muchedumbre congregada tras las barreras empezara a gritar ante la expectativa. Mientras ayudaban a Rachel a salir del coche, cientos de fotógrafos de la prensa colgados de las gradas metálicas empezaron a hacer fotos y el sonido de los frenéticos chasquidos de sus cámaras digitales era como el de las langostas cayendo sobre un campo abierto.

Rachel oyó que un fotógrafo le gritaba a un presentador de noticias que estaba de pie en el suelo:

—¿Quién es esa chica? ¿Es alguien? ¿Es alguien?

—No. No es más que una rica de la alta sociedad —respondió el presentador—. ¡Pero, mira, aquí llegan Eddie Cheng y Fiona Tung-Cheng!

Eddie y sus hijos salieron del coche que estaba justo detrás del de Rachel. Los dos niños iban vestidos con trajes idénticos al de su padre —chaqué gris y corbata lavanda con lunares— y flanqueaban obedientes a Eddie mientras Fiona y Kalliste los seguían unos pasos por detrás.

—¡Eddie Cheng! ¡Mira hacia aquí, Eddie! ¡Niños, aquí! —gritaban los fotógrafos. El presentador de noticias puso un micrófono delante de la cara de Eddie.

—Señor Cheng, su familia ocupa siempre los primeros puestos de las listas de los mejores vestidos y, desde luego, hoy no nos ha decepcionado. Dígame, ¿qué diseñador le ha vestido?

Eddie se detuvo y colocó sus brazos orgullosamente sobre los hombros de sus hijos.

—Constantine, Augustine y yo llevamos trajes a medida de Gieves & Hawkes y mi esposa y mi hija van de Carolina Herrera —dijo con una amplia sonrisa. Los niños entrecerraban los ojos bajo el luminoso sol de la mañana mientras trataban de recordar las instrucciones de su padre: mirar directamente a las cámaras, meter hacia dentro las mejillas, girarse a la izquierda, sonreír, girarse a la derecha, sonreír, mirar a papá con expresión de cariño, sonreír.

—¡Sus nietos están preciosos así de elegantes! —comentó Rachel a Malcolm.

Este meneó la cabeza con sorna.

—¡Vaya! Llevo treinta años en la vanguardia de la cirugía cardiaca pero es mi hijo el que atrae toda la atención... ¡por su maldita ropa!

Rachel sonrió. Parecía que todas esas bodas de famosos giraran en torno a la «maldita ropa», ¿verdad? Ella llevaba un vestido azul cielo con un ajustado *blazer* ribeteado con discos de madreperla a lo largo de la solapa y las mangas. Al principio, pensó que iba demasiado exagerada cuando vio lo que las tías de Nick llevaban puesto en Tyersall Park: Alexandra, un vestido de flores verde lima que parecía un Laura Ashley de los ochenta y Victoria, un vestido de punto con dibujos geométricos en blanco y negro (adiós a la teoría de Peik Lin) que parecía que lo hubieran sacado del fondo de una vieja cómoda de madera de alcanfor. Pero aquí, entre el resto de elegantes invitados a la boda, se dio cuenta de que no tenía de qué preocuparse.

Rachel no había visto nunca a gente como esta a la luz del día, con hombres elegantemente vestidos con trajes de día y mujeres arregladas al milímetro con los últimos modelos de París y Milán, muchas de ellas luciendo elaborados sombreros o extravagantes tocados. Llegó un contingente aún más exótico de señoras ataviadas con saris tornasolados, kimonos pintados a mano y *kebayas* de confección compleja. Rachel había estado temiendo en secreto la llegada de la boda toda la semana, pero, mientras seguía a las tías de Nick por la cuesta que subía a la iglesia gótica de ladrillo rojo, se vio sucumbiendo al ambiente de fiesta. Aquel era un evento único en la vida y probablemente nunca volvería a ver nada igual.

En la entrada principal había una fila de acomodadores vestidos con chaqué de raya diplomática y sombrero de copa.

—Bienvenidos a la Primera Iglesia Metodista —los saludó alegremente un acomodador—. ¿Sus nombres, por favor?

—¿Para qué? —preguntó Victoria con el ceño fruncido.

—Para que pueda decirles en qué filas se sientan —contestó el joven levantando un iPad con un dibujo detallado de los asientos iluminando la pantalla.

—¡Qué tontería! Esta es mi iglesia y voy a sentarme en el banco de siempre —dijo Victoria.

—Al menos dígame si son invitados por parte de la novia o del novio —insistió el acomodador.

—¡Del novio, por supuesto! —respondió Victoria ofendida mientras se alejaba de él.

Al entrar en la iglesia, a Rachel le sorprendió el aspecto tan claramente moderno del santuario. Paredes de enrejados de hojas plateadas se elevaban hasta los techos de sillería y el espacio lo ocupaban filas de sillas minimalistas de color claro. No se veía ni una sola flor por ningún sitio, pero no eran necesarias, pues suspendidos del techo había miles de álamos jóvenes meticulosamente dispuestos para crear un bosque abovedado que flotaba justo por encima de las cabezas de todo el mundo. A Rachel le pareció que el efecto que provocaba era asombroso, pero las tías de Nick estaban horrorizadas.

—¿Por qué han cubierto el ladrillo rojo y las vidrieras? ¿Qué ha pasado con todos los bancos de madera oscura? —preguntó Alexandra, desorientada ante la absoluta transformación de la iglesia en la que la habían bautizado.

—Venga, Alix, ¿no lo ves? ¡Esa Annabel Lee ha convertido la iglesia en un vestíbulo de esos espantosos hoteles suyos! —respondió Victoria con un escalofrío.

Los acomodadores del interior de la iglesia corrían a un lado y a otro con absoluto pánico, pues la mayoría de los ochocientos ochenta y ocho* invitados estaban desobedecien-

---

* Los chinos consideran el ocho un número de extraordinaria fortuna, puesto que tanto en mandarín como en cantonés su nombre suena parecido a las palabras «prosperidad» y «suerte». Un triple ocho significa triplicar la fortuna.

do por completo la distribución de asientos. Annabel había recibido asesoramiento en cuanto al protocolo de distribución de asientos nada menos que de la editora jefe del *Singapore Tattle,* Betty Bao. Pero ni siquiera Betty estaba preparada para las antiguas rivalidades que existían entre las familias de la vieja guardia de Asia. Por ejemplo, no sabía que los Hu debían sentarse siempre delante de los Oh ni que los Kwek no tolerarían que ningún Ng estuviera a menos de quince metros de su radio.

Como era de esperar, Dick y Nancy T'sien habían requisado dos filas cerca del púlpito y rechazaban a todo el que no fuera un T'sien, un Young o un Shang (en raras excepciones, permitían a algún Leong y a Lynn Wyatt). Nancy, con un vestido rojo bermellón y un enorme sombrero a juego con plumas, habló entusiasmada con Alexandra y Victoria cuando se acercaron.

—¿No os encanta lo que han hecho? Me recuerda a la catedral de Sevilla, donde asistí a la boda de la hija de la duquesa de Alba con ese atractivo torero.

—Pero nosotras somos metodistas, Nancy. ¡Esto es un sacrilegio! Me siento como si me encontrara en medio del bosque Katyn y alguien estuviese a punto de dispararme en la nuca —dijo furiosa Victoria.

Rosemary T'sien subió por el pasillo central acompañada por su nieto Oliver T'sien y su nieta Cassandra Shang, saludando con la cabeza a la gente a la que conocía mientras avanzaba. Por la nariz arrugada de Cassandra, Rachel tuvo claro que no aprobaba la decoración. Radio Uno Asia se colocó entre Victoria y Nancy y lanzó la noticia de última hora:

—Acaban de contarme que la señora Lee Yong Chien está furiosa. Va a hablar con el obispo justo después del servicio y ya sabéis lo que eso significa: ¡se acabó lo de la nueva ala de la biblioteca!

Oliver, bien arreglado con un traje de sirsaca color crema, una camisa azul de cuadros y una corbata de punto amarilla, se puso al lado de Rachel.

—Quiero sentarme a tu lado. ¡Eres la chica mejor vestida que he visto en todo el día! —sentenció, admirando la sutil elegancia del modelo de Rachel. Mientras la iglesia seguía llenándose, los continuos comentarios de Oliver durante la llegada de los invitados VIP hicieron que Rachel estuviese o hipnotizada o desternillada de la risa.

—Aquí llega el contingente malayo: un surtido de sultanas, princesas y parásitos. Ah..., parece que alguien se ha hecho una lipo. Dios mío, ¿has visto alguna vez tantos diamantes y guardaespaldas en toda tu vida? No mires ahora, estoy seguro de que esa mujer con el sombrero cloché es Faye Wong. Es una cantante y actriz increíble, famosa por ser muy escurridiza. La Greta Garbo de Hong Kong. Ah, mira a Jacqueline Ling con ese Azzedine Alaïa. A cualquier otra, ese tono de rosa le daría aspecto de zorra, pero en ella queda perfecto. ¿Y ves ese tipo tan delgado con peluca al que saludan tan afectuosos Peter y Annabel Lee? Es el hombre con el que todos quieren hablar. Es el jefe de la Corporación China de Inversiones, que gestiona el Fondo Soberano Chino. Puede que tengan más de cuatrocientos mil millones en reservas...

En el lado del pasillo con los invitados de la novia, Daisy Foo movía la cabeza impresionada.

—Los Lee han traído a todos, ¿verdad? El presidente y el primer ministro, todos los mandamases de Pekín, la señora Lee Yong Chien, e incluso Cassandra Shang, que ha vuelto de Londres. ¡Y los Shang no vienen por cualquier cosa! Hace diez años los Lee acababan de llegar de la China continental y míralos ahora, todo el que es alguien ha venido hoy aquí.

—Hablando de alguien, mira quiénes acaban de entrar... ¡Alistair Cheng y Kitty Pong! —dijo entre dientes Nadine Shaw.

—Pues parece bastante elegante con ese vestido de lunares rojos y blancos, ¿no? —añadió Carol Tai.

—Sí, esa falda de volantes parece que casi le tapa las nalgas —comentó Lorena Lim.

—*Alamak*, a ver qué pasa cuando intente sentarse con los Young. ¡Es demasiado *malu** para ellos! Apuesto a que la echan del banco —dijo Nadine regodeándose. Las señoras estiraron el cuello para mirar, pero, para su decepción, Alistair y su nueva prometida fueron recibidos cordialmente por sus parientes y les hicieron señas para que se metieran en la fila.

—No ha habido suerte, Nadine. Esa gente es demasiado elegante como para montar una escena en público. Pero apuesto a que están afilando sus cuchillos en privado. Mientras tanto, esa Rachel Chu parece la Santa Virgen en comparación con ella. Pobre Eleanor. ¡Todo su plan le ha salido mal! —repuso Daisy con un suspiro.

—Nada ha salido mal. Eleanor sabe bien lo que hace —replicó Lorena en un tono que no auguraba nada bueno.

En ese momento, Eleanor Young avanzó por el pasillo con un traje sastre gris plomo, claramente deleitándose con la atención que estaba atrayendo. Vio a Rachel y forzó una sonrisa.

—¡Ah, hola! ¡Mira, Philip, es Rachel Chu! —«Con otro vestido de diseño. Cada vez que veo a esta chica lleva puesto algo más caro que la vez anterior. Dios mío, debe de estar dejando vacía la cuenta de Nicky».

—¿Estuvisteis tú y Nicky despiertos hasta muy tarde anoche? Apuesto a que os desmadrasteis después de que los viejos carcamales nos marcháramos del yate del *dato'*, ¿verdad? —preguntó Philip con un guiño.

—No, para nada. Nick tenía que acostarse temprano, así que nos fuimos a casa poco después de que ustedes se fueran.

---

* En malayo, «vergonzoso», «incómodo».

Eleanor la miró con una sonrisa tensa. «¡Qué descarada es esta niña considerando Tyersall Park como su casa!».

De repente, la muchedumbre quedó en silencio. Rachel pensó al principio que la ceremonia iba a empezar, pero, cuando miró hacia el fondo de la iglesia, lo único que vio fue a Astrid acompañando a su abuela por el pasillo.

—¡Dios mío, ha venido mamá! —dijo Alexandra ahogando un grito.

—¿Qué? Debes de estar alucinando —respondió Victoria girándose sin creerla.

Oliver tenía la boca abierta y todas las cabezas de la parte del novio se giraron hacia Astrid y su abuela. A unos discretos pasos por detrás de ella iban las omnipresentes damas de compañía tailandesas y varios gurkas.

—¿A qué viene tanto revuelo? —le susurró Rachel a Oliver.

—Tú no sabes lo grande que es esto. A Su Yi no se le ha visto en un acto público como este desde hace décadas. No acude a ninguna celebración que no sea suya. Es la gente la que acude a ella.

Una mujer que estaba en el pasillo hizo de repente una pronunciada reverencia al ver a la abuela de Nick.

—¿Quién es esa mujer? —preguntó Rachel a Oliver, cautivada ante aquel gesto.

—Es la esposa del presidente. Es una Wong. Los Wong fueron salvados por la familia de Su Yi en la Segunda Guerra Mundial, así que siempre se desviven por mostrar sus respetos.

Rachel miró a la prima y a la abuela de Nick con renovado asombro, las dos impresionantes mientras avanzaban en procesión majestuosa por el pasillo. Astrid iba de una inmaculada elegancia con un vestido de cuello halter sin mangas azul Majorelle con pulseras doradas tipo brazalete llamativamente apiladas en ambos brazos hasta los codos. Shang Su Yi iba resplandeciente con un vestido túnica violeta claro con el más distintivo y tenue de los brillos.

—La abuela de Nick va impresionante. Ese vestido...

—Ah, sí. Es uno de sus fantásticos vestidos con tejido de loto —le explicó Oliver.

—¿De flor de loto? —preguntó Rachel.

—Sí, del tallo de la flor de loto, en realidad. Es un tejido de lo más inusual que se hace a mano en Birmania y que normalmente solo está al alcance de los monjes de mayor rango. Me han dicho que su tacto es increíblemente ligero y que tiene una capacidad extraordinaria para mantenerse fresco en los climas más calurosos.

Cuando se acercaron, Su Yi fue rodeada por sus hijas.

—¡Mamá! ¿Te encuentras bien? —preguntó Felicity con tono de preocupación.

—¿Por qué no nos dijiste que ibas a venir? —dijo Victoria molesta.

—Te habríamos esperado —comentó Alexandra alterada.

Su Yi hizo un gesto con la mano para acallar tanto alboroto.

—Astrid me ha convencido en el último momento. Me ha recordado que no iba a querer perderme a Nicky como padrino.

Mientras pronunciaba esas palabras, dos trompetistas aparecieron a los pies del altar para anunciar la llegada del novio. Colin entró en la capilla principal desde una sala lateral, acompañado de Nick, Lionel Khoo y Mehmet Sabançi, todos ellos con trajes de chaqué gris oscuro y corbatas de color azul plateado. Rachel no pudo evitar henchirse de orgullo. Nick estaba de lo más apuesto junto al altar.

Las luces de la capilla se atenuaron y por una puerta lateral apareció una muchedumbre de niños rubios vestidos con trajes de fauno de lino blanco. Cada niño de mejillas rosadas llevaba en la mano un tarro de cristal lleno de luciérnagas, y, a medida que aparecían más niños rubios para formar dos filas a ambos lados de la capilla, Rachel se dio cuenta de que debían de ser, al menos, unos cien. Iluminados por las centelleantes luces de sus tarros, los niños empezaron a cantar la canción clásica inglesa *My True Love Hath my Heart*.

—No me lo puedo creer. ¡Son los Niños Cantores de Viena! ¡Han traído a los putos Niños Cantores de Viena! —exclamó Oliver.

—Qué angelitos tan dulces —susurró Nancy con voz entrecortada, abrumada por la emoción de las evocadoras voces de contralto—. Me recuerda a esa vez que el rey Hasán de Marruecos nos invitó a su fortaleza de la cordillera del Atlas...

—¡Cierra el pico! —dijo Victoria con brusquedad mientras se secaba las lágrimas de los ojos.

Cuando terminó la canción, la orquesta, oculta en el transepto, se lanzó con los espléndidos acordes del *Prospero's Magic* de Michael Nyman mientras dieciséis damas de honor con vestidos de satén *duchesse* de color gris perla entraban en la iglesia, cada una sosteniendo una enorme rama curvada de flores de cerezo. Rachel reconoció a Francesca Shaw, a Wandi Meggaharto y a una llorosa Sophie Khoo entre ellas. Las damas de honor desfilaron con precisión coreografiada, separándose por parejas en diferentes intervalos de tal forma que quedaron a idéntica distancia a lo largo del pasillo.

Tras el himno procesional, un joven con corbata blanca subió al altar con un violín en la mano. Más murmullos de emoción invadieron la iglesia cuando la gente se dio cuenta de que no era otro que Charlie Siem, el virtuoso violinista con aspecto de estrella de serie de televisión. Siem empezó a interpretar los primeros acordes del tema principal de *Memorias de África* y desde el público pudieron oírse suspiros de placer.

—Es por ese mentón que aprieta contra el violín como si le estuviera haciendo el amor de forma salvaje —comentó

Oliver—. Ese maravilloso mentón es lo que hace que todas las señoras mojen las bragas.

Las damas de honor levantaron en el aire sus ramas de cerezo formando ocho arcos florales que conducían hasta el altar y las puertas de la iglesia se abrieron de repente. La novia apareció en el umbral y hubo un colectivo grito ahogado entre la multitud. Durante meses, editores de revistas, columnistas de la prensa del cotilleo y blogueros de moda habían especulado sin parar sobre quién diseñaría el vestido de Araminta. Como era tanto una modelo famosa como uno de los incipientes iconos de la moda de Asia, había grandes expectativas en que llevaría un vestido de algún diseñador vanguardista. Pero Araminta sorprendió a todo el mundo.

Avanzó por el pasillo del brazo de su padre con un vestido de novia de inspiración clásica diseñado por Valentino, al que había sacado de su retiro para que hiciera al detalle el tipo de vestido con el que se habían casado varias generaciones de princesas europeas, el tipo de vestido que la haría parecerse hasta en el más mínimo detalle a la joven esposa de una familia asiática muy tradicional y rica de toda la vida. La creación de Valentino para Araminta llevaba un ajustado corpiño de encaje de cuello alto con mangas largas, una falda larga de tablas superpuestas de encaje y seda que se abrían como los pétalos de una peonía al moverse, y una cola de cuatro metros y medio. (Giancarlo Giametti informaría después a la prensa de que para la cola, bordada con diez mil aljófares e hilo de plata, había hecho falta un equipo de doce costureras que durante nueve meses habían cosido y diseñado un dibujo que imitaba el de la cola que llevó Consuelo Vanderbilt cuando se casó tristemente con el duque de Marlborough en 1895). A pesar de sus detalles barrocos, el vestido de novia no daba un aspecto abrumador a Araminta. Más bien, servía como el contraste perfecto ante el paraíso de absoluto minimalismo que su madre había creado con tanto esmero. Con un sencillo ramo de jazmines de Madagascar en las manos, solo un par de pendientes de perla, un maquillaje muy discreto y el pelo recogido en un moño suelto adornado únicamente con una diadema de narcisos blancos, Araminta parecía una doncella prerrafaelita flotando en un bosque atravesado por vetas de sol.

Desde su asiento en la primera fila, Annabel Lee, exultante con un vestido de Alexander McQueen de chifón y encaje dorado, examinaba la ejecución impecable de la procesión nupcial deleitándose en el triunfo de su familia a nivel social.

Al otro lado del pasillo, Astrid escuchaba el solo de violín, aliviada al ver que su plan había funcionado. En medio de la emoción de la llegada de su abuela, nadie se había dado cuenta de que faltaba su marido.

Sentado en su banco, Eddie no paraba de pensar en cuál de sus tíos sería el más apropiado para presentarle al presidente de la Corporación China de Inversiones.

De pie junto al altar, Colin miraba a la deslumbrante novia acercándose a él y fue consciente de que todo el dolor y los agobios de los últimos meses habían merecido la pena.

—Me cuesta creerlo, pero siento que nunca he sido más feliz —le susurró a su padrino.

Nick, conmovido por la reacción de Colin, buscó el rostro de Rachel entre la multitud. ¿Dónde estaba? Ah, allí, más preciosa que nunca. Nick supo en ese momento que lo que más deseaba era ver a Rachel avanzar por ese mismo pasillo hacia él vestida de blanco.

Rachel, que había estado atenta al desfile nupcial, se giró hacia el altar y vio que Nick la miraba fijamente. Le hizo un pequeño guiño.

—Te quiero —dijo Nick moviendo los labios en silencio.

Eleanor, al ver aquello, se dio cuenta de que no había tiempo que perder.

Araminta se deslizó por el pasillo, lanzando ocasionales miradas furtivas a sus invitados a través del velo. Reconoció a amigos, a parientes y a muchas personas a las que solo había visto por televisión. Después, vio a Astrid. Increíble, Astrid Leong estaba en su boda y ahora estarían emparentadas por su matrimonio. Pero, un momento, ese vestido que llevaba Astrid... ¿no era el mismo Gaultier azul que había llevado al desfile benéfico de Carol Tai para Asistentes Cristianos dos meses antes? Cuando Araminta llegó al altar donde le esperaba su futuro esposo, con el obispo de Singapur delante de ella y las personas más importantes de Asia detrás, solo un pensamiento le cruzó por la mente: Astrid Leong, esa maldita zorra, ni siquiera había podido molestarse en ponerse un vestido nuevo para su boda.

5

Fort Canning Park

Singapur

A medida que los invitados de la boda empezaron a entrar en el parque que estaba detrás de la Primera Iglesia Metodista para la recepción, se pudieron oír más gritos ahogados.

—¿Qué pasa ahora? —gruñó Victoria—. Ya estoy harta de tanta exclamación. ¡Todo el rato pienso que le está dando un infarto a alguien! —Pero, cuando Victoria atravesó la valla de Canning Rise, incluso ella quedó por un momento en silencio al ver la gran extensión de césped. En absoluto contraste con la iglesia, la recepción de la boda parecía una explosión atómica de flores. Topiarios de nueve metros de alto en gigantescos maceteros y colosales espirales de rosas rosas rodeaban el jardín, donde habían colocado docenas de fantasiosos cenadores engalanados con tafetán de rayas pastel. En el centro, de una inmensa tetera manaba una catarata de champán burbujeante sobre una taza del tamaño de una piscina pequeña y una orquesta de cuerda tocaba sobre lo que parecía ser un gigante plato giratorio de porcelana de Wedgwood. El tamaño de todo aquello hacía que los invitados se sintiesen como si hubieran sido transportados a una merienda de gigantes.

—¡*Alamak*, que alguien me pellizque! —exclamó la *Puan Sri* Mavis Oon al ver los pabellones de comida donde unos camareros con pelucas empolvadas de blanco y levitas azul Tiffany esperaban junto a las mesas llenas de montañas de dulces y entremeses.

Oliver acompañó a Rachel y a Cassandra hasta la gran explanada de césped.

—Estoy un poco confuso. ¿Se supone que esto es la merienda del Sombrerero Loco o un mal viaje de María Antonieta?

—Parece una mezcla de los dos —respondió Rachel.

—¿Y qué se supone que van a hacer con todas estas flores cuando termine la fiesta? —se preguntó Oliver.

Cassandra levantó los ojos hacia la altísima cascada de rosas.

—Con este calor, se habrán podrido todas en tres horas. Me han dicho que el precio de las rosas ha subido más que nunca esta semana en la subasta de flores de Aalsmeer. Annabel ha comprado todas las rosas del mercado mundial y las ha hecho traer de Holanda en un avión de carga 747.

Rachel miró a su alrededor, hacia los invitados que desfilaban por aquel paraíso floral con sus sombreros de fiesta y sus joyas que resplandecían con el sol de la tarde, y meneó la cabeza, incrédula.

—Ollie, ¿cuánto has dicho que se habían gastado estos chinos continentales? —preguntó Cassandra.

—Cuarenta millones. Y, por el amor de Dios, Cassandra, los Lee llevan ya varias décadas viviendo en Singapur. Tienes que dejar de llamarles chinos continentales.

—Pues siguen comportándose como chinos continentales, tal y como demuestra esta ridícula recepción. Cuarenta millones... No sé en qué se lo han gastado.

—Yo he hecho un cálculo y hasta ahora solo llego a cinco o seis millones. Que Dios nos asista, creo que el gran despliegue lo van a hacer en el baile de esta noche —conjeturó Oliver.

—No sé cómo van a poder superar esto —dijo Rachel.

—¿Alguien quiere algo de beber? —se oyó una voz detrás de ella. Rachel se giró y vio a Nick con dos copas de champán en la mano.

—¡Nick! —gritó ella con entusiasmo.

—¿Qué os ha parecido la ceremonia de la boda? —preguntó Nick ofreciendo galantemente las copas a las señoras.

—¿Boda? Habría jurado que se trataba de una coronación —respondió Oliver—. En fin, ¿a quién le importa la ceremonia? La verdadera pregunta es qué piensan todos del vestido de Araminta.

—Es precioso. Parecía engañosamente sencillo, pero, cuanto más te fijabas, más detalles veías —contestó Rachel.

—Bah. Era horrible. Parecía una especie de novia medieval —dijo Cassandra riendo entre dientes.

—Esa era la intención, Cassandra. Y creo que el vestido ha sido un triunfo. Lo mejor de Valentino en sintonía con la *Primavera* de Botticelli y la llegada a Marsella de María de Médici.

—No tengo ni idea de qué acabas de decir, Ollie, pero estoy de acuerdo —comentó Nick riendo.

—Estabas muy serio en el altar —señaló Rachel.

—¡Era un momento muy serio! A propósito, voy a robaros a Rachel un instante —dijo Nick a sus primos a la vez que agarraba a Rachel de la mano.

—Oye, hay niños por aquí. ¡Nada de ñaca-ñaca entre los arbustos! —les advirtió Oliver.

—*Alamak,* Ollie, con Kitty Pong presente, no creo que sea de Nicky de quien debamos preocuparnos —comentó Cassandra con frialdad.

Kitty estaba en medio del gran jardín, mirando asombrada todo lo que la rodeaba. ¡Por fin algo con lo que de verdad merecía la pena emocionarse! Su viaje a Singapur hasta el momento no había sido más que una serie de decepciones. En primer lugar, se estaban alojando en ese hotel nuevo y moderno con el parque gigantesco en el tejado, pero todas las suites estaban reservadas y habían tenido que apretujarse en una terrible habitación estándar. Y luego estaba la familia de Alistair, que claramente no era tan rica como le habían hecho creer. Felicity, la tía de Alistair, vivía en una vieja casa de madera con viejos muebles chinos que ni siquiera estaban bien pulidos. No eran nada en comparación con las familias ricas que conocía en China, que vivían en enormes mansiones recién construidas decoradas por los mejores diseñadores de París, Francia. Además, estaba la madre de Alistair, que parecía una de esas desaliñadas trabajadoras de la Oficina de Planificación Familiar que solían visitar su pueblo en Qinghai para asesorar sobre el control de natalidad. Por fin habían llegado a esta boda de cuento de hadas, donde podía estar rodeada por la *crème de la crème* de la sociedad.

—¿Ese tipo de la pajarita es el mandatario de Hong Kong? —susurró Kitty a Alistair de forma audible.

—Sí, eso creo —respondió Alistair.

—¿Lo conoces?

—He hablado con él una o dos veces. Mis padres lo conocen.

—¿En serio? Por cierto, ¿dónde están tus padres? Han desaparecido tan rápidamente después de la boda que ni siquiera he tenido ocasión de saludarlos —dijo Kitty con una pequeña mueca de puchero.

—No estoy seguro de a qué te refieres. Mi padre está justo ahí, llenando su plato de langostinos, y mi madre está en aquel cenador de rayas púrpuras con mi abuela.

—Ah, ¿ha venido tu Ah Ma? —preguntó Kitty mirando hacia el cenador—. Hay muchas señoras mayores ahí dentro. ¿Cuál es?

Alistair señaló en su dirección.

—¿Quién es esa mujer que está hablando ahora con ella? ¿La del pañuelo amarillo en la cabeza cubierta de arriba abajo de diamantes?

—Ah, es una de las viejas amigas de mi Ah Ma. Creo que es una especie de princesa malaya.

—¡Oooh! ¿Una princesa? ¡Llévame a conocerla ahora mismo! —insistió Kitty sacando a rastras a Alistair del puesto de los postres.

En el cenador, Alexandra vio a su hijo con «esa meretriz» (se negaba a llamarla «su prometida») caminando directamente hacia ella. «Cómo, ¿vienen de verdad hacia aquí? ¿Es que Alistair no tiene la sensatez de alejar a Kitty de su abuela, sobre todo ahora, que está saludando a la señora Lee Yong Chien y a la sultana de Borneo?».

—Astrid, esto se está llenando de gente. ¿Me haces el favor de decirles a los guardaespaldas de la sultana que se aseguren de no dejar pasar a nadie más? —susurró a su sobrina con los ojos pasando frenéticamente de Alistair a Kitty.

—Claro que sí, tía Alix —respondió Astrid.

Cuando Alistair y Kitty se acercaron al cenador, tres guardias con impolutos uniformes militares les bloquearon el paso hacia los escalones delanteros.

—Lo siento, no se permite el paso a más personas —anunció uno de ellos.

—Ah, pero mi familia está ahí dentro. Esas son mi madre y mi abuela —señaló Alistair mirando por encima del hombro del guardia. Trató de atraer la atención de su madre, pero ella parecía estar concentrada en su conversación con su prima Cassandra.

—¡Eh! —gritó Kitty. Se quitó su enorme sombrero de paja con lunares y empezó a moverlo en el aire con entusiasmo a la vez que daba saltos—. ¡Eh, señora Cheng!

La abuela de Alistair miró hacia fuera y preguntó:

—¿Quién es esa chica que da saltos?

Alexandra deseó en ese momento haber puesto fin al ridículo romance de su hijo cuando tuvo oportunidad.

—No es nadie. Solo una chica que está tratando de ver de cerca a su alteza real —intervino Astrid señalando a la sultana.

—¿Es Alistair el que está con la chica de los saltos? —preguntó Su Yi entrecerrando los ojos.

—Confía en mí, mamá, no les hagas caso —susurró nerviosa Alexandra.

Cassandra decidió que sería mucho más divertido echar más leña al fuego en aquella pequeña farsa.

—*Koo Por**, esa es la nueva novia de Alistair —comentó con tono travieso mientras Alexandra, desesperada, la fulminaba con la mirada.

—¿La actriz de Hong Kong de la que me has hablado, Cassandra? Dejad que pase. Quiero conocerla —dijo Su Yi. Miró a la señora Lee Yong Chien con un resplandor en los ojos—. Mi nieto pequeño está saliendo con una actriz de telenovelas de Hong Kong.

—¿Una actriz? —La señora Lee hizo una mueca mientras a Alistair y a Kitty los dejaban entrar en el cenador.

—Ah Ma, quiero presentarte a mi prometida, Kitty Pong —anunció con descaro Alistair en cantonés.

—¿Tu prometida? Nadie me había dicho que te habías comprometido —repuso Su Yi mirando a su hija con ojos de sorpresa. Alexandra no podía soportar mirar a su madre a los ojos.

—Encantada de conocerla —dijo Kitty con desgana, sin mostrar interés alguno en la anciana abuela de Alistair. Se giró a la sultana e hizo una pronunciada reverencia—. ¡Señoría, es un privilegio conocerla!

---

* En cantonés, «Tía abuela».

Cassandra se dio la vuelta intentando mantener el rostro serio mientras las demás señoras miraban a Kitty con el ceño fruncido.

—Un momento, ¿tú eres la hermana pequeña de *Cosas esplendorosas*? —preguntó de repente la sultana.

—Sí que lo es —respondió orgulloso Alistair por ella.

—¡*Alamaaaak*, me encanta tu serie! —exclamó la sultana—. ¡Dios mío, eres muuuuy malvada! Dime, no moriste de verdad en aquel tsunami, ¿no?

Kitty sonrió.

—No se lo voy a contar. Va a tener que esperar a la siguiente temporada. Su serenísima, lleva unas joyas magníficas. ¿Ese broche de diamante es de verdad? ¡Es más grande que una pelota de golf!

La sultana asintió divertida.

—Se llama Estrella de Malasia.

—¡Ooooh! ¿Puedo tocarlo, su alteza? —preguntó Kitty. La señora de Lee Yon Chien estuvo a punto de protestar, pero la sultana se inclinó inmediatamente hacia delante.

—¡Dios mío, cómo pesa! —resopló Kitty cogiendo el diamante con la palma de la mano—. ¿Cuántos quilates?

—Ciento dieciocho —respondió la sultana.

—Algún día me comprarás algo así, ¿verdad? —le preguntó Kitty a Alistair con descaro. Las demás señoras estaban pasmadas.

La sultana cogió su enjoyado bolso y sacó un pañuelo de encaje bordado.

—Por favor, ¿me firmas aquí un autógrafo? —le preguntó a Kitty con expectación.

—¡Su majestuosidad, será un placer! —respondió Kitty sonriendo.

La sultana miró a Shang Su Yi, que había estado siguiendo toda la conversación con desconcertado interés.

—¿Es la prometida de su nieto? Qué encanto. ¡Asegúrese de invitarme a la boda! —La sultana se dispuso a sacarse una de las enormes sortijas de diamantes que llevaba en la mano izquierda y se la dio a Kitty mientras las demás señoras miraban espantadas—. Enhorabuena por el compromiso. Esto es para ti. *Taniah dan semoga kamu gembira selalu*[*].

Cuanto más se alejaban Nick y Rachel de la gran explanada de césped, más empezaba a cambiar el jardín. Los compases del conjunto de cuerda dieron paso a pájaros con extraños e hipnóticos gorjeos cuando entraron por un sendero bajo la sombra de las extensas ramas de unos angsanas de doscientos años de antigüedad.

—Me encanta esto. Es como si estuviésemos en otra isla —dijo Rachel disfrutando del fresco alivio bajo las frondosas copas de los árboles.

—A mí también me gusta. Estamos en la parte más antigua del jardín, una zona que es sagrada para los malayos —le explicó Nick en voz baja—. ¿Sabes? Cuando la isla se llamaba Singapura y formaba parte del antiguo Imperio mayapajit, fue aquí donde construyeron un santuario al último rey.

—El último rey de Singapura. Suena a película. ¿Por qué no escribes el guion? —comentó Rachel.

—¡Ja, ja! Creo que conseguiré llegar a un público de unas cuatro personas —contestó Nick.

Llegaron a un claro en medio del sendero y apareció ante sus ojos una pequeña estructura colonial cubierta de musgo.

—¡Vaya! ¿Es esto el santuario? —preguntó Rachel bajando la voz.

—No, esta es la garita. Cuando llegaron los británicos en el siglo XIX construyeron un fuerte aquí —le explicó Nick a la

* En malayo, «Felicidades y mis mejores deseos».

vez que se acercaban al edificio y al par de enormes puertas de hierro bajo la arcada. Las puertas estaban abiertas de par en par, apoyadas contra la pared interior de la garita parecida a un túnel, y Nick tiró despacio de una de las pesadas puertas, dejando a la vista una entrada estrecha y oscura excavada en la gruesa piedra y, al otro lado, los escalones que llevaban al tejado de la garita—. Bienvenida a mi escondite —susurró Nick, con su voz resonando en la estrecha escalera.

—¿Es seguro subir por aquí? —preguntó Rachel mientras examinaba aquellos escalones que parecían no haber sido pisados desde hacía décadas.

—Claro. Yo subía aquí siempre —contestó Nick empezando a subir los escalones rápidamente—. ¡Vamos!

Rachel le siguió con cautela, cuidándose de no rozar su inmaculado vestido con la escalera llena de polvo. El tejado estaba cubierto de hojas recién caídas, ramas retorcidas y los restos de un cañón antiguo.

—Es chulo, ¿verdad? En un tiempo hubo más de sesenta cañones a lo largo de las almenas de la fortificación. ¡Ven a ver esto! —dijo Nick con excitación mientras desaparecía por una esquina. Rachel notó al colegial aventurero en su voz. A lo largo del muro sur, alguien había dibujado líneas verticales de caracteres chinos con lo que parecía un color marrón terroso—. Está escrito con sangre —explicó Nick en voz baja.

Rachel se quedó mirando las letras con asombro.

—No sé leerlas... Están muy descoloridas y es chino antiguo. ¿Qué crees que pasó?

—Antes nos inventábamos historias sobre ello. La que a mí se me ocurrió fue que unos soldados japoneses tuvieron encadenado aquí a un pobre prisionero hasta que murió.

—Empiezo a sentir cierto miedo —dijo Rachel con un repentino escalofrío.

—Bueno, querías ver la famosa «cueva sagrada». Esto es lo más parecido que vas a encontrar. Antes subía aquí a mis novias tras la escuela dominical para darnos el lote. Es aquí donde di mi primer beso —anunció Nick sonriendo.

—Claro que sí. No se me ocurre un escondite más romántico —repuso Rachel.

Nick la atrajo hacia él. Ella pensó que estaban a punto de besarse, pero la expresión de Nick pareció cambiar a otra más seria. Pensó en cuando la vio esa misma mañana, con la luz entrando por las vidrieras y centelleando sobre su pelo.

—Cuando te he visto hoy en la iglesia sentada con mi familia, ¿sabes lo que he pensado?

Rachel notó que el corazón se le aceleraba de repente.

—¿Q... qué?

Nick hizo una pausa y la miró a los ojos con intensidad.

—Me ha invadido una sensación y he sabido que...

De pronto, el sonido de alguien que subía por las escaleras los interrumpió y se apartaron de su abrazo. Una chica imponente de pelo corto a lo Jean Seberg apareció en lo alto de las escaleras y, detrás de ella, un corpulento hombre occidental. Rachel reconoció de inmediato el vestido pintado a mano de Dries Van Noten del atelier de Patric que la chica llevaba puesto.

—¡Mandy! —exclamó Nick sorprendido.

—¡Nico! —contestó la chica con una sonrisa.

—¿Qué haces aquí?

—¿Qué crees que hago, conejito tonto? Tenía que huir de esa fiesta taaaan hortera. ¿Has visto esa espantosa tetera gigante? Casi me esperaba que se levantara y empezara a cantar con la voz de Angela Lansbury —respondió antes de dirigir su atención a Rachel.

«Estupendo. Otra chica de Singapur con acento inglés pijo», pensó Rachel.

—¡Qué maleducado soy! —dijo Nick recuperando rápidamente la compostura—. Rachel, esta es Amanda Ling. Quizá recuerdes que conociste a su madre, Jacqueline, la otra noche en casa de Ah Ma.

Rachel sonrió y extendió la mano.

—Y este es Zvi Goldberg —contestó Mandy. Zvi asintió rápidamente, aún tratando de recuperar el aliento—. He subido a enseñarle a Zvi dónde me dieron mi primer beso. ¿Te lo puedes creer, Zvi? El chico que me besó está justo delante de nosotros —añadió Mandy mirando directamente a Nick.

Rachel miró a Nick con una ceja levantada. Las mejillas de él se volvieron de un rojo intenso.

—¡Estás de broma! ¿Habéis planeado este encuentro o algo así? —dijo Zvi.

—Te juro por Dios que no. Es una absoluta coincidencia —contestó Mandy.

—Sí. Creía que te habías negado en redondo a venir a la boda —añadió Nick.

—Pues cambié de opinión en el último momento. Sobre todo porque Zvi tiene un avión nuevo fantástico que puede volar muy deprisa. ¡Nuestro vuelo desde Nueva York ha durado solo quince horas!

—Ah, ¿tú también vives en Nueva York? —preguntó Rachel.

—Sí, así es. ¿Qué pasa? ¿Es que Nick no te ha hablado nunca de mí? Nico, me siento muy dolida —dijo Mandy con fingida rabia. Miró a Rachel con una plácida sonrisa—. Me siento en injusta ventaja, pues yo he oído montones de cosas sobre ti.

—¿Sí? —Rachel no pudo ocultar su expresión de sorpresa. ¿Por qué no había mencionado Nick a esa amiga suya, a aquella preciosa chica que inexplicablemente no dejaba de llamarle «Nico»? Rachel miró a Nick con atención, pero él se limitó a sonreírle, ignorante de los molestos pensamientos que invadían la mente de ella.

—Bueno, supongo que tendremos que volver a la recepción —sugirió Mandy. Mientras los cuatro se dirigían a las escaleras, Mandy se detuvo de repente—. Mira, Nico. No me lo puedo creer. ¡Sigue estando aquí! —Pasó los dedos por una parte de la pared que había justo al lado de la escalera.

Rachel miró hacia la pared y vio «Nico» y «Mandi» esculpidos en la piedra, unidos por un símbolo de infinito.

6

Tyersall Park

Singapur

Alexandra salió a la galería en busca de su hermana, Victoria, y su nuera, Fiona, que estaban tomando el té de la tarde con su madre. Victoria tenía un aspecto bastante cómico con un collar ópera de diamantes coñac de corte antiguo que envolvía de manera informal su blusa de cuadros. Claramente, mamá estaba haciendo un nuevo reparto de joyas, algo que parecía hacer últimamente con mayor frecuencia.

«He estado etiquetando todas las piezas de la caja fuerte y colocándolas en cajas marcadas con vuestros nombres —le había informado Su Yi a Alexandra durante su visita del año anterior—. Así no habrá peleas cuando yo no esté».

«No va a haber ninguna pelea, mamá», había insistido Alexandra.

«Eso lo dices ahora. Pero mira lo que pasó con la familia de Madam Lim Boon Peck. O con las hermanas Hu. Familias enteras rotas por las joyas. ¡Y ni siquiera eran joyas muy buenas!», había respondido Su Yi con un suspiro.

Mientras Alexandra se acercaba a la mesa de hierro forjado donde habían dispuesto unas aromáticas *kueh lapis*[*] y unas tartaletas de piña sobre unos platos de celadón de Longquan, Su Yi estaba sacando una gargantilla de diamantes y zafiros en cabujón.

—Esta la trajo mi padre desde Shanghái en 1918 —le explicó Su Yi a Fiona en cantonés—. Mi madre me contó que perteneció a una gran duquesa que había huido de Rusia en el transiberiano con todas sus joyas cosidas en el forro de su abrigo. Toma, pruébatela.

Fiona se colocó la gargantilla alrededor del cuello y una de las damas de compañía tailandesas de Su Yi la ayudó a abrochar el delicado y antiguo cierre. La otra doncella levantó un espejo de mano y Fiona miró su reflejo. Incluso con la menguante luz de la última hora de la tarde, los zafiros relucían en su cuello.

—Es de lo más exquisito, Ah Ma.

—Siempre me ha gustado porque estos zafiros son muy traslúcidos. Nunca he visto un tono azul como ese —dijo Su Yi.

Fiona le devolvió el collar y Su Yi lo metió en una funda de seda amarilla antes de dárselo de nuevo.

—Nah, deberías ponértelo esta noche para el banquete de la boda.

—Ay, Ah Ma, yo no podría... —empezó a decir Fiona.

—Vamos, *moh hak hei*[**], ya es tuyo. Asegúrate de que algún día sea para Kalliste —sentenció Su Yi. Miró a Alexandra y dijo—: ¿Necesitas algo para esta noche?

Alexandra negó con la cabeza.

---

* También conocido como «pastel de mil hojas», este excesivo pastel mantecoso con docenas de finas rayas doradas se hace cocinando cada capa de masa por separado. Extremadamente laborioso pero pecaminosamente bueno.

** En cantonés, «no seas tan formal».

—He traído mi collar de perlas de tres vueltas.

—Siempre te pones esas perlas —se quejó Victoria mientras movía con despreocupación entre sus dedos sus nuevos diamantes, como si fueran cuentas de juguete.

—Me gustan mis perlas. Además, no quiero parecerme a esas mujeres Khoo. ¿Habéis visto cuántas joyas llevaban esta mañana? Ridículo.

—Sin duda, a esas Khoo les gusta hacer ostentación, ¿verdad? —dijo Victoria con una carcajada antes de meterse una de las tartaletas de piña en la boca.

—Bueno, ¿a quién le importa? El padre de Khoo Teck Fong procedía de una pequeña aldea de Sarawak. Para mí siempre será el hombre que le compraba a mi madre la plata vieja —añadió Su Yi con desdén—. A propósito, hablando de joyas, quiero hablar de la novia de Alistair..., esa actriz.

Alexandra se encogió de miedo y se preparó para la embestida.

—Sí, mamá, estoy segura de que te has quedado tan asombrada como yo por la conducta de esa mujer hoy.

—¡Qué atrevimiento aceptar esa sortija de la sultana! Ha sido de lo más indecoroso, por no mencionar... —empezó a decir Victoria.

Su Yi levantó una mano para callar a Victoria.

—¿Por qué nadie me había contado que Alistair se había comprometido con ella?

—Fue hace apenas unos días —contestó Alexandra con desaliento.

—¿Quién es ella? ¿Quién es su familia?

—No lo sé exactamente —respondió Alexandra.

—¿Cómo es posible que no conozcas a su familia cuando tu hijo quiere tomarla como esposa? —preguntó asombrada Su Yi—. Mira a Fiona. Conocemos a su familia desde hace varias generaciones. Fiona, ¿tú conoces a la familia de esa chica?

Fiona hizo una mueca sin hacer intento alguno de ocultar su desprecio.

—Ah Ma, yo no me había fijado en ella hasta hace dos días, en casa de tía Felicity.

—Cassandra me ha contado que la chica apareció en casa de Felicity vestida con un conjunto transparente. ¿Es verdad? —preguntó Su Yi.

—Sí —respondieron las tres mujeres al unísono.

—*Tien*[*], *ah,* ¿adónde vamos a llegar? —exclamó Su Yi meneando la cabeza mientras daba un lento sorbo a su té.

—Está claro que esa chica no ha recibido una buena educación —dijo Victoria.

—No ha recibido educación ninguna. No es taiwanesa, aunque dice que lo es. Y, desde luego, no es de Hong Kong. Me han dicho que es de un pueblo lejano del norte de China —añadió Fiona.

—¡Buf, esos chinos del norte son lo peor! —dijo Victoria resoplando, antes de darle un bocado a un trozo de *kueh lapis.*

—Su procedencia es irrelevante. Mi nieto menor no va a casarse con una actriz, menos aún si su linaje es dudoso —se limitó a observar Su Yi. Miró a Alexandra y continuó—: Tienes que decirle que rompa el compromiso de inmediato.

—Su padre ha dicho que va a hablar con él cuando volvamos a Hong Kong.

—No creo que haya que esperar tanto, Alix. Esa chica tiene que irse antes de que haga algo que pueda ser más ofensivo. No me quiero imaginar cómo irá vestida al baile de esta noche —dijo Victoria.

—¿Y qué me decís de Rachel, esa novia de Nicky? —preguntó Alexandra, tratando de desviar la atención de su hijo.

—¿Qué pasa con ella? —preguntó Su Yi, desconcertada.

---

* En mandarín, «¡Cielos!».

—¿No te preocupa ella también? Es decir, no sabemos nada de su familia.

—Bueno, no es más que una chica guapa con la que Nick se está divirtiendo —respondió Su Yi riéndose, como si la idea de que él se casara con Rachel fuera demasiado ridícula como para tenerla siquiera en cuenta.

—A mí no me parece eso —le advirtió Alexandra.

—Tonterías. Nicky no tiene ninguna intención de casarse con esa chica. Me lo ha dicho él mismo. Además, jamás haría nada sin mi permiso. Alistair tiene que obedecer vuestros deseos y ya está —dijo Su Yi de modo terminante.

—Mamá, no estoy segura de que sea tan sencillo. Ese chico puede ser muy testarudo. Hace meses intenté que dejara de salir con ella, pero... —empezó a excusarse Alexandra.

—Alix, ¿por qué no le amenazas con cortarle el grifo? Con dejar de pasarle su asignación o algo así —sugirió Victoria.

—¿Asignación? No tiene ninguna asignación. A Alistair no le importa el dinero. Se mantiene con esos trabajos eventuales que le salen en películas y por eso ha hecho siempre lo que le ha dado la gana.

—¿Sabes? Puede que a Alistair no le importe el dinero, pero apuesto a que a esa ramera sí —la reconvino Victoria—. Alix, tienes que hablar con ella. Hazle entender que es imposible que se case con Alistair y que, si lo hace, le desheredarás.

—No sé siquiera por dónde empezar —reconoció Alexandra—. ¿Por qué no hablas tú con ella, Victoria? Se te dan bien este tipo de cosas.

—¿A mí? ¡Cielo santo, no tengo intención de intercambiar una sola palabra con esa muchacha! —aseguró Victoria.

—¡*Tien, ah,* no tenéis remedio! —gruñó Su Yi. Miró a una de sus damas de compañía y le ordenó—: Llama a Oliver T'sien. Dile que venga enseguida.

De camino a casa tras la recepción de la boda, Nick le había asegurado a Rachel que su relación con Mandy era cosa del pasado.

—Salimos de forma intermitente hasta que cumplí los dieciocho y me fui a Oxford. Fue un amor de adolescentes. Ahora no somos más que viejos amigos que se ven un rato de vez en cuando. Ya sabes que vive en Nueva York, pero apenas nos hemos visto nunca. Ella siempre está demasiado ocupada yendo a fiestas exclusivas con ese tal Zvi —dijo Nick.

Aun así, Rachel había notado una clara vibración de marcación del territorio por parte de Mandy en el fuerte, lo que le había hecho preguntarse si de verdad Mandy había dejado de estar interesada en Nick. Ahora, mientras se vestía para la celebración más formal a la que le habían invitado en su vida, se preguntaba cómo iba a compararse con Mandy y el resto de las mujeres tan increíblemente elegantes que se movían en la órbita de Nick. Se quedó delante del espejo, examinándose. Tenía el pelo recogido en un moño francés sujeto con tres orquídeas violetas y llevaba puesto un vestido con los hombros descubiertos azul de medianoche que le envolvía con elegancia las caderas antes de abrirse por encima de las rodillas con frondosos pliegues de organza de seda salpicados de diminutas perlas de agua dulce. Apenas podía reconocerse.

Se oyó un alegre golpeteo en la puerta.

—¿Estás visible? —gritó Nick.

—¡Sí, pasa! —contestó Rachel.

Nick abrió la puerta del dormitorio y se quedó inmóvil.

—¡Vaya! —exclamó.

—¿Te gusta? —preguntó Rachel con timidez.

—Estás impresionante —respondió Nick, casi con un susurro.

—¿Estas flores del pelo quedan ridículas?

—Para nada. —Nick dio la vuelta a su alrededor, admirando las miles de perlas que centelleaban como estrellas lejanas—. Te da un aspecto glamuroso y exótico a la vez.

—Gracias. Tú también estás impresionante —dijo Rachel, admirando el aspecto absolutamente gallardo que tenía Nick con su esmoquin con estrechas solapas de grogrén que acentuaban a la perfección el blanco inmaculado de su pajarita.

—¿Lista para su carruaje? —preguntó Nick entrelazando su brazo con el de ella con gesto cortés.

—Supongo que sí —respondió Rachel soltando un fuerte suspiro. Cuando salían del dormitorio, el pequeño Augustine Cheng apareció corriendo por el pasillo.

—¡Eh, Augustine, te vas a romper el cuello! —dijo Nick deteniéndolo. El niño parecía aterrado—. ¿Qué te pasa, hombrecito? —preguntó Nick.

—Tengo que esconderme. —Augustine jadeaba.

—¿Por qué?

—Papá viene a por mí. Le he derramado una Fanta de naranja por todo su traje nuevo.

—¡Ay, no! —exclamó Rachel tratando de no reírse.

—Ha dicho que va a matarme —dijo el niño temblando y con lágrimas en los ojos.

—Ya se le pasará. Vente con nosotros. Me aseguraré de que tu padre no te mate —comentó Nick entre risas, cogiendo a Augustine de la mano.

A los pies de las escaleras, Eddie discutía en cantonés con Ling Cheh, la jefa de las limpiadoras, y con Nasi, la jefa de la lavandería, mientras Fiona permanecía de pie a su lado con su vestido de noche gris weimaraner y aspecto de estar exasperada.

—Le aseguro que este tipo de tejido tiene que estar en agua varias horas si quiere que la mancha salga bien —le explicaba la encargada de la lavandería.

—¿Varias horas? ¡Pero tenemos que estar en la fiesta de la boda a las siete y media! Es una emergencia; ¿no lo entiendes? —gritó Eddie fulminando con la mirada a la mujer malaya como si no entendiera su idioma.

—Eddie, no es necesario que levantes la voz. Te entiende —dijo Fiona.

—¿Cuántas lavanderas tiene mi abuela? ¡Debe de haber al menos diez! No me digas que no pueden arreglar esto ahora —se quejó Eddie a Ling Cheh.

—Eddie, muchacho, aunque fueran veinte, no habría modo de tenerlo listo para esta noche —insistió Ling Cheh.

—Pero ¿qué me voy a poner? ¡Me han hecho este esmoquin especialmente en Milán! ¿Sabes cuánto me ha costado?

—Estoy segura de que es carísimo. Y precisamente por eso tenemos que actuar con delicadeza para que la mancha salga bien —dijo Ling Cheh meneando la cabeza. «El pequeño Eddie ya era un pequeño monstruito pretencioso incluso con cinco años».

Eddie levantó la mirada hacia la escalera y vio que Augustine bajaba con Nick y Rachel.

—¡NIÑO DE MIERDA! —gritó.

—¡Eddie, contrólate! —le reprendió Fiona.

—¡Voy a darle una lección que no va a olvidar jamás! —Hirviendo de rabia, Eddie empezó a subir las escaleras corriendo.

—¡Déjalo ya, Eddie! —dijo Fiona agarrándolo del brazo.

—¡Me estás arrugando la camisa, Fi! —refunfuñó Eddie—. De tal palo tal astilla...

—Eddie, tienes que calmarte. Ponte uno de los otros dos esmóquines que has traído —sugirió Fiona controlando el tono.

—¡No seas estúpida! Ya me los he puesto las dos noches pasadas. ¡Lo tenía todo perfectamente planeado hasta que ha aparecido este pequeño cabrón! ¡Deja de esconderte, cabrón! ¡Sé un hombre y acepta tu castigo! —Eddie se soltó de su esposa y se lanzó hacia el niño con el brazo derecho extendido.

Augustine gimoteó mientras se ocultaba detrás de Nick.

—Eddie, no irás a pegar de verdad a tu hijo de seis años por un accidente sin importancia, ¿no? —dijo Nick con tono desenfadado.

—¿Sin importancia? ¡Joder, si lo ha echado todo a perder! ¡La elegante presencia monocromática que tenía planeada para toda la familia ha quedado arruinada por su culpa!

—¡Y tú me acabas de arruinar todo el viaje! —estalló de repente Fiona—. Estoy harta de todo esto. ¿Por qué es tan importante para ti tener una apariencia tan perfecta cada vez que salimos por la puta puerta? ¿A quién intentas impresionar exactamente? ¿A los fotógrafos? ¿A los lectores del *Hong Kong Tattle*? ¿Te importan tanto que prefieres pegar a tu propio hijo por un accidente que, para empezar, has provocado tú al haberle gritado porque se había puesto el fajín que no era?

—Pero, pero... —balbuceó Eddie intentando protestar.

Fiona miró a Nick y recobró su expresión calmada.

—Nick, ¿podemos mis hijos y yo ir contigo en el coche a la fiesta?

—Pues..., si quieres... —contestó Nick con cautela no queriendo provocar más a su primo.

—Bien. No quiero que me vean con un tirano. —Fiona agarró a Augustine de la mano y empezó a subir las escaleras. Se detuvo un momento al pasar junto a Rachel—. Estás impresionante con ese vestido. Pero ¿sabes una cosa? Le falta algo. —Fiona se dispuso a quitarse la gargantilla de zafiros y diamantes que le acababa de regalar Su Yi y se la puso a Rachel en el cuello—. Ahora está el conjunto completo. Insisto en prestártelo para esta noche.

—Eres muy amable, pero ¿qué vas a llevar tú? —preguntó Rachel con asombro.

—No te preocupes por mí —contestó Fiona lanzando a su marido una mirada oscura—. No voy a ponerme ni una sola joya esta noche. Soy una Tung de nacimiento. No tengo que demostrarle nada a nadie.

7

Pasir Panjang Road

Singapur

Jamás, jamás permitas a los jóvenes planear sus bodas, porque así es como terminas! —protestaba la señora Lee Yong Chien ante la *Puan Sri* Mavis Oon.

Se encontraba en medio de un enorme almacén del astillero Keppel junto a otros setecientos VIP y mega-VIP más, absolutamente perplejos ante la banda cubana del escenario vestida con el esplendor del Tropicana de los años cuarenta. Las personas como la señora Lee estaban acostumbradas a un solo tipo de banquetes de bodas: los que tenían lugar en la majestuosa sala de baile de un hotel de cinco estrellas. El atracón de cacahuetes salados durante la interminable espera hasta el comienzo de la cena de catorce platos; las estatuas de hielo derritiéndose; los extravagantes centros florales; la dama de la alta sociedad que, sin duda, se ofendería porque la habían colocado en una mesa apartada; la entrada de la novia; la máquina de humo que no funciona; la entrada de la novia otra vez y otra más con cinco vestidos distintos a lo largo de la noche; el niño que llora y se atraganta con una albóndiga de pescado; las tres docenas de discursos por parte de políticos, ejecutivos *ang mor* y diversos funcionarios de alto rango sin ninguna relación con la pareja que se casa; el corte de la tarta de doce pisos; la amante de alguien que monta una escena; el nada sutil recuento de sobres de dinero por parte de algún primo*; la espantosa estrella del pop cantonesa que ha venido desde Hong Kong para berrear alguna canción pop (una oportunidad para que los más mayores disfruten de un largo descanso para ir al aseo); la distribución de diminutos pasteles de frutas con glaseado blanco en cajas de cartón para todos los invitados al marcharse; y, después..., *Yum seng!*** , todo terminaría y todos irían como locos al vestíbulo del hotel a esperar durante media hora a que su coche y su chófer sortearan el embotellamiento.

Sin embargo, aquella noche no había nada de eso. Tan solo había un espacio industrial con camareros que repartían mojitos y una mujer con el pelo corto y peinado hacia atrás vestida con un esmoquin blanco que cantaba a voz en grito: «Bésame mucho». Mirando a su alrededor, Rachel se divertía viendo las expresiones de perplejidad en los rostros de los invitados que iban llegando vestidos con sus mejores galas.

—Estas mujeres han sacado esta noche la artillería pesada, ¿no? —susurró Rachel a Nick al ver a una mujer que llevaba una capa de plumas de metal dorado.

—¡Eso parece, desde luego! ¿Es la reina Nefertiti la que acaba de pasar? —bromeó Nick.

—Cierra el pico, Nicholas. Es Patsy Wang. Es una celebridad de Hong Kong conocida por su elegancia vanguardista. Hay docenas de blogs dedicados a ella —comentó Oliver.

---

* La costumbre de las bodas chinas es que los invitados contribuyan con un regalo en metálico para ayudar a sufragar el coste del copioso banquete y, normalmente, es algún desafortunado primo segundo el encargado de recopilar y guardar todos esos sobres llenos de dinero.

** El tradicional brindis singapurense que literalmente significa «terminar de beber».

—¿Quién es el tipo que va con ella, el de la chaqueta con tachuelas de diamantes que parece que lleva sombra de ojos? —preguntó Rachel.

—Es su marido, Adam. Y sí que lleva sombra de ojos —respondió Oliver.

—¿Están casados? ¿De verdad? —Rachel levantó una ceja con incredulidad.

—Sí, e incluso tienen tres hijos que lo demuestran. Debes entender que muchos hombres de Hong Kong disfrutan con la moda. Son dandis en el sentido más literal de la palabra. Que vistan de forma muy extravagante no es indicativo del equipo en el que juegan.

—Fascinante —dijo Rachel.

—Siempre se puede distinguir fácilmente a los hombres de Singapur de los de Hong Kong —intervino Nick—. Nosotros somos los que vestimos como si aún lleváramos nuestros uniformes del colegio, mientras que ellos son más parecidos a...

—Imitadores de David Bowie —sentenció Oliver.

—Gracias, Ollie. Yo iba a decir Elton John —repuso Nick riendo.

Como si hubiese sido esa la señal, las luces de la nave se atenuaron y las puertas del muelle de carga que había tras el escenario empezaron a elevarse, dejando a la vista una fila de elegantes ferris blancos que esperaban junto al puerto. Unas antorchas llameantes iluminaban el camino hasta el muelle y una fila de hombres vestidos de marineros suecos esperaban listos para guiar a los invitados hasta las embarcaciones. Entre la multitud se oyó un clamor de aprobación.

—Pasamos a la siguiente fase —dijo Oliver con tono alegre.

—¿Adónde creéis que vamos? —preguntó Rachel.

—Ya lo verás —respondió Nick con un guiño.

Cuando los asistentes llegaron al muelle, Astrid se aseguró de subir a bordo del ferri que transportaba a una mezcla de invitados internacionales en lugar de al barco que abarrotaban sus chismosos parientes. Ya le habían preguntado demasiadas veces que dónde estaba Michael y se sentía harta de repetir como un loro nuevas variaciones de su excusa. Apoyada en la barandilla al fondo del ferri mientras contemplaba las olas espumosas cuando la embarcación empezó a alejarse del muelle, sintió que alguien la miraba. Se giró y vio a Charlie Wu, su antiguo amor, en la cubierta de arriba. Charlie se puso colorado al darse cuenta de que había sido descubierto mientras miraba. Vaciló durante un momento y, a continuación, decidió bajar.

—Hacía mucho que no nos veíamos —dijo él con el mayor desenfado que le fue posible. De hecho, habían pasado casi diez años desde aquel fatídico día en el que Astrid le había lanzado un batido a la cara en la puerta del antiguo Wendy's de Orchard Road.

—Sí —contestó Astrid con una sonrisa pesarosa. Se quedó mirándolo un momento y pensó que tenía mejor aspecto con algunos años más. Aquellas gafas sin montura le quedaban bien, su desgarbada figura se había vuelto más robusta y lo que antes era un acné problemático que le dejaba marcas le daba ahora a su cara un atractivo aspecto curtido—. ¿Qué tal te trata la vida? Te mudaste a Hong Kong hace unos años, ¿verdad?

—No me quejo. Demasiado ocupado con el trabajo, pero ¿no es eso lo que les pasa a todos? —caviló Charlie.

—Bueno, no todo el mundo es el propietario de la mayor empresa de tecnología digital de Asia. ¿No te llaman ahora el Steve Jobs asiático?

—Sí, por desgracia. Ese título me queda grande. —Charlie volvió a mirarla, sin saber bien qué decir. Estaba más bella que nunca con ese *cheongsam* color Chartreuse. «Resulta curioso haber compartido tanta intimidad con alguien durante años y, aun así, sentirse tan dolorosamente incómodo al tenerla ahora delante»—. Me han dicho que te casaste con una celebridad del ejército y que tenéis un hijo.

—Sí, Cassian..., tiene tres años —contestó Astrid, para después añadir preventivamente—: Y mi marido trabaja en la industria tecnológica, como tú. Ha tenido que salir para China en el último momento para ocuparse de un enorme fallo de sistema. Y tú tienes un hijo y una hija, ¿no?

—No, dos hijas. Aún no tengo ningún niño, para pesar de mi madre. Pero mi hermano Rob tiene tres chicos, lo cual la tiene tranquila por ahora.

—¿Y tu mujer? ¿Ha venido esta noche? —preguntó Astrid.

—No, no. Estoy yo solo como abanderado de mi familia. Ya sabes, solo han invitado a ochocientas ochenta y ocho personas y tengo entendido que, a menos que seas pariente, jefe de Estado o miembro de la realeza, tu esposa no recibe invitación.

—¿En serio? —Astrid rio. «Qué mal traté a Charlie. No se merecía haber recibido una patada así, pero en aquella época todos me presionaban mucho con que me tenía que casar con el hijo de Wu Hao Lian». Hubo un silencio incómodo, pero, por suerte, fueron salvados por las exclamaciones de sorpresa entre la multitud. El ferri se aproximaba rápidamente a una de las islas periféricas y a la vista surgió lo que parecía un palacio de cristal que relucía en medio de un denso bosque. Charlie y Astrid miraban asombrados mientras la total complejidad del edificio aparecía ante sus ojos.

La sala del banquete, del tamaño de una catedral, estaba formada por inmensas carpas de cristal trapezoidales que aparentemente estaban integradas en el bosque tropical. Los árboles sobresalían entre algunos de los paneles de cristal mientras otros quedaban en el interior de sus ángulos pronunciados. Entrecruzando la estructura principal había terrazas voladizas de distintas alturas con una profusión de parras y flores tropicales que sobresalían por encima de cada terraza. Todo el lugar era como una versión futurista de los Jardines Colgantes de

Babilonia y de pie, en el paseo del puerto, flanqueados por una fila de columnas de mármol travertino, estaban Colin y Araminta, los dos vestidos de blanco y saludando con las manos en el aire a los invitados.

Astrid los miró y, con tono inexpresivo, dijo con acento latino:

—Bienvenidos a la isla de la fantasía.

Charlie se rio. Se había olvidado de su extravagante sentido del humor.

—Supongo que es así como se gastan cuarenta millones en una boda —comentó Astrid con frialdad.

—Esa cosa vale mucho más de cuarenta millones —añadió Charlie.

Araminta, con un vestido blanco de chifón de seda plisada con largas tiras de oro repujado y diamantes que se entrecruzaban por su corpiño, saludaba a los invitados. Llevaba el pelo recogido en un moño de intricadas trenzas adornadas con diamantes, perlas barrocas y piedras de luna. Cuando el vestido se infló a su alrededor con la brisa del mar, podría haber sido confundida con una diosa etrusca. A su lado, con cierto aspecto de cansado tras las celebraciones de todo el día, estaba Colin con un esmoquin de lino blanco.

—¿Ves a tu prima Astrid por algún sitio? —preguntó Araminta a Colin mirando entre la multitud.

—He visto a sus hermanos, pero a ella todavía no —respondió Colin.

—Dímelo en cuanto la veas. ¡Necesito saber qué lleva puesto esta noche!

—Estoy viendo a Astrid desembarcando del tercer ferri —le informó Colin.

—¡*Alamak*, lleva un *cheongsam*! ¿Por qué no se ha puesto uno de sus fabulosos vestidos de alta costura? —exclamó Araminta con un suspiro.

—Yo creo que va preciosa y es probable que ese *cheongsam* esté hecho a mano...

—¡Pero yo estaba deseando ver qué diseñador había elegido para aparecer aquí! Yo me meto en todo este lío y ella ni siquiera se molesta en hacer un esfuerzo. ¿Qué puto sentido tiene esta boda? —se quejó Araminta.

Cuando la última tanda de invitados hubo desembarcado, la fachada cristalina iluminada de la sala del banquete tomó, de repente, un intenso tono fucsia. Una evocadora música *new age* resonaba desde el bosque que los rodeaba y los árboles quedaron inundados por una luz dorada. Despacio, casi de forma imperceptible, unas cuerdas doradas cayeron desde el denso follaje. Envueltos como en una crisálida en esas cuerdas había acróbatas con el cuerpo pintado de oro. «¡Dios mío, creo que es el Cirque du Soleil!», empezaron a murmurar los invitados con emoción. Mientras los acróbatas empezaban a desenrollarse y a dar vueltas por las cuerdas con la facilidad de un lémur, la multitud irrumpió en un aplauso entusiasta.

Kitty daba saltitos como una niña hiperactiva.

—Parece que te estás divirtiendo —dijo Oliver colocándose a su lado y observando cómo sus pechos no parecían rebotar de forma natural en el interior de su vestido turquesa de encaje. También vio que llevaba una fina capa de brillo corporal. «Mala mezcla», pensó él.

—¡Me encanta el Cirque du Soleil! He ido a todos sus espectáculos en Hong Kong. Quiero que estos acróbatas vayan también a mi boda.

—Dios mío, eso va a ser caro —dijo Oliver con exagerado asombro.

—Bueno, Alistair puede encargarse —contestó Kitty con despreocupación.

—¿Eso crees? No sabía que a Alistair le fuese tan bien en el mundo del cine.

—Pero ¿no crees que sus padres pagarán la boda? —preguntó Kitty mientras veía cómo los acróbatas pintados de dorado empezaban a formar un arco humano.

—¿Estás de broma? —Oliver bajó la voz para continuar—: ¿Tienes idea de lo tacaña que es su madre?

—Ah, ¿sí?

—¿No has estado en ese piso que tienen en Robinson Road?

—Eh..., no. No me han invitado.

—Eso es probablemente porque a Alistair le da demasiada vergüenza enseñártelo. Es un piso de tres dormitorios muy básico. Alistair tuvo que compartir dormitorio con su hermano hasta que se fue a la universidad. Yo fui de visita en 1991 y había unas alfombrillas amarillas de flores en el baño. Y cuando volví el mes pasado las alfombrillas amarillas de flores seguían allí, solo que ahora eran grisáceas.

—¿En serio? —preguntó Kitty incrédula.

—Bueno, mira a su madre. ¿Crees que lleva esos vestidos viejos de los años ochenta a propósito? Los lleva para ahorrar dinero.

—Pero yo creía que el padre de Alistair era un cardiólogo famoso. —Kitty estaba confundida.

Oliver hizo una pausa. Por suerte, parecía que ella no sabía nada sobre las inmensas carteras inmobiliarias de los Cheng.

—¿Tienes idea de a cuánto ascienden ahora los costes en seguros por negligencias? Los médicos no ganan tanto dinero como crees. ¿Sabes cuánto cuesta enviar a tres hijos a estudiar al extranjero? Eddie fue a Cambridge, Cecilia a la UBC* y Alistair..., bueno, ya sabes cuánto tiempo tardó Alistair en licenciarse

* University of British Columbia, en Vancouver, más conocida allí como Universidad de los Mil Millones de Chinos.

en la universidad de Sídney. Los Cheng se gastaron la mayor parte de sus ahorros en la educación de sus hijos.

—No tenía ni idea.

—Y ya sabes cómo es Malcolm. Es el típico cantonés. El dinero que le queda irá en su totalidad al hijo mayor.

Kitty se quedó en silencio y Oliver rezó por no haberse pasado.

—Pero, por supuesto, sé que nada de eso es importante para ti —añadió—. Estás enamorada y no necesitas de verdad que el Cirque du Soleil actúe en tu boda, ¿no? Es decir, podrás ver esa bonita cara de cachorrito de Alistair cada mañana el resto de tu vida. Eso vale más que todo el dinero del mundo, ¿verdad?

8

Pulau Samsara

En la costa sur de Singapur

A las nueve en punto, los asistentes a la fiesta fueron conducidos al gran salón de banquetes que se había instalado en medio del bosque tropical. A lo largo de las paredes del sur había arcadas que llevaban a espacios parecidos a cuevas mientras la curvada cara norte estaba formada por una cortina de cristal que daba a una laguna artificial y a una gran cascada que resonaba sobre unas piedras cubiertas de musgo. A lo largo del borde de la laguna, montones de flores y plantas exóticas parecían relucir con colores llamativos.

—¿Han construido todo esto solo para el banquete de la boda? —preguntó atónita Carol Tai.

—¡No, *lah*! Esos Lee siempre tienen algún negocio en mente. Este edificio es la pieza central de un nuevo hotel ecológico de lujo que van a construir. Lo van a llamar Pulau Samsara —le informó su marido.

—¿Y qué pasa? ¿Van a intentar vendernos pisos después de que sirvan la tarta de boda? —preguntó Lorena Lim con una risita.

—Podrán ponerle a este hotel el nombre elegante que quieran, pero yo sé que esta isla se llamaba antes Pulau Hantu, «isla del fantasma». Era una de las islas periféricas donde los soldados japoneses llevaban a todos los hombres chinos en buenas condiciones físicas para fusilarlos durante la Segunda Guerra Mundial. Esta isla está poseída por los espíritus de los muertos en la guerra —susurró Daisy Foo.

—¡*Alamak*, Daisy, si de verdad tienes fe en el Señor, no creerás en cosas como los espíritus! —le reprendió Carol.

—¿Y qué me dices del Espíritu Santo, Carol? ¿No es un espíritu también? —respondió Daisy.

Minutos después de que Rachel y Nick se sentaran empezó la cena con precisión militar cuando un batallón de camareros entró desfilando con relucientes bandejas con tapaderas con luces led. La tarjeta con el menú indicaba que se trataba de consomé de vieira gigante del mar del Sur con vapores de ginseng del estado de Washington y setas negras*, pero Rachel no estaba muy segura de qué hacer cuando el camarero con guantes blancos levantó a su lado la tapa de su plato. Delante de ella había un cuenco, pero alrededor de la superficie del cuenco había lo que parecía ser una burbuja rosada como una membrana que temblaba por su propia voluntad.

—¿Qué se supone que tenemos que hacer con esto? —preguntó Rachel.

—¡Explótala! —la animó Nick.

Rachel la miró entre risas.

—¡Me da miedo! Es como si alguna criatura alienígena fuese a salir de ella.

—A ver, échate hacia atrás, yo te la exploto —se ofreció Mehmet, que estaba a su derecha.

---

* Entre los entendidos en ginseng en Asia, el ginseng del estado de Washington es más apreciado que cualquier otra cosa de China. Qué sorpresa.

—No, no, yo lo hago —dijo Rachel con valentía. Le hincó el tenedor y la burbuja se rompió de pronto lanzando al aire un penetrante humo medicinal. Cuando la fina membrana rosa cayó sobre la superficie de la sopa, creó un precioso dibujo parecido al mármol. Rachel vio entonces una enorme vieira escalfada en el centro del cuenco y unas setas negras cortadas finamente en juliana y colocadas artísticamente como rayos solares a su alrededor.

—Um. Deduzco que la burbuja era el ginseng —dijo Mehmet—. Siempre hay que andarse con conjeturas cuando se come cocina molecular, más aún cuando es cocina molecular fusión de la costa del Pacífico. ¿Cómo decíais que se llamaba este genio culinario?

—No recuerdo exactamente, pero se supone que aprendió con Chan Yan-tak antes de ir a formarse a El Bulli —contestó Nick—. La verdad es que está delicioso, pero, por la expresión de mi madre, creo que a ella le está dando un ataque.

Cuatro mesas más allá, Eleanor se iba poniendo como la chaqueta bolero de cuentas de coral que llevaba puesta sobre un intricado vestido de seda de Fortuny plisado, pero no tenía nada que ver con la sopa. Se había quedado conmocionada desde que había visto a Rachel en el paseo llevando el collar de zafiros de la gran duquesa Zoya. ¿De verdad su suegra le había prestado a Rachel el collar a pesar de desaprobarla? O lo que era más impensable: ¿le había regalado el collar a Rachel? ¿Qué tipo de magia negra había practicado Rachel en Tyersall Park?

—¿Vas a tomarte la sopa o no? —preguntó Philip interrumpiendo sus pensamientos—. Si no vas a tomártela, pásame el cuenco antes de que se enfríe.

—Esta noche he perdido el apetito. Ven, cámbiame el sitio. Tengo que hablar un momento con tu hermana. —Eleanor ocupó el asiento de su marido y miró con una sonrisa encantadora a Victoria, que estaba concentrada en su conversación con su primo Dickie.

—Victoria, deberías ponerte joyas más a menudo. Estás preciosa con esos diamantes coñac.

Victoria deseó poner los ojos en blanco. Jamás en tres décadas le había brindado Eleanor un cumplido, pero ahora, con ese montón de joyas en el pecho, Eleanor se mostraba repentinamente efusiva. Era como las demás hermanas Sung, superficial y materialista.

—Sí, ¿no te parece gracioso? Mamá me las ha regalado. Estaba hoy de buen humor después de la boda y se ha puesto a repartir montones de joyas a todas.

—Me alegro por ti —dijo Eleanor con tono alegre—. ¿Y el que lleva Rachel Chu en el cuello no es el collar de zafiros de mamá?

—Sí. ¿A que le queda de maravilla? Mamá también lo ha pensado —respondió Victoria con una sonrisa. Sabía perfectamente que le había regalado el collar a Fiona y que ella se lo había prestado a Rachel (tras esa deliciosa escena en las escaleras con Eddie que Ling Cheh le había recreado sin respiro), pero decidió no compartir ese detalle con Eleanor. Era mucho más divertido ver a Eleanor ponerse nerviosa por una tontería.

—*Alamak,* ¿no te preocupa Rachel lo más mínimo? —preguntó Eleanor.

—¿Preocuparme por qué? —repuso Victoria, perfectamente consciente de a qué se refería Eleanor.

—Pues por el dudoso historial de su familia, para empezar.

—Vamos, Eleanor. Tienes que dejar de ser tan anticuada. A nadie le importan ya esas cosas. Rachel es una persona muy bien educada y sensata. Y habla un mandarín perfecto. —Se cuidó de mencionar todas las cosas que Eleanor no era.

—No sabía que hablara un mandarín perfecto —dijo Eleanor, más preocupada por momentos.

—Sí, está muy preparada. Esta mañana he tenido una conversación de lo más fascinante con ella sobre los microcréditos en el África subsahariana. Deberías sentirte afortunada de que Nicky tenga una novia como ella y no otra como esa derrochadora de Araminta Lee. ¿Te imaginas qué pueden estar pensando ahora mismo los Khoo, sentados en medio de esta jungla infestada de mosquitos tomando esta comida tan absurda? Estoy harta de esta moda china de la fusión. O sea, en este menú dice que esto es «pato pekinés caramelizado con *chocolat molé*», pero parece crocante de cacahuete. Y digo yo, ¿dónde está el pato? ¿Dónde está el maldito pato?

—¿Me perdonas un momento? —se excusó Eleanor levantándose de repente de la mesa.

Francesca estaba a punto de dar un bocado a sus tacos de lechón trufado hawaiano cuando Eleanor la interrumpió.

—¿Me haces el favor de venir conmigo ahora mismo?

Eleanor la llevó a uno de los reservados en forma de cueva que rodeaban el salón principal del banquete. Se dejó caer en una otomana de angora blanca y tomó aire con fuerza mientras Francesca se inclinaba sobre ella preocupada, con los volantes de su vestido de fiesta de llamativo color naranja inflándose a su alrededor como espumosas olas.

—¿Estás bien, tía Elle? Parece como si te estuviera dando un ataque de pánico.

—Creo que me está dando uno. Necesito mi Xanax. ¿Puedes traerme agua? Y, por favor, apaga esas velas. El olor me está produciendo migraña.

Francesca volvió rápidamente con un vaso de agua. Eleanor se apresuró a tragar unas cuantas pastillas y suspiró.

—Es peor de lo que pensaba. Mucho peor.

—¿A qué te refieres?

—¿Has visto el collar de zafiros en el cuello de esa chica?

—¿Cómo no iba a verlo? Ayer llevaba un Ann Taylor Loft y hoy un vestido de Elie Saab de la temporada que viene con esos zafiros.

—Son de mi suegra. Antes pertenecieron a la gran duquesa Zoya de San Petersburgo y ahora los tiene esa muchacha. Y, peor aún, parece que toda la familia se ha enamorado de ella, incluso la maliciosa de mi cuñada —dijo Eleanor, casi atragantándose.

Francesca la miraba con seriedad.

—No te preocupes, tía Elle. ¡Te prometí que me encargaría de ello y, después de esta noche, Rachel Chu va a desear no haber puesto nunca un pie en esta isla!

Una vez que se hubo servido el sexto y último plato, las luces de la gran sala se atenuaron y se oyó una voz: «¡Señoras y señores, por favor, den la bienvenida a nuestra invitada especial!». La orquesta empezó a tocar una melodía y la pared de cristal que había tras el escenario comenzó a abrirse. El agua de la laguna empezó a brillar con un tornasolado tono aguamarina antes de desaparecer por completo y, en medio de la laguna, se elevó la figura de una mujer como por arte de magia. Mientras se acercaba despacio hacia la sala del banquete, alguien gritó: «¡Dios mío, es Tracy Kuan!». La normalmente seria viceprimera ministra de China se levantó de un salto de su asiento y empezó a aplaudir como una posesa a la vez que el resto de la sala vitoreaba e iniciaba una gran ovación, todos en pie.

—¿Quién es? —preguntó Rachel, sorprendida por la gran oleada de excitación.

—Es Tracy Kuan. Es como la Barbra Streisand de Asia. ¡Dios mío, podría morir en este momento! —exclamó Oliver embelesado con voz entrecortada.

—¿Sigue viva Tracy Kuan? —preguntó asombrada Cassandra Shang a Jacqueline Ling—. Esa mujer debe de tener al menos ciento tres años ya. ¡Y ni siquiera parece que tenga más de cuarenta! ¿Qué demonios se ha hecho?

—Vómito de ballena de Nueva Zelanda. Hace milagros en el rostro —respondió Jacqueline con absoluta seriedad.

Tracy Kuan cantó el clásico de Dolly Parton *I Will Always Love You* alternando estrofas en inglés y en mandarín mientras la laguna empezaba a lanzar elaborados chorros de agua al cielo sincronizados con la música. Colin llevó a Araminta a la pista de baile y la multitud lanzó exclamaciones de placer mientras ellos bailaban al son de la balada. Cuando la canción terminó, toda la superficie del escenario se transformó de pronto en gigantes paneles de led que proyectaban imágenes de vídeo en rápidas secuencias en *stop-motion* mientras Tracy Kuan cantaba su clásico éxito de baile *People Like Us*. La multitud lanzaba clamores de aprobación mientras corría a la pista de baile.

Oliver agarró a Cecilia Cheng del brazo.

—Tu abuela ha ordenado que me ayudes. Voy a interrumpir a Alistair y a Kitty y tú vas a distraer a tu hermano pequeño. Solo necesito una canción a solas con Kitty.

Kitty y Alistair estaban apretándose el uno contra el otro con frenesí cuando Oliver y Cecilia los interrumpieron. Alistair soltó a Kitty a regañadientes. ¿Cómo se suponía que iba a bailar en plan sensual con su hermana?

—¡Te mueves como nadie en la pista! —le gritó Oliver a Kitty al oído mientras Cecilia acercaba a Alistair al escenario.

—Estuve en el cuerpo de baile de Aaron Kwok. Así es como empecé en el mundo del espectáculo —respondió Kitty a Oliver mientras seguía sacudiéndose sin parar.

—¡Lo sé! Te reconocí nada más verte el otro día. Llevabas una peluca rubia platino corta en el vídeo musical de Aaron

Kwok —contestó Oliver llevándola con destreza a un punto estratégico de la pista de baile sin que ella se diera cuenta.

—¡Vaya, sí que tienes buena memoria! —dijo Kitty adulada.

—También te recuerdo de tu otro vídeo.

—Ah, ¿cuál?

—Ese de todo chicas en el que te dan por detrás —respondió Oliver con un pequeño guiño.

Kitty no tardó ni un segundo en contestar.

—Ah, sí, me han hablado de ese vídeo. Se supone que esa chica se parece mucho a mí —le gritó a Oliver con una sonrisa de superioridad.

—Sí, sí. Es tu gemela idéntica. No te preocupes, Kitty, tu secreto está a salvo conmigo. Yo soy un superviviente, igual que tú. Y sé que no te has reventado el culo trabajando, literalmente, añadiría yo, para terminar casada con un chico de clase media alta como mi primo.

—Te equivocas conmigo. ¡Yo quiero a Alistair! —protestó Kitty.

—Claro que sí. No he dicho que no sea así —respondió Oliver haciéndola girar para ponerla justo al lado de Bernard Tai, que estaba bailando con Lauren Lee.

—¡Lauren Lee! Dios mío, no te veía desde aquella feria de arte en Hong Kong el año pasado. ¿Dónde te has estado escondiendo? —exclamó Oliver intercambiando parejas con Bernard.

Mientras Bernard empezaba a comerse con los ojos el escote apenas tapado de Kitty, Oliver le susurró a ella al oído:

—El padre de Bernard, el *Dato'* Tai Toh Lui, tiene unos cuatro mil millones de dólares. Y él es su único hijo.

Kitty continuó bailando como si no hubiese oído una sola palabra.

Buscando un descanso de aquella música atronadora, Astrid salió afuera y subió a una de las terrazas que daban a un manto de copas de árboles. Charlie vio que salía de la sala del banquete y tuvo que esforzarse por no ir detrás de ella. Era mejor admirarla desde lejos, tal y como siempre había hecho. Incluso cuando vivían juntos en Londres, a él no había nada que le gustara más que observarla en silencio mientras ella se movía por cualquier habitación de esa forma suya tan inimitable. Astrid siempre se diferenciaba de todas las demás mujeres a las que él había conocido. Especialmente esa noche, con las mujeres más elegantes de toda Asia vestidas para impresionar inundadas de diamantes, Astrid sobresalía por encima de todas con un elegante e inmaculado *cheongsam* y un exquisito par de sencillos pendientes. Por la confección y los complicados bordados de plumas de pavo real, sabía que ese *cheongsam* tenía que ser antiguo, probablemente de alguna de sus abuelas. ¡Qué demonios! No le importaba lo que pudiera pensar ella. Tenía que verla de nuevo de cerca.

—Deja que adivine..., ¿no eres seguidor de Tracy Kuan? —preguntó Astrid cuando vio que Charlie subía las escaleras a la terraza.

—No cuando no tengo a nadie con quién bailar.

Astrid sonrió.

—Estaría encantada de bailar contigo, pero ya sabes el provecho que le sacaría la prensa a eso.

—Ja, ja. Sacaríamos esta boda de las portadas de mañana, ¿verdad? —comentó Charlie.

—Dime, Charlie, cuando estábamos juntos, ¿nos parecíamos en algo a Colin y Araminta? —susurró Astrid mientras miraba hacia el fantástico puerto con su fila de columnas griegas como soportes sobrantes del decorado de *Cleopatra.*

—Me gustaría pensar que no. Es decir, los chicos de hoy en día... El derroche ha alcanzado un nivel completamente distinto.

—«Derrochar el dinero del *Ah Gong**», como suelen decir —bromeó Astrid.

—Sí. Pero al menos nosotros teníamos la sensatez de sentir que estábamos portándonos mal al hacerlo. Y creo que en aquella época en la que vivíamos en Londres comprábamos cosas que de verdad nos gustaban, no cosas para alardear —reflexionó Charlie.

—En aquella época, a nadie de Singapur le importaba un comino Martin Margiela —comentó Astrid entre risas.

—El mundo ha cambiado por completo, Astrid —repuso Charlie suspirando.

—Bueno, espero que Colin y Araminta sean felices para siempre —dijo Astrid con tristeza.

Se quedaron un momento en silencio, disfrutando de la calma del susurro de los árboles mezclándose con el grave zumbido que venía del gran salón. De repente, la relativa calma quedó interrumpida cuando las jóvenes casaderas de Asia salieron afuera formando una fila de conga liderada por la infatigable Tracy Kuan haciendo su mejor interpretación del *Love Shack* de los B-52.

—No puedo mentirte, Astrid. Mi mujer sí estaba invitada esta noche pero no ha venido porque llevamos vidas separadas. No vivimos juntos desde hace más de dos años —dijo Charlie por encima del alboroto mientras se dejaba caer sobre uno de los bancos de metacrilato.

—Lamento oírlo —respondió Astrid, sacudida por su franqueza—. En fin, si te hace sentir mejor, no es verdad que mi marido esté de viaje de negocios. Está en Hong Kong, con su amante —añadió antes de poder controlarse.

Charlie se quedó mirándola, incrédulo.

—¿Su amante? ¿Cómo puede nadie en su sano juicio estar engañándote?

---

* En hokkien, «abuelo».

—Eso mismo me he estado preguntando yo toda la noche. Toda la semana, en realidad. Llevo unos meses sospechándolo, pero por fin se confesó hace una semana, antes de marcharse de casa de pronto.

—¿Se ha mudado a Hong Kong?

—No, creo que no. Lo que quiero decir es... No tengo ni idea. Creo que su amante vive allí y creo que se ha ido este fin de semana solo por fastidiarme. Era el único fin de semana en el que su ausencia se haría notar.

—¡Qué cabrón!

—Eso no es todo. Creo que ha tenido un hijo con esa mujer —dijo Astrid con tono triste.

Charlie la miró espantado.

—¿Lo crees o lo sabes?

—La verdad es que no lo sé, Charlie. Hay muchas cosas en todo este asunto a las que no les encuentro sentido.

—Entonces, ¿por qué no vas tú misma a Hong Kong y lo averiguas?

—¿Cómo voy a hacerlo? No veo la forma de salir corriendo a Hong Kong yo sola para seguirle. Ya sabes lo que pasa. Vaya adonde vaya, siempre es probable que alguien me reconozca, y se sabrá —dijo Astrid bastante resignada a su destino.

—¿Y por qué no lo averiguamos los dos?

—¿A qué te refieres?

—Me refiero a que voy a llamar ahora mismo a mi piloto para que llene el tanque del avión y podremos estar en Hong Kong dentro de tres horas. Deja que te ayude. Puedes alojarte conmigo y nadie sabrá que estás en Hong Kong. Es una desgracia, pero, tras el secuestro de mi hermano hace ocho años, tengo acceso a los mejores investigadores privados de la ciudad. Vamos a llegar al fondo de este asunto —dijo Charlie con tono entusiasmado.

—Pero, Charlie, no puedo irme en medio de todo esto.

—¿Por qué no? No te veo ahí moviendo el culo en medio de una conga.

Colin y Nick estaban junto a uno de los reservados viendo cómo Peter Lee daba vueltas a su hija por la pista de baile.

—No puedo creerme que me haya casado hoy con esa chica, Nicky. Todo el día ha pasado como una verdadera nube, joder —susurró Colin agotado.

—Sí, ha sido bastante surrealista —admitió Nick.

—Bueno, me alegra que hayas estado a mi lado en este viaje —dijo Colin—. Sé que estos últimos días no han sido fáciles para ti.

—Oye, ¿para qué están los amigos? —preguntó Nick alegremente a la vez que rodeaba a Colin con un brazo. No estaba dispuesto a que se pusiera sensiblero en su noche de bodas.

—Voy a hacerte el favor de no preguntarte cuándo te va a tocar a ti, aunque debo decir que esta noche Rachel está fantástica —dijo Colin mirándola dar vueltas alrededor de Mehmet.

—¿Verdad? —contestó Nick sonriendo.

—Si fuera tú, iría a interrumpirles. Ya sabes lo letal que puede ser nuestro amigo turco, sobre todo cuando sabe bailar el tango mejor que un jugador de polo argentino —le advirtió Colin.

—Bueno, Mehmet ya me ha confesado que cree que Rachel tiene las piernas más sensuales del planeta —repuso Nick riendo—. Ya sabes lo que dicen de que las bodas son contagiosas. Creo que hoy me ha entrado el gusanillo al veros a Araminta y a ti durante la ceremonia.

—¿Significa eso lo que yo creo? —preguntó Colin reanimándose.

—Creo que sí, Colin. Creo que por fin estoy listo para pedirle a Rachel que se case conmigo.

—¡Pues date prisa, *lah*! —exclamó Colin dando una palmada a Nick en la espalda—. Araminta me ha dicho ya que tiene la intención de quedarse embarazada en nuestra luna de miel, así que tienes que darte prisa. ¡Cuento con que tu hijo lleve al mío a rehabilitación!

Era casi medianoche y, mientras los invitados más mayores estaban asomados cómodamente en las terrazas que miraban al paseo marítimo dando sorbos a sus copas de Rémy Martin o a su té, Rachel estaba sentada con las pocas chicas que quedaban en la sala del banquete, poniéndose al día con Sophie Khoo. Lauren Lee y Mandy Ling estaban charlando a pocas sillas de distancia cuando Francesca llegó a la mesa.

—¿No ha sido la cena una decepción? Ese nido de pájaro comestible semifrío del final... ¿Por qué hacer puré de nido de pájaro? Lo principal de la sopa de nido de pájaro es la textura y ese estúpido chef la ha transformado en fango medio congelado —se quejó Francesca—. Deberíamos ir todas a cenar algo después de los fuegos artificiales.

—¿Y por qué no nos vamos ya? —sugirió Lauren.

—¡No, tenemos que quedarnos para los fuegos artificiales! Araminta me ha contado en secreto que Cai Guo-Qiang ha creado un espectáculo pirotécnico aún más grandioso que el que hizo para las Olimpiadas de Pekín. Pero cogeremos el primer ferri en cuanto acabe el espectáculo. Bueno, ¿a dónde vamos?

—Yo ya no conozco bien Singapur. Si estuviese en Sídney ahora mismo, iría al BBQ King a tomar algo a última hora —dijo Sophie.

—¡Aaah! ¡El BBQ King! ¡Me encanta ese sitio! ¡Creo que tienen el mejor *siew ngarp* del mundo! —sentenció Lauren.

—Pero si el BBQ es el colmo de la grasa. ¡Todo el mundo sabe que el Four Seasons de Londres tiene el mejor pato asado del mundo! —argumentó Mandy.

—Yo estoy con Lauren. Creo que el BBQ gana por goleada —dijo Francesca.

—No, a mí me parece que su pato asado es demasiado grasiento. El del Four Seasons es perfecto porque crían a los patos en su propia granja orgánica. Nico estaría de acuerdo conmigo. Antes íbamos siempre allí —añadió Mandy con un ademán ostentoso.

—¿Por qué llamas «Nico» a Nick? —Rachel miró a Mandy, derrotada por fin por la curiosidad.

—Cuando éramos adolescentes pasamos juntos un verano en Capri. Su tía Catherine, la tailandesa, alquiló allí una villa. Estábamos todo el día al sol. Empezábamos por la mañana en el club de la playa junto a las rocas Faraglioni, íbamos a nadar a la Grotta Verde después de comer y terminábamos en la playa de Il Faro para el atardecer. Nos pusimos tan morenos y el pelo de Nicky le creció tanto que prácticamente parecía italiano. Fue entonces cuando los chicos italianos de los que nos hicimos amigos empezaron a llamarle «Nico», y yo era su «Mandi». Fue un verano glorioso.

—Eso parece —dijo Rachel con tono alegre, sin hacer caso al claro intento de Mandy de ponerla celosa al retomar su conversación con Sophie.

Francesca se inclinó hacia el oído de Mandy.

—En serio, Mandy, yo habría aderezado mucho mejor esa historia. Tu madre tiene razón. Has perdido facultades desde que vives en Nueva York.

—Vete al infierno, Francesca. No te imagino a ti haciéndolo mejor —dijo Mandy con los dientes apretados mientras se levantaba de la mesa. Estaba harta de toda la presión que recibía por todos lados y deseaba no haber aceptado regresar. Las chicas levantaron la vista mientras Mandy salía de allí.

Francesca meneó despacio la cabeza mirando a Rachel.

—La pobre Mandy está hecha un lío. Ya no sabe lo que quiere. O sea, eso ha sido un intento muy patético de provocar celos, ¿no?

Por una vez, Rachel estuvo de acuerdo con Francesca.

—No ha funcionado. Y no entiendo por qué no deja de intentar ponerme celosa. Es decir, ¿por qué me iba a importar lo que Nick y ella hicieron cuando eran adolescentes?

Francesca estalló en carcajadas.

—Espera un momento, ¿crees que estaba intentando ponerte celosa a ti?

—Pues..., ¿no es eso lo que estaba haciendo?

—No, cariño, a ti no te está prestando atención. Intenta ponerme celosa a mí.

—¿A ti? —preguntó Rachel confundida.

Francesca sonrió con suficiencia.

—Claro. Por eso ha contado todo lo de Capri. Yo también estuve allí ese verano, ¿sabes? Mandy no ha superado el interés de Nick por mí cuando hicimos el trío.

Rachel notó que la cara se le ponía colorada. Muy colorada. Deseó levantarse de la mesa, pero parecía que las piernas se le habían convertido en pegamento.

Sophie y Lauren miraban a Francesca boquiabiertas.

Francesca miró a Rachel a la cara y siguió hablando como si nada.

—¿Todavía hace Nick ese truco con la parte inferior de su lengua? Mandy era demasiado remilgada como para dejarle que él le comiera lo de abajo, pero, Dios mío, conmigo podía hacerlo durante horas.

Justo entonces, Nick entró en la sala del banquete.

—¡Aquí estáis! ¿Por qué estáis sentadas como estatuas? ¡Los fuegos artificiales están a punto de empezar!

9

El 99 de Conduit Road

Hong Kong

La anciana *amah* abrió la puerta y esbozó una amplia sonrisa.

—¡Vaya, si es Astrid Leong! No me lo puedo creer —gritó en cantonés.

—Sí, Ah Chee. Astrid será nuestra invitada durante unos días. ¿Haces el favor de asegurarte de que nadie se entere? Y no les cuentes a las demás sirvientas quién es. No quiero que vayan con chismes a las sirvientas de mi madre. Esto tiene que quedar en absoluto secreto, ¿de acuerdo? —ordenó Charlie.

—Sí, sí. Por supuesto, pequeño Charlie. Ahora ve a lavarte las manos —dijo Ah Chee antes de seguir abrumando a Astrid—. Vaya, sigues siendo muy guapa. ¡En estos años no he dejado de soñar contigo! Debes de estar muy cansada y con mucha hambre. Son más de las tres de la mañana. Deja que vaya a despertar a la cocinera para que os prepare algo de comer. ¿Un poco de sopa de arroz y pollo, tal vez?

—No es necesario, Ah Chee. Venimos de un banquete de bodas —contestó Astrid sonriendo. Apenas podía creerse que la niñera de Charlie siguiera cuidando de él después de tantos años.

—Pues deja que vaya a prepararte un poco de leche caliente con miel. ¿O prefieres tomar un cacao? Al pequeño Charlie siempre le gusta tomarlo cuando se acuesta tarde —dijo Ah Chee saliendo disparada a la cocina.

—Nadie puede parar a Ah Chee, ¿verdad? —comentó Astrid riendo—. Me alegra mucho que sigas teniéndola.

—¡No quiere irse! —exclamó Charlie con exasperación—. Le hice una casa en China. ¡Qué demonios! Hice casas para todos sus parientes, les puse una antena parabólica en la aldea, todo el paquete completo, pensando que ella querría regresar a China para jubilarse. Pero creo que es mucho más feliz aquí dándoles órdenes a todas las criadas.

—Es un bonito detalle por tu parte que cuides así de ella —dijo Astrid. Entraron en una amplia sala de estar de doble altura que parecía el ala de un museo de arte moderno, con su fila de esculturas de bronce colocadas como centinelas delante del ventanal que iba desde el suelo hasta el techo—. ¿Desde cuándo coleccionas Brancusis? —preguntó sorprendida.

—Desde que me lo presentaste tú. ¿No recuerdas la exposición a la que me llevaste a rastras del Pompidou?

—Dios, casi la había olvidado —contestó Astrid mientras miraba las curvas minimalistas de uno de los pájaros dorados de Brancusi.

—Mi mujer, Isabel, se vuelve loca por la estética provenzal francesa, así que odia mis Brancusis. No han visto la luz hasta que me he mudado aquí. He convertido este apartamento en una especie de refugio para mis obras de arte. Isabel y las niñas se quedan en nuestra casa en el Peak y yo estoy aquí, en el barrio de Mid-Levels. Me gusta porque puedo salir de casa, tomar la escalera mecánica que baja al centro y estar en mi oficina en diez minutos. Lo siento, resulta un poco estrecho. Es un dúplex pequeño.

—Es precioso, Charlie, y mucho más grande que mi piso.

—Bromeas, ¿no?

—No, no bromeo. Yo vivo en un piso de tres dormitorios junto a Clemenceau Avenue. ¿Conoces ese edificio de los ochenta al otro lado de la calle desde el Istana?

—¿Qué demonios haces viviendo en esa vieja ruina?

—Es una larga historia. Básicamente, Michael no quería sentirse en deuda con mi padre. Así que acepté vivir en un lugar que él pudiera permitirse.

—Supongo que eso es digno de admiración, aunque no me imagino cómo puedes meterte en ese palomar por no herir su orgullo —repuso Charlie con un resoplido.

—Estoy bastante acostumbrada. Y la ubicación es muy práctica, igual que esta —contestó Astrid.

Charlie no pudo evitar preguntarse qué tipo de vida había llevado Astrid desde que se había casado con ese idiota.

—Ven, voy a enseñarte tu habitación —dijo Charlie. Subieron la elegante escalera de metal pulido y la llevó a un dormitorio apenas amueblado con paredes forradas de ante beis y unas masculinas sábanas de franela gris. El único objeto decorativo era una fotografía de dos niñas en un marco de plata junto a la mesita de noche.

—¿Este es tu dormitorio? —preguntó ella.

—Sí. No te preocupes. Yo voy a dormir en el dormitorio de mis hijas —se apresuró a contestar Charlie.

—¡No seas tonto! Yo me quedo en la habitación de las niñas. No puedo permitir que dejes tu dormitorio por mí... —empezó a decir Astrid.

—No, no, insisto. Estarás mucho más cómoda aquí. Intenta dormir un poco —replicó Charlie a la vez que cerraba la puerta suavemente antes de que ella pudiera protestar más.

Astrid se quitó la ropa y se tumbó. Se giró a un lado y miró por los ventanales que enmarcaban a la perfección la silueta del horizonte de Hong Kong. Los edificios se amontonaban en esta parte de la ciudad, escalonados en una pronunciada pendiente sobre la ladera de la montaña como un claro desafío contra el terreno. Recordó que, la primera vez que había ido a Hong Kong de pequeña, su tía Alix le había explicado que el *feng shui* de la ciudad era especialmente bueno porque, adondequiera que miraras, la enorme montaña quedaba siempre detrás de ti y el mar estaba siempre delante. Incluso a esas horas de la noche, la ciudad era un derroche de luces, con muchos de los rascacielos iluminados con toda una gama de colores. Intentó dormir, pero seguía estando tensa por lo que había pasado en las últimas horas: escaparse de la boda justo cuando empezaba el espectáculo de fuegos artificiales, correr a casa para meter algunas cosas en la maleta y, ahora, verse en el dormitorio de Charlie Wu, el chico al que le había destrozado el corazón. El chico que, curiosamente, le había hecho ver otro tipo de vida.

París, 1995

Astrid se metió en la enorme cama del hotel George V, hundiéndose en el colchón de plumas.

—¡Mmm! Tienes que tumbarte, Charlie. ¡Esta es la cama más maravillosa en la que he dormido en mi vida! ¿Por qué no tenemos camas así en el Calthorpe? Deberíamos. Es probable que los colchones llenos de bultos que tenemos no se hayan cambiado desde la época isabelina.

—Astrid, podremos disfrutar luego de la cama, *lah.* ¡Solo nos quedan tres horas hasta que cierren las tiendas! Vamos, perezosa, ¿no has dormido suficiente en el tren? —la convenció Charlie. Estaba deseando enseñarle a Astrid la ciudad que él conocía ya como la palma de su mano. Su madre y sus hermanas habían descubierto el mundo de la alta costura durante la década desde que su padre había lanzado a bolsa su empresa tecnológica, haciendo que la familia Wu pasara de la noche a la mañana de tener cien millones a mil millones. En la primera época, antes de que se acostumbraran a los aviones privados, papá compraba toda la cabina de primera clase en Singapore Airlines y la familia entera se movía por las capitales europeas alojándose en los hoteles más elegantes, comiendo en los restaurantes con más estrellas Michelin y permitiéndose ir de compras a todas horas. Charlie se había criado sabiendo diferenciar su Buccellati de su Boucheron y estaba deseando enseñarle ese mundo a Astrid. Sabía que, a pesar de su linaje, Astrid había sido educada prácticamente en un convento. Los Leong no comían en restaurantes caros. Comían lo que sus cocineras les preparaban en casa. No se permitían vestir con ropa de grandes diseñadores, pues preferían que todo se lo confeccionase el sastre de la familia. Charlie sentía que Astrid había estado demasiado reprimida. Durante toda su vida la habían tratado como una flor de invernadero cuando, en realidad, era una flor silvestre a la que nunca habían permitido florecer del todo. Ahora que tenían dieciocho años y vivían juntos en Londres, estaban por fin liberados de las barreras familiares y él podría vestirla como la princesa que era y ella sería suya para siempre.

Charlie llevó a Astrid directamente al Marais, un barrio que había descubierto por su cuenta tras hartarse de seguir a su familia a las mismas tiendas en un radio de tres manzanas desde el hotel George V. Mientras caminaban por la rue Vieille du Temple, Astrid soltó un suspiro.

—¡Vaya, esto es precioso! Mucho más encantador que esos grandes bulevares del distrito octavo.

—Hay una tienda en particular con la que me tropecé la última vez que vine... Era muy chula. Puedo imaginarte vistiendo toda la ropa que hace ese diseñador, un tunecino diminuto. A ver, ¿en qué calle estaba? —murmuró Charlie. Tras unos giros más, llegaron a la boutique que Charlie quería que viera Astrid. Los escaparates eran de cristal ahumado y no dejaban ver los tesoros que escondían en su interior.

—¿Por qué no entras tú primero y me reúno contigo en un minuto? Quiero entrar en la tienda de enfrente para ver si tienen pilas para la cámara —sugirió Charlie.

Astrid atravesó la puerta y se vio transportada a un universo paralelo. El lamento de un fado portugués inundaba un espacio de techos negros, paredes de obsidiana y suelos de hormigón de un tono café oscuro. De las paredes sobresalían unos ganchos industriales minimalistas y las prendas estaban cuidadosamente envueltas como esculturas, iluminadas con luces halógenas. Una dependienta con una melena roja despeinada y encrespada miró brevemente desde detrás de una mesa de cristal ovalada con patas de colmillo de elefante antes de continuar dando caladas a su cigarrillo y seguir pasando las hojas de una revista enorme. Un momento después, cuando quedó patente que Astrid no se iba, preguntó con tono arrogante:

—¿Deseas algo?

—No, solo estoy mirando. Gracias —contestó Astrid con su francés de colegiala. Continuó recorriendo el espacio y vio unos escalones anchos que llevaban a la planta de abajo.

—¿Abajo hay más? —preguntó.

—Claro —respondió la dependienta con voz áspera a la vez que se levantaba de su mesa con desgana y seguía a Astrid escaleras abajo. La planta inferior era un espacio flanqueado por armarios de reluciente coral rojo donde, de nuevo, solo se mostraban una o dos prendas colocadas de forma ingeniosa. Astrid vio un precioso vestido de cóctel con la espalda de cota de malla plateada y buscó la etiqueta para ver la talla.

—¿De qué talla es esto? —preguntó a la mujer que la vigilaba como un halcón pensativo.

—Es alta costura. ¿Entiendes? Todo se hace por pedidos —contestó la mujer con tono jocoso mientras movía la mano que sostenía el pitillo lanzando ceniza por todos lados.

—Entonces, ¿cuánto costaría que hicieran esto con mi talla? —preguntó Astrid.

La dependienta hizo un rápido cálculo de las medidas de Astrid. Los asiáticos casi nunca entraban allí. Normalmente, se ceñían a las boutiques de diseñadores famosos de la rue du Faubourg-Saint-Honoré o la avenida Montaigne, donde podían tener todo el Chanel y el Dior que quisieran, pobrecitos. La colección de Monsieur era muy vanguardista y solo la apreciaban los más elegantes parisinos, neoyorquinos y algunos belgas. Estaba claro que esa niña de jersey de cuello alto, pantalones caqui y alpargatas no entraba en la misma liga.

—Mira, *chérie,* aquí todo es *très, très cher.* Y la entrega se hace a los cinco meses. ¿De verdad quieres saber cuánto cuesta? —preguntó dando una lenta calada a su cigarrillo.

—Ah, pues supongo que no —respondió Astrid con tono sumiso. Era obvio que esa señora no tenía ningún interés en ayudarla. Subió las escaleras y fue directamente a la puerta, casi tropezándose con Charlie.

—¿Tan rápido? ¿No te ha gustado la ropa? —preguntó Charlie.

—Sí. Pero la mujer de ahí dentro no parece que quiera venderme nada, así que no perdamos el tiempo —respondió Astrid.

—Espera, espera un momento. ¿Qué quieres decir con que no quiere venderte nada? —Charlie trató de que se lo aclarara—. ¿Ha sido muy estirada?

—Ajá —contestó Astrid.

—¡Vamos a entrar otra vez! —exclamó Charlie con indignación.

—Charlie, vamos a la siguiente tienda de tu lista.

—¡Astrid, a veces no parece que seas hija de Harry Leong! ¡Tu padre compró el hotel más exclusivo de Londres cuando el director fue maleducado con tu madre, por el amor de Dios! Tienes que aprender a hacerte valer.

—Sé perfectamente cómo hacerme valer, pero simplemente no merece la pena montar un escándalo por una tontería —insistió Astrid.

—Para mí no es ninguna tontería. ¡Nadie insulta a mi novia! —sentenció Charlie abriendo la puerta con efusividad. Astrid lo siguió a regañadientes y vio que a la dependienta pelirroja se le había unido ahora un hombre con el pelo rubio platino.

Charlie se acercó y habló con el hombre en inglés.

—¿Trabaja usted aquí?

—*Oui* —contestó el hombre.

—Esta es mi novia. Quiero comprarle todo un armario nuevo. ¿Me puede ayudar?

El hombre se cruzó de brazos con aire perezoso, ligeramente divertido ante aquel adolescente flacucho con un serio problema de acné.

—Todo esto es alta costura y los vestidos son de un mínimo de veinticinco mil francos. Además, hay una espera de ocho meses —dijo.

—No hay problema —replicó Charlie con descaro.

—¿Pagas en metálico? ¿Cómo vas a garantizar el pago? —preguntó la señora en un inglés de marcado acento.

Charlie soltó un suspiro y sacó su teléfono móvil. Marcó una larga serie de números y esperó a que contestaran al otro lado.

—¿Señor Oei? Soy Charlie Wu. Siento molestarle a estas horas de la noche en Singapur. Estoy en París ahora mismo. Dígame, señor Oei, ¿nuestro banco tiene un representante en París? Estupendo. ¿Puede llamarle y decirle que telefonee a la tienda en la que me encuentro ahora? —Charlie levantó la mirada para preguntarles el nombre antes de continuar—. Dígale que informe a estas personas de que he venido con Astrid Leong. Sí, la hija de Harry. Sí. ¿Y se puede asegurar de que ese hombre les haga saber que me puedo permitir comprar todo lo que me dé la gana? Gracias.

Astrid observaba a su novio en silencio. Nunca le había visto comportarse de una forma tan resuelta. Una parte de ella sentía cierta vergüenza por lo vulgar de su fanfarroneo, pero a la otra parte le parecía de lo más atractivo. Pasaron unos largos minutos y, por fin, sonó el teléfono. La pelirroja contestó rápidamente y abrió los ojos de par en par mientras escuchaba la diatriba desde el otro lado. «*Désolée, monsieur, très désolée*», no paraba de decir al teléfono. Colgó y empezó una brusca conversación con su compañero sin darse cuenta de que Astrid podía entender casi todo lo que decían. El hombre se levantó de la mesa de un salto y miró a Charlie y a Astrid con una repentina energía.

—Por favor, *mademoiselle,* deje que le enseñe toda la colección —dijo con una gran sonrisa.

Mientras tanto, la mujer sonreía a Charlie.

—*Monsieur,* ¿desea un poco de champán? ¿O un capuchino, quizá?

—Me pregunto qué les habrá dicho mi banquero —le susurró Charlie a Astrid mientras los llevaban abajo, al interior de un enorme probador.

—Ah, no ha sido el banquero. Ha sido el diseñador. Les ha dicho que venía para acá rápidamente a supervisar en persona la ropa que me pruebo. Tu banquero debe de haberle llamado directamente —explicó Astrid.

—Vale, pues quiero que encargues diez vestidos de este diseñador. Tenemos que gastar, por lo menos, unos cuantos cientos de miles de francos ahora mismo.

—¿Diez? No creo que desee tener diez cosas de este sitio —dijo Astrid.

—No importa. Tienes que elegir diez cosas. En realidad, que sean veinte. Como dice siempre mi padre, la única forma de que estos *ang mor gau sai* te respeten es darles en la cara con tu dinero de *dua lan chiao*[*] hasta que terminen poniéndose de rodillas.

Durante los siguientes siete días, Charlie llevó a Astrid a un festival de compras muy por encima de todos los demás festivales de compras. Le compró un juego de maletas de Hermès, docenas de vestidos de los diseñadores más importantes de esa temporada, dieciséis pares de zapatos y cuatro pares de botas, un reloj de Patek Philippe con diamantes incrustados (que jamás se puso) y una lámpara *art nouveau* restaurada de Didier Aaron. En medio de la maratón de tiendas, había almuerzos en Mariage Frères y Davé, cenas en Le Grand Véfour y Les Ambassadeurs y bailes durante toda la noche vestidos con su nueva y elegante ropa en Le Palace y Le Queen. Esa semana en París, Astrid no solo descubrió su gusto por la alta costura, sino también una nueva pasión. Había vivido los primeros dieciocho años de su vida rodeada de personas que tenían dinero pero aseguraban no tenerlo, personas que preferían heredar cosas antes que comprar otras nuevas, personas que simplemente no sabían disfrutar de su buena suerte. Gastar dinero como Charlie Wu era de lo más excitante. Sinceramente, era mejor que el sexo.

* En hokkien, «polla grande».

10

Tyersall Park

Singapur, 3:30

Rachel estuvo en silencio durante todo el camino a casa desde la fiesta de la boda. Devolvió elegantemente el collar de zafiros a Fiona en el recibidor y subió las escaleras rápidamente. En el dormitorio, cogió su maleta del armario empotrado y empezó a meter su ropa lo más deprisa que pudo. Vio que las encargadas de la lavandería habían puesto finas capas de papel secante aromatizado entre cada prenda y empezó a sacarlos con frustración. No quería llevarse nada de esa casa.

—¿Qué haces? —preguntó Nick con desconcierto cuando entró en el dormitorio.

—¿A ti qué te parece? ¡Me largo de aquí!

—¿Qué? ¿Por qué? —dijo Nick con el ceño fruncido.

—¡Ya estoy harta de esta mierda! ¡Me niego a ser una presa fácil para todas esas locas que tienes en tu vida!

—¿De qué narices estás hablando, Rachel? —Nick la miraba confundido. Nunca la había visto tan enfadada.

—Estoy hablando de Mandy y Francesca. Y Dios sabrá quién más —gritó Rachel mientras seguía recogiendo sus cosas del armario.

—No sé qué te habrán dicho, Rachel, pero...

—¿Así que lo niegas? ¿Niegas haber hecho un trío con ellas?

Los ojos de Nick brillaron ante la sorpresa. Por un momento, no supo bien qué decir.

—No lo niego, pero...

—¡Gilipollas!

Nick levantó las manos con desesperación.

—Rachel, tengo treinta y dos años y, por lo que sé, nunca te he dicho que hubiese sido un cura. Tengo un pasado sexual, pero nunca he tratado de escondértelo.

—No es que me lo hayas ocultado. ¡Más bien se trata de que nunca me has contado nada! Deberías haber dicho algo. Deberías haberme contado que Francesca y tú teníais un pasado para no tener que quedarme allí sentada esta noche viendo cómo me atacaban por sorpresa. Me siento como una puta idiota.

Nick se sentó en el borde de la *chaise longue* y enterró la cara entre sus manos. Rachel tenía todo el derecho a estar furiosa. Pero nunca se le había ocurrido hablarle de algo que había ocurrido tantos años atrás.

—Lo siento mucho... —empezó a decir.

—¿Un trío? ¿Con Mandy y Francesca? ¿En serio? De todas las mujeres que hay en el mundo —le interrumpió Rachel con tono desdeñoso mientras trataba de cerrar la cremallera de su maleta.

Nick soltó un fuerte suspiro. Quería explicarle que Francesca era una chica muy distinta en aquella época, antes del derrame cerebral de su abuelo y todo ese dinero, pero sabía que no era el momento de ponerse a defenderla. Se acercó a Rachel despacio y la rodeó con los brazos. Ella intentó soltarse, pero él la apretó con fuerza.

—Mírame, Rachel. Mírame —dijo él con voz calmada—. Francesca y yo tuvimos una breve aventura ese verano en Capri.

Eso fue todo. Éramos unos niñatos de dieciséis años con las hormonas revolucionadas. De eso hace ya casi dos décadas. Estuve sin pareja cuatro años antes de conocerte y creo que sabes muy bien cómo han sido los dos últimos años. Eres el centro de mi vida, Rachel. El centro absoluto. ¿Qué ha pasado esta noche? ¿Quién te ha contado todas esas cosas?

Y así, Rachel se vino abajo y empezó a contarle todo a borbotones: todo lo que había pasado en el fin de semana de despedida de soltera de Araminta, las constantes indirectas de Mandy, la maniobra de Francesca durante la fiesta de la boda. Nick escuchó todo el suplicio de Rachel sintiendo más asco cuanto más escuchaba. Él creía que ella se lo estaba pasando mejor que en toda su vida. Le dolía ver lo conmocionada que estaba, las lágrimas que se derramaban por su preciosa cara.

—Rachel, lo siento mucho. No sé cómo decirte lo mucho que lo lamento —se empeñaba en decir Nick.

Rachel miró hacia la ventana mientras se secaba las lágrimas de los ojos. Estaba furiosa consigo misma por haber llorado y confundida por el maremoto de emociones que la había invadido, pero no podía evitarlo. La sorpresa de la noche y el estrés acumulado de los días anteriores la habían llevado a ese punto y ahora se había quedado vacía.

—Ojalá me hubieses contado lo de la despedida de soltera, Rachel. Si lo llego a saber, habría hecho más por protegerte. La verdad es que no tenía ni idea de que esas chicas podían ser tan... tan despiadadas —dijo Nick buscando la palabra exacta—. Me aseguraré de que no las vuelvas a ver. Por favor, no te vayas así. Sobre todo cuando aún no hemos tenido oportunidad de disfrutar juntos de nuestras vacaciones. Deja que te lo compense, Rachel. Por favor.

Rachel siguió en silencio. Se quedó mirando por la ventana y vio unas extrañas sombras que se movían por la gran extensión de césped. Un momento después, se dio cuenta de que no era más que un gurka uniformado haciendo su ronda nocturna con una pareja de dóberman.

—Creo que no lo entiendes, Nick. Sigo enfadada contigo. No me preparaste para nada de esto. Viajé contigo al otro lado del mundo y no me contaste nada antes de partir.

—¿Qué tenía que contarte? —preguntó Nick, completamente perplejo.

—Todo esto —gritó Rachel moviendo las manos por el ostentoso dormitorio en el que se encontraban—. ¡Que tienes un ejército de gurkas con perros que protegen a tu abuela por las noches, que te criaste en el puto Downton Abbey, que tu mejor amigo iba a celebrar la boda más cara de la historia de la civilización! Deberías haberme hablado de tu familia, de tus amigos, de tu vida aquí, para, al menos, saber en qué me estaba metiendo.

Nick se hundió en la *chaise longue* entre suspiros de desaliento.

—Astrid trató de advertirme que te preparara, pero yo estaba seguro de que te sentirías en tu casa cuando llegaras aquí. Es decir, he visto cómo te comportas en distintos entornos, cómo puedes cautivar a todo el mundo: a tus alumnos, al rector, a todos los peces gordos de la universidad... ¡Incluso a aquel japonés gruñón que vende sándwiches en la calle Trece! ¿Cómo iba a explicarte cómo era todo esto sin que estuvieses aquí y lo vieras con tus propios ojos?

—Pues ya he venido y lo he visto, y ahora..., ahora siento que ya no sé quién es mi novio —dijo Rachel con tristeza.

Nick se quedó mirándola boquiabierto, sintiendo cómo aquellas palabras se le clavaban.

—¿De verdad he cambiado tanto en estas dos semanas? Porque yo siento que soy la misma persona y, desde luego, lo que siento por ti no ha cambiado. Si acaso, te quiero más cada día y más aún en este momento.

—Ay, Nick —dijo Rachel con un suspiro sentándose en el borde de la cama—. No sé cómo explicártelo. Es verdad que sigues siendo exactamente el mismo, pero el mundo que te rodea..., el mundo que nos rodea..., es muy distinto a todo lo que yo estoy acostumbrada. Estoy intentando averiguar si es posible que yo encaje en este mundo.

—Pero ¿no ves lo bien que encajas? Tienes que ser consciente de que, aparte de esas chicas pueriles, todos te adoran. Mis mejores amigos piensan que eres la octava maravilla. Deberías haber oído cómo te halagaban Colin y Mehmet anoche. Y a mis padres les gustas. Le gustas a toda mi familia.

Rachel le fulminó con la mirada y Nick pudo ver que ella no le creía. Él se sentó a su lado y vio que los hombros de Rachel se tensaban de forma casi imperceptible. Deseó pasarle una mano arriba y abajo por la espalda para tranquilizarla, como hacía casi todas las noches en la cama, pero sabía que era mejor no tocarla ahora. ¿Qué podía hacer para calmarla en ese momento?

—Rachel, nunca ha sido mi intención que sufrieras. Sabes que haría lo que fuera por hacerte feliz —dijo en voz baja.

—Lo sé —contestó Rachel tras una pausa. Por muy enfadada que estuviera, no podía seguir molesta con Nick mucho tiempo. Había gestionado mal las cosas, eso sin duda, pero ella sabía que no tenía que culparle por la maldad de Francesca. Eso era exactamente lo que Francesca trataba de conseguir: hacerla dudar, hacer que se enfadara con Nick. Rachel suspiró e inclinó la cabeza sobre el hombro de él.

Un repentino brillo apareció en los ojos de Nick.

—Tengo una idea. ¿Por qué no nos vamos mañana? Saltémonos la ceremonia del té en casa de los Khoo. De todos modos, no creo que quieras quedarte a ver cómo todos los parientes llenan a Araminta de toneladas de joyas. Vámonos de Singapur para poder despejarnos la cabeza. Conozco un lugar especial al que podríamos ir.

Rachel lo miró con cautela.

—¿Va a haber más aviones privados y hoteles de seis estrellas?

Nick se apresuró a negar con la cabeza.

—No te preocupes, iremos en coche. Te voy a llevar a Malasia. Te voy a llevar a una cabaña remota en las Cameron Highlands, lejos de todo esto.

11

En el número 1 de Cairnhill

Singapur

Eleanor acababa de sentarse para tomar su habitual desayuno de pan tostado de siete cereales, mantequilla baja en grasa y mermelada baja en azúcar cuando sonó el teléfono. Siempre que sonaba el teléfono tan temprano sabía que tenía que ser alguno de sus hermanos desde América. Probablemente se trataría de su hermano el de Seattle para pedirle un préstamo. Cuando Consuelo entró en la sala del desayuno con el teléfono, Eleanor negó con la cabeza y susurró: «Dile que aún estoy dormida».

—No, no, señora, no hermano de Seattle. Señora Foo.

—Ah —dijo Eleanor mientras cogía el teléfono y daba otro mordisco a su tostada—: Daisy, ¿qué haces levantada tan temprano? ¿También has tenido una indigestión tras ese asqueroso banquete de boda?

—¡No, no, Elle, tengo noticias de última hora! —exclamó Daisy con excitación.

—¿Qué, qué? —preguntó Eleanor con ilusión. Rezó una rápida oración con la esperanza de que Daisy fuera a informarle de la trágica ruptura de Nicky y Rachel. Francesca le había hecho un guiño durante los fuegos artificiales de la noche anterior y le había susurrado dos palabras: «Ya está». Eleanor notó durante el trayecto de vuelta en ferri que parecía como si a Rachel le hubiesen golpeado en la cara con un durián.

—Adivina quién acaba de despertar de un coma —anunció Daisy.

—Oh. ¿Quién? —preguntó Eleanor, algo alicaída.

—¡Adivínalo, *lah*!

—No sé..., ¿esa tal Von Bülow?

—¡No, *lah*! ¡Se ha despertado sir Ronald Shaw! ¡El suegro de Nadine!

—*Alamak*! —Eleanor casi escupió la tostada—. Creía que era un vegetal.

—¡Pues de alguna forma el vegetal se ha despertado y hasta habla! La prima de la nuera de mi sirvienta es la enfermera de noche del Mount Elizabeth y, al parecer, se ha llevado un susto de muerte cuando el paciente Shaw se ha despertado a las cuatro de la mañana y ha empezado a pedir su desayuno de Kopi-O.

—¿Cuánto tiempo ha estado en coma? —preguntó Eleanor levantando la mirada y viendo que Nick entraba en la cocina. «Dios mío. Nick ha llegado bien temprano. ¡Algo ha debido de ocurrir!».

—Seis años ya. Nadine, Ronnie, Francesca... toda la familia ha ido a verlo. Acaban de dar la noticia.

—¿Crees que deberíamos ir también? —preguntó Eleanor.

—Creo que debemos esperar. ¿Sabes? Tengo entendido que, a veces, estas víctimas del coma se despiertan justo antes de morir.

—Algo me dice que si está pidiendo Kopi-O no va a estirar la pata muy pronto —conjeturó Eleanor. Se despidió de Daisy y dirigió su atención a Nick.

—El abuelo de Francesca ha despertado esta mañana del coma —repitió Eleanor mientras ponía mantequilla en otra tostada.

—No sabía siquiera que seguía vivo —contestó Nick sin interés.

—¿Qué haces aquí tan temprano? ¿Quieres desayunar? ¿Una tostada de *kaya*?

—No, no, ya he desayunado.

—¿Dónde está Rachel esta mañana? —preguntó Eleanor quizá con demasiado entusiasmo. «¿Ha echado a esa chica en plena noche, como si fuese basura?».

—Rachel sigue durmiendo. Yo me he levantado temprano para hablar contigo y con papá. ¿Se ha levantado ya?

—*Alamak,* tu padre duerme hasta las diez como muy pronto.

—Pues, entonces, te lo diré a ti primero. Me voy con Rachel unos días y, si todo sale según el plan, tengo la intención de pedirle matrimonio mientras estamos fuera —sentenció Nick.

Eleanor dejó la tostada y lo miró con evidente espanto.

—¡Nick, no puedes hablar en serio!

—Hablo completamente en serio —dijo Nick tomando asiento en la mesa—. Sé que no la conocéis bien, pero eso ha sido todo por mi culpa. No os he dado a ti ni a papá la oportunidad de conocerla hasta ahora. Pero puedo asegurarte que pronto descubrirás el ser humano tan increíble que es. Va a ser una nuera fantástica para ti, mamá.

—¿Por qué te apresuras tanto?

—No me estoy apresurando. Llevamos saliendo casi dos años. Prácticamente llevamos un año viviendo juntos. Tenía pensado pedirle matrimonio en nuestro segundo aniversario este octubre pero han ocurrido cosas y necesito demostrarle a Rachel lo importante que es para mí ahora mismo.

—¿Qué cosas?

Nick suspiró.

—Es una larga historia, pero algunas personas han tratado mal a Rachel desde su llegada. Sobre todo Francesca.

—¿Qué ha hecho Francesca? —preguntó Eleanor con inocencia.

—No importa lo que haya hecho. Lo importante es que tengo que poner las cosas en orden.

La mente de Eleanor daba vueltas a toda velocidad. «¿Qué narices pasó anoche? ¡Esa estúpida de Francesca! *Alamak,* su plan ha debido salir mal».

—No tienes por qué casarte con ella solo por arreglar las cosas, Nicky. No permitas que esa chica te presione —le instó Eleanor.

—No me está presionando. La verdad es que llevo pensando en casarme con Rachel desde el día en que la conocí. Y ahora, más que nunca, sé que es a ella a la que quiero. Es muy inteligente, mamá, y una gran persona.

Eleanor echaba humo por dentro, pero trató de hablar con voz comedida.

—Estoy segura de que Rachel es una chica encantadora, pero no podrá nunca ser tu mujer.

—¿Y eso por qué? —Nick se reclinó en la silla, divertido ante lo absurdo de las palabras de su madre.

—Es que no es adecuada para ti, Nicky. No tiene los orígenes pertinentes.

—Para ti nadie va a tener nunca «los orígenes pertinentes» —se mofó Nick.

—Solo te estoy diciendo lo que todos piensan, Nick. No has oído las cosas tan terribles que he oído yo. ¿Sabes que su familia procede de la China continental?

—Basta, mamá. Estoy harto de ese ridículo esnobismo con el que tú y tus amigas habláis de la China continental. Todos somos chinos. Solo porque haya personas que de verdad trabajen para ganarse la vida no significa que estén por debajo de vosotras.

Eleanor meneó la cabeza y continuó con un tono más serio:

—Nicky, no lo entiendes. Nunca va a ser aceptada. Y no digo por papá o por mí. Te estoy hablando de tu querida Ah Ma y el resto de la familia. Mírame a mí. Aunque llevo treinta y cuatro años casada con tu padre, siguen considerándome una extraña. Soy una Sung. Vengo de una familia respetable, una familia rica, pero para ellos nunca he sido lo suficientemente buena. ¿Quieres que Rachel sufra lo mismo? ¡Mira cómo han rechazado a esa Kitty Pong!

—¿Cómo puedes siquiera comparar a Rachel con Kitty? Rachel no es una actriz de telenovelas que va por ahí ligera de ropa. Es una economista con un doctorado. Y toda la familia ha sido de lo más simpática con ella.

—Una cosa es que hayan sido educados con tu invitada, pero te aseguro que, si de verdad creyeran que tiene alguna posibilidad de ser tu esposa, no serían tan simpáticos.

—Eso es una tontería.

—No, Nicky, es la verdad —sentenció Eleanor—. Ah Ma no va a permitir nunca que te cases con Rachel, por muy capaz que sea. ¡Vamos, Nicky, ya sabes cómo es esto! Te lo han dicho mil veces desde que eras niño. Eres un Young.

Nick meneó la cabeza y se rio.

—Esto es increíblemente arcaico. Vivimos en el siglo XXI y Singapur es uno de los países más progresistas del planeta. Te aseguro que Ah Ma no piensa igual que hace treinta años.

—*Alamak,* conozco a tu abuela desde hace mucho más tiempo que tú. No sabes lo importante que es para ella el linaje.

Nick puso los ojos en blanco.

—¿Para ella o para ti? Yo no he investigado la genealogía de Rachel, pero, si fuese necesario, estoy seguro de que podría encontrar algún emperador Ming en algún punto de su linaje. Además, viene de una familia muy respetable. Uno de sus primos es incluso un famoso director de cine.

—Nicky, hay cosas de la familia de Rachel que no conoces.

—¿Y cómo es que tú sí? ¿Se ha inventado Cassandra alguna historia sobre la familia de Rachel o algo así?

Eleanor mantuvo silencio ante ese gol y se limitó a advertirle:

—Ahorraos Rachel y tú el dolor, Nicky. Tienes que dejarla antes de que las cosas vayan a más.

—Ella no es algo que yo pueda dejar sin más, mamá. La amo y voy a casarme con ella. No necesito la aprobación de nadie —dijo Nick con contundencia a la vez que se levantaba de la mesa.

—¡Niño estúpido! ¡Ah Ma te desheredará!

—Como si eso me importara.

—Nicky, escúchame. No he sacrificado toda mi vida por ti para ver cómo lo echas todo a perder por esa chica —dijo Eleanor con preocupación.

—¿Sacrificar toda tu vida? No estoy seguro de qué quieres decir, aquí sentada, en la mesa de tu apartamento de veinte millones de dólares —dijo Nick indignado.

—¡No tienes ni idea! Si te casas con Rachel nos destrozarás la vida a todos. Conviértela en tu amante si es necesario, pero, por el amor de Dios, no tires por la borda todo tu futuro por casarte con ella —le suplicó Eleanor.

Nick soltó un resoplido ofendido y se levantó, dando una patada a la silla mientras salía rápidamente de la sala del desayuno. Eleanor hizo una mueca de dolor cuando las patas cromadas de la silla rayaron el suelo de mármol de Calacatta. Se quedó mirando las filas de objetos de porcelana de Astier de Villatte perfectamente alineados en los estantes descubiertos de acero inoxidable de su cocina, que reflejaban la acalorada conversación que acababa de vivir. Cada esfuerzo que había hecho por evitar que su hijo se metiera en esta situación tan desastrosa había fallado y ahora no le quedaba más que una opción. Eleanor se quedó sentada absolutamente inmóvil durante un largo rato, reuniendo el valor para la conversación que durante tanto tiempo había tratado de evitar.

—¡Consuelo! —gritó—. Dile a Ahmad que prepare el coche. Tengo que ir a Tyersall Park dentro de quince minutos.

12

*Wu*thering Towers

Hong Kong

Astrid se despertó al sentir un rayo de sol en la cara. ¿Qué hora era? Miró el reloj de la mesita de noche y vio que eran más de las diez. Bostezó estirándose, salió de la cama y fue a echarse agua en la cara. Cuando entró en la sala de estar, vio a la anciana niñera china de Charlie sentada en uno de los sillones de piel de becerro y cromo de Le Corbusier concentrada en un juego de su iPad. Ah Chee apretaba la pantalla con fuerza mientras murmuraba en cantonés: «¡Malditos pájaros!». Cuando vio que Astrid pasaba por su lado esbozó una sonrisa dentuda.

—Hola, Astrid. ¿Has dormido bien? Tienes el desayuno preparado —dijo sin dejar de mirar la pantalla iluminada.

Una joven sirvienta se acercó a Astrid.

—Señora, por favor, desayuno —dijo señalando hacia el comedor. Allí encontró un despliegue excesivo preparado para ella sobre una mesa de cristal redonda: jarras de café, té y zumo de naranja acompañadas de huevos escalfados con gruesas tiras de beicon sobre una bandeja caliente, huevos revueltos con salchichas de Cumberland, *muffins* ingleses tostados, tostada francesa, rodajas de mango con yogur griego, tres tipos de cereales para desayunar, minitortitas con fresas y crema chantillí, buñuelos fritos con arroz *congee* de pescado... Otra sirvienta esperaba atenta detrás de Astrid para acercarse a servirle. Ah Chee entró en el comedor.

—No sabíamos qué ibas a querer desayunar, así que la cocinera ha preparado varias opciones. Come, come. Y después, el coche espera para llevarte al despacho del pequeño Charlie, que está colina abajo.

Astrid cogió el cuenco de yogur.

—Esto es lo único que necesito —dijo para consternación de Ah Chee. Volvió al dormitorio y se puso una camiseta azul oscura de Rick Owens sobre unos vaqueros blancos. Después de cepillarse el pelo rápidamente, decidió hacerse una coleta baja, cosa que nunca había hecho, y, tras buscar entre los cajones del baño de Charlie, encontró un par de gafas de sol Cutler and Gross con montura de carey que le quedaban bien. Ese era el aspecto más discreto que podía llevar. Al salir del dormitorio, una de las sirvientas fue corriendo al vestíbulo para llamar al ascensor mientras otra lo mantenía abierto hasta que Astrid se dispuso a entrar. Astrid se divirtió al ver cómo una acción tan sencilla como salir del piso se efectuaba con tanto apremio militar por parte de esas chicas tan inquietas. Eran muy distintas a las sirvientas amables y de trato fácil con las que ella se había criado.

En el vestíbulo de abajo, un chófer con uniforme negro y botones dorados inclinó la cabeza como saludo a Astrid.

—¿Dónde está el despacho del señor Wu? —preguntó Astrid.

—En *Wu*thering Towers, en Chater Road —respondió con un gesto hacia el Bentley verde oscuro aparcado en la puerta.

—Gracias, pero creo que iré andando —dijo Astrid, al recordar bien el edificio. Era el mismo lugar adonde Charlie siempre tenía que ir a recoger sobres llenos de dinero que le daba la secretaria de su padre cada vez que venía a Hong Kong para sus maratones de compras de los fines de semana. Antes de que el chófer pudiese protestar, Astrid atravesó la plaza hacia la escalera mecánica del Mid-Levels, caminando con decisión por la plataforma móvil a medida que esta bajaba por la pendiente urbana.

Al final de la escalera, en Queen Street, Astrid respiró hondo y se incorporó al río acelerado de peatones. Había algo en el distrito central de Hong Kong durante el día, una frenética energía especial que salía del ajetreo y las prisas de la gente y que siempre provocaba en Astrid una energía embriagadora. Banqueros con elegantes trajes de raya diplomática caminaban hombro con hombro con polvorientos obreros y adolescentes con uniformes escolares mientras que unas elegantes ejecutivas con tacones de impresión se mezclaban con arrugadas ancianas y mendigos a medio vestir.

Astrid giró a la izquierda en Pedder Street y entró en el centro comercial Landmark. Lo primero que vio fue una larga cola de gente. ¿Qué estaba pasando? Ah, no era más que la habitual cola de compradores chinos continentales en la puerta de la tienda de Gucci, esperando ansiosos su turno para entrar a por su dosis. Astrid se abrió paso con destreza entre la red de puentes y pasajes para peatones que conectaban el Landmark con los edificios de al lado. Subió la escalera mecánica al nivel intermedio del Mandarin Oriental, atravesó el pasillo de tiendas de Alexandra House, bajó los pocos peldaños junto al Cova Caffé y ahí estaba, en el resplandeciente vestíbulo de *Wu*thering Towers.

El mostrador de la recepción parecía haber sido esculpido a partir de un enorme bloque de malaquita, y, mientras Astrid se acercaba, un hombre con un auricular y traje oscuro la interceptó.

—Señora Teo, estoy con el señor Wu —le dijo con discreción—. Por favor, venga conmigo. —Le hizo una señal para que pasara por el puesto de seguridad y entrara en un ascensor rápido que llevaba directamente a la planta cincuenta y cinco. Las puertas del ascensor se abrieron ante una sala serena y sin ventanas con paredes de alabastro blanco con dibujos circulares y un sofá azul plateado. El hombre acompañó sin hablar a Astrid para que pasara junto a tres secretarias ejecutivas que estaban sentadas en mesas contiguas y a través de un par de imponentes puertas de bronce grabado.

Astrid entró en la especie de atrio que era el despacho de Charlie, que tenía un altísimo techo de cristal en forma de pirámide y un grupo de televisiones de pantalla plana colocadas a lo largo de toda una pared que centelleaban en silencio con canales de noticias financieras de Nueva York, Londres, Shanghái y Dubái. Un hombre chino muy bronceado con traje negro y gafas de montura metálica estaba sentado en un sofá cercano.

—Casi le provocas a mi chófer un ataque de pánico —dijo Charlie mientras se levantaba de su escritorio.

Astrid sonrió.

—Tienes que dar algo de rienda a tu personal, Charlie. Los tienes completamente aterrorizados.

—Lo cierto es que quien los tiene completamente aterrorizados es mi mujer —respondió Charlie con una sonrisa—. Este es el señor Lui, que ya ha conseguido localizar a tu marido usando el número de móvil que me diste anoche.

El señor Lui saludó a Astrid con un movimiento de cabeza y empezó a hablar con ese característico acento entrecortado británico que era tan común en Hong Kong.

—Todos los iPhones tienen un localizador GPS que nos hace posible ubicar al propietario con mucha facilidad —le explicó el señor Lui—. Su marido ha estado en un apartamento de Mong Kok desde anoche.

El señor Lui enseñó a Astrid su fino ordenador portátil, donde le esperaba una secuencia de imágenes: Michael saliendo del piso, Michael saliendo del ascensor, Michael con varias bolsas de plástico por la calle. La última fotografía, tomada desde un ángulo elevado, mostraba a una mujer que abría la puerta del piso para que Michael entrara. Astrid sintió un nudo en el estómago. Ahí estaba la otra mujer. Examinó la imagen durante un largo rato, viendo a aquella mujer descalza vestida con unos pantalones vaqueros cortos y una camiseta de tirantes que apenas le cubría.

—¿Podemos agrandar la imagen? —preguntó Astrid. Cuando el señor Lui acercó el borroso y pixelado rostro, Astrid apoyó de repente la espalda en el sofá—. Hay algo que me resulta muy familiar en esa mujer —dijo con el pulso acelerado.

—¿Quién es? —preguntó Charlie.

—No lo sé, pero sí sé que la he visto antes en algún lugar —respondió Astrid cerrando los ojos y apretando los dedos sobre su frente. Entonces, se dio cuenta. La garganta pareció cerrársele y no podía hablar.

—¿Estás bien? —preguntó Charlie al ver la cara de Astrid.

—Estoy bien, creo. Estoy segura de que esta chica estuvo en mi boda. Creo que hay una imagen de ella en una foto de grupo en uno de mis álbumes.

—¿En tu boda? —preguntó Charlie sorprendido. Miró al señor Lui—: ¿Qué sabe de ella?

—Nada todavía. El propietario registrado del piso es el señor Thomas Ng —contestó el investigador privado.

—No me suena de nada —dijo Astrid aturdida.

—Aún estamos recopilando información —añadió el señor Lui. Apareció un mensaje en su teléfono y anunció—: La mujer acaba de salir del piso con un niño, aproximadamente de unos cuatro años.

A Astrid se le cayó el alma a los pies.

—¿Ha podido saber algo del niño?

—No. No sabíamos que había un niño dentro del piso con ellos hasta este momento.

—¿Así que la mujer ha salido con el niño y mi marido está solo ahora?

—Sí. No creemos que haya nadie más en el apartamento.

—¿No lo creen? ¿Pueden asegurarse de que no hay nadie más? ¿Pueden usar algún tipo de sensor térmico? —preguntó Charlie.

El señor Lui dio un pequeño resoplido.

—Bueno, esto no es la CIA. Por supuesto, siempre podemos aumentar el nivel y traer especialistas si lo desea, pero, para casos domésticos como estos, normalmente no...

—Quiero ver a mi marido —dijo Astrid con tono despreocupado—. ¿Puede llevarme ahora con él?

—Señora Teo, en estas situaciones no aconsejamos... —empezó a decir el hombre con delicadeza.

—No me importa. Necesito verle cara a cara —insistió Astrid.

Unos minutos después, Astrid estaba sentada en silencio en el asiento trasero del Mercedes con cristales tintados mientras el señor Lui subía al asiento del pasajero, dando órdenes frenéticas en cantonés al equipo reunido alrededor del número 64 de Pak Tin Street. Charlie quiso acompañarla, pero Astrid había insistido en ir sola.

—No te preocupes, Charlie. Solo voy a tener una charla con Michael. —Ahora su mente daba vueltas y se iba poniendo cada vez más nerviosa a medida que el coche avanzaba entre el tráfico de la hora de comer en Tsim Sha Tsui.

Ya no sabía qué pensar. ¿Quién era exactamente esa chica? Parecía que aquella aventura había empezado antes de la boda, pero, entonces, ¿por qué se había casado Michael con ella? Claramente no era por el dinero, pues su marido siempre había insistido en que no quería aprovecharse de la riqueza de la familia de ella. Había firmado de buena gana el contrato prenupcial de ciento cincuenta páginas sin pestañear, así como el acuerdo posterior que los abogados de la familia de ella habían insistido en elaborar después del nacimiento de Cassian. Su dinero y el dinero de Cassian estaban más seguros que el del Banco de China. Entonces, ¿qué era lo que había motivado que Michael tuviese una esposa en Singapur y una amante en Hong Kong?

Astrid miró por la ventanilla del coche y vio un Rolls-Royce Phantom a su lado. Sentada en el asiento trasero iba una pareja, probablemente de poco más de treinta años, vestida de punta en blanco. La mujer llevaba el pelo corto y bien peinado, con un maquillaje inmaculado y vestida con una blusa púrpura con un enorme broche floral de diamantes y esmeraldas sujeto al hombro derecho. El hombre que iba a su lado llevaba una florida chaqueta bómber de seda de Versace y gafas de sol oscuras a lo dictador latino. En cualquier otro lugar del mundo, esa pareja habría parecido completamente absurda. Les faltaban, por lo menos, tres décadas para ser llevados en coche con tanta ostentación. Pero esto era Hong Kong y, de algún modo, así funcionaban las cosas aquí. Astrid se preguntó de dónde serían y adónde irían. Probablemente habrían salido a almorzar al club. ¿Qué secretos se guardaban el uno al otro? ¿Tenía el marido una amante? ¿Tenían hijos? ¿Eran felices? La mujer iba sentada completamente inmóvil, con la mirada fija hacia delante, mientras el hombre iba encorvado y ligeramente apartado de ella, leyendo la sección de negocios del *South China Morning Post.* El tráfico retomó la marcha y, de repente, estaban en Mong Kok, con sus densos y gigantescos edificios de apartamentos que no dejaban pasar la luz del sol.

Antes de que se diera cuenta, sacaron a Astrid del coche y la flanquearon cuatro hombres de seguridad con trajes oscuros. Ella miraba nerviosa a su alrededor mientras la acompañaban a un viejo bloque de apartamentos y entraban en un pequeño ascensor con luz fluorescente y paredes color aguacate. En la décima planta, salieron a un pasillo descubierto que rodeaba un patio interior donde colgaban filas de ropa de cada ventana. Pasaron junto a varios apartamentos con pantuflas de plástico y zapatos junto a la puerta y enseguida estuvieron delante de la puerta de rejilla metálica del apartamento 10-07B.

El hombre más alto llamó una vez al timbre y, un momento después, Astrid oyó cómo se descorrían varios pestillos. La puerta se abrió y ahí estaba él. Su marido, justo delante de ella.

Michael miró al equipo de seguridad que rodeaba a Astrid y meneó la cabeza con indignación.

—Deja que lo adivine. Tu padre ha contratado a estos matones para localizarme.

13

Cameron Highlands

Malasia

Nick pidió prestado a su padre el Jaguar descapotable E-Type de 1963 del garaje de Tyersall Park y él y Rachel se incorporaron a la autopista Pan Island en dirección al puente que conectaba Singapur con la península de Malasia. Desde Johor Bahru condujeron por la autopista de Utara-Selatan y se desviaron hacia la ciudad costera de Malaca para que Nick pudiera enseñarle a Rachel la curiosa fachada carmesí de la Iglesia de Cristo, construida por los holandeses cuando la ciudad formaba parte de su imperio colonial, y la encantadora y ornamentada fila de casas peranakan a lo largo de Jalan Tun Tan Cheng Lock.

Después, continuaron por la vieja carretera que bordeaba la costa de Negeri Sembilan. Con la capota bajada y la cálida brisa del mar en la cara, Rachel empezó a sentirse más tranquila de lo que se había sentido desde su llegada a Asia. El trauma de los últimos días se iba disipando y, por fin, parecía como si de verdad estuviesen de vacaciones juntos. Le encantaba la naturaleza de aquellas carreteras secundarias, los rústicos caseríos junto al mar que parecían no haber cambiado con el tiempo, el aspecto de Nick con la barba incipiente y el viento removiéndole el pelo. Unos cuantos kilómetros al norte de Port Dickson, Nick tomó un camino de tierra con una densa vegetación tropical, y cuando Rachel miró hacia el campo pudo entrever kilómetros y kilómetros de árboles plantados de forma uniforme.

—¿Qué son esas filas de árboles tan perfectas? —preguntó Rachel.

—Caucho. Estamos rodeados de plantaciones de caucho —le explicó Nick. Se detuvieron en un lugar junto a la playa, salieron del coche, se quitaron las sandalias y caminaron por la arena caliente. Había familias malayas desperdigadas por la playa comiendo y los coloridos pañuelos de las cabezas de las mujeres se agitaban con el viento mientras se movían afanosas entre recipientes de comida y niños que estaban más interesados en divertirse con las olas. Era un día nuboso y el mar era un tapiz verde oscuro salpicado de manchas azul celeste donde rompían las olas.

Una mujer malaya y su hijo se acercaron a ellos con una nevera de poliestireno azul y blanca. Nick empezó a hablar animadamente con la mujer y le compró dos bultos de su iglú antes de agacharse a preguntarle algo al niño. Este asintió con entusiasmo y salió corriendo mientras Nick buscaba un lugar sombreado bajo las ramas largas y bajas de un mangle.

Le dio a Rachel un paquete aún caliente de hoja de banana atado con una cuerda.

—Prueba el plato más popular de Malasia, el *nasi lemak* —dijo. Rachel desató la cuerda y la brillante hoja de banana se abrió para mostrar un montón de arroz bien compacto rodeado de rodajas de pepino, diminutas anchoas fritas, cacahuetes tostados y un huevo duro.

—Pásame un tenedor —dijo Rachel.

—No hay tenedores. Con esto te convertirás en nativa. ¡Usa los dedos! —contestó Nick con una sonrisa.

—Estás de broma, ¿no?

—No, es la forma tradicional. Los malayos creen que la comida sabe mucho mejor cuando la comes con las manos. Solo usan la mano derecha para comer, por supuesto. La izquierda la usan para cuestiones que es mejor no comentar.

—Pero no me he lavado las manos, Nick. No creo que pueda comérmelo así —protestó Rachel con cierto tono de alarma.

—Vamos, señorita obsesiva. Atrévete —bromeó Nick. Cogió un poco de arroz con los dedos y empezó a comerse el *nasi lemak* con fruición.

Rachel se metió cautelosa un poco de arroz en la boca y, al instante, miró con una sonrisa.

—¡Mmm! ¡Es arroz de coco!

—Sí, pero aún no has llegado a la mejor parte. ¡Mete los dedos un poco más hondo!

Rachel metió los dedos en el arroz y descubrió una salsa de curry que sobresalía por el centro junto con grandes trozos de pollo.

—Dios mío —dijo—. ¿Sabe así de bien por tener todos estos sabores distintos o porque estamos comiéndolo en esta preciosa playa?

—Yo creo que es por tus manos. Esas manos tuyas tan sucias le dan a la comida todo el sabor de más —contestó Nick.

—¡Estoy a punto de darte una bofetada con mis asquerosas manos de curry! —le reprendió Rachel. Justo cuando estaba terminando su último bocado, el niño de antes volvió corriendo con dos bolsas de bebidas de plástico transparente llenas de trozos de hielo con zumo de caña de azúcar recién exprimida. Nick cogió las bebidas de las manos del niño y le dio un billete de diez dólares. «*Kamu anak yang baik*»*, dijo dándole una palmadita al niño en el hombro. Los ojos del niño se abrieron de

* En malayo, «Buen chico».

par en par con expresión de alegría. Metió el dinero en el interior de la goma de sus pantalones de fútbol y se fue corriendo a enseñarle a su madre el dinero que le acababa de caer del cielo.

—Nunca dejas de sorprenderme, Nicholas Young. ¿Por qué no sabía que hablabas malayo? —preguntó Rachel.

—Solo unas cuantas palabras básicas. Lo suficiente para pedir comida —contestó Nick con modestia.

—Esa conversación que has mantenido antes no me ha parecido muy básica —insistió Rachel mientras daba un sorbo a su dulce caña de azúcar con una fina pajita rosa metida por una esquina de la bolsa de plástico.

—Créeme, estoy seguro de que esa señora ha debido de sentir escalofríos al escuchar mi gramática —dijo él encogiéndose de hombros.

—Lo estás haciendo otra vez, Nick.

—¿El qué?

—Estás con esa autocrítica tan fastidiosa.

—No sé bien a qué te refieres.

Rachel soltó un suspiro de exasperación.

—Dices que no hablas malayo cuando yo te oigo parlotearlo. Dices «bah, esta vieja casa» cuando estamos en un maldito palacio. ¡Le restas importancia a todo, Nick!

—Ni siquiera soy consciente de que lo hago —contestó él.

—¿Por qué? Es decir, lo minimizas todo hasta el punto de que tus padres ni siquiera saben lo bien que te está yendo en Nueva York.

—Supongo que es por la forma en que me educaron.

—¿Crees que es porque tu familia es muy rica y tú tienes que compensarlo siendo extremadamente modesto? —sugirió Rachel.

—Yo no lo diría así. Simplemente me enseñaron a hablar con precisión y no ser nunca pretencioso. Además, no somos tan ricos.

—Entonces, ¿qué es lo que sois exactamente? ¿Vuestro patrimonio asciende a cientos de millones o a miles de millones?

La cara de Nick empezó a ponerse roja, pero Rachel no se detuvo.

—Sé que te hace sentir incómodo, Nick, pero es por eso por lo que te estoy provocando. Me dices una cosa pero después oigo a otras personas hablar como si toda la economía asiática girara en torno a tu familia y tú fueras como el heredero al trono. Soy economista, por Dios bendito, y si me van a acusar de ser una cazafortunas me gustaría saber qué es lo que se supone que estoy cazando —dijo Rachel sin rodeos.

Nick toqueteaba nervioso lo que le quedaba de su hoja de banana. Desde que podía recordar, le habían metido en la cabeza que hablar de la riqueza de la familia estaba prohibido. Pero era justo que Rachel supiera en dónde se estaba metiendo, sobre todo si él iba (dentro de muy poco tiempo) a pedirle que aceptara el anillo de diamantes canarios que guardaba en el bolsillo derecho de sus pantalones cortos.

—Sé que esto puede parecer una estupidez, pero la verdad es que no sé de verdad a cuánto asciende la riqueza de mi familia —empezó a explicarle Nick vacilante—. Mis padres viven muy bien, sobre todo por la herencia que recibió mi madre de sus padres. Y yo tengo unas rentas que no están nada mal, principalmente de acciones que me dejó mi abuelo. Pero no tenemos el tipo de dinero que tienen las familias de Colin o de Astrid, ni mucho menos.

—Pero ¿y tu abuela? Es decir, Peik Lin dice que Tyersall Park debe de valer cientos de millones solo por el terreno.

—Mi abuela siempre ha vivido así, por lo que solo puedo suponer que su patrimonio es importante. Tres veces al año, el señor Tay, un anciano del banco de la familia, viene a Tyersall Park en el mismo Peugeot marrón que lleva conduciendo desde que yo nací para visitar a mi abuela. Se reúnen a solas y es el único momento en que sus damas de compañía tienen que salir de la habitación. Así que jamás se me ha pasado por la cabeza preguntarle cuánto dinero tiene.

—¿Y tu padre no te ha hablado nunca de ello?

—Mi padre no ha mencionado el asunto del dinero ni una sola vez. Probablemente sepa aún menos que yo. ¿Sabes? Cuando siempre ha habido dinero en tu vida, no le dedicas mucho tiempo de tus pensamientos.

Rachel trató de asimilar esa idea.

—Entonces, ¿por qué piensan todos que tú vas a terminar heredándolo todo?

Nick se puso en tensión.

—Esto es Singapur y los ricos ociosos pasan todo el tiempo chismorreando sobre el dinero de la gente. Quién tiene cuánto, quién ha heredado tanto, quién ha vendido su casa por cuánto. Pero todo lo que se dice de mi familia es pura especulación. La cuestión es que nunca he dado por supuesto que algún día seré el único heredero de una gran fortuna.

—Pero sí debes de haber sido consciente de que eras distinto —dijo Rachel.

—Bueno, he pensado que era distinto porque vivía en esa casa vieja y grande con todos esos rituales y tradiciones, pero nunca he creído que tuviese nada que ver con el dinero. Cuando eres niño, te preocupa más saber cuántas tartaletas de piña te permiten comer o dónde cazar los mejores renacuajos. No he crecido con un sentimiento de privilegio, como muchos de mis primos. Al menos, eso espero.

—No me habría sentido atraída por ti si fueses por ahí actuando como un capullo ostentoso —afirmó Rachel. Mientras volvían al coche, ella le pasó la mano por la cintura—. Gracias por abrirte. Sé que no ha sido fácil para ti hablar de estas cosas.

—Quiero que lo sepas todo sobre mí, Rachel. Siempre lo he querido. Y, de hecho, por eso es por lo que te he invitado a venir aquí. Siento haberte hecho pensar que no estaba siendo comunicativo. Solo creía que no era relevante hablar de estas cuestiones económicas. Es decir, en Nueva York nada de esto resulta importante en nuestra vida, ¿no?

Rachel hizo una pausa antes de responder.

—No lo es, sobre todo ahora que entiendo mejor a tu familia. Solo necesitaba estar segura de que eres la misma persona de la que me enamoré en Nueva York, eso es todo.

—¿Y lo soy?

—Eres mucho más atractivo ahora que sé que estás forrado.

Nick se rio y apretó a Rachel entre sus brazos para darle un largo beso.

—¿Lista para cambiar a un escenario completamente distinto? —preguntó dándole un beso en el mentón y, después, bajando por su garganta.

—Creo que estoy lista para coger una habitación. ¿Algún hostal cerca? —susurró Rachel con los dedos aún enredados en el pelo de él para que no parara de besarla.

—No creo que haya por aquí ninguno en el que te gustaría entrar. Vamos rápido a Cameron Highlands antes de que oscurezca. Está solo a unas tres horas. Y después podremos retomarlo donde lo hemos dejado en la cama con dosel más enorme que hayas visto en tu vida.

Cumplieron con el horario previsto por la autopista E1, pasando por la capital de Kuala Lumpur en dirección a Ipoh. Cuando llegaron a la ciudad de Tapah —la entrada a las Cameron Highlands— Nick tomó el pintoresco y viejo camino y empezaron a ascender por la montaña. El coche subió la pronunciada pendiente con Nick solventando con destreza los giros y curvas y tocando el claxon en cada punto ciego.

Nick estaba deseando llegar a la casa antes de la puesta de sol. Había avisado con antelación para dar instrucciones explícitas a Rajah, el mayordomo. Iba a haber velas dentro de bolsas de papel blancas a lo largo del camino hasta el mirador que había al final del jardín y una mesa con champán frío y mangostanes frescos al lado del banco de madera tallado donde podrían sentarse a disfrutar de la vista panorámica. Después, justo cuando el sol se estuviera escondiendo tras las colinas y miles de pájaros tropicales bajaran para introducirse en las copas de los árboles, él se pondría sobre una rodilla y le pediría a Rachel que fuese su mujer. Se preguntó cuál era la rodilla sobre la que había que apoyarse. ¿La derecha o la izquierda?

Mientras tanto, Rachel se descubrió agarrada con fuerza a la hebilla de su cinturón de seguridad mientras miraba por la ventanilla las escarpadas pendientes que caían por los barrancos.

—Oye, no tengo ninguna prisa por morir —dijo ansiosa.

—Solo voy a cincuenta kilómetros por hora. No te preocupes, puedo conducir por esta carretera con los ojos vendados. Venía aquí casi todos los fines de semana durante las vacaciones de verano. Además, ¿no crees que sería una glamurosa forma de morir, cayendo por la ladera de una montaña en un Jaguar clásico descapotable? —se burló Nick tratando de suavizar la tensión.

—Si no te importa, yo preferiría vivir unos días más. Y preferiría que fuese en un viejo Ferrari, como James Dean —bromeó Rachel.

—Lo cierto es que fue en un Porsche.

—¡Sabelotodo!

Las curvas cerradas dieron pronto lugar a una vista sobrecogedora de verdes colinas que se ondulaban salpicadas de llamativas franjas de color. A lo lejos, Rachel pudo distinguir huertos de flores a lo largo de las laderas junto con pequeñas y pintorescas cabañas.

—Esto es el valle de Bertam —dijo Nick moviendo la mano en el aire—. Estamos a unos mil doscientos metros sobre el nivel del mar. En la época colonial era aquí donde los oficiales británicos venían para huir del calor tropical.

Justo después de pasar por la ciudad de Tanah Rata, entraron en un estrecho camino privado que serpenteaba elevándose por una frondosa colina. Después de otra curva apareció de repente una mansión de estilo Tudor sobre un altozano.

—Creía que habías prometido que no ibas a llevarme a ningún hotel de lujo —dijo Rachel con cierto tono de reprimenda.

—Esto no es un hotel, es la casa de verano de mi abuela.

—¿Por qué no me sorprende? —preguntó Rachel mirando el precioso edificio. La casa no era ni mucho menos tan grande como Tyersall Park, pero sí que tenía un aspecto majestuoso con sus tejados a dos aguas y sus vigas de madera en blanco y negro. Toda la casa estaba iluminada con luces que salían de las ventanas batientes—. Parece que nos están esperando —añadió.

—Les he avisado con tiempo para que prepararan nuestra llegada. Hay servicio que trabaja aquí todo el año —contestó Nick. La casa estaba situada en mitad de una suave pendiente con un largo sendero de piedras que llevaba a la entrada principal. Su fachada estaba cubierta en parte con hiedra y glicinias y a ambos lados de la cuesta había rosales que crecían casi hasta la altura de los ojos.

Rachel soltó un suspiro mientas pensaba que nunca en su vida había visto un refugio de montaña tan romántico.

—¡Qué rosas tan enormes!

—Son unas rosas especiales que solo crecen en este clima. ¿No te resulta embriagador su olor? —Nick parloteaba nervioso. Sabía que estaba a pocos minutos de vivir uno de los momentos fundamentales de su vida.

Un joven mayordomo malayo ataviado con una camisa de vestir blanca inmaculada metida en un *sarong* de dibujos grises abrió la puerta e hizo una elegante reverencia con la cabeza. Nick se preguntó dónde estaría Rajah, el mayordomo de siempre. Rachel entró en el vestíbulo y sintió como si le hubiesen transportado de nuevo a otra época, a la Malasia colonial de una novela de Somerset Maugham, quizá. Entre los bancos de madera de estilo Raj británico del vestíbulo se intercalaban cestos de mimbre llenos de camelias recién cortadas, unos faroles de mica colgaban de las paredes cubiertas de caoba y una larga y desgastada alfombra de seda de Tianjin dirigía los ojos hacia las puertas francesas y la majestuosa vista de las montañas.

—Eh..., antes de enseñarte el resto de la casa, vamos..., eh..., a ver el atardecer —dijo Nicky sintiendo que la garganta se le secaba ante la expectativa. Llevó a Rachel por el vestíbulo y extendió la mano hacia el pomo de las puertas que se abrían a la terraza. Entonces, de repente, se detuvo. Pestañeó unas cuantas veces para asegurarse de que no estaba alucinando. En el borde del extenso césped arreglado y fumando un cigarro estaba Ahmad, el chófer de su madre.

—¡Joder! —susurró Nick.

—¿Qué? ¿Qué pasa? —preguntó Rachel.

—Creo que tenemos compañía —murmuró Nick con tono pesimista. Dio la vuelta y se dirigió a la sala de estar que había al otro lado del vestíbulo. Asomó la cabeza y sus sospechas quedaron confirmadas. En efecto, en el sofá de cretona con dibujos florales frente a la puerta estaba sentada su madre, que le lanzó una mirada bastante triunfante cuando él entró en la habitación. Estaba a punto de decir algo cuando su madre anunció, quizá con demasiada alegría:

—¡Ah, mira, mamá, han llegado Nick y Rachel!

Rachel se dio la vuelta. Sentada en el sillón enfrente de la chimenea estaba la abuela de Nick, envuelta en un chal de cachemir bordado mientras una de las damas de compañía tailandesas le servía una taza de té.

—Ah Ma, ¿qué haces aquí? —preguntó Nick sorprendido.

—He recibido una noticia inquietante y hemos venido corriendo —respondió Su Yi en mandarín, hablando con tono pausado y decidido.

A Nick siempre le desconcertaba cuando su abuela le hablaba en mandarín. Lo asociaba con ese dialecto especial de las regañinas de su infancia.

—¿Qué noticia? ¿Qué ha pasado? —preguntó Nick preocupándose.

—Pues me han dicho que has huido corriendo a Malasia y que tienes la intención de pedirle a esa chica que se case contigo —contestó Su Yi sin molestarse en mirar a Rachel.

Rachel apretó los labios, sorprendida y emocionada al mismo tiempo.

—Tenía pensado darle una sorpresa a Rachel, pero supongo que ya la habéis echado a perder —contestó Nick con un resoplido, mirando a su madre.

—No importa, Nicky —dijo su abuela sonriendo—. Yo no te doy permiso para que te cases con ella. Ahora, dejemos esta tontería y volvamos a casa. No quiero quedarme a cenar aquí si la cocinera no ha preparado nada para mí como es debido. Estoy segura de que no ha comprado pescado fresco.

Rachel se quedó boquiabierta.

—Ah Ma, siento no tener tu bendición, pero eso no cambia las cosas. Tengo la intención de casarme con Rachel si ella me acepta —dijo Nick con tono calmado y mirando a Rachel con ojos esperanzados.

—No digas tonterías. Esta chica no viene de una buena familia —protestó Su Yi.

Rachel notó cómo la cara se le enrojecía.

—Ya he oído bastante —susurró con voz temblorosa mientras se daba la vuelta para salir de la habitación.

—No, Rachel, no te vayas, por favor —dijo Nick agarrándola del brazo—. Necesito que oigas esto. Ah Ma, no sé qué historias te habrán contado, pero he conocido a la familia de Rachel y me gusta mucho. Sin duda, me han brindado muchísima más cortesía, cariño y respeto que los que nuestra familia le ha mostrado a Rachel.

—Claro que te respetan. Al fin y al cabo, eres un Young —dijo Su Yi.

—¡No puedo creer que hayas dicho eso! —gruñó Nick.

Eleanor se puso de pie y se acercó a Rachel, mirándola a los ojos.

—Rachel, estoy segura de que eres una buena chica. Debes saber que te estoy haciendo un favor. Con tus antecedentes, serías muy infeliz en esta familia...

—¡Dejad de insultar a la familia de Rachel cuando ni siquiera la conocéis! —estalló Nick. Puso el brazo sobre el hombro de Rachel—. ¡Vámonos de aquí!

—¿Has conocido a su familia? —dijo Eleanor a sus espaldas.

Nick volvió a girarse con el ceño fruncido.

—Sí, he estado muchas veces con la madre de Rachel y he pasado el día de Acción de Gracias en casa de su tío en California, donde pude conocer a muchos de sus parientes.

—¿Incluso a su padre? —preguntó Eleanor levantando una ceja.

—El padre de Rachel murió hace mucho tiempo, ya lo sabes —contestó Nick con impaciencia.

—Bueno, esa historia resulta muy oportuna, ¿verdad? Pero te aseguro que está muy vivo —respondió Eleanor.

—¿Qué? —preguntó Rachel confundida.

—Rachel, deja de fingir, *lah.* Lo sé todo sobre tu padre...

—¿Qué?

—¡Uy, mira qué bien actúa! —Eleanor retorció la cara con gesto de burla—. ¡Sabes tan bien como yo que tu padre sigue vivo!

Rachel miró a Eleanor como si estuviese hablando con una demente.

—Mi padre murió en un terrible accidente en una fábrica cuando yo tenía dos años. Por eso me llevó mi madre a Estados Unidos.

Eleanor se quedó mirando a la chica un momento, tratando de averiguar si estaba haciendo la mejor actuación de su vida o si decía la verdad.

—Pues siento ser yo quien te dé la primicia, Rachel. Tu padre no murió. Está en una cárcel a las afueras de Shenzhen. Yo misma fui a verle hace unas semanas. El hombre se estaba pudriendo tras unos barrotes oxidados, ¡pero aun así tuvo el coraje de exigir una enorme dote por ti!

Eleanor sacó un sobre de papel manila, el mismo sobre que le había entregado el investigador en Shenzhen. Colocó tres papeles sobre la mesita. Uno era una copia del certificado de nacimiento de Rachel. El siguiente era un recorte de prensa de 1992 que hablaba del encarcelamiento de un hombre llamado Zhou Fang Min, después de que ordenara unas medidas de recortes ilegales que tuvieron como resultado un accidente en una construcción donde murieron setenta y cuatro obreros de Shenzhen (ÚLTIMAS NOTICIAS SOBRE LA TRAGEDIA DE LA URBANIZACIÓN DE HUO PENG: ¡EL MONSTRUO POR FIN ESTÁ ENTRE REJAS!, decía el titular). El tercero era una nota de una recompensa emitida por la familia Zhou por devolver sano y salvo un bebé llamado Zhou An Mei que había sido secuestrado por su madre, Kerry Ching, en 1981.

Nick y Rachel dieron unos pasos hacia la mesa y miraron los papeles con asombro.

—¿Qué demonios has hecho, mamá? ¿Has mandado que investiguen a la familia de Rachel? —Nick derribó de una patada la mesita.

La abuela de Nick meneó la cabeza mientras daba sorbos a su té.

—¡Es imposible querer casarse con una chica que tiene una familia así! Madri, este té necesita un poco más de azúcar.

Nick estaba furioso.

—¡Ah Ma, he tardado veinte años, pero por fin entiendo por qué papá se mudó a Sídney! ¡No soporta estar a vuestro lado!

Su Yi dejó la taza de té, sorprendida por lo que acababa de decir su nieto favorito.

Rachel agarró la muñeca de Nick con fuerza. Él jamás iba a olvidar la mirada de desolación que vio en su cara.

—Creo..., necesito aire —balbuceó antes de caer sobre el carrito de mimbre del té.

14

El número 64 de Pak Tin Street

Hong Kong

El apartamento no era el nidito de amor que Astrid se había imaginado. La sala de estar era diminuta, con un sofá de vinilo verde, tres sillas de madera y cestos de plástico azul brillante llenos de juguetes que ocupaban un lado de la habitación. Solo los sonidos amortiguados de un vecino ensayando la *Balada para Adelina* en un teclado eléctrico invadían el silencio. Astrid estaba en medio del estrecho espacio preguntándose cómo podía su vida haberse convertido en esto. ¿Cómo había llegado hasta el punto en que su marido había decidido huir a ese triste cuarto de juegos?

—No me puedo creer que hayas acudido a los hombres de tu padre para localizarme —murmuró Michael con desprecio a la vez que se sentaba en el sofá apoyando los brazos en el respaldo.

—Mi padre no tiene nada que ver con esto. ¿No puedes imaginarte que yo tenga mis propios recursos? —dijo Astrid.

—Estupendo. Tú ganas —contestó Michael sin expresión.

—Así que aquí es donde has estado viniendo. ¿Es aquí donde vive tu amante? —se atrevió por fin Astrid a preguntar.

—Sí —contestó Michael tajante.

Astrid se quedó un momento en silencio. Cogió un pequeño elefante de peluche de uno de los cestos y lo apretó. El elefante emitió un amortiguado rugido electrónico.

—¿Y estos son los juguetes de tu hijo?

Michael vaciló un momento.

—Sí —respondió por fin.

—¡CABRÓN! —gritó Astrid lanzándole el elefante con todas sus fuerzas. El elefante rebotó en su pecho y Astrid se dejó caer sobre el suelo, temblando mientras su cuerpo se retorcía entre fuertes sollozos.

—No..., no me importa... a quién te folles..., pero ¿cómo has podido hacerle esto... a nuestro hijo? —balbuceó entre lágrimas.

Michael se inclinó hacia delante y enterró la cabeza entre sus manos. No podía soportar verla así. Por mucho que deseara acabar con ese matrimonio, no podía seguir haciéndole daño. Las cosas se habían descontrolado y había llegado la hora de sincerarse. Se levantó del sofá y se agachó al lado de ella.

—Escúchame, Astrid —empezó a decir colocando un brazo sobre su hombro. Astrid dio una sacudida hacia atrás y le apartó el brazo—. Escúchame. El niño no es hijo mío, Astrid.

Astrid levantó los ojos hacia él, sin apenas entender qué decía.

Michael miró a Astrid directamente a los ojos.

—Ni es mi hijo ni hay ninguna amante.

Astrid frunció el ceño.

—¿Qué quieres decir? Sé que había aquí una mujer. Incluso la he reconocido.

—La has reconocido porque es mi prima. Jasmine Ng. Su madre es mi tía y el niño es su hijo.

—Entonces..., ¿con quién has tenido una aventura? —preguntó Astrid, más confundida que nunca.

—¿No lo entiendes? Todo ha sido una mentira, Astrid. Los mensajes, los regalos... ¡Todo! Todo es falso.

—¿Falso? —susurró Astrid consternada.

—Sí, lo he simulado todo. Bueno, salvo lo de la cena en Petrus. Llevé a Jasmine como regalo. Su marido ha estado en Dubái trabajando y ella lo ha pasado mal valiéndose por sí sola.

—No me lo puedo creer... —dijo Astrid con la voz entrecortada por el asombro.

—Lo siento, Astrid. Ha sido una estupidez pero creía que no tenía otra opción.

—¿Otra opción? ¿Qué quieres decir?

—Pensaba que era mucho mejor que tú quisieras dejarme a que yo te pidiera el divorcio. Prefería que me tacharan de cabrón adúltero con un hijo ilegítimo para que tú pudieras..., para que tu familia guardara las apariencias —dijo Michael con voz afligida.

Astrid lo miraba incrédula. Por un momento, se quedó completamente inmóvil mientras su mente repasaba todo lo que había sucedido en los últimos meses. Después, habló:

—Creía que me estaba volviendo loca... Quería creer que tenías una aventura, pero mi corazón no paraba de decirme que nunca me harías algo así. Que no era ese el hombre con el que me había casado. Estaba muy confusa, con sentimientos tan dispares que es eso lo que de verdad ha hecho que fuera tan doloroso. Habría podido soportar una aventura o una amante, pero me parecía que había algo más. Había algo que me corroía. Por fin empieza a tener sentido.

—Nunca he querido que pasara esto —dijo Michael en voz baja.

—Entonces, ¿por qué? ¿Qué es lo que he hecho que te haga sentir tan mal? ¿Qué es lo que te ha llevado a que te esforzaras tanto por fingir una aventura?

Michael suspiró con fuerza. Se levantó del suelo y se apoyó en una de las sillas de madera.

—Es que nunca ha funcionado, Astrid. Nuestro matrimonio. No ha funcionado desde el primer día. Nos lo pasamos bien saliendo, pero no debimos casarnos. No estábamos hechos el uno para el otro, pero los dos nos dejamos llevar por el momento y..., afrontémoslo, por el sexo..., y antes de darme cuenta de lo que estaba pasando estábamos delante del sacerdote. Pensé: «Qué narices, esta es la chica más guapa que he conocido en mi vida. Jamás volveré a ser tan afortunado». Pero llegó la hora de la verdad... y las cosas se pusieron difíciles. Ha ido a peor año tras año y yo me he esforzado, de verdad que me he esforzado, Astrid, pero no puedo seguir soportándolo. Tú no tienes ni idea de lo que es estar casado con Astrid Leong. No contigo, Astrid, sino con la idea que todos tienen de ti. Jamás podré estar a la altura.

—¿Qué quieres decir? Sí que has estado a la altura...

—En Singapur, todos piensan que me casé contigo por tu dinero, Astrid.

—¡Te equivocas, Michael!

—¡No! ¡Es que tú no lo ves! Pero yo no puedo soportar una cena más en Nassim Road o en Tyersall Park con otro ministro de Economía, otro genial artista al que no entiendo u otro magnate que tiene todo un maldito museo que lleva su nombre, sintiéndome como un simple trozo de carne. Para ellos, yo siempre soy «el marido de Astrid». Y esas personas..., tu familia, tus amigos..., se quedan mirándome con un dictamen. Todos piensan: «Vaya, podría haberse casado con un príncipe, un presidente. ¿Por qué se casó con este *Ah Beng** de Toa Payoh?».

—¡Son imaginaciones tuyas, Michael! ¡En mi familia todos te adoran! —protestó Astrid.

---

* Término despectivo en hokkien para un joven de clase baja que carece de educación o gusto.

—¡Eso es mentira y lo sabes! ¡Tu padre trata a su puto *caddie* de golf mejor que a mí! Sé que mis padres no hablan el inglés estándar, que no me crie en una gran mansión de Bukit Timah y que no fui alumno de la ACS o Americanos Capullos Soplapollas, como la llamábamos nosotros, pero no soy un fracasado, Astrid.

—Por supuesto que no.

—¿Sabes cómo me siento cuando me tratan como a un puto empleado del servicio técnico a todas horas? ¿Sabes cómo me siento cuando tengo que visitar a tus parientes cada Año Nuevo Chino en sus increíbles casas para llevarte después conmigo a los diminutos pisos de mi familia en Tampines o Yishun?

—A mí nunca me ha importado, Michael. A mí me gusta tu familia.

—Pero a tus padres no. Piénsalo..., en los cinco años que llevamos casados, mis padres no han sido invitados ni una vez, ni una, a cenar en casa de tus padres.

Astrid se quedó pálida. Era verdad. ¿Cómo no se había dado cuenta? ¿Cómo había sido tan desconsiderada su familia?

—Reconócelo, Astrid, tus padres jamás respetarán a mi familia igual que respetan a las familias de las mujeres de tus hermanos. No somos las poderosas familias Tan, Kah o Kee. Somos los Teo. Y la verdad es que no puedes culpar a tus padres. Nacieron así. No está en su ADN relacionarse con gente que no sea de su clase, con nadie que no sea rico o aristócrata de nacimiento.

—Pero tú vas a conseguirlo, Michael. Mira lo bien que le va a tu empresa —dijo Astrid con tono alentador.

—Mi empresa... ¡Ja! ¿Quieres saber una cosa, Astrid? El diciembre pasado, cuando mi empresa por fin cubrió pérdidas e hicimos nuestro primer reparto de beneficios, yo recibí una bonificación de doscientos treinta y ocho mil dólares. Por un minuto, por un minuto entero, fui muy feliz. Era más dinero del que había ganado nunca. Pero, entonces, lo pensé..., me di cuenta de que por mucho que trabajara, por mucho que me partiera el lomo todo el día, jamás iba a ganar tanto dinero en toda mi vida como el que tú recibes en un solo mes.

—Eso no es verdad, Michael. ¡No es verdad! —gritó Astrid.

—¡No me trates con condescendencia! —estalló Michael furioso—. Sé cuál es tu asignación. ¡Sé cuánto te cuestan esos vestidos de París! ¿Sabes cómo me siento al darme cuenta de que mi triste bonificación de doscientos mil dólares no sirve siquiera para pagar uno de tus vestidos? ¿Y que nunca voy a poder darte el tipo de casa en que te criaste?

—Yo soy feliz en la casa en la que vivimos, Michael. ¿Me he quejado alguna vez?

—Conozco todas tus propiedades, Astrid. Todas.

—¿Quién te ha hablado de ellas? —preguntó Astrid sorprendida.

—Tus hermanos.

—¿Mis hermanos?

—Sí, tus queridos hermanos. Nunca te he contado lo que pasó cuando nos prometimos. Tus hermanos me llamaron un día para invitarme a comer y aparecieron todos. Henry, Alex e incluso Peter, que vino de Kuala Lumpur. Me invitaron a ese club pijo de Shenton Way del que son miembros, me metieron en uno de los comedores privados y me sentaron. A continuación, me enseñaron una de tus cuentas. Solo una. Dijeron: «Queremos que eches un vistazo a la situación financiera de Astrid para que te hagas una idea de lo que ganó el año pasado». Y luego, Henry me dijo, y jamás lo olvidaré: «Todo lo que tiene Astrid está custodiado por el mejor equipo de abogados del mundo. Nadie que no pertenezca a la familia Leong se beneficiará de su dinero ni podrá controlarlo. Ni si se divorcia ni si se muere. Hemos pensado que debías saberlo, colega».

Astrid estaba horrorizada.

—¡No me lo puedo creer! ¿Por qué no me lo dijiste?

—¿De qué habría servido? —contestó Michael con amargura—. ¿No lo ves? Desde el primer día tu familia no se fio de mí.

—No tienes por qué volver a pasar siquiera un minuto más con mi familia, te lo prometo. Voy a hablar con mis hermanos. Voy a mandarlos a la mierda. Y nadie te volverá a pedir que recuperes su disco duro ni que vuelvas a programar sus cavas de vinos, te lo prometo. Pero, por favor, no me dejes —le suplicó con lágrimas cayéndole por las mejillas.

—Astrid, lo que dices no tiene sentido. Yo jamás desearía separarte de tu familia. Toda tu vida gira en torno a ellos. ¿Qué harías si no fueses al *mahjong* del miércoles con tu tía Rosemary, a las cenas de los viernes en casa de tu Ah Ma y a la noche de cine del Pulau Club con tu padre?

—Puedo prescindir de eso. ¡Puedo dejar todas esas cosas! —gritó Astrid enterrando la cara en el regazo de él y agarrándolo con fuerza.

—Yo no quiero que lo hagas. A la larga, serás más feliz sin mí. Yo solo te estoy reteniendo.

—Pero ¿qué pasa con Cassian? ¿Cómo puedes abandonar así a nuestro hijo?

—No lo voy a abandonar. Seguiré pasando tanto tiempo con él como me permitas. ¿No lo entiendes? Si alguna vez tengo que marcharme, este es el momento perfecto, antes de que Cassian sea lo suficientemente mayor como para que le afecte. Nunca dejaré de ser un buen padre para él, pero no puedo seguir casado contigo. No quiero seguir viviendo en tu mundo. Nunca podré estar a la altura de tu familia y no quiero seguir sintiéndome molesto contigo por ser quien eres. Cometí un terrible error, Astrid. Por favor, por favor, deja que me vaya —dijo con la voz entrecortada por la emoción.

Astrid levantó la mirada hacia Michael y se dio cuenta de que era la primera vez que lo había visto llorar.

15

Villa d'Oro

Singapur

Peik Lin tocó suavemente a la puerta.

—Entra —dijo Rachel.

Peik Lin entró en el dormitorio con cautela, con una bandeja dorada cubierta por un cuenco de loza.

—Nuestra cocinera te ha preparado un *pei daan zhook*[*].

—Por favor, dale las gracias de mi parte —contestó Rachel sin mucho interés.

—Puedes quedarte aquí todo el tiempo que quieras, Rachel, pero tienes que comer —dijo Peik Lin mirando el rostro demacrado de Rachel y los círculos oscuros debajo de sus ojos, hinchados de tanto llorar.

—Sé que tengo un aspecto horrible, Peik Lin.

—Nada que un buen tratamiento facial no pueda arreglar. ¿Por qué no me dejas que te lleve a un spa? Conozco un lugar estupendo en Sentosa que tiene...

—Gracias, pero no creo que esté preparada todavía. Quizá mañana.

---

* En cantonés, «arroz *congee* con huevo centenario».

—Vale, mañana —gorjeó Peik Lin. Rachel llevaba toda la semana diciendo lo mismo, pero no había salido de la habitación ni una sola vez.

Cuando Peik Lin salió, Rachel cogió la bandeja y la dejó contra la pared al lado de la puerta. Llevaba varios días sin apetito, desde la noche que había salido huyendo de Cameron Highlands. Después de desmayarse en la sala de estar delante de la madre y la abuela de Nick, se había recuperado rápidamente gracias a la ayuda experta de las damas de compañía de Shang Su Yi. Cuando recuperó la conciencia, notó que una de las doncellas le daba con una toalla fría en la frente mientras que la otra le estaba haciendo reflexología en el pie.

—No, no. Déjenlo, por favor —susurró Rachel tratando de levantarse.

—No debes levantarte tan rápido —oyó que decía la madre de Nick.

—La chica tiene una constitución muy débil —oyó que murmuraba la abuela de Nick desde el otro lado de la habitación. La cara preocupada de Nick apareció por encima de ella.

—Por favor, Nick, sácame de aquí —le suplicó con voz débil. Nunca había estado tan desesperada por marcharse de un sitio. Nick la sujetó en sus brazos y la llevó hacia la entrada.

—¡No podéis iros ahora, Nicky! ¡Está demasiado oscuro como para bajar por la montaña con el coche, *lah*! —dijo Eleanor cuando salían.

—Eso deberías haberlo pensado antes de decidir hacer el papel de Dios en la vida de Rachel —respondió Nick con los dientes apretados.

Mientras bajaban por la serpenteante carretera alejándose de la casa, Rachel habló:

—No tienes por qué bajar la montaña esta noche. Déjame en esa ciudad por la que hemos pasado.

—Podemos ir adonde quieras, Rachel. ¿Por qué no nos alejamos de aquí y pasamos la noche en Kuala Lumpur? Podemos estar allí para las diez.

—No, Nick. No quiero seguir viajando. Necesito estar un tiempo a solas. Déjame en la ciudad.

Nick se quedó un momento en silencio, pensando con cuidado antes de responder.

—¿Qué vas a hacer?

—Quiero meterme en un hostal y acostarme, eso es todo. Solo quiero estar lejos de todos.

—No estoy seguro de que debas quedarte sola ahora.

—Por el amor de Dios, Nick, no soy una loca, no voy a rajarme las muñecas ni a tomarme un millón de barbitúricos. Solo necesito tiempo para pensar —respondió Rachel con brusquedad.

—Deja que me quede contigo.

—Necesito estar sola de verdad, Nick. —Sus ojos parecían vidriosos.

Nick sabía que se encontraba en un profundo estado de conmoción. Él mismo también lo estaba, así que no podía imaginarse lo que estaría pasando ella. Al mismo tiempo, le atormentaba una sensación de culpa, pues se sentía responsable del daño que le habían causado. Era culpa suya otra vez. En su intento por buscarle a Rachel un refugio de tranquilidad, la había llevado sin querer directa a un nido de víboras. Incluso le había metido la mano para que se la mordieran. ¡Su propia madre, joder! Quizá una noche a solas no le vendría mal.

—Hay una pequeña pensión en el valle de abajo que se llama Lakehouse. ¿Por qué no te llevo allí y te alquilo una habitación?

—Vale —respondió ella aturdida.

Condujeron en silencio durante la siguiente media hora. Nick no apartó en ningún momento los ojos de las peligrosas curvas mientras que Rachel miraba hacia la oscuridad a través de su ventanilla. Se detuvieron delante del Lakehouse poco después de las ocho. Era una encantadora casa de tejado de paja que parecía haber sido transportada directamente desde un prado inglés, pero Rachel estaba demasiado bloqueada como para fijarse en nada de eso.

Después de que Nick le reservara un dormitorio lujosamente decorado, encendiera los troncos de la chimenea de piedra y se despidiera de ella con un beso, prometiendo regresar a primera hora de la mañana, Rachel salió de la habitación y fue directa a la recepción.

—¿Puede hacer el favor de cancelar el pago con esa tarjeta de crédito? —le dijo al recepcionista del turno de noche—. No voy a necesitar la habitación, pero sí voy a querer un taxi.

Tres días después de su llegada a casa de Peik Lin, Rachel se agachó en el suelo del otro extremo de la habitación y reunió el coraje para llamar a su madre en Cupertino.

—Vaya, cuántos días sin tener noticias tuyas. ¡Debes de estar pasándotelo muy bien! —dijo Kerry Chu con tono alegre.

—Todo lo contrario.

—¿Por qué? ¿Qué ha pasado? ¿Os habéis peleado Nick y tú? —preguntó Kerry, preocupada por el extraño tono de su hija.

—Solo necesito saber una cosa, mamá: ¿sigue vivo papá?

Hubo una pausa al otro lado del teléfono.

—¿Qué quieres decir, hija? Tu padre murió cuando eras un bebé. Lo sabes.

Rachel clavó las uñas en la mullida alfombra.

—Voy a preguntártelo una vez más: ¿sigue vivo mi padre?

—No entiendo. ¿Qué es lo que te han dicho?

—Sí o no, mamá. ¡No me hagas perder el tiempo, joder! —estalló.

Kerry ahogó un grito ante la fuerte rabia de Rachel. Sonó como si estuviera en la habitación de al lado.

—Hija, tienes que tranquilizarte.

—¿Quién es Zhou Fang Min? —Ya estaba. Ya lo había dicho.

Hubo una larga pausa antes de que su madre respondiera nerviosa.

—Hija, tienes que dejar que te lo explique.

Pudo sentir los latidos de su corazón en las sienes.

—Así que es verdad. Está vivo.

—Sí, pero...

—¡Así que todo lo que me has contado durante toda mi vida es mentira! ¡UNA PUTA MENTIRA! —Rachel se apartó el teléfono de la cara y gritó sobre él, con las manos temblándole por la rabia.

—No, Rachel...

—Voy a colgar, mamá.

—No, no. ¡No cuelgues! —suplicó Kerry.

—¡Eres una mentirosa! ¡Una secuestradora! Me has impedido conocer a mi padre, a mi verdadera familia. ¿Cómo has podido hacerlo, mamá?

—No sabes lo odioso que era ese hombre. No sabes lo que sufrí.

—Esa no es la cuestión, mamá. Me has mentido. En lo más importante de mi vida. —Rachel se estremeció mientras empezaba a sollozar.

—¡No, no! No entiendes...

—Quizá si no me hubieses secuestrado, él no habría hecho esas cosas tan terribles que hizo. Quizá no estaría ahora en la cárcel. —Bajó los ojos a su mano y se dio cuenta de que estaba arrancando mechones de la alfombra.

—No, hija. Tuve que salvarte de él, de su familia.

—Ya no sé qué creer, mamá. ¿En quién puedo confiar ahora? Ni siquiera mi nombre es real. ¿CUÁL ES MI VERDADERO NOMBRE?

—¡Te cambié el nombre para protegerte!

—Ya no sé quién cojones soy.

—¡Eres mi hija! ¡Mi preciosa hija! —gritó Kerry con absoluta desesperación mientras estaba en su cocina de California y el corazón de su hija se rompía en algún lugar de Singapur.

—Tengo que dejarte ahora, mamá.

Colgó el teléfono y se arrastró hasta la cama. Se tumbó boca arriba y dejó que la cabeza le colgara por el borde. Puede que así el torrente de sangre dejara de golpetearle y acabara con el dolor.

La familia Goh acababa de sentarse a comer unos *poh piah* cuando Rachel entró en el comedor.

—¡Ahí está! —gritó Wye Mun con alegría—. Os dije que Jane Ear bajaría antes o después.

Peik Lin miró a su padre con una mueca mientras su hermano Peik Wing le corregía:

—Papá, en la novela, Jane Eyre era la institutriz, no la mujer que...

—*Ho lah, ho lah*[*], listillo, ya me has entendido —dijo Wye Mun con tono desdeñoso.

—Rachel, si no comes algo vas a desapalecel —la reprendió Neena.

Rachel miró la bandeja giratoria llena de docenas de pequeños platos de comida que parecían haber sido colocados al azar y se preguntó qué estaban comiendo.

---

* Expresión coloquial en hokkien que significa «Está bien».

—Desde luego, tía Neena. ¡Me muero de hambre!

—Así se habla —dijo Neena—. Ven, ven. Deja que te prepare uno. —Colocó una fina tortita de harina de trigo y cogió los platitos. Echó gambas, cangrejo, tortilla, chalotes, cilantro, ajo picado, salsa de chile y cacahuetes molidos sobre el relleno. Terminó con una generosa lluvia de salsa *hoisin* y dobló con destreza la tortita hasta convertirla en lo que parecía un enorme burrito abultado.

—¡Ahora..., *ziak*! —le ordenó la madre de Peik Lin.

Rachel empezó a tragarse vorazmente su *poh piah*, apenas sin saborear el jícama y la salchicha china del relleno. Había pasado una semana sin comer casi nada.

—¿Veis? ¡Mirad cómo sonríe! ¡No hay nada en el mundo que una buena comida no pueda arreglar! —dijo Wye Mun sirviéndose otra tortita.

Peik Lin se levantó de su silla y dio a Rachel un gran abrazo por la espalda.

—Me alegra tenerte de vuelta —dijo con los ojos humedecidos.

—Gracias. En realidad, tengo que daros las gracias a todos, desde lo más profundo de mi corazón, por dejarme acampar aquí durante tanto tiempo —añadió Rachel.

—¡Bah, yo soy feliz solo de velte comel de nuevo! —sonrió Neena—. ¡Ahola, ha llegado la hola de los helados de mango!

—¡Helado! —gritaron las nietas Goh con alegría.

—Has sufrido mucho, Rachel Chu. Me alegra que hayamos podido ayudarte —dijo Wye Mun asintiendo—. Puedes quedarte tanto tiempo como quieras.

—No, no, ya he abusado de vuestra hospitalidad —contestó Rachel sonriendo avergonzada mientras se preguntaba cómo podía haber estado tantos días encerrada en la habitación de invitados.

—¿Has pensado qué vas a hacer? —preguntó Peik Lin.

—Sí. Voy a volver a Estados Unidos. Pero antes... —Hizo una pausa para tomar aire—. Creo que tengo que ir a China. He decidido que, para bien o para mal, quiero conocer a mi padre.

Toda la mesa quedó en silencio durante un momento.

—¿Por qué tantas prisas? —preguntó Peik Lin con suavidad.

—Ya que estoy a este lado del planeta, ¿por qué no ir ahora a conocerlo? —dijo Rachel tratando de hacer que no pareciera tan importante.

—¿Vas a ir con Nick? —preguntó Wye Mun.

El rostro de Rachel se oscureció.

—No. Él es la última persona con la que quiero ir a China.

—Pero ¿vas a decírselo? —preguntó Peik Lin con delicadeza.

—Quizá... Aún no lo he decidido. No quiero vivir una recreación de *Apocalypse Now.* Ya me imagino encontrándome con mi padre por primera vez en mi vida y que, de repente, uno de los parientes de Nick aterrice con un helicóptero en medio del patio de la prisión. Seré feliz si no vuelvo a ver un avión particular, yate o coche de lujo el resto de mi existencia —sentenció con vehemencia Rachel.

—Muy bien, papá, cancela tu carné del club de *jets* privados —bromeó Peik Wing.

Todos los sentados a la mesa se rieron.

—Nick ha estado llamando todos los días, ¿lo sabes? —dijo Peik Lin.

—Estoy segura de que lo ha hecho.

—Ha sido bastante lamentable —le informó P. T.—. Al principio de que llegaras lo hacía cuatro veces al día, pero ha descendido a una sola por día. Ha venido dos veces con la esperanza de que le dejáramos entrar, pero los guardias le dijeron que se marchara.

Rachel sintió que se le caía el alma a los pies. Podía imaginar cómo se sentía Nick, pero, al mismo tiempo, no sabía cómo enfrentarse a él. De repente, se había convertido en un recuerdo de todo lo que había estado mal en su vida.

—Deberías verlo —sugirió Wye Mun con suavidad.

—No estoy de acuerdo, papá —intervino Sheryl, la mujer de Peik Wing—. Si yo fuera Rachel, no querría volver a ver a Nick ni a nadie de esa malvada familia. ¿Quiénes se creen que son, tratando de destrozar la vida de la gente?

—*Alamak*, ¿por qué hacer sufrir al pobre muchacho? ¡No es culpa suya que su madre sea una *chao chee bye*! —exclamó Neena. Toda la mesa estalló en carcajadas, salvo Sheryl, que hizo una mueca de desagrado mientras tapaba los oídos de sus hijas.

—¡Vamos, Sheryl, son demasiado jóvenes como para saber qué significa! —dijo Neena para tranquilizar a su nuera.

—¿Qué significa? —preguntó Rachel.

—Coño podrido —susurró P. T. con deleite.

—No, no, coño podrido maloliente —le corrigió Wye Mun. Todos volvieron a reír, Rachel incluida.

Tras recuperar la compostura, Rachel volvió a hablar:

—Supongo que debo verlo.

Dos horas después, Rachel y Nick estaban sentados en una mesa cubierta con una sombrilla junto a la piscina de Villa d'Oro, con el sonido del goteo de las fuentes doradas interrumpiendo el silencio. Rachel miraba las ondas de agua que reflejaban las teselas doradas y azules. No se atrevía a mirar a Nick. Resultaba curioso que lo que había sido el rostro más hermoso del mundo para ella se hubiese convertido en algo demasiado doloroso como para poder mirarlo. De repente, estaba callada, sin saber bien por dónde empezar.

Nick tragaba saliva nervioso.

—Ni siquiera sé cómo pedirte perdón.

—No hay nada que perdonar. No eres tú el responsable de esto.

—Sí que lo soy. He tenido mucho tiempo para pensarlo. Te he metido en una espantosa situación tras otra. Lo siento mucho, Rachel. He sido un tonto y un ignorante con respecto a mi familia. No tenía ni idea de lo loca que puede llegar a estar mi madre. Y siempre había pensado que mi abuela quería que yo fuera feliz.

Rachel miraba el vaso húmedo de té helado que tenía delante sin decir nada.

—Me alivia ver que estás bien. Estaba muy preocupado —dijo Nick.

—Los Goh me han cuidado muy bien —se limitó a contestar Rachel.

—Sí, he conocido antes a los padres de Peik Lin. Son encantadores. Neena Goh me ha pedido que venga a cenar. No esta noche, claro, sino...

Rachel hizo un leve gesto de sonrisa.

—Esa mujer disfruta alimentando a los demás y parece que tú has perdido un poco de peso. —Lo cierto era que tenía un aspecto terrible. Nunca le había visto así. Parecía haber dormido con la ropa puesta y su pelo había perdido su lustre.

—No he comido mucho.

—¿Vuestra vieja cocinera de Tyersall Park no te ha preparado tus platos preferidos? —preguntó Rachel con tono sarcástico. Sabía que no debía dirigir a Nick su rabia contenida, pero en ese momento no pudo evitarlo. Era consciente de que él era tan víctima de las circunstancias como ella, pero no podía mirar aún más allá de su propio dolor.

—Lo cierto es que no me estoy alojando en Tyersall Park —dijo Nick.

—¿Cómo?

—No he querido ver a nadie desde esa noche en Cameron Highlands, Rachel.

—¿Has vuelto al hotel Kingsford?

—Colin ha dejado que me quede en su casa de Sentosa Cove mientras él está de luna de miel. Araminta y él han estado muy preocupados también por ti, ¿sabes?

—Qué simpáticos —dijo ella sin emoción, mirando a la réplica de la *Venus de Milo* que había al otro lado de la piscina. Una estatua sin brazos de una hermosa mujer por la que durante siglos habían peleado varios coleccionistas a pesar de que nunca se había verificado su origen. Quizá alguien debería cortarle también los brazos a ella. Puede que así se sintiera mejor.

Nick extendió la mano para ponerla sobre la de Rachel.

—Vámonos a Nueva York. Volvamos a casa.

—He estado pensando… Tengo que ir a China. Quiero conocer a mi padre.

Nick hizo una pausa.

—¿Seguro que estás lista para eso?

—¿Está alguien listo para conocer a un padre al que nunca ha visto y que está en la cárcel?

Nick suspiró.

—Bueno. ¿Cuándo partimos?

—En realidad, voy a ir con Peik Lin.

—Oh —dijo Nick, un poco desconcertado—. ¿Puedo ir yo también? Me gustaría estar a tu lado.

—No, Nick. Esto lo tengo que hacer sola. Ya es demasiado que Peik Lin haya insistido en venir. Pero su padre tiene amigos en China que están ayudándome con el papeleo, así que no he podido negarme. Serán un par de días; después, estaré lista para volver a Nueva York.

—Pues dime para cuándo quieres que cambie las fechas de los billetes de avión. Yo estoy listo para volver a casa en cualquier momento, Rachel.

Rachel tomó aire preparándose para lo que estaba a punto de decir.

—Nick, necesito volver a Nueva York... sola.

—¿Sola? —Nick estaba sorprendido.

—Sí. No quiero que acortes tus vacaciones de verano para volver.

—¡No, no, yo estoy tan harto de este lugar como tú! ¡Quiero irme a casa contigo! —insistió Nick.

—Esa es la cuestión, Nick. No creo que pueda soportarlo ahora mismo.

—¿Qué? ¿A qué te refieres? —preguntó alarmado.

—Me refiero exactamente a eso. Sacaré mis cosas de tu apartamento en cuanto vuelva y, después, cuando regreses tú...

—¡Rachel, estás loca! —exclamó Nick levantándose de un salto de la silla y agachándose a su lado—. ¿Por qué dices eso? Yo te quiero. Quiero casarme contigo.

—Yo también te quiero —gritó Rachel—. Pero tú no entiendes que... no va a funcionar.

—Claro que sí. ¡Claro que sí! Me importa un pimiento lo que piense mi familia. Quiero estar contigo, Rachel.

Rachel negó con la cabeza, despacio.

—No se trata solo de tu familia, Nick. Son tus amigos, tus amigos de la infancia. Son todos los de esta isla.

—Eso no es verdad, Rachel. Mis mejores amigos creen que eres maravillosa. Colin, Mehmet, Alistair, y hay muchos amigos míos a los que ni siquiera has tenido ocasión de conocer. Pero todo eso es aparte. Ahora vivimos en Nueva York. Nuestros amigos están allí, nuestra vida está allí y es una vida estupenda. Seguirá siéndolo cuando dejemos atrás toda esta locura.

—No es tan sencillo, Nick. Puede que no te des cuenta, pero tú mismo has dicho que «ahora vivimos en Nueva York». Pero no siempre vivirás en Nueva York. Regresarás aquí algún día, probablemente dentro de pocos años. No te engañes. Toda tu familia está aquí, tu legado está aquí.

—¡A la mierda todo eso! Sabes que todas esas tonterías no me importan lo más mínimo.

—Eso lo dices ahora, pero ¿no ves cómo puede cambiar todo con el tiempo? ¿No crees que puedes terminar estando resentido conmigo dentro de unos años?

—Jamás podría estar resentido contigo, Rachel. ¡Tú eres la persona más importante de mi vida! No tienes ni idea..., apenas he podido dormir ni comer... Los últimos siete días han sido un completo infierno sin ti.

Rachel soltó un suspiro y dejó los ojos cerrados un momento.

—Sé que estás sufriendo. No quiero herirte, pero de verdad creo que es lo mejor.

—¿Romper? No estás siendo sensata, Rachel. Sé cuánto estás sufriendo ahora mismo, pero romper no hará que sufras menos. Deja que te ayude, Rachel. Deja que cuide de ti —le suplicó Nick con vehemencia, con el pelo tapándole los ojos.

—¿Y si tenemos hijos? Tu familia no los aceptará nunca.

—¿A quién le importa eso? Tendremos nuestra propia familia, nuestras propias vidas. Nada de esto es importante.

—Para mí lo es. He pensado mucho en ello, Nick. ¿Sabes? Al principio, me quedé conmocionada al conocer mi pasado. Me sentía destrozada por las mentiras de mi madre y al saber que ni siquiera mi nombre era real. Me sentía como si me hubiesen robado mi identidad. Pero, después, me di cuenta de que... nada de eso importa, en realidad. ¿Qué es un nombre, al fin y al cabo? Los chinos estamos obsesionados con los apellidos. Yo estoy orgullosa del mío. Estoy orgullosa de la persona en la que me he convertido.

—Yo también lo estoy —dijo Nick.

—Entonces, tienes que comprender que, por mucho que te quiera, Nick, no quiero ser tu esposa. No quiero formar parte nunca de una familia como la tuya. No puedo casarme y entrar a formar parte de un clan que se cree demasiado bueno como para incluirme en él. Y no quiero que mis hijos tengan nunca relación con personas así. Quiero que crezcan en un hogar donde se los quiera y se los eduque, rodeados de abuelos, tíos y primos que los consideren como iguales. Porque, en el fondo, eso es lo que yo tengo, Nick. Tú mismo lo has visto cuando viniste conmigo a casa en Acción de Gracias. Has visto cómo es mi relación con mis primos. Somos competitivos, nos burlamos unos de otros sin piedad, pero, al final, nos apoyamos siempre. Eso es lo que quiero para mis hijos. Quiero que amen a su familia, pero que tengan una sensación más profunda de orgullo por quiénes son individualmente, Nick, no por su dinero, su apellido o a cuántas generaciones se remonta su dinastía. Lo siento, pero ya he tenido bastante. Me he hartado de estar rodeada de estos locos ricos asiáticos, personas cuyas vidas giran en torno a ganar dinero, gastar dinero, presumir de dinero, comparar su dinero, esconder dinero, controlarse unos a otros a través del dinero y destrozar sus vidas por el dinero. Y si me caso contigo no podré huir de eso, aunque vivamos en el otro lado del mundo.

Los ojos de Rachel estaban al borde de las lágrimas y, por mucho que Nick quisiera insistir en que se equivocaba, sabía que nada de lo que dijera ahora la convencería de lo contrario. En cualquier lugar del mundo, ya fuera Nueva York, París o Shanghái, la había perdido.

16

Sentosa Cove

Singapur

Debe de haber sido un pájaro o algo así», pensó Nick al despertarse por un ruido. Había un azulejo al que le gustaba golpear con el pico la puerta corredera de cristal de abajo al reflejarse la piscina cada mañana. ¿Cuánto tiempo llevaba durmiendo? Eran las ocho menos cuarto, así que eso quería decir que había dormido al menos cuatro horas y media. No estaba mal, teniendo en cuenta que no había podido dormir más de tres horas por noche desde que Rachel había roto con él una semana antes. La cama estaba inundada por la luz que venía desde el techo de cristal retráctil y ahora había demasiada como para poder volverse a dormir. ¿Cómo conseguía dormir Colin en esa casa? Resultaba muy poco práctico vivir en una vivienda que estaba compuesta principalmente por piscinas que lanzaban reflejos y paredes de cristal.

Nick se dio la vuelta hacia la pared de estuco veneciano con una enorme fotografía obra de Hiroshi Sugimoto. Era una imagen en blanco y negro de su serie de cines, el interior de un viejo cine en algún lugar de Ohio. Sugimoto había dejado abierto el obturador de la cámara durante la duración de la película de tal modo que la gran pantalla se había convertido en un portal rectangular de luz. A Nick le parecía como una puerta hacia un universo paralelo y deseó poder adentrarse en toda esa blancura y desaparecer. Quizá volver en el tiempo. A abril o mayo. Debería haberlo sabido antes. Nunca debió invitar a Rachel a que fuese allí sin antes someterla a un curso intensivo para enfrentarse a su familia. «Manual básico de familias chinas ricas, engreídas y con delirios». ¿De verdad podía formar él parte de esa familia? Cuanto más mayor se hacía y más años pasaba en el extranjero, más extraño se sentía entre ellos. Ahora que tenía treinta y tantos años, las expectativas seguían aumentando y las normas no dejaban de cambiar. Ya no sabía cómo adecuarse a ese lugar. Y, sin embargo, le encantaba estar de vuelta en casa. Le encantaban las largas tardes de lluvia en la casa de su abuela durante la temporada de monzón, ir en busca de *kueh tutu** al barrio chino, los largos paseos por el embalse de MacRitchie al anochecer con su padre...

Volvió a escuchar el sonido. Esta vez no parecía el azulejo. Se había quedado dormido sin activar el sistema de seguridad y ahora estaba claro que había alguien más en la casa. Se puso unos pantalones cortos y salió del dormitorio de puntillas. A la habitación de invitados se accedía por un pasillo elevado de cristal que recorría la parte de atrás de la casa y, al mirar hacia abajo, vio un pequeño reflejo moviéndose por los suelos de madera de roble brasileño pulido. ¿Había ladrones en la casa? Sentosa Cove estaba muy aislada y cualquiera que leyera las revistas de cotilleos sabía que Colin Khoo y Araminta Lee estaban de viaje en su fabulosa luna de miel en yate por la costa dálmata.

Nick buscó un arma. Lo único que encontró fue un didyeridú tallado que estaba apoyado en la pared del baño de invitados. (¿De verdad alguien se ponía a tocar el didyeridú mientras estaba sentado en el váter?). Bajó en silencio por las escaleras de titanio

---

* Este pastel de harina de arroz en forma de flor relleno de dulce coco triturado es una exquisitez tradicional singapurense.

flotante, se acercó despacio hacia la cocina y levantó el didyeridú para asestar un golpe justo cuando Colin apareció por la esquina.

—¡Dios! —exclamó Nick sorprendido bajando el arma.

Colin no pareció asustarse al ver a Nick vestido simplemente con unos pantalones de fútbol blandiendo un didyeridú con los colores del arcoíris.

—No creo que esa sea una buena arma, Nick —dijo—. Deberías haber optado por la espada de samurái antigua de mi dormitorio.

—¡Creía que había entrado alguien a robar!

—Por aquí no hay robos. Este barrio es demasiado seguro y los ladrones no se molestan en venir hasta aquí solo para robar aparatos de cocina tuneados.

—¿Cómo es que has vuelto tan pronto de tu luna de miel? —preguntó Nick mientras se rascaba la cabeza.

—Es que he oído molestos rumores de que mi mejor amigo se quería suicidar y se estaba consumiendo en mi casa.

—Consumiéndome sí, pero no me quiero suicidar —gruñó Nick.

—En serio, Nick, hay mucha gente preocupada por ti.

—¿Como quién? Y no digas que mi madre.

—Sophie está preocupada. Araminta. Incluso Mandy. Me ha llamado cuando estaba en Hvar. Creo que se siente muy mal por su comportamiento.

—Bueno, el daño ya está hecho —dijo Nick con brusquedad.

—Oye, ¿por qué no te preparo un desayuno rápido? Tienes aspecto de llevar años sin comer.

—Eso sería estupendo.

—Tú observa mientras este gran chef fríe unos *hor bao daan*[*].

---

[*] En cantonés, «rollos fritos de huevo», similares a los huevos fritos o a los huevos estrellados.

Nick se sentó en un taburete de la isla de la cocina a engullir su desayuno. Levantó en el aire un trozo de huevo.

—Casi tan bueno como el de Ah Ching.

—Pura suerte. Mis *bao daan* normalmente terminan siendo huevos revueltos.

—Pues es lo mejor que he comido en toda la semana. Lo cierto es que es lo único que he comido. Me he limitado a tumbarme en tu sofá y a darme un atracón de cerveza y *Mad Men.* Por cierto, se te ha acabado la cerveza.

—Esta es la primera vez que estás deprimido de verdad, ¿no? Por fin el rompecorazones descubre lo que se siente cuando le rompen el corazón.

—Lo cierto es que no soy yo el que tiene registrada esa marca. Es Alistair el rompecorazones.

—Espera. ¿No te has enterado? ¡Kitty Pong le ha dejado!

—Eso sí que es una sorpresa —dijo Nick con frialdad.

—¡No, no sabes toda la historia! En la ceremonia del té al día siguiente de la boda, Araminta y yo estábamos sirviéndole el té a la señora Lee Yong Chien cuando todos oímos un ruido extraño que no sabíamos de dónde venía. Parecía como un traqueteo mezclado con algún tipo de animal de granja dando a luz. Nadie podía imaginar qué era. Pensamos que quizá había algún murciélago que se hubiese quedado atascado en algún lugar de la casa. Así que unos cuantos fuimos a ver con cuidado, y tú ya sabes cómo es la casa colonial de Belmont Road de mi abuelo, con un montón de armarios empotrados enormes por todas partes. Bien, ¡pues el pequeño Rupert Khoo abre la puerta que hay debajo de la gran escalera y salen rodando Kitty y Bernard Tai justo delante de todos los invitados!

—¡NOOOOO! —exclamó Nick.

—Y eso no es lo peor. ¡Bernard estaba despatarrado inclinado hacia adelante con los pantalones en los tobillos y Kitty aún tenía dos dedos metidos en el culo de él cuando la puerta se abrió!

Nick empezó a dar golpes como un histérico sobre la encimera de travertino con las lágrimas cayéndole por las mejillas.

—¡Deberías haber visto la cara de la señora Lee Yong Chien! ¡Yo creía que iba a tener que practicarle una reanimación cardiopulmonar! —se rio Colin.

—Gracias por hacerme reír. Lo necesitaba —dijo Nick resoplando, tratando de recuperar el aliento—. Me da pena por Alistair.

—Bueno, ya lo superará. A mí me preocupas más tú. En serio, ¿qué vas a hacer con Rachel? Tenemos que arreglarte y volverte a subir a tu blanco corcel. Creo que Rachel podría servirse de tu ayuda ahora más que nunca.

—Lo sé, pero está empeñada en echarme de su vida. Me dejó claro que no quería volver a verme. ¡Y esos Goh se han esforzado mucho para que así sea!

—Aún está conmocionada, Nicky. Con todo lo que le ha pasado, ¿cómo va a ser posible que sepa lo que quiere?

—La conozco, Colin. Cuando toma una decisión, no hay vuelta atrás. No es una sentimental. Es muy pragmática y muy terca. Ha decidido que, como mi familia es como es, lo nuestro nunca va a funcionar. ¿Se le puede culpar después de todo lo que le han hecho? ¿No resulta irónico? Todos creen que es una especie de cazafortunas cuando es exactamente lo contrario. Ha roto conmigo por mi dinero.

—Te dije que me gustaba desde el día que la conocimos. Es toda una mujer, ¿verdad? —comentó Colin.

Nick miró por la ventana hacia la panorámica de la bahía. Bajo la bruma de la mañana, la silueta de Singapur casi se parecía a la de Manhattan.

—Me encantaba la vida que teníamos juntos en Nueva York —dijo con tono nostálgico—. Me encantaba levantarme los domingos por la mañana temprano para ir con ella a Murray's a por *bagels* rellenos. Me encantaba pasar horas paseando por el West Village, ir al parque de Washington Square a ver a los perros jugar. Pero lo he jodido todo. Yo soy la razón de que su vida se haya convertido en un verdadero desastre.

—Tú no eres la razón, Nicky.

—Colin..., le he destrozado la vida. Por mi culpa ya no quiere relacionarse con su madre. Y eran como mejores amigas. Por mi culpa ha averiguado que su padre es un convicto, que todo lo que creía saber de sí misma ha sido mentira. Nada de esto habría ocurrido si yo no la hubiese traído aquí. Por mucho que crea que una parte de ella me sigue queriendo, estamos atrapados en una situación imposible —dijo Nick con un suspiro.

Un repentino golpeteo continuo, como si fuese un código en morse, resonó por la cocina.

—¿Qué es eso? —preguntó Colin mirando a su alrededor—. Espero que no sean otra vez Kitty y Bernard.

—No, es el azulejo —contestó Nick, levantándose del taburete y dirigiéndose a la sala de estar.

—¿Qué azulejo?

—¿No lo sabes? Hay un azulejo que viene todas las mañanas sin falta y, durante unos diez minutos, golpea el cristal con el pico.

—Supongo que nunca me levanto tan temprano. —Colin entró en la sala de estar y miró por la ventana, cautivado por el pájaro de color azul cobalto que volaba por el aire y golpeaba con su diminuto pico negro el panel de cristal un momento antes de alejarse para regresar segundos después, como un diminuto péndulo que se balanceara contra el cristal.

—Me pregunto todo el tiempo si es que se está afilando el pico o si de verdad intenta entrar —dijo Nick.

—¿Has pensado en abrir el cristal y ver si entra? —sugirió Colin.

—Eh..., no —contestó Nick mirando a su amigo como si fuese lo más inteligente que hubiese oído nunca. Colin cogió el mando de control remoto de la casa y apretó un botón. Los paneles de cristal empezaron a abrirse suavemente.

El azulejo entró en la sala de estar a toda velocidad, dirigiéndose directamente al enorme cuadro de llamativos puntos de colores que había en la pared del otro extremo, donde empezó a picotear sin piedad uno de los puntos amarillos.

—¡Dios mío, el Damien Hirst! ¡Lo que le atraía todo este tiempo eran esos puntos brillantes! —gritó Nick sorprendido.

—¿Estás seguro de que no se trata del crítico de arte más diminuto del mundo? —bromeó Colin—. ¡Mira cómo embiste el cuadro!

Colin se subió a su banco de George Nakashima.

—Bueno, Nick, no me gusta comentar lo que es evidente, pero aquí tienes a este pequeño pájaro que ha estado intentando atravesar un enorme cristal blindado. Una situación absolutamente imposible. Me has dicho que ha estado aquí todos los días picoteando insistentemente durante diez minutos. Pues bien, hoy el muro de cristal ha caído.

—¿Estás diciendo que debería dejar libre al pájaro? ¿Qué debería dejar marchar a Rachel?

Colin miró a Nick con exasperación.

—¡No, estúpido! Si quieres a Rachel tanto como dices, tienes que ser ese azulejo con ella.

—Vale, ¿y qué es lo que hace el azulejo? —preguntó Nick.

—Nunca deja de intentarlo. Ante una situación imposible hace que todo sea posible.

17

Repulse Bay

Hong Kong

La lancha motora recogió a Astrid en el muelle de la playa en forma de media luna y salió a toda velocidad hacia el interior de las aguas de fuerte color esmeralda de Repulse Bay. Al rodear la cala, Astrid tuvo la primera visión de un majestuoso junco chino con tres mástiles anclado en Chung Hom Wan, con Charlie en su proa saludándola con la mano.

—¡Es magnífico! —exclamó Astrid cuando la lancha se detuvo junto al junco.

—He pensado que te vendría bien un pequeño estimulante —dijo Charlie tímidamente mientras la ayudaba a subir a cubierta. Había sido testigo de primera mano de cómo Astrid pasaba durante las últimas dos semanas por varias etapas de tristeza, cambiando de la conmoción a la rabia y, después, a la desesperación mientras estaba encerrada en el dúplex de él. Cuando parecía que había llegado el momento de la aceptación, la invitó a pasar una tarde en barco, pensando que el aire fresco le haría bien.

Astrid apoyó los pies y se alisó sus pantalones pirata azul marino.

—¿Me quito los zapatos?

—No, no. Si llevaras tus habituales tacones, sería otra cosa, pero vas bien con esos zapatos planos —la tranquilizó Charlie.

—Bueno, no me gustaría estropear este increíble suelo de madera —dijo Astrid admirando las relucientes y doradas superficies de teca que tenía alrededor—. ¿Desde cuándo tienes este junco?

—En teoría, pertenece a la empresa, se supone que lo utilizamos para impresionar a los clientes, pero he estado restaurándolo durante los últimos tres años. Como proyecto de fin de semana, ya sabes.

—¿Cuántos años tiene?

—Es del siglo XVIII. Un junco pirata que contrabandeaba con opio por todas las diminutas islas del sur de Cantón, que es precisamente la ruta que he trazado para hoy —dijo Charlie mientras daba la orden de zarpar. Las enormes velas de lona se desplegaron, pasando de un siena tostado a un luminoso carmesí bajo la luz del sol cuando el barco se puso en marcha.

—Hay una leyenda familiar que dice que un tío abuelo lejano mío traficaba con opio, ¿sabes? A lo grande. Así es como se hizo en realidad parte de la fortuna familiar —dijo Astrid girando la cara hacia la brisa mientras el junco empezaba a deslizarse suavemente.

—¿En serio? ¿Qué parte de la familia? —preguntó Charlie con una ceja levantada.

—No debo decirlo. No se nos permite hablar de ello, así que estoy bastante segura de que será verdad. Mi bisabuela, al parecer, era una verdadera adicta y pasaba el tiempo tumbada en su fumadero de opio.

—¿La hija del rey del opio se hizo adicta? Esa no es una buena estrategia de negocio.

—Cosas del karma, supongo. En algún momento, todos tenemos que pagar el precio de nuestros excesos, ¿no? —dijo Astrid con remordimiento.

Charlie sabía qué quería decir Astrid con aquello.

—No empieces a flagelarte otra vez. Te lo he dicho cien veces. Tú no podías hacer nada para evitar que Michael hiciera lo que quería hacer.

—Sí que podía. Me he estado volviendo loca pensando en todas las cosas que podría haber hecho de otro modo. Podría haberme negado cuando mis abogados insistieron en que él firmara el acuerdo prematrimonial. Podría haber dejado de ir a París dos veces al año para llenar nuestro dormitorio de invitados con vestidos de alta costura. Podría haberle hecho regalos menos caros. Aquel Vacheron por su treinta cumpleaños fue un error garrafal.

—Simplemente, estabas siendo tú misma, y a cualquiera, menos a Michael, le habría parecido bien. Debería haber sabido en qué se metía cuando se casó contigo. Reconoce tus virtudes, Astrid: puede que tengas gustos extravagantes, pero eso no ha evitado que seas una buena persona.

—No sé cómo puedes decir algo así de mí cuando yo te traté tan mal, Charlie.

—Nunca te he guardado rencor, ya lo sabes. Fue con tus padres con los que me enfadé.

Astrid levantó los ojos hacia el cielo azul. Una gaviota parecía volar al ritmo del barco, batiendo sus alas con fuerza para ir a la misma velocidad.

—Bueno, ahora seguro que mis padres lamentan que no me casara contigo al ver que su preciosa hija ha sido rechazada por Michael Teo. Ya ves, hubo un tiempo en que a mis padres les horrorizaba la posibilidad de que tú te convirtieras en su yerno. Miraban con desdén la reciente fortuna de tu padre, conseguida con ordenadores, y ahora tu familia es una de las más célebres de Asia. Ahora los Leong van a tener que enfrentarse a la vergüenza de tener una divorciada en la familia.

—Eso no tiene nada de vergonzoso. El divorcio es muy normal hoy en día.

—Pero no en familias como la nuestra, Charlie. Lo sabes. Mira tu situación: tu mujer no te concede el divorcio, tu madre ni siquiera querrá oír hablar de ello. Piensa en lo que va a pasar en mi familia cuando descubran la verdad. No van a saber cómo han llegado a esto.

Dos marineros se acercaron con un cubo para enfriar el vino y una enorme bandeja repleta de longanes y lichis. Charlie abrió la botella de Château d'Yquem y sirvió una copa a Astrid.

—A Michael le encantaba el Sauternes. Era una de las pocas cosas que nos gustaban a los dos —dijo Astrid con tono melancólico tras dar un sorbo a su copa de vino—. Por supuesto, yo aprendí a apreciar el fútbol y él a apreciar el papel higiénico de cuatro capas.

—Pero ¿de verdad eras tan feliz, Astrid? —preguntó Charlie—. Es decir, parece que tú hiciste muchos más sacrificios que él. Aún me cuesta imaginarte viviendo en ese piso tan pequeño, escondiendo tus compras en la habitación de invitados como una adicta.

—Sí que era feliz, Charlie. Y, lo que es más importante, Cassian era feliz. Ahora va a tener que criarse como hijo de padres divorciados, viviendo entre dos casas. Le he fallado a mi hijo.

—Tú no le has fallado —le reprendió Charlie—. Tal y como yo lo veo, ha sido Michael el que ha abandonado el barco. No ha soportado la presión. Por mucho que yo lo considere un cobarde, también puedo empatizar con él. Tu familia es bastante intimidante. A mí me hicieron sudar tinta, y, al final, ganaron ellos, ¿no?

—Bueno, pero tú no te rendiste. Resististe ante mi familia y no dejaste nunca que pudieran contigo. Fui yo la que cedió —dijo Astrid mientras pelaba con pericia un longán y se llevaba la nacarada fruta a la boca.

—Aun así, es mucho más fácil para una mujer de procedencia vulgar casarse con un hombre de una familia como la tuya que para un hombre que no viene de familia de dinero ni gran linaje. Y Michael tenía la desventaja añadida de ser atractivo. Es probable que los hombres de tu familia tuvieran celos de él.

Astrid se rio.

—Bueno, yo creía que él estaría a la altura del desafío. Cuando conocí a Michael, no parecía que le importaran en absoluto ni mi dinero ni mi familia. Pero, al final, me equivoqué. Sí que le importaban. Le importaban demasiado. —La voz de Astrid se quebró y Charlie extendió los brazos para consolarla. Las lágrimas cayeron por sus mejillas en silencio, convirtiéndose rápidamente en sollozos angustiosos cuando se echó sobre su hombro.

—Lo siento, lo siento —decía sin parar, avergonzada por su incontrolada exhibición—. No sé por qué, pero no puedo parar.

—Astrid, soy yo. No tienes por qué esconder tus emociones estando conmigo. Has lanzado jarrones y peceras contra mí, ¿recuerdas? —dijo Charlie tratando de animarla. Astrid sonrió brevemente mientras las lágrimas seguían cayendo. Charlie sentía impotencia y, al mismo tiempo, frustración por lo absurdo de la situación. Su guapísima exprometida estaba con él en un romántico junco chino, llorando literalmente sobre su hombro por culpa de otro hombre. Esa era su maldita suerte.

—Le quieres de verdad, ¿eh? —dijo Charlie en voz baja.

—Sí. Claro que sí —contestó Astrid entre sollozos.

Durante unas horas, se quedaron sentados en silencio uno junto al otro, empapándose del sol y de la espuma salada mientras el junco flotaba por las aguas calmadas del mar del Sur de China. Al pasar por la isla de Lantau, Charlie inclinó respetuoso la cabeza ante el gigante buda de su cumbre y, después, rodearon diminutas y pintorescas islas, como Aizhou y Sanmen, con sus salientes escarpados y sus ocultas ensenadas.

Mientras tanto, la mente de Charlie se movía sin parar. Había forzado a Astrid a salir a navegar esa tarde porque quería hacerle una confesión. Quería decirle que nunca había dejado de amarla, ni un solo momento, y que su matrimonio un año después de que rompieran no había sido más que una estupidez por despecho. Lo cierto era que nunca había querido a Isabel de verdad y, por eso mismo, su matrimonio había estado condenado desde el principio. Había muchas cosas que Charlie quería que ella supiera, pero sabía que ya era demasiado tarde para decirlas.

Al menos, ella lo había amado. Al menos, él había tenido cuatro años buenos con la chica a la que había amado desde los quince años, desde la noche en que la vio cantando *Pass It On* en la playa durante una excursión del grupo de jóvenes cristianos. (En su familia eran antes taoístas, pero su madre los había obligado a todos a asistir a la Primera Iglesia Metodista para que pudiesen mezclarse con la clase más elegante). Aún podía recordar cómo la parpadeante hoguera hacía que su larga y ondulada melena resplandeciera con exquisitos tonos de rojo y dorado, cómo todo su cuerpo brillaba como la Venus de Botticelli a la vez que cantaba con voz melodiosa:

It only takes a spark
to get the fire going.
And soon all those around
can warm up in its glowing.
That's how it is with God's love,
once you've experienced it.
You want to sing,
It's fresh like spring,
You want to pass it on[*].

---

* Solo basta con una chispa / para encender la hoguera. / Y enseguida todos los que la rodean / pueden calentarse con su resplandor. / Eso pasa con el amor de Dios, / una vez que lo has experimentado. / Quieres cantar, / es fresco como la primavera, / quieres compartirlo. *[N. del T.]*

—¿Puedo hacerte una sugerencia, Astrid? —preguntó Charlie mientras el junco volvía a Repulse Bay para dejarla.

—¿Qué? —dijo Astrid con voz soñolienta.

—Cuando regreses mañana a casa, no hagas nada. Limítate a volver a tu vida normal. No hagas ningún anuncio y no concedas a Michael el divorcio rápidamente.

—¿Por qué no?

—Tengo la sensación de que Michael puede cambiar de opinión.

—¿Qué te hace pensar que va a pasar eso?

—Es que soy un hombre y sé cómo piensan los hombres. En este momento, Michael ha jugado todas sus cartas y se ha quitado del pecho una gran carga. Eso tiene algo de auténtica catarsis, haber confesado la verdad. Ahora, si le das un poco de tiempo, creo que es posible que lo veas mostrarse receptivo a una reconciliación dentro de unos meses.

Astrid estaba dubitativa.

—¿De verdad? Pero si insistió mucho en que quería el divorcio.

—Piénsalo. Michael se ha engañado a sí mismo durante los últimos cinco años pensando que estaba atrapado en un matrimonio imposible. Pero ocurre algo curioso cuando los hombres saborean de verdad la libertad, sobre todo cuando están acostumbrados a la vida en matrimonio. Empiezan a anhelar de nuevo la felicidad del hogar. Quieren recrearla. Mira, él te dijo que el sexo seguía siendo estupendo. Te dijo que no te culpaba a ti, aparte de por derrochar demasiado dinero en ropa. El instinto me dice que, si le dejas tranquilo, volverá.

—Pues merece la pena intentarlo, ¿no? —dijo Astrid con tono esperanzado.

—Sí. Pero tienes que prometerme dos cosas: en primer lugar, que tienes que vivir tu vida como tú quieras y no como creas que Michael quiere que la vivas. Múdate a una de tus casas preferidas, vístete como te apetezca. Creo de verdad que lo que roía a Michael por dentro era que estuvieses siempre pasando de puntillas alrededor de él, tratando de ser alguien que no eras. El hecho de que trataras de compensarle no hizo más que aumentar su sensación de falta de adecuación.

—Vale —dijo Astrid tratando de asimilar todo aquello.

—En segundo lugar, prométeme que no le concederás el divorcio hasta, por lo menos, dentro de un año, por mucho que él te lo suplique. Retrásalo. Una vez que firme los documentos, perderás la oportunidad de que vuelva —dijo Charlie.

—Prometido.

En cuanto Astrid hubo desembarcado del junco en Repulse Bay, Charlie hizo una llamada a Aaron Shek, el director financiero de Wu Microsystems.

—Aaron, ¿cómo está hoy el precio de nuestras acciones?

—Ha subido un dos por ciento.

—Estupendo, estupendo. Aaron, quiero que me hagas un favor especial... Quiero que localices una pequeña empresa digital con sede en Singapur llamada Cloud Nine Solutions.

—Cloud Nine... —empezó a repetir Aaron mientras escribía el nombre en su ordenador—. ¿Tiene la sede central en Jurong?

—Sí, esa es. Aaron, quiero comprar la empresa mañana. Empieza con un precio bajo, pero quiero terminar ofreciendo, al menos, quince millones por ella. Aunque, ¿cuántos socios son?

—Veo dos socios registrados. Michael Teo y Adrian Balakrishnan.

—Vale, haz una oferta por treinta millones.

—Charlie, no puedes hablar en serio. El valor nominal de esa empresa es de solo...

—No. Hablo muy en serio —le interrumpió Charlie—. Inicia una guerra de ofertas falsa entre algunas de nuestras subsidiarias si es necesario. Y ahora, escucha con atención. Cuando se haya alcanzado un acuerdo, quiero que otorgues a Michael Teo, el socio fundador, opciones de compra de acciones de clase A y, después, quiero que lo unas a esa empresa nueva de Cupertino que compramos el mes pasado y el programador de software de Zhongguancun. Luego, quiero que hagamos una oferta pública de venta en la bolsa de Shanghái el mes que viene.

—¿El mes que viene?

—Sí, tiene que ser todo muy rápido. Haz correr la voz, díselo a tus contactos de Bloomberg TV. ¡Qué demonios! Díselo incluso a Henry Blodget si crees que eso servirá para subir el precio de las acciones. Pero, al final, lo que quiero es que esa opción de compra de acciones de clase A valga, al menos, doscientos cincuenta millones de dólares. Que no figure nada en los libros. Crea una sociedad fantasma en Liechtenstein si es necesario. Asegúrate de que no tiene vinculación conmigo. Nunca.

—Vale, entendido. —Aaron estaba acostumbrado a esas peticiones tan propias de su jefe.

—Gracias, Aaron. Nos vemos el domingo en la Asociación Atlética con los chicos.

El junco chino del siglo XVIII entró en el puerto de Aberdeen justo cuando las primeras luces de la noche empezaron a encenderse en el denso paisaje urbano de la costa sur de la isla de Hong Kong. Charlie soltó un fuerte suspiro. Si no tenía la oportunidad de recuperar a Astrid, al menos quería intentar ayudarla. Quería que volviese a encontrar el amor con su marido. Quería ver que la felicidad regresaba al rostro de Astrid con ese resplandor que había visto tantos años atrás en la hoguera de la playa. Quería compartirlo.

18

Villa d'Oro

Singapur

Peik Lin bajaba por las escaleras con un bolso de Bottega Veneta. Detrás de ella, dos sirvientas indonesias llevaban un par de maletas Goyard y una maleta con ruedas.

—¿Eres consciente de que vamos a estar allí una noche? Parece que has hecho maletas como para un safari de un mes —dijo Rachel incrédula.

—Por favor, las chicas debemos contar con distintas opciones —contestó Peik Lin echándose el pelo hacia atrás con gesto cómico.

Estaban a punto de emprender el viaje a Shenzhen, donde Rachel había concertado una reunión con su padre, un recluso de la prisión de Dongguan. Al principio se había mostrado reacia a poner un pie en otro avión privado, pero Peik Lin la había convencido.

—Créeme, Rachel. Podemos hacer esto de la forma fácil o de la difícil —dijo Peik Lin—. La difícil es volar durante cuatro horas y media en alguna línea de tercera y aterrizar en medio del desmadre que es el Aeropuerto Internacional de Shenzhen Bao, donde podemos esperar en la cola de la aduana el resto del día con treinta mil de tus mejores amigos, la gran mayoría de los cuales jamás han oído hablar del desodorante y no compartirán la misma idea del espacio personal que tienes tú. O podemos llamar ahora mismo a NetJets y volar en asientos de piel de vacas que jamás han visto un alambre de espino y beber Veuve Clicquot durante las dos horas y media que dura el vuelo de Shenzhen, donde, al aterrizar, un joven y atractivo oficial de aduanas subirá a nuestro avión, nos sellará los pasaportes, flirteará contigo porque eres muy guapa y nos dejará seguir nuestro feliz viaje. ¿Sabes? Volar en avión privado no siempre consiste en alardear. A veces puede ser muy útil y tranquilo. Pero dejo que tomes tú la decisión. Si prefieres viajar en un gallinero, lo aceptaré.

Sin embargo, esa mañana, con la expresión gris de Rachel, Peik Lin empezó a preguntarse si había sido una buena idea hacer ese viaje tan pronto.

—No dormiste mucho anoche, ¿verdad? —comentó Peik Lin.

—No había pensado en lo mucho que echaría de menos tener a Nick a mi lado por las noches —respondió Rachel en voz baja.

—¿Te refieres a su precioso y duro cuerpo? —añadió Peik Lin con un guiño—. Pues estoy segura de que él estaría encantado de venir a meterse en la cama contigo en una milésima de segundo.

—No, no, eso no va a pasar. Sé que se ha terminado. Tiene que ser así —sentenció Rachel con los ojos humedeciéndose por los bordes.

Peik Lin abrió la boca para decir algo, pero, a continuación, se detuvo.

Rachel la miró fijamente.

—¡Dilo!

Peik Lin dejó en el suelo su bolso y se apoyó en el sillón de brocado de terciopelo del vestíbulo.

—Es que creo que tienes que darte un tiempo antes de tomar una decisión definitiva con respecto a Nick. Es decir, ahora mismo estás sufriendo mucho.

—Parece que estás de su lado —dijo Rachel.

—Rachel..., ¿qué coño dices? ¡Yo estoy de tu lado! Quiero verte feliz, eso es todo.

Por un momento, Rachel no dijo nada. Se sentó en la escalera y pasó los dedos por el frío y suave mármol.

—Quiero ser feliz, pero, cada vez que pienso en Nick, vuelvo de nuevo al momento más traumático de mi vida.

Trump, el más gordo de los tres perros pekineses, entró en el recibidor. Rachel lo cogió y se lo colocó en el regazo.

—Supongo que por eso siento que necesito conocer a mi padre. Recuerdo una noche que vi un programa en la televisión donde unos hijos adoptados se encontraban por fin con sus padres biológicos. Cada uno de esos niños, todos ellos ya adultos, hablaban de cómo se sentían tras conocer a sus padres biológicos. Aunque no se llevaran bien, aunque sus padres no se parecían en nada a lo que esperaban, todos ellos se sentían más completos tras la experiencia.

—Bueno, pues en menos de cuatro horas estarás sentada cara a cara con tu padre —dijo Peik Lin.

La cara de Rachel se nubló.

—¿Sabes? Estoy temiendo el viaje hasta ese lugar. La prisión de Dongguan. Incluso el nombre suena amenazador.

—No creo que quieran que suene como Rancho del Gran Cañón.

—Se supone que es de seguridad intermedia, así que me pregunto si de verdad estaremos juntos en la misma habitación o si tendré que hablarle desde detrás de los barrotes —comentó Rachel.

—¿Estás segura de que quieres hacer esto? No tenemos por qué ir hoy, ¿sabes? Puedo cancelar el vuelo. No es que tu padre vaya a irse a ninguna parte —dijo Peik Lin.

—No, quiero ir. Quiero terminar con esto —sentenció Rachel. Acarició el pelo dorado del perro un momento, se puso de pie y se alisó la falda.

Se dirigieron hacia la puerta de la calle, donde un BMW dorado metálico ya estaba cargado con sus maletas, esperando. Rachel y Peik Lin subieron al asiento de atrás y el chófer bajó el camino en pendiente hacia la valla dorada electrónica de Villa d'Oro. Justo cuando se abría la puerta, de repente, se detuvo un SUV delante de ellas.

—¿Quién es el gilipollas que está bloqueándonos el paso? —preguntó indignada Peik Lin.

Rachel miró por el parabrisas y vio el Land Rover plateado con cristales tintados.

—Un momento... —empezó a decir al pensar que reconocía el coche. Se abrió la puerta del conductor y salió Nick. Rachel soltó un suspiro mientras se preguntaba qué tipo de artimaña se traía entre manos. ¿Iba a empeñarse en ir con ellas a Shenzhen?

Nick se acercó al coche y dio un toque en la ventanilla trasera.

Rachel bajó ligeramente el cristal.

—Nick, tenemos que coger un avión —dijo con tono de frustración—. Te agradezco que quieras ayudarme, pero lo cierto es que no quiero que vengas a China.

—No voy a ir a China, Rachel. Te he traído China hasta aquí —respondió Nick con una sonrisa.

—¿Quééé? —preguntó Rachel a la vez que miraba el Land Rover, casi esperando que saliera un hombre con un mono naranja y unas esposas. En lugar de ello, cuando se abrió la puerta del pasajero, salió una mujer con un vestido gabardina y pelo negro y corto. Era su madre.

Rachel abrió su puerta del coche y salió rápidamente.

—¿Qué haces aquí? ¿Cuándo has llegado? —dijo en mandarín a la defensiva.

—Acabo de aterrizar. Nick me ha contado lo que ha pasado. Yo le he dicho que teníamos que evitar que fueses a China, pero él dice que no va a seguir implicándose. Así que decidí que tenía que verte antes de que intentaras conocer a tu padre y Nick me ha enviado un avión privado —le explicó Kerry.

—Ojalá no lo hubiese hecho —se quejó Rachel consternada. «¡Estos ricos y sus malditos aviones!».

—Yo me alegro de que lo haya hecho. ¡Nick siempre ha sido maravilloso! —exclamó Kerry.

—Estupendo..., ¿por qué no os vais juntos a comer unas ostras? Yo me voy ahora mismo a Shenzhen. Tengo que conocer a mi padre.

—¡Por favor, no vayas! —Kerry trató de agarrar a su hija por el brazo, pero ella la apartó con un gesto brusco.

—Por tu culpa he tenido que esperar veintinueve años para conocerlo. ¡No voy a esperar ni un segundo más! —gritó Rachel.

—Hija, sé que no querías verme, pero tenía que decírtelo en persona: Zhou Fang Min no es tu padre.

—No voy a seguir escuchándote. Estoy harta de tantas mentiras. He leído los artículos sobre mi secuestro y los abogados chinos del señor Goh ya me han puesto en contacto con mi padre. Está deseando reunirse conmigo —dijo Rachel con firmeza.

Kerry miraba a los ojos de su hija con expresión de súplica.

—Por favor, créeme. Es mejor que no lo conozcas. Tu padre no es el hombre que está en la prisión de Dongguan. Tu padre es otro. Un hombre al que de verdad amé.

—Ah, genial. ¿Ahora me dices que soy la hija ilegítima de otro hombre? —Rachel notó el torrente de sangre que se agolpaba en su cabeza mientras sentía como si volviese a encontrarse en esa terrible sala de estar de Cameron Highlands. Justo cuando todo empezaba a tener sentido para ella, se daba otra vez la vuelta. Rachel miró a Peik Lin con expresión confusa.

—¿Puedes pedirle a tu chófer que apriete el acelerador y me saque de aquí ahora mismo? Dile que lo haga rápido.

19

La casa de Star Trek

Singapur

Daisy Foo llamó a Eleanor presa del pánico para decirle que fuera rápidamente, pero Eleanor seguía sin creer lo que veían sus ojos cuando entró en la sala de estar de la mansión de Carol Tai, la que todos llamaban «la casa de Star Trek». La hermana Gracie, la predicadora de la Iglesia Pentecostal de Taiwán pero establecida en Houston, que acababa de llegar en avión a petición de Carol, daba vueltas por el espacio espléndidamente amueblado como si estuviera en trance, haciendo pedazos todos los muebles y figuras de porcelana antigua chinos mientras Carol y su marido estaban sentados en el centro de la habitación sobre el sofá de seda viendo la destrucción aturdidos mientras dos discípulas de la hermana Gracie rezaban por encima de ellos. Por detrás de la diminuta predicadora de pelo gris y muy rizado iba toda una brigada de sirvientas, algunas ayudando a romper los objetos hacia los que ella apuntaba con su bastón de palisandro y otras barriendo los escombros y metiéndolos en gigantes bolsas negras de basura.

—¡Ídolos falsos! ¡Objetos satánicos! Abandonad esta casa de paz —gritaba la hermana Gracie, con su voz resonando en la enorme sala. Jarrones Ming de valor incalculable destruidos, pergaminos de la dinastía Qing hechos pedazos y budas bañados en oro tirados por el suelo mientras la hermana Gracie decretaba que cada objeto que llevara el dibujo de un animal o un rostro era satánico. Los búhos eran satánicos. Las ranas eran satánicas. Los saltamontes eran satánicos. Las flores de loto, aunque no eran animales y carecían de rostro, también se consideraban satánicas por su relación con la iconografía budista. Pero ninguno era más malvado que el diabólico dragón.

—¿Sabéis por qué ha caído la tragedia sobre esta casa? ¿Sabéis por qué vuestro primogénito, Bernard, ha desafiado vuestros deseos y se ha escapado a Las Vegas para casarse con una ramera de telenovela embarazada que finge ser de Taiwán? ¡Es por culpa de estas imágenes! ¡Mirad el intricado dragón de lapislázuli de este biombo imperial! Sus malvados ojos de rubí han subyugado a vuestro hijo. Lo habéis rodeado de símbolos del mal durante toda su vida. ¿Qué esperáis que haga sino pecar?

—¿De qué tonterías está hablando? Bernard lleva años sin vivir en esta casa —susurró Lorena Lim. Pero Carol miraba a la hermana Gracie como si estuviese recibiendo un mensaje del mismo Jesucristo y continuó permitiendo aquella indiscriminada destrucción de antigüedades que habría hecho llorar al conservador de cualquier museo.

—Lleva varias horas así. Empezaron en el estudio del *dato'* —susurró Daisy. Eleanor se sobresaltó cuando la hermana Gracie volcó la urna funeraria Qianlong que había a su lado.

—¡Las serpientes de esa urna! Esas serpientes han descendido desde uno de los jardines del Edén —chilló la hermana Gracie.

—*Alamak,* Elle, Lorena, venid a ayudarme a salvar algunas cosas del dormitorio de Carol antes de que la hermana Gracie entre ahí. ¡Si ve esa escultura de marfil de Quan Yin, la diosa de la misericordia, va a empezar a convulsionar! Esa Quan

Yin lleva aquí desde el siglo XII, pero no va a poder sobrevivir a esto —dijo Daisy en voz baja. Las tres se alejaron despacio de la sala de estar y fueron directas al dormitorio de Carol.

Se empezaron a mover ligeras envolviendo todos los objetos decorativos que pudieran estar en peligro con toallas y almohadas y guardándolos en bolsos y bolsas de tiendas.

—¡Los loros de jade! ¡Coged esos loros de jade! —ordenó Daisy.

—¿Al búfalo de agua se lo considera satánico? —se preguntó Lorena a la vez que levantaba una delicada talla de cuerno.

—¡Oye, no te quedes ahí mirando! ¡Cógelo todo! ¡Mételo en tu bolso! Podemos devolvérselo a Carol cuando entre en razón —espetó Daisy.

—Ojalá hubiese traído hoy mi Birkin y no mi Kelly —se lamentó Lorena mientras trataba de meter el búfalo de agua en su rígido bolso de piel.

—Vale, mi chófer ha aparcado justo al lado de la puerta de la cocina. Dadme las primeras bolsas y las llevaré corriendo a mi coche —dijo Eleanor. Mientras cogía las dos primeras bolsas de las manos de Daisy, una sirvienta entró en el dormitorio de Carol.

Eleanor sabía que tenía que pasar por el lado de la sirvienta con sus bolsas sospechosamente abultadas.

—Niña, tráeme un vaso de té helado con limón —le dijo con su tono más imperioso.

—*Alamak,* Elle, soy yo. ¡Nadine! —A Eleanor casi se le cayeron las bolsas del susto. Nadine estaba completamente irreconocible. Iba vestida con unas mallas de yoga y le habían desaparecido la gruesa máscara de maquillaje, el pelo cardado y las joyas ostentosas.

—Dios mío, Nadine, ¿qué te ha pasado? ¡Creía que eras una de las sirvientas! —exclamó Eleanor.

—¡Nadine, me encanta tu nuevo aspecto! Vaya, ahora veo lo que se parecía Francesca a ti antes de sus implantes en las mejillas —dijo Daisy con entusiasmo.

Nadine puso una sonrisa triste y se dejó caer sobre la cama de *huanghuali* de Carol.

—Mi suegro ha despertado del coma, como ya sabéis. Estábamos todos muy contentos y, cuando le dieron el alta en el hospital, lo llevamos a casa, donde le esperaba una fiesta sorpresa que le habíamos preparado. Estaban allí todos los Shaw. Pero nos habíamos olvidado de que el pobre anciano no había estado nunca en la casa nueva. Compramos la de Leedon Road después de que él cayera en coma. El viejo se puso histérico cuando vio que esa era nuestra nueva casa. «¿Quiénes os creéis que sois viviendo en una mansión tan grande y con tantos coches y sirvientes?», dijo. Después entramos, vio a Francesca vestida para la ocasión y empezó a toser. Se puso a gritar que parecía una prostituta de Geylang*. ¡Se había puesto un vestido de alta costura para su abuelo! ¿Es culpa suya que esta temporada los bajos se lleven tan cortos? A la mañana siguiente, hizo que sus abogados recuperaran el control de Comidas Shaw. Ha echado a mi pobre Ronnie de la junta y ha congelado todas las cuentas bancarias, todo. ¡Y ahora nos ha ordenado que devolvamos cada penique que hemos gastado en los últimos seis años o nos desheredará a todos y regalará toda su fortuna a la Fundación Shaw!

—Dios mío, Nadine. ¿Cómo lo estás llevando? —preguntó Lorena con gran preocupación. Nadine era una de las mejores clientas de la joyería L'Orient y su repentino revés iba a afectar sin duda a las cuentas trimestrales.

—Pues ya estás viendo cómo es mi nuevo aspecto. Por ahora, estamos tratando de actuar *kwai kwai.* Es decir, ¿cuántos

---

* El barrio rojo de Singapur (por desgracia, no tan pintoresco como el de Ámsterdam).

años más puede vivir ese viejo? Le dará otro infarto cerebral muy pronto. No me pasará nada. He estado años viviendo en esa apretada casa con él, ¿recuerdas? Hemos puesto en venta la casa de Leedon Road, pero el problema es Francesca. No quiere volver a mudarse a la casa pequeña. Para ella es muy *malu.* Está sufriendo mucho. Francesca fue siempre la preferida del abuelo y ahora le ha quitado su asignación mensual. ¿Cómo se supone que va a vivir con su sueldo de abogada? Wandi Meggaharto y Parker Yeo le han dado la espalda y ha tenido que dimitir de todos los comités de las asociaciones de beneficencia. Ya no puede permitirse la ropa para acudir a ellos. Nos culpa a Ronnie y a mí. Viene a nuestro dormitorio cada noche y nos grita sin parar. Cree que deberíamos haber desconectado al viejo cuando tuvimos la oportunidad. ¿Os lo podéis creer? ¡Jamás me había imaginado que mi hija podría decir algo así!

—Siento decirte esto, Nadine, pero eso es lo que pasa cuando le consientes todo a tus hijos —dijo Daisy con cordura—. Mira lo que ha pasado con Bernard. Desde que era pequeño, yo ya sabía que iba a ser un desastre. El *dato'* le ha echado a perder con tantos mimos y no negándole nada nunca. Se creía muy listo dándole al chico ese enorme fideicomiso cuando cumplió los dieciocho años. Mira ahora lo que ha pasado. Van a tener a Kitty Pong como nuera. Por muchas antigüedades que destrocen eso no va a cambiar.

Lorena se rio.

—Pobre Carol. Siempre ha sido una muy buena cristiana, pero ahora tiene que soportar a una Kitty satánica en su vida. —Todas se rieron.

—Bueno, al menos hemos conseguido que esa Rachel Chu no tenga a Nicky —comentó Nadine.

Eleanor meneó la cabeza con expresión triste.

—¿De qué ha servido? Mi Nicky ha dejado de hablarme. No tengo ni idea de dónde está. Incluso ha cortado todo contacto con su abuela. He intentado llamar a Astrid para que le busque, pero también está desaparecida. *Sum toong, ah.* Quieres a tus hijos, haces todo lo posible para intentar protegerlos y ellos ni siquiera te lo agradecen.

—Bueno, aunque ahora no quiera verte, al menos has conseguido salvarle de esa chica —dijo Lorena consolándola.

—Sí, pero Nicky no es consciente del daño que ha provocado en su relación con su abuela. Yo le eduqué para que nunca jamás la ofendiera, pero le causó un daño terrible en Cameron Highlands. Deberíais haber visto a la anciana. No habló ni una palabra durante todo el camino de vuelta a Singapur. Y creedme cuando os digo que esa mujer jamás perdona. Ahora, todos los sacrificios que he hecho no van a servir de nada —se quejó Eleanor con la voz algo quebrada.

—¿Qué quieres decir? —preguntó Nadine—. ¿Qué tipo de sacrificios has hecho por Nicky?

Eleanor suspiró.

—Ay, Nadine, he pasado toda la vida protegiéndolo de la familia de mi marido y posicionándolo para convertirlo en el nieto preferido. Sé que mi suegra nunca me aceptó de verdad, así que incluso me quité de en medio. Me fui de Tyersall Park para que no hubiese dos señoras Young compitiendo. Siempre he dejado que ella ocupase un primer lugar en la vida de Nicky y es por eso por lo que él ha estado más unido a ella. Pero yo lo acepté. Fue por su propio bien. Se merece ser el heredero de su fortuna, el heredero de Tyersall Park, pero parece que a él ya no le importa. Prefiere ser un maldito profesor de Historia. Ya veis, siempre pensé que enviarlo a Inglaterra era un error. ¿Por qué no aprendemos nunca los chinos? Cada vez que nos mezclamos con Occidente todo se desmorona.

Justo entonces, la hermana Gracie se acercó por el césped en dirección al pabellón del dormitorio con Carol y su marido detrás.

—¿Y qué demonios nos esperan ahora aquí? —gritó—. En el Éxodo 20, 3-6 dice así: «No tendrás otros dioses delante de mí. No te harás imagen, ni ninguna semejanza de lo que esté arriba en el cielo, ni abajo en la tierra, ni en las aguas debajo de la tierra. No te inclinarás ante ellas, ni las honrarás; porque yo, el Señor tu Dios, soy un Dios celoso».

Daisy miró a las demás señoras.

—Coged todas una bolsa y corred hacia la puerta —dijo con urgencia—. No los miréis. ¡No os paréis!

20

Villa d'Oro

Singapur

Peik Lin encerró a Rachel y a su madre en la biblioteca tras las puertas talladas. Después, salió a la barra de la terraza que daba a la piscina y empezó a preparar margaritas para ella y para Nick.

—Creo que los dos nos merecemos una docena de estas, ¿no? —dijo pasándole un vaso alto escarchado.

Rodeada de estantes llenos de libros con lomos de piel grabados en oro, Rachel se sentó en el cojín del saliente de la ventana y miró con rabia hacia el jardín de rosas. Lo único que quería era subir a ese avión en dirección a China, pero, una vez más, Nick lo había fastidiado todo. Kerry cogió una de las sillas de piel verde oscuro que había junto al escritorio y le dio la vuelta para sentarse mirando a su hija. Aunque Rachel no la miraba, respiró hondo y empezó la historia por la que había recorrido medio mundo para contarla.

—Hija, nunca le he contado esto a nadie y es algo que siempre he querido evitarte. Espero que no me juzgues y que me escuches con la mente y el corazón abiertos.

»Cuando tenía diecisiete años, me enamoré de un hombre seis años mayor que yo. Sí, era Zhou Fang Min. Su familia era de Xiamen, en la provincia de Fujian. Era uno de esos «principitos rojos» y procedía de una familia rica. Al menos, en esa época se los consideraba ricos. Su padre era el director general de una empresa de construcción estatal. Ocupaba una buena posición en el Partido Comunista y uno de sus hermanos mayores era un alto cargo del partido en la provincia de Cantón. Así que los Zhou recibieron la concesión de la construcción de la nueva escuela de nuestro pueblo y enviaron a Fang Min para supervisar las obras. Era su trabajo de verano. En aquella época, yo estaba en el último año de secundaria y trabajaba de noche como camarera en el único bar del pueblo. Y así lo conocí. Hasta entonces, yo había pasado toda mi vida en ese pequeño pueblo a las afueras de Zhuhai. Jamás había salido de nuestra provincia, así que puedes imaginarte lo que sentí cuando aquel hombre de veintitrés años con el pelo negro engominado entró en el bar vestido con ropa de estilo occidental. Recuerdo que sus camisas eran de Sergio Tacchini o de Fred Perry y que llevaba un Rolex de oro. Es más, Fang Min tenía una moto cara y fumaba sin parar cigarrillos Kent que uno de sus primos introducía en el país de contrabando. Alardeaba ante mí de la gran casa de su familia y de su gran coche japonés y me contaba anécdotas de sus vacaciones en Shanghái, Pekín y Xi'an. Jamás había conocido a un hombre tan atractivo y sofisticado, y me enamoré como una loca. Por supuesto, en aquel entonces, yo tenía el pelo muy largo y la piel clara, así que Fang Min se interesó por mí.

»Pero cuando mis padres se enteraron de que aquel hombre rico iba al bar cada noche para verme trataron de ponerle fin a aquello. Mis padres no eran como otros padres. No les importaba que fuera de una familia rica. Querían que me concentrara en mis estudios para poder entrar en la universidad. En aquella época resultaba muy difícil entrar en la universidad, sobre todo si eras una chica. Y ese era el único sueño de mis padres: tener una hija que fuera a la universidad. Pero, después de tantos años siendo la hija perfecta y no hacer otra cosa que estudiar, me rebelé. Fang Min empezó a llevarme en su moto en secreto a Cantón, la ciudad más grande de la provincia, y allí descubrí un mundo completamente nuevo. Yo no sabía que había toda una clase de personas como Fang Min: hijos de otros miembros de alto rango del Partido Comunista que salían a cenar a restaurantes especiales e iban de compras a tiendas especiales. Fang Min me regalaba comidas caras y ropa cara. Me embriagué de ese mundo y mis padres se dieron cuenta de que, poco a poco, yo estaba cambiando. Cuando averiguaron que me había llevado a Cantón, me prohibieron verle. Por supuesto, eso hizo que deseara aún más estar con él. Éramos como Romeo y Julieta. Me escapaba de nuestro piso a altas horas de la noche para verle. Me descubrían y me castigaban, pero días después volvía a hacerlo.

»Entonces, unos meses después, cuando las obras terminaron y Fang Min volvía a Xiamen, planeamos mi escapada con él. Por eso no terminé nunca mis estudios. Me escapé a Xiamen y nos casamos enseguida. Mis padres estaban destrozados, pero yo pensaba que todos mis sueños se habían hecho realidad. Allí vivía en una casa grande con sus ricos e importantes padres, que se movían en un gran Nissan con cortinas blancas en las ventanillas traseras. ¿Ves, Rachel? Tú no eres la única que ha experimentado lo que es salir con un chico rico. Pero mi sueño se agrió enseguida. Pronto descubrí lo terrible que era su familia. Su madre era una de esas mujeres extremadamente tradicionales que venía del norte, de Henan. Así que era muy clasista y jamás permitió que yo olvidara que era una chica de pueblo que había tenido muchísima suerte por ser guapa. Al mismo tiempo, esperaba que yo cumpliera un millón de obligaciones como nuera, como prepararle el té todas las mañanas, leerle el periódico, masajearle los hombros y los pies todas las noches después de cenar... Había pasado de ser una estudiante a ser una criada. Después empezó la presión para que me quedara embarazada, pero a mí me costaba quedarme encinta. Eso enfadó mucho a mi suegra. Quería un nieto con desesperación. ¿De qué servía una nuera si no tenías un nieto? Los padres de Fang Min estaban muy descontentos porque yo no me quedaba embarazada y empezamos a tener grandes discusiones.

»No sé cómo lo conseguí, pero convencí a Fang Min de que nos mudáramos a un apartamento para nosotros solos. Y fue entonces cuando todo se convirtió en una auténtica pesadilla. Sin sus padres bajo el mismo techo controlándole, mi marido perdió, de repente, el interés por mí. Salía todas las noches a beber y a jugar y empezó a verse con otras mujeres. Era como si siguiera estando soltero. Volvía tarde a casa, completamente borracho, y a veces quería tener sexo, pero otras veces solo quería pegarme. Eso le excitaba. Luego empezó a traer a casa a otras mujeres para tener sexo en nuestra cama y me obligaba a estar con ellos. Fue horrible.

Rachel negó con la cabeza consternada y miró a su madre a los ojos por primera vez.

—No entiendo cómo toleraste eso.

—¡Oye, solo tenía dieciocho años! Era muy ingenua y le tenía miedo a mi sofisticado marido, y, sobre todo, me sentía demasiado humillada como para reconocer ante mis padres el error que había cometido. Al fin y al cabo, yo me había escapado y los había abandonado para casarme con ese chico rico, así que tenía que lidiar lo mejor que pudiera con la situación. Pero justo debajo de nuestro apartamento vivía una familia que tenía un hijo. Se llamaba Kao Wei y era un año menor que yo. Daba la casualidad de que mi dormitorio estaba justo encima del suyo, así que podía oír todo lo que pasaba cada noche. Un día, Fang Min llegó a casa furioso. No estoy segura de qué fue lo que le enfadó tanto esa vez. Quizá había perdido dinero en las apuestas o alguna de sus novias se había enfadado con él. La cuestión es que decidió desahogarse conmigo. Empezó a romper todos los muebles de la casa y, cuando rompió una silla y empezó a ir detrás de mí con la pata rota, salí corriendo del apartamento. Tenía miedo de que en medio de su rabia y su borrachera terminara matándome sin querer. Kao Wei oyó que me iba y, cuando estaba bajando las escaleras, abrió la puerta y tiró de mí hacia el interior de su piso mientras Fang Min salía corriendo del edificio y empezaba a dar gritos por la calle. Así es como nos conocimos Kao Wei y yo.

»Durante los meses siguientes, Kao Wei me consolaba después de cada pelea fuerte e incluso me ayudaba a crear tácticas para evitar a mi marido: comprar pastillas para dormir, machacarlas y echárselas en el vino para que se quedara dormido antes de ponerse violento. Invitaba a sus amigos a cenar y los obligaba a quedarse hasta lo más tarde posible, hasta que él se dormía borracho. Kao Wei incluso puso un cerrojo más fuerte en la puerta del baño para que a Fang Min le costara más trabajo romperlo para entrar. Poco a poco, Kao Wei y yo nos enamoramos. Él era mi único amigo en el edificio. En realidad, en toda la ciudad. Y sí, empezamos a tener una aventura. Pero luego, un día, casi nos pillan y yo me obligué a ponerle fin, por el bien de Kao Wei, porque temía que Fang Min le matara si alguna vez se enteraba. Unas semanas después, me di cuenta de que estaba embarazada de ti y supe que Kao Wei era el padre.

—Espera un momento. ¿Cómo estuviste tan segura de que él era el padre? —preguntó Rachel a la vez que descruzaba los brazos y se echaba contra la ventana.

—Créeme, Rachel. Lo supe.

—Pero ¿cómo? Esto ocurrió antes de que hubiese pruebas de ADN.

Kerry se removió en su asiento incómoda, buscando las palabras adecuadas para explicarse.

—Una de las razones por las que me costaba quedarme embarazada era porque Fang Min tenía ciertos hábitos en particular, Rachel. Debido al alcohol, le costaba tener erecciones y, cuando se excitaba, solo le gustaba cierto tipo de sexo y yo sabía que así no podía quedarme embarazada.

—Ah... Aaah —dijo Rachel poniéndose colorada al darse cuenta de a qué se refería su madre.

—Además, te pareces tanto a Kao Wei que no cabe duda de que es tu padre. Kao Wei tenía unos preciosos rasgos angulares, igual que tú. Y tienes sus labios perfilados.

—Entonces, si estabas enamorada de Kao Wei, ¿por qué no te divorciaste de Fang Min sin más para casarte con él? ¿Por qué tuviste que recurrir al secuestro? —Rachel estaba ahora inclinada hacia delante con el mentón apoyado en las manos, completamente hipnotizada por el desgarrador relato de su madre.

—Deja que termine de contarte, Rachel, y lo entenderás. Así que ahí estaba yo, con dieciocho años, casada con un borracho violento y embarazada de otro hombre. Me asustaba tanto que Fang Min descubriera de algún modo que el bebé no era suyo y nos matara a Kao Wei y a mí que traté de ocultar mi embarazo todo el tiempo que me fue posible. Pero mi anticuada suegra reconoció todos los síntomas y fue ella la que me dijo unas semanas después que creía que yo estaba embarazada. Al principio, yo estaba aterrorizada, pero ¿sabes qué? Ocurrió la cosa más inesperada. Mis suegros estaban felices de que por fin iban a tener su primer nieto. Mi malvada suegra, de repente, se convirtió en la persona más cariñosa que puedas imaginar. Insistió en que volviera a vivir en la casa grande para que las sirvientas pudieran cuidarme bien. Me sentí muy aliviada, como si me hubiesen rescatado del infierno. Aunque en realidad yo no lo necesitaba, me obligó a guardar cama durante la mayor parte del tiempo, y me hacía beber brebajes tradicionales durante todo el día para aumentar la salud del bebé. Tenía que tomar tres tipos de ginseng todos los días y comer caldo de pollo. Estoy convencida de que esa es la razón por la que fuiste un bebé tan sano, Rachel. Nunca te ponías enferma como los demás bebés. Ni infecciones de oído ni fiebres altas. Nada. En aquella época, no había todavía en Xiamen máquinas para hacer ecografías, así que mi suegra invitó a una famosa vidente que predijo que yo iba a tener un niño y que ese niño terminaría siendo un gran político. Eso hizo que mis suegros se emocionaran aún más. Contrataron a una enfermera especial para que cuidara de mí, una chica que tenía párpados dobles y ojos grandes de nacimiento, pues mi suegra pensaba que, si yo miraba a esa chica todo el día, mi hijo saldría con párpados dobles y ojos grandes. Eso era lo que todas las madres chinas de la época querían: hijos con ojos grandes al estilo occidental. Pintaron una habitación de azul claro y la llenaron de muebles infantiles y un montón de ropa y juguetes de niño. Jamás he visto tantos juguetes en toda mi vida.

»Una noche rompí aguas y me puse de parto. Me llevaron corriendo al hospital y naciste tú unas horas después. Fue un parto fácil, eso siempre te lo he dicho, y, al principio, me preocupaba que vieran que no te parecías en nada a su hijo, pero esa resultó ser la última de mis preocupaciones. Eras una niña y mis suegros estaban de lo más conmocionados. Se pusieron furiosos con la vidente, pero aún más conmigo. Les había fallado. No había cumplido con mi deber. Fang Min también estaba terriblemente enfadado, y, si no llego a estar viviendo con mis suegros, estoy segura de que me habría matado de una paliza. Debido al programa de natalidad chino, se prohibió a todas las parejas tener un segundo hijo. Por ley, yo no podía tener otro más, pero mis suegros estaban desesperados por tener un niño, un heredero varón que continuara el apellido de la familia. Si hubiésemos vivido en el campo, quizá habrían abandonado o ahogado a esa niña. No te sorprendas tanto, Rachel, eso pasaba a todas horas. Pero vivíamos en Xiamen y los Zhou eran una familia importante en la ciudad. La gente ya sabía que había nacido una niña y para ellos habría sido una deshonra rechazarte. Sin embargo, había un vacío legal en la norma de un solo hijo: si tu bebé tenía alguna discapacidad, se te permitía tener otro.

»Yo no sabía eso, pero antes de volver a casa desde el hospital, mis malvados suegros ya estaban trazando un plan. Mi suegra decidió que lo mejor que se podía hacer era echarte ácido en el ojo...

—¿QUÉÉÉÉ? —gritó Rachel.

Kerry tragó saliva antes de continuar.

—Sí, querían dejarte ciega de un ojo; si lo hacían mientras aún eras una recién nacida, la causa de la ceguera podía parecer un defecto de nacimiento.

—¡Dios mío! —Rachel se llevó las manos a la boca horrorizada.

—Así que ella empezó a diseñar una estratagema con alguna de las sirvientas mayores, que le eran muy leales, pero la criada especial que había contratado para cuidar de mí durante el embarazo no compartía esa misma lealtad sin fisuras. Nos habíamos hecho amigas y, cuando descubrió su plan, me lo contó el mismo día que llegué a casa contigo del hospital. ¡Yo estaba tan sorprendida que ni podía creer que alguien pudiera hacerte un daño así, y mucho menos tus abuelos! Me volví loca de rabia y seguía estando débil por el parto, pero estaba decidida a que nadie te dejara ciega ni te hiciera daño. Eras mi precioso bebé, la hija del hombre que me había salvado. El hombre al que amé de verdad.

»Así que, un par de días después, en mitad del almuerzo, me disculpé para ir al baño. Recorrí el pasillo hacia el retrete de abajo, que estaba al otro lado de los dormitorios de las sirvientas, donde tú estabas en la cuna mientras la familia comía. Las sirvientas estaban comiendo en la cocina, así que entré en el dormitorio, te cogí en brazos y fui directa a la puerta de atrás. Seguí caminando hasta que llegué a la parada de autobús para subir al siguiente que pasara. No conocía ninguna de las rutas de los autobuses. Solo quería alejarme todo lo posible de la casa de los Zhou. Cuando pensé que ya estaba bastante lejos, me bajé del autobús y busqué un teléfono para llamar a Kao Wei. Le dije que acababa de tener un hijo y que había huido de mi marido y él vino a rescatarme de inmediato. Cogió un taxi, algo que en esos días era muy caro; pero él consiguió hacerlo y vino a por mí.

»Durante todo ese tiempo, él había estado diseñando un plan para sacarme de Xiamen. Sabía que mis suegros alertarían a la policía en cuanto descubrieran que el bebé no estaba. Así que insistió en irse conmigo para fingir que éramos una pareja. Compramos dos billetes para el tren de las seis, que era el más transitado, y nos sentamos en el vagón más abarrotado en un intento por pasar desapercibidos entre todas las demás familias. Gracias a Dios, ningún policía subió al tren. Kao Wei me llevó hasta mi pueblo natal de la provincia de Cantón y se aseguró de que me quedaba a salvo con mis padres antes de marcharse. Así era ese hombre. Siempre me hará feliz saber que tu verdadero padre fue el que nos salvó y que al menos tuvo la oportunidad de pasar unos días contigo.

—¿No le importó abandonarme? —preguntó Rachel con los ojos llenos de lágrimas.

—No sabía que eras su hija, Rachel.

Rachel miró a su madre sorprendida.

—¿Por qué no se lo dijiste?

Kerry soltó un suspiro.

—Kao Wei ya se había involucrado demasiado en mis problemas, los problemas de la mujer de otro hombre. Yo no quería someterlo a la carga de saber que eras su hija. Sabía que era el tipo de hombre que habría querido hacer lo correcto, que habría querido ocuparse de nosotras. Pero a él le esperaba un futuro brillante. Era muy listo y se le daban bien las ciencias en la escuela. Yo sabía que iría a la universidad y no quise destrozarle el futuro.

—¿No crees que él sospechó que era mi padre?

—No lo creo. Recuerda que tenía dieciocho años y piensa que, a esa edad, la paternidad es lo último que existe en la mente de un chico. Además, ahora yo era una delincuente, una secuestradora. Así que lo que más le preocupaba a Kao Wei era que nos arrestaran. Mi terrible marido y mis suegros aprovecharon la situación para echarme la culpa de todo y publicaron mi nombre en todos los periódicos. No creo que en realidad les importaras tú, pues se alegraban de que el bebé hubiese salido de sus vidas, pero querían castigarme. Normalmente, la policía no se mete en asuntos familiares como este, pero ese tío de Fang Min que era político presionó a la policía y fueron a buscarme al pueblo de mis padres.

—¿Y qué pasó después?

—Pusieron a mis pobres padres bajo arresto domiciliario y los sometieron a dos semanas de interrogatorios. Mientras tanto, yo ya me había escondido. Tus abuelos me enviaron a la casa de una prima lejana de ellos en Shenzhen, una Chu, y, a través de ella, me llegó la oportunidad de llevarte a América. Un primo Chu de California se había enterado de mi situación, tu tío Walt, y se ofreció a financiar nuestro viaje a Estados Unidos. Fue él quien nos ayudó y así es como cambié tu apellido y el mío por el de Chu.

—¿Qué pasó con tus padres, mis verdaderos abuelos? ¿Siguen en Cantón? —preguntó Rachel nerviosa, no muy segura de querer saber la respuesta.

—No, los dos murieron bastante jóvenes, con poco más de sesenta años. La familia Zhou usó su influencia para destruir la carrera de tu abuelo y, por lo que yo sé, eso acabó con su salud. Nunca pude volver a verlos porque jamás me atreví a regresar a China ni a tratar de establecer contacto con ellos. Si hubieses ido a China esta mañana para conocer a Zhou Fang Min, yo no me habría atrevido a seguirte. Por eso, cuando Nick supo de tus planes de ir a China y me los contó, volé directamente a Singapur.

—¿Y qué pasó con Kao Wei?

El rostro de Kerry se nubló.

—No tengo ni idea de qué fue de Kao Wei. Durante los primeros años, le envié cartas y postales desde Estados Unidos con la mayor frecuencia posible, desde cada pueblo y ciudad en la que vivimos. Siempre usé un nombre secreto que habíamos inventado juntos, pero nunca tuve una sola respuesta. No sé si alguna vez recibió mis cartas.

—¿No sientes curiosidad por encontrarlo? —preguntó Rachel con la voz rota por la emoción.

—Me he esforzado todo lo posible por no mirar atrás, hija. Cuando subí a aquel avión contigo para ir a Estados Unidos, supe que tenía que dejar atrás mi pasado.

Rachel se giró para mirar por la ventana, con el pecho moviéndose sin poder controlarlo. Kerry se levantó de su silla y se acercó a ella despacio. Extendió una mano para ponerla sobre el hombro de su hija, pero, antes de poder hacerlo, Rachel se puso de pie de un salto y abrazó a su madre.

—Ay, mamá —lloró Rachel—. Lo siento mucho. Lo siento por todo..., por todas las cosas terribles que te dije por teléfono.

—Lo sé, Rachel.

—No sabía..., no podía imaginar lo que te habías visto obligada a pasar.

Kerry miró a su hija con cariño mientras las lágrimas caían por sus mejillas.

—Yo siento no haberte contado nunca la verdad. Deseaba no tener que hacerte cargar con mis errores.

—Ay, mamá —sollozó Rachel apretando a su madre con más fuerza aún.

El sol se estaba poniendo sobre Bukit Timah cuando Rachel salió al jardín cogida del brazo de su madre. Mientras se dirigían despacio hacia la barra junto a la piscina, se desviaron por el camino más largo y la rodearon para que Kerry pudiese admirar todas las estatuas doradas.

—Parece que madre e hija se han reconciliado, ¿no crees? —le dijo Peik Lin a Nick.

—Eso parece, desde luego. No veo sangre ni ropas rasgadas.

—Más vale que no las haya. Eso que lleva Rachel es de Lanvin. Me costó unos siete mil.

—Pues me alegro de no ser el único culpable de ser un derrochador con ella. Ya no podrá seguir culpándome de todo —dijo Nick.

—Deja que te cuente un secreto, Nick. Por mucho que una chica proteste, nunca fallarás si le compras un vestido de alta costura o un buen par de zapatos.

—Trataré de recordarlo —contestó Nick sonriendo—. Bueno, creo que será mejor que me vaya.

—Un momento, Nick. Estoy segura de que Rachel querrá verte. ¿Y no te mueres por saber de qué han estado hablando todo este tiempo?

Rachel y su madre llegaron a la barra.

—¡Peik Lin, estás muy guapa detrás de la barra! ¿Me preparas un Singapore Sling? —le pidió Kerry.

Peik Lin la miró con cierta sonrisa tímida.

—Eh..., no sé cómo se prepara. La verdad es que nunca lo he tomado.

—¿Qué? ¿No es la bebida más popular aquí? —preguntó Kerry sorprendida.

—Supongo que sí, si eres turista.

—¡Soy turista!

—Pues entonces, señora Chu, ¿por qué no me deja que la saque a tomar un Singapore Sling?

—Vale, ¿por qué no? —respondió Kerry con emoción. Colocó una mano sobre el hombro de Nick—. ¿Vienes, Nick?

—Pues..., no sé, señora Chu... —empezó a decir Nick mirando nervioso a Rachel.

Esta vaciló un momento antes de responder.

—Venga, vamos todos.

El rostro de Nick se iluminó.

—¿En serio? Conozco un buen sitio al que podríamos ir.

Enseguida estuvieron los cuatro en el coche de Nick en dirección a la construcción arquitectónica más famosa de la isla.

—¡Vaya, qué edificio más impresionante! —exclamó Kerry Chu levantando los ojos con asombro hacia las tres altas torres unidas por arriba por lo que parecía ser un enorme jardín.

—Ahí es adonde vamos. En la cima está el parque artificial más alto del mundo. Cincuenta y siete plantas por encima del suelo —explicó Nick.

—No dirás en serio que nos vas a llevar al SkyBar del Marina Bay Sands —dijo Peik Lin con una mueca.

—¿Por qué no? —preguntó Nick.

—Creía que iríamos al hotel Raffles, donde inventaron el Singapore Sling.

—El Raffles es muy turístico.

—¿Y esto no? Verás, ahí arriba va a estar lleno de chinos continentales y turistas europeos.

—Créeme, el camarero es magnífico —sentenció Nick con voz autoritaria.

Diez minutos después, los cuatro estaban sentados en una elegante cabaña blanca en medio de la terraza de una hectárea suspendida en las nubes. Una música de samba inundaba el ambiente y, a pocos metros, una inmensa piscina infinita se extendía a lo largo del parque.

—¡Brindo por Nick! —dijo la madre de Rachel—. Gracias por traernos aquí.

—Me alegra mucho que te guste, señora Chu —respondió Nick mirando a las tres mujeres.

—Bueno, debo admitir que este Singapore Sling es mejor de lo que me imaginaba —dijo Peik Lin dando otro sorbo a su copa espumosa de color carmesí.

—Entonces, ¿no vas a avergonzarte la próxima vez que un turista que esté sentado a tu lado se pida uno? —preguntó Nick con un guiño.

—Depende de cómo vaya vestido —respondió Peik Lin.

Durante unos momentos, se quedaron sentados admirando la vista. Al otro lado de la bahía, empezaba a anochecer y la multitud de rascacielos que se alineaba por el puerto deportivo parecía brillar bajo el aire templado. Nick se giró hacia Rachel, buscando sus ojos. Ella no había dicho ni una sola palabra desde que habían salido de casa de Peik Lin. Sus ojos se cruzaron durante una milésima de segundo antes de que Rachel mirara hacia otro lado.

Nick saltó de su taburete y dio unos pasos hacia la piscina. Mientras caminaba por el borde del agua, una silueta negra en el cielo cada vez más oscuro, las mujeres lo observaron en silencio.

—Es un buen hombre, ese Nick —dijo por fin Kerry a su hija.

—Lo sé —respondió Rachel en voz baja.

—Me alegra que viniera a verme —dijo Kerry.

—¿Que fue a verte? —preguntó Rachel, confundida.

—Claro. Apareció en mi puerta de Cupertino hace dos días.

Rachel se quedó mirando a su madre con los ojos abiertos de par en par por la sorpresa. Después, bajó de su taburete y fue directa hacia Nick. Él se giró para mirarla justo cuando ella se acercaba. Rachel aminoró el paso y se giró para mirar a una pareja de nadadores que hacían largos disciplinados por la piscina.

—Es como si esos nadadores fueran a caerse por el horizonte —dijo ella.

—Sí, ¿verdad?

Rachel tomó algo de aire.

—Gracias por traer aquí a mi madre.

—No hay de qué. Ella necesitaba una buena copa.

—Quiero decir a Singapur.

—Ah, era lo menos que podía hacer.

Rachel miró a Nick con ternura.

—No me puedo creer que lo hayas hecho. No me puedo creer que hayas recorrido medio mundo por mí y hayas vuelto en dos días. ¿Qué te ha hecho cometer una locura así?

Nick la miró con su característica sonrisa.

—Bueno, de eso puedes darle las gracias a un pajarito.

—¿Un pajarito?

—Sí, un azulejo que odia a Damien Hirst.

En la barra, Kerry mordisqueaba el trozo de piña de su tercer cóctel cuando Peik Lin le susurró emocionada:

—¡Señora Chu, no se gire ahora, pero he visto a Nick dándole a Rachel un beso largo y lento!

Kerry se giró alegremente.

—¡Vaya, quééé romántico!

—¡*Alamak*, no mire! ¡Le he dicho que no mire! —la reprendió Peik Lin.

Cuando Nick y Rachel volvieron, Kerry observó a Nick de arriba abajo un momento y tiró de su camisa de lino.

—Oye, has perdido mucho peso. Tienes las mejillas hundidas. Deja que te engorde un poquito. ¿Podemos ir a uno de esos mercadillos culinarios por los que Singapur es tan famosa? Quiero comer cien brochetas de satay mientras estoy aquí.

—Vale, vayamos todos al mercado de comida de Smith Street, en el barrio chino —sugirió Nick con tono alegre.

—*Alamak,* Nick, Smith Street se pone abarrotado los viernes por la noche y nunca hay sitio para sentarse —se quejó Peik Lin—. ¿Por qué no vamos a Gluttons Bay?

—Sabía que ibas a proponer eso. ¡A todas las princesas les gusta ir allí!

—No, no, es que he pensado que allí tienen el mejor satay —contestó Peik Lin a la defensiva.

—¡Tonterías! El satay es igual en todos los sitios. Creo que a la madre de Rachel le parecerá más colorido y auténtico el de Smith Street —protestó Nick.

—¡Sí, hombre, *lah*! Si de verdad quieres algo auténtico... —empezó a decir Peik Lin.

Rachel miró a su madre.

—Que se dediquen ellos a discutir, nosotras nos limitaremos a sentarnos y a comer.

—Pero ¿por qué discuten tanto por esto? —preguntó Kerry con asombro.

Rachel puso los ojos en blanco y sonrió.

—Déjalos, mamá. Déjalos. Así es como son todos aquí.

Agradecimientos

Todos, de una forma inimitable y maravillosa, habéis sido una ayuda esencial para dar vida a este libro. Estaré por siempre agradecido a:

Deb Aaronson
Carol Brewer
Linda Casto
Deborah Davis
David Elliott
John Fontana
Simone Gers
Aaron Goldberg
Lara Harris
Philip Hu
Jenny Jackson
Jennifer Jenkins
Michael Korda
Mary Kwan
Jack Lee
Joanne Lim
Alexandra Machinist
Pia Massie
Robin Mina

David Sangalli
Lief Anne Stiles
Rosemary Yeap
Jackie Zirkman

Kevin Kwan

Nació en Singapur y a los once años se trasladó a Estados Unidos, donde estudió secundaria y comenzó a soñar con vivir algún día en Nueva York. Tras licenciarse en escritura creativa en la Universidad de Houston, se mudó a Manhattan para estudiar en la Parsons School of Design y en 2000 fundó su propio estudio creativo. Su novela de debut *Locos, ricos y asiáticos* se ha convertido en un *best seller* internacional, cuyo éxito ha dado paso a su adaptación cinematográfica en 2018.